EL ESPEJO DE SALOMÓN

León Arsenal

EL ESPEJO DE SALOMÓN

minotauro

Primera edición: febrero de 2006

Diseño de la cubierta: Lucrecia Demaestri
Ilustración de la cubierta:
© Cesar Lucas-Getty Images
© Sean Sexton Collection/CORBIS
© S Meltzer/PhotoLink

Fotocomposición: Zero pre impresión, S. L.

Avda. Diagonal, 662-664, 6.ª planta. 08034 Barcelona
www.edicionesminotauro.com
www.scyla.com

ISBN: 84-450-7582-9
Depósito legal: M. 1.732-2006

Impreso por Brosmac, S. L.

Impreso en España
Printed in Spain

A Sara Ballesteros.
Existen muchos más tesoros
de lo que uno podría creer
y no siempre lo mejor
es que se mantengan ocultos.

Para ir de la Carpetania a la Bética, las caravanas tenían por fuerza que cruzar la Beturia; región agreste, fragosa y de fama pésima. La vieja calzada romana bajaba entre peñas oscuras y bosques, a menudo cerca de los precipicios. No había en esas montañas muchos poblados y sí abundancia, de creer a las leyendas, de diablos y hombres salvajes, descendientes de proscritos y esclavos huidos, que atacaban y devoraban a los viajeros.

Pero, a pesar de todo eso, el jeque estaba más que contento de dejar por fin a la espalda las polvorientas mesetas carpetanas, donde tanto los indígenas como los godos les eran hostiles. Contento porque, al otro lado de los pasos y despeñaderos, se abrían las tierras del Sur, donde las ciudades les habían recibido con las puertas abiertas por odio a sus antiguos gobernantes. Aquellas montañas fragosas no impresionaban a alguien como el jeque, que había llevado una vida dura, siempre en campaña, y, en lo tocante a bandidos y ogros, su escolta sabría hacerles frente, si es que se atrevían a asomar la nariz, ya que la suya no era una caravana de mercaderes precisamente.

El jeque y sus hombres habían salido hacía unos días de Toledo, la capital del derrocado reino visigodo de Hispania, dando escolta a un gran carromato de ruedas macizas y un tiro de seis bueyes. El carro era cerrado e iba cubierto por cueros, y, en los descansos y pernoctas, había siempre dos árabes de guardia a su lado; porque en su interior descansaban los restos de un joven guerrero árabe, de sangre muy noble, que había muerto de fiebres cerca de Toledo. Fue su último deseo que permitiesen descansar su cadáver en las arenas de su patria natal, Arabia, y el emir Muza ben Noseir no había sido capaz de negarse a esa petición que, aunque bastante pagana, le había sido hecha en el mismo lecho de muerte.

Unos sabios de Toledo habían embalsamado el cuerpo con especias, para que pudiera resistir el largo camino que habría de llevarle a los puertos del Sur y luego por las rutas resecas de África, Libia y Egipto, hasta recalar por último en Arabia. La guardia personal del emir había introducido el cadáver en el carromato, y éste lo había sellado con sus propias manos. También había sido él quien había designado al jefe de la escolta, y elegido a cien guerreros que protegiesen el carro y su cargamento; los bastantes para garantizar su paso por los caminos de Hispania, que nunca habían sido demasiado seguros y que en aquellos momentos, tras el colapso del estado godo, eran más que peligrosos para viajeros solitarios y grupos pequeños.

Había sido un viaje lento, fatigoso, al paso bamboleante de los bueyes, bajo el fuego del sol y envueltos en un polvo rojo que lo cubría todo y se metía por todas partes. Pastores y campesinos salían a los cerros, a una distancia prudencial, y, apoyados en sus lanzas, contemplaban el paso de esa comitiva, extraña de verdad. El carromato avanzaba dando tumbos, entre el traqueteo de las ruedas, y los boyeros correteaban junto al tiro, con voces y agitar de aguijas. La escolta cabalgaba delante y media docena de mulas con la impedimenta cerraba la comitiva, mientras algunos ojeadores iban y venían al trote, atentos a posibles emboscadas.

Pero era la escolta, y no el carromato, la que de inmediato llamaba la atención de cuantos se cruzaban con la cabalgata. En ella se daban cita árabes de mantos sueltos, piel oscura y armamento ligero, a lomos de caballos de estampa fina. Lanceros bereberes en mulas de gran alzada. Visigodos de armaduras pesadas, sobre caballos de guerra, grandes y feroces. El espectáculo resultaba tan llamativo que la gente salía a verlos; se lo señalaban unos a otros desde los cerros y no faltaban curiosos que se acercaban al camino, tratando de enterarse de más. Los ojeadores les ahuyentaban dando voces y agitando sus jabalinas, y los visigodos, los únicos que eran capaces de entenderse con ellos, reían pero no soltaban prenda.

También el jeque, durante lo que sería la última noche de su vida, había estado reflexionando largo rato sobre lo variopinto del destacamento encomendado a su mando.

Fue durante una de las pernoctas en las sierras de la Beturia. Habían acampado cerca de la calzada romana, en una explanada de defensa fácil, ya que no era posible acercarse a ella sin ser visto y el despeñadero, situado a la espalda, impedía una sorpresa. Los sirvientes habían levantado la tienda, antes de recoger leña y preparar la cena. Luego, el jeque se había quedado sentado a solas a la puerta de su carpa, ante una pequeña fogata, sorbiendo pensativo una infusión amarga, preparada con hierbas locales por los muleros de carga.

El jeque era hombre entrado ya en años, con la barba más cana que negra, flaco y con la piel como el cuero, gracias a toda una vida al sol y el viento, guerreando para el califa de Bagdad. Era mucho lo que había visto y se tomaba las cosas con calma. Bebía la infusión despacio y dejaba ir los ojos entre el campamento, el carromato y la oscuridad circundante. El viento aullaba, haciendo agitarse las llamas. Los toldos de la tienda chasqueaban y, a la luz alborotada del fuego, los mantos de los hombres aleteaban. Había media docena de hogueras pequeñas, hechas de ramajes y matas y, a su resplandor, se movían los godos y los bereberes, que se pasaban unos a otros pellejos de vino, mientas que los árabes se mantenían apartados, conversando entre ellos.

El emir Muza no había reunido por casualidad aquel destacamento tan heterogéneo, demostrando una vez más su astucia y que era capaz de maniobrar en las circunstancias más adversas. Porque, en los últimos tiempos, habían surgido diferencias entre él y el caudillo de los bereberes, Tariq, por cuestiones de prestigio y botín, y éste que ya no era tan de fiar como antes de la conquista. A eso había que sumar las rencillas entre las distintas facciones árabes, de forma que el emir no sabía muy bien en quién confiar o apoyarse. Por eso, tras reflexionar mucho, había decidido que la guardia del carromato estuviese compuesta por tres tercios de guerreros, a partes casi iguales: uno de árabes, otro de bereberes y el tercero de visigodos, de los incorporados al ejército vencedor a partir de las filas de los witicianos, que tan decisivos habían resultado a la hora de derrotar a las huestes del rey godo Rodrigo.

Mientras jugueteaba con el pocillo de madera, tratando de sentir en las palmas el calor de la cocción, el jeque fijó los ojos en los hombres que bebían y reían, entre las nubes de chispas aventadas por las ráfagas. Sobre todo, reparó en los visigodos. Eran hombres grandes y fuertes en su mayoría, muchos con cabelleras largas que ellos consideraban una señal distintiva de su estirpe. Excelentes guerreros pero vástagos de un pueblo decadente, gobernado por nobles proclives al asesinato y a la traición, que había acabado sucumbiendo ante los árabes, víctima de sus propios pecados. Porque, de no haberse pasado las dos alas del ejército visigodo a los invasores, durante la gran batalla librada en el sur, la caballería pesada de Rodrigo hubiera aplastado a las tropas ligeras de Tariq.

Un soplo de aire avivó de nuevo las llamas, y más torbellinos de pavesas salieron volando hacia lo alto. Al resplandor rojo del fuego, el emir contempló con disgusto cómo los pellejos de vino pasaban de mano en mano; pero poco podía hacer. Aquellos godos eran cristianos, y el caso de los bereberes era aún peor; porque, aunque muchos habían abrazado el credo del Profeta, lo habían hecho sólo por fuera, como lobos con piel de cordero, y en su alma seguían siendo cristianos o paganos, cuando no adoradores del diablo.

Apuró los posos de la infusión, para ponerse después en pie. Algunos hombres volvieron la mirada hacia aquel caudillo flaco y añoso, de piel curtida y un manto blanco que se agitaba a capricho del viento. Él pasó los ojos por un momento al lateral del campamento, al carromato que reposaba en la penumbra, con los bueyes desenganchados y las ruedas trabadas. Se cercioró de que dos de sus árabes montaban guardia entre las sombras, armados hasta los dientes. Giró luego la cabeza hacia los guerreros que bebían y reían junto a los fuegos, antes de volverles la espalda y entrar en su tienda; la única que había en el campamento, ya que todos los demás dormían al raso.

Despertó más tarde, en plena noche, pero no gracias a ninguno de sus hombres, sino alertado por los gritos y el entrechocar de las armas, entre el rugido del viento. Se incorporó en la oscuridad, encontró a tientas la espada y salió con ímpetu al exterior de la carpa, cubierto sólo por la túnica. Parpadeó acero en mano, cegado durante un momento por el resplandor de las hogueras recién avivadas. Por eso tardó varios latidos en comprender que eran sus hombres los que estaban luchando entre ellos, y no contra ningún atacante. El guardián de su tienda no había podido alertarle porque yacía casi a la puerta de la misma, con una *cateia* —esa pequeña hacha arrojadiza de los godos— clavada en la cabeza. Debían haberle matado por sorpresa, sin tiempo a dar voz de alarma, y el viento había apagado el ruido de cuerpo y armas al desplomarse.

Eran los godos los que habían atacado al resto del destacamento. Amparados por el ventarrón que soplaba sobre los precipicios, se habían ceñido las cotas de escamas y los cascos, y habían acometido a los durmientes con sus grandes espadas y las lanzas. La mayor parte de los bereberes tenían que haber muerto mientras dormían, y los demás debían haber opuesto resistencia escasa o nula. Puede que el vino que tan a mala fe les habían ofrecido esa noche contuviera algún narcótico o un estupefaciente, o tal vez su debilidad se debiera sólo a la gran cantidad ingerida, pero lo cierto es que habían sido acuchillados en el suelo.

Ahora los godos estaban luchando con los árabes. Se atacaban entre los resplandores agitados de las llamas, con gritos de guerra y entrechocar de hierros. Los árabes estaban en clara desventaja, ya que apenas habían podido empuñar espadas y dagas, y se batían a cuerpo descubierto, sin haber ceñido defensa alguna. El jeque se mesó furioso la barba cana al percatarse, por la forma en que se tambaleaban, que más de uno de sus hombres debía haber aceptado también la invitación a beber, una vez que él se hubo retirado a su tienda.

Los árabes luchaban con furia, pero faltos de coordinación, y los visigodos les abatían con sus grandes espadas, blandidas a dos manos, mientras que sus propios filos se estrellaban en vano contra las cotas de escamas y los escudos. Al desorden y el alcohol se unía el desconcierto, porque aquel ataque les había cogido totalmente por sorpresa; ya que nadie, excepto el jeque, sabía de verdad qué escondía el carromato cerrado. Éste, a la puerta de su tienda, presenció cómo sus hombres cedían, abrumados por la desventaja de armamento y las bajas sufridas, y estaban a punto de desbandarse. Así que se sacudió el estupor con un rugido de rabia, y echó a correr hacia el combate, enarbolando su legendaria espada curva.

Pero no llegó ni a unirse a los suyos. Tres godos grandes, con cotas de escamas y cascos, le cerraron el paso con largas lanzas de jinete entre las manos. El jeque, sin ni siquiera escudo, se lanzó aun así contra ellos con un grito, la sangre hirviendo. Pero aquellos tres eran guerreros experimentados, sabían cómo manejar las varas y no le dieron oportunidad siquiera de acercarse. Aunque consiguió detener un puntazo con un revés de la espada, los otros dos le clavaron las moharras en el cuerpo. El jeque sintió más frío que dolor al principio, y que las fuerzas huían de sus miembros. La espada, esa de tantas victorias, se le escapó de entre los dedos. El tercer godo le ensartó con su lanza, con tanta fuerza que la punta le salió por la espalda.

La muerte del viejo caudillo desalentó a los árabes y acabó por quebrar su resistencia. Su cohesión cedió y, abrumados, muchos cayeron bajo los hierros godos. Unos pocos volvieron la espalda y huyeron, cada cual por su lado, en la oscuridad.

Al fragor del combate, siguió un silencio extraño. Los vencedores permanecieron inmóviles unos instantes, las armas goteando rojo, y hasta el viento pareció encalmar de golpe, de forma que, durante unos instantes, sólo se escuchó el crepitar de las hogueras y los lamentos de los heridos. Luego volvió a alzarse el aire, y de nuevo aventó las pavesas. Algunos godos se dedicaron a rematar a los enemigos agonizantes —pocas heridas tenían que cuidar en su bando, gracias a las armaduras y la sorpresa—, en tanto que los demás convergían junto al carromato, desamparado desde el comienzo de la lucha por sus guardianes, que habían corrido en auxilio de sus camaradas.

Entre varios, lograron desplazar varias tablas sin romper el sello del emir Muza, ya que Walia, el jefe de los visigodos, quería preservarlo. Ese sello había sido colocado para evitar que algún espía o curioso, o un jefe de patrulla demasiado inquisitivo, pudieran echar una ojeada al interior. Una vez que los maderos fueron retirados, el propio Walia cogió una antorcha para echar un vistazo al interior. Sus seguidores se agolparon a sus espaldas, pero muy poco llegaron a ver.

Walia —alto, fuerte, cubierto por una cota de escamas bruñidas, ahora salpicadas de sangre— se apartó despacio del carro. Arrojó la antorcha hacia la oscuridad y sacudió la cabeza para hacer ondear la cabellera espesa y oscura, porque se había quitado el casco.

—Está. Está ahí dentro —confirmó, con esas palabras, que en el carro no había ningún ataúd ni cadáver, y sí un cargamento bien distinto.

Los godos estallaron en aclamaciones, y algunos blandieron sus armas aún ensangrentadas, de forma que los ecos retumbaron por las peñas y los barrancos, y parecieron sostenerse largo tiempo en la oscuridad.

Luego el griterío se fue apagando. Los vencedores limpiaron sus hierros y volvieron a colocar las tablas del carro en su sitio. Esa noche no durmieron, sino que velaron hasta el amanecer y, con las primeras luces, arrojaron los cadáveres a un despeñadero bien hondo. Los cuerpos se perdieron entre la maleza del fondo. Lo mismo hicieron con parte de la impedimenta, aunque tuvieron buen cuidado de guardar los salvoconductos librados por el propio emir Muza, por si se topaban con alguna patrulla de árabes. Luego se pusieron en marcha, llevando con ellos las caballerías de los muertos, que habrían de soltar apenas entrar en la Bética, porque Walia no quiso dejarlas allí, para que no murieran devoradas por las fieras o los salvajes; o que alguno de los supervivientes árabes pudiera recuperar una montura y lograse dar la alarma.

En cuanto a ellos, a los supervivientes de la matanza, unos se despeñaron al huir en la oscuridad, otros se extraviaron en los montes de la Beturia, y allí murieron de hambre y frío, y más de uno acabó en las panzas de los caníbales que habitaban aquellos despoblados. Ninguno logró volver a Toledo o la Bética para dar cuenta de lo que había ocurrido, y así fue como, a ojos de los hombres, el carro y su contenido se esfumaron para siempre, y el incidente se convirtió en un motivo más de recelo entre los jefes árabe y bereber, Muza y Tariq.

1

Primero fue un trueno lejano, retumbando sobre las montañas; luego un rayo que cayó como un látigo ardiente, con un chasquido, y después un segundo trueno, mucho más cerca éste, que hizo temblar todas las vidrieras del comedor. Alejandra, sin pensar, apoyó las yemas de los dedos sobre uno de los paneles, justo a tiempo de aplacar las últimas vibraciones.

Cayó otro rayo y el trueno fue esta vez un cañonazo que sacudió el comedor entero. La tarde se había vuelto muy oscura, y la luz triste y gris. El cielo estaba cubierto de nubes negras y el lomo de la sierra, allá en la distancia, apenas era visible a través de la lluvia. Alejandra estuvo tentada de apretar la palma de la mano contra el cristal, para tratar de sentir el frío exterior. El paisaje, más allá de las vidrieras, era el de cercanías ya de la sierra madrileña, una vez que se ha salido de las ciudades-dormitorio del norte. Grandes fincas cubiertas de hierbas y malezas, con encinas dispersas, separadas por largas vallas de piedras, urbanizaciones sueltas y caminos embarrados.

Desde la cristalera, Alejandra podía ver a dos caballos sueltos en una finca cercana. Se les quedó observando al tiempo que jugaba con un cigarrillo sin encender, mientras los animales trotaban sin rumbo, agitando las colas peludas, inquietos por el aparato eléctrico de la tormenta. Fuera, el día se había vuelto tan negro ahora que los vidrios le devolvían un reflejo de sí misma y, casi por instinto, se apartó un paso para contemplarse. Con la oscuridad por azogue, llegó a ver una imagen borrosa: una figura de mujer alta y delgada, con una melena espectacular, larga, oscura y rizada; unos ojos brillantes, labios llenos...

Surgió un segundo reflejo en los cristales, éste a su izquierda y en movimiento, como la sombra de un tiburón en el agua. Y no se equivocaba mucho en esa apreciación porque, al mirar de soslayo, vio que se trataba de Salinas, que se le acercaba dispuesto, sin duda, a tratar de amargarle el día. Y lo último que deseaba en esos momentos era sostener una escaramuza verbal con aquel personaje.

Así que se apartó de golpe de la vidriera y ese simple gesto la sacó de los campos azotados por la lluvia, para devolverla a la sobremesa en el restaurante. Al rumor de las conversaciones, las risas, el tintineo de vajillas. La atmósfera del comedor estaba más que cargada de humo y hacía calor, a pesar de que habían abierto algunas ventanas. La mitad final de ese comedor acristalado estaba ocupada por las mesas de los invitados de Adrián y ahora la mayor parte estaba en pie, como la propia Alejandra, casi todos formando corrillos. Los camareros iban y venían, unos retirando platos y cubiertos, otros trayendo cubiteras de hielo y licores.

—Estuve en Belgrado en aquella época, a mediados de los noventa. Tremendo. Era como el Berlín de entreguerras...

—... esto está cada vez peor y la culpa la tiene el tema de los becarios. Al final, es una excusa para ocupar puestos que corresponden a profesionales, sin pagar un duro.

—Hay que ser iluso para creer en la existencia de algo así. Lo malo es que los ilusos abundan y ya se sabe que los tontos y su dinero nunca están mucho tiempo juntos.

—Sé que es un tópico, pero lo cierto es que la mitad de los días llego a casa reventado, a las tantas, y sin ganas de nada. Pongo la tele y es lo que hay; es basura, pero me quedo un rato viéndola y...

Las conversaciones llegaban a oídos de Alejandra como olas en la costa, yendo y viniendo. Fuera, la lluvia se había convertido en chaparrón y el estruendo del agua sobre la cubierta del comedor fue tal que sorprendió a los comensales. Algunos levantaron los ojos por un momento y hubo quienes se acercaron a los cristales, a observar el aguacero.

Aquél era del tipo de restaurantes que agradaban a Adrián, que era quien pagaba la comida para casi una cincuentena de comensales. Adrián tenía dinero más que de sobra y gustos con frecuencia algo excéntricos. Y el lugar elegido era de esos a los que es difícil llegar, a no ser que se conozca de antemano. Un caserón antiguo y grande, de piedras pardas y tejas curvas, situado en una carretera comarcal de la sierra, al norte de Tres Cantos, reconvertido en restaurante hacía poco más de tres años.

En la planta baja había un gran salón con chimenea, así como dos salas más pequeñas, con cuatro mesas cada una. Pero el detalle original estaba en la galería exterior, adosada a la casa y a la que se accedía a través de un arco abierto en el propio muro. Un comedor largo, ancho y acristalado por completo. En verano retiraban los paneles para convertirlo en terraza donde comer al aire libre y a resguardo del sol. Con mal tiempo, las cristaleras dobles permitían la ilusión de estar sentados casi a la intemperie, pero sin sufrir sus rigores.

Alejandra, aunque era lo último que pretendía, cruzó sin querer la mirada con Salinas, que estaba esperando una oportunidad de dirigirle la palabra. Pero, antes de que el otro pudiera abrir la boca, se apartó dos pasos para unirse al corrillo de charla más próximo. Aunque, más que charla, ahí lo que había era una discusión entre dos, Max Vega y Rubén, ante la mirada de otro par, Marfil y un hombre delgado y poca cosa de perilla, cuyo nombre no conocía Alejandra, pero sí que trabajaba en una multinacional informática.

Con más que alivio buscó refugio allí, porque tanto Marfil como Max Vega aborrecían a Salinas, con educación la primera, y de forma bastante más abierta y directa el segundo.

—No hombre, no. ¡Que no! —rechazaba Máximo Vega, Max, con su vehemencia de costumbre—. Que eso no puede ser.

—Porque tú lo digas —se empecinaba a su vez Rubén Martín, fuera lo que fuese que estuvieran discutiendo—. A ver, ¿por qué no?

Vega resopló casi indignado y, como si la discusión le estuviese acalorando, se subió un poco las mangas del jersey, negro y de cuello redondo, para descubrir a medias los antebrazos grandes y fuertes.

—Piensa un poco, hombre, que se supone que eres un profesional. ¿Te das cuenta de lo que estás diciendo?

—Digo que ese libro existe. Lo he visto con mis propios ojos.

—Eso no lo pongo en duda. Pero ¿se te ha ocurrido pensar que pueda ser una falsificación?

—¿Ves como no escuchas? —Rubén se subió las gafas sin necesitarlo, algo que en él era un signo de nerviosismo—. El libro del que te hablo no puede ser una falsificación porque en la primera página dice que es la copia de otro documento mucho más antiguo.

—¿No quieres llamarlo falsificación? Pues lo llamamos fraude, un montaje. La copia supuesta de un libro que nadie ha visto jamás y del que nadie ha oído nunca hablar.

—¿Y por qué iba alguien a montar algo así?

—Por mil motivos. Parece mentira que hayas estudiado Historia y que a estas alturas me salgas con ésas, hombre. Los documentos falsos han servido para respaldar y legitimar toda clase de actos y apropiaciones dudosas. Las falsificaciones históricas han sido moneda corriente desde la antigüedad y tú, especialmente, debías saberlo.

El pobre Rubén se iba arrugando más y más ante las frases, como bombas, que le soltaba Max Vega, para quien no era rival ni en retórica ni en contundencia. Y aun así aguantaba con una tenacidad que no solía ser la suya. Entretanto, Ana Marfil, amiga de Alejandra desde los tiempos de facultad, observaba el intercambio con una sonrisa de condescendencia y el informático parecía de veras interesado en el tema, fuera el que fuese.

Aquel combate dialéctico no podía ser más desigual. Max Vega era de esos hombres a los que la palabra grande parecen definir: rotundo tanto en físico como en carácter, de esos que parecen llenar ellos solos una habitación en cuanto entran en ella. Muy moreno, de pelo negro, adornado en los últimos tiempos con una perilla sin bigote, gesticulaba ahora con vehemencia, con unas manos grandes y cubiertas de anillos de plata, frente a un Rubén que, aunque algo más alto, resultaba mucho más frágil y que comenzaba ya a tartamudear apabullado.

Alejandra, amiga de los dos, estaba a punto de intervenir, enervada por la actitud de Max, que no solía darse cuenta del efecto que causaba tanto ímpetu verbal en gente de carácter débil, cuando lo hizo de improviso el informático.

—Una duda y perdón, porque soy ignorante en esta materia. ¿No es posible que un idioma, al que se considera extinto, sobreviva durante algún tiempo en lugares aislados, aldeas, montañas o algo así, antes de desaparecer por completo?

—Claro que es posible —le respondió el propio Max, de forma bastante más comedida que a Rubén—. De hecho, es el proceso natural.

—¿Entonces...? —El otro abrió las manos, para mostrar perplejidad.

Le asomaba un acento algo raro al hablar y, más tarde, Alejandra se enteraría de que trabajaba en Estados Unidos. Lo que iba a olvidar con rapidez era su nombre; pero eso le pasaba siempre con la mitad de los asistentes a las fiestas de Adrián Hurtado, que era un tipo con una veta tan excéntrica como Max Vega, aunque en su caso ésta iba más bien por dentro y no afloraba en cosas tales como los modales o el atuendo.

A Adrián le sobraba el dinero, así de sencillo. Al revés que casi todos sus antiguos compañeros de Historia, se había dedicado a lo que le gustaba, la arqueología, a menudo a sus propias expensas. Había viajado mucho, conocido a mucha gente, frecuentado muchos ambientes y, cada cierto tiempo, organizaba saraos a los que invitaba a gente dispar, muchas veces de lo más pintoresca, con la que había ido tramando relación a lo largo de su vida.

—¿De qué se supone que estáis discutiendo? —Alejandra aprovechó la ocasión para meter baza, puede que menos interesada en el tema en cuestión que en hurtarse a Salinas, que la había seguido hasta el corrillo.

—Aquí, Rubén. —Vega exhibió una sonrisa que más parecía la mueca de una fiera al enseñar los dientes—, que dice que existe un libro del siglo XIX escrito en ulfilano.

No añadió más. Alejandra no pudo evitar observarle entre divertida y fastidiada, porque Max Vega tenía aquella costumbre: la de quedarse a medias en las explicaciones para, acto seguido, a preguntas de sus interlocutores, lucir su erudición. Con el rabillo del ojo, Alejandra notó cómo la media sonrisa de Marfil se volvía maliciosa, sin duda porque debía estar pensando lo mismo. Así pues, Alejandra se cuidó muy mucho de preguntar qué demonios era el ulfilano, por más que aquella palabra le sonara mucho, aunque no lograse ubicarla, lo cual suele ser de lo más molesto. Trató de hacer memoria, pero fue Salinas el que deshizo, sin querer, aquel nudo de la conversación.

—¿Qué es eso del ulfilano? —picó en el anzuelo de Vega, a pesar del aborrecimiento mutuo que sentían el uno por el otro.

Vega le cruzó los brazos sobre el pecho y, justo al borde de la manga del jersey, Alejandra advirtió que se había hecho un tatuaje azul sobre el antebrazo izquierdo, aunque no pudo distinguir lo que representaba. Vega miró de arriba abajo a su nuevo interlocutor.

—El antiguo alfabeto de los visigodos. Fue creado por un obispo llamado Ulfilas y debió desaparecer, como muy tarde, en el siglo VII.

—Ya sé, ya sé. —El otro agitó la cabeza, molesto sin duda por no haber caído antes.

Alejandra se percató entonces de que el cabello castaño le iba raleando, que estaba más gordo que la última vez que le había visto y que, de hecho, tendía a acumular grasa de forma anormal, en las caderas, como una mujer. «Serías guapo a los veinticinco», no pudo evitar pensar con cierta maldad, «pero a los treinta y tantos ya estás hecho una pena».

—El libro existe —insistió Rubén, al tiempo que se limpiaba las gafas, puede que más para aplacar los nervios que porque estuviesen sucias—. Y te vuelvo a decir claramente que hay una anotación del copista, donde dice expresamente que es una transcripción más antigua de un documento al que tuvo acceso, fechado en el siglo X.

—Y yo te repito que tiene que ser una falsa transcripción. Un fraude.

Alejandra ladeó la cabeza, ahora de veras interesada, en tanto que Salinas se frotaba la barbilla, pensativo. Pero fue de nuevo el informático el que habló.

—Perdón por mi incultura. ¿Qué idioma hablaban los visigodos?

—En un principio godo, una lengua germánica. El obispo Ulfilas creó ese alfabeto, creo que para transcribir la Biblia y evangelizar a sus paisanos. Pero no tuvo demasiado éxito y los visigodos fueron abandonando poco a poco su idioma en favor del latín. —Vega frunció el ceño—. A ver; hablo de memoria, pero la mayor parte de los libros escritos en ese idioma fueron destruidos por orden de Recaredo en el siglo VII...

—¿Por qué mandó destruir Recaredo todos esos libros?

—Se convirtió al catolicismo y, con él, todos los suyos. Hasta entonces los visigodos habían sido arrianos y las Biblias arrianas estaban escritas en ulfilano. Al destruirla, eliminaba los textos sagrados arrianos. El caso es que, apenas un siglo después, se produjo la invasión musulmana, que barrió a los visigodos como poder y como pueblo diferenciado. Es imposible la existencia de un libro escrito en ulfilano en una fecha tan tardía como el siglo X.

—¿No podría haber sobrevivido algún vestigio del idioma visigodo en zonas remotas?

—Es muy posible que buena parte de los visigodos hablasen ya latín. Pero sí, sí es posible.

—¿Por qué negar entonces, de forma tan categórica, la posibilidad de que ese documento exista o haya existido?

—Porque todo en Max es categórico —medió riendo Marfil.

El aludido no se dio por enterado de la puya, ni se desvió un ápice del tema.

—Puede que sobrevivan grupos aislados que hablen un idioma, cuando éste ya se ha perdido entre la masa principal de una población. De hecho, como he dicho, ése es el proceso lógico. Una lengua no desaparece de la mañana a la noche, sino que va degenerando y retrocediendo hasta extinguirse. Hoy en día, existen idiomas hablados por uno o dos ancianos y, cuando mueran, sólo nos quedarán grabaciones.

Hizo una pausa para pasear una mirada casi feroz por sus interlocutores.

—Pero se necesita una cantidad mínima de hablantes para que exista lengua escrita. En la Edad Media casi toda la población era analfabeta y los visigodos casi nunca tuvieron documentos escritos en su idioma, aparte de las Biblias. Eso hizo que, sobre todo tras asentarse en España, fueran adoptando el latín. Cuando Recaredo hizo destruir las Biblias ulfilianas, el proceso se aceleró. No discuto que puedan haber existido núcleos dispersos de visigodos que siguieran hablando su idioma durante cierto tiempo, incluso después de la invasión musulmana. Pero, si fue así, debieron ser grupos aislados, en condiciones de vida muy duras. No creo que dejasen nada escrito, y menos en un alfabeto tan arcaico. Además, su identidad como visigodos desapareció muy rápidamente tras la invasión.

—Yo he visto el libro, Max, y la escritura era ulfiliana. —Rubén seguía frotando los cristales de sus gafas.

—No te lo niego —le respondió el otro, ahora con más mesura—. Pero insisto en que debe ser algún tipo de fraude decimonónico.

—Un momento —les cortó Alejandra, cada vez más interesada—. ¿Dónde está ese libro?

—No lo sé.

—¿Cómo?

—Que no lo sé. A mí me lo enseñó un día Rafa. —Aquí Rubén titubeó un instante, con el nombre completo en la boca—. Rafa Morata.

Alejandra asintió, cuidando de mantener una expresión neutra.

—¿Y de dónde lo había sacado Rafa?

—De una biblioteca privada. Un particular la había heredado y le contrató para catalogar y valorar los libros. Este que te digo le llamó en seguida la atención y se lo pidió prestado a la dueña para estudiarlo. —Carraspeó—. Ya sabes lo curioso que era Rafa.

Alejandra volvió a asentir. Rafa Morata, el mejor amigo de Rubén, había muerto aún no hacía cinco días en un accidente de tráfico en la M-30. De hecho, la última vez que Alejandra había coincidido con algunos de los presentes en aquella comida fue en el funeral de Rafa. No se podía decir que fuesen amigos, aunque sí se conocían desde hacía años; no sabía quién ni por qué le había invitado al funeral, y odiaba ese tipo de ceremonias. Pero al final había acabado por ir; porque muchas veces no sabía cómo negarse.

—Sería interesante poder echar una ojeada a ese libro. —Vega dejó escapar una sonrisa de medio lado—. Al menos, desde el punto de vista de las falsificaciones. ¿Verdad, Alejandra?

—Puede —sonrió ésta a su vez, negándose a que el otro la atrajese a su campo.

—¿Seguro que serías capaz de distinguir una falsificación de una obra verdadera? —fue el momento que aprovechó Salinas para lanzar su dardo envenenado.

—Seguro —replicó con aspereza. Le miró—. De hecho, creo que tú sabes lo fácil que me resulta detectar todo lo falso.

Al menos le quedó la satisfacción de ver cómo encajaba aquel contragolpe por sorpresa. Sacó un paquete de Fortuna *light*, antes de comenzar a rebuscar en el bolso, tratando de encontrar el mechero, y rehuyendo también así un posible intercambio de puyas con Salinas que sabía que le iba a hacer más daño a ella que a él.

En todo caso, esa pequeña interrupción había roto la discusión. Max Vega, tras lanzar una mirada de desdén a Salinas, que éste correspondió, se fue hacia la mesa y, luego de examinar con el ceño fruncido las frascas de licor, se decidió por el orujo blanco. Rubén y Marfil le siguieron, como contagiados, para trastear entre los licores caseros.

—¿Te dedicas tú también a lo mismo? —se interesó el informático.

—¿? —Alejandra, el cigarrillo humeando entre los dedos, le lanzó una mirada de incomprensión, pues la pregunta la había cogido a trasmano.

—A lo mismo que ellos. —Señaló con un gesto de la cabeza a Rubén y Vega.

—Alejandra estudió Historia, como nosotros —aprovechó otra vez Salinas para morder—, pero nunca ha trabajado en esto.

Ella le ignoró de nuevo, para mirar al informático a los ojos.

—Trabajo en la tele.

—¿Televisión? —El otro la miró más que sorprendido, puede que porque era la última respuesta que se esperaba.

—Soy guionista en un programa de corazoneo.

—Anda...

—Un trabajo interesante, sin duda —apuntó Salinas con una sonrisita.

—Un trabajo alimenticio —esta vez sí que contestó—. No tiene nada de interesante sacar los trapos sucios de famosos y famosetes, y además hay que aguantar a bastantes cabrones. Claro que ése no es el único lugar en que ocurre eso, y además por lo menos ahí te pagan. —Se giró—. Creo que yo voy a echarme también una copa.

El informático se fue también por su lado, en vista del panorama, pero Salinas se quedó unos instantes allí, observándola sin poder ocultar el resentimiento, antes de darse por vencido e irse al extremo de la mesa, ahí donde Adrián seguía sentado a la cabecera, como un monarca, charlando con media docena de invitados.

Max Vega se había acercado a las cristaleras, copa en mano, a contemplar los campos azotados por la lluvia, tal y como había hecho Alejandra sólo unos minutos antes. Marfil y Rubén seguían aún junto a las frascas; el uno sirviéndose pacharán y la otra orujo de hierbas. Alejandra se mordisqueó el labio inferior, un gesto que en ella solía indicar duda, antes de decidirse por lo mismo que Marfil. Cogió una copa y, con las pinzas, se echó un par de hielos de una cubitera de metal.

—Rubén, espera —le retuvo al ver que se iba—. ¿En qué biblioteca encontró Rafa ese libro?

—Ya te lo he dicho: en una particular.

—Sí. ¿Pero de quién?

—No lo sé. Por lo que me contó Rafa, su dueña la había heredado hacía poco tiempo de un pariente lejano o algo así, y le contrató para poner un poco de orden en los libros. Por lo visto, eran más de cuatro mil volúmenes y allí había de todo: desde libros contemporáneos, sin ningún valor material a tomos incluso del siglo XVI.

—¿No te dijo Rafa el nombre de esa mujer?

—Sí, me lo mencionó varias veces. Pero la verdad es que no soy nada bueno con los nombres y no consigo recordarlo.

—¿No habría alguna forma de averiguarlo?

—No lo sé, Alejandra. ¿Por qué te interesa esto tanto?

—Porque me gustaría echar un vistazo a ese libro tan raro. Si es una falsificación, a mí me interesa.

Rubén hizo una mueca, una de las suyas, que le hacía aparecer tan desvalido.

—Si es por eso, no hace falta que busques la biblioteca. Rafa sacó algunas copias del libro, para estudiarlo por su cuenta. No quería tener mucho tiempo el original en su poder; era una responsabilidad y, aparte, a la propietaria no le hacía demasiada gracia perderlo de vista más de lo imprescindible. Por lo que me contó, a ésa lo único que le interesaba era saber qué valía dinero y qué no. Y lo que tenía algún valor, tasarlo para luego venderlo. En cambio Rafa era un investigador nato.

—Sí, lo sé. ¿Y qué ha sido de esas copias?

—No sé cuántas sacó. Es seguro que le dio una a un antiguo profesor suyo de la facultad. A mí no me dio clase. Es uno que sabe mucho de estos temas y que está ya jubilado... —Se relamió los labios, tratando sin duda de recordar el nombre.

—¿Poveda? —le ayudó Marfil, que no se había perdido palabra de la conversación.

—Ése. El mismo. Rafa le llevó una copia entera del libro y, por lo visto, el hombre daba brincos de alegría ante la posibilidad de descifrar un texto así... fuese o no falso.

—No me extraña —sonrió Alejandra—. ¿Y hay alguna copia más localizable?

—Yo tengo una también.

—Haber empezado por ahí. —Logró contener, justo a tiempo, un mohín de irritación.

—¿Y tú para qué quieres una copia de eso, Rubén? —Marfil, con su copa de licor de hierbas en la zurda, le miró intrigada—. Lo tuyo es la historia contemporánea, no las lenguas. ¿O es que sabes leer el ulfilano?

—¡Qué va! Cuando me habló del libro, me llamó tanto la atención que le pedí una copia. —Esbozó una sonrisa culpable—. Pero lo cierto es que, al final, guardé las fotocopias en un cajón y no volví a preocuparme del tema.

—¿Me dejarías que les echase un vistazo? —preguntó Alejandra.

—Claro. Sin ningún problema.

—Entonces te llamo y quedamos un día. ¿Vale? —se apresuró a concretar, porque veía que, desde la cabecera de la mesa, Adrián reclamaba la presencia de Rubén a su lado, agitando con gesto majestuoso la mano—. ¿Sigues teniendo el mismo móvil?

—Sí, sí —respondió el otro, ya distraído, mientras se marchaba con andares de súbdito a atender la llamada.

Alejandra se llevó el licor de hierba a los labios. Estaba ya frío. Marfil la observaba intrigada.

—No me digas que vas a volver con tu tesis doctoral.

—Ay, no. —Se echó a reír. Algunos años antes, recién licenciada en Historia, Alejandra había comenzado una tesis que trataba precisamente sobre falsificaciones. Un estudio largo y laborioso que las necesidades le habían hecho abandonar, sobre todo porque nunca había conseguido trabajo en aquello para lo que había estudiado—. Sólo de pensar en volver a meterme en un pantano así, me dan los siete males.

—Entonces, ¿a qué viene tanto interés por ese libro?

—Sabes que siempre me ha llamado mucho la atención el tema de las falsificaciones. Desde que tuve que dejar la tesis, vengo dando vueltas en la cabeza a la idea de escribir un libro sobre ese tema. Llegué a reunir un montón de documentación y el asunto da más que de sobra para escribir un libro. Pero uno en plan divulgativo, que sea divertido, con anécdotas, hechos curiosos, falsificaciones sonadas...

—No es mala idea.

—No, no lo es. Y voy a tener tiempo de sobra durante una temporada.

—¿Lo dices por lo de Antonio? —A Marfil se le escapó una de sus características sonrisas de desdén, creyendo que aludía a la ruptura con la que había sido su pareja durante casi tres años—. No seas tonta; no tardarás en encontrar a alguien.

—No lo digo por eso.

—¿Entonces?

—Me he quedado sin trabajo.

La sonrisa desapareció del rostro de Marfil en cuanto miró a su amiga y vio que hablaba en serio. Alejandra era una mujer guapa y lo era, sobre todo, porque casi ninguna expresión —fuese de diversión, enfado o una de casi perplejidad que mostraba cuando las circunstancias la desbordaban— conseguía afearla.

—¿Qué me estás diciendo? ¿Te han despedido?

—No exactamente. —Lanzó una última bocanada de humo, antes de aplastar la colilla en uno de los ceniceros de cristal, sobre la mesa—. Han cancelado el programa.

—Pero si la última vez que hablamos me dijiste que iba bien de audiencia...

—E iba bien. Pero ha habido algún tipo de pelea entre la productora y el jefe de programación de la tele. No hemos conseguido enterarnos de qué ha sucedido, pero el caso es que se han cargado el programa de un día para otro. Nos lo comunicaron a todos los del equipo ayer mismo.

—¿Pueden hacer eso?

—Sí.

—¿Y no puede la productora recolocarte en algún otro programa?

—Es una pequeña. —Negó con la cabeza—. Ya me han dicho que lo sienten mucho, pero que no tienen hueco para mí. Así que ya ves: de repente, a la calle.

Marfil observó a su amiga con un mohín, antes de cogerla por el codo y llevársela hasta la cristalera, porque tenía la impresión de que algunos de los convidados más próximos estaban empezando a prestar atención a lo que decían, y era de las que le molestaba, y mucho, que la escuchasen a hurtadillas.

—A ver. ¿Pueden despedirte de esa forma?

—Si no hay programa, no hay trabajo. Te pagan el mes y fuera. Y, si te he visto, no me acuerdo.

—¿Y qué vas a hacer?

—Ni idea. La verdad es que aún no lo he asimilado. Llegamos todos ayer a trabajar y nos dijeron, con muy buenas palabras, que estábamos en la calle, que no era culpa suya, pero que ya no había programa.

—Muévete.

—Eso haré. Mañana es domingo y creo que me voy a pasar el día durmiendo. El lunes comienzo a llamar a mis contactos, pero no tengo muchas esperanzas.

Fuera se había desatado otro chaparrón y el agua volvía a tamborilear sobre la cubierta del comedor. Alejandra contempló unos instantes el paisaje que había más allá de los cristales. Luego volvió a mirarse en ese espejo improvisado, creado por la oscuridad. De ahí pasó los ojos a la imagen borrosa de Marfil, tal y como se reflejaba en la vidriera: algo más baja que ella, delgada, cuidada, el pelo castaño claro, la boca burlona.

El reflejo se deshizo cuando Marfil se volvió a mirar por el comedor, a los comensales, las cubiteras, las copas, los ceniceros llenos y el humo que se arremolinaba a media altura. Alguien había abierto de nuevo un par de paneles, para ventilar, y ahora se sentía una corriente de aire, y el olor a tierra húmeda. Marfil echó una ojeada a su reloj.

—Caramba. Son ya casi las seis.

—¿Tienes prisa?

—Ninguna. Pero me parece que va siendo mejor que me vaya para Madrid. Seguro que con la lluvia hay atasco a la entrada.

—Yo me voy a quedar un rato más. Total, tampoco tengo nada mejor que hacer en ningún otro sitio.

—Bueno. —Marfil sonrió, ahora con malicia—. Siempre tienes a Salinas, que anda por ahí, rondando. Mira cómo nos mira.

—No me hace falta mirar. —Casi enseñó los dientes—. Qué tío más asqueroso.

—Sigue como siempre, desde luego. —La sonrisa de Marfil se hizo pensativa—. Te tiene enfilada y, por más años que pasen, eso no cambia.

—Lo sé. Menos mal que casi no me cruzo con él. Todo lo más, en alguna reunión de amigos comunes, como ésta.

Alejandra y Salinas —ella nunca se refería a él sino por el apellido— habían sido también compañeros de facultad y habían mantenido una relación muy breve, de apenas un mes de duración. Fue ella la que puso fin a la misma y él, por alguna razón, no había sido capaz de encajarlo. Los primeros meses la había perseguido por todas partes y luego, convencido al fin de la inutilidad de insistir, había desarrollado contra ella una enemistad ciega que habría de acompañar a Alejandra el resto de la carrera y, aun después, nunca había perdido ocasión de perjudicarla, difamarla o tratar de zaherirla, como hacía un rato.

Alejandra había comentado con Marfil aquel tema en multitud de ocasiones y la segunda opinaba que todo había sido una cuestión de vanidad, más que de mal de amores. Una herida en el orgullo que había acabado por infectarse y que aún supuraba.

—En qué hora se me ocurriría liarme con ese payaso. —Alejandra resopló, haciendo vibrar los labios llenos; un gesto que llamaba, y mucho, la atención de los hombres.

Marfil, con una sonrisa ya distraída en los labios, se fijó en que Max Vega se servía una segunda copa de orujo. Torció el gesto.

—No sé yo si Adrián ha hecho bien organizando una comilona aquí. El sitio es bonito, pero hace un día de perros, estamos bastante lejos de Madrid y algunos se están poniendo ciegos.

—¿Lo dices por Max?

—Por él y por unos cuantos más. Está lloviendo a mares y ya es casi de noche. A ver si alguno va a tener un golpe con el coche al volver.

—Hay habitaciones en la segunda planta. ¿No lo sabías? Adrián ha reservado también, por si alguien quiere quedarse a dormir.

—¡Anda! —Marfil se echó a reír—. Desde luego, Adrián es único a la hora de organizar sus fastos.

—Es lo que pasa cuando te sobra el dinero: que te puedes permitir ciertos caprichos.

Marfil volvió a reírse. Hizo intención de sacar un cigarrillo del bolso pero, tras pensárselo mejor, desistió.

—Lo dicho. Me voy. —De sopetón, movida por algún impulso, pasó el dorso de la mano por la mejilla de su amiga—. A ver, Alejandra. Te llamo dentro de unos cuantos días; quedamos, nos tomamos algo juntas y me cuentas con calma. ¿Vale?

—No tengo gran cosa que contar, pero vale. Por mí encantada. Ya te lo he dicho: ahora tengo tiempo libre de sobra.

—Tonta. —Marfil sonrió antes de darle la espalda, para ir a despedirse del anfitrión y marcharse.

2

La historia del arte y las ciencias está llena de falsificaciones de toda índole, algunas de ellas de trascendencia enorme en su tiempo, por las repercusiones que llegaron a tener. Está el caso famoso del hombre de Piltdown, que se inició en 1908, en la cantera inglesa del mismo nombre, cuando un tal Charles Dawson encontró un cráneo prehistórico muy extraño, dotado de una mandíbula simiesca. El hallazgo revolucionó en su momento al mundo de la paleontología, y provocó un sinfín de excavaciones y polémicas que involucraron a las eminencias científicas de la época. El fraude quedó al descubierto en 1953, cuando la aplicación de los análisis de flúor dejó de manifiesto que el cráneo era medieval y la mandíbula la de un orangután, unidas y depositadas en la cantera por algún falsario.

Está también aquel otro caso, ahora olvidado pero muy famoso en su tiempo, de las piezas falsas de Totana. A comienzos del siglo XX, a la sombra de las excavaciones en los yacimientos prehistóricos de la zona, dos gitanos, de apodos *el Rosao* y *el Corro*, hicieron una carrera más que fructífera. Durante años se dedicaron a vender a los arqueólogos piezas que ellos mismos compraban por los pueblos a lugareños que, a su vez las habían encontrado en sus campos, y que muchas veces usaban como adorno en las casas, sin conocer su verdadero valor.

Visto que la demanda crecía, a la par que las piezas se iban agotando, nuestros dos avispados gitanos comenzaron a fabricarlas ellos mismos, y aun a enterrarlas en los yacimientos, para dar más verosimilitud al timo. Pero no quedó ahí la cosa, ya que luego se embarcaron en trabajos más creativos, elaborando piezas inspiradas en las ilustraciones de revistas de la época, que mostraban los hallazgos arqueológicos en Centroamérica. ¿El resultado? Estatuillas y vasijas en las que se amalgamaban elementos ibéricos y mesoamericanos. La impostura debiera haberse detectado en el acto, pero intervino el factor humano, tan importante siempre en el tema de las falsificaciones. Numerosos arqueólogos, asombrados ante las influencias aztecas y mayas de las piezas, creyeron haber dado con el descubrimiento del siglo. Se urdieron teorías delirantes, muy del gusto de la época —finales de los años veinte— y no faltaron alusiones a la fabulosa Atlántida.

Expertos y aficionados cayeron por igual en la trampa y la venta de una especie de ídolo al cónsul inglés en Mazarrón dio aún más alas a los falsificadores, que se lanzaron a la conquista de los mercados internacionales. Orán, Argel y Marsella conocieron los cacharros de los gitanos, con desigual fortuna para éstos, pues más de una vez fueron descubiertos y tuvieron que escapar a toda prisa. Al final la mixtificación quedó al descubierto, lo que no impidió que los pícaros siguieran con su industria durante años, colocando piezas, algunas incluso de bronce, a incautos deseosos de contar con un museo particular.

Alejandra Espinosa y Ana Marfil habían compartido en su época de facultad el gusto por esas anécdotas curiosas. Pero si para la segunda nunca fueron otra cosa que simple divertimento, la primera sentía pasión por el tema, al punto de que su tesis doctoral inconclusa versaba sobre falsificaciones. Broma del destino era que Marfil hubiera llegado a tener, con el paso de los años y por culpa de su trabajo, mucho más contacto con aquel mundo que su amiga.

Alejandra y Marfil se conocieron en la Universidad Complutense de Madrid, a mediados de los años noventa, en la Facultad de Historia, y su amistad se había mantenido con el tiempo, con algún paréntesis causado por lo divergentes que fueron sus caminos profesionales, una vez acabada la carrera. Ninguna había conseguido trabajo relacionado con su titulación. Marfil, licenciada en Historia contemporánea, había hecho una carrera inesperada al entrar en la policía y, desde hacía años, pertenecía a la Unidad Central. Alejandra había tenido varios empleos, de lo más dispares, y había conocido grandes altibajos, tanto en lo económico como en lo sentimental.

Por eso Ana Marfil había encontrado hueco para tomar café con su amiga, un miércoles a media tarde, unas dos semanas después de aquella comida en la sierra. Cuando se conocieron, Marfil estaba ya en cuarto de carrera y Alejandra en primero. Tres años de diferencia suponen mucha mayor brecha cuando se rondan los veinte que en la treintena, y la primera había desarrollado cierto sentido de protección por la segunda que no había perdido del todo con el paso del tiempo. Por eso no podía dejar de sentir preocupación al ver cómo Alejandra se abandonaba a la desidia —tan propia de ella como las etapas de actividad frenética— en respuesta al naufragio personal y profesional.

Fue Marfil quien llamó a Alejandra para tomar algo en el Café del Prado y no al revés. Sentía cierta querencia por ese local; uno de los de siempre, situado en una calle tranquila y sin embargo a dos pasos de la zona de copas de Huertas y Santa Ana. Un local ni grande ni pequeño, con luces tenues, puertas dobles acristaladas, veladores de hierro negro y mármol, una barra larga con mostrador también de mármol y ese aire anticuado que cultivan los cafés de su clase.

Se habían citado a las seis en punto, pero eran ya casi y media y Alejandra seguía sin aparecer; cosa rara en ella, que era de las que se jactaban de puntualidad. La tarde era de invierno: oscura, gélida, lloviendo a mares. El agua caía en tromba, rugiendo, y, a través de los vidrios empañados, Marfil podía ver cómo pasaba la gente, encogida bajo los paraguas. El café estaba medio lleno y Marfil, que se había sentado en la esquina del fondo, tomaba con parsimonia su segundo café con leche, con un cigarrillo humeando en el cenicero y absorta en sus propios pensamientos. De vez en cuando echaba una ojeada a través de las lunas. A dos mesas de distancia, había tres hombres de distintas edades que no dejaban de mirarle las piernas cruzadas, cosa que a ella, por lo normal, distaba de incomodarla.

Por fin apareció Alejandra a través de las puertas dobles de hierro y cristal. Traía un paraguas chorreante en la mano y el cabello —largo, rizado, de color chocolate con mechas cobrizas— salpicado de gotas relucientes. Se quedó un momento indecisa en el umbral, mientras buscaba a Marfil con la mirada. Sus ojos se posaron por un instante en aquellos tres de la mesa del centro, que se habían vuelto a mirarla, y luego repararon en Marfil que, desde su esquina, la saludaba con la mano y sonreía.

Se acercó por entre las mesas casi en tromba y, al ver que no sonreía, y por la expresión de sus ojos, Marfil comprendió que algo le había ocurrido. La taza aún en la mano, esperó a que llegase hasta ella sin saber a qué atenerse muy bien, porque las reacciones de Alejandra eran a veces algo desproporcionadas. Podía tomarse incidentes menores a la tremenda y, en cambio, encajar verdaderos desastres con una actitud que era más de perplejidad que de otra cosa. Pero ya más cerca, la vio tan demudada que dejó la taza en el platillo y se incorporó.

Cambiaron dos besos rápidos en las mejillas y, cuando Marfil le puso la mano en el antebrazo derecho, notó que temblaba.

—Alejandra. ¿Qué te pasa, chica?

—Acabo de enterarme. ¡Por Dios! —Hablaba en susurros, como el que cuenta un secreto. Al sacudir la cabeza, hizo saltar algunas gotas de agua de sus cabellos—. Rubén ha muerto. Le han matado.

—¿Que Rubén...? —Marfil la miró a los ojos, ahora estupefacta, la mano aún sobre su brazo—. Pero ¿qué me estás contando?

—Lo que oyes. Yo acabo de enterarme. Mira cómo vengo, que casi no me sostienen las piernas.

—Joder —dijo, también con un murmullo—. Siéntate.

Marfil se volvió a la rinconera, tapizada en rojo, que ocupaba toda la esquina. Alejandra apoyó el paraguas en los bajos del asiento, se quitó con dedos algo temblorosos el plumas y lo dejó sobre el respaldo de una de las sillas de madera, antes de instalarse a su lado.

Marfil se pasó un dedo por la comisura de la boca, sacó un cigarrillo, ofreció otro a su amiga y, cuando ésta lo rechazó, encendió el suyo. Se supone que alguien que es policía debe encajar sin inmutarse la noticia de una muerte violenta, aunque sea la de un conocido. Una suposición que, como tantas otras, ni tiene base alguna ni nadie sabe de dónde puede haber salido.

Lanzó una gran bocanada de humo.

—A ver, Alejandra. ¿Qué es lo que le ha pasado a Rubén?

—Le encontraron muerto el lunes en su casa. Según parece, debieron entrar a robar en su piso y tuvo la mala suerte de sorprender a los ladrones.

—¿Cómo murió?

—Le apuñalaron, según me han dicho.

Marfil volvió a acariciarse la comisura, mientras el humo se escapaba despacio por sus labios entreabiertos.

—Me dejas helada.

—Pues figúrate cómo me he quedado yo. Le he llamado al móvil cuando venía para aquí, a ver si podíamos quedar esta semana, y me lo ha cogido uno de sus hermanos. Me ha pillado de sorpresa. No sabía ni qué decir...

—Ya supongo.

Se les acercó uno de los camareros de camisa blanca, chaleco y pajarita, y las dos aparcaron el tema. Marfil pidió otro café con leche y Alejandra una caña, tras echar un vistazo a la barra y cerciorarse de que el surtidor era de Mahou. En el último instante, retuvo al camarero.

—Y un paquete de Fortuna *light*, si tienen.

—No, ahora mismo no tenemos, lo siento.

—Pues Marlboro, o Camel, lo que sea, con tal de que sea *light*.

Se fue el camarero. Alejandra se recostó en el asiento y resopló, haciendo vibrar los labios llenos. Aquella interrupción había tenido la virtud de rebajar algo la crispación con la que había irrumpido en el café. Fuera no sólo seguía lloviendo, sino que el chaparrón arreciaba, de forma que se oía el bramido del agua al caer en diluvio.

—¿Dónde vivía Rubén? —quiso saber Marfil.

—En Lavapiés. Nunca pensé que fuese un barrio tan peligroso.

—Si lo dices por lo que le ha ocurrido, olvídate. Algo así puede pasarle a cualquiera, en cualquier barrio de Madrid.

—Esta ciudad está fatal.

—No lo sabes tú bien. —Observó con detenimiento a Alejandra que, aunque algo más serena, seguía turbada, con las manos algo inseguras—. ¿Tenías mucha relación con Rubén?

—¡Qué va! Casi ninguna. Nos veíamos cuando coincidíamos, nada más. Pero justo estos días hemos hablado unas cuantas veces, por el tema aquel del libro en ulfilano. Por eso le he llamado hace un rato... y me lo coge su hermano, y me cuenta eso. ¡Dios, qué impresión!

—No es para menos.

Volvió el camarero con la bandeja; depositó las consumiciones pedidas y el tabaco, retiró la taza vacía, cambió el cenicero. Alejandra jugueteó con el paquete, contemplando casi con ira el anuncio que rezaba: «fumar puede matar». Marfil agitó el sobrecillo del azúcar, para verterlo luego en la taza y remover con parsimonia. Decidió que era mejor cambiar de tema, aprovechando aquella interrupción.

—¿Has encontrado trabajo?

—No, nada. —Apartó los ojos de la cajetilla—. Ya ni lo intento.

—Algo habrá, mujer.

—Mierda es lo que hay... de eso sí, y en abundancia. Pero, mira, paso de estar de ocho de la mañana a ocho de la tarde por novecientos euros. Y eso es lo mejor que me han ofrecido hasta el momento.

—Más o menos empezaste así, ¿no?

—Tú lo has dicho. Empecé. Pero ya no estoy empezando. Hace cuatro años era nueva y, además, necesitaba el dinero. Pero, después de haber pasado los dos últimos años de coordinadora de guión en un programa *prime time*, ganando casi cuatro mil euros al mes, paso de morirme de asco como redactora mal pagada, aguantando las histerias de un montón de locas, que te hacen cambiar las cosas cuarenta veces, te pasan todos los marrones y te echan a ti la culpa en cuanto las audiencias bajan.

—A veces no se puede elegir.

Alejandra abrió el celofán del paquete de tabaco con gesto brusco, arrancó la solapa interior plateada y se encendió con un mohín un cigarrillo.

—Yo sí puedo elegir, al menos por ahora. A mí no me gusta la tele. —Dio un sorbo a su caña, luego una calada al tabaco—. Bueno, la tele sí. Pero odio el corazoneo, el marujeo, los *reálitis*. Y eso es todo lo que hay ahora en la tele. Así que, o me dan dinero de verdad, o paso.

—¿Y qué vas a hacer entonces?

—Le he estado dando vueltas al tema, y cada vez lo tengo más claro. Excepto que me salga algo decente, voy a tomarme unos meses sabáticos y a escribir un libro sobre falsificaciones. Tengo amigos escritores que pueden echarle un vistazo, y algún que otro contacto en un par de editoriales.

—De eso no se vive, Alejandra.

—Ya lo sé. No te digo que no siga mirando, por si me sale algo. Pero necesito tomarme un descanso, de verdad. —Dio una calada honda al cigarrillo; tanto, que entornó los ojos para disfrutar del sabor de humo—. Se me ha venido todo encima, demasiado seguido. Primero lo de Antonio y luego el trabajo. Sólo me falta partirme una pierna.

—¿Cómo lo llevas?

—¿El qué?

—Lo de Antonio.

—Bien. Más que bien. Ha sido un alivio dejarle. Tenía que haberlo hecho hace ya tiempo; pero, por una causa u otra, siempre lo iba dejando correr. —Soltó la bocanada y, entre la humareda blanca, se le torció el gesto—. ¿Sabes? Soy una egoísta: después de tres años de vida en común, no le echo nada de menos. Nada. Sin embargo, no sabes lo que me pesa volver a veces y encontrarme con una casa vacía.

—Todos hemos pasado por eso. —Marfil jugueteó con su propia cajetilla de Marlboro—. Por cierto, habrás vuelto a tu casa de Ventas, supongo.

—No. —Alejandra negó con la cabeza—. No te lo había contado...

Durante casi tres años, había convivido con Antonio en el piso propiedad de éste, en el barrio de la Estrella. Pero ella tenía su propio apartamento, la casa de Ventas a la que se refería Marfil.

—Tengo alquilado el piso y no puedo echar al inquilino así como así, de la mañana a la noche. Además, tal como está el precio de la vivienda, el alquiler me está pagando la hipoteca.

—Eso es el chocolate del loro, porque tú a tu vez te tienes que meter de alquiler y lo que ganas por un lado se te va por otro.

—En mi caso no —sonrió casi con picardía—. Ahora estoy viviendo en casa de Elena... Elena Vila. ¿Te acuerdas de ella?

—La verdad es que no.

—Era compañera mía de clase. Tuviste que conocerla fijo, aunque sólo fuese de cara. Ésa sí que está loca: se ha ido de cooperante a una ONG, a Honduras, y me ha dejado su piso para el tiempo que yo quiera.

—¡Qué suerte! —Marfil levantó la mirada, sorprendida.

—Así tiene la casa ocupada y está más tranquila. Y yo saco hasta dinero, porque el alquiler que me pagan es algo más que la mensualidad de la hipoteca. Además —aquí le cambió de repente el humor, como si una ráfaga le pasase por el rostro— prefiero, al menos de momento, no estar localizable para Antonio.

—¿Por qué? —Marfil se quedó con la taza de café a media altura, entre la mesa y los labios, alerta ante ese cambio tan brusco de tono—. ¿Algún problema?

—No, ninguno —la calmó con una sonrisa cansada—. Pero la verdad es que Antonio no ha encajado nada bien que le haya dejado. Me está llamando día y noche al móvil, se presentó incluso un par de veces en la tele a buscarme... No me deja en paz, vamos.

—Cuidado con eso.

—¿Con qué? —Alejandra, que había vuelto los ojos a la lluvia que caía en el exterior, los fijó de nuevo en ella, desconcertada.

—Con lo de Antonio. Cuidado con los ex que no son capaces de aceptar que son eso: ex.

—¿¡Pero qué dices!? —Como tenía la caña en la mano, la depositó con tanta brusquedad sobre la mesa, para recalcar sus palabras, que el vidrio resonó contra el mármol. Se había puesto colorada—. ¿No pensarás que Antonio...? Tiene sus cosas, pero no es una persona agresiva, para nada. No ha asimilado que lo nuestro está acabado. Está un poco descentrado y me da la plasta. Vale. Pero eso es todo.

—Tú misma, Alejandra.

—Hemos vivido juntos casi tres años. Le conozco.

—Una nunca llega a conocer del todo a la gente, ni a saber a ciencia cierta cómo puede reaccionar en un momento dado —Marfil suspiró, al tiempo que bebía un poco más de café con leche, ya tibio—. La gente puede hacer cosas de las que una nunca les creería capaz, sobre todo bajo presión. Créeme.

—Alguna gente. —Se llevó a su vez la caña a los labios—. Te veo un poco quemada, Marfil.

—¿Quemada yo? No, qué va. Yo en cambio sí te veo a ti quemada. Así que supongo que tienes razón, y que te vendrán bien unos meses de descanso. Pero, tal como está la cosa, no sé si no harías bien aceptando algunos de esos trabajos que te han ofrecido, aunque sean una porquería.

—Una porquería y precarios. No me gusta el corazoneo. Lo odio. Si me pagan una pasta, como ha sido hasta ahora, lo puedo soportar. Pero, si es por cuatro perras, prefiero buscarme casi cualquier otra cosa.

—Vale, pues no te agobies. Vas a cogerte unos meses, mitad de vacaciones y mitad escribiendo un libro. ¿Y luego qué?

—Luego ya veremos. Ya saldrá algo, en la tele o en cualquier otra cosa. Ya he cambiado de trabajo otras veces.

Se quedaron en silencio. Alejandra bebiendo de su caña, ya mediada, y Marfil apurando la taza. Entró alguien en el café, sacudiéndose el agua de encima como un perro. Marfil cambió de postura, volvió a cruzar las piernas y, al hacerlo, sintió la humedad en los pies. Esbozó una mueca de disgusto.

—¿Qué te pasa? —le preguntó Alejandra, creyendo que le dolía algo.

—Sólo a mí se me ocurre salir con zapatos de tacón en un día así. —Contempló con envidia los vaqueros y las botas de su amiga, por debajo de la mesa—. Se me han calado con la lluvia y estoy de lo más incómoda.

Alejandra observó a su vez el vestido gris, las medias, los zapatos. Y, con el rabillo del ojo, llegó a advertir cómo aquellos tres, situados a dos mesas de distancia, volvían a poner los ojos en las piernas de Marfil, de nuevo cruzadas. Sonrió con sorna.

—Tú estarás incómoda, pero me parece que a aquellos tres les estás alegrando la tarde.

La otra levantó los ojos, de la taza a su rostro, perpleja por un instante. Luego, al entender, dejó escapar una sonrisa tenue y pasó la mirada a aquella mesa. Cogidos por sorpresa, y por la burla que asomaba a los ojos color miel, los mirones no fueron capaces de sostenerla. Apartaron la vista mientras la sonrisa de Marfil se teñía de desdén.

—Que miren. Es lo más cerca que van a estar de algo así.

Alejandra se echó a reír.

—A ti te gusta que te miren, no lo niegues.

—No lo niego, pero depende de quién. Y, desde luego, preferiría los pies secos.

Sacó otro Marlboro y, tras buscar su mechero con la mirada, cogió el de Alejandra. Dio una calada lenta.

—Oye. ¿Qué pasó con el libro en ulfilano? ¿Sacaste algo en claro?

—Llegué a quedar un día con Rubén. Se supone que iba a llevarme las fotocopias del libro de marras, pero se presentó con las manos vacías.

—¿Y eso?

—Que no las encontraba. Es... —torció el gesto y apartó la mirada, al recordar que estaba muerto—. La verdad es que era bastante desastre.

—Sí. Pobre.

—Llegó tarde y rojo como un tomate. Me dijo todo apurado que había estado buscando por toda la casa y no había logrado encontrar las fotocopias. Juraba y perjuraba que tenían que estar por alguna parte, pero que se le tenían que haber traspapelado con tanta carpeta y tanto libro. Quedamos en que me mandaría una copia por correo, en cuanto lo encontrase.

—Entonces no tienes nada.

—Algo tengo. Al menos, logré que me hablase del tema, de lo que se acordaba que le había contado Rafa Morata y, visto desde fuera, es una tajada jugosa. Estoy convencida de que Max tenía razón; que es una de esas falsificaciones de fantasía y, si el libro fue escrito de verdad en el siglo XIX, tiene ya de por sí un valor en sí mismo.

—¿Y qué vas a poner en tu ensayo? ¿Que alguien te contó que había visto un libro, escrito en el XIX, en el idioma que usaban los visigodos? No me parece muy serio, la verdad.

—Tengo unos pocos datos, ya te digo. Y aún me queda una esperanza. Ese profesor de Rafa...

—Poveda. Es cierto. —Marfil meneó la cabeza, pensativa, con la mano alzada y el cigarrillo entre los dedos, el humo agitándose ante su rostro—. Poveda sabe mucho sobre los visigodos y su época. Seguro que es capaz de descifrar un texto en ulfilano y, si Rafa le hizo llegar una copia del libro, puede arrojar mucha luz.

—Eso es. Tiene una copia, así que puedo ir a verle y... —No acabó la frase y se sonrojó un tanto.

—¿Qué te pasa?

—Nada. Que yo también soy la leche. —Encendió también un segundo cigarrillo, un poco turbada.

—¿Por qué dices eso?

—No hace ni una hora que me he enterado que han matado a Rubén y ya estoy a lo mío, como si no hubiera pasado nada. Le llamé precisamente por eso: para saber si había encontrado las fotocopias. Y ya ves, aquí me tienes, como si tal cosa, preocupada en cómo voy seguir la pista del libro sin su ayuda.

—Una cosa no quita a la otra. —Marfil meneó la cabeza, antes de dar un giro a la conversación, deseando sacar a su amiga de aquel pantano mental—. Poveda tiene que estar jubilado desde hace unos cuantos años; recuerdo que le quedaba bien poco cuando me dio clase. Si necesitas contactar con él, creo que puedo conseguirte su teléfono sin problemas.

—No hace falta. Ya lo tengo. Me lo dio Max y esta misma noche, sin falta, pienso llamarle.

3

Fue Ulfilas o Wulfilas[1] quien acometió la empresa de crear un alfabeto propio para el pueblo godo. Se han inventado multitud de escrituras a lo largo de la historia, cada una con la intención de plasmar una lengua en concreto. Es fácil achacar eso al orgullo étnico pero, en realidad, el esfuerzo obedeció casi siempre a la necesidad de representar sonidos específicos de esas lenguas. El alfabeto latino, sin ir más lejos, tiene variantes española, escandinava, germánica. En español, por ejemplo, existe un sonido representado por una letra particular, la ñ.

Además, es dudoso que a Ulfilas le moviera un sentimiento nacionalista a la hora de idear su alfabeto, ya que, según muchas fuentes, aquel santo varón no era ni siquiera de estirpe teutónica. Nacido en 311 d.C., se le supone hijo de unos cristianos de Capadocia, capturados durante una incursión de los godos contra Asia Menor. Creció en los campamentos de ese pueblo nómada, se empapó de sus costumbres y formó parte de una embajada goda a Constantinopla, donde los cristianos ortodoxos y arrianos sostenían una pugna feroz. Abrazó el credo de los segundos y fue ordenado obispo en la propia Constantinopla, que abandonó para regresar junto a su pueblo adoptivo con la misión de evangelizarlos.

1. Hijo de lobos.

Para lograr su objetivo, no se le ocurrió mejor método que traducir la Biblia a la lengua de los godos y, dado que éstos carecían de cualquier escritura que no fuesen las runas —demasiado ligadas a la magia y el paganismo como para ser vistas con buenos ojos por un obispo cristiano—, creó todo un alfabeto nuevo, basado en el griego, con aportaciones latinas y rúnicas. Él mismo se dedicó también a traducir las Escrituras y la Biblia Gótica fue obra suya, a excepción del Libro de los Reyes. Ulfilas obvió adrede esa parte, puesto que la consideraba una exaltación de lo guerrero y, siendo ya de por sí los godos un pueblo belicoso, no quería ofrecerles textos sagrados que pudieran legitimar la violencia, y empujarles aún más por el camino de las armas y el pillaje.

El buen obispo consiguió su empeño y los bárbaros godos abandonaron a sus viejos dioses para abrazar el cristianismo arriano, fe que profesarían durante siglos. Su alfabeto, empero, no llegaría a cuajar como escritura de los pueblos teutónicos o siquiera góticos. El armenio, el georgiano o el cirílico —ideado por otro obispo cristiano, Cirilo, para evangelizar a los eslavos— sí llegarían a imponerse entre sus pueblos respectivos. Pero el deambular de los godos les condujo al occidente romano; los ostrogodos entraron en Italia y los visigodos en Galia e Hispania, y, en aquellas tierras ricas en bibliotecas, los bárbaros encontraron más cómodo leer los libros en latín —los que lo hacían— que transcribirlos a su idioma.

El ulfilano quedó reducido a poco más que los textos sacros y la conversión del rey Recaredo al catolicismo, en el año 589, supuso el golpe final para esa escritura, ya que lo primero que hizo el monarca fue ordenar la destrucción de todas las Biblias arrianas. Cuando los musulmanes invadieron España, algo más de un siglo después, no había textos en ulfilano y el idioma gótico hablado estaba en decadencia. Por eso, un supuesto texto escrito en ulfilano, en una fecha tan tardía como el siglo X, no podía ser sino una impostura. Aunque cabía la posibilidad de que alguien hubiese incluido unos folios de Biblia arriana en un códice posterior. Eso se temía Alejandra ya que, aunque supondría un descubrimiento valioso, dejaría de ser una baza jugosa para un libro sobre falsificaciones.

De hecho, el ulfilano fue descifrado a mediados del XIX a partir de los fragmentos de Biblias góticas conservados en distintos códices. Se conservan muy pocos textos de ese alfabeto y, por tanto, son contadas las personas que lo pueden leer, ya que su conocimiento es de escasa utilidad. Caso contrario del sumerio cuneiforme o el egipcio jeroglífico, alfabetos que manejan con soltura multitud de eruditos.

Elías Poveda se defendía con el ulfilano; es decir, podía descifrarlo con ayuda de sus libros, aunque no era experto en lenguas indoeuropeas. Era historiador y su labor docente, hasta la jubilación, se había centrado en la historia antigua. Pero, a título personal, su pasión eran los pueblos bárbaros que habían invadido España durante la decadencia del Imperio romano, los visigodos y alanos sobre todo. Un apetito de estudioso que le había llevado a estudiar rúnico y ulfilano, y que había movido a su vez a su antiguo alumno, Rafa Morata, a acudir a él con aquel texto desconcertante.

Poveda había dado clase a Morata —así como a Max Vega y a algún amigo más de Alejandra— y había mantenido cierto contacto con él a lo largo de los años. Había sido Vega quien había dado a Alejandra el teléfono particular de Poveda y, tanto él como algún otro antiguo alumno, aseguraban que era un hombre accesible, siempre que no se le molestase con tonterías. Por eso, después de telefonearle durante una semana en vano, Alejandra se armó de valor y acudió en persona a su casa. Ni siquiera había tenido la opción de dejarle un mensaje, ya que el teléfono sonaba y sonaba, sin que saltase ningún contestador.

Justo el día en que se animó a acercarse al domicilio de Poveda, el clima había cambiado de golpe, con esa rapidez que ya es cotidiana en Madrid. Hace años que no existe la primavera en la ciudad y son ya sólo un recuerdo las semanas de días tibios, con brisas suaves, cielo azul y nubes blancas de antes. El tiempo ahora es tornadizo, pasa del frío al calor en horas y sorprende a la gente a trasmano, siempre con sobrada o escasa ropa de abrigo.

La tarde anterior aún llovía y el aire era gélido, y esa mañana había amanecido con cielos limpios y casi calor, hasta el punto de que

Alejandra se había puesto unos vaqueros y una camiseta de tirantes, con los hombros al aire. Tras pensárselo, había decidido acercarse a casa de Poveda hacia la una de la tarde, que es casi el mejor momento para acudir sin avisar previamente a un domicilio privado; ya tarde por la mañana pero aún pronto para sorprender a la gente comiendo.

Poveda vivía en el barrio de Salamanca, en la calle Jorge Juan. Alejandra cogió el metro hasta Goya, reacia a llevar el coche al centro, y desde allí se acercó dando un paseo. La lluvia y el viento habían barrido la contaminación, el aire era claro y el cielo muy azul. La primavera es lo mejor que tiene esa ciudad caótica, de edificios feos, saturada de coches y siempre en obras. Es la capital más arbolada de Europa y, en esa época precisa, las fachadas están medio ocultas tras un mar de copas verdes que, a veces, resultan un espectáculo que casi le hacen perdonar a uno todo lo demás. Casi. Al menos, por un rato.

El piso de Poveda estaba en una de esas fincas antiguas del barrio, de principios del siglo XX, con fachadas neoclásicas y portales inmensos que a menudo dan paso a antiguas caballerizas reconvertidas en cocheras. Alejandra, a pocos números de su objetivo, se detuvo ante las lunas de una tienda de mobiliario importado de Extremo Oriente: Laos, Tailandia, Indonesia. Se entretuvo un rato en admirar las piezas mientras se mordisqueaba el labio inferior. Paseó los ojos por las tallas de madera, las vasijas, los muebles y los bronces, sin poder ocultar un mohín de disgusto ante los precios, porque todo lo expuesto era tan caro como hermoso. Se quedó allí hasta que se dio cuenta de que, en el fondo, estaba retrasando, por timidez, el momento de presentarse en casa de Poveda.

El edificio en cuestión, calle abajo, tenía una puerta de madera de dos hojas, a esa hora abierta de par en par, con un vestíbulo y, al fondo, unas puertas acristaladas. A la derecha en la entrada, observó la existencia de un telefonillo de aspecto anticuado. Acercó el dedo y, en el último momento, lo apartó para rebuscar en el bolso y sacar el papel en el que había anotado la dirección exacta. Sólo cuando se hubo cerciorado de que la memoria no le engañaba, y de que ése era el piso y número, apretó el botón.

Esperó unos segundos. Nada. Tocó otra vez, luego otra y otra. En vano.

La puerta acristalada se abrió vibrando, como si estuviese un poco encajada, para dar salida a un hombre rechoncho y ya entrado en años, el pelo ralo canoso, vestido con el traje gris tan común a muchos porteros. Debía haberla estado observando tras las cristaleras, invisible gracias a la oscuridad que reinaba al otro lado.

—Disculpe, señorita. ¿Se le ofrece algo?

Alejandra se volvió con cierta aprensión, porque hay porteros que son una raza aparte, parientes de los dragones guardianes de tesoros. Pero aquél parecía bastante campechano y, aparte, a ella no se le escapó la forma en que la miraba.

—Sí. Venía a casa de Elías Poveda —titubeó, desconcertada por la cara de circunstancias que compuso el portero al oír ese nombre. Luego añadió, con la mayor soltura—: Verá, soy una antigua alumna suya. Pasaba por aquí y se me ocurrió acercarme a saludarle. No me diga que se ha ido de viaje.

El rostro del portero se trocó en una máscara de condolencias.

—¿Alumna suya? —Removió los pies, apartó los ojos—. Lo siento mucho, señorita, pero el señor Poveda falleció la semana pasada.

Alejandra se quedó de piedra. Durante varios segundos no supo qué decir ni hacer, en tanto que su interlocutor la miraba tan azorado como si hubiera tenido que dar la noticia a una hija, en vez de a una antigua alumna. Por último, como ella seguía sin reaccionar, al otro no se le ocurrió otra cosa que soltar un «lo lamento» entre dientes.

Eso rompió por fin el ensalmo. Alejandra se pasó una mano por la frente. En la calle corría una brisa fresca que arrastraba, por una vez, olor a vegetación y no a diésel. Se oía pasar a los coches y, a través de una ventana abierta, a un jilguero que cantaba en su jaula.

—Me ha dejado usted helada. ¿Cuándo ha sido?

—El martes pasado. —Volvió los ojos un poco hacia arriba, como si hiciese memoria—. Sí, el martes. Bueno, ese día fue cuando le encontraron. Si ya llevaba tiempo muerto, eso no lo sé.

—Pero ¿de qué ha muerto?

—De un infarto. Le encontró su hermana, que tenía llaves de la casa. Ya sabe que vivía solo. —Se paseó la mano por las mejillas—. Suerte que no me tocó a mí abrir la puerta. A menudo estos ancianos no tienen a nadie, o no se puede localizar a los parientes, y es el portero el que tiene que abrir a la policía. Y no es agradable.

—Ya imagino. —A Alejandra le sonó extraño eso de «ancianos», en boca de alguien al que no debía quedar mucho tiempo para jubilarse—. Pero no era tan mayor.

—Setenta años, señorita. Ya no era ningún chaval. —Meneó despacio la cabeza, dejando entrever de repente a los campesinos cachazudos que debieron ser su padre y su abuelo—. El señor Poveda estaba bastante grueso y casi no se movía; estaba todo el día metido en casa, entre libros. Era un hombre con mucha cabeza, mucha; pero no llevaba una vida muy sana, que digamos.

Alejandra suspiró, aún descentrada, mientras el portero la miraba curioso.

—Esto era lo último que me esperaba. No sabe cómo me he quedado. —Sacudió la cabeza—. Muchas gracias. No le entretengo más.

—Si tenía que tratar algún asunto con el señor Poveda, puede ponerse en contacto con su familia. Tengo el número de la hija en portería.

—Muchas gracias pero no. Sólo era una visita de cortesía —mintió de nuevo—. Pasaba por aquí y se me ocurrió parar a saludarle. Y ya ve usted.

—No somos nadie. —El otro asintió, con la solemnidad que se supone ha de acompañar a tales palabras—. Pobre hombre.

Alejandra se fue por donde había venido y, mientras se alejaba calle arriba, el portero se demoró en el umbral de la casa, observando los hombros desnudos y la espalda de su visitante, ya que ésta llevaba la chaqueta bajo el brazo. Luego, con un poco de cojera, provocada por la edad y el sobrepeso, regresó a las profundidades de la portería.

* * *

Doku había estado demasiado lejos como para poder ver con exactitud qué timbre había tocado aquella mujer alta, de cabellera larga y rizada. No pudo escuchar palabra de su conversación con el portero y, de haberlo hecho, le hubiese aprovechado bien poco, ya que su español era más bien rudimentario. Sin embargo, la insistencia que había mostrado al llamar al telefonillo, así como sus cambios de expresión mientras hablaba con el portero, le dejaban pocas dudas sobre a quién había ido a visitar.

Al ver que la mujer se alejaba del portal, echó a andar detrás de ella, sin dudarlo un instante, a distancia prudencial, contento de que una semana de vigilancia ante aquella casa, en ese barrio aburrido, habitado al parecer sólo por viejos, hubiese dado por fin algún fruto. Alejandra no llegó ni a imaginar que la siguiesen. Eso es algo que nunca se le pasa por la cabeza a la gente normal y, además, ella en concreto iba absorta en sus pensamientos, sorteando por instinto a la gente y, todo lo más, atenta a que no la atropellase algún coche de los que apuran el cambio del semáforo al rojo o aceleran en los pasos de cebra, para forzar a los peatones a detenerse.

Alejandra salió a la calle Goya pero, una vez allí, se detuvo un instante, se llevó un dedo al labio, como indecisa, y cambió por último de dirección para bajar hacia la plaza de Colón. Desde allí, acortando por la plaza, acabó por meterse en la Biblioteca Nacional.

Doku la siguió hasta las puertas exteriores y se quedó al otro lado de las verjas. Optó por aguardar paseando arriba y abajo por Recoletos, incómodo, de sobras consciente de su aspecto de extranjero de origen islámico; algo que en los últimos tiempos y en Madrid se había convertido en motivo de sospecha. Se preocupaba de más, claro, ya que la ciudad se había convertido, en los últimos diez años, en una especie de pequeña Babilonia y los transeúntes ni reparaban en aquel hombre alto y más bien flaco, de rasgos exóticos, piel cetrina y gran barba rizada, cuyas ropas oscuras ni siquiera eran llamativas.

No era la persona más adecuada del mundo para seguir a nadie, ni para vigilar con discreción, y se había pasado una semana vigilando la casa del muerto sin que nadie le hubiese dado un motivo para ello, lo que no había ayudado a templar sus nervios. Ahora en Recoletos, según iba pasando el tiempo, se iba crispando más y más, al tiempo que se dispersaba su atención, más preocupado ya por la posible aparición de un coche de policía, o porque alguien se fijase en él, que por la salida de la mujer. El cambio de clima le había sorprendido también a él, llevaba demasiada ropa encima y estaba sudando. Además, sentía que la pistola le pesaba una tonelada, sobre todo porque la llevaba encima pese a las órdenes de Aslan, que había dejado bien claro a todos sus hombres que debían prescindir de las armas mientras no se les ordenase lo contrario.

Temía verse obligado a esperar durante horas, mientras la mujer hacía sus gestiones en aquella biblioteca enorme. Si vigilar había sido ya bastante malo en las calles tranquilas del barrio de Salamanca, allí, en plena ebullición de la ciudad y con tanto edificio público cerca, le resultaba mucho peor. Sin embargo, Alejandra Espinosa se había acercado a la Biblioteca Nacional tan sólo para preguntar si su carnet de investigadora, que le permitiría consultar los documentos necesarios para su libro, seguía siendo válido o había caducado. Tras informarse en un mostrador, salió fuera y Doku, que en esos momentos tenía los ojos puestos en un coche de la policía municipal, la vio cuando cruzaba ya las grandes puertas exteriores de la biblioteca.

Alejandra, embebida en sus pensamientos, no sólo no se dio cuenta del sobresalto que sufrió aquel extranjero de la gran barba cuando pasó casi rozándole, sino que ni siquiera se percató de que estaba ahí. Se acercó al borde de la acera, la cabeza en otra cosa, y de reojo advirtió que se acercaba un taxi libre. Cayó entonces en la cuenta de que era casi la hora de comer y, casi por instinto, alzó el brazo para llamarlo. El taxista la vio cuando estaba ya a su altura y se detuvo a la par que ponía el intermitente, causando frenazos, bandazos y toques de claxon, a los que respondió con un mal gesto.

El taxi casi había arrancado antes de que Doku pudiese siquiera reaccionar. Se quedó plantado entre la gente, sin poder hacer nada, viendo cómo subía por el lateral de Recoletos y en seguida lo perdió de vista en el remolino de coches que giraban en la plaza de Colón. Se quedó unos instantes con las manos en los bolsillos, antes de dar media vuelta entre resignado y molesto, algo inquieto por las posibles reacciones de Aslan o Shamil cuando les informase. Se volvió por donde había venido, a buscar su coche, que había dejado aparcado cerca de Jorge Juan.

Ese mismo día, pero ya a la caída de la noche, se acercó al local de ajedrez con la esperanza de encontrar a Shamil. Él lo llamaba así, *El Ajedrez*, ya que le costaba muchísimo leer el alfabeto latino y nunca se había tomado la molestia de descifrar el rótulo que decoraba una de las paredes del establecimiento. Una puerta a la calle y un pasillo corto y mal alumbrado llevaban a una sala muy amplia, cuadrada, con paredes pintadas de beige, algo oscurecidas por el paso del tiempo y el humo de los cigarrillos, con suelo de baldosas, un par de ventanucos barrados que daban a un patio interior, luces halógenas blancas, una barra de bar, con un surtidor de Mahou y dos docenas de mesas, cada una de ellas con un tablero de ajedrez. Aquel local estaba en pleno barrio de Chueca y había sobrevivido a los nuevos tiempos de garitos y tiendas *fashion* gracias a su condición de sede social de una peña ajedrecística fundada en los años cuarenta, ya que, siendo interior, un traspaso no podría conseguir nueva licencia, ni para actividades lúdicas, ni comerciales.

Shamil estaba dentro, en efecto, en una de las mesas próximas a la pared del fondo, sentado de forma que podía ver tanto la puerta como lo que ocurría en la sala. Su actitud, empero, parecía cualquier cosa menos vigilante y un observador causal no hubiera visto en él otra cosa que a un extranjero de treinta y pocos años, no muy alto y sí recio, barbudo y de ojos verdes, absorto en la partida de ajedrez que estaba jugando con un jubilado.

Doku cogió una silla y se sentó a observar la partida. Ninguno de los dos jugadores levantó siquiera la vista del tablero, aunque él estaba seguro de que Shamil, por quien sentía una mezcla de admiración y miedo, le había visto no bien cruzó la puerta.

También se percataron de su presencia Frías y Calderón, aunque de eso él no se dio ni cuenta. Aquellos dos estaban sentados a varias mesas de distancia, enfrascados en su propia batalla de piezas blancas y negras, y nadie les hubiera tomado por otra cosa que dos jugadores absortos en el tablero.

—Ése es otro de la banda —afirmó por lo bajo Frías, delgado y nervudo.

—Seguro —asintió Calderón, macizo y unos diez años más viejo que su compañero.

—¿Le habías visto por aquí alguna vez? —titubeó, con un peón negro entre los dedos.

—Nunca... y mueve de una puta vez.

Estaban solos en su rincón. Había algún mirón en alguna otra mesa, pero no en la suya. Esos dos estaban ya catalogados por los habituales de la peña como jugadores grises, de los que saben teoría, sin duda, pero cuyo juego es limitado y sin destellos; algo que no suele congregar a espectadores y que a ellos les venía como anillo al dedo.

—¿Pero cuántos pueden ser? —Frías se decidió a avanzar el peón.

—Ni idea. Estos tíos, o su jefe, son listos y están dispersos. —Calderón se repantigó en su asiento para observar la disposición del tablero. Ya se había dado cuenta de que, pese al calor que reinaba en el local, fruto de la mala ventilación y el aire viciado, aquel tipo con barba de islamista no se había quitado el chaquetón de cuero. Y debía estar incómodo, porque la frente le brillaba de sudor—. Ése se muere de calor y no se quita la chupa. ¿A que lleva pistola?

—Fijo que sí.

—Ha venido a hablar con el otro. Hay que seguirle.

—Ya voy yo. Estoy hasta los cojones del puto ajedrez.

Calderón alzó los ojos por un instante hasta su compañero, luego los puso de nuevo en el tablero. Había acabado por coger el gusto al ajedrez, a fuerza de estudiar durante los casi dos meses que llevaban siguiendo a aquella banda llegada de alguna república asiática ex soviética, en tanto que a Frías seguía sin hacerle gracia. Broma del destino era que a su compañero se le diese el juego mucho mejor que a él.

—Como quieras.

—Acabamos la partida en tres movimientos y salgo.

—Una leche. —Calderón se pasó los dedos por el bigote, negro y con algunas canas, antes de desplazar un alfil—. Juega bien, que nunca sabe uno cuando le pueden estar mirando, y hay tiempo de sobra para acabar.

La partida entre Shamil y el jubilado duró aún algo más de una hora, y en ese tiempo nadie cambió palabra. Sólo Doku, en una ocasión, se levantó, fue al servicio y encargó después un café en barra, que se llevó a la mesa. Al final, fueron las piezas blancas de Shamil las que se impusieron. El jubilado se puso en pie para estrechar la mano del vencedor de forma casi ceremoniosa. Luego echó una mirada al reloj y se marchó del local. Shamil comenzó a disponer las piezas para una nueva partida. Doku cambió de silla para situarse frente a él. Para entonces, hacía ya un buen rato que Frías y Calderón habían terminado, y el primero se había ido a esperar la salida de Doku. El segundo se había quedado sin adversario y movía piezas en solitario, ensayando jugadas.

Shamil tendió los dos puños cerrados y Doku titubeó, antes de señalar el izquierdo. Le tocaron en suerte negras. Shamil devolvió los peones a sus respectivas casillas y sólo entonces habló en el idioma natal de ambos, aunque sin apartar los ojos del tablero.

—¿Qué te trae por aquí? —Abrió con peón cuatro rey.

El otro desplazó un peón negro y, por lo bajo, se lanzó a contarle lo que le había ocurrido, aunque lo hizo de una manera tan atropellada que Shamil tuvo que interrumpirle en un par de ocasiones para pedir aclaraciones. Doku se embarulló sobre todo a la hora de contar cómo la mujer le había dado el esquinazo a las puertas de la Biblioteca Nacional. Su oyente no reprimió un gesto de contrariedad.

—¿Seguro que no se dio cuenta de que la estabas siguiendo? —preguntó en un tono bajo y bastante desagradable.

—No —rechazó, a la defensiva.

—Si no sabía que la estabas siguiendo, ¿por qué se metió en un taxi y desapareció? O trataba de despistarte o se te escapó por torpeza tuya.

—Estás siendo injusto conmigo, Shamil. Esa mujer salió de la biblioteca y, de repente paró un taxi y se subió. ¿Qué podía hacer yo? A lo mejor lo hizo como medida de precaución, para despistar a posibles perseguidores, aunque no supiese que yo la seguía.

—Tal vez. —Su interlocutor le miró con esos ojos verdes suyos, ahora llenos de escepticismo—. En todo caso, tenemos que preguntarnos quién es esa mujer y por qué fue a la casa del muerto.

—A lo mejor es la persona que Aslan estaba esperando que apareciese.

—¿Por qué crees que Aslan esperaba tal cosa?

—Por algo me mandaría a vigilar la casa, ¿no?

—No conozco sus motivos, ni tú tampoco. Cuando se me ordena algo, yo obedezco sin hacerme preguntas ociosas. Sería mejor que tú hicieses lo mismo.

—Claro. —Ahora un poco intimidado, Doku procuró camuflarse en el juego. Movió un caballo.

Shamil reprobó con la cabeza ese movimiento desafortunado, pero al menos eso desvió algo su atención.

—¿No pudiste seguirla en el coche?

—Lo tenía aparcado al lado de la casa que he estado vigilando y no me dio tiempo a cogerlo. —De repente hastiado, dejó escapar un gruñido—. Y, aunque hubiera podido hacerlo, es muy poco discreto perseguir a alguien que va caminando, con el coche en primera. ¿No nos dices siempre lo importante que es la discreción?

—Es verdad, amigo. Tienes razón. —Shamil dejó que una sonrisa pasase por su rostro, como un relámpago que no deja huella de luz alguna en la oscuridad, luego del fogonazo. Se enfrascó él también en el juego y ya no sacó más a relucir el tema.

4

Hacia las siete de la tarde, el H&M de Gran Vía suele ser una vorágine, un hormiguero en el que Marfil y Alejandra se habían sumergido casi jubilosas, para rebuscar entre las perchas, acariciar tejidos, desplegar ropas y mostrárselas la una a la otra en busca de opinión. Todo un ritual consumista que tenía la virtud de sosegar a Alejandra, a la que las preocupaciones daban tregua entre el gentío, las prendas y los espejos. Hubo un tiempo en que salir de compras para relajarse le causaba luego remordimientos de rebote, puede que por culpa de esa educación criptopuritana que proclama que, cada vez que una mujer se abandona a placeres triviales, claudica ante el esquema tradicional de roles.

Pero hacía mucho tiempo que habían dejado de importarle ese tipo de sandeces y para ella, ahora, el simple acto de ir de compras, aunque no comprase al final nada, era como una especie de yoga mundano, que aventaba los malos humores y le aportaba una extraña serenidad.

Y Alejandra necesitaba relajarse, y mucho. Tenía demasiado tiempo libre, toda una casa para ella, y había días, y momentos en lo que todo parecía venirse encima de golpe. En esas ocasiones, era como si el cielo se derrumbase sobre su cabeza y sentía como si le faltase el mismo aire. Por eso aquella tarde con Marfil, recorrer las tiendas de ropa y zapatos de la calle Fuencarral, y luego la Gran Vía, fue una suerte de terapia que, poco a poco, le había ido devolviendo el humor. Tanto que, en aquel preciso instante, sus pensamientos eran ya muy otros.

—¿Sabes? —se le vino a la cabeza en un momento dado—. Ni que hubiera una maldición.

—¿Una maldición? —Marfil, que trasteaba entre las perchas, echando ojeadas a las blusas, levantó a medias la cabeza—. ¿De qué me estás hablando?

—Del libro en ulfilano. ¿De qué va a ser? Es como si hubiera una maldición sobre ese libro. Todo aquel que lo ha tenido entre manos, sea el texto original o una copia, ha muerto.

—¡Qué tontería! —Marfil dejó escapar una de esas sonrisas tan suyas, entre desdeñosa y ausente, sin dejar de recorrer con los dedos la hilera de blusas—. Las maldiciones están muy bien si quieres escribir una novela, pero resultan muy poco serias en un ensayo.

—Ya lo sé. Pero no me digas que no es curioso. Tres personas han tenido acceso a ese documento en ulfilano y las tres han muerto en un plazo de tiempo muy corto.

—Sería alarmante, más que curioso, si el libro fuese el único elemento a tener en cuenta.

—¿Qué quieres decir?

—Piensa. Tú conocías más que yo a Rafa Morata...

—No tanto.

—Pero por lo menos un poco más. Sabes, como yo sé, lo mucho que bebía y lo mucho que le gustaba pisar el acelerador cuando cogía el coche con dos copas. Ésa es una combinación que tarde o temprano pasa factura.

Alejandra tuvo que asentir, con un mohín, ya que a ella también le habían llegado comentarios sobre las circunstancias de ese fallecimiento. Había sido un accidente de tráfico en la M-30, en el puente de Ventas en concreto. Uno de esos golpes tremendos de madrugada, de coche que pierde el control y se estrella a gran velocidad, para acabar convertido en un amasijo de chatarra. Según los rumores que corrían entre sus conocidos, Morata llevaba mucho alcohol en el cuerpo —según algunas versiones, no sólo alcohol—, y era posible incluso que se hubiera quedado dormido mientras conducía a más de ciento treinta por hora.

—En cuanto a Poveda... no era ningún chaval precisamente —prosiguió Marfil—. No nos gustará la idea, pero tenemos que asumir que, a partir de cierta edad, estamos expuestos a una muerte repentina.

—Eso ya lo sé.

—No, no lo sabes. —Volvió a esbozar aquella sonrisa distante—. Por eso te ha impresionado tanto la muerte de Poveda.

—Ni siquiera le conocía. Me impresionó porque es muy fuerte ir a visitar a alguien y que te digan que ha muerto.

Marfil se fue hacia unas chaquetas, arrastrando a su amiga con ella.

—¿Y lo de Rubén? —insistió esta última—. No me vas a decir que eso también es normal.

—No, no lo es. Y precisamente por eso, por lo anormal que resulta que maten a un amigo a puñaladas en su casa, es por lo que se te ocurren estas ideas. Porque le sumas dos sucesos que sí son cotidianos, nos guste o no: un accidente de tráfico, y un ataque al corazón, y entonces sí que parece que está ocurriendo algo fuera de lo común.

—¿Y no es así?

—No, a no ser que creas de verdad en maldiciones. En algún tipo de hechizo que haga que Rafa pierda el control de su coche y se estrelle. Y que a Poveda le falle el corazón.

Alejandra alzó una de las mangas de la chaqueta para palpar el tejido y, no muy convencida, la dejó caer.

—Supongo que tienes razón.

—Claro que la tengo. Pero nos gusta ver sucesos extraordinarios donde sólo hay una concatenación de casualidades.

—Creí que los policías no creíais en casualidades.

—Eso dicen siempre en las películas. —Sacó un vestido liviano de su percha y lo alzó para examinarlo—: ¿Qué te parece éste?

La otra hizo una mueca de duda y Marfil, luego de ponérselo por encima y observarse en un espejo, lo devolvió a su lugar. Fue ella misma la que retomó el tema, aunque desde un ángulo bien distinto.

—¿Y qué pasa con el libro en ulfilano? Ahora sí que ya no tienes nada, a no ser que consigas que la familia de Poveda te deje buscar entre sus papeles.

—No, no. —Casi enrojeció al pensar en hacer una gestión así—. Deja.

—¿Entonces abandonas?

—Ni lo sueñes. —Meneó la cabeza, haciendo ondear la mata de pelo rizado, como un león—. Aún me quedan unas cuantas bazas que jugar. Ya te conté que Rubén me pasó los datos que tenía: tomó unos cuantos apuntes, antes de aparcar el tema.

—Sí. Eso me dijiste.

—No soy la única que tiene esos apuntes, por cierto.

—¿Y eso? —Marfil la miró ahora perpleja, al detectar un rastro de encono en su voz.

—A mi «buen amigo» Salinas, que se hacía el poco interesado en la fiesta, le faltó tiempo para ponerse luego en contacto con él.

—¿Ah, sí?

—Rubén me lo contó.

—Ese tío es como una rata, siempre husmeando y correteando por detrás. ¿Le dio Rubén la información?

—Sí, claro.

—Bueno, cuéntame. ¿Qué has logrado sacar en claro sobre ese libro?

—El libro en realidad apenas podría llamarse así; es más bien una especie de opúsculo, de unas cincuenta páginas. Sabemos el nombre del copista, o del falsificador, porque él mismo lo puso en primera página. Augusto Ramos. Según me dijo Rubén, en esa primera página consta, literalmente: «Trasladado del original en gótico por el licenciado Augusto Ramos. En el año de Nuestro Señor de 1847».

—Como dato, tampoco es gran cosa.

—Pero sí suficiente para empezar a indagar. ¿Te acuerdas de Álvaro Reina?

—No. No sé quién es.

—Un antiguo compañero de clase mío. Trabaja en el CSIC y le pedí que investigase sobre ese nombre. Augusto Ramos es un personaje real, no un pseudónimo. O al menos existió alguien, en el siglo XIX, que bien pudiera ser el supuesto copista del libro en ulfilano. Fue un autor prolífico, que escribió desde piezas teatrales a panfletos políticos.

—No me suena.

—Al parecer, no ha llegado ninguna obra suya hasta nuestros días.

—No sería muy bueno entonces.

—Parece ser que no; que era bastante plúmbeo. Pero su vida, en cambio, debió ser de lo más interesante, mucho más que su obra. Según ha logrado averiguar Álvaro Reina, que es un cielo y ha removido Roma con Santiago por ayudarme, llevó una existencia bastante turbulenta, estuvo metido en conspiraciones y asonadas, y parece que incluso estuvo preso una temporada en el penal de Ceuta. No se sabe muy bien cómo acabó, pero por lo visto estuvo muchos años empleado como secretario de un tal Justo Liñares, un asturiano adinerado, y fue en esa época cuando escribió buena parte de su obra, sin mucho éxito.

—Todo un personaje. —Marfil dejó escapar otra de sus sonrisas—. Pero ¿adónde te lleva todo eso?

—Justo Liñares tenía una propiedad en los Oscos y allí fue donde vivió la última parte de su vida Augusto Ramos. ¿Conoces los Oscos?

—No sé ni qué son.

—Yo tampoco lo sabía. Es una comarca asturiana, al suroeste de la región, pegada ya a Lugo. Unos amigos míos estuvieron hace poco allí, durante el puente de la Constitución, y me han dicho que es un lugar alucinante, todo bosques. La casa de Justo Liñares aún sigue en pie y tal vez se conserven los archivos familiares.

—Han pasado ciento cincuenta años, Alejandra. Esa propiedad puede haber cambiado de manos media docena de veces.

—No. —Sonrió con cierta vanidad—. Me he informado bien. Los Oscos siempre han sido una zona montañosa y poco poblada y, hoy en día, muchas de las viviendas tradicionales se han reconvertido en museos o casas rurales. Pero ésta en concreto, por lo que he podido averiguar, ha estado en manos de la familia Liñares hasta hace relativamente poco tiempo.

—¿Y ahora de quién es?

—Eso no lo he podido saber. Pero sí que sigue siendo propiedad privada y que no está abierta al turismo.

—Veo que has estado trabajando en el asunto a fondo. —Marfil se enterneció un poco, observando la mueca ahora obstinada de su amiga—. Pero no esperes encontrar gran cosa. En España nunca nos hemos preocupado gran cosa por «los papelotes de la familia». En este país se pierden más documentos valiosos por desidia que por robos. Al menos, los ladrones los conservan. Hay archivos por todos lados, archivos de siglos pasados, que se pudren en sótanos, en altillos o trasteros. Se los comen la humedad y las ratas sin que nadie se preocupe por ellos, o siquiera sepan que existen. Deprimente.

—Yo me daré por satisfecha si consigo algo de información sobre el libro, o el opúsculo, en ulfilano, y sobre la persona que lo escribió. Es todo lo que quiero. Además, ya me ha picado la curiosidad ese libro, que parece escapárseme siempre de entre las manos.

—¿A pesar de la maldición? —sonrió Marfil.

—A pesar de ella —Alejandra sonrió. Apartó unos vestidos para sacar, casi de un tirón, uno negro. Se lo sobrepuso ante un espejo—. Me gusta éste.

—Te queda bien. Pruébatelo.

—No, porque me va a gustar cómo me queda y entonces me lo compraré.

Lo devolvió a regañadientes a su sitio, entre otros vestidos, con un suspiro hastiado. Marfil volvió entre sus dedos la etiqueta, para consultar el precio.

—No es caro y seguro que te queda de vicio.

—No me tientes. —Ahora casi resopló, haciendo vibrar los labios—. Siempre hago lo mismo: me compro ropa que al final no me pongo ni una sola vez. Soy una caprichosa y una manirrota.

—Tú y yo, y esa que pasa por ahí. ¿Qué tiene eso de malo?

—Puede que nada. —Volvió a sonreír, esta vez una sonrisa tan deslumbrante que uno que aguardaba aburrido al pie de los vestidores, mientras su pareja se probaba pantalón tras pantalón, se la quedó mirando durante un par de segundos como embobado—. Pero ahora más me vale aprender a ahorrar.

—Eso sí —admitió Marfil, de nuevo con la cabeza puesta en varias cosas a la vez, al tiempo que volvía a navegar despacio ese maremagno de prendas y gente—. ¿Entonces estás decidida a irte a ese sitio, los Oscos?

—Sí, me escaparé un par de días, entre semana.

—¿Con quién te vas?

—Con nadie. Me voy yo solita.

—¿Sola? —Apartó los ojos de la ropa, ahora de veras sorprendida—. ¿Tú?

—Sí. Primero, no tengo nadie con quien ir. Segundo, es lo mejor. Así tendré tiempo de investigar tranquila, a mi aire. Y creo que me vendrá bien cogerme un par de días para mí sola, lejos de todo y de todos.

—Sí, sí que te vendrá bien. —Marfil meneó con lentitud la cabeza, porque su amiga era de las que siempre habían odiado estar solas—. Has cambiado, Alejandra.

—No lo sé. —La otra negó también con la cabeza, igual de despacio—. Pero es hora de que me tome un poco de tiempo para mí misma y piense un poco en mis cosas. Y este viaje a los Oscos puede ser la ocasión perfecta.

—¿Cuándo te vas?

—En cuanto consiga alojamiento.

5

Alejandra salió en dirección a los Oscos un martes por la mañana, poco después de las diez. La carretera N-VI a la salida de Madrid era un caos de coches, autobuses, furgonetas de reparto, como lo había sido horas antes y como lo sería horas después, porque hace ya décadas en Madrid siempre es hora punta. Pero luego, conforme fue sumando kilómetros de autovía, el atasco comenzó a despejarse poco a poco y, casi sin darse cuenta, a la altura del túnel de Guadarrama, se encontró con que conducía por una carretera ya con muy poco tráfico.

Había elegido la ruta a seguir tras consultar con aquellos amigos que estuvieron meses antes en los Oscos. Y la recomendación era subir por la N-VI hasta el kilómetro 461, salida a Baleira, y a partir de ese punto seguir por carreteras locales hasta llegar a la comarca de los Oscos. No tenía prisa alguna y condujo por tanto con tranquilidad, disfrutando del buen tiempo y la circulación escasa. Tomarse las cosas con calma —conducir relajada, la ventanilla abierta, la música puesta, e ir echando ojeadas a los paisajes por los que discurría la carretera— era todo un bálsamo, después de tanta agitación y mudanza.

Además, su Renault Clio no daba para demasiado y no quería forzarlo. Llevaba tiempo pensando en cambiarlo por un coche más potente e incluso había acariciado la idea de cambiarlo por un 4 × 4, pero la pérdida del trabajo había mandado esa idea al desván de los proyectos aplazados.

Atravesó las zonas altas de Segovia, luego Ávila, y durante todo el trayecto el tiempo se mantuvo cálido y despejado. Se detuvo un par de veces a tomar café en restaurantes de autovía y, en una de ésas, aprovechó para repostar gasolina. Viajar sola era una experiencia casi nueva para ella y estaba descubriendo que no le resultaba desagradable, ni mucho menos.

Circulaba ya por la provincia de León cuando creyó escuchar la musiquilla del móvil. Levantó un poco el pie del acelerador, al tiempo que tanteaba con la derecha en el asiento de atrás, buscando el bolso. Pero, para cuando pudo dar con el teléfono, ya habían colgado. Sin dejar de conducir, tecleó el menú del móvil para descubrir asombrada que tenía cuatro llamadas perdidas, dos de ellas de Ana Marfil. Devolvió la llamada sin apartar los ojos de la carretera y Marfil respondió al segundo toque.

No quería nada en concreto, aparte de desearla un buen viaje. Por eso había llamado por segunda vez, al no recibir contestación la primera, sabiendo que esa mañana tenía que estar en la carretera.

—No lo oí —se disculpó Alejandra—. El timbre de este móvil suena muy poco. Tengo un móvil que no suena, un coche que no tira y una vida que no sé qué hacer con ella.

Marfil, en el receptor, se echó a reír.

—Eso no es tan malo.

—Si tú lo dices.

—Puedes cambiar de móvil y de coche, y al menos tienes una vida con la que hacer algo, aunque ahora mismo no sepas qué. —Volvió a reírse—. Anda, pásatelo bien en el monte y llámame a la vuelta. Y cuelga, no te vayas a estrellar, que seguro que vas hablando y conduciendo.

Cortó y Alejandra se quedó dos segundos con el móvil en la mano, antes de dejarlo sobre el asiento del copiloto. Los kilómetros siguientes los hizo dándole vueltas a la contestación de Marfil porque, llena de remordimientos, había caído en la cuenta de que, en las últimas semanas, no se había interesado ni una vez por cómo le iban las cosas a su amiga. Que, dedicada a contarle sus cuitas, no le había preguntado en ningún momento por su situación personal.

«Eres una egoísta», se dijo, al tiempo que se mordisqueaba los labios y meneaba la cabeza, las dos manos sobre el volante y los ojos puestos en la carretera, que a veces hacía efectos de agua bajo el sol deslumbrante.

De las otras dos llamadas, una era de Antonio y otra de identidad oculta, así que supuso que también sería de él, hecha después de la primera, para ver si así tenía mejor fortuna. Hacía tiempo que Alejandra no respondía nunca a llamadas con el número oculto y, en todo caso, no devolvió la primera.

Entró por fin en la provincia de Lugo y abandonó la N-VI en la salida 261. A los pocos metros se encontró conduciendo por una carretera local, entre bosques de robles y eucaliptos. Maravillada por ese cambio repentino, aminoró velocidad para poder disfrutar del trayecto, aunque las curvas le impidiesen absorberse en el paisaje. Fue conduciendo así hacia el norte y, cerca ya de las tres de la tarde, se detuvo a comer en un pueblo llamado Fonsagrada, más por miedo a no encontrar ningún sitio abierto más adelante, y para preguntar el camino, que porque tuviese mucha hambre.

Fonsagrada está en lo alto de un cerro y se presenta a ojos del conductor de golpe, al doblar una de las curvas. Sería un lugar hermoso para ver de lejos, en tiempos debió serlo, si las edificaciones nuevas no hubiesen roto el encanto de la imagen. Condujo por las calles del pueblo hasta dar con un restaurante grande y de buen aspecto. Se sentó en el comedor de la segunda planta; una sala de paredes de piedra desnuda, adornadas con aperos de labranza antiguos. Los manteles eran de papel y los comensales una mezcolanza que iba desde ancianos en grupo a trabajadores que comían de menú.

Ocupó una mesa junto a las ventanas y, tras un instante de duda, pidió también menú. Fue una comida un tanto extraña. Por un lado disfrutó del hecho de comer a solas en un lugar público y desconocido. Mientras fumaba un cigarrillo y bebía una caña, en espera del primer plato, había hecho memoria y no pudo recordar haber estado nunca en una tesitura así. Pero, por otra parte, no podía dejar de sentirse algo incómoda, ya que algunos de los presentes la miraban con curiosidad, en algunos casos muy poco disimulada.

Alejandra Espinosa era guapa, lo sabía y, por eso mismo, cargaba con unos cuantos complejos que ella misma reconocía como absurdos, lo que no impedía que le pesasen como losas. Especialmente molesto le resultaba sentirse observada y no le aliviaba el saber que eso es algo que siempre le va a ocurrir a una mujer como ella, cuando viaja sola. De ese sinsabor se consoló con el postre del lugar, la tarta de Consagrada, que le supo deliciosa. Tanto que no pudo resistirse a preguntar la receta, aunque sólo sacó en claro que estaba hecha con bizcocho y almendra.

Al salir del pueblo se sumergió en nuevas carreteras comarcales, por entre bosques cada vez más densos y, en algún momento, se dio cuenta de que ya estaba en Asturias y por tanto en los Oscos. Echó un vistazo al reloj, redujo un poco y siguió atenta a cualquier posible cartel, empapándose de los colores del bosque, del sol de media tarde que se colaba por el follaje, de la brisa cargada de olores que entraba por la ventanilla para acariciarle los antebrazos y agitarle la melena rizada.

Los Oscos es una de las comarcas más despobladas de España. Montañosa, cubierta de bosques, dedicada en siglos pasados a la ganadería y minería, ha desarrollado en los últimos años un turismo rural basado en las antiguas casonas, reconvertidas en albergues; algo que ha salvado a la zona de la invasión masiva de turistas que sufren otros lugares.

Hay tres pueblos grandes en la comarca, los llamados Tres Oscos: Santa Eulalia, San Martín y Villanueva, y los amigos de Alejandra le habían recomendado con especial énfasis que buscase alojamiento en el primero de ellos. Había reservado una habitación en la Casona del Bosque de Pumares, fuera ya del pueblo, pasado un puente y al pie mismo del bosque. Consiguió llegar a la casona sin perderse ni una vez, aunque tenía los ojos puestos más en el paisaje que en la carretera.

La casona no es un edificio aislado, sino que forma parte de un grupo de casas situadas al otro lado del río, aunque debe ser la más antigua, ya que data del siglo XVII. El resto son viviendas de paredes de piedra y tejados de pizarras negras. Alejandra dejó el coche en el estacionamiento y, bolsa en mano y con cierta sensación de irrealidad, salvó los metros que la separaban del portón de madera de la casona. Al cruzarlo, se encontró con un patio empedrado, de aire y aroma a antiguo, con el cuerpo principal de la casona a la derecha y una capilla privada justo tras el portón, a mano izquierda.

Al ser día de diario, en la casona no había más inquilino que ella, y sólo estaba la pareja propietaria. Alejandra no se demoró en la planta baja; subió directamente a la habitación de la tercera planta; la había reservado por Red, prendada por las fotos de las buhardillas. Y, por una vez, las imágenes no habían mentido: el cuarto era pequeño, con un techo de madera inclinado y vigas vistas; la alcoba limpia y agradable que esperaba encontrar.

Dejó la bolsa sobre una silla, con un suspiro. Hizo gesto de dirigirse al baño, pero se detuvo. La luz de la tarde entraba a raudales por la claraboya y, llevada de un impulso repentino, abrió para asomarse.

Se quedó con los codos sobre el borde, contemplando las copas de los robles, iluminadas por el sol de media tarde. El día era tan claro y cálido como podía serlo en la meseta, la brisa agitaba el follaje y ella —olvidado tanto lo que dejaba atrás, si es que dejaba atrás algo, como el asunto que la había llevado hasta allí— estuvo un buen rato inmóvil, los ojos puestos en las arboledas mecidas por la brisa, el cielo azul, las nubes, y oyendo por primera vez en mucho tiempo el canto de las aves, ocultas por la espesura.

La casona Liñares no corrió la misma suerte que otras muchas de la zona: ni fue reconvertida en casa rural, ni en museo, como sucedió con el palacio del Marqués de Sargadelos. Seguía habitada al parecer, y eso hacía albergar esperanzas a Alejandra de conseguir algo de información sobre quien fuera factótum de la propiedad durante parte del siglo XIX, Augusto Ramos.

La tarde de su llegada a los Oscos había hecho poco más que deshacer la bolsa de viaje y dar un paseo por el bosque, aprovechando las últimas horas de luz. La pareja dueña de la casona le había suministrado planos y recomendado una ruta muy corta que, saliendo desde allí mismo, corría a través del bosque, ceñida al río, para acabar junto a una cascada, a poco más de tres cuartos de hora de caminata. Alejandra, haciéndoles caso, se había calzado unas playeras e ido a recorrer la senda.

Fue un paseo balsámico, lleno de encanto, a solas consigo misma, aunque el camino se le hizo a veces extraño, ya que discurría a través de bosque espeso y entre la vegetación asomaban a trechos casas antiguas abandonadas, de las que quedaban poco más que muros gruesos de pizarra. Ni a la ida, ni a la vuelta, se cruzó con una alma.

Al final de la ruta estaba la cascada y se quedó allí un buen rato, sentada en las rocas, a metros del punto en el que las aguas caían con estruendo. Era un salto elevado y el agua se desplomaba golpeando una y otra vez contra las piedras, antes de llegar al fondo. Hizo unas fotos, se fumó un cigarrillo con los pies mismos al borde del río y, si no se entretuvo más, fue por temor a que la noche le sorprendiese en pleno bosque. Lo único desagradable de todo el paseo fueron las babosas negras y grandes que pululaban junto al camino, retorciéndose ahí donde pudiera haber algo de sombra y humedad.

Santa Eulalia de Oscos estaba lejos de la casona Liñares, pero no le pesó en absoluto haberse alojado donde lo había hecho, ni tampoco conducir a la mañana siguiente por la carretera que subía hasta San Martín de Oscos. La ruta discurría por las laderas boscosas de los montes, ascendiendo y alejándose poco a poco del río que corría al fondo, siempre a la sombra de los robles. Alejandra no se detuvo más que una vez y fue para beber de una fuente de piedra con un caño viejo de hierro, medio comido por la herrumbre.

Más arriba, los bosques desaparecieron en un momento dado y la carretera, siempre con barrancos a la izquierda, comenzó a serpentear entre prados altos y muy verdes, salpicados de flores amarillas y violetas. Alejandra no sabía el nombre de las plantas, aunque supuso que las segundas serían brezo. Los cielos seguían siendo azules y despejados, y la temperatura casi de verano, sólo mitigada por una brisa que hacía ondular las hierbas. No había casas ni gente a la vista, sólo prados y parameras, y un horizonte de montañas azules allá adonde volviese la vista, aunque hacia el norte, a no muchos kilómetros, debía estar el mar.

Para entonces iba conduciendo ya más despacio, tratando de recordar las instrucciones que le habían dado para llegar a la casona Liñares. No había podido encontrar su teléfono en las guías, lo que le había dado la excusa para escaparse unos días de Madrid. A la derecha advirtió la existencia de un camino de tierra en mal estado, sin carteles de ninguna clase, flanqueado por dos grandes rocas salpicadas de líquenes, casi como jambas de un portal. Aquél debía ser el acceso del que le habían hablado. Redujo y entró por allí con el coche, dando gracias a que el tiempo fuese bueno, porque dudaba que el Clio pudiese circular por allí con lluvia, sin atorarse en el barro.

La casona se encontraba al final del camino, oculta tras una elevación cubierta de hierba y matas de flores moradas. Alejandra condujo muy despacio, intentando sortear los baches y las piedras, y rezando para que el coche no se llevase ningún mal golpe en los bajos.

La casona era rectangular, maciza, como todos los edificios antiguos de la zona, de una época en que sólo los muros gruesos protegían del frío exterior. Tenía dos plantas y tejado de pizarras; las contraventanas de madera estaban echadas y la puerta cerrada, lo que le hizo temer que el viaje hubiese sido en vano. A la postre, no disponía más que de un puñado de informaciones, vagas y de segunda mano, y la casona bien pudiera estar, pese a lo oído, deshabitada.

Pero esos temores se desvanecieron al cabo de unos segundos. Al mismo tiempo que ella entraba con el coche en primera en la explanada de grava situada ante la casona, un hombre dobló una de las esquinas de piedra para salir a su encuentro. Pasaría de los cincuenta, no era muy alto y sí sobrado de kilos, y se adornaba con una barba corta y blanca que, aunque le ennoblecía los rasgos, le hacía parecer más viejo. Vestía pantalón gris de muchos bolsillos, una camiseta azul marino y chaleco caqui de pescador, y empuñaba un bastón alto, como si llegase de dar un paseo por el campo. Observaba al coche y a su ocupante con gesto de curiosidad, y Alejandra, concentrada en sortear los baches, advirtió de soslayo que cojeaba un poco.

Tras un último bote, detuvo el automóvil entre una nube de polvo pardusco, echó el freno y bajó algo indecisa. El hombre del bastón no pudo esconder una mirada de aprecio ante aquella mujer alta, de cintura estrecha y gran melena rizada.

—Perdone. ¿Es ésta la casona Liñares?

—Pues sí. Ésta es. —El hombre asintió despacio, al tiempo que cambiaba de gesto. Y, por esa mudanza, Alejandra comprendió que, en un primer instante, debía haber creído que era alguien que se había extraviado.

—¿Es usted el dueño?

—No, no. —Sonrió. Aparte de grueso, era colorado de mejillas y cachazudo; uno de esos personajes que inspiran confianza desde el primer momento—. Soy una especie de guarda o encargado, como prefiera.

Alejandra le miró, confundida.

—Me habían dicho que la casa estaba habitada.

—¿Habitada? Bueno, yo vivo aquí... —El otro tardó en comprender a qué se refería su visitante—. Ah. No es un hotel rural, si se refiere a eso.

—¿Entonces sigue viviendo alguien aquí? —Buscó un cigarrillo en el bolso y, aunque estaban al aire libre, se sintió obligada a preguntar—. ¿Le importa que fume?

—Claro que no. Yo también fumo. —Su voz no tenía más que un ligero acento asturiano y puede que lo hubiese adquirido por contacto, más que por nacimiento—. En la casona ya no vive ninguna familia, si es a eso a lo que se refiere, pero tampoco está abierta al público. Es una especie de retiro para directivos de multinacionales.

—¿Un retiro?

—Sí. Sus empresas les envían aquí unos días a relajarse, a recibir cursillos, preparar estrategias, y cosas así.

Alejandra le ofreció un cigarrillo, que él rechazó.

—Sólo fumo negro, gracias. —Luego, al reparar en la cara que se le había quedado a su visitante con la anterior explicación, precisó—: Son métodos empresariales modernos. Están bastante de moda y las empresas pagan muy bien a los organizadores. Ellos son los que tienen alquilada la casona a los dueños.

—Entiendo —asintió alicaída, porque veía cómo se esfumaba la posibilidad de que la casona conservase los archivos y la biblioteca familiar. Encendió resignada el cigarrillo.

—¿Y a usted qué la trae por aquí? —Volvió a lanzarle otra mirada entre intrigada y apreciativa que a ella no llegó a molestarle.

—Soy historiadora y he venido hasta aquí creyendo que la casona estaba habitada.

—¿Está investigando algo?

—Tenía la esperanza de poder consultar la documentación familiar, por si pudiera encontrar algún dato sobre Augusto Ramos, un...

—¿El secretario del viejo conde de Liñares? —Una luz bien distinta asomó a los ojos joviales del encargado—. ¿El carlista?

—Sí, ese mismo. —Alejandra estuvo a punto de atragantarse con el humo y toser—. ¿Sabe de quién le estoy hablando?

—Hija, ha ido usted a topar con la persona idónea. —Se echó a reír, ufano—. La vida, obra y milagros de don Augusto Ramos es una de mis pequeñas aficiones.

—¿En serio?

—Y tan en serio. —Con ademán señorial, le mostró la puerta de madera de la casona—. ¿Quiere entrar? Le mostraré con sumo gusto cuanto tengo sobre él.

—Claro, muchas gracias —sonrió ella—. Para eso he venido.

—Venga, que hoy aprieta el sol. Perdone que no me haya presentado. Me llamo José Ramón Montero. —Buscó en un bolsillo del chaleco y sacó una llave enorme, de las llamadas de San Pedro, de dos palmos de longitud, aunque su fabricación era claramente moderna. La hizo girar con cierto esfuerzo dentro de la cerradura de hierro—. Entre, entre por favor.

Al cruzar el viejo portal de piedra, con su dintel adornado con un triskel de bronce encastrado en el granito, y sumirse en la casi oscuridad del recibidor, a Alejandra se le ocurrió de repente que estaba cometiendo una insensatez. Que se hallaba en un despoblado, lejos de todo, y que acababa de meterse en la casa de un desconocido. Que aquel tipo grueso y jovial podía ser cualquier cosa. Podía atacarla, matarla, enterrarla, y nunca nadie sabría qué había sido de ella. Entonces Montero encendió las luces y esos pensamientos se esfumaron como luciérnagas morbosas.

Aunque cerrada al público, la casona había sido reformada según un esquema común a otras de la zona, o eso le comentó Montero mientras la guiaba hacia el salón. Respetando los elementos tradicionales e introduciendo comodidades modernas. La planta baja destinada a usos comunes —salas, comedor— y el segundo piso y los altillos abuhardillados convertidos en dormitorios. El recibidor era sobrio, con la piedra vista, y llevaba directamente a un vestíbulo sin puertas que a su vez se abría a un pasillo y un salón, con unas escaleras de madera al fondo.

Con otro gesto y una nueva sonrisa, Montero le invitó a pasar al salón. Allí lo moderno se mezclaba con lo antiguo y de las paredes colgaban cuadros contemporáneos entre aperos tradicionales restaurados. La sensación era de pulcritud y comodidad, más cálida que la de un hotel, aunque sin llegar a lo hogareño. Pero Alejandra no tuvo mucho tiempo para examinar todo aquello, porque su anfitrión le estaba indicando un cuadro del fondo, uno de marco dorado y barroco, obviamente antiguo.

—Mire, mire —sonreía—. Éste es el conde de Liñares; el protector, por así decirlo, de don Augusto Ramos.

Alejandra salvó los pasos que le separaban de la pared. La pintura no era muy buena y, como suele ocurrir con esas telas menores que nadie se molesta en restaurar, los barnices habían oscurecido con el paso del tiempo. El conde de Liñares era patilludo, de cara ancha, más aragonesa que asturiana, y posaba mirando hacia la izquierda, con gesto sobrio. Vestía una guerrera azul llena de condecoraciones, en tanto que el fondo era imposible de distinguir, vuelto negro por los años.

—¿Fue él quien construyó la casona?

—¡No, por Dios! —Montero ahora se echó a reír—. Más bien podría decirse que casi la destruyó. Esta casona data del siglo XVIII y la mandó edificar el abuelo del conde. Pero digamos que él, junto con don Augusto, es el personaje más notable en la historia de la propiedad, y casi de la familia.

Hizo una pausa, para rascarse con gesto de contrariedad la cabeza de cabellos casi blancos.

—Cuando tenemos algún grupo de ejecutivos, hay una cocinera en la casa; pero ahora estoy solo. De todas formas, puedo ofrecerle un café, o algún refresco.

—Un café me vendría bien, gracias. Si no es molestia.

—Ninguna molestia. ¿Con leche?

—Sí, por favor.

Mientras aguardaba a que Montero volviese con la bebida, Alejandra se entretuvo curioseando por el salón. Fue a detenerse ante un mueble-librería con puertas de cristal, que contenía dos docenas de volúmenes de aspecto antiguo. Tanteó los pomos de las puertecillas, pero estaban cerradas con llave, así que tuvo que contentarse con leer los títulos a través del cristal; eso cuando estaban grabados en el canto, cosa que no ocurría en todos. Y así la encontró Montero al regresar: con la cabeza ladeada, curioseando a través del cristal.

—Si le interesan, ahora le abro el mueble. —Traía una bandeja rodante, sobre la que había dispuesto tazas, azucarero, cafetera y leche—. La tengo por lo normal cerrada porque son libros antiguos, irremplazables. —Sonrió como medio disculpándose—, y no vea lo largos que tienen los dedos algunos de los que pasan por aquí.

—¿En serio?

—Y tan en serio. Si se llevan toallas o ceniceros, bueno... no pasa nada. Pero, si desaparece uno de esos libros, que son todo lo que queda de la antigua biblioteca de la casa, ¿qué hago? ¿Cómo le registro yo la maleta a un sujeto que es directivo de la multinacional que paga el curso?

—¿No habrá aquí algún libro de Augusto Ramos? —Volvió a examinar los cantos, con interés renovado.

—Me temo que no. Ni aquí ni en ningún lado. —Detuvo la bandeja rodante junto a la mesa, con sonido de cerámica y metal entrechocando.

—Tengo entendido que fue un escritor prolífico.

—Y es cierto. Más prolífico que apreciado, o afortunado. Escribió novelas, obras de teatro, panfletos. Pero, al parecer, ni una sola de sus obras ha llegado hasta nuestros días.

—Vaya. Una pena. —Se apartó decepcionada del mueble.

—Y tanto. Sobre todo porque es de suponer que, en su momento, la biblioteca de la familia Liñares debió contar con ejemplares de todas sus obras. Don Augusto fue el hombre de confianza del conde durante casi veinte años y la biblioteca de la casona llegó a tener, según parece, cerca de mil volúmenes en su momento de mayor gloria. Puede que esa cifra no sea ahora gran cosa, pero, en el siglo XIX y en España, era una colección bastante notable. Mas ya ve lo que el tiempo ha dejado de todo aquello: esos treinta y dos tristes tomos del mueble. —Suspiró e hizo un ademán, como descartando así reflexionar sobre el tema—. Venga, venga. Que no se enfríe el café.

Le colocó delante una taza con su platillo. Sirvió un café bastante claro y luego leche humeante hasta que su invitada dijo «basta». Ella se echó dos cucharadas de azúcar y, mientras removía, reparó en el juego de café, de evidente calidad, todo en porcelana azul y blanca. Montero se dio cuenta cómo observaba los diseños primorosos de la cafetera.

—¿Le gusta la cerámica de Sargadelos?

—¿Ésta es de Sargadelos?

—No. Es sólo que, al ver cómo la miraba, se me ha venido a la cabeza. No sé si sabe que el Marqués de Sargadelos era de aquí, de los Oscos.

—No. Ya vi el letrero indicador de su palacio, pero creía que era gallego.

—Eso es lo que piensa todo el mundo. Merece la pena visitar ese palacio. El marqués era de por aquí. Marchó a buscar fortuna a Galicia y allí descubrió el secreto de su cerámica. En sus últimos años volvió a esta tierra y por cierto que, cuando murió, nadie pudo encontrar ni su tesoro ni el secreto de su famosa cerámica. Dicen que escondió las dos cosas, como herencia para quien pudiera encontrarlas.

Alejandra sonrió por encima del borde de su taza.

—Debía ser todo un personaje.

—Muchos decimonónicos lo eran. Ya no queda gente así, no sé si por suerte o por desgracia.

Su invitada asintió ausente, al tiempo que cataba el café con leche con el borde de los labios, no fuese que estuviera demasiado caliente.

—Así que una biblioteca de mil volúmenes...

—Un poco más. La mayor parte de los libros fueron reunidos por el conde y don Augusto.

—¿Y qué es lo que ocurrió con ella?

—El conde murió y sus sucesores se encargaron de irla perdiendo poco a poco. Ya sabe lo poco que se ha valorado siempre lo antiguo en España.

—Sí.

—Será porque historia nos sobra. Unos libros fueron deteriorándose, otros se perdieron y al final no quedó prácticamente nada. Fue un desastre lento, a lo largo de décadas, y en el camino desaparecieron no sólo las obras de don Augusto, sino también las memorias del conde de Liñares.

—Nunca había oído hablar de ellas.

—Jamás se publicaron. El conde participó de forma activa en la política de su época, combatió en la primera guerra carlista y dejó escritas unas memorias de tamaño considerable. Sin duda, debían contener muchos datos interesantes, de primera mano. Pero, como le he dicho, en algún momento de la segunda mitad del siglo XIX, desaparecieron.

—Entiendo que eso ocurra con unas memorias privadas, de las que jamás llegaron a hacerse copias. Pero ¿cómo es posible que no haya quedado en algún lugar algún ejemplar de por lo menos algunas de las obras de Augusto Ramos? —Tras sopesar pros y contras, Alejandra había decidido ya ni mencionar aquella supuesta copia de codicilo ulfilano, atribuible a Ramos, a no ser que el propio cuidador de la casona sacase el tema.

—Son libros que nunca tuvieron mucha circulación. No tenía precisamente fama de buen escritor. —Sonrió casi como un abuelo—. De literato entusiasta sí, pero de bueno no. Así que no es de extrañar que sus libros no hayan sobrevivido. En aquellos tiempos se hacían tiradas muy pequeñas, casi no existían bibliotecas públicas y no había esa compulsión por guardarlo todo, tan propia de nuestra época.

Alejandra dio otro sorbo al café con leche, mientras se preguntaba de dónde habría salido aquel extraño cuidador. Abrió la cajetilla de tabaco, con gesto interrogante, y ante el ademán de anuencia de su anfitrión, se encendió uno.

—Ya veo que sabe mucho sobre Augusto Ramos. —Sonrió, con el cigarrillo entre el índice y el medio de la zurda.

—Mucho no, porque no hay gran cosa sobre la que investigar. Pero sí que pudiera ser que fuese la persona que más sabe sobre él.

Se llevó el café, solo en su caso, a los labios, y una sonrisa ambigua le cruzó el rostro de patriarca.

—He indagado sobre él hasta donde he podido. Don Augusto me llamó la atención desde el principio. Vivió en muchos sitios y desempeñó oficios varios, ninguno de ellos con demasiada fortuna. En eso se parece un poco a mí y puede ser que eso es lo que me atraiga de él. Tras dar muchos tumbos en la vida, encontró una especie de refugio en esta casona, también un poco como me ha ocurrido a mí. En su caso, le recogió un antiguo oficial suyo de la guerra carlista, Justo Liñares, que le dio empleo como secretario. En el mío, este trabajo me lo consiguió un viejo compañero de colegio, con quien nunca perdí el contacto.

—Vaya. —Alejandra jugueteó con su cigarrillo. Dio una calada, luego cogió la taza, algo incómoda por tanta sinceridad—. Entonces, se sabe más sobre su vida que sobre su obra.

—No se conoce gran cosa de ninguna de las dos, pero a lo largo de cinco años de investigaciones algo he conseguido averiguar. He tenido tiempo para hacerlo. Esto es muy tranquilo y el trabajo es de lo más descansado, excepto cuando viene algún grupo, que suele ser los fines de semana. —Se repantigó en su silla—. ¿Le gustaría saber lo que conozco de él?

—Por supuesto.

—Don Augusto fue un personaje digno de su época: el Romanticismo. Era hijo menor de familia hidalga pero pobre, y no se sabe nada de sus primeros años. Se unió al bando carlista cuando estalló la primera guerra, en 1833, y llegó a oficial en uno de los regimientos de voluntarios. Tras la Paz de Vergara, estuvo mezclado con toda clase de conspiraciones, de las que tampoco se sabe nada. Se unió a los insurrectos en la segunda guerra carlista y, tras la derrota, anduvo errante. Estuvo preso en el penal de Ceuta y puede que pasase algunos años en América, donde tampoco le debió ir nada bien. Esos datos los he conseguido casi siempre gracias a referencias indirectas; por eso sería mejor poner delante de cada afirmación la palabra «quizá».

»El caso es que, ya con más de cuarenta años, habiendo visto fracasar tanto su causa como sus expectativas económicas y personales, y ya al borde de la indigencia, vino a parar a esta hacienda, donde su viejo compañero de armas, el conde, le dio techo y empleo.

Apartó la taza, haciéndola tintinear sobre el platillo, y se puso en pie, para acercarse al cuadro que le había mostrado antes, siempre con aquella cojera leve. Apuntó con el índice al retratado.

—Ahí le tiene: el conde de Liñares —dijo, como si se lo enseñase por vez primera—. Otro personaje notable, si no por sus grandes hechos, sí por su carácter.

—Cuénteme. —Alejandra, sin levantarse, cruzó las piernas al tiempo que le animaba con una sonrisa a proseguir.

—Justo Liñares fue otro producto típico del siglo XIX español. De familia bien y adinerada, los Liñares, dueños de esta casona, tierras, vacas y una herrería. Era el primogénito de la familia y, por las costumbres ancestrales de los Oscos, le correspondía quedarse en casa, heredar todo el patrimonio y administrar la hacienda. Pero don Justo era hombre de sangre ardiente, partidario acérrimo del pretendiente Carlos V. Así que armó de su propio peculio una partida de irregulares para combatir en su bando, y lo hizo tan bien que don Carlos le recompensó con el título de conde de Liñares.

»Lo de ese condado es todo un culebrón. Durante la guerra, el pretendiente don Carlos otorgó un montón de títulos nobiliarios que, tras la derrota carlista, se quedaron en nada, por supuesto. No fueron reconocidos ni por Isabel II ni por sus descendientes, lo que no quita para que quienes los habían recibido los atesorasen y considerasen más que legítimos. El bueno de don Justo le dio una enorme importancia a su título de conde, quien sabe por qué. Cosas de otros tiempos y de otras mentalidades, ya sabe usted. Siempre se jactó del mismo sin rebozo, exigía a sus criados y aparceros que lo usasen al dirigirse a él, y luchó durante toda su vida, en vano, para conseguir que la corte isabelina se lo legitimase.

Alejandra se estiró un poco los vaqueros, que le molestaban, antes de volver a cruzar las piernas, sin dejar de contemplar el rostro ancho y llano de aquel carlista patilludo. Dejó escapar una sonrisa distante.

—Usted lo ha dicho. Cosas de decimonónicos.

—Murió sin que le reconocieran el título y se dice que, en su lecho de muerte, aún tuvo fuerzas para recriminar al médico por no dirigirse a él como «señor conde». Lo más irónico es que primero Alfonso XIII y luego Juan Carlos I dieron validez, si no a todos, a no pocos títulos de nobleza carlistas.

—¿Por qué es irónico? No me diga que el de conde de Liñares no fue uno de ellos.

—Pues así fue, en efecto. Ése es uno de los títulos que no llegó a legalizarse. No por falta de derechos, puesto que tenía tantos, o tan pocos, como todos los demás. Pero los descendientes de Justo Liñares nunca mostraron el más mínimo interés en ese título.

»Más bien debían aborrecerlo, porque don Justo se gastó tanto dinero sobornando a funcionarios y cortesanos, que al final no solucionaron nada, tratando de mover influencias cerca de Isabel II y sus ministros, que el patrimonio familiar quedó dañado. Cuando, llegado el día, se reconocieron los títulos carlistas, no hubo nadie que presentase el de conde de Liñares para su validación, así que se perdió la oportunidad.

—Sería un tipo notable, no lo dudo, pero por lo estúpido.

—No, no. —Montero se volvió sobre su pierna lesionada—. No lo considere así. Durante la guerra demostró no sólo valor, sino talento para la estrategia. Luego se ocupó de reunir una gran biblioteca, como le he dicho, e incluso se interesó por la mecánica. Él mismo inventó algunas mejoras para la maquinaria de su *ferreira*, la herrería de su propiedad.

—Vaya...

—No podemos juzgar a la gente de ese siglo con nuestros cánones.

—Tiene usted razón. Entonces, si nadie presentó el título para su legalización, ¿hay que suponer que la familia se extinguió?

—Sí y no. La monomanía del conde había dejado malparadas las finanzas familiares y su primogénito no supo enmendarlas, así que todo fue cada vez peor. A principios del siglo XX, la familia estaba arruinada y los descendientes acabaron emigrando, unos a la costa asturiana, otros fuera de la región y la mayoría a América. Para rizar el rizo, esta casona se la compró, al último de los Liñares de por aquí, un indiano que salió de Asturias con una mano delante y otra detrás, y que regresó de Perú cargado de dinero; Eusebio Silos se llamaba y parece que era de Mieres. Los herederos de aquel indiano son aún los dueños de la casona y de parte de las tierras del antiguo mayorazgo, y son los que la tienen alquilada a la empresa para la que trabajo.

—¿Y los descendientes de los Liñares?

—Dispersos por España y América, y sin recordar sus orígenes, supongo. Por eso a su pregunta sobre si la familia se había extinguido le respondí que sí y no. El apellido subsiste, pero el linaje como tal, el que fue dueño de estas tierras, ya no.

Alejandra se incorporó, un poco incómoda de seguir sentada

mientras su anfitrión, con su cojera, seguía en pie. Volvió a contemplar aquel cuadro antiguo, con su marco dorado, algo carcomido por los años.

—Supongo que no hay ningún retrato de Augusto Ramos —preguntó, sin grandes esperanzas.

—No. Tampoco hay ninguna descripción que nos permita hacernos una idea siquiera aproximada de su aspecto físico. Cuando vine aquí, me puse a rebuscar en los trasteros de la casa y encontré baúles que llevaban décadas intactos. Ahí encontré algunos efectos de don Augusto, y así es como empecé a interesarme por él y por su historia.

—Entiendo entonces que vivió hasta el fin de sus días aquí.

—Sí. Los herederos del conde le dejaron seguir en la casa, en respeto a sus años y porque como secretario era hombre eficaz. Pero no murió aquí. Lo hizo en el Sur y su muerte fue tan curiosa como su vida.

—¿Cómo fue?

—Teniendo ya más de sesenta años, se marchó a Andalucía con un grupo de jóvenes, posiblemente carlistas. Algo ocurrió durante todo ese viaje y una partida de hombres armados les colgaron a él y a todos sus compañeros, acusándoles de bandolerismo.

—¿Cómo? —Alejandra le miró estupefacta.

—Tal cual. El incidente es de lo más oscuro. No se sabe qué llevó a Augusto Ramos a viajar al Sur, ni qué ocurrió exactamente. Pero el caso es que ahí acabó nuestro personaje sus andanzas, colgado de un algarrobo.

—Me gustaría poder acceder a esa información.

—Si me da luego su dirección, con mucho gusto le hago llegar cuanto tengo al respecto. Pero ahora quizá le gustaría ver los efectos de don Augusto que he conseguido reunir.

—Me encantará.

—En ese caso venga conmigo.

Le indicó con la mano una arcada abierta en una de las paredes del salón. Más allá del arco había otra estancia mucho más pequeña, que debía hacer las veces de despacho. Contenía una mesa escritorio, con una pantalla de ordenador y un teclado sobre el tablero. Una de las paredes estaba cubierta por una estantería, con libros mucho más modernos que los del mueble-librería. Pero Montero la estaba invitando a acercarse a una de las esquinas, ocupada por una especie de rinconera acristalada de tres niveles.

—Mire. Todo esto era suyo. Es cuanto queda de sus pertenencias.

Alejandra se inclinó hacia delante. La sala carecía de ventanas y, en esos momentos, la única luz venía del salón. Montero encendió los halógenos del techo al darse cuenta. En el nivel inferior descansaban dos plumas de escribir, un tintero y tres cartas amarillentas. En el intermedio una pistola antigua, muy grande y de dos cañones, de las de avancarga; dos estampas de santos muy deterioradas, y un trozo de tela con un emblema bordado. Y, en la superior, algo que era evidentemente una condecoración militar.

—Ese pistolón era suyo. Viajaba mucho, atendiendo a los negocios del conde, y más de una vez tuvo que usarlo. Los caminos no eran como los de ahora y el bandolerismo era el pan nuestro de cada día.

—Sin embargo, no se la llevó para su última aventura.

—Eso parece. Puede que dispusiese de más armas de fuego.

—¿Y las cartas? —Alejandra no prestó gran atención a las reliquias guerreras, más interesada como estaba por los escritos que por las andanzas del antiguo carlista.

—Correspondencia privada. Nada interesante.

—¿Me permitiría echarle un vistazo?

—Le adjuntaré también una copia de las mismas.

Alejandra rebuscó en su bolso hasta dar con una tarjeta en la que aparecía su móvil y correo electrónico. Garabateó una dirección en el reverso y se la tendió, para después volver a examinar la rinconera. Fijó la mirada en las dos estampas.

—Ése es el Sagrado Corazón —le aclaró Montero—. Gozaba de bastante devoción entre los carlistas.

—¿Y el otro?

—San Miguel Arcángel. Sólo se me ocurre que lo llevase encima por una razón: porque es patrono de soldados y como tal se consideró toda su vida Augusto Ramos.

—Me gustaría hacer un par de fotos, si no le importa.

—Adelante.

Ella sacó su cámara digital para tomar instantáneas de las estampas, luego de la medalla. Enfocó después al trozo de tela blanca, amarilleada por el tiempo. Parecía como si fuese un recorte de una pieza más grande, hecho para salvar el bordado, que representaba a una cruz de diseño extraño, completamente negra.

—¿Qué es eso?

—No lo sé muy bien. Estaba en la misma caja que todo lo demás, y la caja estaba dentro de un baúl del desván. Por eso supuse que era suyo también. El baúl debía llevar cien años sin que nadie le tocase.

—Pero ¿no tiene idea de qué pueda representar el bordado?

—Eso sí. Es la cruz que usaban los caballeros de la Orden de Montesa.

—¿Era caballero de la orden?

—Imposible. Carecía de la nobleza necesaria. Además, esa cruz la empleó la orden en sus primeros años, durante la Edad Media, pero en seguida la sustituyeron por otra, roja y mucho más sencilla. Me tomé la molestia de indagar al respecto. En qué estaba ese trozo de tela y qué pueda significar el bordado, son dos misterios para mí.

Alejandra asintió, los labios un poco fruncidos. Sacó una foto del recorte, contempló un instante la pantalla, para cerciorarse de que había salido bien y, no viendo nada más de interés, guardó la cámara. Su anfitrión a su vez, con esa sonrisa casi de abuelo, la invitó a volver a la sala principal.

6

Pese a haberse burlado del comentario de Alejandra sobre la facilidad con que moría la gente que tenía algo que ver con aquel libro del siglo XIX, supuesta copia de otro más antiguo del siglo X, Marfil se había tomado el asunto en serio. Tanto que, dos días después, en cuanto pudo encontrar un hueco, estuvo haciendo algunas indagaciones al respecto.

Hay veces que es como si una mano intencionada pusiera en nuestro camino asuntos que nos puedan interesar. O tal vez eso sea una impresión falsa y lo que ocurre en realidad es que tenemos los ojos y oídos más abiertos a tales asuntos. En todo caso, Marfil era más que consciente de las muchas veces en que pistas, soluciones e incluso casos enteros llegan a la policía por casualidad, por estar en el momento exacto y el lugar justo, y no era de las que desaprovechaban su suerte.

Había dudado sobre si comentarlo o no con su jefe de grupo, pero al final optó por darse un poco de margen y husmear por su cuenta, no fuese que todo aquello se quedase en nada. El solo hecho de que alguien se hubiese apoderado de una biblioteca con libros de siglos pasados era ya motivo, en teoría, para que informase a la Unidad del Patrimonio Nacional, ya que cualquier cambio que afecte a un objeto de arte o bien cultural, con más de un siglo de antigüedad, ha de ser notificado a las autoridades, según la ley española.

Pero la gran mayoría de la población desconoce la ley y nadie se ocupa de su aplicación estricta, a no ser que medie un delito o el caso afecte de veras a algo de gran valor. En España sigue habiendo cientos de cuadros, libros y estatuas sin catalogar, y de cuyo paradero o incluso existencia no hay constancia oficial. En todo caso, Marfil pertenecía a la Unidad Central de Inteligencia y, si la Unidad de Patrimonio no iba a molestarse por las infracciones de unos herederos, que lo más seguro era que desconociesen la ley, tampoco lo iba a hacer ella. Una sucesión de muertes relacionadas era, en cambio, asunto bien distinto.

Lo primero que hizo Marfil fue indagar sobre la muerte de Rubén, tanto porque era conocido suyo como porque, de las tres, era la más accesible para ella. La comunicación dentro de la propia policía suele ser fluida, si no media alguna enemistad personal. Sólo tuvo que llamar a la comisaría de Mediodía, a la que pertenecía la vivienda de Rubén y, por tanto, el escenario del crimen, identificarse como miembro de la Unidad Central y manifestar que su interés se debía a que conocía al muerto. Sin demora, la pusieron al habla con un subinspector que estaba en el caso.

—Siento que le haya pasado esto a tu amigo —se sintió obligado a decir el otro.

—Era más bien conocido mío, aunque de hace muchos años —le aclaró ella—. Estudiamos juntos, nos seguíamos viendo en reuniones de antiguos compañeros y, la verdad, cuando me he enterado de que ha muerto de esa forma... —Y no mentía, porque si a alguien no hubiera nunca imaginado muriendo con violencia, era al más bien anodino Rubén Martín.

Su interlocutor optó por no decir nada, así que ella preguntó:

—¿Cómo ha ocurrido?

—Parece que no fue un asesinato premeditado. Entraron en su piso para robar y tu amigo tuvo la mala suerte de volver a casa justo en ese instante. Y le apuñalaron.

—¿Un asesino o varios?

—Uno sólo. Uno con mucha sangre fría. Le mató y luego siguió desvalijando el piso.

—¿Es eso normal?

—No lo es. O no lo era. Ya sabes que hoy en día todo está cambiando. Cada vez hay más bandas de ladrones venidas del extranjero y juegan según otras reglas. Matan por poco, o por nada.

—¿Cómo entraron?

—¿Conoces la casa?

—Lo cierto es que no. Sé que estaba en Lavapiés y poco más. Nunca fui a visitarle.

—Es un piso en la calle Argumosa. Una finca vieja. El ladrón subió por una tubería de desagüe, desde el patio central. No debió costarle nada entrar por la ventana.

—¿Cómo le mataron exactamente?

Su interlocutor titubeó al otro lado del teléfono y Marfil se preparó para algo desagradable.

—Le degollaron. Usaron un cuchillo grande y de hoja ancha; casi seguro que alguna arma blanca de tipo militar. Por eso decía lo de las bandas de origen extranjero. Ni el cuchillo ni el método son normales, y ahora tenemos un grave problema con bandas de ex militares de los países del Este.

—¿Se ha podido averiguar qué se llevó el ladrón?

—Según la familia, falta el dinero y algún objeto de valor pequeño; relojes y cosas así. Tu amigo vivía solo, la familia no solía visitarle y nadie sabe qué había con exactitud en el piso. El ladrón, desde luego, lo registró todo.

—Habrá dejado huellas.

—La policía científica está en ello. —Volvió a dudar—. El ladrón, después de degollar a tu amigo, le arrastró al baño y le dejó con medio cuerpo dentro de la bañera para que se desangrase allí. Así se evitó pisar la sangre y dejar huellas. Ya te he dicho que el cabrón ese debe tener horchata en las venas. Y siento tener que contarte todo esto.

—Sigue —le instó Marfil, aunque la frente se le había llenado de sudor, ante la imagen de un Rubén desangrándose como cerdo en la matanza, el cuello cortado de oreja a oreja, dentro de su propia bañera.

—La casa estaba patas arriba. Se debió tomar su tiempo para buscar, aunque no debió hacer tampoco mucho ruido. Luego se largó y nadie vio nada.

—¿No hay una desproporción entre tanto esfuerzo y el botín conseguido?

—La hay —admitió el otro, sin aportar hipótesis alguna.

Hubo un silencio a ambos lados, hasta que Marfil habló de nuevo.

—Entonces, la cosa está difícil.

—Mucho. ¿Para qué te voy a engañar? Ya sabes que en casos como éste, donde el móvil parece ser el robo, en los que víctima y asesino no se conocen previamente, y no hay testigos oculares ni huellas, es muy difícil llegar hasta el culpable, a no ser que medie alguna casualidad.

Marfil colgó, sin saber muy bien qué pensar de todo aquello. Repasó en la cabeza todo lo que acababan de contarle y se hizo el propósito de contactar con amigos comunes, para que ellos preguntasen a la familia de Rubén por aquellas fotocopias que, supuestamente, debían estar en alguno de los cajones de su piso.

La segunda de las muertes —en realidad la primera cronológicamente—, la de Rafael Morata, fue algo más difícil de investigar. El fallecimiento había sido a resultas de un accidente de tráfico dentro del casco urbano de Madrid, por lo que el atestado lo había hecho la Policía Municipal. Y las relaciones entre ésta y el Cuerpo Nacional de Policía no son siempre fluidas, por lo que no es tan fácil acceder por vía extraoficial a ciertas informaciones.

Tampoco es imposible, ya que en España casi todo se puede arreglar si se tienen amigos. Por eso, al cabo de algunos días, Ana Marfil tenía en su poder una copia del atestado del accidente y de la autopsia. Luego, recordaría haber revisado esa documentación ya bien entrada la noche, tras volver de tomar un par de copas. Se había servido una copa ya en casa, sentado y, cigarrillo en mano, pasado hacia adelante y atrás los folios. El accidente había tenido lugar cerca de las cuatro de la madrugada, en la M-30, a la altura del puente de Ventas, y el golpe debía haber sido tremendo. El coche de Rafa, un Opel Corsa, había quedado reducido a un amasijo de hierros y con echar tan sólo una ojeada a las fotos, quedaba claro que nadie había podido salir con vida de ese montón de chatarra.

El automóvil se había estrellado a más de ciento veinte kilómetros por hora contra uno de los pilares del puente. Los sanitarios del Samur, que son quienes cubren los accidentes de tráfico en la capital, no habían podido hacer nada por el único ocupante, y los bomberos habían tardado horas en liberar el cuerpo de los hierros.

Según la autopsia, Rafael Morata Aguilar había ingerido gran cantidad de alcohol, así como restos de diversas sustancias estupefacientes y barbitúricos. Marfil suspiró, dejando escapar el humo por entre los labios entreabiertos. «Ay, Rafa. Con la cabeza tan bien amueblada que tenías para otras cosas.» La Policía Municipal no había encontrado marcas de frenada en el asfalto, por lo que era muy posible que se hubiera quedado dormido al volante. Al mirar otra vez las fotos, Marfil no pudo evitar pensar que mejor así. Mejor eso que saltarse la mediana, estrellarse contra algún coche que circulase de frente y despedirse de la vida llevándose a dos o tres por delante.

Por tanto, la segunda de las muertes parecía clara, más que la de Rubén. Marfil conocía a Rafa Morata y sabía que no tenía demasiado control cuando empezaba a beber y que eso no le impedía coger luego el coche. Sin embargo, puesta a ser suspicaz, lo mismo que había tomado nota de que el ladrón había registrado la casa de Rubén, tras asesinarle, se quedó ahora con el dato de los barbitúricos, que parecían un poco fuera de lugar.

Cerró la carpeta, frunció los labios, se toqueteó el cabello castaño claro, como si quisiera comprobar que no se había despeinado. Apagó el cigarrillo y, ya puesta, se dijo que merecía la pena averiguar algo sobre la tercera muerte: la del profesor jubilado Elías Poveda.

* * *

Alejandra disfrutó mucho de aquellos tres días de soledad; tanto, que se sorprendió a ella misma. Puede que en los Oscos no haya grandes monumentos, pero sí rincones agradables a cada paso, y eso era justo lo que necesitaba en esos momentos. Así que, una vez que se hubo cerciorado de que no había ya nada más que investigar sobre aquel extraño aventurero del siglo XIX, Augusto Ramos, se dedicó a recorrer la comarca, bien provista de mapas, tanto por carretera como a pie por sendas. Al tercer día, casi de mala gana, cerró la bolsa de viaje, se despidió de los dueños de la casona del Bosque de Pumares y regresó a Madrid sin prisas.

Tal vez la idea de que volvía a la capital, a los problemas sin resolver que había dejado aparcados, fue lo que hizo que, conduciendo por la provincia de Ávila, le asaltasen un sudor y temblores repentinos. Fue casi como si le costase hasta respirar. Se detuvo un rato en el arcén, a serenarse y, cuando bajó las piernas, le temblaban un poco. «Estás muy mal, Alejandra», se dijo. Se quedó un rato donde estaba, sintiendo el calor del sol y el roce de la brisa, antes de volver a coger el volante. Tentada estuvo de desviarse para visitar a sus padres, pero acabó decidiendo dejarlo para otra ocasión.

Reincorporarse a la vorágine de Madrid fue la experiencia final del viaje; experiencia curiosa, luego de tanta soledad y silencio. Fue como entrar en un embudo. Buena parte del viaje había discurrido por autovías casi desiertas, pero luego la ruta fue llenándose poco a poco de vehículos, de forma que el tráfico ya era denso a la altura del túnel de Guadarrama. Todo acabó en retenciones en los últimos kilómetros de la carretera de la Coruña, una cruz que se sufre en Madrid desde hace más de cuarenta años. Al fondo de aquel río de metal estaba ya la ciudad, con sus olores a humo y gasoil, los atascos, el estruendo, los coches mal aparcados y las aceras en obras.

Montero, el cuidador de la casona Liñares, le había prometido enviarle cuanto tenía sobre Augusto Ramos, un personaje que había captado la atención de Alejandra, hasta el punto de dejar casi en segundo plano las falsificaciones. No cabía duda de que el personaje era atrayente. También todo cuanto tenía que ver con él: desde sus aventuras como soldado y conspirador a su extraño final, pasando por el misterioso codicilo que decía haber transcrito. Muchos grandes falsificadores han sido sujetos fascinantes y Alejandra, de pasada, acarició la idea de reconducir su libro en tal dirección.

Mientras volvía a Madrid, se había preguntado qué podía haber sentido alguien como Augusto Ramos cuando, tras años de vagabundeos y fracasos, había ido a enterrarse en una casona en mitad de los montes, para llevar las cuentas de un viejo camarada de armas. Aunque aquella pistola de dos cañones de la rinconera y el viaje al Sur que había sido su muerte dejaban entrever que había tenido algunas ocupaciones, en aquella última parte de su vida, más de su gusto que los números.

Alejandra era de esas personas contradictorias que pueden ser voluntariosas, tenaces, hasta tercas, en ocasiones, y que en otras abandonan en cambio casi al primer tropiezo. Y esa vez, debido sin duda a uno de los imponderables que gobiernan nuestras vidas y que nos desvían en una u otra dirección sin darnos ni cuenta, se impuso la primera de sus facetas.

Lo más lógico hubiese sido dejar de lado todo aquel asunto. La tan traída y llevada copia del codicilo en ulfilano había desaparecido y, en su viaje a los Oscos, le habían confirmado que ninguna de las obras de Augusto Ramos había sobrevivido a los años. Que, todo lo más, podía quedar algún libro suelto en alguna biblioteca privada, sin catalogar, como parecía haber sido el codicilo. Y aunque así fuese, podían pasar décadas hasta que esos supuestos ejemplares viesen la luz, si es que lo hacían algún día; y era improbable que Alejandra se enterase.

Puede que se debiese a que no le esperaba nada ni nadie en esos momentos en Madrid, y a que no hay nada más angustioso que el vacío y la inactividad. Se aferró a lo poco que tenía para seguir adelante. Con los datos recabados, y las fotos sacadas en los Oscos, se puso a trabajar apenas llegó a casa, buscando alguna forma de avanzar. Ocuparse en algo que siempre había amado, la historia, le hacía bien. El piso no era el suyo y, aunque era un bálsamo no ver los cuadros y el mobiliario que formaban parte de los dos años de vida en común con Antonio, en contrapartida era allí donde, por rachas, sufría con más fuerza el mordisco de la soledad y la incertidumbre.

Reunió libros, buscó en Internet y recurrió a amigos y conocidos que pudieran ayudarle —los tenía de sobra, expertos en muchos temas, algunos tan raros que su mismo nombre nada dice siquiera a la gente corriente—, en busca de pistas para proseguir. Y, como ocurre a menudo, la puerta se abrió por donde menos lo esperaba.

Entre las personas a las que había enviado las fotos de la condecoración y el emblema bordado en tela por correo electrónico, estaba Juan Mares, un amigo que trabajaba en el CSIC. Mares era biólogo, pero entre sus aficiones privadas se encontraba la vexilología, uno de esos temas antes mencionados, cuyo mismo nombre resultan exóticos al común de los mortales. La vexilología se ocupa del estudio de las banderas y, en su respuesta, Mares apuntaba con bastante sequedad que las medallas militares no pertenecían a su campo de estudio. Tal contestación no molestó a Alejandra, que casi ni le dio importancia, porque Juan Mares tendía en algunos terrenos a la brusquedad y la polémica. Además él, pese a todo, investigó un poco y, cinco días después del primer mensaje, le envió otro, mucho más largo, en el que el detallaba cuanto había averiguado.

La medalla era una condecoración carlista, de la primera guerra, y debía tener bastante valor material en el mercado de coleccionistas. En cuanto a la cruz negra bordada sobre la tela blanca, decía lo siguiente:

> «Es sin duda una cruz florlisada, que es propia de la órdenes militares españolas, ya que tres de las cuatro grandes órdenes la utilizan como símbolo. La negra, como la de ese bordado, fue la de la Orden de Santa María de Montesa. Esa orden militar fue creada en 1319 en el reino de Valencia y adoptó la cruz florlisada negra en 1393. Tomaron el emblema de la Orden de Calatrava, sólo que variando el color. Pero duró muy poco, ya que en el año 1400, al absorber a la Orden de San Jorge de

Alfama, adoptó la cruz roja de brazos iguales. Ya en el siglo XX, por concesión del rey Alfonso XIII, la orden adoptó de nuevo la primitiva florlisada negra, sólo que con la roja de San Jorge en su interior, y es la que actualmente está en vigor».

Juan Mares se extendía después en consideraciones sobre esas cruces, para acabar admitiendo su ignorancia: no tenía la más remota idea de quiénes pudieran haber utilizado ese símbolo en el siglo XIX. No había datos de que ningún regimiento carlista la hubiese empleado en sus banderas. Prometía, empero, seguir indagando sobre uniformes carlistas, no fuese que hubiera figurado en alguno. Luego aventuraba una idea interesante: a tenor de las fechas y el símbolo, tal vez mereciera la pena indagar en la simbología de las sociedades patrióticas, tan en boga durante buena parte del siglo XIX español. Acababa adjuntando tres nombres, teléfonos y direcciones, de otros tantos expertos en el tema, y se despedía disculpándose por no poder hacer más.

7

Sólo un par de días después de la visita de Alejandra Espinosa, un segundo visitante se presentó en la casona Liñares, interesado también en la vida y andanzas de don Augusto Ramos, lo que no dejó de causar gran perplejidad a Montero, el encargado del lugar.

Montero, pese a su apariencia jovial, era hombre propenso a ataques de melancolía y malgastaba largas horas rumiando sobre su propia vida, las oportunidades pasadas, los fracasos. Pasaba la mayor parte del tiempo solo y no solía congeniar ni con los directivos ni los ponentes que acudían a la casona. De hecho, casi rehuía el contacto con ellos, aunque se mostrase amable en el trato; no por falsedad, sino porque así era su forma de ser. Cuando había un grupo en la casona, como era el caso, tenía que estar siempre disponible por si surgía algo. Así que, en vez de salir a dar un paseo por los prados —los daba, y muy largos, a pesar de su cojera—, había ido a sentarse en un poyo de piedra, a las puertas de la casa, a disfrutar como un lagarto del sol. Y allí estaba, repantigado, cuando llegó el automóvil de aquel segundo visitante.

Ese coche era mucho más caro que el de Alejandra y también mucho más antiguo: un Mercedes 190 blanco, a simple vista bien cuidado. El polvo de la carrocería era reciente, de los caminos de los Oscos, y se notaba que el conductor sufría por la amortiguación con cada bache de la senda. El visitante, en esa ocasión, era un hombre de mediana estatura y flaco, que dijo llamarse Álvaro Peña. Aunque debía rondar la cincuentena, se le veía muy envejecido, como quien ha pasado por una enfermedad larga y devastadora. Cabellos ralos, un rostro lleno de arrugas hondas como surcos, los ojos apagados y una piel gris y sin vida. Vestía un traje gris con corbata que no sólo estaba fuera de lugar allí, sino que, por contraste con esos parajes verdes y altos, hizo casi pensar al encargado en un muerto escapado del funeral.

Montero, aunque le atendió con la mayor cortesía, no pudo evitar recordar a su anterior visitante, tan llena de vida. Éste llegaba en sábado y no en día de diario. Había un grupo en esos momentos en la casona: directivos de una multinacional farmacéutica, llegados para recibir un cursillo sobre motivación y liderazgo, dar caminatas por el campo y pegarse alguna que otra comilona. Le habían parecido unos personajes en especial poco interesantes, de esos que sólo saben hablar del trabajo a todas horas, estén donde estén. Puede que por eso encontrase tiempo para atender a su visitante. Aparte de que en aquel momento el grupo estaba de visita al museo local de San Pedro, otro de los pueblos de la comarca, por lo que pudo hacerle pasar al salón y ofrecerle café.

Alguna enfermedad, pasada o actual, había minado sin remedio la salud de aquel hombre. Respiraba con cierta dificultad, se movía casi como un anciano, y era como si todo le fatigase y tuviese que medir sus fuerzas antes de cada gesto. En la tarjeta que entregó a Montero apenas bajar del coche se leía «Álvaro Peña, abogado» y, debajo, constaba una dirección del centro de Madrid. La razón que dio para su visita era vaga, aunque convincente. Decía viajar por cuenta de un cliente; alguien que estaba trazando su árbol genealógico y que se había encontrado con la posibilidad de que Augusto Ramos fuese uno de sus antepasados.

—Caprichos de gente con dinero, ya sabe usted —había murmurado—. Pero, mientras paguen...

—¿Y viene usted mismo hasta aquí, a investigar el asunto?

—¿Por qué no? Podría haber enviado a alguien, pero he pasado por una larga enfermedad, y un poco de aire puro y un par de días lejos de Madrid no me pueden sentar mal.

El encargado de la casona asintió. ¿Cómo no reparar en el aspecto decrépito del forastero? A punto estuvo de preguntarle qué enfermedad había sido, pero la educación pudo más y se contuvo.

—Pues no sé en qué puedo ayudarle. —Se acarició la barba blanca—. Augusto Ramos fue dando tumbos por todo el país, participó en dos guerras carlistas y puede que durante algunos años hiciese las Américas. Pero, sobre posibles hijos, no he encontrado nunca ninguna referencia. Si los tenía, desde luego que no estuvieron aquí con él.

—Era escritor.

—Entre otras muchas cosas.

—¿No es cierto que llevó durante años un diario?

—Alguna referencia he encontrado a eso, sí. —Montero suspiró—. Pero me temo que debió correr la misma suerte que el resto de su obra literaria.

—¿Y qué suerte fue ésa? —Peña, sentado en uno de los sillones, con la taza de café en la mano, apartó aquellos ojos apagados suyos de los cuadros de las paredes para ponerlos en los de su anfitrión, puede que con la esperanza de que mencionase alguna colección particular. Pero se llevó una decepción.

—Todo se ha perdido.

—¿Qué me dice?

—No queda nada de su obra; ni literaria, ni política, ni privada, a no ser que incluyamos entre esta última un par de cartas.

—Increíble. —El otro meneó con fatiga la cabeza de pájaro.

—No tanto. Ésa era la suerte que corrían antes los libros sin talento o sin fortuna. Ahora tenemos depósitos legales, bibliotecas; pero, en el siglo XIX...

—Pero ¿no podría quedar algún ejemplar en poder de algún particular?

—¿Quién sabe? —Montero se encogió de hombros, con gesto de filósofo—. En todo caso, debía tener consigo su diario en el momento de su muerte y esa se produjo lejos de aquí, en el Sur. Ni siquiera conocemos el lugar exacto, ni dónde pueda estar enterrado. Pero ¿por qué le interesa tanto ese diario?

—Vamos a ver. —Se acarició las manos—. Mi cliente, al trazar su árbol genealógico, ha llegado a una antepasada que dio a luz un hijo ilegítimo. Es posible que Augusto Ramos fuese el padre y teníamos la esperanza de que, de ser así, hubiera anotado algo en su diario que demostrase sus relaciones con la antepasada de mi cliente.

—Hay pocos datos sobre Augusto Ramos. ¿En qué se basa su cliente para suponer eso?

—La verdad es que no me ha dado muchos detalles. Simplemente me ha pedido que investigase el tema.

José Ramón Montero sonrió con amabilidad.

—¿Más café?

—No. Muchas gracias.

El encargado se sirvió con parsimonia otra taza. Habló mientras removía el azúcar.

—Verá. Aunque algo hubiera, tengo yo mis dudas de que un caballero como don Augusto mencionase algo tan escabroso en su diario, aunque fuese de pasada. Los decimonónicos no eran como nosotros.

—Vaya usted a fiarse de los caballeros... —Peña enseñó a su vez una sonrisa de lo más descolorida.

—De éste sí, al menos en un tema como éste. Augusto Ramos era un verdadero romántico. Paladín de causas perdidas, amigo leal, conspirador, enamoradizo...

—Todo un personaje.

—Usted lo ha dicho.

—No pretendo encontrar toda una crónica, con pelos y señales, de las hazañas en la cama de don Augusto, como le llama usted. No se trata de ir con el escándalo a Tómbola, ni de un pleito por herencia, ni nada por el estilo. Lo único que quiere mi cliente es confirmar sus suposiciones. Piensa que, en caso de estar en lo cierto, bien pudiera constar en esos diarios alguna entrada que probase que Augusto Ramos y su antepasada llegaron a conocerse.

—Sí. Eso sí pudiera ser posible.

—Con eso le bastaría a mi cliente. Se trata de satisfacer una curiosidad genealógica, no de llevar a juicio a nadie.

—Le entiendo perfectamente y siento no poder ayudarle. Yo también estuve indagando sobre el paradero de su diario. —Aquí se desdijo en parte—. Lo llevó durante décadas, así que estamos legitimados para suponer que ocupaban varios volúmenes y que, en caso de que lo llevase consigo en el viaje en el que murió, sólo sería el último libro. Los demás, por tanto, debieron quedar aquí. Vivía en esta casona, aunque ya había muerto su protector y amigo, el conde de Liñares. El hijo de éste, aunque era un desastre para los negocios y culpaba a su padre de los problemas económicos de la familia, tenía buen corazón y no echó a Augusto Ramos.

—¿Y qué puede haber ocurrido con esos diarios?

—Vaya usted a saber. Lo mismo los usaron para encender fuego, todo es posible. Había en esta casa rincones en los que no había mirado nadie desde hacía cien años o más. Encontré arcones con papeles y ropas podridas, pero ni rastro de los diarios. Hasta en eso tuvo mala suerte don Augusto: esos diarios hubieran podido ser su legado, tanto a la historia como a la literatura. Pero no estaban por ninguna parte. —Hizo un gesto con su taza, para señalar la arcada que llevaba al despacho—. Tengo ahí unas pocas pertenencias que fueron suyas. Puede que le apetezca verlas.

—Se lo agradezco —rechazó el abogado con otra de sus sonrisas descoloridas—. Pero me parece que ya le he molestado bastante, y no creo que eso me vaya a ayudar en mi investigación. Tengo la impresión de que me voy a volver a Madrid con las manos vacías. ¿No habrá algún otro sitio donde pueda haber documentos de Augusto Ramos, verdad?

El encargado de la casona, que se había puesto en pie con cierta dificultad, por culpa del sobrepeso y la cojera, se permitió una risita.

—Supongo que no. Aunque ¿quién sabe? Después de todo, creía ser el único que sabía siquiera de la existencia de don Augusto y resulta que, en una misma semana, se presentan aquí dos personas preguntando por él.

—¿Dos? —Peña, que también se había incorporado ya, le miró sorprendido—. ¿Ha venido otra persona a interesarse por el mismo asunto?

—No. —Agitó la mano—. Nada de genealogías. Era una historiadora. Estuvo aquí hace un par de días. Pero a ella lo que le interesaba era el personaje en sí.

—No me diga que hay alguien escribiendo una tesis sobre Augusto Ramos. —Sonrió con esfuerzo.

—No creo que haya material ni para un artículo.

—A lo mejor la conozco. He consultado ya con unos cuantos expertos sobre este asunto. Pero, como usted dice, la gran mayoría no logró ni siquiera encontrar una sola referencia sobre él.

—Hasta después de muerto tuvo mala suerte, y cayó en el más completo de los olvidos.

—¿Cómo era esa historiadora? ¿Una mujer mayor?

—Qué va. Treinta años como mucho. Una mujer guapa de verdad. —Dejó entrever un gesto de admiración—. Si la ha llegado a conocer, seguro que la recuerda. Alta, morena, con el pelo rizado.

—Entonces no. No la conozco. ¿Cómo dice que se llama?

Fue ése el momento cuando la prudencia venció a la candidez. Montero se acarició la barba blanca unos momentos, como si hiciese memoria.

—Pues me dijo su nombre. Pero no recuerdo, la verdad...

—¿Y no le dejó una tarjeta, o una dirección?

—Lo cierto es que no. Me ocurrió con ella lo mismo que con usted: no pude contarle nada de verdadera utilidad. —Montero no era hombre al que le gustase mentir, pero se consoló pensando que eso era mejor que la grosería de negarse en redondo a dar el dato. Alejandra Espinosa no podía contar nada al abogado Peña que pudiera servirle en su investigación genealógica. Y él no creía correcto dar así, por las buenas, datos de terceras personas a desconocidos.

Peña, que a lo largo de décadas de ejercicio profesional se había tratado con un sinfín de farsantes, se dio perfecta cuenta de que su anfitrión le estaba mintiendo. También intuyó cuál era el motivo, así que no se lo tomó a mal. Se limitó a esbozar otra de sus sonrisas de agonizante.

—Lástima. Pero no importa. Ha sido usted muy amable y se lo agradezco. Y ya no le molesto más.

En cuanto salió de la casona y antes de entrar en el coche, echó mano al móvil y, tras comprobar de nuevo que en aquellos parajes despoblados la cobertura era excelente, hizo una llamada. Montero, parado en el umbral de piedra, supuso que estaba informando a su cliente del fracaso de sus gestiones en los Oscos.

La tercera muerte, la del doctor Poveda, fue la que más problemas dio a Marfil a la hora de investigar. Había fallecido de un infarto de miocardio y, tras unas pocas pesquisas extraoficiales, Marfil llegó a la conclusión de que, al menos desde un punto de vista administrativo, todo estaba en orden. A través de un amigo médico del SUMA 112 pudo averiguar los detalles, y éstos eran que el sujeto vivía solo, que una de sus hermanas se había presentado en su piso, del que tenía llave, y le había encontrado muerto en uno de los sillones del salón, con la televisión encendida. La hermana avisó de inmediato al 112, pero el operador del Centro de Coordinación llegó en seguida —por los pocos datos recabados por teléfono— a la conclusión de que no había nada que hacer y envió al lugar a un coche de urgencias, y no a una UVI móvil. El médico de guardia no pudo hacer otra cosa que certificar la muerte por fallo cardíaco.

Gracias también a su amigo, supo Marfil el nombre y los turnos del médico que había atendido aquel aviso. Eliseo Zabala, médico cubano que hacía suplencias en los coches de urgencias. La nacionalidad del médico no sorprendió a Marfil, ya que sabía por ese mismo amigo que cada vez era más difícil encontrar médicos españoles para los servicios de urgencias y emergencias, y que las plazas se cubrían sobre todo con profesionales hispanoamericanos.

Marfil acudió a la calle Antracita, que era donde desde ese mismo 2005 se centralizaban todos los servicios y abordó a Zabala sin rodeos, a las nueve, cuando éste salía de guardia. Le esperó a la puerta, para poder observarle. Zabala era un mulato enflaquecido, ya mayor, a juzgar por las arrugas del rostro y el bigote y cabello canos. Hacía frío esa mañana y el hombre se había detenido a las puertas para frotarse las manos, observar el vaho que formaba su propio aliento, ceñirse el anorak y encender un cigarrillo. Fue en ese momento cuando Marfil se acercó a él.

Zabala, aunque estudió primero curioso a esa mujer de buena planta, boca llena y algo burlona, cabellos castaños claros, vestida con vaqueros y chaqueta de pana negra esa mañana, se llevó luego un sobresalto, cuando ella le enseñó la placa y le pidió unos minutos de su tiempo. El otro accedió a desgana. Puede que jugase en su contra el haber vivido toda su vida bajo un régimen todopoderoso, que sólo tenía que ponerle a uno en sus listas negras para arruinarle la vida. En España eso es mucho más difícil de hacer, pero les cuesta entenderlo a quienes han visto sufrir el proceso a parientes y amigos, cuando no lo han sufrido en carnes propias ellos mismos.

Se sentaron en una cafetería próxima a la base y los nervios de Zabala no aflojaron con el café con leche. Marfil jugó a ser cordial, sin renunciar a la ventaja que le daba el miedo que parecía despertar la policía en aquel hombre. Un temor que tenía que ser instintivo; en todo caso, no achacable a un asunto de papeles, puesto que para trabajar en urgencias hay que estar absolutamente legal. Es algo que se lleva a rajatabla.

Entró en materia, sin circunloquios. El otro la escuchó y, antes de responder nada, encendió un segundo cigarrillo. Parecía de esos que fuman mucho y apuran hasta el filtro. O puede que todo fuese producto del momento.

—No sé. ¿Dice que fue hace un par de semanas? Vemos docenas de pacientes en cada guardia y los muertos por parada cardiorrespiratoria no son raros. Mucha gente mayor vive sola y...

—Lo sé. —Marfil sacó a su vez uno de sus cigarrillos, con una sonrisa que podía significar cualquier cosa—. Pero seguro que a este le recuerda, a poco que haga memoria. Usted firmó el certificado de defunción. Fue en la calle Jorge Juan.

El otro se pasó un dedo por el bigote cano, bastante amarilleado por el tabaco, y trató de sostener la mirada de Marfil, cosa que sólo consiguió un instante.

—Ah, sí —acabó por admitir—. Fue ya de noche, sí. Pero el sujeto llevaba muerto ya tiempo. No había nada que hacer.

—Todo eso lo sé.

—¿Entonces qué es lo que quiere que le cuente?

—¿Por qué firmó usted el certificado de defunción?

—Porque estaba todo muy claro. Sujeto anciano, con sobrepeso y antecedentes de problemas cardíacos...

—¿Cómo supo usted lo de sus antecedentes?

—Me lo dijo su hermana, una señora mayor, que fue la que llamó.

—¿Estaba nerviosa?

—No mucho.

—¿Había alguien más?

—Una pareja de policías nacionales, y luego llegó otra hermana del muerto, ésta con su marido.

—Siga.

—Le hice un examen. Pura rutina. Debió sufrir la parada mientras veía la televisión. Ocurre todos los días.

—Y firmó la defunción.

—Claro. ¿Para qué perder el tiempo?

Marfil esbozó una de sus sonrisas ambiguas y puso los ojos color miel en los oscuros de su interlocutor, a través del humo del cigarrillo. No dijo nada y él volvió a ponerse nervioso, como ella esperaba.

—Oiga, ¿qué pasa? —Zabala hizo gesto de coger otro cigarrillo, antes de darse cuenta de que tenía uno encendido, sobre el cenicero—. Ya le digo que estaba todo muy claro. Soy un profesional, con casi veinticinco años de experiencia. Los antecedentes del sujeto...

Marfil hizo una mueca. Con un vaivén de la mano que sostenía el cigarrillo, descartó el tema. Apartó los ojos y decidió no seguir apretando a aquel pobre hombre. Sabía de sobra lo que había ocurrido. Un caso de infarto, el médico de urgencias que acude. Los avisos que se van acumulando, la familia que presiona al médico para que firme el certificado, los policías que hacen también lo propio. Los unos porque, ya que la muerte no tiene remedio, quieren cerrar el asunto cuanto antes y arreglar el funeral y entierro. Los otros para evitarse tener que esperar durante horas en el domicilio del muerto, hasta que llegue el juez. Ya que, en caso de que el médico no firme la defunción, el juez tiene que levantar el cadáver. De ahí va a Autopsias, con todos los trámites y demoras que eso implica. Y hay médicos más laxos, o menos resistentes ante las presiones.

Marfil pagó la cuenta, al tiempo que contenía con la mano abierta al otro, para que no echase mano al bolsillo. Se incorporó.

—Gracias por todo. —Le miró con esos ojos color miel, que podían ser de veras inquietantes, sobre todo cuando, como ahora, no había asomo de burla en su boca—. ¿Cuánto tiempo lleva en España?

—Un año.

—¿Y en el Suma112?

—Unos ocho meses.

—Deje que le dé un consejo. No firme certificados de defunción tan a la ligera. Aquí hay protocolos, procedimientos, que no conviene saltarse.

De ser otra persona, o en distintas circunstancias, Zabala hubiese discutido, picado en su orgullo profesional. Pero aquí no supo sino farfullar. Marfil le cortó, meneando la cabeza.

—Se lo digo con la mejor intención. Hágame caso. O un día de éstos se va a meter en un buen lío.

8

El tiempo cambió de nuevo, y lo hizo con esa brusquedad que ya es costumbre en los últimos años en Madrid. Si la tarde anterior había sido de primavera —tibia, con sol a raudales y brisa agradable—, esa misma noche la temperatura cayó cerca de diez grados y, ya de madrugada, no pocos se despertaron con el estruendo de la lluvia.

Regresaron el agua y el frío. La luz volvió a ser gris y el invierno se hizo otra vez dueño de Madrid. Ese cambio afectó y mucho a Alejandra, que anduvo toda la mañana de un humor sombrío, tratando de organizar las notas que había reunido. Se había sentado en el despacho de Elena, la dueña del piso, delante del ordenador, y estuvo tecleando durante horas mientras oía golpear el agua, a chaparrones intermitentes, contra los vidrios de la terraza.

Ni siquiera la llegada de un sobre desde Asturias, remitido por Montero, el cuidador de la casona Liñares, logró levantarle el ánimo. El puñado de folios que contenía no añadía mucho, aparte de algunos nombres e informaciones complementarias. Datos, fechas, nombres de ocupantes de la casona y gente que había tenido contacto con Augusto Ramos. Unas líneas en las que se comentaba que este último y otros seis hombres —de los que no se conocía ningún nombre— había sido muertos en Andalucía por un tal Javier Mohedano, un terrateniente que armaba a sus expensas una partida para perseguir bandoleros. Y poco más.

A primera hora de la tarde renunció a seguir trabajando, muy baja de moral, harta de pelearse con informaciones fragmentarias, hastiada de la luz eléctrica y de aquel día tan triste.

A falta de algo mejor que hacer, salió a curiosear por las tiendas del centro, con la vaga intención de comprar alguna de esas prendas que viera hacía un par de semanas y que en ese momento no se había decidido a adquirir. Entró en el H&M, del que salió con las manos vacías, y luego en Zara. Después, se pasó casi una hora recorriendo las tiendas de ropa y las zapaterías de la calle Fuencarral.

Allí, a media altura, le sorprendió una gran tromba de agua y un viento a ráfagas que le destrozó el paraguas. Introdujo los restos de éste como pudo en una papelera, antes de buscar refugio en un portal, en espera de que remitiese un poco la lluvia. Las gotas gordas y heladas le habían mojado la cabellera rizada, esa que tanto mimaba, y tenía frío a pesar del abrigo. De repente le vinieron ganas de llorar sin que hubiese un motivo concreto, y tuvo que hacer grandes esfuerzos para que no se le escapasen las lágrimas.

En cuanto el chaparrón se convirtió en una lluvia algo más soportable, abandonó el soportal para seguir en dirección a la glorieta de Bilbao, procurando evitar las olas de agua que levantaban los coches al pasar. En la bocacalle de Augusto Figueroa se detuvo indecisa. Se mordisqueó un pulgar y, como la lluvia parecía cobrar fuerza de nuevo, cruzó la calle para meterse en una cafetería y tomar un café con leche, a ver si así entraba en calor y se animaba un poco, porque era el bajón, más que el tiempo invernal, el que la había dejado helada.

Fue cuando cruzaba la calle, y mientras dudaba entre dirigirse al Starbuck's o el Lateral, cuando Doku la vio. En esos instantes, la plazuela estaba vacía de gente por culpa de la lluvia; de no ser por eso, ni hubiera reparado en ella. Pero en esas circunstancias Alejandra, envuelta en un abrigo largo, y con su melena leonina de color chocolate, llamaba bastante la atención.

Doku, que bajaba por la acera de los pares, con las manos metidas en los bolsillos del chaquetón y la cabeza afeitada cubierta por un gorro de lana, se detuvo y se la quedó mirando, preguntándose de qué conocía a aquella mujer. Tardó varios segundos en darse cuenta de que era la misma a la que había perdido a las puertas de la Biblioteca Nacional. Se detuvo y observó cómo entraba en el Lateral. Cruzó sin pensar la calle y allí, resguardado junto al quiosco de prensa, se acarició la barba un momento, antes de sacar el móvil y llamar a Shamil. El ajedrecista respondió al séptimo toque, cuando estaba a punto de colgar.

—Doku —le saludó con una suavidad que era casi una advertencia—. Supongo que tienes un buen motivo para llamarme.

—Creo que sí. —El otro casi tartamudeó, nervioso como siempre que tenía que tratar con Shamil y casi arrepentido ya de no haber dejado correr el asunto.

—Adelante, amigo. Te escucho.

—¿Recuerdas la casa que me encargaste que vigilase? ¿La del viejo? ¿Y la mujer a la que seguí? ¿La que me dio esquinazo metiéndose en un taxi?

—Sí.

—Acabo de cruzarme con ella, por casualidad, en plena calle.

—¿La estás siguiendo? —La languidez había desaparecido de golpe de la voz de Shamil.

—No ha hecho falta. Ha entrado a tomar algo en un café. Yo me he quedado fuera.

—¿Dónde estáis?

—En la calle Fuencarral.

—Quédate ahí y no te hagas de notar. Voy a llamar a Aslan, a ver qué instrucciones me da.

Así que Doku se quedó junto al quiosco de prensa, arropado en su chaquetón y agradeciendo el gorro de lana, porque seguía lloviendo cada vez más fuerte. A pocos metros, refugiado a su vez en un soportal, Riol maldecía también al mal tiempo, mientras trataba de hurtar el cuerpo a la lluvia, atento a que no le descubriese aquel supuesto islamista que, por alguna razón, se había detenido de repente en el quiosco. Se preguntó a quién habría hecho la llamada telefónica.

Pasaron casi diez minutos; tantos que Doku se movió hacia los edificios, buscando algún lugar en el que resguardarse, porque se estaba empapando. Sonó por fin el móvil, pero no era Shamil, sino el propio Aslan.

—Doku, amigo. —Hablaba con suavidad y parecía casi perplejo, como si le hubiera ocurrido algo que nunca hubiera esperado—. Escucha con atención. ¿Sigue esa mujer dentro del café?

—Sí.

—Supongo que llevas la pistola encima, a pesar de mis órdenes.

Doku farfulló, no sabiendo qué responder. Aslan le atajó.

—¿La llevas sí o no?

—Sí.

—No tienes remedio, Doku. Pero tu cabeza dura nos va a ser útil por una vez. Mata a esa mujer.

—¿Cómo has dicho? —acertó a balbucear.

—Que la mates. Asegúrate de rematarla y sal corriendo. Hazme una llamada perdida a este número cuando estés a salvo, para que sepa que el asunto está hecho. Después, estáte escondido hasta que yo te llame. ¿Me has entendido?

—Sí.

—Repíteme lo que acabo de decirte.

Riol, desde el soportal, observó cómo el barbudo guardaba el móvil, esta vez con una expresión de perplejidad en el rostro, antes de atravesar la plazuela en dirección a los dos cafés del fondo. Cruzó a su vez la calle y se arrimó al quiosco, para ocupar casi el sitio que ocupase el otro momentos antes. Volvía a llover con fuerza y, a través de las cortinas de agua, le vio caminar con lentitud y desviarse a la derecha, hacia el Lateral. Luego, vio cómo metía la mano dentro del chaquetón y sacaba una pistola, sin dejar de andar.

—Joder —acertó a decir en voz alta, antes de sacar su propia arma y echar a correr bajo el aguacero.

Alejandra estaba apurando su café con leche, cabizbaja, sentada junto a la gran cristalera y, como tenía la cabeza puesta en sus asuntos, nunca supo decir si lo que le llamó la atención fueron los estampidos o el revuelo de gente que corría en el exterior. Levantó los ojos justo a tiempo de ver cómo un hombre caía al suelo y se quedaba sentado, como si hubiese resbalado en las baldosas empapadas. Un hombre alto, con aspecto de extranjero, con una gran barba negra y un gorro en la cabeza.

Llovía a cántaros y, como soplaba el viento, el agua corría por el empedrado de la plaza. El hombre, aún sentado, levantó el brazo derecho rígido, como si le costase un gran esfuerzo hacerlo. Sólo entonces, con un respingo, se dio cuenta Alejandra de que empuñaba una pistola. Alguien gritó algo, luego sonaron dos estampidos más. El hombre del gorro y la barba cayó de espaldas y quedó tirado sobre los charcos, de repente tan relajado como si se hubiese quedado dormido.

Un minuto después, Alejandra abandonaba el café mezclada con otros clientes. Muchos lo hicieron para arremolinarse alrededor del cadáver, unos atónitos y otros nerviosos. El muerto estaba bajo la lluvia, allí donde había caído, y había ahora al pie del mismo un hombre con una pistola en la diestra y una placa en la zurda, y estaba gritando que no se acercasen al cuerpo. Acudía más gente, atraída por el jaleo. Se formó un corro de curiosos y en cuestión de segundos llegó un coche de la Policía Nacional, con las luces y las sirenas puestas. Alejandra no se unió al grupo de mirones. Se arrebujó en su abrigo y se alejó con paso rápido bajo la lluvia, aturdido por lo que había presenciado al otro lado del cristal, a no más de cinco pasos de donde se hallaba, sin cuidarse ya de que la lluvia le estuviese empapando los cabellos.

9

Al no recibir la llamada perdida de Doku, Aslan receló que algo le hubiese salido mal. Ni siquiera tuvo mucho tiempo para la incertidumbre, ya que un par de horas después dieron la noticia en los informativos de Telemadrid. Hasta ese momento, aún pudo jugar con la esperanza de que Doku hubiese tenido que esconderse de forma precipitada, en algún lugar sin cobertura. También tuvo tiempo de recriminarse por haberle dado aquella orden, sabiendo que no era hombre de demasiada inteligencia, ni el más adecuado para hacer algo así por sí solo. A punto había estado de no decirle nada, de dejar correr el asunto a pesar de lo que le había pedido *la Bruja*, porque había tenido un mal presentimiento justo cuando marcaba el número de Doku en el móvil.

A las nueve de la noche, el informativo de Telemadrid abrió con la noticia de que se había producido un tiroteo en la calle Fuencarral, y que había un hombre muerto. En ese primer telediario no dieron demasiados detalles al respecto, y sí imágenes y comentarios a pie de calle de algunos testigos. Según las costumbres mojigatas de la época, no se aludió al hecho de que el fallecido fuese extranjero, aunque sí se informó de que era él quien había comenzado el tiroteo y de que había sido abatido por un policía que pasaba de forma casual por el lugar.

La pantalla cambió para mostrar ahora un accidente en la carretera de los Pantanos. Aslan se incorporó y midió con zancadas rápidas el salón, varias veces. Al pasarse la mano por la frente, sintió sudor frío en la palma y se la secó en el pantalón, irritado consigo mismo. Cogió uno de sus móviles y envió un mensaje de texto a todos sus hombres; uno que nada diría a un lector no avisado, pero que era una señal convenida de antemano. Todos sabrían así que había peligro y tomarían las medidas acordadas: no mostrarse en público, cambiar la tarjeta del móvil, no tratar de contactar entre ellos hasta nueva orden.

Se sentó luego de nuevo y se quedó largo rato en la butaca, mordisqueándose el bigote y con los ojos puestos en el televisor, aunque con la cabeza bien lejos de las trifulcas políticas y los desastres naturales que desfilaban por la pantalla. Después, en un impulso repentino, apagó la televisión. La pantalla, ahora oscura, le devolvió el reflejo de un hombre alto y apuesto, de poco más de treinta años, atezado y con los ojos muy azules, con un bigote y una perilla que resultaban mucho más discretos que las barbas de algunos de sus hombres.

Se incorporó para acercarse a la ventana. A través de la rendija que dejaban las cortinas, observó la calle al resplandor de las farolas, a los peatones y los coches que pasaban. Aún llovía y las luces se reflejaban en los charcos. Las noticias no hablaban de más muertos o siquiera heridos; así que Doku, además de perder la vida, no había logrado acercarse a esa misteriosa mujer de cabellera rizada. Recordó cómo había reaccionado él mismo un par de semanas atrás, cuando Shamil le contó que, según Doku, aquella misma mujer le había dado el esquinazo en la Biblioteca Nacional mediante una maniobra repentina.

En ese momento, Shamil se había mostrado escéptico y el propio Aslan incrédulo. Habían supuesto que Doku había perdido a la mujer por culpa de su propia torpeza, y que luego se había excusado atribuyéndole acciones de despiste. ¿Habían hecho mal en no creerle? Desde luego, había sido un error confiarle determinadas tareas. Doku, aunque leal como los perros, no era ni muy inteligente o siquiera astuto, y eso lo sabía de sobra Aslan, así que sólo podía achacarse a sí mismo el error cometido.

Echó un vistazo al reloj. Eran ya cerca de las diez. Se acercó al aparador, donde se alineaban media docena de móviles y una pistola. Cogió el Siemens M55 —usaba móviles distintos para reconocerlos con más facilidad—, para telefonear a *la Bruja*. Así la había comenzado a llamar Shamil hacía tiempo, *la Bruja*, y el apodo había cuajado entre sus hombres. Incluso él la llamaba así, ya que, aunque la consideraba una farsante y una loca, no podía evitar cierta desazón cuando estaba en su presencia.

Fue ella misma la que respondió al tercer toque y no pareció sorprenderse en absoluto ante las malas noticias, como si ya estuviese esperándolas. Aslan, que era hombre pragmático, supuso que había visto el informativo. Puede que incluso hubiese puesto la tele, en espera de que ésta anunciase que una mujer había sido asesinada a tiros esa tarde en la calle Fuencarral. Así debía haberse enterado de que el muerto era el supuesto asesino. En todo caso, evitó cualquier pregunta al respecto, sabiendo que ella aprovecharía para aludir a sus supuestos poderes, así como a sus *maestros ascendidos*, de los que tanto hablaba sin concretar nunca al respecto. Cosas todas que a Aslan le hacían sentir incómodo, aunque no creyese en ellas.

—¿Qué quiere que hagamos ahora? —le preguntó a cambio, con su español cargado de acento.

—Nada —le respondió con gran calma la otra. Esa mujer no parecía capaz de estados normales de ánimo, al menos hasta donde había constatado Aslan, que la había visto tanto poseída por una furia ciega como desplegando una condescendencia que a algunos podía impresionar, pero que a él le resultaba de lo más irritante—. Nada, hijo. Ya me ocuparé yo de todo.

—Como quiera.

—Te pagaré de todas formas por el trabajo. Estoy segura de que tu hombre lo hizo bien y que no fue su culpa que saliera mal.

Aslan no estaba tan seguro de eso último. Al día siguiente, los periódicos se explayaban sobre lo ocurrido en la calle Fuencarral. El muerto era un hombre de unos treinta años, de aspecto extranjero, puede que oriental, que no había podido ser identificado. Al parecer, aquel hombre había sacado de repente una pistola y había tratado de entrar en un café de la zona. Un policía libre de servicio, que pasaba en esos momentos, vio el arma en la mano del hombre y le dio el alto. El fallecido había disparado contra él, el policía respondió al fuego, y el pistolero recibió tres balazos.

Nada de todo aquello le sonaba raro a Aslan. Hubiera sido típico de Doku sacar la pistola un poco antes de tiempo, para disparar contra la mujer a través de las vidrieras del local. Y la explicación de que un policía pasaba justo por allí también era factible. ¿Acaso no se había topado el propio Doku, también por casualidad, con la misma mujer a la que había estado siguiendo hacía un par de semanas?

Pese a todo, Aslan era hombre precavido y, primero una guerra y luego años de actividades ilegales, le habían enseñado que es mejor no dejar nada al azar, ni confiar en que las circunstancias sean las favorables. Así que no se descuidó y, durante algunos días, tanto él como sus hombres se mantuvieron ocultos, sin contactar entre ellos ni usar los móviles.

Quien no creyó ni por un instante la historia que contaban los periódicos, y que luego repetiría el informativo de las dos de la tarde de Telemadrid, fue María Eugenia Santos, *la Bruja*, como la llamaban Aslan y sus hombres, mitad para mofarse de sus supuestos poderes, mitad obedeciendo a ese instinto antiguo que lleva a recurrir a la burla para espantar fantasmas y miedos.

Y lo cierto es que tanto Aslan como Shamil, los dos únicos que habían tratado en persona con ella, tenían más de un motivo para sentir desazón en su presencia. Ya su mismo aspecto era de por sí inquietante: una mujer baja y muy gruesa, de rasgos bastos y temperamento iracundo, que usaba por lo común vestidos estampados, de un gusto pésimo. Tal como ocurre con alguna gente así, lo grotesco de su aspecto, unido a la soberbia de carácter, la hacían más impresionante que ridícula, como hubiera sido de esperar. A todo eso había que sumar su pretensión de poseer poderes tales como la sanación o la videncia, y también el de comunicarse con los santos, sus *maestros ascendidos*, que le brindaban consejo ante las decisiones difíciles.

Pero lo que más desasosiego había causado a aquellos dos no era nada de eso, sino su *clínica*, un centro de terapias alternativas situado en una segunda planta de la calle Atocha. Un piso muy grande, viejo y laberíntico, de suelos de madera que crujían a cada paso y salas llenas de estatuas de santos, velas encendidas y estampas. Aquel par de orientales, musulmanes ambos, aunque no muy devotos, ya conocían de sobra los templos ortodoxos rusos. Pero, a juicio del propio Aslan, había algo sobrenatural, aunque no precisamente muy santo, en aquel remedo de iglesia montado a mayor gloria de aquella mujer extravagante.

Aslan llevaba ya un par de años haciendo negocios con *la Bruja* y nunca antes le había pedido ésta que vigilasen casas, ni que siguiesen a gente, ni mucho menos que matasen a nadie. Eso sí que le había cogido desprevenido del todo. Cuando la llamó para informarla de que uno de sus hombres se había cruzado por casualidad a la misma mujer que visitase la casa del profesor muerto, ella le había contestado que esperase a que le devolviera la llamada, porque quería consultar a sus *maestros ascendidos*. Minutos después había sonado el móvil y ella, con la mayor tranquilidad, le había pedido que la matasen, puesto que eso era lo que le aconsejaban sus *maestros ascendidos*. Así de fácil.

Desconcertante fue también su reacción al día siguiente. Aslan sabía que aquella mujer no podía soportar que le llevasen la contraria, ni que las cosas no salieran según su voluntad, y ya había tenido ocasión de presenciar alguno de sus estallidos de ira. Era como si estuviese poseída por un demonio; uno que asomaba a la menor contrariedad, echando humo y fuego. Nadie le tildaría de timorato, pero sí era supersticioso y no podía evitar un escalofrío cuando presenciaba un ataque de furia de María Eugenia Santos.

Pero en esa ocasión no se entregó a ningún arrebato de rabia. Le escuchó con mucha calma e, incluso, mientras le pedía algún dato adicional, su voz parecía teñirse casi de satisfacción sorda, como si en el fondo hubiese estado esperando lo ocurrido. Eso dejó a Aslan más desconcertado aún, y también preocupado y preguntándose qué estaba ocurriendo.

María Eugenia Santos había recibido la llamada de Aslan en su centro de terapias, en el despacho con vistas a la calle Atocha. Tras acabar la conversación, dejó el móvil sobre la mesa, apoyó los codos en el tablero del escritorio, unió los dedos, casi como si estuviese rezando, y se quedó inmóvil un rato, con los ojos cerrados y una expresión absorta en su rostro tosco y de triple papada. Fuera seguía lloviendo y el día era tan oscuro que los coches circulaban con las luces encendidas. El frío se colaba por las rendijas de las ventanas de marco de madera y ni la calefacción encendida ni el suelo de tarima conseguían caldear del todo el cuarto.

Sentado frente a ella, Juan de Dios observaba a María Eugenia Santos con respeto, preguntándose si habría entrado en contacto con sus maestros. Pero al parecer sólo había estado reflexionando unos instantes. Separó los dedos, levantó los párpados gruesos y puso los ojos en Juan de Dios. En la calle se desató un chaparrón tremendo, como un presagio. La luz disminuyó todavía más y, puesto que María Eugenia no había encendido luz alguna, el despacho se hundió en una penumbra gris.

Esa sala daba siempre una primera impresión de híbrido entre despacho y capilla privada. Había un escritorio grande y antiguo, de madera de haya, cubierto de tallas. Pero también un gran crucifijo en la pared, expoliado a alguna iglesia rural. Y dos de las esquinas estaban ocupadas por estatuas de santos, de escayola pintada y vestidos de brocados que por sí solos debían valer una pequeña fortuna. Una era un San Jorge que empuñaba a dos manos una lanza y la otra una representación de Santa Bárbara. La segunda tenía por peana un gran archivador metálico, que era donde María Eugenia guardaba los historiales de sus pacientes. La habitación olía a antiguo, a cerrado y al incienso de iglesia que se quemaba en un pebetero de bronce, sobre un estante.

—Esa mujer, aquella de la que te hablé sigue viva. —María Eugenia esbozó una sonrisa tan gruesa como la de un dios azteca—. El hombre de Aslan ha muerto. Dicen que lo mató un policía que pasaba por allí por casualidad. Pero es mentira. Yo sé la verdad. Esa mujer es un peligro y yo lo sabía. Lo sabía.

Juan de Dios asintió. Estaría entre los treinta y los cuarenta; un hombre de esos a los que se puede describir como fibrosos. Alto, enjuto, fuerte, con un rostro extraño, de rasgos marcados y ojos de maníaco.

—¿Le avisaron sus Maestros? —preguntó con respeto. Siempre se dirigía a María Eugenia tratándola de usted.

—No hizo falta. —La otra negó con la cabeza, aún con esa sonrisa cruel en la boca—. En cuanto mencionaron su existencia, supe que venía a hacernos mal. Lo supe, lo sentí. —Se palmeó el pecho, a la altura del corazón—. Sé que ésa es la mujer que estuvo en Asturias, preguntando por Augusto Ramos, pocos días antes que mi buen amigo Peña. Y lo que ha ocurrido no hace más que confirmarme lo que ya sabía.

—Pero ¿cómo puede hacernos daño?

—Busca lo *mismo* que nosotros. —Había recalcado la palabra mismo, porque aunque ella y su interlocutor sabían a qué se refería, ya le había hecho saber que aquello era demasiado sagrado como para mencionarlo—. Con eso queda dicho todo.

—¿Quiere que la busque y me ocupe de ella?

—Espera. Tengo que consultar a mis *maestros ascendidos*, aunque ya me dijeron una vez que había que eliminar a esa mujer. —Puso los ojos en una esquina y luego en otra; en las estatuas de San Jorge y Santa Bárbara, sus *maestros ascendidos*, con los que decía comunicarse entrando en trance—. La situación es delicada y tengo que medir cada paso. No hagas nunca nada sin consultar.

—Como usted diga. Ya sabe que estoy a su disposición.

Alejandra, entretanto, estaba tomando café en casa de Irene Serra. Después de dos años de no dirigirse la palabra, se había decidido a telefonearla. Era consciente de que, si había retomado el contacto con algunos conocidos, a los que había tenido abandonados en los últimos tiempos, era sobre todo para no tener tanto tiempo muerto. A veces se preguntaba incluso si el proyecto de libro sobre falsificaciones no sería sino una excusa que se daba a sí misma para estar ocupada. Pero el caso de Irene era especial.

Irene Serra tenía muchos más años que Alejandra, aunque ésta no sabía cuántos en concreto, ya que aquélla nunca respondía cuando le preguntaban sobre tal particular. Rebasaba ya los cincuenta y era de esas mujeres bellas a las que el paso del tiempo ha conservado la planta, a cambio de irles afeando el rostro sin compasión. Vestía bien, siempre ropa muy cara, y se cuidaba sobremanera. Era inteligente, mundana, y Alejandra sintió siempre una extraña fascinación por ella. Había tenido, gracias a su familia, dinero y contactos, y oportunidad de hacer lo que más le gustaba. Había abandonado España en los setenta, con poco más de veinte años, para trabajar de restauradora, primero en Italia y luego en Grecia y Egipto, y había sido, al menos en lo profesional, mucho de lo que le hubiera gustado ser a Alejandra.

Regresó a España en los primeros noventa y era entonces cuando había conocido a Alejandra Espinosa, con la que había llegado a establecer una relación muy especial. Se había creado un vínculo entre esas dos mujeres, que se llevaban más de veinte años y que habían crecido en dos Madrides muy distintos. La una con dinero más que suficiente como para hacer lo que le viniera en gana, en tanto que la otra había tenido que trabajar en empleos sin la menor relación con sus estudios, algo común a la gran mayoría de sus antiguos compañeros de clase.

Durante años, hubo un lazo muy firme entre ambas y Alejandra aún recordaba con nostalgia las veladas en casa de Irene, oyéndola contar sus viajes y experiencias como restauradora y arqueóloga en Italia y Grecia. Irene, a su vez, escuchaba llena de interés las peripecias cotidianas de una Alejandra que por entonces rondaba los veinte años y trataba de encontrar un lugar en la vida. Era como si cada una buscase en la otra el reflejo de lo que podría haber sido ella misma, en caso de haber nacido en otro tiempo y bajo otras circunstancias.

La brecha se había abierto entre ellas hacía unos tres años, de golpe, por culpa de la decisión de Alejandra de irse a vivir en pareja, o más bien por los comentarios de Irene al respecto. Irene —que tenía un carácter muy fuerte, demasiado dominante a veces, y una lengua que podía ser venenosa— no se había privado de opinar en forma bastante ácida sobre el particular. No le gustaba Antonio, creía que todo eso no era más que un ataque de pánico por parte de Alejandra, de los que acometen a ciertas mujeres cada cierto tiempo ante la idea de quedarse solas.

Alejandra se había tomado muy a mal tales comentarios y eso había provocado un choque que acabó por distanciarlas, por lo que en los últimos años no habían sabido una de la otra más que por algún comentario de amigos comunes.

Como dispuesta a cerrar todo un ciclo, una vez liquidada su relación con Antonio, Alejandra había echado mano una tarde al móvil y, tras comprobar con sonrisa nostálgica que el número de Irene seguía en agenda, la había llamado. Fue toda una apuesta porque, con el carácter que tenía, bien pudiera ser que su antigua amiga la atendiese con la mayor frialdad. Pero no fue así, ni mucho menos, y gracias a esa llamada habían reanudado su relación con la mayor naturalidad, como el que salta una brecha de tres años.

Mientras María Eugenia Santos discutía con Aslan por teléfono, Alejandra estaba comentándole a Irene el proyecto que tenía de escribir un libro sobre falsificaciones, y sus investigaciones tocantes a la supuesta copia de un codicilo escrito en ulfilano. Su amiga había encontrado de lo más interesante todo el asunto, cosa que no dejó de alegrar a Alejandra, ya que, gracias a la vida que había llevado, Irene podía ayudarle en el tema del libro aportando datos y anécdotas.

Se hallaban en la sala de estar de Irene, que tan bien conocía Alejandra. Aunque en esos tres años el mobiliario había cambiado casi por completo, cosa que no podía sorprenderle, dado el carácter caprichoso de la dueña. Irene vivía en la torre Retiro, en el barrio del mismo nombre, en un rascacielos mucho más alto que cualquier edificio circundante, y su piso se asomaba al parque del Retiro, al otro lado de la calle Menéndez Pelayo. Los pisos de esa torre, sobre todo los más altos, no tienen precio desde hace ya muchos años y valen lo que el vendedor quiera pedir, si el comprador está dispuesto a pagar. Puede que por eso se hubiese ido a vivir allí Irene Serra, cuando regresó a Madrid a comienzos de los noventa.

El mobiliario de la sala estaba formado ahora por algunos muebles lacados, con detalles en acero, pequeños y macizos, aunque seguían estando a la vista las antigüedades, sobre todo cerámicas, que la dueña de la casa había ido recopilando a lo largo de una vida dedicada al arte y la restauración. Tampoco había querido desprenderse de una antigua otomana, de forjados negros y colcha roja. Alejandra, como quien vuelve a casa y recobra un viejo hábito, había retomado el viejo hábito de descalzarse y sentarse en ella, con las piernas cruzadas, a charlar con Irene. Ésta por el contrario se sentaba en una silla, también según su costumbre. Tenía unas piernas perfectas, intactas por tiempo, al contrario que las manos, que los años habían ido marchitando y llenando de manchas, hasta hacer parecer casi garras de ave. Sujetaba con dos dedos el asa de la taza, bebía a sorbos y hasta en maneras resultaba la antítesis de Alejandra, que era toda desenvoltura.

El tema de la conversación fue derivando desde las falsificaciones al supuesto codicilo, y de ahí a aquel aventurero del siglo XIX, Augusto Ramos, y a lo poco que había podido descubrir Alejandra en su viaje a los Oscos. Al oír hablar de la cruz florlisada negra y de sociedades patrióticas, Irene dio un sorbo más de café, apretó los labios, para eliminar cualquier resto, y miró a su amiga con los ojos entornados.

—A lo mejor puede ayudarte con eso Barsanufio —dijo cavilosa.

—¿Qué es Barsanufio? —La otra, con las piernas cruzadas sobre la otomana, la miró desconcertada.

Irene, cogida por sorpresa, se echó a reír con tanta fuerza que casi se le vertió el café.

—No es qué, sino quién —respondió entre carcajadas—. Barsanufio es un nombre de pila.

—¿Español?

—Claro.

—Vaya nombre...

—Pues los que se ponían antes. Es un hombre ya mayor. Antiguamente, la gente echaba mano del santoral para bautizar a sus hijos y, de vez en cuando, tocaban nombres de lo más curiosos.

—Menos mal que eso ya se ha acabado.

—No sé qué decirte. Ahora hay quienes ponen a sus hijos nombres como Jonatan... así que no sé si hemos mejorado, la verdad.

Ahora le tocó a Alejandra romper a reír.

—Tienes razón. ¿Y en qué podría ayudarme?

—Es un viejo conocido mío, de hace mucho tiempo. —Dejó escapar una de esas sonrisas crípticas suyas—. Es bastante maniático, pero a su manera encantador. Trabajé con él en restauración, hace muchos años, antes de irme a Italia. Fue mi primer maestro. Es un verdadero erudito, entiende de muchos temas, y su gran pasión, desde que se jubiló, es el estudio de las sociedades políticas del siglo XIX.

—¿En serio?

—Que sí. —Sonrió de nuevo, ahora con cierto fastidio—. La verdad es que es mejor no darle pie con ese tema, porque, como se embale, puede llegar a ponerse muy pesado hablando de todas esas organizaciones. Creo que merece la pena que le preguntes acerca de ese símbolo, por si de verdad tuviese algo que ver con una sociedad decimonónica. Si tú quieres, claro.

—Por supuesto que quiero. —Buscó en su bolso hasta dar con una libreta que le servía para apuntar—. ¿Cómo dices que se llama?

—Barsanufio Folgado. Te busco el número y le dices...

—Espera. —Alejandra se quedó pensando un instante, las piernas cruzadas y la cabeza algo inclinada, de forma que algunos rizos color chocolate le caían sobre el rostro, ocultándoselo a medias. Pasó las hojas de la libreta, buscando—. Folgado. Ese nombre a lo mejor me suena de algo...

Se entretuvo unos segundos buscando por las hojas llenas de anotaciones, la mayor parte de ellas garabateadas a toda prisa, sin orden ni concierto, mientras Irene la observaba con sus ojos verdosos llenos de curiosidad. Topó por fin con los tres nombres que le había suministrado Juan Mares, su amigo del CSIC.

—Aquí están... B. Folgado. ¿No será él mismo? Un amigo me pasó varios nombres de expertos en el tema que podían ayudarme.

—Es él.

—¿Seguro?

—Y tan seguro. Tanto que te diré que Barsanufio suele firmar y presentarse de esa forma: B. Folgado.

—Pues ya es curioso que me lo recomienden dos personas.

—No tanto. Las especialidades o aficiones de este tipo son mundos muy pequeños. Muchos de los que se dedican a una se conocen entre ellos y no hay tantos nombres que barajar.

Fuera, se había desatado un chaparrón y el agua golpeaba con gran fuerza contra los cristales de la ventana. Irene se acercó a la misma, a observar tal vez cómo la tormenta azotaba las copas de los árboles del Retiro.

—¿Qué dirección te han dado?

—Ninguna. Sólo el nombre y un correo electrónico.

—¿Ah, pero tiene? —La otra volvió a reír, sin apartar los ojos del exterior—. Seguro que no lo usa. Barsanufio tiene más de ochenta años y no congenia nada bien con las nuevas tecnologías. Por tener, no tiene ni móvil.

—Un correo electrónico es muy útil para mover documentos y fotos.

—Tienes razón. Pero debe revisarlo cada mucho tiempo, a no ser que esté esperando algo. Yo te daré su teléfono. Le llamas y le dices que vas de mi parte; seguro que no pone ningún reparo a hablar contigo.

—¿Cómo debo llamarle?

—Señor Folgado. Es un hombre chapado a la antigua.

—¿Y cómo le llamas tú?

—B. por lo general. A él no le disgusta que le llamen así.

—No le hará ninguna gracia que le llamen Barsa, claro. —Sonrió.

—Ni se te ocurra llamarle así. Es muy susceptible con las bromas a costa de su nombre y, además, es del Madrid.

10

El azar quiso que no fuese Barsanufio Folgado el primero de los tres nombres con el que contactó. Le llamó tres o cuatro veces al teléfono sin ningún resultado, antes de ponerse en contacto con Irene Serra, que le confirmó que ése era en efecto su número y le reiteró que se trataba de un hombre anticuado. «Tiene ya más de ochenta años, no tiene móvil y no hay poder en el Cielo o la Tierra que le haga usar un contestador automático», añadió riendo. De todas formas, la propia Irene se comprometió a tratar de localizarle, advirtiendo, eso sí, de que B. Folgado tenía una casa en un pueblo de Toledo, Alcabón, donde guardaba gran parte de su archivo y biblioteca; pasaba allí largas temporadas y estaba ilocalizable durante ese tiempo, porque la casa no tenía teléfono.

Alejandra había escrito entretanto correos electrónicos a las otras dos personas de la lista de tres. Una nunca contestó. La otra, un tal Nil Saus, lo hizo en el mismo día y su respuesta fue positiva. Parecía haberle interesado lo poco que comentaba Alejandra en el correo y, como residía en Madrid, se mostraba dispuesto a encontrarse un día en persona, para conversar sobre el tema. Así que, en un nuevo cruce de correos, intercambiaron los teléfonos y convinieron en quedar en algún local del centro, cómodo para ambos. En un tercer intercambio de correos, la propia Alejandra eligió el café Comercial, en la glorieta de Bilbao, justo a mediodía.

Alejandra llegó unos minutos antes de la hora y, al cruzar las famosas puertas giratorias del Comercial, sintió un roce de nostalgia. Tiempo atrás, frecuentaba mucho toda esa zona y, de repente, caía en la cuenta de que habían transcurrido ya años desde que pisase por última vez ese café. Lo más cerca que pasaba a veces de allí era cuando visitaba las tiendas de la calle Fuencarral, y eso era un poco más abajo, hacia la Gran Vía. Pensar en eso le hizo, a su vez, recordar la última vez que recorrió esas tiendas y el tiroteo que presenció a media docena de manzanas de donde se hallaba en esos momentos.

Fue volver a ver, como si lo tuviese delante, al hombre caído sobre las baldosas de la plaza, tan laxo como un durmiente, mientras el aguacero descargaba sobre Madrid. Sacudió la cabeza para ahuyentar esos pensamientos y se instaló en la recurva de la gran barra de mármol. Pidió un cortado y se entretuvo removiendo el azúcar, según su costumbre. Luego fue bebiéndoselo muy despacio, echando de vez en cuando una ojeada a ambas puertas: la giratoria, situada casi a su espalda y abierta a Bilbao, y la de Fuencarral, ya que no sabía por cuál de ellas entraría Nil Saus. Apuraba ya su taza cuando, por la segunda, apareció un hombre que bien podía encajar con la media docena de datos que Saus había dado de sí mismo por correo electrónico.

Alto, de treinta y tantos años, tirando a atlético, con pelo castaño abundante y algo desordenado, y unas facciones marcadas en las que llamaban la atención, por contraste, unos ojos pardos cálidos. Se movía con aplomo, sin prisas pero tampoco con languidez. Alejandra se fijó en sus ropas al primer vistazo, aunque bien poco pudo deducir de ellas, porque vestía un chaquetón de cuero marrón, vaqueros, un jersey claro de cuello vuelto y zapatos caros pero usados. Desde luego, si aquél era Nil Saus, poco tenía que ver con el ratón de biblioteca que medio había esperado Alejandra.

El recién llegado paseó la mirada a lo largo de la barra con una expresión de casi despiste, el ceño fruncido. Detuvo los ojos sobre Alejandra y tras examinarla por un momento, se dirigió hacia ella con una sonrisa. También él parecía sorprendido por el aspecto de

Alejandra; sorprendido de forma agradable, eso se notaba en los ojos, y no puede decirse que tal cosa le disgustase a ella.

Se presentaron con brevedad, para ir luego a sentarse a una de las mesas de mármol, junto al ventanal y lo más lejos posible de otros concurrentes. El camarero —en el Comercial seguían usando su uniforme blanco abotonado hasta el cuello, con hombreras verdes— anotó dos cortados y se fue. Entraron en materia sin esperar a que volviese con las consumiciones.

—En realidad —le advirtió Nil Saus casi de entrada—, el estudio de las sociedades del siglo XIX es una afición para mí. Yo vivo de otra cosa que, por suerte, me deja tiempo a veces para dedicarme a mis caprichos.

—¿Y a qué te dedicas, si puede saberse?

—Claro que puede saberse. A investigaciones bibliográficas.

—¿Y eso da para vivir? —A Alejandra se le escapó el comentario sin pensar y ganas tuvo de morderse la lengua, pero Saus no se lo tomó a mal.

—En mi caso sí. —Sonrió—. Trabajo para la Fundación Carlos Mercader. No sé si has oído hablar de ella.

—La verdad es que no.

—Es lógico. Se dedica a temas bastante poco conocidos y sin mucha proyección mediática. Como todas las fundaciones, tiene una orientación no lucrativa; sirve para desgravar impuestos a varias empresas y los que investigamos para ella, que no somos muchos, podemos trabajar con tranquilidad. A mí me tienen contratado para buscar documentos sobre todo, y algunas veces algunos datos, para su biblioteca.

—¡Qué suerte!

—¿Por qué?

—Debe ser un trabajo interesante.

—En ocasiones sí. Otras puede ser una labor tediosa, de hormiga. Incluso a veces es un trabajo de puro mercachifle, como cuando tienes que andar negociando la compra de algún manuscrito.

Alejandra sonrió, al tiempo que abría el bolso para buscar tabaco. No podía imaginarse a aquel Nil Saus sumergido durante días, o semanas, entre legajos y documentación. Aunque luego recordó a Max Vega, aquel cuya discusión con Rubén le había puesto sobre la pista del codicilo, y tuvo que reconocer que, en ocasiones, el hombre de acción y el erudito podían darse la mano. Le ofreció un cigarrillo que él aceptó.

—Menos mal —suspiró y, al ver que el otro le miraba perplejo, aclaró—. Cada vez quedamos menos fumadores. Me siento a veces como una paria.

Nil Saus sonrió con amabilidad. Llegó el camarero para depositar sobre la mesa las dos tazas con el café, servir la leche y, siguiendo la costumbre de la casa, dejar en una esquina de la mesa el ticket de la cuenta. Saus le ofreció fuego, con un mechero estilo Zippo en el que Alejandra vio grabados una hoz y un martillo, dentro de una corona de laurel abierta. Tenía manos bonitas, fuertes y con dedos que sugerían un temperamento artístico. Saus advirtió la mirada de Alejandra y, malinterpretando su interés, le mostró el mechero.

—¿Curioso, eh? Lo conseguí hace poco en un mercadillo de Bielorrusia. En los países del Este es fácil encontrar todavía mucho material soviético.

—¿Bielorrusia?

—Sí. Viajo bastante por cuestiones de trabajo.

A ella estuvo a punto de escapársele de nuevo aquello de «¡qué suerte!», pero se contuvo. Dio un sorbo a su cortado e hizo una mueca de aprobación: el Comercial seguía siendo uno de los locales donde era bastante probable que le preparasen a una un buen café. Saus la imitó, antes de preguntar a su vez:

—¿Y tú, a qué te dedicas exactamente?

—Soy historiadora, pero en los últimos años he estado trabajando de guionista en un programa de televisión.

Hubo un pequeño silencio. Alejandra no entró en más detalles y su interlocutor no se los pidió tampoco. En vez de eso, dio una calada al cigarrillo y se acomodó en la silla.

—Bueno. Vamos con ese símbolo en el que estabas tan interesada.

Alejandra le tendió una copia de la foto. Aunque no tenía ninguna razón concreta para ello, se había sentido reacia a mandársela a nadie por e-mail. Saus la cogió con delicadeza por los bordes, para no marcarla con sus huellas, como haría alguien acostumbrado a manejar objetos frágiles e irremplazables. La estudió largo rato, sin prisas. Alejandra, para que su acompañante no se sintiese acuciado, apartó la vista y puso los ojos más allá del ventanal. Hacía un día de primavera, limpio tras el paso del frente frío, y el cielo se veía, más allá de los edificios del otro lado de la plaza, muy azul y salpicado de unas pocas nubes blancas.

Saus le devolvió por fin la foto. Se acarició el mentón, pensando.

—Juan Mares me habló de sociedades patrióticas —apuntó Alejandra.

—No creo que este símbolo pertenezca a ninguna. —El otro esbozó otra sonrisa, ésta distante, como hombre que tiene puesta la cabeza en algún asunto—. ¿Por qué opinaba eso?

—No lo sé. Mi especialidad es Historia antigua y mi conocimiento sobre las sociedades patrióticas del siglo XIX, o sobre cualquier tema de historia contemporánea, es bastante básico.

—Bueno, el concepto mismo de sociedad patriótica es bastante laxo. Fueron asociaciones que proliferaron durante la primera mitad del siglo XIX español, en la efervescencia política que sacudió al país tras la guerra de la Independencia. Eran agrupaciones de todo tipo, en las que la gente se reunía a debatir toda clase de temas. Para que te hagas una idea, el mismo Ateneo de Madrid, el primero al menos, surgió como sociedad patriótica y literaria.

—Eso lo sé. —Alejandra jugueteó con su cigarrillo—. Pero tenía la idea de que al menos parte de ellas eran algo así como sociedades secretas, con sus grados y sus simbologías.

—No se puede decir que te equivoques —admitió—. Ya te he dicho que el concepto era muy amplio y estaba de moda. Cualquier grupo organizado, con intereses políticos, adoptaba el nombre de sociedad patriótica.

Bebió un poco de café.

—La mayor parte de ellas eran foros pacíficos, en los que la gente discutía de política. Pero las hubo que participaron de forma muy activa en los sucesos de la época. Algunas incluso adoptaron la forma de sociedades secretas, sí, con grados de iniciación y rituales, muchas veces tomados de los masones. Ese símbolo de la foto sí que podría pertenecer a alguna sociedad secreta. Habría que estudiarlo.

Alejandra le miró confundida. Se mordisqueó el labio inferior.

—Ahora sí que me he perdido. ¿No acabas de decir que no puede pertenecer a una sociedad patriótica?

—Perdona. Me he expresado mal. El nombre de «sociedad patriótica» ha quedado ligado a las agrupaciones de corte liberal. Pero, por el otro lado, estaban las organizaciones de talante absolutista, o carlista, que se constituyeron a veces en sociedades secretas, para trabajar en la sombra en pos de sus objetivos.

—¿Y ese emblema podría pertenecer a una de ellas?

—Tal vez. Es una cruz florlisada negra, y está claro que se inspira en la antigua de los caballeros de la Orden de Montesa. Existió una organización que la usó para representarse. Una bastante tardía: la Cruz Negra, una sociedad secreta carlista.

—¿Carlista? —Alejandra se enderezó, con tanto interés ahora en los ojos que Saus la miró curioso, aunque no comentó nada—. ¿Qué me puedes contar sobre ellos?

—De memoria poco, y no creo que haya muchos datos sobre ella. En realidad —y aquí sonrió—, a mí me interesan más las sociedades secretas que las patrióticas, por eso he podido reconocer ese símbolo. La Sociedad de la Cruz Negra estuvo activa entre la primera y la segunda guerras carlistas, trabajando para la causa del conde de Montemolín, que aspiraba al trono. Tendré que buscar entre la documentación de que dispongo, para conseguir datos más precisos.

Llamó al camarero con un gesto, consultó a Alejandra con la mirada y, al ver que ésta asentía, le señaló las tazas para indicarle que trajese otros dos cortados.

—Creo recordar que los cruces negras usaban túnicas y capuchones, muy al gusto romántico de la época. Así que lo más probable es que esa cruz florlisada sea un bordado de alguna de las túnicas ceremoniales de la sociedad. ¿De dónde la has sacado, si no es indiscreción?

—Tomé yo misma esta foto en los Oscos, en Asturias, hará un par de semanas. Estaba entre los pocos efectos personales que se han conservado de un personaje del siglo XIX, llamado Augusto Ramos. ¿Te suena el nombre?

—Creo que no. ¿Quién era?

—Un carlista.

—Eso cuadraría entonces. —Recogió la foto para examinarla otra vez—. ¿Por qué te interesa todo esto?

—Podemos decir que por simple curiosidad. Estoy preparando un libro sobre falsificaciones históricas y, al estudiar una, acabé llegando primero hasta Augusto Ramos, que es de por sí un personaje intrigante, y ahora a esta historia de sociedades secretas. Que me sirva o no para mi libro, dependerá de los datos que consiga reunir.

Volvió el camarero y repitió la mecánica de servir las tazas y dejar el ticket. Nil Saus se había echado atrás de nuevo en su silla y observaba a Alejandra interesado.

—¿Una falsificación histórica? ¿De qué tipo? ¿Bibliográfica?

Alejandra no pudo contener una sonrisa, al reconocer el entusiasmo propio del especialista que olfatea una pieza de caza.

—Ésa es mi opinión. Augusto Ramos fue soldado en la guerra y conspirador en la paz, además de escritor de poco éxito. Dejó una supuesta transcripción de un documento mucho más antiguo, escrito en ulfilano. Y yo creo que ese documento es algún tipo de falsificación, hecha con algún fin que aún no conozco, pero que debía tener que ver con todas esas cuestiones dinásticas del siglo XIX.

—Ulfilano. —Se llevó la taza humeante a los labios—. ¿No es ése el antiguo alfabeto godo?

—Eso es.

—Historias así son muy propias del Romanticismo, sí. ¿Y dónde está ese documento?

—Es o era un libro. Ha desaparecido.

—¿Robado? ¿Destruido?

—Ni una cosa ni otra. Pero le he perdido la pista.

—Veamos. ¿Lo has visto? ¿Hay la certeza absoluta de que existe o es una suposición?

—Existe. Conozco a gente que lo ha visto y tenido en sus manos.

—Entonces, me parece que este asunto tiene toda una historia detrás.

—Sí. —Acabó de remover el azúcar y bebió un poco—. Toda una historia.

—Hagamos algo. Dame un par de días para que tenga tiempo de buscarte cuanto pueda encontrar sobre la Sociedad de la Cruz Negra, e incluso sobre ese Augusto Ramos. A cambio, si no es mucho pedir, tú me contarás la historia completa.

Alejandra había devuelto los ojos al otro lado de la cristalera, a la glorieta y la gente que pasaba. Se lo pensó un instante, para acabar asintiendo.

—Trato hecho.

—Una cosa más. Me decías en tu correo que habías consultado a otros expertos en el tema. ¿No será uno de ellos B. Folgado?

—Pues sí. —Alejandra volvió la cabeza con brusquedad, cogida por sorpresa.

—No pongas esa cara. Este mundillo no es tan grande y la gente que estudia el tema acaba coincidiendo. A mí me interesan más las sociedades secretas y a B. las patrióticas en general...

—¿Tienes mucho trato con él?

—Bastante.

—¿Y le llamas así, B., cuando hablas con él?

—Sí, a él le gusta. El caso es que, aunque a mí me atraen mucho más las sociedades secretas —sonrió—, porque son mucho más interesantes, B. sabe diez veces más que yo sobre ellas. Ha dedicado años y años a estudiarlas, sólo por el gusto de hacerlo, y ha reunido una cantidad enorme de información.

—¿No ha publicado nada?

—No. B. fue restaurador y dio clases, y dice que ya publicó bastante, por obligación, durante su vida docente. Desde que se jubiló, y hace ya casi veinte años de eso, no ha hecho más que acumular conocimientos sobre el tema, como un usurero monedas: por simple placer.

—¿No comparte el material que ha reunido?

—A su manera. Hay que saber entrarle, porque tiene sus manías. Pero es un buen hombre.

—Eso me han dicho. Le he llamado varias veces, pero no me ha cogido el teléfono ni he podido dejarle recado.

—Es normal en él. Puede que esté en su casa de Alcabón, o visitando a alguno de sus hijos, o en algún congreso, porque sigue siendo una eminencia muy respetada en su profesión. Si quieres, puedo intentar localizarle.

—Bueno, te lo agradecería. Aunque de todas formas seguiré llamándole. —Echó una ojeada a su reloj.

—¿Tienes prisa?

—No. —Alejandra estuvo a punto de sonrojarse, como cogida en falta. Estaba a gusto con Saus, pero le había dado por pensar que, si se daba prisa, aún podría comprar algo de comer, porque tenía la nevera vacía—. En realidad no.

Pero Nil Saus estaba ya reclamando por gestos al camarero, al tiempo que echaba un billete de diez euros sobre la mesa. Con otro ademán, contuvo a Alejandra, que iba a abrir el bolso para buscar dinero.

—Quedamos en lo hablado, si te parece. Voy a revisar mis archivos y a indagar sobre la Sociedad de la Cruz Negra. —Cogió una servilleta, sacó un bolígrafo del chaquetón de cuero castaño y escribió con una sonrisa—. Voy a anotar ese nombre, Augusto Ramos. En unos días te llamo y te cuento, y ya me contarás acerca de ese libro en ulfilano.

—Hecho —sonrió ella a su vez, al tiempo que se incorporaba ya.

Hay noticias que no por esperadas, causan menos disgusto. Y, cuando Calderón, el brigada a cargo de la Unidad, volvió de la reunión, no traía cara ni buena ni mala, sino de simple resignación, por lo que todos supieron qué iba a decir antes de que abriese la boca.

—Se acabó. De momento dejamos el asunto.

Calderón era aquel hombre macizo que, junto a uno de sus compañeros, Frías, había estado presente en el club de ajedrez de

Chueca la tarde en que Doku fue a entrevistarse con Shamil. Los cuatro miembros de su unidad le habían estado esperando en el comedor del autoservicio, de la DGGC, en la calle Guzmán el Bueno, y al escucharle hubo más muecas de «ya lo decía yo» que de disgusto. Era lo que esperaban todos desde que Riol tuvo que abatir a tiros a aquel barbudo, a las puertas de una cafetería de la calle Fuencarral.

—Se veía venir. —Calderón se sentó y, casi sin pensar en lo que hacía, cogió un cigarrillo de un paquete de Winston, que alguien tenía sobre la mesa, y se lo encendió.

Los cinco pertenecían a un grupo de la UCE, de la Guardia Civil, especializado en terrorismo islámico, y habían estado siguiendo durante más de tres meses a una supuesta célula de islamistas oriundos de la antigua URSS. Un trabajo que se había ido al traste con el incidente de la calle Fuencarral, puesto que los sospechosos se habían volatilizado tras el tiroteo. Habían bastado veinte minutos de reunión entre el brigada y los mandos, en la sala de juntas, para que éstos le comunicasen a aquél que, dada la ausencia de pistas, de momento les retiraban para asignarles a otro asunto.

—¿Y qué pasa conmigo? —quiso saber Riol.

—Nada. ¿Qué va a pasar? ¿Es que quieres una medalla?

—Me conformo con que no me metan en la cárcel.

—Que no hombre, que no. No le des más vueltas. Ese tío sacó una pistola en la vía pública, le diste el alto, te disparó y tuviste que responder. El juez ha sobreseído el caso. Fin de la historia.

—Uno nunca sabe. Siempre te puede poner una demanda la familia, o una asociación...

—Te preocupas demasiado. Además, tratándose de islamistas, nadie va a querer buscarte las vueltas.

—Sigo teniendo serias dudas sobre eso último —apuntó Frías.

—¿Sobre qué?

—Sobre que fueran islamistas.

—Toma. Y yo. Es lo que les he dicho a los mandos. Pero a lo que íbamos: de momento, el asunto queda aparcado. Manos a la obra con lo que nos den, y no quiero oír hablar más del tema.

11

La España inmóvil y tradicionalista, la del aislamiento secular, estalló en mil pedazos el día en que los ejércitos napoleónicos invadieron la península, a comienzos del siglo XIX, y acabaron por deponer al Borbón Carlos IV para situar en su lugar a José Bonaparte. Cuando en 1814, tras seis años de guerra, las tropas francesas se retiraron por fin allende los Pirineos, dejaron a sus espaldas un país destrozado, tanto en lo económico como en lo social. Pero por esos desgarrones fue por donde se colaron los aires nuevos que soplaban sobre Europa. A la guerra de la Independencia sucedió una época caótica, llena de conjuras, pronunciamientos y asonadas, en la que liberales y absolutistas libraron una guerra a muerte para decidir cómo sería la nueva España.

La muerte del infame Fernando VII no trajo otra cosa que nuevas guerras al país. Se produjo un conflicto dinástico que enfrentó a los partidarios del hermano del rey muerto, Carlos María Isidro, con los defensores de los derechos de su hija Isabel. Las consecuencias fueron tres conflagraciones que marcaron el siglo XIX español: la primera guerra carlista, que tuvo lugar entre 1833 y 1839, la segunda entre el 47 y el 60, y la tercera, entre el 72 y el 76.

La segunda intentona carlista fue mucho menos peligrosa que la primera, a pesar de que se dilató más en el tiempo, y la tercera nunca tuvo oportunidad alguna de triunfar. Al menos eso opinaban la gran mayoría de los tratados que consultó Alejandra en los días siguientes, ya decidida a informarse más a fondo sobre una época que le quedaba muy lejos de su especialidad: la historia antigua. No sólo sabía lo justo de la historia contemporánea española, sino que, como muchos de los de su generación, había rehuido voluntariamente esa época que iba de la guerra de la Independencia a la del 36, considerándola una era oscura, triste y manchada por luchas fratricidas.

Nil Saus la llamó antes de una semana, para comentarle lo que había logrado descubrir sobre la Cruz Negra. En efecto, fue una sociedad secreta activa en los años que mediaron entre las dos primeras guerras carlistas y estaba formada al parecer por gente de buena familia, muchos de ellos con apellidos nobles, con el añadido de algunos aventureros fogosos, de temperamento romántico e inclinaciones conservadoras, como parecía haber sido el caso de Augusto Ramos. Estaba organizada según grados y, aunque no se conocía su estructura con exactitud, ésta parecía más inspirada en las órdenes militares —lo que podía explicar la cruz florlisada negra con la que se distinguían— que en las logias masónicas. Sí se sabía con certeza que al frente de la sociedad había un gran maestre y que el paso por los distintos grados implicaba ceremonias secretas de iniciación, todo muy en el estilo fantasioso del Romanticismo.

Y pocos datos más podía aportar, fuera de que la sociedad parecía haber desaparecido por completo a raíz de la derrota carlista en la segunda de las guerras. También había tenido más suerte que Alejandra y logrado contactar con B. Folgado, que estaba de visita en casa de uno de sus hijos, en Alicante. El anciano se había mostrado muy interesado al conocer los pormenores —Alejandra no tuvo duda alguna de que Nil Saus se las había ingeniado para abrirle el apetito al respecto— y no sólo estaba dispuesto, sino deseando, hablar con ella de todo aquel asunto. Por último, Saus se había ofrecido a mandarle cuanto había descubierto al correo electrónico y le había pedido como favor estar presente en la entrevista con Folgado, cosa esta a la que Alejandra había accedido sin problemas.

El señor B. les recibió una tarde en su piso del barrio de Moncloa y su aspecto fue de nuevo una sorpresa para Alejandra, que volvió a reflexionar sobre lo poco que casa a veces la gente, por su aspecto, con su profesión. B. Folgado vivía en una casa amplia, con típico descuido de soltero, viudo en su caso concreto. Los muebles eran oscuros y viejos, había antigüedades por todas partes y, sobre todo, montañas de revistas y libros. Libros en estantes y librerías, pero también sobre mesas, sillas, e incluso formando pilas y montones en el suelo, que los visitantes debían sortear para ir de un lado a otro. La casa no estaba nada limpia; el polvo se acumulaba en ciertos rincones y por todas partes flotaba un tufillo a cerrado y a rancio.

El dueño de la vivienda, Barsanufio Folgado, parecía más bien un tendero jubilado que un restaurador. Pasaba en efecto de los ochenta años, era sumamente gordo, bastante desaliñado y lucía un bigotillo ya blanco que a Alejandra le recordaba los de los funcionarios franquistas de las viejas películas y los chistes. Les recibió vestido con pantalones grises, camisa azul claro y una rebeca de punto gris, más que añosa. Unas gafas de leer le colgaban sobre el pecho, sujetas con cordón. Fumaba un cigarrillo tras otro y, como parecía tener la costumbre de llevar la colilla entre los labios, la ceniza le caía a menudo sobre la pechera de la camisa. En cuanto al carácter, parecía ser bastante comunicativo, aunque sentencioso y regañón, tal y como sucede con muchos viejos.

Les guió hasta una sala de estar, de lámparas anticuadas y luces débiles, y les hizo sentar a una mesa en la que abrió hueco barriendo libros y papeles hacia una de las esquinas. Luego se fue a buscar el café que, según decía, acababa de hacer.

Saus echó su chaquetón de cuero castaño sobre uno de los sofás, para luego dedicar una sonrisa a la desconcertada Alejandra.

—Otra de las pasiones de B. es el café. Ya lo verás. Se hace traer variedades de todo el mundo. A ver qué nos ofrece hoy...

—Café de Sumatra —aclaró el otro, que volvía ya con una bandeja entre las manos—. *Arábica Mandheling*, no apto para el paladar de un cafre como tú, desde luego; pero no voy a bajar mi nivel por tu culpa.

Sirvió el café con gestos casi rituales, antes de colocar una taza ante cada uno de sus invitados. Alejandra se llevó la suya a los labios.

—Está muy bueno —dijo. Y era cierto.

—Gracias. Veamos ahora esa foto.

Se colocó las gafas y, lo mismo que le había ocurrido a Nil Saus en su momento, se quedó un buen rato con la instantánea en la mano, observando la imagen del pedazo de tela con la cruz negra bordada. Luego la apartó.

—¿De qué conoce usted a Irene? —le preguntó a bocajarro.

—Somos amigas desde hace un montón de años. —Alejandra a punto estuvo de sonrojarse, puede que por lo inesperado de aquella pregunta, aunque no había motivo alguno para ello—. Desde que yo estaba en la facultad.

—Entiendo. Me llamó ayer para pedirme que le ayudase en todo lo posible. —Se quitó las gafas de leer—. Bueno. ¿Está usted familiarizada con las guerras carlistas?

—Tengo algunas nociones, espero que las suficientes —respondió su invitada, al tiempo que se felicitaba para sus adentros de haber estado refrescando sus conocimientos sobre el tema.

—Para entender a los cruces negras hay que conocer su época. Eran una sociedad secreta; una de las de verdad y no una panda de fantasmones, también muy al uso durante el siglo XIX. Sabemos muy poco sobre su organización o sobre las personas que formaban parte de ella, así como sobre las actividades que desarrollaron en durante los años que estuvieron en activo.

Hizo una pausa y Alejandra comprendió, al vuelo, que era otro de esos que espera que se le anime a proseguir.

—¿A qué se dedicaban? —preguntó por tanto, aunque ya sabía la respuesta por Nil Saus.

—Sobre todo a trabajar en las sombras en pro de la causa carlista. De hecho, no creo recordar que haya ninguna referencia a los cruces negras después de la segunda guerra carlista.

—¿Qué fue de ellos?

—Supongo que se disolvieron, aunque tendría que investigar un poco. La segunda guerra quedó circunscrita a Cataluña, Aragón, Navarra y Guipúzcoa; nunca tuvo oportunidad de triunfar y la derrota fue un mazazo moral para muchos.

Alejandra había sacado un bloc y estaba garabateando unas notas.

—Bébase el café —le instó con amabilidad su anfitrión—, que

para disfrutarlo hay que tomarlo caliente. Yo le repetiré lo que sea menester, cuantas veces necesite.

—Gracias. —Se llevó la taza a los labios, algo turbada, porque le resultaba incómodo que gente de más edad le tratase como si fuese casi una niña.

Aprovechando ese interludio, B. Folgado cogió de nuevo la fotografía de la cruz negra sobre tela blanca, que seguía sobre la mesa, y la estudió por segunda vez. Se quedó luego con ella entre los dedos de la mano derecha, mientras que con la zurda sujetaba el cigarrillo humeante.

—Estamos dando por sentado, claro, que este emblema es el de la Sociedad de la Cruz Negra —dijo, como si se le hubiese ocurrido de repente.

—¿Es que hay otros que lo hayan podido usar?

—¿Quién sabe? Después de todo, ésta era la cruz florlisada negra de los caballeros de Montesa...

—Eso ya lo sabe, no le sueltes el rollo —le cortó con soltura Nil Saus, que parecía tener mucha confianza con el viejo—. Por la época a la que parece pertenecer el bordado, y por la historia con la que está relacionada, tiene que tener relación con los cruces negras carlistas. Yo, al menos, no tengo la menor duda.

—Deja entonces que la señorita se explique —le replicó con amabilidad venenosa el anfitrión, antes de volver la cabeza hacia Alejandra, entre el humo de tabaco—. ¿Dónde consiguió esta foto?

—En la comarca de los Oscos, en Asturias, en un lugar conocido como la Casona Liñares. Perteneció a un personaje de la primera mitad del siglo XIX, un carlista. Un tal Augusto Ramos. —Ella, que jugueteaba a su vez con su paquete de Fortuna *light*, más que nada por ocupar las manos, observó al anciano durante un segundo, en busca de alguna reacción—. ¿Le suena el nombre?

—Pudiera ser... —Se rascó la mejilla, con un sonido rasposo, porque aquella mañana no debía haberse afeitado—. Pero no consigo ubicarlo, así que tendría que consultar mis notas. Pero siga, por favor.

—Tanto Augusto Ramos como Justo Liñares, el dueño en aquella época de la casona, lucharon en el bando carlista durante la primera de las guerras y es muy posible que Ramos combatiese también en la segunda. Con lo que me está contando y lo que se sabe sobre él, no me extrañaría nada que hubiese sido un cruz negra.

—Consultaré mis notas —reiteró el anfitrión. Aplastó la colilla sobre un cenicero ya bastante lleno, antes de dejar la foto sobre la mesa, con el mismo cuidado que tendría un auditor con un documento clave—. Dígame. ¿Por qué le interesa a usted todo esto? Irene no ha querido decirme nada al respecto.

—Siempre tan discreta. —A Alejandra se le escapó una sonrisa fugaz—. Estoy tras la pista de un libro, escrito por Augusto Ramos, que bien pudiera ser un intento de falsificación histórica.

—¿Qué libro es ése, si no es mucho preguntar? —Sacó otro Ducados de su cajetilla. Aquel hombre fumaba como una chimenea.

—Uno que, sea auténtico o falso, es de lo más extraordinario. Es la supuesta copia de un libro mucho más antiguo, escrito en ulfilano.

—¡Ulfilano! —El antiguo restaurador, que golpeteaba el cigarrillo contra la mesa, para apelmazar el tabaco, levantó con brusquedad los ojos.

—Sí. El antiguo alfabeto...

—Sé lo que es el ulfilano, señorita. Es sólo que me ha cogido de sorpresa. Sí que es extraordinario. Prosiga por favor.

—Sé que resulta de lo más increíble, pero conozco a un par de personas que en su momento vieron ese libro con sus propios ojos. Yo no he tenido esa suerte pero, por lo que me contaron, en la primera página, afirma ser transcripción directa de un codicilo medieval del siglo X.

B. Folgado se puso el cigarrillo entre los labios, lo encendió con un mechero barato y se rascó de nuevo la mejilla, pensativo. Alejandra le observó, aún con su cajetilla de tabaco en la mano, y otro tanto hacía Nil Saus, que le conocía mejor y que se había inclinado un poco hacia adelante, con los ojos entornados.

—Interesante, interesante. Mucho —dijo por fin.

—¿Por qué? —le preguntó Saus.

—La Sociedad de la Cruz Negra era una organización muy reservada, mucho. Tú sabes eso tan bien como yo, Nilo.

—Cierto.

—Pero siempre hay filtraciones, sobre todo porque se veían

obligados a reclutar o a tratar con gente que les era útil pero poco de fiar. Los cruces negras eran hijos de su época y tenían muchas influencias románticas: la simbología, los grados, la iniciación; su misma organización como sociedad secreta. Tenían mitos sobre el origen de la sociedad y su misión, y había una leyenda muy curiosa al respecto. Se decía que la sociedad era custodia de un libro muy antiguo, escrito en un idioma desconocido que, cuando fuese por fin descifrado, llevaría a la restauración plena de la verdadera Monarquía Española, con todo el esplendor del reino visigodo.

—¡¿Qué?! —Ahora fue Alejandra la que se inclinó hacia adelante.

—Como lo oye. —El anfitrión se volvió hacia Saus, que ahora le contemplaba con la cabeza ladeada, perplejo—. ¿Nunca encontraste referencias a esa historia, Nilo?

—No, nunca.

—Yo algo leí al respecto, hace tiempo, no recuerdo dónde. Se me quedó por lo curiosa que resulta, pero nunca pensé que fuese otra cosa que algún tipo de falso mito, creado por la propia sociedad para darse importancia. ¿Y dónde dice que se encuentra ese libro?

—No lo sé —respondió Alejandra. Y, ante la mirada de desconcierto de Folgado, se lanzó una vez más a contar, a grandes rasgos, toda la historia, desde la primera vez que oyó hablar del libro hasta su viaje a los Oscos.

Los otros dos la escucharon sin interrumpirla, y ella procuró no entrar en excesivos detalles. Cuando acabó, Saus y Folgado cambiaron miradas; el segundo enarcó las cejas, dio un sorbo a su café y lanzó un gruñido de disgusto.

—Se ha quedado frío. —Se pasó la mano por los labios, como para quitarse el mal sabor—. Voy a preparar más.

—Por mí no se moleste —protestó Alejandra.

—No es molestia —y desapareció con su gran mole por el pasillo, respirando con cierta dificultad, rumbo a la cocina.

Nil Saus tomó la fotografía y la estuvo observando como si no la hubiese visto ya antes.

—Desde luego, es una historia curiosa —dijo con suavidad, sin levantar los ojos.

Ella asintió y abrió la cajetilla para sacar un cigarrillo. Saus le dio fuego, con aquel mechero suyo, adornado con hoz, martillo y laureles, y ella se inclinó algo hacia adelante, para llegar a la llama. Él prosiguió.

—Entonces, tres personas han visto el libro. Y las tres han muerto. ¿Es eso?

—Así es. —Sintió de golpe una mano que le agarraba el estómago, al oír aquella reflexión en una boca que no era la suya.

—¿Y no te parece curioso?

—Claro. Mucho. —Lanzó una bocanada de humo—. Pero son una concatenación de casualidades, a no ser que creas que hay una maldición que hace que uno se estrelle con el coche, a otro le dé un infarto y al tercero lo apuñalen.

—No sé si existen las maldiciones —sonrió él—. Pero sí es cierto que ha habido casos en los que todos o muchos de los que han participado en ciertos asuntos han acabado de mala manera.

—Nuestro Nilo, a su manera, también es un romántico. —B. Folgado entraba en esos momentos, con una bandeja entre las manos—. No un romántico de los de las novelas rosas, sino de los del Romanticismo. No hubiera hecho mal papel en el siglo XIX.

El aludido, puede que sorprendido por ese comentario, que no se sabía muy bien si era un halago o una burla, se echó a toser. El otro le miró con fastidio, al tiempo que dejaba la bandeja sobre la mesa.

—No fumes, hombre. ¿Por qué fumas? Te vas a arruinar la salud.

—Tú fumas tres veces más que yo —replicó el otro, algo congestionado. Aplastó el cigarrillo en el cenicero, con gesto de ira.

—No es lo mismo. Yo soy viejo. —Sirvió café—. Volviendo al tema, ese supuesto codicilo es un asunto curioso. En realidad, los cruces negras siempre me han parecido de lo más interesantes.

—¿Por qué? —preguntó Saus.

—Por varias razones, aunque la principal de ellas es simplemente subjetiva. A lo largo de mi vida, he topado con unas cuantas referencias a esa sociedad, y siempre me ha llamado mucho la atención.

—¿Referencias dónde? —preguntó ahora Alejandra, sin dejar de remover su azúcar.

—En documentos de la época.

—¿Cómo se conjuga eso con el hecho de que fuera una sociedad secreta?

Barsanufio Folgado, con la colilla entre los labios, retrepado en la silla como un cantaor de flamenco, y con las manos en la barriga, levantó los ojos al cielo, como sin duda debía haber hecho muchas veces en tiempos, para dar a entender a algún alumno o ayudante desafortunado que le consideraba un obtuso. Alejandra no dijo nada, pero se sintió enrojecer.

—La Cruz Negra era una sociedad secreta de corte político, estructurada en grados y, aunque el círculo interior era de veras hermético, hubo bastantes personajes de la época que fueron iniciados en los rangos menores. Algunos de ellos dejaron escrito algo al respecto o se fueron de la lengua. Además, no hay que olvidar que una de las razones de su secretismo era su condición de enemigos del régimen. La policía isabelina les seguía los pasos y parece ser que hasta lograron infiltrar a un agente en sus filas. Entre unas cosas y otras, algo de información sobre ellos ha llegado hasta nosotros.

Hizo una pausa.

—Merece la pena investigar el tema del codicilo. ¿Será una copia del libro que supuestamente custodiaban los cruces negras? —Se dirigió ahora a Alejandra en particular—: Claro que voy a ayudarle en lo que pueda. Cuente con ello.

—Se lo agradezco mucho —murmuró ella.

—No hace falta. —El otro sonrió como un ídolo extraño, con aquel bigotillo anticuado, grueso y envuelto en humo, aunque fuese de tabaco y no de incienso—. Irene ya se ocupó de dejarme claro, por teléfono, que no tenía otra opción.

—Se lo agradezco igual.

—Si al final se decide a escribir ese libro, puedo ofrecerle además algo. Tal vez pueda enseñarle la entrada, o al menos una de las entradas, que llevan al lugar donde la Sociedad de la Cruz Negra se reunía en capítulo secreto.

Alejandra levantó la vista, ahora sorprendida, en tanto que Nil Saus, que se había recostado en la silla, volvía a inclinarse hacia adelante, con expresión de haber sido cogido totalmente fuera de juego.

—¿Qué estás diciendo, B.?

—Los cruces negras, siguiendo la mejor tradición romántica y de las sociedades iniciativas, disponían de una cámara secreta y subterránea, en la que se reunían para deliberar, tomar decisiones, iniciar o ascender a miembros, etc. Bueno, pues, por una serie de casualidades, hace años que descubrí, o más bien alguien me mostró, el lugar en que se supone que está una de las entradas a la cripta. Digo que se supone porque yo nunca exploré el túnel hasta el final.

Nil Saus, con expresión tormentosa, cogió un cigarrillo, sin darse cuenta de que era del paquete de Alejandra.

—Y nunca me habías contado nada, sabiendo lo mucho que todo esto me interesa. —Hizo rodar el cilindro de tabaco entre los dedos—. ¡Serás...!

—Te lo he explicado mil veces, Nilo. Ya no me dedico a la docencia, estoy jubilado. Ahora me ocupo de reunir conocimientos, no de difundirlos.

El otro encendió el cigarrillo, casi bufando. Alejandra, tras una expresión mitad de sorpresa, mitad interesada, observaba con algo de diversión oculta. Saus se había molestado y mucho, sin duda; bien porque el otro no había compartido nunca con él esa información, bien porque cuando lo había hecho había sido al dársela a una casi desconocida. Y Folgado parecía complacido con la irritación del otro, así como por el hecho de haber logrado sorprender a Alejandra.

—Bueno, cuenta —le instó Saus, los codos sobre la mesa.

—Todo a su tiempo —rehusó el otro con cachaza—. Además, este asunto no tiene nada que ver contigo en principio, sino con la señorita. Voy a hacer una cosa: mañana mismo me marcho a mi casa de Alcabón y reviso todo lo que tengo sobre la Cruz Negra. Después, hablaremos.

—No es necesario que se tome tantas molestias —murmuró ella.

—No es ninguna molestia. He dedicado mi tiempo a estudiar las sociedades patrióticas y secretas del siglo XIX desde que me jubilé y dejé de restaurar, y de eso hace ya un montón de años. Además, tengo que ir a Alcabón de todas formas; tengo en esa casa mis libros y papeles, y paso por allí con regularidad. Esto —y señaló a los documentos, carpetas, volúmenes, que se amontonaban sobre mesas, sillas, sofás e incluso parte del suelo— es solo material de consulta, de primera mano. Cuando vuelva, hablaremos con detenimiento.

Y, de ahí, la conversación fue derivando hacia otros derroteros. Al cabo de unos veinte minutos, Saus echó una ojeada a su reloj, circunstancia que Alejandra aprovechó para hacer lo mismo, y los dos no tardaron en despedirse de su anfitrión.

Mientras bajaban, Saus le propuso a Alejandra tomar una caña y ella aceptó tras un momento de duda. Se metieron en una cafetería al azar, una de las muchas que hay por la zona de Argüelles-Moncloa, cerca del portal del señor B. Nilo, tras consultarle, pidió dos cervezas en la barra. Había caído ya la oscuridad y el sitio estaba lleno de jóvenes, lo que hizo que Alejandra sintiese por un instante una punzada de nostalgia. Todas aquellas pandillas bulliciosas desaguaban en Moncloa desde la Universidad y lo cierto es que, no tanto tiempo atrás, ella formaba parte de todo aquel mundo de universitarios. La vida había cambiado y mucho para Alejandra Espinosa en apenas ocho años, y no dejaba de notarlo a veces.

Saus se bebió la mitad de la cerveza de un trago, antes de dejar el vaso encima de la barra, con un suspiro. Tenía expresión un poco huraña y algo absorta, y a Alejandra se le ocurrió que estaba molesto por la forma en que B. Folgado había revelado que conocía una de las supuestas entradas al recinto donde, en tiempos, se reunía la Sociedad de la Cruz Negra.

—¿Disgustado?

El otro, que tenía la mirada puesta en la calle, más allá de la luna de la cafetería, los volvió hacia los de ella. Había entendido, sin necesidad de que Alejandra dijese más, a qué se refería.

—Un poco. —Asintió despacio y luego mostró una sonrisa tan abierta como la de un niño. Fue como si un soplo de aire barriera de su rostro el malhumor. Meneó la cabeza, casi como avergonzado—. Es de críos, pero...

—¿Pero qué? —Alejandra le observó, sorprendida por el cambio tan brusco de humor.

—Este B. es un capullo. Él y yo somos apasionados del estudio de las sociedades decimonónicas. No hay mucha gente que se interese por ello y casi todos lo hacemos por afición. Algún académico, y luego los que son como yo, con un trabajo que toca a veces de refilón el tema, y que acabamos por aficionarnos a él. No somos muchos, como te digo; nos conocemos casi todos y fastidia descubrir que un amigo te ha ocultado información por las buenas. Sobre todo si tú sueles compartirla. —Volvió a sonreír—. Pero en fin: que no es más que una niñería y el señor B. es así.

—¿Qué significa exactamente *así*?

—Significa viejo, misántropo, buena gente pero maniático. Es una persona que sabe muchísimo sobre este tema. Tiene esa casa en Alcabón, en la provincia de Toledo. Debieras verla: atestada de originales y de copias que ha ido reuniendo, y de notas y archivos que ha creado a fuerza de consultar documentación. Es impresionante.

—Eso es bueno, ¿no?

—Claro que lo es. Pero nunca escribirá ningún tratado, ni siquiera ordenará sus notas más allá de lo que pueda necesitar. Se limita a recopilar información, a aumentar sus conocimientos. Ya le has oído antes. Dice que le quedan dos telediarios y que no piensa perder el tiempo en sistematizar el material a beneficio de otros, cuando podría emplearlo en seguir investigando.

Alejandra se llevó la caña a los labios, ahora sonriente, y apreció el sabor amargo de la cerveza, por una vez bien tirada.

—Es lo que tú dices: manías de viejo. ¿Hace mucho que os conocéis?

—Desde hace ya años. Es, dentro de este mundillo, de las personas que más aprecio.

Ella sonrió, al tiempo que echaba una mirada al reloj de pared de la cafetería. Entraba y salía gente, entre tintineo de vidrios y zumbido de conversaciones. Saus echó mano al bolsillo de su chaquetón de cuero castaño y le ofreció un cigarrillo. Alejandra aceptó.

—Nos lo fumamos y nos vamos.

—Vale. —El otro hizo chasquear su Zippo, para darle fuego—. Oye, me gustaría seguir en el asunto este.

—¿Cuál? —Dejó escapar el humo por entre los labios entreabiertos.

—¿Cuál va a ser? El del codicilo, el de los cruces negras. Si no te importa, claro. Ya sabes que me interesa el tema y es posible que hasta pueda ayudarte.

Alejandra le miró un momento, a través del humo.

—Yo no tengo inconveniente.

—A cambio, tal vez pueda conseguirte información sobre falsificaciones.

—Me interesan más las históricas que las puramente bibliográficas, pero te lo agradezco. —La boca se le curvó un poco sin querer, en un esbozo de sonrisa.

El otro no se dio por enterado. Se quedaron unos momentos en silencio, luego Saus tendió un billete de cinco euros al camarero, sin dar opción a que Alejandra sacase su propio monedero. Ella apagó el cigarrillo, consumido sólo a la mitad.

—Nil...

—Nilo —la corrigió el otro.

—¿Cómo?

—Nilo. Si me llaman por mi nombre, sin el apellido, prefiero que me llamen Nilo. Me gusta más cómo suena.

—Lo recordaré —sonrió—. ¿Nos vamos?

Al cruzar la puerta de cristal, Saus se ofreció a acercarla a algún lado, porque tenía el coche allí cerca; pero ella rechazó el ofrecimiento con un «no hace falta, gracias. Cojo el metro aquí mismo». Se despidieron en la esquina y, mientras esperaba que el semáforo cambiase de color, Alejandra volvió la cabeza y pudo ver cómo Saus se alejaba entre la gente, calle arriba. Caminaba con calma, como alguien al que le sobra el tiempo y, al observarle, no pudo evitar preguntarse cómo sería su vida cotidiana, el día a día. Luego, al darse cuenta de ello, torció el gesto.

«Cuidado, Alejandra», se advirtió a sí misma, pensativa. El semáforo cambió, los coches se detuvieron y ella cruzó la calle a toda prisa, alejándose en ángulo recto respecto a la dirección que había tomado Nilo.

—Suena a película, a historia fantástica. —Así de rotunda se mostró Irene Serra; aunque a ella misma se la veía perpleja, e incluso intrigada, por la historia que le había contado Alejandra.

Al día siguiente de la visita de esta última a B. Folgado, las dos fueron a ver una exposición en la Fundación March, en la calle Serrano. Irene adoraba el arte, al que había dedicado toda una vida y, por una vez, Alejandra pudo acompañarla en un horario que les está vedado a aquellos que tienen un horario de trabajo normal. Había una exposición sobre las Damas de Antonio Saura, así que estuvieron mucho tiempo, ya que Irene, cuando acudía a una muestra así, se tomaba un tiempo infinito en observar cada pieza, fuese cuadro, escultura o un resto arqueológico. Alejandra en cambio era más impaciente y, cuando estaba sola, solía recorrer las salas como una exhalación, echando ojeadas a las piezas y sin pararse a estudiar los detalles. Fue, por tanto, un paseo moroso de cuadro en cuadro, trenzado con las explicaciones que Alejandra le daba sobre el tema del codicilo.

—¿Historia fantástica? —Alejandra se había detenido ante una de las pinturas, intentando descifrarla. Se llevó una uña al labio, sin darse cuenta—. ¿Falsa, quieres decir?

—No, para nada. —Irene meneó la cabeza—. Pero vaya suma. Un codicilo del siglo X escrito en un alfabeto extinto en el siglo VII, conspiraciones carlistas, una sociedad secreta... ¿Qué dirías tú de todo esto, si alguien te lo contase?

—Pues miraría todo el asunto con un poco de escepticismo, la verdad. —Alejandra tuvo que sonreír ahora.

—En mi caso, más que escepticismo, asombro. La historia del arte está llena de sucesos rocambolescos. —Se desplazó unos metros, para plantarse ante el cuadro llamado *Geraldine dans son fauteuil*—. Pero lo que me ha dejado de piedra es eso de que el loco de B. dice que, encima, conoce el lugar donde se reunía esa sociedad secreta.

—Tampoco es eso. Que sabe dónde está una posible entrada. Lo mismo luego no hay nada y sólo es un túnel viejo que remata en nada. El señor B. tampoco ponía la mano en el fuego.

—Eso es típico de él. No garantiza nunca nada, al no estar del todo seguro. Si lo está, se vuelve insoportable de puro categórico.

—Ya. Es un tipo un poco raro, ¿no?

—¿Raro? —Irene volvió su rostro de rasgos afilados hacia ella—. ¿Qué quieres decir con raro?

—No me entiendas mal. —Alejandra se turbó un poco—. Cómo vive, cómo se comporta... es bastante excéntrico.

—Excéntrico no. Es viejo, y los viejos tienden a desarrollar manías, y se descuidan en muchas cosas. Tenías que haberle conocido en sus tiempos. Era un hombre muy apuesto y un restaurador excepcional. Tenía unas manos... ¡qué manos! —Sonrió, con la cabeza ahora en los recuerdos de muchos años atrás—. Era un artista, Alejandra. Uno de una clase muy especial, de los que dominan como maestros las técnicas y no son sin embargo capaces de grandes creaciones propias. Él era consciente de ello y por eso se hizo restaurador. Si le hubiera dado por ahí, podría haber sido un falsificador de primera. Mira, podría ayudarte en ese aspecto con tu libro.

—Todo pudiera ser. —Alejandra se quedó rumiando las palabras de su amiga. Volvió a ver en su cabeza a aquel anciano muy gordo y mal vestido—. ¿Apuesto?

—Mucho. —Volvió a sonreír, más con nostalgia que con tristeza—. Tú le has conocido con más de ochenta años, con cuarenta kilos de más y convertido en una especie de ermitaño, en esa casa suya de Moncloa, entre libros, papelotes y pelusas. Pero en otro tiempo era un hombre de lo más mundano. Era bastante adepto al régimen, eso sí. —Hizo un mohín.

—¿Qué régimen?

—¿Cuál va a ser? El de Franco, mujer.

—¿Y qué es lo que le ocurrió para que se convirtiese en lo que es ahora?

—¿Te estás imaginando algo melodramático? Pues olvídalo. No ocurrió nada. Ha sido el fluir de la vida, eso es todo, el que le ha llevado hasta ahí. Da miedo pensar cómo puede cambiar uno. Pasaron los años, se jubiló y su mujer debió morir hace algo más de diez años. Se fue recluyendo cada vez más, y menos mal que tiene esa afición suya, que le saca de su cubil. Si no, no sé qué habría sido de él.

—¿No restaura nada? ¿No pinta ni esculpe?

—Hace muchos años que no. Sufre artrosis en las manos, aunque no se le note gran cosa a simple vista. Pero sí es suficiente como para que ya no tenga su antigua habilidad. Y B. es muy orgulloso.

Irene seguía plantada delante de aquel cuadro. Alejandra observaba a su vez, sin conseguir entender aquella pintura, o lograr siquiera que le trasmitiese algo.

—Alejandra —dijo de sopetón Irene—. ¿Qué sacas de todo esto?

—¿Cómo? —Levantó los ojos, sorprendida.

—A ver. Has perdido el trabajo, has dejado a tu pareja e ibas a escribir un libro sobre falsificaciones, pero me parece que toda esta historia de sociedades secretas tiene bien poco que ver con ese libro.

—Es cierto, pero una cosa me ha llevado a la otra. Ha sido coger el hilo, pensando que seguía la pista de un falso codicilo, cosa que sigo pensando que es, y ha acabado saliendo algo bien distinto.

—¿No estarás usando esto de excusa para no encarar tus problemas?

—Puede. —La miró molesta, porque Irene parecía haber recobrado con soltura su mala costumbre de meterse en sus asuntos—. No creo que me venga mal relajarme una temporada.

—Puede que no. Pero no es así como se resuelven los problemas.

—No soy ninguna niña, Irene.

—Para mí sí lo eres. —La otra aflojó la tenaza de repente, sonriendo.

—Hay algo más. Soy historiadora, por si lo habías olvidado. —Se pasó la mano por la melena, con suavidad, como asegurándose de que los rizos estaban en su sitio—. Quería ser arqueóloga y nunca conseguí trabajar en nada que, ni de lejos, tuviera que ver remotamente con aquello para lo que estudié. Ahora resulta que, cuando ya me había casi olvidado de lo que quise ser, me encuentro con todo esto. No esperes que dé la espalda a algo así.

Eso cogió a Irene un poco por sorpresa. Se quedó con los ojos verdosos puestos en el cuadro, luego se pasó la punta de la lengua por los labios y por último movió la cabeza.

—Ésa sí que es una razón que puedo entender. Pero no la uses para esconderte de tus problemas.

—Que no.

—¿Qué vais a hacer ahora?

—Tu amigo el señor B. se va a ir unos días a su casa de Alcabón, a consultar sus notas.

—Siempre tan meticuloso; en eso no ha cambiado nada. ¿Y qué harás tú mientras tanto?

—Voy a aprovechar para ir a ver a mis padres a Ávila.

—¿Viven ahora allí?

—Hace ya años. Desde que se jubiló mi padre.

—¿Y se han adaptado bien a la nueva vida? Nunca entenderé a la gente que, cuando se jubila, se va a un pueblo.

—Será porque ni tú ni yo hemos nacido en uno. Mi padre está contento y mi madre siempre ha hecho lo que mi padre le ha dicho. Así que supongo que están bien los dos.

—Tú también hacías en tiempos lo que tu padre te decía.

—Hasta que me planté y dejé de hacerlo. Pero tienes razón. —Se le escapó una sonrisa—. ¿Sabes que por eso estudié Historia?

—¿Tu padre te hizo elegir esa carrera? —La miró perpleja.

—No exactamente. —Sonrió de nuevo, ahora con picardía—. Mi padre opinaba que sus hijas tenían que dejarse de tonterías, conseguir un título universitario, cuanto más fácil mejor, y sacarse una oposición al estado, que es un valor sólido.

—No te veo en un escritorio, ni en una ventanilla.

—Ni yo. Pero, con la excusa de contentarle, logré entrar en la carrera que quería hacer. Así que yo, en tiempos, hacía lo que mi padre quería... pero a mi manera. —Volvió a sonreír por tercera vez—. Claro que luego nunca conseguí trabajar en lo mío. Justicia divina, lo llaman.

Irene se echó ahora a reír.

—Anda, no digas tonterías. ¡Qué cosas tienes!

12

Un domingo a primeros de mayo, Alejandra Espinosa se presentó a las diez de la mañana en casa de B. Folgado. Subió en el ascensor con una sensación de cierta irrealidad, sin poder acabar de creerse del todo que estaban a punto de iniciar una pequeña expedición. De ir a la busca de un túnel que podía llevarles hasta la logia subterránea de una sociedad secreta del siglo XIX. ¿Ocurren cosas así en la vida real? Alejandra hubiese jurado hasta hacía bien poco que no.

Fiel a lo que parecía una costumbre inflexible suya, el señor B. se empecinó en que Alejandra tomase antes de nada uno de sus cafés exóticos, turco esta vez, preparado con el esmero de costumbre. Nilo estaba ya en la casa, el pelo castaño algo alborotado, vestido con una vieja sudadera ocre y pantalones de muchos bolsillos, bebiendo también café. Sólo cuando hubieron apurado las tazas consintió el dueño del piso en coger un manojo de llaves y en ponerse un abrigo para salir a la calle. Siendo domingo, Alejandra había ido en su Clio hasta Moncloa, pero fueron los tres juntos a Conde de Peñalver en el coche de Nilo, que resultó ser un Toyota Land Cruiser verde oscuro, un vehículo que puede que ella no hubiese asociado a primera vista con él.

* * *

El señor B. había vuelto hacía unos días de su casa de Alcabón, Toledo, donde había estado encerrado una semana, rebuscando entre la documentación que había acumulado a lo largo de décadas. Regresó casi eufórico y el mismo día de su llegada había telefoneado tanto a Alejandra como a Nil Saus, y les había invitado esa tarde a su casa, a tomar, ¿cómo no?, café.

Podía afirmar que no había documentos de primera mano sobre la Sociedad de la Cruz Negra. En tiempos, debieron existir informes de la policía isabelina al respecto, pero parecían haber desaparecido, y todo cuanto quedaba era un puñado de referencias, en diarios sobre todo, muchas de ellas simples alusiones. Sobre material tan escaso se articulaba lo poco que se sabía de la Cruz Negra. Tan sólo se conocía el nombre de media docena de miembros y ninguno debió alcanzar un grado relevante dentro de la sociedad.

Lo poco que había corroboraba, eso sí, lo que tanto Nilo como el señor B. le habían contado a Alejandra al respecto: que eran carlistas que no aceptaban la Paz de Vergara, que habían participado como sociedad secreta en las conjuras de entreguerras y que se les atribuían incidentes tan oscuros como sangrientos, habidos durante esos años.

También parecía cierto que —aunque su actividad fue política y muy alejada de quimeras místicas— algún miembro se había jactado de que los cruces negras eran custodios de un libro muy antiguo, escrito en un alfabeto totalmente ilegible en esa época. Según la tradición, quien lograse descifrar ese libro tendría la clave para devolver a la monarquía española el supuesto esplendor de la época visigoda.

—¿Qué tradición? —quiso saber Alejandra.

—Ya llegaremos a eso, paciencia.

La Sociedad de la Cruz Negra estaba formada sobre todo por miembros de la nobleza española, afectos a la causa carlista. Aunque también había en sus filas gente como Augusto Ramos; hombres de acción que, sin duda, habían sido muy útiles a la sociedad en las acciones más prácticas. Al estallar la segunda guerra carlista, algunos de sus miembros participaron en las insurrecciones fallidas del centro y sur de la península, mientras que otros se desplazaron al norte para unirse a las tropas del conde de Montemolín, autoproclamado Carlos VI. La derrota supuso el fin de la sociedad: algunos miembros murieron en combate o ejecutados, otros tuvieron que exiliarse y era de suponer que los demás se eclipsarían con discreción, aprovechando el secreto que siempre había rodeado a la Cruz Negra.

El señor B. había hecho ahí una pausa para encender un cigarrillo con la colilla del anterior.

—Eso cuadra con lo que se sabe de Augusto Ramos, que no poseía fortuna personal, era conocido carlista, y que debió de andar de un lado a otro, fugitivo, hasta conseguir asilo en la casa de su antiguo camarada de armas, el conde de Liñares.

Se arrellanó en la silla, con el cigarrillo colgándole de los labios.

—Pero aquí lo que de verdad importa no es qué fue de los cruces negras después de la derrota carlista en San Carlos de la Rápita, sino qué era de ellos antes de que estallase la primera guerra carlista.

—No entiendo. —Alejandra le había observado perpleja, en tanto que Nilo, que le conocía mejor y sabía, por tanto, que era de los oradores a los que les gustan los efectos dramáticos, se inclinaba un poco hacia adelante.

—¿De dónde salieron? ¿Por qué sus grados? ¿Por qué elegir como símbolo la cruz florlisada negra?

—Dínoslo tú. —Nilo, animado por el ejemplo del anfitrión, se encendió un cigarrillo.

—Los cruces negras presumían de tener un origen muy antiguo, aunque esa afirmación es una constante en casi todas las sociedades secretas. Todas fijan su fundación en tiempos antiguos y circunstancias fabulosas. Pero, por lo que he podido averiguar, y repito que no es tanto, parece que en su caso tal pretensión sí que tenía algún fundamento. Y a eso era a lo que me refería al hablar de tradición.

»La Sociedad de la Cruz Negra no surgió de la nada, sino que se creó a partir de una organización anterior, llamada la Orden de San Mateu, a la que al parecer pertenecían algunos de los fundadores de la Cruz Negra. La orden habría apoyado a su vez al aspirante Carlos María Isidro en la primera guerra carlista. —Se detuvo, viendo la cara de Alejandra, y se vio obligado a hacer una aclaración—: San Mateu era una falsa orden militar.

Alejandra se puso en pie, hastiada. Cogió un cigarrillo de su propio paquete, que estaba sobre la mesa, lo encendió con dedos rápidos y lanzó una bocanada. Se quedaron los tres unos instantes en silencio, mirándose; ella de pie, Folgado recostado en el respaldo de su silla, Nilo algo inclinado hacia adelante. Alejandra se llevó la mano a la frente, con el cigarrillo entre los dedos.

—Debo ser tonta —suspiró—, pero me pierdo.

—Es culpa nuestra. —Nilo le sonrió con calidez—. B. y yo estamos tan acostumbrados a ciertos conceptos que se nos olvida que el resto de la gente ni los conoce. Las cuatro órdenes militares españolas estaban y están formados por personajes de lo más linajudo. Eso ya lo sabes. Para entrar en ellas no basta con ser de sangre noble, sino que hay que cumplir además toda una serie de requisitos. Muchos miembros de la nobleza no lograban cumplirlos y, con frecuencia, eso no sentaba nada bien. En siglos pasados se daba suma importancia a asuntos de esa naturaleza, porque marcaban niveles en la consideración social. Como reacción a esas exclusiones, aparecieron unas cuantas órdenes militares falsas: creadas a imitación de las auténticas por aquellos que no lograban...

—Que no lograban superar las pruebas —intervino a su vez el señor B., obviamente molesto porque el otro le hubiese quitado el protagonismo—. La Orden de San Mateu era una de las falsas; un remedo de la Orden de Montesa. De ahí su nombre, porque el palacio de San Mateu era antiguamente la sede de los caballeros de Montesa. El símbolo de esa falsa orden era precisamente una cruz florlisada negra, que fue a su vez el emblema más antiguo de Montesa, antes de que la sustituyeran por la cruz roja de San Jorge.

»Los cruces negras, según parece, se inspiraron también en la Orden de San Mateu a la hora de organizar los grados de su organización secreta, y les dieron nombre tomados directamente de la tradición de las órdenes militares. Ahí sí que disponemos de escasa información, o al menos yo no tengo gran cosa. Es seguro que a la cabeza de la sociedad se situaba un gran maestre y que su mano derecha recibía el nombre de Comendador Mayor. Por debajo había comendadores y caballeros. Y poco más sabemos.

»Celebraban sus reuniones en un lugar secreto, ataviados con túnicas y capuchones. Lo más seguro es que ese trozo de tela con la cruz negra bordada proceda de la túnica de Augusto Ramos. Si el personaje era tan sentimental como parece, no resulta extraño que guardase ese recorte. Como curiosidad, diré que, aunque se conocen los nombres de algún miembro de la sociedad, caballeros sobre todo, jamás se llegó a saber quién se ocultaba tras la capucha del gran maestre, y no será porque la policía isabelina no se esforzó en desenmascararle.

»Pero no nos desviemos. Creo que no es aventurado suponer que, además, los cruces negras debieron heredar de la Orden de San Mateu ese libro misterioso del que hablábamos el otro día. He estado consultando mis notas y tengo dos entradas al respecto —se puso las gafas de ver, antes de sacar unos folios doblados del bolsillo de la rebeca—. Una es la anotación en el diario de una señorita de buena familia, del dieciocho de enero de 1838, que menciona una conversación mantenida con un petimetre, en una velada social en Madrid. Ese sujeto, al que identifica como J.S., decía tener rango de caballero de la Cruz Negra y, puede que para hacerse el importante delante de la chica, le contó que la sociedad guardaba un libro escrito en un alfabeto desconocido. Y que, quien descifrase ese libro, tendría la llave para reinstaurar una gran monarquía sobre toda España, similar a la de los visigodos. El sujeto en cuestión no debía ser nadie importante en la organización y, desde luego, era bastante menos discreto que sus cofrades.

»La otra referencia es igual de breve y procede de un agente del régimen isabelino. Informa del mismo rumor, sin especificar dónde lo ha captado, e insta a sus superiores a que se investigue el tema, al que califica de potencialmente peligroso. La Orden de San Mateu estaba en plena decadencia en la primera mitad del siglo XIX y es legítimo suponer que la Cruz Negra no sólo se fundó a partir de ella, sino que fue una evolución de la misma. Que heredaron tradiciones, contactos y el libro. A no ser que este último sea una mixtificación ingeniosa; algo que, conociendo la época, no podemos descartar.

»Así que no es descabellado pensar que ése sea el codicilo que copió Augusto Ramos, por razones que ignoramos. Puede que quisiese salvar el texto, en vista de que la sociedad se deshacía. Pero eso ya es demasiado especular. En todo caso, si la hipótesis es cierta, el libro que custodiaba la Cruz Negra, y antes de ella la Orden de San Mateu, es un documento muy antiguo, escrito en gótico, lo que abre más de un interrogante.

»Por un lado, todo cuadra de manera harto sugerente. Estamos hablando de un libro medieval, escrito en ulfilano, lo que encaja como anillo al dedo con esa afirmación de que, en sus páginas, se encuentra la clave capaz de crear una gran monarquía española. Los visigodos, en su momento de máximo esplendor, dominaron toda la península, parte del norte de África y zonas del sur de Francia. El mito les atribuye la primera monarquía unitaria, aunque ellos mismos eran extranjeros en esta tierra. Siempre han sido fuente de legitimación: los cristianos del norte enlazaban sus reyes con los visigodos a través de don Rodrigo, y siempre se ha establecido una lineación ininterrumpida desde ellos.

»Una sociedad secreta carlista daría importancia a algo así, aunque no supiese, como no sabemos nosotros, qué contenía el libro. Pero cualquier descubrimiento relacionado con la monarquía visigoda tendría en el siglo XIX una importancia enorme, y más en un momento de luchas dinásticas.

—El Romanticismo... —Nilo se echó a reír.

—Tú lo has dicho —aceptó el otro con humor, sin duda al hilo de alguna broma privada antigua entre ambos. Echó luego mano a la cafetera y repartió entre las tres tazas lo que quedaba de café.

—Hay que bebérselo antes de que se enfríe. Bueno, hay aquí una gran ironía: en el segundo cuarto del siglo XIX se descifró el alfabeto ulfilano; no sé la fecha exacta, aunque supongo que ese conocimiento tardó en difundirse. Así que los cruces negras no llegaron a saber qué había escrito en su famoso libro por los pelos. Pero este asunto nos plantea varios enigmas. —Levantó varios dedos en el aire, según iba enumerando—. ¿De dónde salió ese codicilo? ¿Cómo tenía algo así en su poder la Orden de San Mateu? ¿Y qué fue del mismo tras la disolución de la Cruz Negra?

Se llevó la taza frente a los labios, olisqueó el vaho y por último dio un sorbo, con igual concentración que un catador de vinos.

—Lo primero habría que investigarlo y lo segundo es un completo misterio. Así que quizá sí merezca la pena echar un vistazo a esa supuesta entrada a la logia de los cruces negras, si es que podemos llamarla así, aunque es de suponer que fuesen enemigos mortales de las sociedades de corte masónico.

—La entrada, sí. —Nilo se inclinó de nuevo adelante, intrigado pero con un punto de malhumor—. Háblanos de ella.

—Poco hay que contar. Topé con ella por simple casualidad, al poco de acabar al guerra civil. Yo entonces era muy joven, claro.

—¿Y ya entonces te interesabas por el tema de la sociedades del siglo XIX?

—¡Qué va! Eso vino después. —el señor B. se permitió una de sus sonrisas—. Lo que yo andaba entonces buscando eran posibles depósitos de armas subterráneos de los republicanos. Gracias a una delación, se supo que había un posible túnel abierto en el sótano de una bodega de la calle Torrijos, lo que ahora es Conde de Peñalver, así que allí me presenté con tres camaradas, a investigar.

—¿Estabas con los nacionales? —le preguntó Nilo y, por su cara, Alejandra comprendió que eso era también nuevo para él.

—¿Nunca te lo había dicho? Sí, hice la guerra con los nacionales. —Sacó un ducados y lo golpeteó contra la mesa, la cabeza puesta en otra cosa, con un gesto que iba siéndole ya familiar a Alejandra—. Había, en efecto, una galería que arrancaba del sótano de aquella bodega, pero estaba claro que no la habían abierto los republicanos. El dueño del establecimiento, el viejo Matías, con el que llegué a trabar luego cierta amistad, nos contó, cuando se le pasó el susto, que era un túnel muy antiguo y que al parecer estaba ya abierto mucho antes de que se levantase el edificio actual.

»Lo que encontramos al bajar al sótano fue una puerta de madera, rústica y muy sólida, cerrada con un candado. El viejo Matías nos la abrió, y mis camaradas y yo inspeccionamos el túnel. Se veía a simple vista que era muy viejo, con paredes de piedra, techo abovedado y, sin duda alguna, muy anterior a la guerra. Lo exploramos en su primer tramo, para asegurarnos de que no se había usado como depósito o escondite, y nos quedó patente que allí no había pisado nadie durante muchos años. Al cabo de unos doscientos metros, supongo, y advierto que soy muy malo calculando distancias, llegamos a una cancela de hierro, cerrada también con cadena y candado, este último hecho un bloque por el óxido. Para mí aquello fue prueba suficiente de que el pasadizo llevaba décadas abandonado.

Hizo una pausa para encender su cigarrillo con el Zippo de Nilo, que estaba sobre la mesa; luego miró a sus invitados a través del humo, con una media sonrisa.

—Madrid está lleno de túneles. Pero lo que hace a ése especial, aunque yo no podía saberlo entonces, es que, mientras inspeccionaba el candado de la cancela, vi por primera vez en mi vida una cruz negra.

—¿Cómo? —saltaron sus dos oyentes.

—Sí. Recuerdo que yo llevaba una lámpara de carburo, de las que se usaban mucho entonces, y que de repente alumbré una cruz muy extraña, cincelada en la pared, justo al lado de la cancela. Estuve largo rato examinándola, preguntándome qué podía significar. Sólo tiempo después sabría que eso era una cruz florlisada. Al retroceder, interrogamos al patrón de la bodega...

—¿Cómo que al retroceder? ¿No cruzasteis la cancela?

—Ni disponíamos de llaves ni yo tengo el carácter aventurero que Dios te ha dado a ti, Nilo. —Meneó la cabeza entre el humo—. Hice la guerra porque me tocó, y nunca tuve deseo alguno de ser un héroe, ni vivo ni muerto. Estaba bien claro que nadie había cruzado esa cancela, no ya durante la guerra, sino desde mucho antes, y ni mis camaradas ni yo teníamos excesivo interés en pasarnos el día dando vueltas bajo tierra.

—¿Qué os contó el dueño de la bodega?

—El hombre estaba bastante asustado; eran tiempos difíciles. Él tampoco había ido nunca más allá de esa cancela. Había entrado de mozo en la bodega, al comienzo de los años veinte, y había acabado por comprar el traspaso al antiguo bodeguero. Con el tiempo, adquirió la propiedad del local. Ese túnel y la verja habían estado desde siempre ahí y, según le había contado el anterior patrón, había incluso una leyenda asociada a los mismos. Se decía que, a finales del siglo XIX, lo que suponía veintitantos años antes de que el viejo Matías se colocase allí de mozo, dos hombres se aventuraron a explorar más allá de la cancela y nunca volvieron. Parece que había historias de fantasmas asociadas con ese túnel y nadie se atrevió a ir a buscarles. Fuese verdad o mentira, el antiguo bodeguero tenía siempre la puerta cerrada con candado; ni siquiera se atrevía a usar el primer tramo del túnel como almacén. El viejo Matías, cuando cogió el traspaso, había echado, para más seguridad, una cadena con candado a la cancela, que era la que habíamos encontrado nosotros.

»Poco más hay que contar. No seguí con el tema porque, en aquella época, estaba todo muy revuelto y uno andaba siempre de acá para allá. Sólo años después, cuando supe de la Sociedad de la Cruz Negra, recordé aquel símbolo en las piedras del túnel. Había mantenido cierta amistad con el viejo Matías, ya que me ocupé de que no le molestasen más por ese asunto. En aquellos tiempos, bastaba una denuncia malintencionada para que te dieran el paseíllo, y a lo mejor no todo el mundo se iba a molestar en comprobar que el túnel era muy antiguo y llevaba décadas sin usar. Mantuvimos algún contacto a lo largo del tiempo: me enviaba alguna cosilla por Navidad, yo me pasaba de vez en cuando a tomarme un coñac, eché una mano en cierta ocasión a uno de sus hijos... en fin. El viejo Matías lleva muerto un montón de años. Incluso su hijo, el que le heredó en el negocio, que entonces no era más que un crío, se jubiló hará cosa de diez años.

Suspiró.

—El tiempo pasa.

—¿Y el túnel sigue abierto?

—Que yo sepa sí; a no ser que Matías hijo haya tapiado la puerta, o la galería se haya derrumbado de puro vieja. El local está cerrado desde que se retiró. Le pasa a muchas de las tiendas del barrio: cierran y los precios son demasiado altos como para que sea rentable poner un negocio de los de antes. Hablaré con Matías hijo y no creo que tenga inconveniente en darme las llaves del local y de la puerta del túnel, si es que queremos echar una ojeada.

—Yo sí quiero, no lo dudes. —Nilo agitó con vigor, antes de volverse algo dudoso hacia Alejandra—. ¿Qué dices tú?

La aludida, que había estado escuchando sin despegar la boca, se mordisqueó el labio inferior, sin darse cuenta. Miró a Nilo con un brillo en los ojos que éste aprendería a reconocer en el futuro. Agitó la melena.

—Es demasiado bonito para ser verdad. —Sonrió—. No me lo perdería por nada del mundo.

Y ésa fue la conversación que llevó a aquel extraño trío a las puertas de una antigua bodega del barrio de Salamanca una mañana de domingo, apenas tres días después. El local no ocupaba mucha fachada y como, aparte de la puerta, las únicas aberturas eran dos ventanucos alargados en lo alto, con barrotes y ahora cegados con tela oscura, una podía pasar por delante sin darse cuenta siquiera de que existía. Incluso había desaparecido cualquier posible cartel del establecimiento. La puerta estaba protegida con cierres metálicos de tijera, reforzados con varios candados.

—El bueno de Matías hijo tiene por costumbre pasarse una vez a la semana a echar un ojo a la bodega. No por cariño, sino para asegurarse de que no le revientan el cierre y se le mete alguien dentro —comentó el señor B., respirando con fatiga, con la colilla entre los labios, mientras peleaba con los candados.

Quitó uno, luego otro. Se los iba pasando a Nilo, que estaba justo detrás, y, cuando retiró el tercero, ya sólo le quedó el cerrojo del cierre. Con ése tuvo que luchar un poco más, pero tan sólo porque no encontraba la llave justa en el manojo. Luego Nilo le apartó con cierta impaciencia y abrió a tirones el cierre; las barras se plegaron entre chirridos metálicos, como si les costase y, apenas quedó hueco suficiente, el señor B. se adelantó de nuevo para hacer girar la llave de la puerta y franquear el paso. Nilo entró el primero, con un farol eléctrico en la mano.

Alejandra pasó la última con alguna precaución, también linterna en mano. La bodega Hernández no era un local amplio. Olía allí dentro a cerrado, a humedad y a cosas viejas, y la mugre lo cubría todo. Examinaron lo que quedaba del establecimiento al resplandor de las linternas. Tres mesas con cuatro sillas cada una, en las que los parroquianos debían jugar en tiempos al tute y el dominó, entre chatos de vino y copas de sol y sombra. A la izquierda la puerta de los aseos, a la derecha el mostrador de madera. Y, al fondo de esa última pared, los estantes casi vacíos, con alguna que otra botella olvidada, y cuatro grandes tinas que llegaban hasta el techo y que, en tiempos, debieron contener vinos a granel, jumillas, cariñenas y valdepeñas. A la derecha de la última arrancaba una escalera que debía llevar al sótano.

El señor B. alzó la parte móvil del mostrador para pasar al otro lado; luego lanzó un gruñido de disgusto, al darse cuenta de que se le había llenado el abrigo de roña. Arrojó los candados, recobrados de manos de Nilo, sobre una de las mesas, con gran estruendo, lo que consiguió alzar una pequeña polvareda. Alejandra vio que también ella se había manchado las mangas, aunque se lo tomó menos a mal que el viejo Folgado. Para aquella expedición se había puesto los vaqueros más viejos que tenía, unos tenis, un jersey grueso que tenía ya un par de años, un anorak; este último por consejo de Nilo, que le había advertido contra el frío, la suciedad y las filtraciones de agua. En una mochila pequeña llevaba cuantos objetos —navaja, linterna, pañuelos de papel— pudieran resultarle útiles.

Una mochila pero más grande llevaba también Saus, así como una bolsa de deportes de tamaño regular. Alejandra se había preguntado qué llevaría ahí, ya que lo que fuese resonaba entrechocando a cada movimiento.

El jersey le estaba algo justo a Alejandra. Llevaba bastante tiempo en un cajón y ella, de forma distraída, se preguntó si habría encogido un poco o era ella, que había ganado algún kilo. Al tironear del borde inferior, se dio cuenta de repente de que aquella prenda se la había regalado Antonio, su antigua pareja. Aunque «regalar» no era quizá la definición exacta. A él se le había ocurrido comprarle para su cumpleaños una falda que a ella le había parecido espantosa, así que había ido con el ticket a la tienda, a cambiarla por alguna otra cosa, en concreto aquel jersey. Volvió a estirar de la lana, con una semisonrisa de nostalgia. Luego olvidó el tema, tan rápido como le había venido a la cabeza, cuando los otros dos descendieron al sótano.

Éste tampoco era muy grande y sí más húmedo y hediondo. Estaba casi vacío, fuera de cartones, cajas de plástico y madera, cascos de botella, etcétera, arrumbados en las esquinas. Alejandra paseó la linterna de un lado a otro, ahora algo aprensiva al pensar en ratas. El señor B. les señaló el fondo.

—Ahí está la puerta del túnel. Está tal y como yo la conocí, hará ahora más de sesenta años.

Sus dos acompañantes enfocaron casi al mismo tiempo. Y allí estaba, sí, una puerta medio tapada por cajas de plástico, de las que se usan para guardar botellines de cerveza. Nilo dejó el farol en el suelo, se colocó unos guantes de cuero amarillo de faena y barrió con rapidez las cajas, para despejar la entrada. Puede que lo hiciese con demasiada impaciencia, porque la maniobra levantó tal cantidad de polvo que tuvieron que retroceder un par de pasos, tosiendo.

—Más cuidado, hombre —gruñó el señor B.

Nilo, sin prestarle la más mínima atención, aventó como pudo la polvareda con las manos y, con una linterna más pequeña, examinó la puerta. Alejandra se le unió. Aquella puerta era, a simple vista, muy vieja y sólida, con paneles de madera maciza que el paso del tiempo no había conseguido pudrir, aunque se veían manchas de moho por toda la superficie. Tenía un cerrojo de pasador, asegurado con un candado cubierto de óxido.

—Desde luego, esto no lo han tocado en décadas.

—Ya te digo que el viejo Matías le tenía mucho respeto al tema, y su hijo nunca fue un personaje especialmente curioso.

Nilo agitó la cabeza, los labios fruncidos, al tiempo que abría la bolsa y extraía, tintineando, unas grandes cizallas.

—Espera. —Alejandra le retuvo por el brazo, al tiempo que buscaba su cámara digital—. Deja que saque antes alguna foto.

Tomó un par de instantáneas de la puerta, y luego un detalle de aquel cerrojo. Después, Nilo aplicó la cizalla al candado y lo partió en un instante. Tanteó durante unos momentos el cerrojo, antes de renunciar.

—Está soldado por el óxido. Vamos a tener que partirlo.

—Pues entonces tendremos que poner uno nuevo —avisó Folgado.

—No hay problema. Mañana o pasado compramos un Fac y lo atornillamos.

Volvió a buscar en la bolsa, que debía estar llena de herramientas y de ahí los sonidos metálicos, hasta dar con un escoplo y un martillo. Bastaron tres golpes para hacer saltar el cerrojo. Después agarró el tirador y estuvo luchando un rato con la puerta, tratando de liberar a los goznes de la herrumbre. Dio martillazos suaves junto a las bisagras, las roció con antioxidante.

—Cuidado, no vayan a romperse y se te caiga la puerta encima —le advirtió, algo inquieta, Alejandra.

Nilo sonrió, pero no dijo nada, y siguió forcejeando con la puerta, tirando, entre chirridos y crujidos que daban dentera, hasta conseguir una abertura suficiente como para poder pasar. Alejandra enfocó con su linterna las bisagras; al menos una se había roto y lo más probable era que sólo la hinchazón de la madera mantuviese a esa puerta en su sitio. Nilo echó un vistazo a través del hueco abierto, antes de volverse a su bolsa, resollando con fuerza, para sacar otro farol eléctrico y, tras una ojeada a las manos desprotegidas de Alejandra, un segundo par de guantes de cuero amarillo de faena. Se los tendió con expresión interrogante y ella los aceptó de buena gana. Trasvasó por último, de la bolsa a su mochila, cizallas, escoplo, martillo y algún útil más.

El señor B. se quedó en el sótano; le dejaron fumando uno de sus cigarrillos negros al resplandor del farol, mientras ellos dos se aventuraban por la galería que arrancaba de la trastienda. Alejandra entró a la zaga de Nilo y la primera ojeada que echó por la puerta entreabierta le mostró un túnel de piedra, a la luz amarillenta del farol de mano, idéntico al que se había imaginado a partir de la descripción hecha por el señor B. Una galería antigua, con la sillería churreteada por la humedad, suelos mojados de piedra y olor a moho. Estaba construida con piedras, el techo era en arco y no llegaría a los dos metros de ancho. No discurría en línea recta, de forma que no era posible ver ni delante ni detrás más allá de un puñado de pasos, y Alejandra se preguntó si no la habrían construido así ex profeso, y si no sentiría claustrofobia cuando se internasen en sus profundidades.

Cada paso despertaba ecos. Nilo, con el farol en la zurda, sujeto por el asa, se había detenido en un par de ocasiones a examinar piedras concretas de la galería, creyendo ver alguna marca. Pero en todas las ocasiones resultaron ser defectos o manchas.

—Este túnel es muy antiguo. Mucho. —Golpeó con el puño enguantado contra la pared—. Desde luego, quien lo construyó, lo hizo para durar. Tiene que ser anterior al siglo XIX.

—No sé. No entiendo mucho de construcción. —Alejandra apuntaba a un lado y otro su linterna, mucho menos potente, también con la secreta esperanza de encontrar una marca—. ¿Será verdad que al final de este túnel está la logia de los cruces negras?

—¿Quién sabe? No te lleves una desilusión si luego resulta que no hay nada.

—No me la voy a llevar. Sólo por estar aquí, merece la pena haber venido.

—¿Nerviosa?

—Contenta más bien. Esto se parece mucho a lo que siempre soñé hacer. ¿Sabes? Yo estudié Historia con la idea de hacerme arqueóloga, pero nunca llegué a trabajar en lo mío.

—¿Nunca excavaste?

—Estuve con una beca en Turquía, el verano del penúltimo

año de carrera, excavando en un asentamiento hitita. Pero eso no cuenta.

—¿Por qué no?

—Fue con una beca de estudiante, ya sabes. La verdad es que nunca trabajé en lo mío a nivel profesional.

Nilo medio se volvió, a observarla con ojos que al farol parecían de simpatía, pero no dijo nada. Siguieron avanzando un rato en silencio, a través de aquel túnel que no permitía nunca visibilidad más allá de unos metros, oyendo el eco de sus propios pasos y cómo el agua goteaba desde el techo, acá y allá. En ningún momento encontraron ramales ni bifurcaciones. En un momento dado, Nilo se detuvo.

—Ahí está. La cancela.

Alejandra se asomó por encima de su hombro y, en efecto, el túnel estaba cerrado por una reja muy sencilla, de dos barrotes horizontales que sujetaban una decena de verticales, ahora comidos por el óxido, tal y como se la había descrito Folgado. Se aproximaron despacio. El pasaje no variaba de amplitud en aquel punto; era como si alguien, de repente, hubiese decidido cerrarlo en aquel lugar, por ninguna razón en concreto.

—Esto tiene que ser posterior a la construcción del túnel. —Nilo paseó el farol de un lado a otro—. Mira. La cruz negra.

Alejandra puso los ojos donde el otro le indicaba; a mano derecha, junto a la cancela y en la parte exterior. Al resplandor del farol eléctrico, contemplaron juntos aquel símbolo cincelado en la roca: una cruz florlisada de cuatro brazos iguales. En los años treinta, cuando el señor B. visitó aquel túnel, puede que aún tuviese restos de pintura negra pero, más de seis décadas después, ya no quedaba nada. Alejandra, llevada por un impulso, se quitó el guante de la mano derecha para pasear las yemas de los dedos por la inscripción. Acarició la piedra fría, por un momento abstraída, antes de apartarse y sacar fotos de la misma, de aquel tramo del túnel y de la cancela.

Nilo quebró con la cizalla la cadena, que era una masa de óxido, antes de probar en vano a abrir la reja. Empuñó de nuevo el martillo.

—Échate para atrás.

Comenzó a golpear, al principio con suavidad, y luego con más fuerza, tratando de liberar los goznes. Los martillazos reverberaban a lo largo del túnel, en ambas direcciones, y el polvo rojo de la herrumbre formaba nubecillas al resplandor del farol. Al igual que con la puerta de la bodega, los que cedieron fueron los propios goznes, de forma que toda la reja se soltó y fue resbalando sobre las piedras del túnel, con un rechinar espantoso, hasta quedar encajada y torcida. Nilo agarró los barrotes con ambas manos y tiró hasta conseguir desplazarla. La hizo a un lado con esfuerzo y el camino quedó expedito.

—Espero que no haya nadie ahí delante —comentó con cierto humor Alejandra, al tiempo que agitaba las manos, tratando de disipar la polvareda de óxido—. Los golpes tienen que haberse oído a kilómetros.

—Es lo que tienen los túneles. —Nilo se encogió de hombros, antes de recoger su farol y pasar por el hueco—. Vamos.

Tras aquella reja, el pasadizo no experimentaba cambio alguno, lo que les reafirmó en la idea de que se trataba de un añadido posterior. Al cabo de algo más de cien pasos, empero, la galería iba a desembocar en un espacio algo más grande. Nilo, que aún seguía delante, fue quien advirtió que el túnel se abría a un arco de medio punto. Se lo indicó a su acompañante, antes de acercarse y asomar primero el farol y luego la cabeza. Las paredes estaban construidas con aquellos mismos bloques de roca sin pulir que el túnel y el techo era abovedado, puede que para darle mayor resistencia. Ni una sola de las cuatro paredes estaba vacía. A la luz amarilla del farol, pudieron ver que en el muro contrario se abría otro arco de medio punto, aunque de éste partía una escalera que se hundía aún más en la tierra.

En cuanto a las otras dos paredes, estaban ocupadas por sendas hornacinas. La situada a mano izquierda estaba vacía, en tanto que la de la derecha albergaba una estatua de una virgen con el niño, de piedra y como medio metro de altura. Se acercaron a ese nicho. A simple vista era patente que se trataba de un trabajo de calidad y muy antiguo, a juzgar por los churretes oscuros de humedad.

—¿Qué virgen será? —se preguntó Alejandra en voz baja.

—Ni idea. —Nilo subió y bajó la luz, buscando en vano alguna inscripción—. Es una buena talla.

—Muy buena.

—¿De qué época puede ser? —Al desplazar el farol, las sombras se movían.

—La historia del arte no es lo mío, pero yo diría que es una virgen del Románico. —Alejandra observó con mayor detenimiento la estatua. El niño, con el rostro recorrido por surcos mohosos, tenía la diestra alzada en gesto de bendición—. Aunque me cuesta creer que algo tan antiguo se haya conservado así. Podría ser una copia de algo, o una imitación posterior; no lo sé. ¿Qué hará aquí?

—Ya me gustaría a mí saberlo.

Alejandra se alejó un par de pasos y sacó fotos de la estancia, los accesos, el otro nicho vacío, y por último, varias desde distintos ángulos de aquella supuesta virgen románica. Al guardar la cámara, sintió los dedos entumecidos y se frotó las manos.

—¿Frío? —Nilo había notado el gesto.

—Mucho. —Le dedicó una sonrisa, casi de disculpa.

—Es por la humedad. Mejor no nos detengamos mucho rato.

Asomó el farol por la segunda abertura, para alumbrar la escalera. Se encontró con un tramo de escalones muy anchos, puede que para compensar lo resbaladizos que resultaban por culpa del agua. Abajo arrancaba otro túnel, idéntico en todo al anterior.

—¿Seguirá mucho más? —Alejandra dejó escapar el aliento, casi esperando que formase vaho.

—No lo sé. Pero mejor para nosotros que no —respondió Nilo con humor.

—¿Por qué?

—Si no me equivoco, vamos en dirección este, aproximadamente. —Señalo con el farol—. Así que nos estamos dirigiendo a la zona de Ventas.

—¿Y?

—Allí en tiempos hubo un penal y un cementerio, cosa que no todo el mundo sabe. Todo ese subsuelo está lleno de antiguas tumbas y fosas comunes. Los videntes dicen que, cuando entran en los garajes de algunas de las casas de por allí, los ven abarrotados de espíritus.

—Vaya... —Alejandra sintió un escalofrío—. Mejor no sigamos discutiendo eso.

—¿Crees en fantasmas?

—No sé si creo o no. Pero se me ocurren conversaciones más alegres para tener en un túnel olvidado, bajo tierra. Además, mi casa está en Ventas, aunque ahora no viva en ella. Pero supongo que algún día volveré a ella y, para ciertas cosas, soy bastante miedosa. No quiero llegar una noche al garaje y que me dé por pensar que está todo lleno de fantasmas, y que mi casa está justo encima de un antiguo cementerio.

Suspiró.

—Me apetece horrores un cigarrillo.

—Podemos parar un momento, a fumarnos uno. Aquí no hay nada que pueda incendiarse, y no creo que haya filtraciones de gas.

—Mejor no. Sigamos. No me gusta el frío.

Pese a sus temores, aquel segundo túnel no era demasiado largo y al cabo de pocos minutos llegaron a lo que parecía el final. A primera vista hubieran creído que la galería remataba en un fondo ciego; pero, ya más cerca, se percibía que la pared del fondo era en realidad una gran losa de piedra, colocada allí a manera de barrera o puerta. La laja era de caliza pulida, encajada a la perfección en un dintel, y en su superficie aparecían cincelados dos símbolos, a unos dos tercios de altura. El de la izquierda era la ya familiar cruz flordelisada, en tanto que el de la derecha era un sello de Salomón, formado por dos triángulos equiláteros enlazados.

—Esto es nuevo —susurró Alejandra.

—Así es —admitió Nilo, pensativo.

A media altura y a la izquierda había una ranura en la losa de piedra, una que sólo podía ser un asidero para desplazarla. Nilo puso su farol en manos de Alejandra, antes de introducir la diestra en la oquedad y tirar primero con precaución, a modo de tanteo, y luego con más fuerza. La losa se estremeció y, entre sonidos de piedra resbalando sobre piedra, se deslizó con suavidad sorprendente hacia la derecha. Nilo la abrió del todo y, mientras la sujetaba con una mano, tanteó en su mochila hasta encontrar un par de cuñas de madera con las que calzó la puerta de piedra, no fuera que se cerrase por accidente.

Luego, tras recobrar el farol, se inclinó a examinar el suelo. Había un sistema de rodamientos, formado por cilindros de piedra muy pulidos, que era lo que hacía que aquella masa de piedra se deslizase con tanta facilidad. Acarició los cilindros.

—Ingenioso, sin duda.

Después se incorporó y cruzaron aquel dintel.

Si desde que el señor B. sacase a colación, como el que saca un conejo de una chistera, todo aquel asunto de la logia subterránea de la Cruz Negra, Alejandra había sentido una vaga sensación de irrealidad al respecto, como si una vocecita interior le dijese de continuo «esto no puede ser, estas cosas no suceden», cruzar aquella puerta hizo que tal sensación se multiplicase. Pero al mismo tiempo ya no le importó, porque la vocecita quedó amordazada por otra, mil veces más fuerte, que gritaba maravillada. Anulada por esa impresión que sienten aquellos que han acariciado durante largos años un sueño y se han visto obligados a renunciar a él por imposible, hasta que de golpe ven cómo se materializa delante de sus mismos ojos.

Más allá de esa losa de piedra, se abría una gran estancia. Las luces del farol y la linterna sólo permitían hacerse ideas parciales de la misma, según los haces iban de un lado a otro. Se trataba de una sala rectangular de muros de piedra, con techos altos y abovedados. Al contrario que en el túnel, la atmósfera del lugar era seca y no se apreciaban filtraciones ni humedad. Olía a antiguo, a cerrado y polvoriento, pero no a corrupción ni a moho.

Al resplandor errático de las linternas, la gran sala tenía un aire casi de iglesia, acentuado por el hecho de que cada paso despertaba ecos. No había mobiliario y los muros contaban con medias columnas dispuestas a intervalos, bien fuese para reforzar las paredes o como simple adorno. Entre esas columnas había asientos corridos de madera muy trabajada, muy bien conservados gracias a la sequedad de aquel ambiente. Más al fondo, ocupando una posición central respecto a las dos paredes, la linterna de Alejandra descubrió tres sitiales magníficos, como tronos, de madera oscura y labrada, con respaldos muy altos y picudos. Todo estaba cubierto de telarañas, el polvo flotaba en el aire y el más mínimo sonido despertaba resonancias en las bóvedas.

Al fondo de la sala, más allá de los sitiales, se intuían dos columnas pesadas a la penumbra del farol. Alejandra dirigió en esa dirección el haz de su linterna para descubrir que eran de mármol veteado, una blanca y otra negra, y que entre ambas se hallaba otra estatua de la virgen, esta sin niño y de tamaño natural, cubierta también de telarañas.

No se acercaron a esa estatua de inmediato. Nilo, tras dejar el farol en el suelo, para tener una iluminación general, había sacado una linterna de mano y estaba apuntando hacia arriba, entre curioso y perplejo. Al seguir su mirada, Alejandra descubrió algo que se le había pasado. Las medias columnas no llegaban hasta el techo, sino que remataban en capiteles planos. Y algunos de esos capiteles, no todos, servían de peana para estatuas de bronce, de alrededor de un metro de altura, que retrataban a hombres de ropajes muy distintos, como pertenecientes a distintas épocas.

—¿Qué son esas estatuas? —le preguntó a Nilo, ya que por su expresión parecía antes sorprendido que desconcertado, como si supiera lo que eran, pero no hubiese esperado encontrarlas allí.

—Reyes. Son estatuas de reyes de España.

—¿Reyes? —Le miró ahora estupefacta, antes de enfocar de nuevo sobre las imágenes de bronce. Y entonces sí que comprendió por qué le eran familiares las figuras.

—Ése es Carlos II, el Hechizado. —Nilo alumbró a la estatua situada más a la izquierda, la primera a partir del arranque de la pared.

Alejandra observó en silencio aquel rostro largo y débil, reconocible a pesar de las telarañas. Luego, en progresión, le seguían Felipe V, Fernando VI, Carlos III y Carlos IV. Al otro lado sólo se alzaba la efigie de Fernando VII, en tanto que el resto de los capiteles estaban vacíos. Todos los reyes estaban retratados en bronce, con ropas de época. Las estatuas eran de facturas distintas, pero todas de calidad.

—¿Qué hacen esas estatuas aquí? ¿Qué pueden significar?

—Sólo se me ocurre una explicación. —Nilo alumbró el rostro soberbio y de labios gruesos de Fernando VII, ubicado lejos de donde estaban ellos, en la última columna del muro derecho—. Esto debe ser la «sacristía» de la Orden de San Mateu. Así que B. tenía razón y la Cruz Negra fue la heredera directa de la orden.

—¿Por qué dices eso?

—Esta sala se construyó imitando las sacristías de las verdaderas órdenes militares. Los caballeros tenían la costumbre de vestirse y reunirse en capítulo en habitaciones así. La de la Orden de Santiago, que está en el monasterio de las Comendadoras de Santiago, aquí en Madrid, es muy parecida en lo esencial. También tiene asientos de madera pegados a las paredes, y estatuas de bronce de los reyes situadas en lo alto.

—¿Pero qué significan?

—Acabada la Reconquista, el cargo de maestre de las órdenes recayó de forma hereditaria en los reyes de España y éstas, para significarlo, comenzaron a colocar estatuas o cuadros de los mismos en sus sacristías. Los reyes presidían así, de manera simbólica, cuando se celebraban los capítulos. Supongo que la Orden de San Mateu debió imitarles en esto, como lo hizo en otras tantas cosas.

Se paseó de un lado a otro, enfocando con su linterna.

—Aquí debían reunirse en capítulo, sentados en sus sitiales; otro detalle copiado de las órdenes verdaderas. No sé si entonces sería en secreto, pero los cruces negras debieron seguir la tradición.

—Todo esto debió costar una fortuna. —Alejandra no se cansaba de observar los detalles de los capiteles—. Por no hablar de las estatuas. El bronce es carísimo.

—Desde luego. Y eso es una buena razón para que San Mateu se reuniese en secreto o, por lo menos, con discreción. Las órdenes verdaderas no iban a consentir que unos usurpadores se permitiesen más lujo y oropel que ellas. Por cierto que las estatuas nos sirven para saber cuándo comenzó a existir San Mateu: en algún momento del reinado de Carlos II, el Hechizado. Y también cuándo desapareció: en algún momento del de Fernando VII, aunque sólo fuera para renacer poco después, como la Sociedad de la Cruz Negra.

—Me acabo de dar cuenta de que no están todos —dijo sonriendo Alejandra—. Falta José Bonaparte.

—Por descontado que ése no iba a estar. —Nilo se echó a reír, provocando grandes ecos bajo las bóvedas—. Tampoco está Luis I, que reinó tan poco que no se debieron tomar la molestia de hacer su efigie.

Al pasar por delante del farol, arrojó una sombra enorme sobre el fondo de la estancia; lo que, por alguna razón, conjuró una imagen fantástica en la mente de Alejandra. La de los cruces negras sentados en esa misma sala, con sus mantos blancos, adornados con cruces florlisadas negras, ocultos tras sus capirotes, deliberando a la manera dramática que tanto gustaba durante el Romanticismo. ¿Habría ocupado Augusto Ramos alguno de esos sitiales o, como miembro de bajo rango de la sociedad, no habría tenido plaza en aquel sanctasanctórum?

Los jefes de la sociedad debían sentarse en aquellos tres asientos barrocos situados en el centro de la sala. El gran maestre sin duda en el medio; el Comendador Mayor a su lado. ¿A quién estaría reservado el tercero? Alumbró los sitiales de brazos tallados, de respaldos enormes que se remontaban muy por encima de lo que sería la cabeza de un hombre normal. El haz de luz le mostró, de refilón, un bulto apoyado en el de la derecha. Enfocó intrigada. A primera vista parecía un montón de trapos, abandonado mucho tiempo atrás, cubierto de telarañas y polvo. Pero, a la segunda mirada, sintió un vuelco en el corazón.

—¡Nilo! ¿Qué hay ahí? —Se lo señaló aun sabiendo, mientras preguntaba, qué era lo que había en el suelo, recostado contra el lateral.

Su compañero se volvió, enfocó a su vez su propia linterna y, en el acto, se hizo cargo de lo que estaba viendo. Se pasó el dorso de la mano por los labios, desconcertado, antes de acercarse despacio.

—Es un muerto, Alejandra. —Lo circundó, siempre enfocando con la linterna, como si quisiera examinarlo desde todos los ángulos—. Uno de hace mucho tiempo. O lo que queda de él.

El cadáver yacía derrumbado contra el sitial, como si hubiera ido a acostarse allí para morir. Y lo más probable es que así hubiese ocurrido. Se había momificado, más que pudrirse, en aquella atmósfera seca, que debía estar ventilada mediante algún sistema oculto. La piel se había arrugado hasta adquirir el color del cuero muy viejo y, de la cabeza, aún le colgaban mechones de cabello. Pese al polvo y las telas de araña, se advertía que había vestido un traje de tela oscura y gruesa, con chaleco y de corte muy antiguo.

Nilo meneó la cabeza, plantado a dos pasos de los restos y enfocándolos de lleno con su luz.

—Así que el cuento de los dos hombres que entraron en el túnel a finales del siglo XIX y desaparecieron tenía su fundamento...

Alejandra, ante aquella mención a dos hombres, se volvió y paseó la linterna por la estancia. Su haz no tardó en dar con un segundo bulto, éste caído bocabajo, muy cerca y a la derecha de las dos columnas situadas al fondo de la sala.

—Ahí está el otro —susurró, aun sabiendo que Nilo ya lo había visto.

Él se fue a buscar el farol y lo llevó a esa zona, para tener más luz.

—¿Cómo crees que pudieron morir? —preguntó Alejandra, que no podía dejar de pasear su linterna entre los cadáveres, más impresionada por lo inesperado del descubrimiento que por su naturaleza en sí.

—No lo sé —murmuró él y, por sus ojos, Alejandra supo que ahora estaba más alerta, como si se preguntase si lo que había matado a aquellos dos podía amenazarles a ellos también.

—Tal vez la puerta se cerró y no pudieron abrirla luego desde dentro. Morirían aquí encerrados.

—¿Quién sabe? Pudiera ser una explicación, sí. Por eso la calcé antes; se me ocurrió que es fácil deslizarla sobre el sistema de rodamientos, pero que basta con que esté ligeramente en pendiente para que se cierre ella sola. Y tal vez sea mucho más difícil de abrir desde dentro, si no se conoce el truco. Pero lo mejor es que no tratemos de comprobarlo.

—Estoy de acuerdo. —Guardó la linterna, sacó la cámara y, tras mirar por la pantalla, le pidió a Nilo que le fuese enfocando con la luz hacia los detalles que ella le dijera. Así lo hizo él, sin impacientarse, mientras ella fotografiaba la sala, los sitiales de madera, las estatuas de bronce, los restos humanos cubiertos de harapos, polvo y telarañas.

Se acercaron luego al fondo de la estancia, más allá de los respaldos de los tres sitiales. Las dos columnas, la negra y la blanca, eran cilíndricas, sobrias, con aspecto de gran solidez. Había un símbolo de bronce encastrado en cada una de las columnas: un sello de Salomón en la blanca de la derecha, y una cruz florlisada en la negra de la izquierda. Alejandra apuntó a la virgen y fue entonces cuando se dio cuenta de que estaba realizada también en bronce, ahora cubierto de cardenillo; algo insólito en la imaginería española tradicional, que había recurrido por lo general a la piedra o la madera, pocas veces al metal.

Contempló al resplandor de la linterna aquel rostro de verdín cubierto de telarañas, así como los ropajes de brocados que, aunque manchados de polvo, se mantenían en buen estado gracias a la sequedad del recinto, pese a que podía haber transcurrido más de siglo y medio sin que nadie los tocase, si de verdad todo aquello había quedado abandonado tras la disolución de la Sociedad de la Cruz Negra.

—Mira, aquí hay otra puerta —le avisó Nilo, que curioseaba a la izquierda de las columnas.

Alejandra se desplazó unos pasos y, en efecto, allí había un segundo acceso, igual en todo al anterior, formado por una gran losa de piedra que a primera vista, y aún más a la luz de unas linternas, podía haber pasado por un simple detalle de la pared.

—¿Adónde crees que llevará?

—Por el aspecto, puede que a un segundo túnel —aventuró él—. Tal vez no todos los miembros de la orden llegaban aquí por el mismo pasadizo.

Ella asintió distraída, antes de volver de nuevo la luz hacia la virgen de metal entre las dos columnas. Su pie rozó algo que tintineaba y, al agacharse y enfocar, descubrió que se trataba de un viejo quinqué de petróleo. El cristal estaba roto, como si hubiese caído de manos de su portador, y allí se hubiese quedado.

—Esto debía ser de esos dos —supuso en voz alta y, al hacerlo, volvió a ser consciente de que estaban en un lugar subterráneo y abandonado, entre las sombras, con los cadáveres de dos hombres muertos hacía más de un siglo. No pudo reprimir un escalofrío y, para ahuyentar esos pensamientos, puso toda su atención en la virgen de bronce.

La imagen estaba entronizada y sobre el regazo tenía algo que, pese a las telarañas, se veía que era una caja muy grande de piedra. Se acercó más, cada vez más intrigada. Sí. Una caja de piedra, con tapa de madera.

Aprovechando que tenía los guantes puestos, limpió con mucho cuidado aquella superficie. Al barrer las telarañas y el polvo, quedó al descubierto una talla; solo que esa vez no había más que un símbolo: los dos triángulos enlazados del Sello de Salomón.

—Aquí hay algo. Una caja.

—¿Dónde? —fue la respuesta de Nilo, que estaba inspeccionando la segunda puerta.

—En el regazo de la virgen. —Se quitó los guantes y pasó la yema de los dedos por el borde, notando que la tapa de madera sobresalía un poco de los bordes de la caja, quizá para permitir abrirla con más comodidad. Al recorrerla en todo su contorno, descubrió que en la parte de atrás había algún sistema pesado de goznes, al parecer de piedra.

Dejó la linterna sobre las rodillas de la estatua, para poder manejarse con las dos manos. Al resplandor indirecto, tuvo la impresión de que la expresión de aquella virgen de metal era cualquier cosa menos amable, y que la mano derecha estaba levantada en un gesto de advertencia y no de bendición. Se sonrió para sí misma, algo avergonzada por esas fantasías.

—Esta virgen no parece precisamente amistosa. Será cosa del

óxido —le dijo a Nilo, que se acercaba ya, lleno de curiosidad—. Vamos a ver qué hay en la caja.

—Espera...

Alejandra levantó la tapa, tirando del reborde con fuerza pero sin brusquedad. Fue entonces cuando ocurrieron varias cosas simultáneas, de forma que ella siempre las habría de conservar confundidas en su cabeza. La tapa se alzó con un crujido de los goznes de piedra, al que pareció responder otro dentro de la virgen de metal. La luz de la linterna de Nilo, a sus espaldas, desapareció de repente, al tiempo que ella sentía cómo la agarraban y tiraban hacia atrás con fuerza tremenda. Los bordes de la tapa se le escaparon de los dedos. Gritó, más de sorpresa que de miedo, y Nilo y ella, con las piernas enredadas, se fueron al suelo. Mientras caía, Alejandra oyó algo así como un silbido leve y sintió algo que cortaba el aire a su lado; algo veloz que no llegó a ver, aunque sí a intuir, y que pasó casi rozándola.

La caída y el golpe contra el suelo de piedra dejaron a Alejandra sin aliento. Se quedaron los dos en el suelo unos instantes, al resplandor indirecto de las linternas, porque la de Alejandra seguía sobre las rodillas de la virgen, en tanto que la de Nilo había ido a parar a varios metros. La expresión de ella era de asombro, en tanto que la de él era pensativa y ni siquiera miraba a Alejandra, ya que tenía puestos los ojos en la estatua.

—¡¿Pero qué haces?! —Alejandra rodó sobre sí misma, casi con lágrimas en los ojos, porque se había dado un buen golpe en el codo. Se lo frotó, lastimada.

—Había una trampa. ¿No te has dado cuenta?

—Humm... —Alejandra se sentó a su vez en aquel suelo polvoriento, confundida. Se apartó los cabellos del rostro, insegura, mientras recordaba que había sentido algo que pasaba muy rápido junto a su rostro.

Nilo se puso en pie despacio. Recobró la linterna y enfocó de lleno a la virgen de bronce. Su rostro, de rasgos muy marcados, mostraba una expresión de lo más curiosa.

—Esa tapa, el engranaje... Por eso la virgen es metálica: tiene dentro alguna especie de aguijón, que se dispara cuando alguien levanta la tapa. —Alargó la mano para recobrar la linterna de Alejandra y devolvérsela. Luego se pegó a la columna de la derecha, la blanca, y desde allí, en ángulo, puso los dedos bajo el borde de la tapa.

—Ten cuidado —le instó Alejandra nerviosa, aunque no sabía muy bien qué estaba ocurriendo.

Él sonrió.

—No te muevas de ahí, enfoca a la estatua y atenta a lo que va a pasar.

Hizo fuerza hacia arriba y la tapa se abrió. Se repitió el crujido y, de golpe, del pecho de la estatua salió disparada una especie de hoja metálica estrecha, de cerca de un metro de longitud, rápida como una cobra. Fue un parpadeo, visto y no visto, porque surgió y volvió a esconderse, accionada sin duda por algún mecanismo de resorte. A Alejandra, pese estar preparada, casi se le escapó un grito de la impresión. Fue a decir algo pero Nilo, con expresión meditabunda, la contuvo alzando la palma de la mano. En el silencio consiguiente, pudieron escuchar un sonido lento y arrastrado, como de engranajes que girasen más allá de la pared en la que se respaldaba aquella virgen de bronce. Nilo mantuvo la tapa levantada durante un rato, pero no ocurrió nada más. Sólo entonces la bajó despacio.

—Una trampa... —Alejandra meneaba incrédula la cabeza.

—Una muy bien pensada. —Él se apartó. Sonreía ahora en la penumbra y, aunque no era una sonrisa alegre, sí resultaba atractiva a su manera—. Melodramática y mortal. Fíjate. La virgen está en el hueco, entre las dos estatuas y un poco retrasada respecto a ellas, con la caja en el regazo. Cualquier intruso, como nosotros mismos, que no esté en el secreto, por fuerza se va a situar justo ahí en el centro, para poder alcanzar la caja. Y el aguijón le traspasa de lado a lado el pecho.

Ella puso su luz sobre el rostro verdoso de la efigie. Ahora aquel gesto adusto, la advertencia de la mano alzada, ya no le parecieron tan sólo imaginaciones suyas. Paseó el haz hasta el cadáver momificado más próximo, el que yacía bocabajo.

—¿Sería así como murieron estos dos?

—Puede. Traían quinqués de petróleo y ésos dan una luz mucho menos potente que los de estas linternas. A lo mejor uno descubrió la caja y trató de abrirla sin consultar, como has hecho tú, y el aguijón le mató sin que su compañero supiese muy bien lo que le había ocurrido. Ya has visto lo rápido que actúa. Luego, a su vez, el segundo pudo correr la misma suerte. Pero, de nuevo, todo eso son especulaciones.

—Tal vez hay más trampas.

—No se puede descartar. Será mejor que nos andemos con pies de plomo.

Alejandra enfocó sobre esa caja de piedra, con el sello de Salomón inscrito en la tapa de madera, que a punto había estado de costarles la vida.

—Hay algo dentro —dijo, porque había logrado atisbar en su interior, aún desde lejos y en mal ángulo, cuando Nilo abrió—. ¿Vamos a ver qué es?

—Por supuesto —sonrió él—. Lo haremos así: yo me sitúo en un lado y tú en otro. Abro la caja como antes y entonces tú, si hay algo... —de repente titubeó—. Aunque puede que sea mejor que lo hagamos al revés.

—¿Por qué?

—Por si hubiera alguna otra trampa dentro de la caja.

—No seas tonto —se amoscó una pizca Alejandra—. Así está bien. Tú abres y yo cojo lo que haya dentro. El aguijón, como le llamas tú, no salta hasta que no se baja y se levanta de nuevo la tapa, ¿no?

—Eso parece. ¿Has oído ese ruido, como de engranajes? Debe haber algún sistema de recarga oculto tras la pared, que ceba, por así decirlo, el aguijón.

—¿Pero cómo?

—No lo sé, aunque me hago una vaga idea. Tal vez sea un mecanismo hidráulico, si hay alguna corriente cerca. O se puede hacer con arena o grava. Si hubiera un depósito que cada vez que... En fin, ya estamos teorizando de nuevo. Sea el método que sea, lo construyeron para durar. Fíjate que, al menos la parte visible, es de piedra y madera, para evitar problemas de óxido. Después de siglo y medio, sigue funcionando a la perfección.

Se situó de nuevo junto a la columna derecha, en tanto que ella hacía lo propio a la izquierda. Alumbró con la mirada, cruzaron miradas y luego él levanto la tapa. Otra vez se escuchó aquel crujido, y la hoja larga, estrecha y afilada surgió silbando de entre el brocado, haciendo respingar a Alejandra, pese a que estaba esperándolo. Después se volvió a escuchar aquel sonido profundo de engranajes y por último silencio. Nilo le hizo un gesto con la cabeza, sonriendo, aunque al resplandor de la linterna le pareció ver una sombra de preocupación en sus ojos castaños. Ella se asomó con algo de prevención, mientras Nilo enfocaba dentro de la caja. En el interior, intactos al polvo gracias a la tapa, descansaban varios objetos, apilados unos encima de otros. Debajo había un estuche de madera, lleno de tallas; sobre él algo rectangular, envuelto en un paño rojo y, encima de todo, una cruz primorosa, dorada con pedrería.

Alejandra tendió la mano.

—Cuidado —le advirtió Nilo.

Los dedos de Alejandra aletearon un instante en el vacío, mientras por su cabeza pasaban toda clase de fantasías sobre cepos y agujas envenenadas, accionadas por resortes que saltaban al mover alguno de esos objetos. Luego sonrió a su vez, con una sonrisa que Nilo interpretó como de desafío pero que en realidad era casi nostálgica, porque de repente se le pasó la cabeza a ella las veces en que había soñado, a solas y sin compartir tales sueños con nadie, con enfrentarse a situaciones análogas a ésa. Sacó de un tirón la cruz y después, con las dos manos y mucho más cuidado, el envoltorio y la caja.

Nilo bajó la tapa y se apartaron de ese altar mortífero. Ella se guardó la cruz en uno de los bolsillos del anorak, y luego, a falta de cualquier sitio mejor donde apoyar los demás objetos, Nilo barrió con manos enguantadas las telarañas y la suciedad que cubrían el sitial central, de aquellos tres situados en mitad de la estancia. Luego los examinaron.

El lienzo rojo era en realidad un atado de papeles y documentos sueltos y, en cuanto vieron lo antiguos, y por tanto frágiles que eran, lo trasvasaron a la mochila de Alejandra, que iba menos cargada de objetos con los que pudiera chocar. En cuanto al estuche, contenía un volumen obviamente muy antiguo. Las tapas eran de madera, sin leyenda o adorno alguno, y las hojas, unas treinta, eran de pergamino, bien conservadas y cubiertas por las dos caras con textos en ese alfabeto ya extinto, el ulfilano.

El corazón le dio un vuelco en el pecho a Alejandra al abrir el libro y ver aquellas letras antiguas y exóticas, así como las miniaturas medievales que adornaban los pergaminos. Cruzó ojos con Nilo y vio que él estaba pensando lo mismo; que aquél sólo podía ser el misterioso codicilo del que Augusto Ramos había hecho una copia en el siglo XIX.

—Así que existe de verdad —dijo, casi sin poder acabar de creérselo.

—Eso parece —asintió Nilo—. Guárdalo también, anda, que aquí hay demasiado polvo. Ya los examinaremos con más detenimiento fuera.

—Tienes razón. —Devolvió el codicilo al estuche de madera, antes de meterlo en su mochila. Luego empuñó de nuevo la linterna. La luz fue a caer sobre la virgen entre las dos columnas y, al apartarla, sobre el cadáver caído casi a sus pies, lo que la hizo recordar que, a un paso de ella, había otro, recostado contra el lateral del sitial.

—Quizá debiéramos dejar la exploración aquí, al menos por hoy —sugirió Nilo, tal vez notando sus aprensiones—. No se puede decir que la de hoy no haya sido fructífera, y el libro y los documentos son antiguos: cuanto antes los pongamos a salvo y menos los andemos moviendo, más seguros estarán.

—Por mí de acuerdo —aceptó ella, pensando también que podía haber más trampas igual de mortíferas que la del aguijón, esperando a los incautos en cualquier esquina de aquella antigua logia secreta.

Así que se volvieron por donde habían llegado. Al salir, Nilo tuvo buen cuidado de retirar los calzos de la puerta y esta se cerró casi sola: bastó un empujón leve para que se deslizase con suavidad hacia la izquierda, hasta encajar con sonido de piedra sobre piedra. Luego desanduvieron todo el túnel, hasta volver a salir al sótano de la vieja bodega Hernández, donde les esperaba el señor B. fumando cigarrillo tras cigarrillo y un poco inquieto ya.

13

Durante aquellos días, Marfil no había descuidado el asunto del codicilo. Con ese estilo sibilino tan característico suyo, y del que en el fondo tan orgullosa se sentía, se había dedicado a sonsacar a gente cercana a Rafael Morata, acerca de la biblioteca que estaba catalogando en el momento de su muerte. Obraba así en la creencia de que es más fácil tirar de la lengua a alguien cuando éste cree que se trata de una conversación casual. De lo contrario, unos quizá hubieran callado, en tanto que otros habrían aportado «de más», debido a esa necesidad que tienen algunos de agradar.

Con unos se tomó una copa y sacó el tema como por casualidad; a otros les abordó de forma más directa y hubo alguno con quien habló por teléfono. Casi ninguno se dio cuenta de que les estaba interrogando y a los más suspicaces les aplacó con la explicación —más que razonable— de que ella, al haber estudiado Historia, seguía manteniendo el gusto por ciertos temas, cosa que era cierta, y algo tan extraño como un codicilo ulfilano no podía por menos que interesarla.

Y así, casi en las mismas fechas en que Alejandra Espinosa, Nil Saus y el señor B. organizaron su expedición a los subsuelos de Madrid, Marfil tuvo por fin una historia más o menos tramada. No todas las informaciones coincidían, claro. Las confusiones existen y ocurre también que la memoria de mucha gente es demasiado creativa y lo que recuerdan poco tiene que ver con lo que en realidad vieron u oyeron. Pero, tras cruzar todos los datos recabados, había podido armar una historia bastante sólida.

Rafael Morata había sido contratado por una mujer de más de cincuenta años, al parecer adinerada, cuyo nombre no había logrado averiguar —podía ser María Teresa, María Luisa, o un nombre compuesto parecido—. Tal mujer, según había comentado el propio Rafa a sus amigos, era vidente y curandera, y ganaba mucho dinero con esas prácticas; aunque ella misma provenía, o decía provenir, de una familia acaudalada. Tenía una consulta muy grande en el centro de Madrid, y allí vendía terapias naturales, cartas, horóscopos, videncias. Al parecer, también tenía contratado un programa en una radio local para captar clientes.

Había recurrido a Rafael Morata para que le catalogase una biblioteca. Cómo había llegado hasta él, era algo que hasta el momento Marfil no había logrado averiguar. La biblioteca era, por lo visto, una antigua colección familiar con más de cuatro mil volúmenes, algunos de ellos muy antiguos. La mujer decía haber entrado en posesión de la misma a través de una herencia de una paciente y tenía la intención abierta de tasarla para vender luego los ejemplares más valiosos. Esto último se lo había comentado Rafa a un amigo común, Adrián, aquel que había organizado aquella comida en la sierra, en la que tanto Marfil como Alejandra habían entrado en contacto por primera vez con el tema.

En cuanto al codicilo en ulfilano, eran unos cuantos los que habían oído hablar del mismo, e incluso alguno había podido ojearlo. Rafa se lo había llevado de la biblioteca con el permiso de la dueña, y había hecho llegar unas copias del texto a su antiguo profesor, Elías Poveda, para ver si se podía descifrarlo. Dado que estaba muerto, era imposible saber si lo había conseguido, o al menos en qué grado.

Con todo ese material y no pocas dudas, se decidió por fin a hablar primero con Cienfuegos, el inspector jefe de su grupo, y luego con el comisario. Después de todo, Marfil estaba destinada en la Brigada Central, en Información, y buena parte de su trabajo consistía en recabar información y estar atenta a cualquier indicio que pudiera destapar un caso. Así que abordó al comisario una noche, de manera informal, mientras estaban varios tomando copas, lo que le permitió plantearle el asunto de pasada.

El comisario no estaba de muy buen humor, cosa que en los últimos tiempos era algo casi habitual; pero aun así la escuchó con atención, mientras sorbía su MG azul con tónica, y picoteaba panchitos. Estaban en medio del bullicio, aunque un poco aparte, a la media luz del local que solían frecuentar, y Marfil había aprovechado un rato en el que el comisario se había distanciado un poco de los demás. Procuró ser concisa y, como siempre, poco pudo adivinar de lo que le pasaba por la cabeza al comisario.

—Es una historia un poco rara, ¿no? —Se acarició el mentón, perplejo, y por ese detalle Marfil sí supo al menos que le había llamado la atención, al menos lo bastante como para considerar el tema.

—¿Un poco? No: a mí me parece muy rara —fue la respuesta de ella, con lo que consiguió desarmarle bastante, si estaba pensando que todo aquello eran delirios.

—¿Crees que hay algo raro en esas tres muertes?

—En las tres no sé; pero en alguna de ellas por lo menos sí. Fijo. Demasiadas casualidades. Y esa tía, la curandera, seguro que no ha conseguido la biblioteca de manera limpia.

—Seguro que no —sonrió él con dureza—. ¿Tan valiosa puede ser esa biblioteca?

—Es muy grande; imagino que es de esas que ha ido llenándose de libros a lo largo de generaciones. Y ahí tiene que haber libros que valgan un dinero. Por no decir lo que puede valer toda la colección junta, que debe ser bastante.

—¿Tanto como para matar a varias personas?

—No, y eso es lo que me desconcierta. Esa biblioteca no puede valer tanto, creo yo.

Aquello acabó de decidir al comisario.

—Vale, búscate un par de colegas que te ayuden a investigar este asunto, y hazme un informe.

—Un informe... —ahora fue Marfil la que se mostró dudosa, pero el otro cortó cualquier posible objeción.

—Un informe, sí. Que cualquier día dejo esto, y quiero todo ordenado.

—¿Cómo que lo dejas? —se hizo la sorprendida, aunque algo había oído.

—Pudiera ser que me mandasen a una comisaría de barrio, y paso. Si intentan trasladarme, me voy a la seguridad privada.

—¿Otra vez con eso? —Marfil reclamó otra copa, otro Bacardí con cola, por el expeditivo método de señalar su vaso de tubo vacío. Sabía que el comisario había pasado una época mala con el cambio de gobierno, en el segundo trimestre de 2004, aunque había logrado mantenerse en su puesto, cosa que no podía decir todo el mundo. Sus problemas ni siquiera se debían a una hipotética cercanía al PP o a que los nuevos mandos estuviesen descontentos con su labor. Era más bien consecuencia lógica de la progresiva desprofesionalización de la administración española, gracias a que cada gobierno trata de inundar la burocracia con sus propios peones. Hay veces que es una cuestión, simple y lógica, de colocar hombres de confianza en cargos clave y delicados. En otros se trata de pago de favores o incluso de promoción de amigos. Lo que se traduce, dado que en España es casi imposible echar a un funcionario de carrera, en traslados estrambóticos de una parte y en ascensos meteóricos por la otra.

—Pues sí. Parece que vuelvo a estar en la cuerda floja... —Bebió un trago, negándose a entrar en aquel tema, entre otras cosas porque su aislamiento se había acabado y más gente estaba escuchando la conversación—. Lo dicho. Hazme un informe.

14

La Orden de San Mateu se creó en Valencia en el año 1682, y su fundación corrió a cargo de una docena de autonombrados caballeros, todos ellos miembros de familias nobles de Valencia y Aragón. Su primer Comendador Mayor —ya que, siguiendo la tradición de las verdaderas órdenes militares españolas, reservaron el puesto de maestre para el rey— fue un aragonés llamado Simón Frago, aunque no fue él la figura más destacada en la fundación de la orden. San Mateu nació por el simple hecho de que, unos pocos años antes, un tal Agustín Ripoll, también aragonés y de buena familia, había tratado de entrar sin éxito en la Orden de Montesa. Este rechazo sentó muy mal, al parecer, a un tío suyo, caballero este sí de Montesa y de nombre Andreu Benavent, que fue quien les instó a él y a otros personajes en igual situación —todos de sangre noble pero incapaces de reunir los requisitos necesarios para el ingreso— a crear San Mateu.

Fue ese caballero el que, por algún método sin aclarar, consiguió apoderarse de ciertos documentos muy secretos y valiosos de la orden, y se los entregó a su sobrino, que con el tiempo sería el segundo Comendador Mayor de San Mateu. Si el expolio fue o no descubierto, estaba en duda; pero lo cierto es que ésa fue la forma en que aquel codicilo y su leyenda llegaron hasta la nueva orden. Así que era la Orden de Montesa la que lo tenía en su poder; aunque, de dónde lo había sacado ella, era un misterio.

San Mateu tuvo una peculiaridad que la distinguía de otras órdenes falsas —de las cuales hubo muchas en España—, y ésa era que su objetivo primordial no era tan sólo satisfacer las ganas de oropel de algunos nobles, sino conseguir que se reformasen los estatutos de Montesa y que se suavizaran los requisitos necesarios para el ingreso. Eso hizo que, a lo largo de buena parte del siglo XVIII, la orden consiguiese atraer a no pocos miembros de la nobleza, que aspiraban a ingresar en la tan codiciada Montesa. Eso explicaría también el hecho de que la orden, habiéndose fundado en Valencia, se trasladase al poco a Madrid: puede que para estar más cerca de la corte, que era la que podía satisfacer sus aspiraciones, pero también para sustraerse a la hostilidad que sin duda le debía de profesar la verdadera Montesa.

Ésa también sería la explicación última de la riqueza que debió hacer posible la construcción de la cripta subterránea que habían visitado Alejandra y Nilo: las aportaciones de personas no sólo adineradas, sino resentidas contra las órdenes que habían vetado la admisión. Luego, a finales del siglo XVIII, San Mateu entró en decadencia progresiva, aunque conoció una nueva primavera durante la época liberal que siguió a la expulsión de los franceses, a comienzos del siglo XIX. En esa época, la orden apoyó con todas sus fuerzas las pretensiones absolutistas de Fernando VII, siempre con la esperanza de que el rey, a su vez, cambiase los estatutos de las órdenes militares. Pero Fernando, una vez recuperados todos sus privilegios, no faltó a su fama de ingrato y desleal, y no movió un dedo en tal sentido, tal vez temiendo enemistarse a su vez con algunos personajes poderosos y muy celosos de sus privilegios, que eran valedores de su régimen. Eso hundió a la Orden de San Mateu, que dejó de contar con personajes de verdadera relevancia entre sus filas —fuera de dos o tres excepciones—, y entró en un letargo del que sólo saldría a la muerte de Fernando VII, trasmutada ya en la sociedad secreta de la Cruz Negra.

Todo eso lo pudieron colegir a partir de las anotaciones en los papeles del fajo envuelto en paño rojo que encontraron en la cripta de la sociedad. Había actas, registros, cartas que, aunque fragmentarios, les sirvieron para hacerse una composición de todo lo ocurrido. Una de las cartas mencionaba, con amargura evidente, que la Cruz Negra, con la segunda derrota carlista, podía darse por liquidada. Esa carta, como todas, iba firmada con siglas o pseudónimos.

También por cartas y documentos quedaba claro que la sociedad había buscado algo, aunque en ningún momento se mencionaba el qué, y parecía que en esa búsqueda había encontrado resistencia y enemigos. Por dos veces se mencionaba el término *portaespills*, y en ambas ocasiones era en tono de alarma.

—*Portaespills*. —Nilo se encogió de hombros—. Eso sería, en catalán, portaespejos. Pero no sé qué pueda significar.

—Otra sociedad secreta, seguro, y en no muy buenas relaciones con la Cruz Negra. —Alejandra volvió a echar una ojeada a las dos cartas. En una, un tal S.T.G. manifestaba que temía que los *portaespills* estuviesen tras su pista. En la otra, alguien que firmaba como M. informaba de la desaparición de un tal D., que él achacaba a los *portaespills*, y pedía instrucciones con urgencia a un tal Agila, que debía ser un alto cargo en la Cruz Negra, si no el propio gran maestre de la misma.

—Es muy posible —aceptó Nilo—. Pero yo nunca he oído hablar de ellos. ¿Y tú, B.?

—Tampoco —admitió el aludido, un poco molesto por tener que reconocer su ignorancia.

El libro del estuche de madera era sin duda alguna el original del famoso codicilo copiado por Augusto Ramos. Cuando Nilo y Alejandra salieron polvorientos y manchados, el señor B. se había interesado por el estado en que llegaban, pero los había olvidado por completo al ver lo que traían. Hubiera querido examinar el codicilo arriba mismo, sobre una de las mesas de la bodega, pero Nilo se lo había impedido, haciéndole notar la cantidad de mugre que había allí, antes de aconsejarle con amabilidad que se calmase, no fuera a darle un infarto. Una broma que no le sentó nada bien al señor B.

Así que les invitó a volver a su piso, para examinar con más detenimiento aquellos libros mientras tomaban un café *Blue Moun-*

tain de Jamaica. Nilo, casi bufando, le indicó que eran ya casi las dos de la tarde del domingo, y que quizá fuese buena hora para irse a comer a algún sitio, a comentar con tranquilidad lo ocurrido. Ahí se opuso a su vez Alejandra, señalando su anorak y sus pantalones, todos manchados tras la expedición subterránea. Así que al final sí fueron a casa del señor B., encargaron dos pizzas y se las comieron mientras le relataban a éste todo cuanto les había ocurrido en los túneles.

Luego, tras levantar la mesa, habían examinado con el mayor cuidado el libro. Se conservaba en muy buen estado, lo que no quería decir que no hubiera que manejarlo con precaución. El señor B. se había apropiado literalmente del codicilo, al tiempo que manifestaba su intención de marcharse a su casa de Alcabón y descifrarlo. Nilo le había mirado con gesto adusto pero, al ir a abrir la boca, había cruzado miradas con Alejandra y, viendo el brillo burlón en los ojos de ésta, se disipó su mal humor y se limitó a compartir una sonrisa cómplice a espaldas del anfitrión.

—¿Estás seguro de poder descifrarlo? —se limitó a decir.

—Y tan seguro —respondió petulante el otro—. Vamos, guardad todo esto, que me muero de ganas por echar un cigarrito y no quiero que les caiga ceniza encima. Ahora sí que voy a preparar café.

Cuando volvió con la bandeja entre las manos, sus dos invitados estaban examinando la cruz que Alejandra había cogido de encima del libro y los documentos. Parecía de oro macizo y las grandes piedras parecían gemas auténticas.

—Extraordinario. —El señor B., tras mirarla y remirarla, se quitó las gafas y sirvió café—. ¿Quién hubiera esperado algo así?

—¿A qué se refiere? —le preguntó Alejandra.

—Esto tiene todo el aspecto de ser una cruz visigoda. Es muy parecida a algunas que se han hallado en depósitos secretos.

—¿Auténtica?

—Si no lo es, es una imitación muy bien hecha. Vamos a ver. —Hizo memoria—: Los descubrimientos importantes se hicieron a finales del siglo XIX y principios de éste... quiero decir, del siglo XX.

No me acostumbro a pensar que estamos en el siglo XXI. En todo caso, demasiado tarde para que los cruces negras pudieran copiar sus diseños y usarla en sus ceremonias.

—Debía ser un objeto especialmente venerable para la sociedad —aventuró Nilo.

—Como teoría no está mal, y supongo que hay muchos puntos a favor. —El señor B. se llevó con placidez su taza a los labios—. Otra cosa es que resulte ser cierta.

Alejandra sostuvo la pieza en la mano, apreciando el peso. Rozó con los dedos los brazos de la cruz, antes de acariciar las grandes joyas.

—¿Qué hacemos con ella?

—Lo mejor es que la conserve usted de momento, señorita; si Nilo no tiene inconveniente.

—Ninguno.

—Entonces queda en sus manos. Cuídela, porque es una pieza de gran valor, aunque sólo sea en lo material.

Ella dejó con cuidado la cruz sobre la mesa, abrió su paquete de cigarrillos y encendió uno, al tiempo que buscaba la forma correcta de formular lo que estaba pensando.

—Todo esto es material de gran valor, usted lo ha dicho. No sé si debemos...

—Claro —el señor B. la interrumpió, adivinando por dónde iba—. Los libros, la cruz, el mismo conocimiento de esa cripta subterránea y todo lo que contiene, pertenecen al patrimonio histórico-artístico, y nosotros no somos delincuentes. Pero no pasa nada si nos tomamos unos días para examinar la documentación. Después, yo mismo me ocuparé de informar a las autoridades competentes. No habrá problema alguno.

—¿Y los muertos?

—Llevan ahí un siglo o más. No me parece algo terrible que les dejemos pasar un mes más. Después, nos ocuparemos de que les den conveniente sepultura.

Así que Alejandra, sin estar muy convencida de que hacían lo correcto, se quedó con la pieza. Los días siguientes, mientras estaba sola en casa, tratando de estructurar su libro sobre falsificaciones —un libro que no podía negar que ahora le sabía a bien poco—, había empuñado aquella cruz no pocas veces, para acariciar su diseño pulido y hacer rielar la luz sobre su superficie, de forma que la pedrería destellase.

Parte de aquella peripecia subterránea se la confió a su amiga Irene Serra, a la que visitó el martes siguiente de aquel domingo memorable. La cabeza le daba vueltas con tanto símbolo mezclado: cruces visigodas, cruces militares florlisadas, símbolos hebreos; aunque sobre eso último, Irene se ocupó de sembrar algunas dudas.

—No, Alejandra, no te equivoques. —Meneó la cabeza, con los ojos puestos en la cruz—. Le llaman Sello de Salomón, pero es un símbolo mucho más antiguo. Es el hexagrama, los dos triángulos cruzados, y parece que proviene de Mesopotamia, aunque tampoco me hagas mucho caso en eso. Los hebreos lo adoptaron y por eso mucha gente lo asimila a ellos. Pasa lo mismo con el pentagrama, la estrella de cinco puntas, a la que muchos llaman Estrella de David.

Guardó silencio un momento, mientras sopesaba la cruz.

—Es muy hermosa. —Volvió a agitar la cabeza—. Vaya aventura...

—Y tú que lo digas.

—¿Contenta?

—Mucho. —Sonrió como una niña—. Mucho.

Irene dejó escapar a su vez una sonrisa llena de nostalgia, sin asomo de dureza o acritud por una vez.

—¿Sabes? Tal vez debieras olvidarte por el momento del libro de las falsificaciones y centrarte en esto. Si lo pones por escrito, puede ser un relato sensacional; algo digno de las aventuras que se cuentan en *Dioses, tumbas y sabios*, ese libro que tanto te gustaba a ti. —Hizo saltar la cruz en la mano—. Deja que eche una ojeada un poco más detallada.

Volvió al cabo de unos segundos con una lupa, y se dedicó a examinarla con sumo detenimiento.

—Esta cruz es muy antigua.

—El señor B. opina que es visigoda. Claro que no podemos determinar si es auténtica o una imitación.

—Tiene todo el aspecto de ser muy anterior al siglo XIX. —Fue moviendo la lupa por la superficie—. Hay desgastes, detalles... Aquí, en la parte posterior, hubo en tiempos una inscripción que se ha vuelto ilegible gracias al roce. Eso es imposible que ocurra en diez años, que es más o menos el tiempo que, según me dices, estuvo activa esa sociedad secreta.

Le mostró el envés de la cruz y Alejandra, curiosa, observó que, en efecto, había algo como arañazos y picotazos, que podían ser los restos de una inscripción.

—¿Podríamos saber qué ponía?

—Sin problemas, creo. —Depositó la lente sobre la mesa—. Si me dejas la cruz unos días, me ocuparé de que lo averigüen; conozco quien puede hacerlo. Aún tengo muchos contactos en el mundo de la restauración y no sólo sabremos qué ponía sino que, por el tipo de trabajo, es posible que nos puedan decir la época en que se hizo.

Se lo devolvió y, de repente, compuso una mueca afilada.

—Supongo que sois conscientes de que éstos son tesoros artísticos, que pertenecen al Patrimonio Nacional, y que no se puede disponer por las buenas de cosas así.

—Lo sé, Irene; pero el señor B. dijo que él se ocuparía luego de eso, cuando lo hubiéramos examinado; que no habría el menor problema.

—Más le vale.

—¿Puedes entonces averiguar qué pone en el reverso de la cruz sin llamar la atención?

—No hay ningún problema. Deja eso en mis manos. Y ya hablaré yo con B., no sea que tense demasiado la cuerda y os meta en algún lío. Siempre ha estado demasiado pagado de sí mismo.

Cuando Alejandra le comentó todo aquello a Nilo, algo después, éste no pudo esconder su contrariedad.

—No se me tenía que haber pasado por alto algo como eso.

—Es normal. —Ella le miró, porque hasta ese momento le había tenido por alguien más displicente en todo, no tan perfeccionista—. Estábamos más interesados en los documentos.

—Aun así. Esos pequeños detalles son los que marcan siempre las diferencias.

—Bueno, está hecho y no tiene remedio —se sonrió ella, algo divertida por ese arranque de vanidad herida—. Anda, invítame a una cerveza.

Se habían citado en el apartamento de Nilo para seguir leyendo con calma el segundo libro y, como ya era la segunda vez que estaba allí, ella ya se movía con un poco más de confianza por el salón, curioseando. Nilo vivía en un piso muy alto, una planta número trece —Alejandra estaba segura de que la había escogido adrede—, en un edificio de apartamentos de la Castellana. Le había sorprendido lo pequeño que era y lo espartano del mobiliario; porque, por alguna razón, una asocia las palabras «pilas» y «atestado» a las casas de los amantes de los libros.

El salón tenía poco más de veinte metros cuadrados, con una cocina americana en uno de los lados. Había un ventanal panorámico, eso sí, con una vista gloriosa sobre la parte alta de la Castellana, y una puerta que daba al dormitorio. Los muebles eran de madera, pocos y sobrios; las paredes estaban pintadas de color salmón y por toda decoración había unos cuantos cuadros: reproducciones a gran tamaño de manuscritos antiguos que, tuvo que reconocer, resultaban originales y vistosos.

Le resultó en especial sorprendente el escaso número de libros que había en las estanterías del salón y, al repasar los títulos, mientras Nilo buscaba un par de latas de cerveza en su nevera, descubrió que eran todos de narrativa, casi todos en rústica y muchos de ellos en edición bolsillo. Nilo salió de la cocina americana con las dos latas y un cenicero, justo cuando ojeaba *El palacio de la Luna*, una novela de Paul Auster que tendría ya sus diez años.

—¿Te gusta Auster?

—Leí esta novela cuando estaba en la facultad —sonrió ella con cierta nostalgia, como siempre que le hacían recordar de repente—. No he leído nada más suyo.

—Bueno, hay gente a la que le cansa que cuente siempre la misma historia, pero a mí me encanta. Aquí sólo hay libros de mano, por así decirlo —añadió, como si se hubiera dado cuenta de la perplejidad de Alejandra—. Tengo la documentación, los libros de consulta, metidos en un extraíble, y los leo por ordenador.

—La verdad es que creía que tendrías más libros —aceptó ella un poco confundida; puede que azarada porque hubiese adivinado con tanta facilidad sus pensamientos.

—Tengo más, claro. Muchos más. Esto es sólo mi segunda casa y puede que cualquier día tenga que desmantelarla. Aquí vivo de alquiler.

—¿Tienes otra casa?

—Una bastante más grande que fue de mis padres, en Barcelona. Allí es donde tengo libros y papeles; parece un almacén. Un día de éstos voy a tener que hacer limpieza. Lo que pasa es que llevo años yendo de acá para allá, y he aprendido lo valioso que es no tener mucho cuando llega la hora de hacer mudanza. Así que procuro no acumular nada que no sea imprescindible y tirar lo superfluo.

Alejandra observó, con curiosidad esta vez nada disimulada, a aquel hombre de pelo castaño revuelto, preguntándose una vez más cómo sería su vida, el día a día. Él le devolvió una mirada casi perpleja, quizá preguntándose por qué le observaba ella así, que casi la hizo reír.

—Dame esa cerveza, anda, y tráete un cenicero.

Tras examinar por encima la documentación, constataron que había muchos textos difícilmente legibles, más por haber sido escritos en algún tipo de taquigrafía que por estar cifrados. Había siglas y abreviaturas, aparte de símbolos totalmente desconocidos, que debían obedecer a un interés por la rapidez, antes que por el secreto. Pero, pasado el primer día de estudio, su interés por toda esa parte, que debían ser actas de la sociedad, disminuyó mucho.

Dedicaron mucho más tiempo a las cartas y documentos sueltos. En algunos de estos últimos se comentaban aspectos de la historia de la Orden de San Mateu, y no pocas de las primeras eran intercambios de opiniones con corresponsales, algunos de los cuales sin duda debieron ser personas relevantes de la época.

Pasaron bastante tiempo comentando otros temas en los descansos. Nilo era buen conversador y, entre cervezas y cigarrillos, se explayó un poco más sobre su trabajo. Alejandra llegó a la conclusión de que se había convertido en investigador bibliográfico por azar, gracias a los contactos de su familia y luego de una vida un poco agitada. Su labor estaba más centrada en la búsqueda y adquisición de documentos que en la investigación pura, aunque sin duda tenía grandes conocimientos sobre el tema. Y tales conocimientos los debía haber adquirido, o eso suponía Alejandra, gracias a esa cualidad con la que la naturaleza ha dotado a algunos: la curiosidad insaciable, que suple con ventaja a la simple erudición o a la capacidad para el estudio.

Al tercer día, Alejandra se quedó a dormir en casa de Nilo, cosa que no les pilló de sorpresa a ninguno de los dos. No fue en realidad dormir, ya que ella tenía muchas pequeñas manías, como todo el mundo, y en su caso bastante asumidas. Para ella, dormir en la cama con alguien era algo muy personal y evitaba hacerlo con los contactos esporádicos. Por eso acabó yéndose pasadas las tres de la madrugada y no dejó que Nilo la acompañase abajo, hasta su coche, por más que él insistió.

Algo más le alarmó repetir al día siguiente, sobre todo porque en esa ocasión se permitió relajarse mucho más con Nilo. Otra de las pequeñas manías de Alejandra era la creencia de que el olor es algo muy personal y, consecuente con ello, no se permitía olfatear a ningún hombre con el que no hubiese llegado a cierta intimidad emocional, y no meramente física. Por eso también le inquietó descubrirse olisqueando a Nilo y tratando de decidir a qué olía.

Él estaba tumbado en esos momentos bocabajo, la cabeza hacia un lado, algo adormilado, en la penumbra de una lámpara de poca potencia, encendida sobre la mesilla. Ella se deslizó sobre la espalda de él, con lentitud, y al hacerlo las sábanas crepitaron, de forma que sintió un escalofrío que le subía por el espinazo, porque le gustaba esa sensación crujiente de ropa recién lavada. Le dio un beso en el cuello y, con los ojos cerrados, olió su piel. Había un aroma a Ralf Laurent y debajo... Alejandra tenía la costumbre de poner un nombre a los olores de la gente. ¿A qué olía Nilo? A desierto, decidió: a desierto de dunas amarillas, sol brillante y cielo muy azul.

Recorrió su cuello, aún con los ojos cerrados, tratando de captar aquel desierto imaginario, infinito y caluroso, recorrido por vientos ardientes, hasta llegar al hombro derecho, donde topó con un escollo repentino que le hizo abrir los ojos. Ya había reparado la noche anterior en una cicatriz grande e irregular que le cubría buena parte del omóplato. Tenía varias ramificaciones en la parte superior, casi como si a Nilo le hubieran posado una mano mortífera en la espalda. La otra noche sus dedos la habían encontrado pero esta vez, con más confianza, se permitió rozarla con los labios, con una mezcla de fascinación y rechazo.

—¿Cómo te hiciste esto?

—Fue un tiro.

—¡¿Un tiro?! —Salió de golpe de sus ensoñaciones y se removió sobre la espalda de él; primero perpleja por esa respuesta tan inesperada, y preguntándose luego qué clase de bala podría hacer una cicatriz tan amplia.

—En realidad fue una explosión, perdona. Lo que pasa es que muchas veces digo lo del tiro, por abreviar.

—¿Una bomba?

—Sí; una esquirla o un fragmento me hizo eso.

Ella acarició con los dedos las ramas de la cicatriz. En la penumbra de la lámpara, contó cuatro, como dedos.

—¿Cómo ocurrió? Perdona si estoy preguntando demasiado.

—En absoluto. Fue un proyectil de mortero, en Yugoslavia. Yo estaba con las tropas de paz y, como a veces soy así de listo, me cogió con el chaleco antibalas quitado, en el lugar donde no debía.

—¿Y qué hacías tú en Yugoslavia? —le preguntó, cada vez más asombrada.

—Te lo acabo de decir. Estaba con nuestras tropas destinadas a Bosnia, con la Legión.

—¿La Legión? —Se asomó por encima de su hombro, para poner su cara a dos centímetros de la suya, mirarle a los ojos y comprobar que no se estaba burlando de ella—. ¿Estuviste en la Legión?

—Que sí.

—¿Y qué hacías tú allí?

—Yo era muy joven, me dio por ahí y me enrolé.

—La verdad, me has dejado de piedra. —Guardó silencio durante un instante, antes de comenzar a reírse a carcajadas, aún subida en la espalda de él.

—¿De qué te ríes, si puede saberse?

—De que nunca te hubiera imaginado desfilando con la cabra —respondió ella a duras penas, con los ojos llenos de lágrimas de tanta risa.

Él rompió a reír a su vez. Echó el brazo hacia atrás, para agarrarla.

—Mira que eres mala.

15

El señor B. volvió de Alcabón dos semanas más tarde, en su antediluviano Opel Kadett rojo, matrícula Madrid IS, y le faltó tiempo para telefonear a Nilo y Alejandra, y anunciarles ufano que traía consigo la traducción del codicilo. Su intención era citarles en su piso, pero Nilo se opuso, harto de tanto sitio cerrado y, tras un tira y afloja verbal, consiguió que la reunión fuese en uno de los quioscos del Retiro, al día siguiente, siempre que el tiempo no se estropease.

Pero el buen tiempo siguió y a media mañana del sábado, poco después de las once, Alejandra cogió el metro hasta la estación de Retiro, para entrar en el parque por las puertas de la Plaza de la Independencia. El día era más veraniego que primaveral; una brisa inconstante agitaba las copas de los árboles y el sol, al colarse entre el follaje, llenaba las sendas de contraluces. Alejandra recordaba viejas estampas de aquel parque, fotografías en sepia de principios del siglo XX que mostraban a caballeros con bigotes engomados y bombín, chachas de cofia y soldados en uniforme de paseo, tocados con bonete. Todos ellos habían desaparecido hacía mucho, lo que no quitaba para que el parque aún contase con su fauna humana particular, que en aquel comienzo de siglo estaba formada sobre todo por paseantes con perro, ciclistas a punto siempre de arrollar a alguien, y corredores de toda edad y condición física.

Al pasar junto al estanque, camino del quiosco en el que se habían citado, se dio cuenta de que Nilo iba unos pasos por delante. Él no la había visto y ella, por alguna razón, no apretó el paso para alcanzarle. Nilo iba dando un paseo calmo, perdido en sus pensamientos y dejando vagar los ojos por el estanque, que estaba lleno de barcas y resplandecía al sol. Un par de veces puso la mirada, con bastante indiferencia, sobre la patulea de echadores y adivinos que se agrupaban a lo largo del paseo. Vestía unos vaqueros gastados, una camiseta negra y llevaba una chaqueta de cuero marrón, más ligera que la que le había visto Alejandra en otras ocasiones, sobre el hombro. Alejandra siempre se había sentido atraída por esa forma de caminar de algunos hombres, que se comportan como si tuvieran todo el tiempo del mundo por delante, y de nuevo, como aquella vez en Moncloa, se quedó observándole, como si así pudiera adivinar cosas sobre él.

No lo logró, como no lo había logrado antes. Aquel hombre la confundía. Repetidas veces, en los últimos días, se había descubierto pensando en él, preguntándose cómo sería su vida, y no tenía muy claro si eso le gustaba o no. No llegaba a hacerse una idea clara de cómo serían sus rutinas cotidianas, la intimidad a solas o sus amigos. Luego Nilo, con Alejandra aún detrás a una docena de pasos, dejó atrás la barandilla de pilares de piedra y rejos de hierro negro, camino de los quioscos situados más allá, y ella ahuyentó todos esos pensamientos.

El señor B. ya les estaba esperando, con cara de pocos amigos. Tenía una copa de vino tinto sobre la mesa y uno de sus cigarrillos negros entre los labios. En cuanto vio a Nilo, levantó la mano para llamarle la atención y, al darse cuenta de que Alejandra llegaba detrás, repitió el gesto. Nilo volvió la cabeza, intrigado, y sólo entonces se dio cuenta de que la tenía a unos pasos detrás.

El malhumor del señor B. se debía a que el lugar estaba abarrotado, cosa que no se recató de señalar, al tiempo que abarcaba las mesas con un ademán amplio y un bufido. En un sábado de buen tiempo y a esas horas, lo lógico era que no quedase una sola mesa libre y, de no haber llegado él antes y ocupado una, se hubieran tenido que marchar a otro lado.

—No seas gruñón —Nilo quitó hierro al asunto. Había esperado de pie a Alejandra, para cruzar dos besos con ella en las mejillas; sólo después se sentó.

—¿Te parece un sitio adecuado para hablar del asunto que tenemos entre manos? ¿Te parece discreto? —le observó con malevolencia, antes de desviar los ojos—. Buenos días, Alejandra.

Nilo, tras encogerse de hombros, se recostó en la silla y llamó por señas a un camarero que, por descontado, hizo como si no lo hubiera visto. Alejandra le miró intrigada, porque parecía de un humor más relajado que de costumbre. Al notar su expresión algo cansada, supuso que habría estado levantado hasta bien tarde, puede que trabajando o de copas.

—¿Sigues pensando que era buena idea quedar aquí? —resopló el señor B., sin darse por vencido.

—¿Y por qué no? Hace un día precioso y aquí se está de vicio, con esta temperatura y la brisa que corre.

—No me parece el lugar más idóneo, la verdad. —Señaló de nuevo a la gente en las mesas.

—Te preocupas demasiado. Tanto jaleo hace que aquí nadie se entere de lo que está hablando la gente en otras mesas y, además, la nuestra está un poco retirada.

—Sí, pero no gracias a ti. He sido yo quien la ha cogido.

—No seas cascarrabias, hombre. —Nilo se sonrió, como si le hiciera gracia la irritación que mostraba el otro—. No hay motivos para que estés así, más cuando has conseguido traducir nuestro famoso codicilo.

—¿Acaso lo dudabas? —El señor B. se permitió una mueca de suficiencia. Aplastó la colilla sobre un cenicero de plástico rojo, con el logo de Mahou, para luego echar mano a dos carpetas marrones y tender una a cada uno.

Alejandra, al abrir la suya llena de curiosidad, se encontró, aparte de una hojas con la traducción, con las reproducciones fotográficas tamaño folio de cada uno de los treinta y dos pergaminos iluminados que formaban el codicilo.

—Muy buenas fotografías. —Frunció los labios, en gesto de aprecio.

—Me las ha hecho un amigo mío.

—¿Un amigo? —Nilo, que también ojeaba las imágenes, levantó la cabeza de golpe.

—Sí, un experto en esto. Le pedí el favor.

—¿Experto en fotografía o en documentos?

—En ambas cosas.

Nilo cerró la carpeta con suavidad y observó durante unos instantes al otro, con sus ojos castaños llenos ahora de enojo.

—¿Y tú me hablabas hace un momento de discreción? ¿No ves lo goloso que resulta un descubrimiento así?

Alejandra, con la carpeta entre las manos, no pudo por menos que estar de acuerdo con Nilo, aunque prefirió no terciar en la discusión. Si hay un mundo donde los robos de ideas son moneda corriente, ése es el académico. Exhibir aquel codicilo ante terceros era una invitación a que alguien metiese las narices en el asunto. Ella misma, a lo largo de esos meses, había tenido la sensación de que se arriesgaba cada vez que hablaba con alguien del tema.

Pero ahora le llegó el turno al señor B. de pagar a Nilo con los mismos modales displicentes.

—¿No te parece que llevo metido unos cuantos años en este mundillo? Los conozco a todos, sé de qué pie cojea cada uno. —Agitó la diestra, con el cigarrillo entre dos dedos, de forma que el humo flameó como una banderola—, y sé en quién se puede confiar.

—Ojalá sea así. —El otro se pasó la mano por el cabello castaño, alborotándolo, y sonrió con dureza, sabiendo que su interlocutor trataba de enfadarle y negándose a picar—. Espero que sepas lo que haces.

—Lo sé. —Dio una calada—. Hablando de eso: ¿alguno de vosotros conoce a un tal Ricardo Salinas? Es profesor de historia en una de las privadas.

—Yo le conozco —Alejandra le miró, de repente muy seria—. ¿Qué pasa con él?

—Me llamó anoche para consultarme sobre la Sociedad de la Cruz Negra. No sé qué imbécil le dio mi teléfono. ¿Es amigo tuyo?

—No.

—A la vista salta —murmuró Nilo, que se había fijado en cómo le había cambiado la cara a Alejandra—. ¿Quién es?

—Un antiguo compañero de facultad. Estaba presente en la misma conversación en la que oí hablar por primera vez del codicilo y parece que anda también investigando. ¿Qué es lo que sabe?

—Me parece que muy poquito, a juzgar por sus preguntas.

—¿Le has contado algo? —Éste era Nilo.

—Nada. Me hice el desentendido, le dije que había muy escasa documentación sobre la Cruz Negra y le pedí la dirección, para mandarle unas fotocopias. Punto final.

Sobrevino un pequeño silencio. Nilo sacó de un bolsillo interior de la chaqueta de cuero un paquete de Camel —era de los que varían de marca, sea por capricho o azar— y ofreció un cigarrillo a Alejandra, pero ésta declinó, aún pensativa y algo mohína por la noticia.

—Anda, cuéntanos. —Nilo se encendió el cigarrillo con el Zippo.

—Será mejor que esperemos a que nos atiendan. —El señor B. contempló la copa de vino, casi apurada, y buscó luego con los ojos al camarero.

—Podemos volvernos viejos esperando a que nos atiendan.

—Lo dudo. Yo ya soy viejo.

Alejandra sonrió. Nilo sonrió.

—Esto está lleno y el camarero no da abasto. Vete contándonos qué pone en el codicilo.

—De acuerdo —concedió el otro.

Al señor B. no le había costado excesivo trabajo descifrar los treinta y dos pergaminos encuadernados del codicilo, aunque tampoco podía decirse que hubiera sido tarea fácil. Estaban escritos con buena caligrafía y el idioma era el visigodo, salpicado de muchos latinajos, lo que parecía indicar que se trataba de un documento tardío. Había, eso sí, algunas frases y vocablos sueltos que no había podido descifrar de momento.

En cuanto al narrador, tenía serias dudas de que se tratase de uno solo, y ahí alzó una mano para impedir una posible interrupción, dando a entender que más tarde lo explicaría. Él o los cronistas no eran contemporáneos de muchos de los sucesos narrados, aunque sí afirmaban haber conocido el relato de primera mano.

Porque aquello era una crónica. Una que abarcaba algo más de un siglo y en la que se daba cuenta de las hazañas y mudanzas de un grupo de visigodos, durante las décadas que siguieron a la caída del reino de Toledo.

En aquel momento, de forma inevitable, llegó al fin el camarero. El señor B. se recostó contra su silla de plástico, con una sonrisita de suficiencia, y pidió otro Rioja, en tanto que sus acompañantes se decantaban por dos tercios de Mahou. Sólo cuando les trajeron las consumiciones, se dignó a encender otro Ducados y retomar el relato de lo que había leído en el codicilo. Lo hizo con numerosas alusiones a la historia de la época, como si estuviera dictando una clase allí, a mediodía y en mitad del Retiro, sin preocuparse si sus oyentes conocían o no aquellos pormenores. Pero para ellos no fue impedimento y le escucharon sin interrumpirle.

A comienzos del siglo VIII, el reino visigodo se encontraba en plena decadencia, debilitado por el regicidio y las pugnas entre las familias nobles, que lo habían conducido a un estado de casi disolución. Dos facciones rivales se alternaban en el trono: de un lado los más tradicionales y nacionalistas, partidarios de una segregación rígida entre godos e indígenas, y del otro los inclinados a un entendimiento con estos últimos.

En el año 710, el segundo de los partidos logró entronizar a Rodrigo, descendiente del rey Chindasvinto y de inmediato sus enemigos, agrupados alrededor de los hijos del rey Witiza, comenzaron a conspirar. Ya no podían recurrir a francos ni bizantinos, que tenían sus propios problemas, y no contaban con recursos propios para derrocar al rey, así que volvieron los ojos al norte de África, donde se consolidaba un nuevo poder. Ejércitos de fanáticos habían surgido de los desiertos de Arabia para arrollar a los bizantinos en Egipto y luego Cartago, a pesar de la defensa desesperada de los bereberes, a los que acabaron por someter y enrolar bajo sus banderas.

Los visigodos tenían una provincia en el norte de África, con capital en Ceuta, que guardaba el estrecho de posibles incursiones. Su legendario gobernador, el conde don Julián, era no sólo partidario de Witiza y miembro de la facción más nacionalista, sino tal vez incluso seguidor de la vieja religión visigoda, el cristianismo arriano. Ya había rechazado con éxito una primera intentona árabe pero, a instancias de su partido, entró en negociaciones con el jefe árabe, Muza ben Noseir.

El resultado fue que Muza, con ayuda de don Julián, envió a su subordinado Tariq, un bereber, al otro lado del estrecho, al mando de una fuerza que hoy día se estima entre seis mil y veinte mil soldados, casi todos bereberes.

El rey don Rodrigo, que en esos momentos se hallaba en el norte sofocando una revuelta de vascones, supo de la presencia de árabes ayudados por traidores en el sur, y bajó a toda prisa a su encuentro, sumando fuerzas a lo largo del viaje. Los dos ejércitos se encontraron a orillas del río Guadalete, en unos llanos próximos a Medina Sidonia al decir de muchos estudiosos, el 19 o el 20 de junio de 711, tras varios días de escaramuzas, durante las que los visigodos tantearon la fuerza de los invasores.

Los bereberes nunca hubieran podido vencer a la caballería pesada visigoda si las dos alas del ejército de Rodrigo, comandadas por witizianos, no se hubieran retirado del campo en plena batalla. El rey quedó así a merced de los musulmanes y, aunque el centro de su ejército combatió con ferocidad tremenda, lo que debiera haber sido una victoria aplastante contra un ejército inferior y mal pertrechado se trocó en desastre. El propio don Rodrigo murió peleando.

Pero el primer folio del codicilo, escrito ya años después, comenzaba dando cuenta somera de que el rey y su ejército habían sido vencidos por una traición, y de que los nobles Walia y Sisenando había participado en aquella batalla. Fueron dos de tantos visigodos que, encuadrados en unidades adictas a los hijos de Witiza, abandonaron a don Rodrigo en el momento crucial.

Walia, como muchos witizianos, pasó después al servicio directo de los musulmanes. Participó en la conquista de Mérida, donde los fieles al rey muerto se habían fortificado, y estuvo después en Toledo. Fue allí donde el gobernador Muza le asignó con sus hombres a la escolta de un carro mortuorio que contenía los restos de un noble árabe, fallecido de fiebres en Toledo. El carro debía viajar a Algeciras y embarcar allí rumbo al norte de África, para seguir camino hasta Arabia.

O eso decía el gobernador Muza. Pero Walia, gracias a Sisenando, supo lo que contenía de verdad aquel carro cerrado.

El bereber Tariq, al conquistar Toledo, no sólo se había apoderado de la capital del estado visigótico, sino también del tesoro real. Cuando el árabe Muza cruzó a la Península, casi lo primero que hizo fue exigir a su subordinado que le entregase aquellas riquezas, cosa que se convirtió en motivo de enemistad entre ambos. Según contaba el desconocido escriba, Muza, que recelaba tanto de Tariq como de algunos árabes, siempre dados a las enemistades de tribu, había tenido la astucia de enviar el tesoro real escondido dentro de ese carro mortuorio. Y, como no confiaba en nadie, había organizado una escolta fuerte pero dispar, a base de árabes, bereberes y visigodos witizianos, cuidándose de que nadie, excepto el jefe de la caravana, supiese cuál era el verdadero contenido.

Sisenando consiguió empero averiguarlo, no se decía cómo, y puso sobre aviso a Walia. Aquel tesoro contenía no sólo simples riquezas, sino también los símbolos de la realeza visigótica: coronas, cruces, cetros; algo dos veces sagrado para nacionalistas como Walia y Sisenando. Así que el primero y sus hombres se las arreglaron para pasar a cuchillo al resto de la caravana cuando ésta entraba en la Bética, y huyeron con el tesoro al reino del conde Teodomiro.

Aquel Teodomiro era uno de los nobles visigodos más capaces. Partidario de Witiza, al que le unían lazos de fidelidad personal, había recibido de éste el gobierno de una gran región en Levante y sin embargo fue de los primeros en cerrar el paso a los invasores. Al contrario que muchos de los de su bando, continuó combatiendo contra los musulmanes tras el desastre del Guadalete y lo hizo con tanto vigor que el hijo de Muza, Abd el-Aziz, prefirió pactar con él. Gracias a ese tratado, Teodomiro conservó el control sobre siete ciudades y parte de su antiguo distrito, a cambio de un tributo y el establecimiento de algunas guarniciones árabes. En la práctica, se convirtió en gobernante de un territorio casi independiente, conocido luego por los cristianos como el reino del conde Teodomiro y por los árabes como el Tudmir.

A esas tierras acudieron Walia y sus secuaces con el tesoro recobrado, en tanto que Sisenando se quedó en Toledo, al servicio de los nuevos gobernantes árabes. La intención de esos witizianos era la de guardar el tesoro —los símbolos de la realeza visigótica— hasta el día en que los invasores fuesen expulsados y un rey de sangre visigoda pudiera volver a sentarse en el trono de Toledo.

Decididos a preservar aquel legado sagrado contra los árabes, los fugitivos se asentaron en los dominios de Teodomiro, aunque se cuidaron de hacerlo lejos de la capital de éste, la actual Orihuela. Fundaron una aldea, cultivaron la tierra, tuvieron hijos, les educaron en la lengua de sus padres y a algunos les enseñaron a escribir en ulfilano, algo que creían básico para poder transmitir el secreto con seguridad. Los primeros pergaminos relataban todo eso, así las vicisitudes del reino, las tribulaciones del grupo y las hazañas de algunos de sus héroes, sobre todo Walia y Sisenando.

Un móvil comenzó a sonar de forma apagada y Alejandra comprendió que era el suyo tras un momento de desconcierto. El señor B. hizo un alto y el embrujo del relato se esfumó. Volvieron de golpe desde el siglo VIII al parque del Retiro de comienzos del siglo XXI; al bullicio, los gritos, el susurro del follaje, al soplo de la brisa, a la luz y las sombras temblando bajo los castaños de Indias.

—Perdón. —Abrió el bolso y, al coger el teléfono se le escapó un mal gesto, porque la llamada era de Antonio, su antigua pareja. La mueca fue tan evidente que sus dos acompañantes la miraron curiosos. Tentada estuvo de no contestar pero luego recordó con algo de remordimiento cuánto hacía que no hablaba con él, así que se puso en pie y respondió.

Nilo se recostó en la silla y con desgana, o con la cabeza en otra cosa, se encendió un cigarrillo. El señor B. dio un sorbo a su copa de vino. No cruzaron palabras y Alejandra no se entretuvo mucho en su conversación. Volvió a su silla con una expresión entre hastiada y tristona, y se dio cuenta de que Nilo la estaba observando, tratando de ocultar que lo hacía, cosa que no supo si la halagaba.

—Ya está. Lo siento.

El señor B. esbozó una sonrisa de abuelo y, tras encender otro ducados, reanudó su narración.

Los visigodos bascularon largo tiempo entre la incertidumbre y la esperanza. Hasta cierto punto, la suerte jugó a su favor. En el año 714, tanto Muza como Tariq fueron llamados a Bagdad, a rendir cuentas ante el califa, y éste no debió quedar muy satisfecho, ya que hizo ejecutar a ambos. Poco después, en 716, el hijo de Muza, Abd el-Aziz, que parecía haber desarrollado ambiciones propias, fue asesinado a las puertas de una iglesia convertida en mezquita. Desaparecieron así todos los que habían tenido contacto directo con el tesoro de Toledo y, por tanto, los que más interés podían tener en averiguar su paradero.

Al refugio de Walia y los suyos, en ningún momento explícito en el codicilo, llegaban de vez en cuando noticias alentadoras, como la muerte del siguiente gobernador, Al-Hurr, en combate contra los cristianos de Tarazona, en 721, o el desastre árabe de Poitiers ante los francos, once años después. Pero el estado visigótico había desaparecido para siempre.

Tras la derrota de Guadalete, Agila II se había proclamado rey de los visigodos en las provincias de la Tarraconense y Septimania, pero su reinado fue más que efímero. Su sucesor, Ardo, quedó confinado a la segunda de esas provincias y su gobierno tampoco fue muy largo. Por todas partes, los nobles godos se iban uniendo a los vencedores: los hijos de Witiza se convirtieron en firmes valedores de los árabes y si algunos condes, como Teodomiro, lograron pactar una relativa independencia, otros, como Casio en Zaragoza, encontraron preferible abrazar incluso el islam por motivos políticos. Los descendientes de este último llegarían a formar la dinastía de los Banu Quasi y serían reyes independientes de esas tierras.

Por cada noticia buena llegaban dos malas y si en 722 un grupo de rebeldes al mando de un noble visigodo, Pelayo, aniquilaba a una expedición musulmana contra Asturias, tres años más tarde los árabes conquistaban Nimes, con lo que caía el último bastión de los visigodos.

En el año 750, la dinastía de los Omeyas, reinante en Bagdad, fue derrocada y todos sus miembros muertos a excepción de un único varón, Abd el-Rahman, que llegaría fugitivo a España en 756, donde, con el apoyo de las tropas sirias, conseguiría derrotar al gobernador Yusuf y proclamarse emir independiente de Al-Andalus. Poco después murió Atanagildo, sucesor del conde Teodomiro, y sus tierras pasaron de forma casi natural a depender del nuevo emirato. No en vano la hija de Teodomiro se había casado con un noble sirio y la familia, por tanto, había entroncado con la nueva aristocracia islámica del Levante.

El reinado de Abd el-Rhaman estuvo lleno de luchas y penurias: enfrentamientos con los partidarios del califa de Bagdad, revueltas de los bereberes, insurrecciones en el norte propiciadas por Carlomagno y guerra constante contra los reductos cristianos. Pese a todo, el emirato iba consolidándose y a la par se fueron esfumando las esperanzas de aquel grupo de visigodos. Cincuenta años después de la conquista, no quedaba estructura social siquiera de su pueblo. Mientras muchos nobles colaboraban con los vencedores y las gentes de los Campos Góticos, en la actual Tierra de Campos, la zona de mayor concentración de visigodos, habían abandonado en masa lo que había sido su hogar durante más de dos siglos para buscar refugio en el reino montañoso de Asturias.

En el año 784, durante el reinado del rey asturiano Mauregato, aquellos descendientes de visigodos radicados en Levante tomaron la decisión de emigrar al norte. Para entonces Walia había muerto hacía mucho y el jefe electo de la comunidad era un tal Atanagildo, aunque sin duda debió contar con la anuencia de los notables del grupo para una decisión así.

¿Qué les movió a dirigirse hacia el lejano reino de Asturias, cruzando toda la Península? Algunas razones aparecían en el propio codicilo, en tanto que otras las apuntó el propio señor B., que había hecho un gesto al camarero reclamando otra ronda.

En el Tudmir, el reino de Teodomiro, la nobleza goda se había mezclado con la siria para crear una nueva casta gobernante y, ante la disolución de su raza, los jefes de aquella comunidad visigoda, custodia del antiguo tesoro de sus reyes, tomaron la decisión más lógica: emigrar al nuevo reino de Asturias, que no sólo había acogido a gran número de godos, sino que se proclamaba sucesor legítimo del reino de Toledo e incluso había adoptado sus antiguas leyes.

Además, la época no podía ser más propicia para una mudanza así. Reinaba en Asturias Mauregato, uno de los cuatro gobernantes conocidos luego como los Reyes Holgazanes, llamados así porque se inclinaron más hacia la paz, aun a costa de tributos, que a la guerra contra el emirato. Cosa que no impidió los choques fronterizos, ni alguna que otra gran batalla, pero que sí facilitó el paso de cristianos descontentos hacia el norte.

Tomada ya la decisión de emigrar, se planteó el problema de qué hacer con el tesoro. Algunos apuntes en el codicilo dejaban entrever que también esos godos se habían mezclado algo con los hispanorromanos de la zona, y era más que posible que no todos los miembros de la comunidad hablasen ya visigodo, ni que estuvieran siquiera en el secreto. Tras mucho sopesar, los notables decidieron que los riesgos de cruzar toda Hispania con aquel tesoro eran inasumibles. Era de prever que, a lo largo de tantas millas, habrían de sufrir registros por parte de las patrullas del emir, lo que conduciría sin duda a la pérdida de lo que habían custodiado durante tres cuartos de siglo.

Decidieron construir una iglesia o ermita, y ocultar el tesoro bajo su mismo suelo. En esa época, la población cristiana era abrumadora mayoría y los conquistadores practicaban la tolerancia como única forma de mantenerse en el poder. Los visigodos levantaron la ermita y sepultaron el tesoro en el subsuelo, sin despertar sospechas. Luego sellaron el acceso e iniciaron una emigración en masa hacia el norte.

La crónica mencionaba a un par de familias que quisieron quedarse en sus tierras. Atanagildo lo consintió en apariencia, aunque luego despachó a hombres de confianza que los mataron a todos, asegurándose así que el secreto quedaba a salvo.

Su posición en Asturias fue ambigua los primeros años de su estancia. El reino neogótico pasaba por un trance que recordaba a los sufridos por la monarquía de Toledo, con dos facciones rivales alternándose en el poder por el método de asesinar o recluir al rey anterior. Atanagildo y los suyos se decantaron por el bando de Alfonso, pretendiente en el exilio. Pesó en su ánimo que Alfonso era del bando más belicoso, en tanto que Mauregato, hijo de Alfonso I y una esclava árabe, se inclinaba por la paz.

Las dos últimas páginas informaban de la muerte de Atanagildo, en tiempos de Alfonso II. Significativo era que no constase ya la elección de un nuevo jefe. Las últimas líneas daban cuenta de que varios de los godos del grupo habían participado en la fallida repoblación de León, entre los años 844 y 846, y de cómo habían tenido que batirse en retirada hacia las montañas del reino cuando las tropas de Abd el-Rhaman II incendiaron la ciudad.

Con ese apunte, el codicilo llegaba a su final.

Se quedaron unos instantes en silencio. El señor B. fumaba con expresión satisfecha, Nilo tenía los ojos bajos y jugueteaba con la botella de cerveza, y Alejandra se acariciaba la sien, pensativa, justo en el punto de nacimiento del cabello. A su alrededor todo era bullicio, ruido de copas y botellas, conversaciones punteadas por los gritos de los niños que correteaban de un lado a otro.

—¿Hasta qué punto podemos confiar en que todo esto es verdadero? —preguntó ella al final.

—El codicilo es auténtico, al menos en lo que a antigüedad se refiere. No es del siglo X; no sé de dónde pudo sacar ese dato Augusto Ramos, aunque me inclino a pensar que su anotación es simplemente una errata. Los sucesos narrados corresponden a los siglos VIII y IX, pero el codicilo en sí no es de esa época, sino del siglo XII.

—¿Qué dices? —Nilo alzó la mirada, desde la etiqueta de la botella a los ojos de su interlocutor—. ¿Cómo puedes estar tan seguro de eso? Datar un documento no es algo que se pueda hacer a la ligera, ni en un rato.

—Sí se puede, si el escriba ha registrado la fecha. Mirad en la última página: ahí hay una anotación casi escondida entre las imágenes, por eso es fácil pasarla por alto en un primer vistazo. Está en latín e informa de que ese codicilo ha sido copiado de otro más antiguo por fray Raimundo de Cagigal, monje templario, en el año 1172 de la Era.

Alejandra había abierto su carpeta y, en efecto, allí abajo, casi camuflada entre las iluminaciones del pergamino había una anotación en latín.

—Supongo que se refiere a la Era Hispánica, ¿no?

—Es lo más lógico. Me alegra descubrir que sabe lo que significa.

—Por supuesto. —A punto estuvo de enseñarle los dientes, irritada, aunque sabía que eso era entrar en el juego de petulancias del señor B.—. Mi especialidad es Historia antigua y hace mucho que no frecuento demasiado mis libros. Pero tampoco crea que no sé nada de medieval o moderna.

—En ningún momento ha sido mi intención dar a entender tal cosa —replicó el otro, imperturbable.

La Era. Durante siglos, en España había sido costumbre usar un calendario propio, el de la Era Hispánica, que tomaba como Año Cero la conquista de Asturias por las legiones del césar Augusto, diecinueve años antes del anno cero cristiano. Así que una cuenta rápida de cabeza le daba a Alejandra que el codicilo se había terminado de copiar en el año 1135 d.C.

—Es dudoso que un copista del siglo XII supiese ulfilano, o hablase siquiera visigodo. Los últimos topónimos góticos registrados son del siglo X, se dan en la zona de Asturias y León, y debían corresponder a palabras sueltas que sobrevivían entre el pueblo llano. —El señor B. se llevó un dedo a la sien, como recordando algo—. Se me olvidaba ya el tema de los distintos escribas. Dado que es una copia, todo el documento es obra de una misma mano, aparte de que el estilo narrativo es escueto, como corresponde a una crónica medieval. En esa época había poco espacio para alardes de estilo. Pero sí se puede constatar que los primeros folios muestran un gótico más fluido, con pocos latinismos, en tanto que éstos son mucho más abundantes en la parte final.

Llegó el camarero con otra ronda de consumiciones, y Alejandra desdeñó la copa para llevarse la botella a los labios y saborear el amargor frío de la cerveza. Lo cierto es que hacía bastante calor.

—A este paso, me voy a emborrachar. —Se echó a reír—. Entonces ese codicilo es auténtico, al menos en lo que a la parte documental toca. Otra cosa es que sea o no una falsificación histórica.

—Eso es algo que habría que estudiar —le dio la razón Nilo—. Pero vamos a suponer de momento que los sucesos narrados son ciertos. ¿Qué pudo pasar con aquel grupo de tardovisigodos?

—No creo que tenga mayor misterio. —El señor B. encendió su tercer o cuarto cigarrillo negro—. La comunidad no podía estar formada por más de doscientas o trescientas personas, como mucho. Se instalaron en Asturias en tiempos de Mauregato, en una época más pacífica que las precedentes o las posteriores. La Asturias de entonces era un crisol en el que se mezclaron indígenas de la zona, visigodos huidos de las llanuras leonesas y mozárabes procedentes de toda la Península. Cuando Alfonso II subió al trono, se inició una expansión guerrera hacia el sur. Las viejas estructuras de sangre, pueblo, lengua, se rompieron para dar paso a otras nuevas y, sin duda, nuestros visigodos se disolvieron en ese maremagno.

—Se mezclaron y perdieron su identidad. Es lógico —resumió Alejandra.

—Debió ser un proceso gradual pero rápido. En 759 murió Atanagildo y ya no eligieron nuevo «conde», por lo que podemos suponer que su cohesión ya estaba debilitada. Para entonces, ni todos hablarían godo ni conocerían el secreto. En la época de las últimas anotaciones, en 845, el grupo tal vez ni existiese y la historia del tesoro real debía sobrevivir a nivel de tradición familiar entre algunos descendientes de aquellos visigodos levantinos.

—En ese caso, lo más fácil era que el secreto se perdiera del todo —objetó Nilo, al tiempo que se servía más cerveza en la copa.

—O, al contrario, perduraría como una leyenda entre la gente, ya alejada de sus fuentes y muy desvirtuada.

—Entonces dejaría de ser un secreto.

—No. —El señor B. se echó a reír ante lo que consideraba un comentario cándido—. En esa época ya no quedaría vivo ninguno de los que participaron en la emigración desde Levante, ni tampoco nadie que los hubiese conocido. La historia del tesoro real, salvado in extremis y oculto, se convertiría en una leyenda más de las que corrían entre los asturianos para fortalecer los ánimos en esos tiempos difíciles. Por eso mismo es posible que la clase alta no le prestase mucha atención. Puede que quien escribió las páginas finales del codicilo fuese el último en conocer el ulfilano y el visigodo, en una forma ya muy decadente, tal vez gracias a las enseñanzas de sus mayores. Después...

Dio una calada pensativa, los ojos puestos en una ardilla que correteaba por las ramas bajas de uno de los castaños de Indias que les daban sombra. Dejó luego escapar con lentitud el humo.

—Se produce un salto de un par de siglos y encontramos el codicilo en poder de la Orden del Temple. Ellos ya no podrían leer el texto pero, si se tomaron la molestia de copiarlo, podemos suponer que sí conocían la historia del tesoro de Toledo.

—¿Cómo pudo llegar a poder de los templarios? —Alejandra dio un nuevo sorbo a su cerveza, con expresión casi meditabunda. Ya nada podía asombrarla en aquel asunto, o eso pensaba en esos momentos. En los últimos dos meses había sabido de un libro no catalogado y escrito en un alfabeto desaparecido hacía mil doscientos años, de una sociedad secreta decimonónica y de una orden militar falsa, creada en el siglo XVII. Había explorado unos subterráneos que llevaban a una cripta secreta, guardada por una virgen metálica... y ahora entraban en danza los templarios.

—No es difícil de imaginar. Los descendientes de los visigodos levantinos debieron fundar familias en Asturias, algunas de ellas nobles. Con el paso del tiempo, vástagos de la familia custodia del codicilo ingresarían en el Temple y, de alguna forma, tanto éste como la leyenda llegaría a sus manos.

—Puede. Pero eso me lleva a una segunda pregunta. ¿Por qué se iban a interesar los templarios por el tesoro real visigodo? Para ellos no sería más que una vieja leyenda, y riquezas tenían más que de sobra.

El señor B. sonrió con esa falsa benevolencia, propia de algunos profesores ante alumnos inocentes. Nilo dejó escapar otra sonrisa, casi de complicidad. Y Alejandra se sintió enrojecer.

—Muy bien. —Se enderezó molesta—. Pues no veo la relación. Será porque lo mío es la historia antigua o porque soy cortita. Ustedes disculpen. ¿Pero me lo podrían explicar?

Nilo miró sonriente a esos ojos oscuros que ahora echaban chispas, antes de mostrarle las palmas de las manos, para aplacarla. Pero no llegó a decir palabra, porque el señor B. se le adelantó.

—Nadie la está llamando tonta, Alejandra. No ha sido ésa mi intención y, si se lo ha parecido, le ruego que me disculpe —se explicó con cortesía antigua—. Vamos a ver: el tesoro de Toledo estaba formado por algo más que el oro del reino y los emblemas de la realeza visigótica. Eso sí que pertenece, por cierto, a su especialidad, la historia antigua.

Algo aleteó en los rincones de la memoria de Alejandra, pero se le escapó antes de que pudiese agarrarlo.

—Siga.

—El tesoro de Toledo se creó en tiempos muy antiguos, cuando los godos eran aún un pueblo germánico errante...

El recuerdo emergió de nuevo desde las profundidades, esta vez con forma de nombre concreto.

—Alarico.

—Alarico I. Sí. —El señor B. aplastó la colilla y cruzó las manos sobre la panza—. En el año 410, sus hordas entraron en Roma sin encontrar resistencia y la saquearon. Por primera vez en siglos, el tesoro romano fue expoliado por conquistadores. Alarico se llevó cuanto quiso y el botín fue fabuloso. Entre muchas piezas únicas, se apoderó, según la leyenda, de la Mesa del Rey Salomón.

—¿La Mesa de Salomón? ¿La que se llevó Tito del Templo?

—Esa misma. Como usted sabrá, en el siglo I, el emperador Tito arrasó Jerusalén, demolió el Templo y se llevó los objetos sagrados judíos como botín de guerra. La Mesa estaba entre ellos, acabó en Roma y allí permaneció durante tres siglos, hasta que los godos se apoderaron a su vez de ella.

—Ay, Dios. —Alejandra se pasó la mano por la frente, como dudando de estar despierta—. ¿Pero me está pasando esto de verdad?

Aquella salida pilló tan por sorpresa a los otros dos que la miraron durante un instante, estupefactos. Luego Nilo se echó a reír en voz tan alta que hizo volver la cabeza a algunos de las mesas cercanas. Era una risa tan contagiosa que arrastró primero a Alejandra y luego al mismísimo señor B.

—Sí. Sí que te está pasando. —Nilo, aún risueño, asintió con la cabeza—. Es una leyenda, todo un mito en nuestra historia. Los árabes se apoderaron del tesoro de los reyes visigodos al tomar Toledo. Lo enviaron todo, incluida la Mesa de Salomón, a Bagdad. Pero el tesoro nunca llegó a su destino y, durante todos estos siglos, se ha especulado hasta el infinito sobre qué pudo ocurrir. En cuanto a la Mesa... es lógico que los templarios estuviesen interesados en el paradero de uno de los objetos sagrados del antiguo Templo de Salomón. ¿No?

—Y tan lógico —admitió Alejandra—. Vamos a tomar otra cerveza.

Nilo se echó a reír de nuevo, antes de llamar al camarero.

Ya cerca de las tres de la tarde, el señor B. se había puesto en pie, con la excusa de que había quedado a comer en casa de un viejo amigo y ya llegaba tarde. Alejandra, por su parte, aceptó la invitación de Nilo para comer juntos, luego de titubear un instante.

Fueron al Alfredo's Barbacoa de la calle Lagasca; un restaurante de hamburguesas y carnes a la parrilla de los de siempre. Fue idea de Nilo y Alejandra había convenido escéptica, segura de que no conseguirían mesa, pero se encontró con que él había reservado una con antelación.

—Como muchas veces fuera de casa y ayer reservé mesa. Esto se llena los findes. —Nilo se encogió de hombros—. Me gusta vivir solo y no creo que lo cambiase por nada del mundo. Pero hay veces, sobre todo algunos domingos, que me apetece cualquier cosa menos sentarme en el comedor de mi casa, a comer solo.

—Conozco esa sensación. —Agitó la cabeza algo sorprendida, porque lo último que hubiera pensado era que a alguien como Nilo pudiese pesarle la soledad, aunque fuese un rato—. Yo no suelo salir a comer sola. La gente tiene la costumbre de mirar a las mujeres que comen solas y eso es algo que me pone violenta.

—¿Te corta?

—Un poco, y también me cabrea.

Comieron a reventar y Alejandra, aunque se había hecho el propósito de limitarse a una ensalada, no pudo evitar darse un hartazgo de costillas a la barbacoa. El lugar estaba hasta los topes y, entre el bullicio, su conversación fue un torbellino en el que se entrecruzaron de continuo media docena de temas, desde la narración del codicilo a trivialidades salpicadas de risas. A los postres, Alejandra se descubrió pensando que había sido una comida muy, pero que muy agradable. Se levantaron los dos algo achispados, gracias a las cervezas del Retiro, el vino de la comida y la copa de licor final.

Nilo se empecinó en invitar, pagando con tarjeta, y ella acabó por ceder. Cuando él fue a coger su chaqueta de cuero marrón, de la silla contigua, Alejandra le retuvo para estirarle con una mano la camiseta, y con la otra limpiarle algunas migas.

—Desastre... —le recriminó sonriendo.

Él la miró sonriente, cogido por sorpresa y puede que por una vez algo azorado. Tal vez fue algo tan sencillo como eso lo que hizo que acabasen de nuevo en casa de Nilo. Se bebieron otra copa de licor de hierbas, aunque ésta quedó casi intacta, porque al poco estaban dándose besos y tumbos por todo el salón. Rompieron una ánfora griega de imitación que adornaba una esquinera y, riendo a mandíbula batiente, acabaron por hacer sexo sobre la alfombra.

A última hora de la tarde, cuando el cielo ya empezaba a oscurecer a oriente, Alejandra, pasada ya la embriaguez de tanto alcohol, se encontró a sí misma en la cama de Nilo, en el lado derecho, fumando pensativa un cigarrillo. Aunque le encantaba fumar en la cama, eso era algo que no se permitía en su propia casa, porque aborrecía entrar luego en su cuarto y que le recibiera ese olor a humo frío que acaba por impregnar las paredes y que no se va por mucho que se ventile. Pero, dado que Nilo sí fumaba en su alcoba, ella también lo hacía sin el menor remordimiento.

Caían las sombras y el humo subía en espirales lentas y azuladas para remansarse cerca del techo. Alejandra observaba cómo giraba allí con pereza. Nilo estaba en el lado izquierdo, bocabajo y adormilado. Eso, el darse la vuelta y adormecerse, parecía ser una costumbre suya y era casi lo que menos le gustaba a Alejandra de él, ya que con ese gesto parecía casi darle la espalda y le hacía sentirse en cierta forma abandonada.

Alzó una pierna y la sábana crepitó, transmitiéndole esa sensación tan peculiar de ropa recién lavada. Se le ocurrió que Nilo, o era un maniático de la ropa de cama relimpia, o recibía a varias mujeres en su casa y por eso estaba todo el día cambiando de sábanas. Coqueteó con esa idea unos segundos. «En todo caso, no es asunto tuyo», se recriminó acto seguido. Dio otra calada al cigarrillo.

En una de las paredes, visible a pesar de la luz menguante de la tarde, colgaba una gran reproducción, de 90x70, de un manuscrito profusamente iluminado con lo que parecía un sistema hídrico de canales y piletas en el que se bañaban mujeres desnudas. Aquella imagen era la de uno de los pergaminos del manuscrito Voynich. Nilo le había contado su fabulosa historia sólo dos días antes, mientras estaban juntos en aquella cama, fumando ambos y cuchicheando.

Caía la oscuridad y a ella le cambió el humor. Se desperezó, antes de apagar la colilla en el cenicero de la mesilla y revolverse como una gata, para subirse a la espalda de Nilo.

—No te duermas, gandul.

—No me duermo; sencillamente, se está la mar de bien así —se rió en sordina, al sentir cómo ella le atrapaba un muslo entre los suyos.

Alejandra le mordisqueó el hombro y el cuello, evitando la gran cicatriz en forma de garra sobre el omóplato derecho. Cerró los ojos y le olisqueó, una vez más.

—Nilo. Hay algo que quiero preguntarte.

—Pregunta.

—El otro día... —Ella se acomodó sobre su espalda—. ¿Cómo supiste que la virgen de hierro ocultaba una trampa?

Nilo se removió y Alejandra, tras un instante, aflojó la presa de los muslos. Él giró entonces para colocarse bocarriba y, en la casi oscuridad, la miró a los ojos.

—No lo supe por nada concreto, si quieres que sea sincero.

Alargó la mano y tanteó la mesilla hasta dar con el tabaco. Alejandra rechazó el cigarrillo que le ofrecía y entonces él se puso uno entre los labios. Al encenderlo con el Zippo, la llamarada de gasolina le iluminó la cara. Al cabo, prosiguió con lentitud.

—Supongo que fue una suma de todo. He leído mucho sobre sociedades secretas, ya lo sabes. Me encanta, aunque hay mucha literatura espuria, llena de falsedades o sobre sociedades que nunca existieron. Todos esos textos no paran de hablar de trampas y artefactos mortíferos.

Se interrumpió porque ella, en un impulso, le había arrebatado el cigarrillo para dar una calada. Se lo devolvió con un beso rápido, en la oscuridad del último ocaso. Él sonrió, antes de proseguir.

—Leí algo sobre una virgen de hierro muy parecida, que se suponía que estaba en los tribunales subterráneos del Santo Vehn, una sociedad secreta alemana que operaba en Westfalia, castigando con dureza a los criminales. Pero, si te soy sincero, no se me vino a la cabeza en aquel momento. Fue todo junto: los cadáveres, aquella lámpara rota, la colocación de la virgen y las dos columnas. Cuando vi que ibas a levantar la tapa, algo hizo clic dentro de mi cabeza y encajó. La verdad es que no pensé. Sencillamente, di un salto y tiré de ti.

—¿Y si no hubiese ocurrido nada?

—¡Pues imagínate qué situación! —Soltó una carcajada repentina—. Salto sobre ti, te tiro al suelo, nos pegamos un porrazo y no ocurre nada. ¡Qué ridículo más espantoso!

Ella se colocó encima de él y acercó su boca a dos dedos de la suya, sonriendo en la oscuridad.

—Hubiera sido un momento curioso, desde luego. —Le lanzó un beso rápido que el otro capturó con gusto; luego otro más profundo, que saborearon un rato largo—. ¿Siempre reaccionas así? ¿Actúas por instinto y sin pensar?

—No. Lo cierto es que me acostumbré a tomarme mi tiempo, a sopesar los factores, antes de mover un dedo. Aprendí a hacerlo porque me iba la vida en ello. Pero a veces no hay tiempo.

—Te iba la vida... ¿Dónde fue eso? ¿En Bosnia? —Le hundió los dedos en el pelo castaño.

—Estás hoy juguetona, ¿eh?

—¿Te disgusta?

—Me encanta —sonrió él—. No, no fue en Bosnia. Después de licenciarme, pasé una temporada en Azerbaiyán, con una ONG que se dedica a desactivar minas antipersonales.

La mano de Alejandra dejó de revolverle el pelo. Se le quedó mirando en la oscuridad, tratando de averiguar si se estaba burlando de ella.

—¿Estás hablando en serio?

—Claro que sí.

—¿Pero cómo se te ocurrió meterte en algo así?

Él se acomodó bocarriba y sonrió.

—Bueno. Había estudiado una carrera, Empresariales, que odiaba, y por eso me metí en la Legión, para escapar de todo. Pero al salir andaba tan perdido como al entrar. Un día oí en la radio cómo entrevistaban a uno de los responsables de esa ONG de la que te hablo, y me pareció un hombre de lo más sensato, cosa que no se puede decir de todos los que están metidos en tinglados de ONG. —Volvió a sonreír—. Hablaba de su trabajo, de los equipos, de cómo preparaban a la gente, de lo que las minas le hacen a la gente...

—Debe ser un trabajo horrible.

—En todo el tiempo que estuve con ellos, y fue más de un año, no perdimos a nadie. Lo que es horrible no es el trabajo, sino las minas antipersonales.

—Sí, claro.

—Están diseñadas para mutilar, no para matar, y las hay que no son armas ni por asomo, si es que entendemos que una arma es algo que sirve para ganar guerras. Son artefactos diseñados por psicópatas, con el único objetivo de causar daño. Hay minas que, cuando las pisas, saltan a un metro de distancia. Tú captas el movimiento con el rabillo del ojo, te vuelves a mirar y justo entonces ¡bum!, explotan y te arrancan la cara. No te matan; sólo te destrozan la cara y te dejan ciego.

—No sigas, anda. —Volvió a colocarse encima de él—. El caso es que te fuiste a Azerbaiyán, a salvar el mundo.

—Sólo a desactivar minas y a ver si me encontraba a mí mismo. Año y pico.

—Nilo. —Se inclinó y le volvió a besar—. ¿Nunca te han dicho que eres un poco raro?

—Muchas veces. —Trató de mordisquearle un labio—. Pero no es cierto. Tenías que conocer a mi amigo Moctezuma. Ése sí que es raro.

—¿Moctezuma? ¿Por qué le llamas así?

—Será porque es su apellido, digo yo.

Alejandra se echó a reír a carcajadas, luego rodó por la cama, sintiendo de nuevo esa sensación tan agradable a sábanas limpias y crujientes que empezaba a asociar con Nilo, y buscó con la mano el paquete de Fortuna *light*, sobre la mesilla. Él encendió una lámpara en la mesilla de su lado, una de luz tenue e indirecta.

—Me estás vacilando. ¿Moctezuma?

—¿Qué tiene de raro?

—¿Pero es que ese apellido existe?

—Los hijos del último emperador azteca pasaron a España, para tu información. Fueron recibidos como nobles y el apellido estuvo bastante extendido en siglos pasados, aunque se extinguió en el siglo XIX y sólo sobrevivió como segundo. Lo que pasa es que el padre de mi amigo se dio el capricho de cambiárselo y ponerlo de primero.

—Con ese apellido, tendrá pinta de indio. —Se puso el cigarrillo entre los labios.

—Han pasado siglos, Alejandra.

—Ya lo sé, hombre. Estaba bromeando.

—La verdad es que Moctezuma tiene más bien pinta de vikingo. —Hizo chasquear la tapa metálica de su Zippo—. Es grande y con una barba poblada, de esas cuadradas.

Alejandra dio una primera calada, echó el humo y volvió a reírse.

—Ya lo que faltaba.

—No sé qué te hace tanta gracia. —Nilo la observó con una media sonrisa y los párpados entornados, a través del humo de su propio cigarrillo—. Tú te apellidas Espinosa y, de momento, pocas espinas he visto.

—No te confíes. Eso es porque sólo has visto mi lado bueno. Pero puedo ser más mala que el veneno.

—Te creo. —Volvió a sonreír entre la humareda.

—Todavía te voy a dar hoy un tortazo. Ya que estamos, ¿qué significa Saus?

—Que yo sepa, nada. Es un pueblo de Gerona.

—Ahhh. —Se quedó tumbada, ahora con los ojos puestos en el techo—. ¿Cuándo te vas?

—Pasado mañana.

—¿Holanda, no?

—Bélgica.

Nilo ya les había comentado en el Retiro, al señor B. y a ella, que tenía que marcharse durante unos días a los Países Bajos, por motivos de trabajo; a la subasta de unos documentos o algo así. No había sido tampoco demasiado explícito al respecto.

—¿Cuánto tiempo estarás fuera?

—Diez o quince días. Los que me pagan quieren que rentabilice el viaje, como es lógico, así que aprovecharé para mover contactos y hacer gestiones. ¿Y tú qué harás estos días?

—Indagar por mi cuenta. A ver si consigo igualaros en el tanteo.

—¿Vamos a echar carreras? —Nilo se sonrió—. Estoy en desventaja. B. tiene el codicilo y tú vas a tener tiempo para buscar, mientras que yo estaré atascado en Bélgica, ganándome el pan.

—Mala suerte. Yo no me quejé de que el señor B. y tú hayáis pasado años acumulando conocimientos sobre las sociedades secretas.

—¿Qué piensas investigar?

—Creo que voy a indagar un poco sobre ese tal Benavent, el que se supone que robó el codicilo a la Orden de Montesa.

—A ver si hay suerte. —Sonrió de nuevo—. ¿Compartirás lo que encuentres?

—Por supuesto. No seas tonto.

Nilo le pasó el brazo bajo la espalda y, como llevado de un impulso tan repentino como irresistible, le rascó la melena. Ella hizo amago de resistirse, pero al cabo a punto estuvo casi de ronronear.

—¿Me echarás de menos estos días? —preguntó él de repente.

Alejandra medio se volvió, casi alarmada.

—No estoy para echar a nadie de menos, Nilo. Créeme.

Él se echó a reír.

—No te pongas así. Sólo era una pregunta. Y no me has respondido.

—Bueno. Ya veremos. ¿Y tú, me echarás de menos?

—Supongo que sí.

—Nilo, no me líes —suspiró, aunque casi se estaba riendo a su pesar—, que bastante liada estoy yo ya, sin ayuda.

16

Alejandra tuvo la mala suerte de toparse de bruces con Salinas en las grandes escaleras de la Biblioteca Nacional. Al pensar en ello más tarde, habría de llegar a la conclusión de que la casualidad no era tanta, habida cuenta de que los dos estaban investigando el mismo tema y que lo más lógico era acudir a los fondos de la Biblioteca. Pero, en el momento, sintió que el corazón le daba un vuelco y le subía el color a la cara.

No había forma de fingir que no le había visto, así que se dispuso a pasar a su lado, haciendo de tripas corazón, con un saludo de cortesía que le sabía a hiel. Pero Salinas le cerró el paso con una gran sonrisa, que esta vez no mostraba burla ni acritud. La abordó de la forma más amable y a Alejandra le costó algunos segundos caer en la cuenta de por qué aquella actitud. Salinas, de alguna forma, debía haber averiguado que ella seguía la pista de Augusto Ramos y el codicilo, lo mismo que ella sabía que él estaba investigando.

—¡Alejandra! —Era tan efusivo que cualquiera hubiese podido decir que acababa de encontrase con una antigua amiga a la que no veía desde hacía tiempo, y que estaba encantado—. ¿Cómo te va, mujer?

—Bien, gracias.

—Eso está bien. —Sonrió—. ¿Pero qué haces tú por aquí?

«Serás hijo de puta», pensó Alejandra. Ésa era el arma envenenada de Salinas, su capacidad para simular afectos y atención. El arma que usaba para medrar. La misma con la que había engatusado a Alejandra en los tiempos de facultad. Lo malo estaba en que era una cáscara muy delgada, y que debajo el huevo estaba podrido y olía muy mal.

—Investigando un poco.

—Lo mismo que yo, cuando el trabajo me lo permite. ¿No has vuelto a la tele?

—No.

—¿Y qué estás investigando? ¿Qué tal si nos tomamos un café?

—No puedo, Salinas. No tengo tiempo. Estoy reuniendo notas para un libro. ¿Y tú?

—Tengo tres trabajos entre las manos, pero ahora mismo estoy buscando referencias sobre aquel libro del que nos habló Rubén en la última fiesta de Adrián. ¿No lo recuerdas?

—Claro que sí.

—No me digas que lo que estás investigando tiene también que ver con eso.

—En parte.

—¿Y has encontrado algo, si puede saberse?

Alejandra le miró con curiosidad. Por un lado sentía ganas de mandarle a la mierda, con esas palabras. Pero no estaba en su naturaleza comportarse así y además se sentía a su vez intrigada por lo que Salinas pudiera haber averiguado.

—Poca cosa. —Se arriesgó a soltar unos pocos datos que su interlocutor debía ya conocer, si estaba investigando sobre sociedades secretas—: El libro fue escrito por Augusto Ramos, un escritor del que no nos ha llegado ni una obra. Ramos era carlista y por ahí podrían andar los tiros con respecto a ese libro.

—Yo también he llegado hasta Ramos. Era un conspirador, estuvo metido en sociedades secretas y ésa es la línea que estoy investigando. ¿Seguro que no tienes tiempo de tomar una caña? Por cierto que te veo muy guapa.

«Lo que me faltaba», Alejandra estuvo a punto de resoplar.

—Gracias. Me esperan a comer en casa de unos amigos —mintió—. Ya llego con la hora pegada.

—Claro. Oye, quizá podríamos compartir conocimientos. ¿Qué te parece?

«Antes me pego un tiro.»

—No creo que tenga mucho sentido. Sé poco más de lo que te he dicho. Mi interés en ese tema es tangencial y, cuando llegué a un callejón sin salida, me olvidé del asunto.

—Como quieras. Pero, si cambias de opinión, me llamas. No tienes mi número de móvil, ¿no?

«¿Para qué coño voy a querer yo tu número de móvil?»

—No.

Recogió la tarjeta que le tendía Salinas, sin hacer intención de darle una suya o de dictarle su número. Así se despidieron. Alejandra se mantuvo a distancia para evitar que tratase de darle dos besos. Bajó luego por Recoletos, preguntándose cuánto sabría él. Supuso que poco, ya que se tragaba la bilis para ser de repente amable con ella, y todo con tal de sonsacarla.

17

Tres eran los grandes objetos sagrados que se guardaban en el Templo de Salomón: el Arca de la Alianza, la Mesa del Rey y el Menorah, el gran candelabro de oro de siete brazos, más alto que un hombre. En el año 587 a.C., los ejércitos babilonios conquistaron Jerusalén tras un asedio de casi dos años y su rey, Nabucodonosor II, decidió deportar en masa a los hebreos e instalarlos en las provincias orientales de su imperio; algo que era habitual a la hora de tratar con pueblos rebeldes. Sin embargo, en el año 538 a.C., los persas, acaudillados por Ciro el Grande, conquistaron Babilonia y les concedieron la gracia de regresar a sus tierras con sus símbolos sagrados. En esos cincuenta años, empero, habían desaparecido diez de las doce tribus de los hebreos, mestizadas sin duda con la población local, y de los tres objetos sagrados, uno, el Arca de la Alianza, se había perdido también para siempre.

Más de quinientos años después, en el año 70 d.C., Tito, hijo de Vespasiano, devastó el reino judío y arrasó Jerusalén, demoliendo el templo de Salomón y llevándose sus tesoros sagrados a Roma, lugar en el que permanecerían durante siglos. En el año 455, los vándalos entraron a sangre y fuego en Roma, y su rey Geserico se apoderó del Menorah, el candelabro, que estuvo en poder de este pueblo bárbaro hasta que el general bizantino Belisario destruyó el reino que habían fundado en el norte de África, en la antigua Cartago. Belisario regresó a Constantinopla con el gran candelabro como botín, pero la comunidad judía logró convencer al emperador Justiniano para que se lo devolviese. El emperador envió tanto el Menorah como algunos objetos sagrados menores a Jerusalén, donde permanecieron hasta perderse para siempre en alguno de los avatares históricos que sacudieron esas tierras, disputadas primero por bizantinos y persas, y luego por aquéllos y los árabes musulmanes.

En cuanto al tercero de los grandes objetos sagrados, la Mesa del Rey Salomón, había caído en poder de otro pueblo bárbaro, los godos, en el 410, cuarenta y cinco años antes del saqueo vándalo. Alarico I se hizo con un botín fabuloso que incluía, según algunos cronistas, objetos tales como los báculos de Moisés y Salomón, o las joyas de Alejandro Magno. Alarico murió ese mismo año y fue enterrado como el gran caudillo nómada que era. Sus leales hicieron desviar el curso de un río y abrir un agujero enorme en el lecho fluvial. Allí depositaron el cadáver del rey, rodeado de tesoros, entre ellos parte de lo saqueado en Roma. Luego cubrieron la tumba y devolvieron el río a su cauce original. Por último, sacrificaron a todos los esclavos que habían trabajado en esas obras, garantizándose así el secreto de la ubicación de la tumba.

Poco después, una de las dos ramas de su pueblo, los visigodos, se desplazó más al oeste para forjar un reino, la Gotia, que abarcaba lo que ahora es Francia, la Península Ibérica y parte del norte de Marruecos. En su migración se llevaron buena parte del tesoro real, incluida la Mesa de Salomón. La Gotia no duró mucho, ya que en el año 507 sufrieron una derrota tremenda ante los francos, otro pueblo bárbaro. En la batalla murió el rey Alarico II, los visigodos perdieron toda la Galia y si no desaparecieron por completo fue gracias a la intervención de Teodorico, rey de la rama oriental goda, los ostrogodos. Gracias a su ayuda, los visigodos pudieron trasladar su capital a Toledo, donde quedó su tesoro cerca de dos siglos, hasta la invasión de los árabes.

Alejandra estuvo revisando documentación durante un par de días. Aquella mesa fabulosa había hecho correr ríos de tinta desde la Antigüedad. Y era evidente que cualquier localidad que pudiese agarrarse a cualquier mínima prueba o coincidencia, tanto en Francia como en España, se atribuía el escondite de la Mesa perdida. Desde Rennes-le-Château a Jaén, todos se empeñaban en que la Mesa había sido escondida allí por los visigodos.

Muchos cronistas daban por cierto que era parte del tesoro real de Toledo y que había sido capturada por los árabes, aunque no se ponían de acuerdo en cuanto a su forma o apariencia. Varias fuentes convenían en que estaba hecha o adornada de esmeraldas. Según Ibn Idari al Marrakusin, la tabla constaba de tres círculos concéntricos: uno de perlas, otro de zafiros y el tercero de crisolitos. Unos decían que la mesa tenía 365 patas y no faltaba quien afirmase que la tabla era en realidad un espejo pulido. Incluso había voces discordantes, como la de Aben Hayyan, que negaban que la mesa encontrada en Toledo por Tariq fuese la de Salomón.

En lo que sí estaban de acuerdo todos los historiadores era en que el tesoro real visigodo era en verdad fabuloso, y que contenía las coronas y los cetros reales. Tampoco había duda, al parecer, de que esas riquezas habían salido de Toledo rumbo a Bagdad, y que nunca habían llegado a destino. Poco más pudo sacar en claro Alejandra, por más fuentes que consultó.

La segunda noche, con los codos apoyados en una mesa llena de libros y papeles, el cenicero lleno de colillas, un tazón de café con leche a medio consumir, ya frío, cerca del codo, se había encendido un cigarrillo, antes de recostarse en la silla. Al echar una ojeada a la hora que figuraba en la esquina inferior derecha del monitor, se dio cuenta, con bastante asombro, que eran cerca de las dos de la madrugada.

La historia con la que se había topado por azar una tarde de invierno, en la fiesta de su amigo Adrián, parecía avanzar, a sus ojos, desde dos direcciones distintas. Estaba por un lado una investigación que iba retrocediendo en el tiempo: la que comenzaba con el hallazgo del finado Rafa Morata en una biblioteca en catalogación y retrocedía hasta Augusto Ramos y la sociedad carlista de la Cruz Negra, en el siglo XIX. De ella a la Orden de San Mateu, fundada en el siglo XVII y, de ahí, a la Orden de Montesa, que había sido la depositaria de aquel codicilo durante siglos, si los documentos encontrados en la cripta de la sociedad no mentían.

La segunda línea arrancaba del pasado y la conocían gracias a la traducción de la copia de ese mismo codicilo. Arrancaba en el siglo VIII, cuando el visigodo Walia y sus hombres traicionaron a sus patronos árabes para rescatar el tesoro de sus reyes. Seguía a lo largo del siglo IX con la ocultación de las piezas y la emigración de sus descendientes al reino cristiano de Asturias, hasta llegar, ya en el siglo XII, hasta los templarios, que debían conocer la importancia de aquel codicilo, aunque sin duda eran incapaces de descifrarlo.

Incluso los motivos de los distintos actores en esas dos tramas eran bien distintos. Si los cruces negras querían el tesoro para hacerse con los símbolos del poder real visigodo, que era también lo que interesaba a Walia y los suyos, los templarios debían buscar la Mesa. Por cualquier camino que hubiese llegado el codicilo hasta ellos, no debía ser la leyenda de riquezas ocultas lo que les movía, sino la posibilidad de rescatar uno de los objetos sagrados del Templo de Salomón.

Quedaban pues cinco siglos de historia de ese codicilo por desentrañar. Cinco siglos en blanco que iban desde la llegada del codicilo y la leyenda al Temple, hasta el día en que Andreu Benavent robó el primero para dárselo a su sobrino, el segundo maestre de la Orden de San Mateu. En algún momento de esos quinientos años se había olvidado qué secreto guardaba el codicilo, reducido a la leyenda brumosa que mantenían los cruces negras a mediados del XIX.

También había que dilucidar si todo eso no era una falsificación histórica. Un documento medieval que narrase sucesos falsos, con la intención de mantener las esperanzas del pueblo godo en una época llena de tribulaciones. Alejandra no quería cerrar la puerta a esa posibilidad. Deseaba con toda su alma que lo escrito en el codicilo fuese la narración cierta de lo ocurrido con el tesoro de Toledo, puesto que eso, por sí solo, era un descubrimiento de primera magnitud. Pero la lógica le decía que es muy difícil que ocurran ciertos sucesos, y ese descubrimiento de una historia oculta que se dilataba a lo largo de trece siglos le llenaba a un tiempo de esperanzas y recelos.

Esa «suspensión de credulidad», como ella misma gustaba llamarla, sufrió empero un gran golpe al día siguiente, cuando se acercó a tomar café a casa de Irene. Los amigos de ésta ya habían examinado la cruz y, sin lugar a dudas, era auténtica. Un cruz visigótica con fuertes influencias bizantinas, de gran valor, realizada en oro y pedrería, datable, desde un punto de vista artístico, en los siglos VI o VII. No se trataba de una imitación posterior, como la propia Irene casi esperaba.

Todo eso reforzaba la idea de la gran antigüedad del codicilo, por si el alfabeto empleado no fuese suficiente. Pero seguía sin ser garantía de que no fuese una fábula urdida por visigodos desesperados. La propia Irene se sentía perpleja y curiosa, y eso que no estaba al tanto todo el asunto. En cuanto a Alejandra, la confirmación de que la cruz era auténtica y tan antigua le supuso un revulsivo, un verdadero choque. Se la llevó consigo a casa, aunque a partir de ese momento sintió reparos, incluso un poco de miedo, de tenerla en su poder.

En cuanto a la inscripción de la parte posterior, parecía ser una especie de sello, puede que el del noble que encargó la pieza, borrado por el roce de multitud de manos durante siglos, y Alejandra esperaba poder mostrárselo al señor B. o a Nilo en cuanto tuviese ocasión.

Pero esos días sus investigaciones no se limitaron a los libros e Internet. El señor B. no había dado señales de vida; era como si se le hubiese tragado la tierra. Nilo ya le había advertido de que aquel hombre, cuando se ponía manos a la obra, iba a su aire y no atendía a nada ni nadie, de forma que debía estar consultando datos en su casa de Alcabón, indagando en archivos o frecuentando antiguas amistades que pudieran serle de utilidad. Por su parte, Nilo ya se había marchado a Bélgica y no habían tenido contacto telefónico.

Mientras por un lado trataba de reunir documentación seria sobre la Mesa de Salomón y los Templarios —cosa difícil, porque esa antigua orden militar es una especie de icono de nuestros días, casi como lo fueron los Ovnis en los años cincuenta y sesenta, y la literatura dudosa generada en torno a ella es ingente— por otro se decidió a investigar sobre la Orden de Santa María de Montesa. Le intrigaba cómo había llegado el codicilo a ellos y el uso que le habían dado. Fue esa investigación lo que le permitió unir los dos hilos de la historia: el que arrancaba con la aparición de la copia de Augusto Ramos y el que nacía del golpe de mano por parte de Walia y sus seguidores.

Recurrió de nuevo a Juan Mares, aquel miembro del CSIC aficionado a la vexilología, con la esperanza de que pudiera encaminar sus indagaciones. Éste, aunque no pudo informarle de gran cosa al respecto, sí que la puso en contacto con un viejo amigo suyo: Hipólito Berenguer, Marqués del Claraespina y uno de los cincuenta y cuatro caballeros de Montesa que había en España a principios del año 2005. Juan Mares le aseguró que Berenguer no sólo poseía conocimientos enciclopédicos sobre el tema, ya que había sido bibliotecario de su orden, sino que era cordial y, sobre todo, persona de fiar.

Así que Alejandra le telefoneó al móvil que le suministró Juan Mares. Le costó varias llamadas entrar en contacto con él —algo que parecía ser su sino en todo aquel asunto— y, aunque sólo le dio unos pocos datos sobre lo que estaba investigando, su interlocutor se mostró primero muy sorprendido y luego más que interesado.

Se citaron a la ocho de la tarde en el Vips de la calle Velázquez, esquina Ortega y Gasset. Alejandra a punto estuvo de retrasarse porque, en el último momento, le entraron dudas sobre si la ropa que llevaba puesta —vaqueros, camiseta ocre, chaqueta vaquera— era la adecuada para entrevistarse con alguien que, según Mares, era grande de España. Pero al final se dijo que, si se incomodaba por tan poca cosa y se cerraba por banda, tampoco se perdía tanto. Así que bajó tal y como estaba a la calle, a toda prisa, a coger el metro.

Para hacer bueno otro de los tópicos que parecían acompañarle en esa investigación, Hipólito Berenguer no encajaba en absoluto en la imagen preconcebida que se había hecho de él. Tenía casi la idea de un hombre de edad, reseco, de esos que una imagina con traje de ralladillo, cortés pero distante. Se encontró con un hombre que pasaba algo de los treinta, el pelo aún muy negro, grueso y tan cordial como dijera Mares, más que intrigado por lo que Alejandra tenía que contarle.

Aunque no habían cruzado descripciones físicas, cosa que había movido a confusión a Alejandra, Hipólito se había comprometido a tener sobre la mesa un libro de Herodoto, y se trataba de una edición tan llamativa que dio con él al primer vistazo. Estaba sentado al fondo, vestido con vaqueros y una camisa de cuadros, tomándose una cola y, en cuanto vio que Alejandra se le acercaba, se puso en pie para recibirla de forma efusiva.

Al contrario que otras veces, Alejandra había preparado una historia que, sin ser mentira, obviaba partes importantes, ya que había tomado buena nota de las advertencias de Nilo, sobre lo peligroso que era que aquel asunto estuviese en demasiadas bocas. Y el encuentro con Carlos Salinas no había hecho sino acentuar su prudencia. Alejandra odiaba engañar, sobre todo a personas que le ayudaban sin pedir nada a cambio, aparte de que se sonrojaba de sólo pensar en que pudiesen sorprenderla en una mentira. Por eso había gastado tiempo en preparar una narración creíble que pudiera ampliar sin problemas, llegado el caso.

Contó la historia a medias de cómo un par de amigos y ella habían seguido la pista de una sociedad secreta carlista, y de cómo eso les había llevado a una falsa orden militar, remedo de la de Montesa. Él la escuchó atónito, con gestos de asombro a veces, sobre todo cuando relató a grandes rasgos su aventura subterránea en pleno barrio de Salamanca. Alejandra no fue explícita sobre dónde estaba el acceso a la galería y su oyente tampoco se lo pidió. Hipólito agitó boquiabierto la cabeza, eso sí, al oír la descripción de la cripta subterránea, y eso que de nuevo Alejandra obvió partes tales como las referentes a los muertos y la virgen de hierro.

—El nombre de esa falsa orden me suena vagamente. —Apoyó la cabeza en la mano, tratando de hacer memoria—. San Mateu es el pueblo de Valencia donde estaba el palacio del maestre de nuestra orden. Pero a lo largo del tiempo hubo muchas órdenes falsas de caballería; tantas que hubo que prohibirlas y proceder legalmente contra ellas.

—Me parece increíble que la gente se tomase tantas molestias y gastase tanto dinero en algo así.

—¿En las falsas órdenes?

—Sí.

—Todo depende del valor que se le den a las cosas —sonrió él—. Aún hoy en día, hay quienes se toma muy a mal no poder ingresar en una de las órdenes y eso que ahora no es como hace unos siglos, cuando algo así significaba alcanzar una de las cimas del prestigio social de la época.

—¿Por qué se iban a molestar? Si las normas de admisión están tan claras...

—No tan claras en algunos casos. Son bastante restrictivas, en algunas órdenes más que en otras y ocurre en no pocas ocasiones que gente de mucho abolengo no puede tomar, por una u otra razón, el hábito. —Hizo una pausa, pensando—. Luego, hay casos más peculiares.

—¿Como cuáles?

Hipólito se encogió de hombros, sonriendo.

—Casi mejor que no te aburra con anécdotas. La historia de las órdenes militares es una de mis pasiones, doy incluso conferencias sobre el tema y, si me pongo a hablar, no paro.

—¿Aburrirme? Lo dudo. —Ella sonrió a su vez—. Aparte de que estoy indagando sobre todo esto, no me parece aburrido. Aburrido es a lo que me he dedicado en los últimos años, para ganar dinero. La historia es lo mío. ¿Qué casos peculiares?

—Hay muchos. Uno de los episodios más curiosos y menos aireados se produjo cuando Franco se empeñó en ingresar en las órdenes militares españolas; no en una, ni en dos, sino en las cuatro. —Se encendió un cigarrillo, volvió a sonreír—. En las órdenes están los más linajudos de España, hombres que han llegado a rechazar la admisión de sus propios parientes. Los caballeros de aquella época no estaban por admitir a alguien que no era ni noble. Pero, claro, por otra parte había que pensárselo dos veces antes de desafiar a un personaje que tenía el ejército en el puño, acababa de ganar una guerra civil y usaba de métodos muy expeditivos con sus enemigos.

—Franco no se hubiera atrevido a fusilar a Grandes de España.

—O sí. Mucha gente murió en aquella época. En todo caso, quien tiene el poder absoluto dispone de mil formas para hacer la vida desagradable a quien ose contravenirle.

—¿Qué ocurrió? ¿Cedieron? Reconozco mi ignorancia sobre todos estos temas.

—No es una historia muy conocida, como ya he dicho. No. Los caballeros no cedieron, pero tampoco se negaron en abiertamente a admitirle.

—¿Entonces?

—Para ser armado caballero hay que pasar por una ceremonia: el Cruzamiento. Ya sabes; es como en las películas: un caballero de alto rango te toca en los hombros con la espada. —Hizo el gesto, como si empuñase un acero—. Lo que ocurrió fue que ninguna de las cuatro órdenes de caballería tramitó expediente alguno, ni realizó ceremonias de cruzamiento durante toda la dictadura de Franco.

—¿Y él aceptó eso?

—¡Qué remedio! El problema, y ahí viene la segunda parte de la anécdota, fue que la dictadura de Franco duró cuarenta años. Y, durante todo ese tiempo, no armaron ni un solo caballero. A la muerte de Franco no quedaban en Montesa más que tres caballeros vivos, y los tres muy ancianos. Lo primero que hicieron, una vez muerto Franco, fue armar a toda prisa a nuevos miembros, para asegurar la supervivencia de la orden.

—¡Dios! —Alejandra se echó a reír—. ¿Podría contar esa historia, algún día, si me decidiera a escribir un libro?

—Claro que sí: es de dominio público. —Su expresión se volvió bastante más pensativa al volver al tema previo—: En cuanto a esa Orden de San Mateu...

—¿Sí?

—¿Podrías describirme con más detalle la cripta, por favor?

Alejandra asintió, antes de lanzarse a hablar de lo que habían visto. Describió la forma, las medias columnas y las estatuas de bronce, los sitiales de madera y, en esta ocasión, sí que hizo alusión a las dos columnas y la virgen metálica, obviando el tema de los documentos y la trampa.

—Sé que resulta bastante increíble, pero... —Alejandra meneó la cabeza.

—O no. —Apagó con gesto distraído su cigarrillo, cada vez

más meditabundo—. Da la casualidad que esa cripta de la que me hablas se parece bastante a la sacristía del Convento de las Comendadoras de Santiago, que es donde está la iglesia en la que hoy en día se realizan los cruzamientos de caballeros.

—¿En serio? —La que ahora se quedó estupefacta fue Alejandra.

—Sí. Ese convento está aquí en Madrid, en la plaza de las Comendadoras. —Se acarició la frente con dos dedos, como haciendo memoria—. Fue construido en el siglo XVII, reformado más tarde por Sabatini, creo recordar. La sacristía data del siglo XVIII y está adornada con columnas y ocho estatuas en bronce de reyes de España. Los caballeros de Santiago usan esa sacristía aún para reunirse en capítulo y también hay sitiales de madera adosados a las paredes. Tanta coincidencia no puede ser casualidad.

—Desde luego que no.

Se lo pensó un instante, antes de abrir su bolso y, tras rebuscar un momento, sacó un sobre que contenía varias fotografías, tomadas durante la incursión subterránea a la cripta. No estaban todas, por supuesto; faltaban las que mostraban los cadáveres momificados, los libros o la cruz visigótica. Se las tendió sin mediar palabra a Hipólito, y éste las fue pasando con calma, estudiando los detalles y permitiéndose de vez en cuando una expresión de asombro.

—Esta sala es enorme, a no ser que las fotos engañen. Todo esto tuvo que costar una verdadera fortuna. Sólo las estatuas de bronce suponen un dineral de la época.

—Por lo que he podido saber, la Orden de San Mateu estaba formada por notables que sentían rencor hacia las órdenes verdaderas; unos porque eran de sangre noble pero no reunían los requisitos de acceso, otros porque eran nuevos ricos sin linaje suficiente. Construir esta cripta tan majestuosa debió ser una especie de venganza y, si me dices que es imitación de sacristía de los caballeros de Santiago, todo parece encajar aún mejor. Debieron querer sobrepasar a las verdaderas órdenes, al menos en boato.

—Es muy posible. Voy a ver qué puedo averiguar sobre esa Orden de San Mateu. —Pasó de nuevo las fotos, más rápido esta vez—. ¿Cómo te metiste en esto?

—Ya te lo he comentado. Investigando sobre un tal Augusto Ramos...

—Sí. ¿Pero cómo comenzó todo?

—Por casualidad. Estaba buscando datos para un libro sobre falsificaciones históricas y me topé con esto.

—Falsificaciones históricas. ¿La Cesión de Constantino y todo eso?

—Eso es. Historia, arqueología. Eso es lo que estudié y, cuando apareció todo esto, no iba a dejarlo pasar.

—Explorar subterráneos tiene bien poco que ver con la arqueología —sonrió—; aunque puede ocurrir muy de vez en cuando. Pertenece al mito, a la parte más romántica de la profesión; es lo que sale en las películas y no tiene nada que ver con el día a día.

—Ya lo sé. ¿Pero quién se acerca por primera vez a algo por sus rutinas? Creo que todo el mundo comienza a estudiar una carrera atraído por esa parte romántica que dices, aunque luego no tenga nada que ver con la realidad y se nos olvide antes de acabar siquiera el último curso.

Hipólito se echó atrás, un poco sorprendido; luego se permitió una sonrisa amplia.

—Eso es una gran verdad. Yo también hubiera querido trabajar más de arqueólogo; nada me hubiera gustado más en este mundo. Pero no pudo ser.

—¿Por qué?

—Porque tuve que ocuparme de los negocios familiares. Con el tiempo me las he apañado para hacer algo de lo que me gusta: doy clases de historia y cosas así.

—¿Llegaste a excavar?

—Sí. En Tell-Hatzor, en Israel, y en unos cuantos sitios más.

—Yo estuve en Turquía, en Hattusas, cuando estudiaba la carrera. También quería ser arqueóloga y tampoco pudo ser.

Fue como si saltase un arco de simpatía, esa complicidad que se establece entre gente muy distinta que, sin embargo, descubre que ha pasado por trances parecidos. Alejandra se encendió un cigarrillo y, muy despacio, recogió esas fotos, antes de sacar otras. Le habló, ahora sí, del codicilo, de la virgen mortífera y los documentos hallados en la cripta. Quizá lo hizo por esa complicidad antes señalada, o porque Hipólito era una de esas personas en las que tiende una a confiar de forma natural. Puede que lo hiciese por una mezcla de ambas circunstancias.

Llegó por fin una camarera a atender a Alejandra. Ésta, con una sonrisa más de sorna que de irritación ante lo mucho que habían tardado en percatarse de su presencia, pidió una caña, e Hipólito aprovechó para pedir otra coca-cola. Hubo un intervalo de silencio.

—Jamás oí hablar de ese codicilo y eso que los bienes de la orden están contabilizados al detalle. —Volvió a pasar las fotos—. Tengo que investigar todo esto.

—¿Y sobre Agustí Ripoll y Andreu Benavent?

—¿Qué ocurre con ellos?

—¿Se podría averiguar si el primero intentó entrar en la Orden de Montesa y fue rechazado, y si el segundo pertenecía de verdad a ella?

—Nada más fácil.

—¿No?

—Si el expediente de ingreso fuese posterior al año 1900, sería imposible averiguar nada, puesto que estaría depositado en los archivos de la orden y tendría naturaleza confidencial. Pero los anteriores a esa fecha, por una serie de circunstancias, hace ya tiempo que fueron a parar al Archivo Nacional y cualquier investigador puede consultarlos libremente.

—Ah, gracias. Entonces me ocuparé yo misma.

—Si no tienes inconveniente, también lo haré yo. Este asunto me tiene de lo más intrigado.

—Claro.

Volvió la camarera con una cerveza y una coca-cola, lo que produjo un nuevo intervalo. Alejandra dio un sorbo a la copa, agradecida, porque estaba seca de tanto hablar y fumar.

—El codicilo original fue copiado por un templario, y ése es el que ha llegado a nosotros. El Temple debía darle mucha importancia, dado que no podían leerlo, para hacer esa copia. Luego hay un salto de siglos, hasta esos documentos de la cripta, que mencionan que el codicilo estuvo en poder de la Orden de Montesa. ¿Cómo pasaría del Temple a Montesa?

—Nada más fácil.

—Explícate.

—Si la memoria no me falla, los templarios fueron disueltos por mandato papal... —frunció el ceño para hacer memoria— en 1312. Nuestra orden se creó en 1317 en Valencia, que entonces era frontera de la Reconquista, con el nombre de Santa María de Montesa, sólo cinco años después. El proyecto contó con muchos enemigos y el rey Jaime II de Aragón tuvo que luchar muy duro para llevarlo adelante. Se oponían tanto los caballeros de Calatrava, de Castilla, a quienes el Papa había encomendado tutelar su creación, como los Hospitalarios de Malta.

»Jaime II tenía razones para crear a toda prisa la nueva Orden de Montesa. Al disolver el Temple, el Papa dispuso que todas sus propiedades en la Corona de Aragón pasasen a manos de los caballeros Hospitalarios. De haber aceptado, los dominios de los Hospitalarios hubieran sido una franja que separaría Cataluña de Valencia, y su poder en la Corona hubiese sido enorme. Así que el rey no tenía ninguna intención de que ocurriese tal cosa.

—Así que Montesa heredó las propiedades del Temple...

—Eso es. A ella pasaron las tierras, los bienes.

—¿Y los propios templarios?

—Fueron excarcelados al poco tiempo. Nadie en los reinos españoles creyó las acusaciones contra ellos, como no las creyeron en Escocia, Inglaterra, y muchos otros países. Se acataron las órdenes de disolución del Temple, pero la mayor parte de la Cristiandad se negó a tomar medidas punitivas.

—¿Y qué pasó con los caballeros?

—En España había necesidad de guerreros entrenados para luchar contra los musulmanes. En Portugal crearon para ellos una nueva orden, la de los caballeros de Cristo. En el resto de España encontraron refugio en las otras órdenes.

—¿Montesa también?

—Puede ser. No hay constancia escrita de ello.

—En todo caso, si las propiedades del Temple pasaron a Montesa, puede que así recibiese el codicilo. O tal vez lo llevó consigo algún templario.

—Antes lo primero que lo segundo. Los templarios eran monjes y, aparte de sus ropas y armas, no tenían propiedad alguna y todo pertenecía a la orden.

Alejandra asintió, al tiempo que se llevaba la cerveza a los labios. Si eso era cierto, ¿cómo había pasado el conocimiento sobre el tesoro de Toledo a Montesa? El codicilo, por sí solo, no lo explicaba, ya que en esa época era ilegible. ¿Habría habido más documentos, luego perdidos? ¿O existiría una tradición oral entre algunos templarios españoles?

La conversación no avanzó mucho más allá de ese punto. Se estancó en una serie de digresiones y especulaciones sobre cómo podría haber llegado el codicilo a Montesa, y qué destino habría tenido durante siglos dentro de los archivos de la orden. Al cabo, Hipólito echó una mirada al reloj y, aludiendo a la hora y obligaciones familiares, se incorporó. No dejó que pagase ella y convinieron en estar en contacto. Se comprometió a indagar sobre el codicilo, así como sobre Agustí Ripoll y su tío, Andreu Benavent. Alejandra aceptó encantada, aunque pensaba acudir en persona al Archivo Nacional, a investigar ella misma sobre aquellos dos personajes del siglo XVII.

Se despidieron a las puertas mismas del Vips y Alejandra se subió en un taxi más que contenta, ya que por fin iba encarrilando parte de las investigaciones por sí sola y no a remolque de la sapiencia del señor B., que resultaba bastante apabullante a veces. En ese estado llegó a casa y se lanzó a anotar todo lo hablado con Hipólito Berenguer, sin saber que sólo dos días después esa euforia iba a estallar como una pompa de jabón.

18

La Orden de Santa María de Montesa vio la luz entre obstáculos y trabas, puede que como todo lo llamado a perdurar. Aunque su creación nominal data del 10 de junio de 1317, merced a una bula papal librada a instancias de Jaime II de Aragón, la orden tardaría varios años en pasar del papel a la realidad.

Según la bula pontificia, le correspondía al maestre de la Orden de Calatrava tutelar el nacimiento de la nueva orden, así como armar a los primeros caballeros. Pero, al igual que el rey aragonés se había opuesto a entregar la propiedades templarias de sus reinos a los ya demasiado poderosos Caballeros Hospitalarios de San Juan, el maestre Calatravo era más que reacio a mermar a su orden en Aragón a favor de la nueva Santa María de Montesa.

Con la excusa de estar ocupado batallando contra los moros en la frontera de Castilla, consiguió demorar el asunto y hubieron de pasar años, presiones y maniobras diplomáticas para que al fin la orden tomase cuerpo. Aunque, una vez creada, no tardó en convertirse en la primera fuerza militar del reino de Valencia. En esa primera época, la orden lucía aún la antigua cruz florlisada negra, hasta que en el año 1400, por decisión de Martín II el Humano, se fundió con otra orden de Cataluña, más antigua pero mucho más pobre: San Jorge de Alfama. Esa orden custodiaba una zona desértica de la costa, estaba prácticamente en la ruina y en realidad

Montesa la absorbió más que fusionarse con ella. Para salvar las apariencias, los caballeros de Montesa adoptaron la cruz de San Jorge, llana de gules; símbolo que mantendrían hasta el 12 de abril de 1913, cuando Alfonso XIII, a petición de los propios caballeros, les concedió el derecho de usar la antigua cruz florlisada negra, con la de San Jorge en el centro.

No le fue difícil a Alejandra reunir todos esos datos. En lo tocante a los templarios, el asunto fue mucho más peliagudo, y no precisamente por falta de información, sino por exceso. Uno puede sumergirse en las especulaciones vertidas sobre la Orden del Temple y no volver a asomar cabeza en la vida, y aun así sólo podría leer una fracción de escrito acerca de ellos. La historia del Temple, desde sus orígenes humildes hasta la caída y destrucción meteóricas, pasando por el poder que llegaron a tener en toda Europa, es sin duda uno de los mitos contemporáneos occidentales. Enciende toda clase de imaginaciones y son cientos los libros que se escriben al año, desde novelas a ensayos doctos, pasando por especulaciones sin fundamento, fraudes y supercherías.

Alejandra había conseguido reunir en pocos días una cantidad asombrosa de volúmenes, casi todos prestados por amigos, y ahora los tenía apilados, tanto sobre la gran mesa escritorio como en el suelo. Muchos los había apartado a las pocas páginas leídas, irritada ante tanta falacia presentada como investigación. Pero, de entre tanta paja, logró sacar al menos algunos granos como poco curiosos.

Ya antes se había hecho la pregunta sobre qué habría sido de los templarios españoles, e Hipólito Berenguer le había comentado que, tras un breve periodo, fueron excarcelados en todos los reinos peninsulares y quedaron libres de cargos. De lo consultado en los libros se colegía que aquellos monjes guerreros, ya en libertad pero privados de su orden, siguieron destinos distintos. En Portugal formaron la Orden de Cristo, descendiente directa del Temple. En la Corona de Castilla fueron acogidos con los brazos abiertos por las demás órdenes, tanto por bonhomía como por interés. Lo primero porque nadie creyó las acusaciones de apostasía y adoración al diablo vertidas contra ellos. Lo segundo porque en Castilla necesitaban guerreros contra los musulmanes, sobre todo las órdenes militares, que estaban en primera línea de combate, y el entrenamiento marcial de los templarios era excelente. En cuanto a la Corona de Aragón...

Muchos autores opinaban que los templarios aragoneses habían pasado a la nueva Orden de Santa María de Montesa. Se aducían un sinnúmero de datos para ello, incluso el hecho de que había casi nula información sobre los primeros caballeros. Una ausencia en las crónicas de veras curiosa, que no podía sino alentar especulaciones.

Más curioso aún, varios de esos autores comentaban que Montesa había rechazado siempre la idea de que su orden descendiese del Temple, cosa en la que tenían razón, o que éstos hubieran entrado en masa en ella, cosa ya más sujeta a discusión. De esa última circunstancia, Alejandra podía dar fe. Hipólito Berenguer, tan cooperativo en otros puntos, había soslayado la cuestión.

Todo aquello planteaba interrogantes y cambiaba la perspectiva de la situación. ¿Se habrían llevado consigo uno o varios templarios el codicilo y las leyendas sobre el tesoro? Si el Temple español había buscado la Mesa del Rey Salomón, ¿no habrían heredado algunos caballeros de Montesa tal búsqueda?

Más tarde, recordaría a la perfección que acababa de anotar todas aquellas preguntas en uno de sus cuadernos cuando sonó el móvil.

Era ya entrada la noche, pero hacía un tiempo primaveral y la temperatura era suave, aun para mayo. Las puertas corredizas de la terraza estaban abiertas para dejar pasar la brisa y el toldo verde y blanco, a medio echar, se agitaba sin que la lona llegase a chasquear. La gran mesa que usaba para trabajar estaba cubierta de libros, libretas, la pantalla y el teclado de ordenador, papeles sueltos que el aire hacía estremecer...

Delante tenía una cartulina blanca en la que, llevada del capricho, había trazado una línea jalonada de círculos. La línea comenzaba en uno de esos círculos, en el que se leía «Walia, 711», y remataba en otro, «Casona Liñares, 2005». El resto de los círculos representaban también sucesos y fechas. Aquélla era la historia del codicilo y sus avatares. Había un espacio en blanco entre dos círculos que rezaban «Fundación de Montesa, 1317», y «Andreu Benavent, 1675». Un hueco de 350 años que era cuanto le quedaba para completar la historia del libro y quizá de lo ocurrido con el tesoro de Toledo.

Un golpe de aire nocturno se coló por las puertas de la terraza, e hizo rizarse los papeles sueltos. Alejandra, a falta de nada mejor, usó el cenicero y la cruz visigótica a modo de pisapapeles, antes de inclinarse hacia atrás en la silla, echar un vistazo al exterior con un bostezo y ponerse en pie. Llevaba puesto un pijama, en realidad un traje de tai-chi azul marino que le habían regalado en su último cumpleaños; uno holgado y cómodo, con una chaqueta de trabillas hasta el cuello. Cogió un cigarrillo del paquete, el mechero y salió despacio a la terraza.

Se quedó acodada en la barandilla, observando las calles y las ventanas iluminadas, mientras el aire hacía oscilar las mangas de la chaqueta. Acarició la idea de hacer algo de tai-chi pero acabó por encender el cigarrillo, protegiendo la llama con la mano. Dio una calada honda y larga. Una luna grande y amarilla, casi llena, colgaba justo sobre los rascacielos de enfrente. Se entretuvo contemplándola, con la cabeza puesta en el esquema. ¿Cómo rellenar aquel hueco de tres siglos y medio?

El sonido del móvil la sacó de sus cavilaciones y, con un suspiro, regresó al interior del piso. Buscó el teléfono bajo los folios desperdigados y echó una ojeada a la pantalla antes de responder. Irene. Pulsó el botón.

—Buenas, Irene.

Luego, en días posteriores, Alejandra trataría de encontrar una palabra que definiese la forma de hablar de su amiga en esos momentos. «Controlada» fue la más adecuada que se le ocurrió, tras mucho pensar. Controlada y medida, como si hubiese aherrojado cualquier emoción y ensayado las palabras, para impedir que se le escapase algo no deseado.

—Alejandra —le dijo—. Alejandra. Me temo que tengo malas noticias.

—¿Qué ocurre? —Sintió como si un puño le apretase el estómago, como siempre que alguien le decía algo así.

—B. ha muerto, Alejandra.

—¿Qué me dices? —preguntó con voz débil, porque fue como si todo el aire hubiese escapado de repente de su garganta. Se quedó un instante de pie, atónita, el móvil en una mano y el cigarrillo encendido en la otra—. ¿Qué ha pasado? ¿Cómo ha sido?

—Ha muerto en la casa que tiene en el pueblo, en Alcabón. Le han encontrado esta tarde unos vecinos.

—¿Un ataque al corazón? —Se le ocurrió de repente, al recordar los años que tenía, lo grueso que estaba y lo mucho que le gustaba el tabaco.

—No lo sé, Alejandra —algo pareció a punto de ceder, por un momento, en la voz de Irene—. A mí me ha avisado hace un rato Amalia, su hija. Ya sabes que ella y yo somos amigas desde hace muchos años...

Alejandra fue a sentarse en el sofá, con los codos sobre los muslos y el móvil pegado a la oreja derecha. Por tercera vez en poco tiempo, recibía noticia inesperada sobre la muerte de alguien y, en cada ocasión, había sufrido la misma sensación de irrealidad.

—Irene. ¿Estás bien?

—No. ¿Cómo voy a estar bien? Son tantos, tantos años... —pareció quedarse sin palabras, pero luego prosiguió, puede que al notar que Alejandra iba a decir algo a su vez—. Pensé que debías saberlo. Mañana me darán más detalles, supongo.

Irene rehusó extenderse más y Alejandra tampoco la presionó en tal sentido. Tras colgar, dejó el móvil sobre la mesa, en el primer hueco que encontró, con la cabeza muy lejos. Se quedó sentada un buen rato, apurando el cigarrillo y luego, con dedos algo temblorosos, volvió a coger el móvil para marcar el número de Nilo. En vano, porque ni siquiera saltaba el contestador. Lo intentó varias veces a lo largo de esa noche, siempre con el mismo resultado.

Fue a encenderse otro cigarrillo, desistió de ello con un gesto de irritación dirigido contra ella misma, y trató de concentrarse en el trabajo, de seguir revisando la documentación y las notas desparramadas por la mesa, pero le fue imposible, cosa que le hizo sentirse peor. El resto de la noche, hasta que casi se obligó a irse a la cama, lo pasó ante la televisión, tratando de distraerse con uno de los *shows* nocturnos, pero en realidad dando vueltas a la noticia. El señor B. había sido un personaje muy peculiar; uno de esos no especialmente simpáticos que, empero, se hacían un hueco con facilidad. De ahí la extraña congoja que Alejandra sentía ahora por la desaparición de alguien a quien conocía desde hacía un mes escaso.

De madrugada, sentada en la butaca, entre el humo del tabaco y los gritos de los tertulianos de la madrugada televisiva, no pudo por menos que recordar el rosario de muertes que parecía acompañar al codicilo. Rafael Morata, Rubén Martín, Elías Poveda y ahora Barsanufio Folgado. Cuando por fin se acostó, tardó en dormirse y pasó casi toda la noche en un sueño inquieto. Cerca de las cinco se despertó y, aun sintiéndose como una tonta, se levantó de la cama para comprobar que los cerrojos de la puerta estaban echados. Sólo entonces pudo dormir, aunque fuese a medias.

El día siguiente fue mucho peor de lo que nunca hubiera imaginado. Se despertó temprano y estuvo deambulando toda la mañana por la casa, tratando de encontrar tareas en las que ocuparse. Por fin, cerca ya del mediodía, no pudo contenerse, cogió el móvil y llamó a Irene, por si tuviera más noticias sobre lo ocurrido al señor B. La voz de su amiga fue esta vez bastante menos contenida y lo que tenía que contarle le dejó tan aturdida como atemorizada.

La muerte del señor B. no se debía a causas naturales. Aún no se sabía mucho; ni siquiera la familia más cercana tenía datos, ya que la Guardia Civil no le había suministrado más información de la necesaria. Gracias a eso, y a alguna llamada hecha a Alcabón por los propios parientes, pudieron saber que la tarde anterior los vecinos se habían visto alertados por el sonido de la alarma contra incendios en la casa del señor B., y por el humo que salía por las ventanas, por lo que había acudido de inmediato, sabiendo la gran cantidad de documentos que allí se almacenaban.

Encontraron al señor B. muerto en su salón de varios disparos, y presentaba además diversas lesiones. La primera hipótesis de la guardia era que unos ladrones habían allanado la casa —quizá atraídos por su situación algo apartada, y porque estaba habitada por un anciano— y le habían golpeado para obligarle a revelar dónde guardaba el dinero y los objetos de valor. Luego le habían asesinado.

Los asaltantes habían dejado una sartén con aceite al fuego, fiados de que las llamas consumirían aquella casa vieja de viguerías de madera y atestada de papeles, cosa que destruiría posibles pruebas y les daría tiempo a abandonar la población, mientras el aceite se inflamaba. Y se desató un incendio en la cocina, en efecto, pero los asesinos desconocían el mimo con el que el señor B. cuidaba sus archivos. La casa contaba con alarmas, hidrantes e incluso una puerta que se cerraba automáticamente en caso de incendio. El fuego no había consumido más que parte de la casa y los propios vecinos habían terminado de sofocar el incendio.

Irene no pudo extenderse más. Además de sentirse muy afectada, estaba haciendo compañía en esos instantes a Amalia, la hija del señor B., y no quería dejarla mucho tiempo a solas. Alejandra, al colgar, se encontró con pocos hechos y muchas preguntas, y sobre todo presa de una gran zozobra. Pero el día aún habría de empeorar y mucho.

Hacia las dos de la tarde se había obligado a entrar en la cocina y preparar unos espaguetis con una salsa de fortuna, compuesta con ingredientes pescados entre el frigorífico y las alacenas. El móvil sonó justo cuando acababa de apartar la pasta del fuego para colarla en el fregadero. Volvió al salón y vio en pantalla un número desconocido. Respondió tras un momento de duda. Escuchó una voz masculina desconocida y, cuando le dijo su nombre, aún tardó algunos segundos en caer en la cuenta de quién se trataba.

Era el presidente de la comunidad del edificio en el que tenía su apartamento —el suyo en propiedad—, en el barrio de Ventas. Por el tono de su voz, supo de inmediato que no se trataba de una llamada de cortesía, ni para informarle de ninguna derrama o gasto extraordinaria. Su interlocutor, de todas formas, tampoco perdió el tiempo en circunloquios.

Aquella misma mañana habían matado a tiros a la inquilina que, desde hacía tres años, tenía alquilado el apartamento de Alejandra. Ésta encajó la noticia con una serenidad desconcertada. Más tarde recordaría haberse ido a la cocina, comprobar que no había nada al fuego y luego buscar el tabaco con los ojos, hasta descubrirlo sobre la encimera; todo eso mientras su interlocutor iba explicándole lo ocurrido.

Él se había enterado gracias a una llamada del portero de la finca, y había decidido llamarla de inmediato, por si acaso aún no se había enterado. Yolanda Huertas —así se llamaba la inquilina— tenía también alquilada una plaza de garaje en la plaza de Ramón Aguinaga, a un par de minutos andando de su portal. Había ido a buscar el coche muy temprano, como todas las mañanas, ya que trabajaba en uno de los polígonos empresariales de Alcobendas y entraba a las ocho, lo que suponía sufrir grandes atascos para llegar.

Era aún de noche cuando entró en el garaje. Sacó el coche y, al subir con él la rampa y detenerse en la salida, para asegurarse que no pasaba ningún vehículo, alguien le había disparado varias veces a través de la ventanilla del conductor.

Nadie había visto nada y el asesino pudo marcharse con toda tranquilidad. Los estampidos no habían alertado a un vecindario acostumbrado ya a los ruidos producidos por un parque de camiones de limpieza municipal que les habían instalado allí mismo hacía unos años. Había sido un transeúnte quien, cuando se dirigía a un bar a desayunar, se encontró con el coche a las puertas del garaje, el motor en marcha y la conductora muerta sobre el volante, con todo el parabrisa churreteado de sangre por el interior.

El portero se había enterado a media mañana de quién era la mujer asesinada en el garaje y había telefoneado al presidente. Éste a su vez había creído oportuno informar a Alejandra, no fuera que se enterase de peor manera. Alejandra le dio las gracias, colgó y dejó el móvil en cualquier lado. Echó una mirada a los espaguetis que aún humeaban en el colador de plástico y, sintiendo casi náuseas, se fue directamente desde la cocina a la terraza.

Fuera hacía un día esplendoroso, con mucha luz y buena temperatura, sin demasiada contaminación, gracias a que el viento había estado soplando durante días y se había llevado toda la suciedad ambiente. Se sentó en una de las sillas de hierro forjado y, en los minutos siguientes, fue pasando de esa calma que producen las noticias inesperadas a un estado de nervios tal que apenas podía controlar las manos.

Yolanda Huertas tenía unos treinta y cinco años, era divorciada sin hijos, secretaria de dirección en una empresa farmacéutica, con una vida en apariencia de lo más normal. ¿Podía ser casualidad que la hubiesen matado menos de veinticuatro horas después que al señor B? Alejandra puso los codos sobre los muslos y la cabeza entre las manos, agradeciendo la brisa que soplaba a ráfagas.

Recordó que la muerta, aunque no se parecía físicamente a ella, tenía más o menos su misma estatura. Y, sobre todo, que llevaba el pelo en melena rizada, como ella. Eso era algo que siempre había sido motivo de diversión para Alejandra, y ahora de miedo. Porque, al poco de mudarse al apartamento, Yolanda Huertas se había rizado el cabello y adoptado el mismo tinte achocolatado que usaba Alejandra. Podía haber sido casualidad, pero ella nada podía sacarle de la idea de que le había imitado.

¿Y si la habían tiroteado creyendo que se trataba de Alejandra? Al señor B. le habían torturado antes de matarle, en teoría para hacerle revelar dónde escondía el dinero. Pero la policía no sabía nada del codicilo y los documentos de la Cruz Negra. ¿Y si no hubiesen sido ladrones comunes? ¿Y si lo que le habían sacado a golpes era cuánto sabía y la identidad sobre sus compañeros de investigación en el asunto del tesoro de Toledo? Regresó a la cocina, a por el móvil, y volvió a llamar con dedos inseguros a Nilo. De nuevo nada. Ni siquiera saltaba el contestador.

Inspiró con fuerza, temiendo estar al borde de un ataque de ansiedad. Se obligó a serenarse, antes de encender otro cigarrillo y abrir de golpe la nevera, para sacar una lata de Mahou. Dio un trago que le supo a gloria. Luego cogió de nuevo el móvil, esta vez para marcar el número de Ana Marfil.

* * *

Marfil contestó enseguida. Estuvo escuchando a Alejandra, aunque ésta se embarullaba y sólo pudo enterarse a medias. La dejó hablar durante unos minutos, en vista de lo nerviosa que estaba, antes de interrumpirla con suavidad e indicarle que se quedase en casa, no abriera a nadie y tratase de tranquilizarse, que ella pasaría a visitarla luego, en cuanto pudiese, y entonces tendría ocasión de contarle todo con calma.

Se presentó a las siete en el piso, con mucha calma, y lo primero que hizo al entrar fue echar una ojeada de aprecio al salón.

—No vive mal Elena. —Paseó los ojos por el mobiliario, los cuadros, los detalles.

—Tenía un buen sueldo, la verdad.

—¿Y cómo se le ocurrió dejarlo todo para irse a una ONG a Centroamérica? No creo que le estén guardando el trabajo para cuando vuelva.

—Entró en crisis. Ya sabes. De todas formas, Elena tiene dónde agarrarse. Ya le encontrarán algo igual de bueno cuando decida volver.

—Ya. La gente, cuando le da algún mal, se va a una ONG, lo mismo que antes se metía a cura o monja. Pero me parece a mí que todo eso tiene que ser más vocacional.

Esa entrada, más propia de una visita casual que de alguien que acude en auxilio de una amiga, tuvo la virtud de sosegar a Alejandra. Fue a la cocina a por cervezas, y al regresar encontró a su amiga inclinada sobre la mesa, ojeando curiosa los libros, papeles y fotos que se desparramaban por toda su superficie. No en vano Marfil era licenciada en Historia. Sin embargo, aunque la miró a los ojos intrigada, no dijo esta boca es mía.

Salieron a la terraza, aprovechando la temperatura primaveral. Marfil se sentó en una de las sillas, abrió la lata de cerveza y buscó en su bolso hasta encontrar el tabaco. Ofreció un cigarrillo a Alejandra.

—Anda. Cuéntame.

Y Alejandra le contó todo, o casi todo, lo mejor que pudo. Estuvo hablando muy largo rato; tanto que se bebieron dos latas cada una y había ya oscurecido cuando acabó. Marfil se quedó un rato en silencio, como sospesando cuanto había oído. Luego le dijo que lo mejor era que cogiese un poco de ropa y algunos efectos personales, y se fuese a vivir con ella un par de días.

—Sólo para tranquilidad de las dos. ¿Vale?

Salieron juntas del edificio, Alejandra con una bolsa de viaje en la mano, y se marcharon en el coche de Marfil, un Audi A3 gris oscuro. Si la segunda estaba alerta ante la posibilidad de que hubiera alguien vigilando, o que las siguiesen, no lo demostró y, durante todo el trayecto, rehusó hablar con Alejandra del tema, derivando la conversación una y otra vez a terrenos comunes.

Marfil vivía en la plaza de Arteijo, cerca del que en otros tiempos fuese el centro comercial pionero en la ciudad: Madrid 2. Para llegar, había que entrar por la avenida de Betanzos e ingeniárselas para encontrar un aparcamiento en la zona. En cuanto a la casa, se trataba de un piso más bien pequeño, ya con sus años, abarrotado con muebles antiguos, de madera oscura y tallas primorosas.

—Me mudé aquí después del divorcio. Ahora que caigo, no conocías la casa, ¿verdad? —Al ver la forma en que Alejandra observaba la casi acumulación de mobiliario, medio se disculpó—: Heredé todo esto de mi madre y no tuve ánimos para deshacerme de ninguno.

—Hiciste bien. Son unos muebles preciosos. Y la casa está muy bien.

—No está mal, pero me gustaría que tuviese más luz. Tal como está orientada, nunca le da el sol y eso es algo que echo de menos. No sé qué daría por vivir en una casa como la de Elena.

—A mí me ocurre igual con mi apartamento de Ventas. Nunca se ve un rayo de sol.

Eran más de las diez y Marfil, ignorando aún cualquier alusión de Alejandra al tema, le ofreció una cena a base de patés que tenía en la nevera y vino rosado. Puede que fuese una táctica y, de ser así, logró sus objetivos, ya que la imposición de lo cotidiano, tanto en los gestos como en la conversación, ahuyentó la histeria que había estado rondando a Alejandra desde que supo que habían disparado contra su inquilina.

Dispusieron la mesa entre las dos; mantel, platos, cubiertos, servilletas. Mientras Marfil llenaba un cestillo de pan tostado y descorchaba una botella de Bach Rosado, Alejandra fue al aseo, a lavarse las manos. Descubrió sobre la repisa del espejo una maquinilla de afeitar y un bote de espuma. Sin pensar en lo que hacía, la cogió con dos dedos para observarla intrigada. Así que un hombre visitaba el piso de Marfil de forma asidua; lo bastante como para dejar allí útiles de aseo. Sin poderlo evitar, se preguntó, curiosa, cómo sería aquel hombre.

La cena fue relajada y la conversación la de dos amigas que siguen viéndose a menudo, pero cuyos caminos han ido divergiendo cada vez más. Alejandra incluso se animó a preguntar a Marfil cómo le iba con los hombres y la otra se encogió de hombros.

—Bien. Pero tal vez se deba a que no espero gran cosa de ellos. —Dejó escapar una de esas sonrisas sardónicas, tan suyas—. ¿Y a ti?

Alejandra contestó con una mueca y mostrándole las palmas de las manos, en un gesto que podía significar cualquier cosa. Marfil volvió a sonreír.

—¿Echas de menos a Antonio?

—No. En absoluto. —Bebió un poco de vino, algo a la defensiva—. ¿Tendría que hacerlo?

—Dímelo tú. Han sido tres años juntos, ¿no? Y no te pongas así, que no era más que una pregunta.

—Perdona. No lo echo nada de menos y eso me remuerde un poco. ¿Cómo puede estar alguien con una persona y de repente no sentir nada por ella?

—Sucede, y es un problema para todos.

—Queda un hueco. Cuando se lleva una vida en común, hay mucho tiempo compartido, muchas cosas a medias, y el socavón tarda en cerrarse.

Recogieron la mesa entre las dos, aunque Marfil no dejó que Alejandra le ayudase a fregar. Apiló los platos en el fregadero, antes de sacar dos vasos de chupito de la alacena y una botella de licor de hierbas del frigorífico. Sólo cuando hubo escanciado dos vasos de aguardiente verdoso, con los cigarrillos ya encendidos, le pidió a su amiga que contase de nuevo toda la historia.

—¿Toda? Pero si ya te la he contado.

—Otra vez. Desde el principio.

Alejandra se dio cuenta de que aquel intervalo había servido para calmarla, y mucho. Así que, dando sorbos al licor, fumando un Fortuna *light*, comenzó a narrar por segunda vez la aventura que había comenzado durante una comida en el norte de Madrid en la que, cosa curiosa, estaba presente la propia Marfil. Solo que en esta ocasión la narró con más detalle y orden.

Habló de su viaje a los Oscos y de lo que allí había descubierto. De cómo había entrado en contacto con Nil Saus y Barsanufio Folgado. De lo que habían ido descubriendo sobre Augusto Ramos, el codicilo, la Sociedad de la Cruz Negra, la Orden de San Mateu.

Marfil la dejó hablar, interrumpiendo sólo para encauzar la conversación o pedir algún detalle en concreto. Rellenó por dos veces los vasos y, en algún momento, Alejandra se dio cuenta de que esta vez estaba anotando en una libreta. Cuando acabó la narración, Marfil se quedó un rato tabaleando con las uñas sobre la mesa, los ojos puestos en sus notas. Se llevó el bolígrafo a los labios, gruesos y burlones. Añadió luego un último apunte, antes de alzar los ojos y encontrarlos con los oscuros de Alejandra. Se dio cuenta que los vasos estaban vacíos, puso la mano sobre la botella para cerciorarse de que aún estaba fría y escanció una vez más, con un suspiro.

—Ay, Alejandra. Creo que estás metida en un buen lío.

—Ya lo sé.

—No. Me parece que no lo sabes.

—¿Cómo que no? Estoy segura de que quieren matarme y estoy muerta de miedo.

—No se trata sólo de eso.

Marfil se recostó en su silla. La única luz encendida era la de una lámpara de pantalla cónica que colgaba sobre la mesa. Miró a su amiga a través de las espirales de humo blanco de tabaco.

—Las casualidades existen y ya lo hemos discutido más de una vez; pero no sería prudente tomarse la muerte de tu inquilina como tal. Sin embargo, yo te estoy hablando de otra cosa.

—¿De qué entonces?

Marfil recogió la cruz de oro y pedrería visigótica que Alejandra había sacado en un momento dado de su bolsa para reforzar la historia. Las fotografías y la traducción del codicilo también estaban allí, desparramadas sobre el mantel. Sopesó la pieza con ojos entornados.

—Alejandra. No sé si te das cuenta de que lo que tus amigos y tú habéis hecho es ilegal.

—¿Ilegal?

—Sí. Ilegal. Es un delito, además de peligroso. Habéis entrado en un subterráneo por vuestra cuenta, os habéis apoderado de piezas que por ley pertenecen al Patrimonio Artístico Nacional, habéis descubierto cadáveres y no lo habéis notificado a las autoridades...

—Pero si ya te lo he explicado. El señor B. iba a informar de todo a las autoridades dentro de unos días.

—Y el señor B., como tú le llamas, está muerto. Eso os deja a tu amigo Saus y a ti metidos en un buen lío. Las cosas suelen enredarse así; la gente se salta normas a la torera con un «ya lo apañaremos», y se encuentra de repente con que el asunto se le ha escapado de las manos.

—Marfil. Tú me conoces. ¿Crees que me quedaría con esa cruz? Nos tomamos tan solo unos días para poder estudiar el codicilo con tranquilidad. Si al salir del subterráneo hubiésemos avisado a las autoridades, nos lo habrían quitado de las manos y no nos habrían dejado seguir con ello.

—Ya lo sé.

—El señor B. tenía muchos contactos. Iba a arreglarlo todo cuando volviese de Toledo.

—Puede. Pero el hecho es que él está muerto y tú eres cómplice, cuanto menos, de un expolio del Patrimonio y de ocultación. Tú y una tercera persona. Nil Saus. —Abrió de nuevo la libreta—. Dame datos sobre él.

Alejandra encendió un cigarrillo, dejó escapar el humo por entre los labios entreabiertos, con un mohín que Marfil conocía de sobra, y no dijo nada.

—Alejandra —insistió—. Necesito información sobre él.

—Marfil, no me hagas esto.

—No me hagas esto tú a mí. Y no te lo hagas tú a ti misma. Ni a él. Si alguien ha querido matarte a ti, puede que él esté también en peligro.

—Dame un par de días, por favor. Deja que hable con él.

—Estáis liados.

—Vale. Sí. Pero nada serio.

Alejandra, con el cigarrillo entre los dedos, la miró a través del humo, con esa expresión indefensa que siempre había conseguido desarmar a Marfil.

—De acuerdo, tú misma —cedió esta última. Paseó los dedos por la cruz de oro—. Pero hay cosas que no están en mis manos, como comprenderás.

—¿Qué me va a pasar?

—Espero que nada. —Mudó de gesto por completo y le acarició la mejilla; un resabio de otros tiempos—. Ya lo arreglaremos como sea, Alejandra; por lo menos el tema de esta cruz y esos muertos del subterráneo.

—¿Y si hay alguien que quiere matarme?

—Habrá que investigar todo esto a fondo. Pero no te voy a engañar: yo también creo que hay alguien matando a la gente que se relaciona con el libro. —Obvió, empero, revelarle que había estado investigando por su cuenta las muertes de Rafael Morata, Rubén y el profesor Poveda, sin cosechar más que dudas—. Y sí, es muy posible que alguien haya querido matarte a ti.

—¿Qué puedo hacer?

—De momento te vas a quedar un par de días en mi casa. El mismo hecho de que hayan matado a tu inquilina nos indica que no saben muy bien dónde localizarte, así que es posible que incluso estés segura en tu casa de Santa Eugenia. En cuanto a lo demás, voy a empezar a moverme, a ver si podemos arreglar este embrollo —e hizo saltar la cruz de oro en la mano.

19

La poca joyería que se conserva procede sobre todo de dos hallazgos, los de Guarrazar y Torredonjimeno; ambos fortuitos y dignos exponentes de la España Negra. El primero tuvo lugar en 1852, en la huerta de Guarrazar, en el pueblo toledano de Guadamur, cuando unas lluvias torrenciales dejaron al descubierto una caja con coronas, cruces y demás ornamentos. A sus descubridores no se les ocurrió otra cosa que vender parte a un orfebre de Toledo, que lo fundió para aprovechar el oro. El resto lo compró un militar francés y lo envió al museo de Cluny, donde permaneció hasta que el gobierno español pudo recomprarlo. Entre las piezas recuperadas estaban las coronas votivas de los reyes Recesvinto y Suitila, que fueron depositadas en la Armería Real, aunque no acabaron ahí las cuitas, ya que, una noche de 1921, alguien robó la segunda de esas coronas y su paradero es hasta el día de hoy desconocido.

El tesoro de Torredonjimeno data de mucho más tarde, 1926, aunque no por eso corrió mejor suerte. Su descubridor, un campesino del lugar, creyendo que se trataba de baratijas de latón y cristal, dio parte a sus hijos para que jugasen y la otra la malvendió a un chatarrero, que trató las piezas con si fuesen quincalla.

Pero esos dos hallazgos prestaron alas a la fantasía y reforzaron la teoría de que los fabulosos tesoros visigodos siguen ocultos por toda España. Son muchos los que los han buscado, sobre todo el tesoro de Toledo, y no pasa año sin que salgan a la luz nuevos libros sobre el tema.

El comisario recordaba haber tenido alguno de esos libros entre sus manos, y haberlo ojeado entre curioso y escéptico. Pero nunca hubiera creído que aquel asunto llegaría, de forma literal, a sus manos.

Tras consultar con su jefe de grupo, Marfil le había pedido hablar a solas, y así era como el comisario había oído la historia, tan atónito como ella misma cuando la oyó a su vez de boca de Alejandra Espinosa. Hizo pocos comentarios mientras Marfil le exponía lo sucedido, aunque no pudo dejar de juguetear con la cruz de oro y pedrería, prueba bastante sólida de que todo lo contado era algo más que una fábula. También repasó un par de veces las fotos del codicilo, con mayor perplejidad aún si cabe.

El comisario era de pelo entrecano y facciones marcadas, lo que le hacían parecer muchas veces más viejo de lo que era. No solía dejar entrever gran cosa de lo que le pasaba por la cabeza —ni de palabra ni de gesto—, pero en aquella ocasión Marfil pudo ver lo desconcertado que estaba por toda aquella historia.

—No tenía mucho sentido que alguien anduviese matando por unos cuantos libros antiguos, por valiosos que éstos sean —reflexionó—. Por eso no me tomé muy en serio la historia. Pero ahora la cosa cambia, y mucho. Aunque habría que ver si ese tesoro existe.

Marfil asintió, al tiempo que se echaba hacia atrás en la silla y encendía un cigarrillo. El comisario examinó de nuevo la cruz, para luego poner esos ojos suyos, que siempre parecían cansados, en los de ella.

—De todos los asuntos raros con los que me he topado en mi carrera...

—Tú mismo lo has dicho. —Marfil hizo un ademán—. Está por ver que ese tesoro exista. Son pistas y documentos que tienen siglos de antigüedad. La propia Alejandra supone que bien pudiera ser una falsificación histórica.

—¿Qué más da? Si hay alguien que cree que es real, está dispuesto como sea a apoderarse de él y para ello no duda en matar, la existencia o no del tesoro es irrelevante. Tenemos ya cinco posibles asesinatos sobre la mesa.

—¿Y qué vamos a hacer?

—Movernos. Pero hay que andarse con pies de plomo.

Marfil se le quedó observando por entre la humareda del tabaco, con curiosidad mal disimulada. Ese asunto podía ser una oportunidad de oro en sus carreras, o así lo veía ella, por lo que no acababa de entender el fastidio que traslucía su interlocutor. Él se dio cuenta del escrutinio y un resplandor, más fatigado que burlón, asomó por un instante a sus ojos, como si hubiera comprendido lo que la inspectora pensaba.

—Este asunto puede ser un problema y de los gordos.

—¿Por qué?

—Porque es un bocado muy grande y goloso. Si se destapa, aquí va a meter los dedos todo Dios. Sobre todo si está por medio esa Mesa de Salomón. Van a entrar a saco los de Patrimonio, que no es gran problema, pero también el CNI, Asuntos Exteriores... sin contar con que los judíos van a empezar a pegar voces y reclamar la Mesa.

—Entiendo. —Marfil asintió, porque no se le había pasado por la cabeza esa vertiente. La Mesa de Salomón, un objeto antiguo y sagrado de una religión viva.

—Elige a quien quieras para esto, pero si alguien se va de la lengua le corto todo lo que le cuelga, de la nariz para abajo.

—¿Y qué pasa con mi amiga?

El otro se echó hacia atrás en su sillón, de forma que el respaldo crujió.

—Vale. Vamos a dejarla al margen todo lo que podamos, mientras sea posible.

—Te lo agradezco —respondió con sencillez Marfil, aunque no pudo evitar un suspiro de alivio para sus adentros.

—Soslayar a tu amiga tiene su parte mala, al menos para ella. —Enarboló la cruz visigoda de oro y pedrería, casi como un predicador improbable a punto de lanzar un anatema desde el púlpito—. Al hacerlo así, no podemos protegerla.

—Ya lo sé. De momento está en mi casa.

—¿Y la vas a tener escondida siempre?

—No. No creo que haya mucho peligro. Si mataron a su inquilina es porque no saben muy bien cómo es físicamente. Supongo que podrá volver a la casa donde vive, que es de una amiga, con bastante seguridad. —Meneó la cabeza—. Eso sí, se ha empeñado en ir al entierro de Barsanufio Folgado.

—Habrá que estar al quite, entonces.

—¿Y del asunto de la Mesa?

—Lo dicho. Tú busca a quien quieras, para que te ayude. Creo que de momento podemos movernos con comodidad. —Volvió a blandir la cruz—. Vamos a ver. Lo de las tres muertes previas lo vamos a dejar estar, de momento. Ya tendremos tiempo de solicitar autopsias. En cuanto a Folgado, lo han matado en un pueblo, así que el asunto está en manos de la Guardia Civil y lo más seguro es que de entrada lo trate como un caso de robo. Así que, por ahora, podremos trabajar sin mucho agobio. Esto, oficialmente —y sonrió sin humor—, es una investigación sobre una posible trama de estafa y tráfico de objetos de arte.

—De acuerdo.

—En cuanto a la mujer del garaje de Ventas, eso sí que es territorio nuestro. Pero ya me encargo yo de informar a Homicidios, y pedirles discreción... hoy por mí, mañana por ti.

Marfil volvió a asentir. El comisario la miró a los ojos.

—Una cosa más. Quien esté detrás de estas muertes, es un matarife y tiene recursos.

—¿Por qué dices eso?

—A Folgado le mataron con una Tokareva, según he leído en la prensa, y a la mujer de las Ventas con una 38. Puede ser una banda. Es como si matasen a todo el que se acerca a lo que están buscando. Es de suponer que sacaron a Folgado el nombre de sus compañeros y, en pocas horas, habían averiguado cuál era el domicilio de Alejandra Espinosa. A eso llamo yo tener recursos. Otra cosa es que se equivocasen y no la matasen a ella, sino a su inquilina. Pero no hay duda de que los asesinos tienen contactos y saben cómo encontrar la información.

Se quedó un momento en silencio, dándose golpes sobre la palma de la mano con la cruz.

—¿Qué pasa con el tercero del grupo?

—¿Nil Saus? Está de viaje de negocios, fuera de España.

—Ocúpate tú también de eso.

—De acuerdo. —Marfil apagó el cigarrillo, a medio fumar, y se incorporó.

—Y llévate todo esto. —El comisario le tendió de repente la cruz y las fotos del codicilo.

—¿Y esto por qué? —Marfil lo recogió todo, pero con cara de sorpresa.

—La gente la caga siempre por guardar más cosas de las que debe. De momento, devuelve todo esto a tu amiga y así no sabremos si esta cruz es de oro o de hojalata. Aquí no la quiero, desde luego. Se supone que estamos investigando un asunto que nada tiene que ver con ese dichoso tesoro. Es lo mejor para todos: para nosotros, para tu amiga, para la propia investigación.

El azar quiso que Aslan y el abogado Peña tuvieran un encuentro similar al habido entre Ana Marfil y Alejandra Espinosa, sólo que al día siguiente. Peña había telefoneado al primero y le había pedido que se reuniese con él lo antes posible. Aslan no se había hecho de rogar, ya que debía muchos favores al abogado. Él mismo sugirió que podían verse a media tarde en la cripta de la Catedral de la Almudena.

Aquel templo grande, oscuro y frío, no siempre estaba casi desierto, sino que era un lugar idóneo para el que dos hombres deambulasen charlando en voz baja, sin que nadie viera en ellos otra cosa que dos visitantes. Al llegar Aslan, Peña ya estaba a las puertas de la cripta, disfrutando del sol de la tarde. Vestía uno de sus trajes italianos que, pese al corte excelente, no sentaban bien a su cuerpo de espantapájaros. Tenía el rostro tan pálido y demacrado como siempre, y los gestos fatigosos del que se pasea cerca de la tumba. Al fumar, la mano le temblaba cuando se llevaba el cigarrillo a los labios. Apenas vio aparecer a Aslan, dejó caer el cilindro humeante y lo aplastó con el tacón.

Aslan, atezado, apuesto, de ojos azules muy claros, vestido de sport, llegó a su altura y le saludó con cortesía. Se sumergieron en las profundidades de la cripta. Aslan no se sentía a disgusto entre todo aquel arte funerario cristiano; antes al contrario, le resultaba impresionante aquella iglesia subterránea, con su estilo románico, grande y pesado, mucho más imponente que el neoclásico y los frescos espantosos de la propia catedral.

La relación entre Peña y Aslan venía de largo. Uno había sido cliente del otro, hasta que aquél tuvo que dejar de ejercer por problemas de salud, haría unos cinco años. Fue en esa época cuando Peña, desahuciado por los médicos, había acudido a una curandera que hablaba en radios y teles locales, y de la que una conocida le había contado maravillas: María Eugenia Santos.

Ésta le había sometido a sus *tratamientos naturales*, que era lo que legalmente se dedicaba su centro de la Ronda de Atocha; aunque en seguida comenzó con las imposiciones de manos y los rezos a los santos. Peña había logrado sobrevivir, aunque con la salud muy quebrantada y, pese a las burlas de algunos amigos médicos, estaba convencido de que había sido gracias a la curandera. Siempre respondía a las puyas, o a los llamamientos a la lógica, con el mismo argumento: «los médicos no me daban ninguna salida y esa mujer dijo que podía curarme. Y de momento aquí estoy, vivo».

Así era como un hombre tan prosaico como Álvaro Peña había entrado en la congregación de crédulos e iluminados que rodeaba a María Eugenia Santos.

Aquella mujer reinaba sobre una verdadera secta de corte católico, de la que era gurú y guía espiritual absoluto. Además, se dedicaba a toda clase de actividades lucrativas, con la tapadera de las terapias naturales. Era de las que afirmaba practicar la Santería Española, basada en la curación por intercesión de los santos, y afirmaba tener poderes por la Gracia de Dios, así como gozar de la protección y consejo de dos *maestros ascendidos*, Santa Bárbara y San Jorge, con los que dialogaba al entrar en trance.

Peña la consideraba una desequilibrada y una estafadora, sin poner en duda por eso sus capacidades de curación, que él achacaba más a las terapias que a poderes místicos. Estaba seguro de deberle la vida y, en cuanto a que desplumase sin compasión a cuantos se ponían a tiro, Peña había tratado toda su vida con delincuentes y no se ruborizaba ante casi nada, aparte de que nunca había sentido demasiada simpatía por los incautos.

Cuando María Eugenia le consultó para vender de forma discreta un par de cuadros de cierto valor, preferentemente fuera de España y sin dar muchas explicaciones, o mejor ninguna, la puso en contacto con Aslan. Fue el comienzo de una relación provechosa para aquellos dos, en la que uno daba salida a lo que la otra conseguía en forma de *herencias* más o menos irregulares.

Detalles sueltos de esos negocios llegaban a veces a oídos de Peña, ya que a raíz de su enfermedad había abandonado su bufete de abogado penalista y vivía retirado. En alguna que otra ocasión había aconsejado a su antiguo cliente, pero esa vez era él quien recurría a Aslan para contarle una historia y pedirle ayuda.

Meses atrás, María Eugenia había *heredado* una biblioteca de algo más de cuatro mil volúmenes. Pertenecía a una anciana captada hacía años por la curandera y a la que Peña había visto en alguna ocasión: muy mayor, flaca y frágil, adicta al Tarot, «la limpieza de trabajos negativos» y los rezos colectivos del rosario que organizaba María Eugenia. La curandera había cuidado de ella en sus últimos años, ya que era viuda, sin hijos y tenía muy poco trato con sus familiares. A su muerte, cuando éstos quisieron hacerse cargo de la herencia, descubrieron que la cartilla de ahorros estaba a cero, que no había ni una sola alhaja en los cajones y que la biblioteca familiar se había volatilizado.

Esa colección había pertenecido en realidad al marido de la mujer, muerto antes que ella. Perteneció a su familia durante generaciones y contaba con libros antiguos de verdad. María Eugenia, con la esperanza de que algunos tomos pudiesen valer mucho dinero, había buscado un experto en catalogación, un tal Morata, que era quien había descubierto la existencia de un volumen muy curioso, datado en el siglo XIX y escrito en un alfabeto desconocido. Con el permiso de María Eugenia, Morata se lo había llevado para confiárselo a un antiguo profesor suyo, Poveda.

Eso no sorprendió a Aslan, que en los últimos meses había dado salida a unos cuantos libros muy antiguos por cuenta de la curandera. Pero lo que a continuación le contó Peña le dejó primero perplejo, luego atónito y, sobre todo, le ayudó a comprender por fin qué había estado ocurriendo.

El libro estaba escrito en una lengua muerta y narraba una historia muy antigua, ocurrida durante la invasión musulmana de España. A Poveda le había llevado cierto tiempo traducirlo y, por simple lealtad, Morata había mantenido al tanto de sus avances a María Eugenia. Ése había sido el momento en que todo se había complicado, porque aquel libro daba pistas sobre lo ocurrido con el tesoro de los antiguos reyes españoles. Y con la Mesa del Rey Salomón, que formaba parte de ese tesoro.

La sola idea de poseer la Mesa había trastornado a María Eugenia. Peña recordaba el día en que le anunció que sus *maestros ascendidos* le habían encomendado la recuperación y custodia de ese objeto tres veces sagrado. Tras esa conversación y en un intervalo de pocos días, murieron Morata y Poveda, uno en accidente de tráfico y el otro de un infarto, cosa que no dejó de llamar la atención a Peña. Aunque no había querido indagar al respecto, ni siquiera pensar mucho en el tema, no podía dejar de recordar con inquietud comentarios del tipo «La Mesa está reservada a los elegidos y el destino que se reserva a los indignos que ponen sus manos o sus ojos en ella es la muerte», con los que María Eugenia se descolgaba de vez en cuando.

—¿Crees que ella los mató? —le preguntó Aslan por lo bajo, mientras paseaban entre las grandes columnas románicas.

—No lo sé. Se supone que las dos fueron muertes fortuitas. Pero...

—¿No se lo habían contado a nadie?

—Creo que no. Los dos pertenecían al mundo académico y para ellos ese libro y el tesoro suponían un gran descubrimiento.

Consideraban que era algo que les daría un enorme prestigio profesional, así que se lo callaron. Algo así no se puede contar sin que tus propios compañeros de profesión traten de quitarte los méritos.

—¿Y cómo es que se lo dijeron entonces a la señora Santos?

—El libro era suyo y pensaban que podía tener en su poder más papeles con datos útiles. Pero deja que te siga contando, que hay más.

No mucho después, Peña había viajado hasta los Oscos, en Asturias, para investigar sobre el personaje que había escrito aquel libro, transcripción de uno mucho más antiguo. No pudo averiguar casi nada, excepto que una mujer había estado también preguntando lo mismo pocos días antes. Eso pareció alterar y mucho a María Eugenia; pero, tras eso, Peña se desentendió del asunto. Por algún comentario suelto de la curandera, llegó a la conclusión de que el libro no daba indicaciones concretas sobre el paradero de la Mesa y que eso la tenía furiosa de frustración.

Ella y los tres o cuatro íntimos que estaban en el secreto habían revisado repetidas veces la biblioteca, con la esperanza de encontrar más documentación, pero había sido en vano. Quien puso aquel volumen en la biblioteca, debió hacerlo atraído por su rareza, más que por otra cosa, y luego se había olvidado de él. Así que la curandera y los suyos andaban dando palos de ciego, consultando con precaución a algún que otro experto y sin sacar nada en claro.

O tal vez sí, porque María Eugenia había recurrido a Peña otra vez, hacía pocos días. Se había enterado de la existencia de un gran especialista en sociedades secretas del siglo XIX español, un tal Barsanufio Folgado y, por algún motivo, tenía mucho interés en contactar con él. Tenía su dirección y teléfono de Madrid, pero le había llamado varias veces sin que nadie descolgase. Incluso se había presentado en su domicilio, sólo para ser rechazada por un portero lacónico, al que no lograron amilanar sus modales autoritarios.

A Peña no le fue difícil averiguar que Folgado era propietario de una casa en un pueblo de Toledo, Alcabón. Pero no figuraba ningún teléfono en la guía y, tras recurrir a sus contactos, tuvo que desistir y aceptar que aquel hombre no tenía línea en casa, y que debía estar casi incomunicado, porque tampoco parecía haber móvil alguno a su nombre.

Fue el propio Peña el que se ofreció ir hasta Alcabón para averiguar si Folgado, que debía ser un hombre muy mayor, estaba allí y hacer un primer contacto en persona. Y una mañana de diario, tras poco más de hora y media de viaje en coche, se presentó en el pueblo.

El señor Folgado estaba en efecto en casa y atendió a la puerta ceñudo, como si le hubieran interrumpido en algo importante. Pero no pudo por menos que invitar a pasar a Peña, aunque sólo fuese porque venía desde Madrid y era patente que no gozaba de muy buena salud. Folgado era anciano, grueso y algo desaliñado, de carácter brusco. La distancia cortés, propia de quien espera despachar a un visitante cuanto antes sin ofender, se volatilizó en cuanto Peña mencionó a Augusto Ramos. Comenzó a asaetearle con preguntas, hasta el punto de que Peña tuvo que aclararle que él sólo era el mensajero de alguien que sí estaba interesado en la vida, obra y milagros de Ramos.

Al cabo de una hora, Peña se había despedido en los mejores términos de Folgado, e incluso concertó una entrevista entre él y María Eugenia a través de su propio móvil. Tras eso, había olvidado el asunto por completo, hasta que vio en el periódico que se había producido un asesinato en el pueblo toledano de Alcabón.

Aslan se detuvo en la penumbra, para observar con interés el interior de una de las criptas familiares, con su capilla y sus sarcófagos de piedra. Apoyó una mano en la verja de hierro negro que protegía la entrada.

—¿Crees que *la Bruja* mató a ese hombre? —preguntó después, de golpe.

Peña le miró, perplejo por un instante, porque nunca le había oído llamar así antes a María Eugenia. Luego se permitió una de sus sonrisas marchitas.

—Aslan, yo no suelo dar nada por supuesto. Pero si algo tiene alas y vuela, lo considero un pájaro, aunque luego resulte ser murciélago. Si ella le visitó y el mismo día de esa visita le mataron, tras torturarle, y luego trataron de quemar la casa para hacer desaparecer posibles pruebas, ¿qué quieres que piense?

—¿Y por qué me lo cuentas ahora a mí? —le espetó, con alguna brusquedad.

—Porque me ha entrado miedo —admitió Peña con franqueza.

—¿Temes que *la Bruja* te haga algo?

—No lo sé. Pero quisiera guardarme las espaldas por si acaso. Creo que esa mujer, a la que estoy convencido que debo la vida, ha perdido la cabeza con el tema de la Mesa.

—¿Tiene a alguien que mate por ella?

—Casi todos los que la rodean son viejos o enfermos, como yo. —Sonrió de forma fugaz—. Pero me da mala espina ese loco que anda siempre pegado a sus faldas...

—¿Quién?

—Ese Juan de Dios. Tú le conoces. Ése es otro que oye voces. —Hizo una pausa—. Pero, más que por mi vida, temo por mi reputación. Tengo miedo de que todo este asunto me salpique. Fui yo quien visitó por primera vez a ese pobre hombre de Toledo y el que hizo el contacto.

—Pensaba que eras de los que creían que *la Bruja* es una enviada de Dios, y que los santos hablan por su boca.

—Tonterías. —Peña se hubiera permitido un gesto brusco de irritación, si su salud se lo hubiera permitido—. Soy un católico chapado a la antigua. Pase que organice rezos del rosario. Pero eso de que habla con los santos, que organice lecturas públicas de la Biblia y la interprete... ¿Qué quieres que te diga? Me resulta de lo más desagradable.

—¿En qué puedo ayudarte?

—De momento, saber que puedo contar con tu ayuda me vale. Sobre todo si las cosas se ponen feas con María Eugenia.

—Siempre la has ayudado. ¿Por qué iba a hacer algo contra ti?

—No las tengo todas conmigo. Si ha matado a esa gente, yo soy un testigo.

—Me has sacado alguna vez de apuros y yo soy agradecido. Cuenta conmigo. —Hizo una pausa—. ¿Pero qué pasa con el tesoro?

—Aslan, mírame. Tú me has conocido antes y después de la leucemia. Tengo casi sesenta años, he estado al borde de la muerte y nunca recuperaré la salud. He dejado la profesión, tengo dinero de sobra y lo único que me interesa en este mundo es vivir en paz, todo el tiempo que me quede, con los menos dolores posibles y con cuantos menos quebraderos de cabeza, mejor. Si ese tesoro existe y consigues apoderarte de él, por mí es todo tuyo, de corazón. Yo no quiero nada.

Aslan rozó con los dedos uno de los bancos de madera de la cripta; luego, en la penumbra, puso sus ojos azules en los del abogado.

—Te voy a dar otro número de móvil. Siempre lo llevo encendido y encima. Úsalo sólo en caso de necesidad.

Apenas unas horas más tarde, Aslan habría de repetir esa conversación a Shamil, mientras jugaban una partida de ajedrez en la casa del segundo, en Alcorcón. Ni siquiera un asunto tan desconcertante logró romper la concentración de Shamil, que oía a su jefe sin dejar de estudiar el tablero ni perder por eso palabra alguna. Tan sólo la mención a la Mesa del Rey Salomón le hizo alzar la cabeza, y no porque fuese más religioso que Aslan, sino porque, en su caso, las creencias y supersticiones de la infancia estaban más arraigadas en él.

—Eso es un objeto sagrado, Aslan. —Movió un alfil blanco, para luego acariciarse la gran barba—. ¿En qué nos hemos metido, amigo mío?

—De momento en nada. —Titubeó—. Bueno, puede que eso no sea del todo cierto.

—¿Por qué dices eso?

—Cuando Peña estuvo en el norte, en Asturias, se enteró de que una mujer había estado en los mismos lugares que él, sólo unos días antes, preguntando por lo mismo. La descripción que le dieron era que es alta, joven, guapa, con una gran melena de pelo rizado. Estoy convencido de que es la misma mujer que vio Doku a las puertas de la casa del profesor muerto. La misma que volvió a encontrarse en la calle Fuencarral y que *la Bruja* nos pidió que matásemos.

—Algo que le costó la vida a Doku, y aún no sabemos muy bien cómo.

—Exacto.

—Entonces ya estamos salpicados por todo esto.

—No. Lo pasado, pasado está. Y *la Bruja* cree que no sabemos nada del tesoro ni la Mesa. Pero ahora lo que tenemos que decidir es qué vamos a hacer.

—Sigo creyendo que, si está por medio un objeto tan venerable, debiéramos tener cuidado. Nada bueno viene nunca de profanar lo sagrado.

—No es seguro que la Mesa exista. Pero tú piensa en todo lo demás: un tesoro de reyes antiguos; piezas más valiosas de lo que nunca hemos tenido entre manos.

—¿Pero tú crees posible que eso exista?

—Claro que sí. ¿Tú no?

—Me parece tan extraño...

—¿Cuánto llevamos en este país, amigo? ¿Siete años? Esto está lleno de iglesias y casas antiguas, con obras de arte de siglos pasados que nadie se molesta en valorar. Este país es una mina.

Shamil asintió, todavía remiso. La banda de Aslan se había dedicado durante años al expolio de ermitas e iglesias rurales, y a negocios con gente poco escrupulosa, como María Eugenia Santos. No pocas piezas de arte sacro habían acabado en colecciones privadas del extranjero gracias a ellos.

—Estamos hablando del tesoro de los antiguos reyes de España. Los árabes invadieron este país hace muchos siglos y sus reyes escondieron sus tesoros. Si lo encontramos, seremos más ricos de lo que jamás pudimos soñar.

—¿No será un bocado demasiado grande para nosotros?

—En el riesgo está la ganancia, amigo. Para eso nos hubiéramos quedado en casa, trabajando en los pozos.

—Tú eres el jefe. Tú indica la dirección, que yo te sigo. —Shamil se permitió una sonrisa fría. Era de esos hombres prácticos que prefieren estar a la sombra de alguien más carismático, como Aslan. Pero era Shamil el que cuidaba los detalles de sus planes y el que sabía cómo manejarle si se ponía nervioso o cuando, por el contrario, se lanzaba a demasiadas quimeras.

—Bien. —Los ojos azules de Aslan no pudieron esconder su contento—. ¿Qué aconsejas que hagamos, amigo?

—De momento, nada. Conviene esperar. Si lo que te ha contado Peña es cierto, *la Bruja* acabará por recurrir a nosotros. Nos necesita para sacar del país las piezas del tesoro.

—Bien.

—¿Estarías dispuesto a jugársela a *la Bruja*?

Aslan reflexionó unos instantes, con los ojos puestos en el tablero.

—¿No ha jugado sucio ella con nosotros? ¿No nos ha utilizado? ¿No le costó eso la vida a Doku?

—Cierto. ¿Y qué pasa con Peña?

—Ese hombre se ha portado siempre bien conmigo y ha sido quien me ha avisado sobre el tesoro. Si tiene problemas, le ayudaré.

Hubo unos instantes de silencio, en el que ambos permanecieron absortos en el tablero. Luego, Aslan puso sus ojos azules en los verdes de Shamil y, algo irritado, derribó su rey.

—No tiene sentido seguir. Hace rato que tienes ganada la partida.

20

Enterraron al señor B. por la tarde, una de esas tardes de mediados de mayo en Madrid, tan llena de luz que Alejandra no pudo dejar de pensar que era un día para estar vivo y no muerto. Nunca supo por qué la familia eligió esas horas, pero aun así quiso estar presente, pese a las reticencias de Marfil. Aunque odiaba con toda su alma entierros y funerales, y todas esas demostraciones públicas de pesar que los acompañan, sentía que le debía eso al señor B., sin importar que pudiese haber peligro; eso sin contar con que no estaba dispuesta a dejar sola a Irene.

De hecho, en vez de ir al cementerio desde casa de Marfil —seguía instalada allí, aunque ya pensando en volver a su vida normal—, se había detenido en la Torre Retiro, para recoger a Irene y acercarse juntas. Utilizaron el coche de esta última, un Jaguar XK R cupé, gris metalizado con capota negra, espectacular, pero fue Alejandra la que condujo, porque Irene no se sentía con muchos ánimos. No cambiaron casi palabras en el trayecto que va del Retiro al cementerio de la Almudena, que se hace en muy poco tiempo si no hay tráfico. Irene iba muy arreglada, vestida con ropa negra de Dior y los ojos ocultos tras unas gafas grandes de Chanel, con un cigarrillo en las manos y, al menos por fuera, tan controlada como siempre. Alejandra, sin ganas de hablar, se limitó a conducir, disfrutando de la sensación de tener entre las manos un coche tan potente como aquél, con la vista puesta en semáforos y automóviles, y la cabeza en otro lado.

Unas tres horas antes, Nilo había telefoneado por fin y al oír su voz fue como si se disolviera una gran opresión que hubiera llevado en el pecho. Estuvieron hablando cerca de una hora, hasta que a Alejandra se le agotó la batería del móvil. Nilo quiso saber todos los detalles de lo ocurrido al señor B. Le había preguntado una y otra vez cómo estaba ella, e insistió en adelantar su vuelta a España, pese a las protestas de Alejandra. Cuando el móvil comenzó a pitar, avisando de que se agotaba la carga, no tuvieron tiempo más que de despedirse de forma atropellada.

—Ten cuidado, Nilo. Cuidado —fue lo último que pudo decir Alejandra, antes de que se cortase la comunicación. Se quedó con el móvil unos segundos en la mano y había sentido unas ganas tremendas de llorar, que logró a duras penas contener.

Hacía muchos años que Alejandra no pisaba el cementerio de la Almudena; lo más cerca que había estado era cuando pasaba en coche junto al muro alto de ladrillo que lo rodeaba. La última vez tendría quizá diecinueve años y era una persona bien distinta porque en esta ocasión, tras enfilar los arcos de la entrada principal, la primera impresión fue de sorpresa ante la gran belleza del lugar. Había una flecha que decía «capilla» y, atendiendo a ella, subieron por un camino empedrado a la sombra de árboles de follaje oscuro.

La capilla del cementerio de la Almudena se construyó a principios del siglo XX en un estilo modernista de lo más fantasioso. Tiene una cúpula muy alta, rematada con un ángel de bronce, y detrás se remonta aún más arriba la torre, con un chapitel ojival que es como una bala de fusil. Alejandra se demoró unos instantes contemplando los detalles arquitectónicos, que no recordaba en absoluto de su anterior visita, para luego seguir a Irene hasta uno de los laterales, a fumar un cigarrillo, ya que habían llegado con unos minutos de antelación.

Los asistentes fueron apareciendo a goteo; aparcaban en las inmediaciones y los que eran conocidos se estrechaban las manos o besaban en las mejillas, y cruzaban comentarios en voz baja, como si ya estuviesen dentro de la capilla, y no todavía fuera, al sol de la tarde. Llegó por fin el coche fúnebre, seguido por el de los familiares más próximos, y todo el mundo entró. El interior de la capilla, de mármoles y con aquel techo de cúpula tan alto, resultaba gélido incluso en un día como aquél. Por fortuna el sermón fue breve y, mientras el sacerdote hablaba, Alejandra, llena de alivio, vio entrar a Ana Marfil. Su amiga le había prometido que procuraría asistir, cosa que le confortaba y daba seguridad.

Al salir, contentos de abandonar aquel interior umbrío y helado, cada cual volvió a su automóvil para formar comitiva tras el coche fúnebre. Mientras circulaban a veinte por hora, entre tumbas, panteones y cipreses, Alejandra volvía los ojos a un lado y otro, cautivada por el despliegue de arte funerario. Cruces de todos los tamaños y formas, estatuas de ángeles, santos, palomas, vírgenes, cristos, personas, en bronce o en piedra. Vio, al pie de la ruta, la efigie de una folclórica en piedra, con los brazos levantados en el gesto de bailar, o puede que de tocar las castañuelas. No pudo precisarlo, ya que, como conducía, no podía apartar mucho tiempo los ojos.

Cerca ya de su destino final, reparó en un hombre parado junto a una de las tumbas, entre un verdadero bosque de cruces. Era ya mayor, con aspecto de jubilado, y vestía pantalones grises y un chaleco de punto pese al calor de la tarde. Tenía las manos en los bolsillos y al principio ella creyó que estaba rezando, porque movía los labios; pero luego, al mirarle con más detenimiento, se dio cuenta de que en realidad estaba conversando. Meneaba la cabeza, con gesto entre sabio y fatigado, y Alejandra supuso que le estaba contando sus cuitas a quien fuera que ocupase la tumba, tal vez su mujer.

Por algún motivo, Alejandra había dado por supuesto que el señor B. dispondría de una tumba familiar, quien sabe si no un panteón, pero el Mercedes gris de la funeraria fue a detenerse en una pared cubierta de nichos. A Alejandra se le vino a la imaginación un señor B. que debía pagar religiosamente, todos los primeros de mes, durante décadas, el recibo de la mutua que le daba derecho a esa sepultura. Esa idea se le ocurrió de repente y no debía andar muy descaminada, a juzgar por lo antiguo de esa pared en concreto. Los ladrillos estaban desmenuzados por la humedad y el tiempo, y había telas metálicas que impedían que partes de la pared se desplomasen.

Les aguardaban los empleados del cementerio junto al hueco abierto. Casi todas las lápidas estaban inscritas, lo que indicaba que los nichos estaban ocupados. Unos mostraban signos de abandono de años, en tanto que otros estaban adornados con flores. No había mucha gente presente, bastantes menos de lo que Alejandra hubiese esperado. Claro que el señor B. era ya mayor y, sin duda, muchos de sus íntimos debían haberle precedido en aquel viaje.

Irene la cogió por un codo para señalarle un nicho a la derecha del ahora abierto.

—Mira —le susurró—. Su mujer.

Alejandra asintió. «M.ª del Carmen Abad Gómez. 1924-1990. D.E.P. Tu esposo y tus hijos no te olvidan.» Se había adelantado en quince años al señor B.

Los empleados del cementerio auparon el ataúd con sogas y una especie de grúa hasta el nicho, y emplazaron una lápida de mármol blanco provisional, sin inscripción alguna. La aseguraron con cuatro pegotes de cemento en las esquinas, fácil de hacer saltar con cincel cuando llegase el momento de colocar la lápida inscrita.

Y eso fue todo.

Los concurrentes comenzaron a desfilar, muchos de ellos luego de haber saludado a los dos hijos del difunto. Alejandra se quedó rezagada junto a Marfil, para dar tiempo a que Irene se despidiese de Amalia, la hija del señor B. Mientras esperaba, no pudo dejar de reparar en la gran diferencia que había entre algunos nichos, incluso contiguos. En unos había flores naturales, en otros de plástico, alguno mostraba una foto enmarcada del difunto y un par de ellos eran verdaderos expositores del kitch, rebosantes de baratijas funerarias de plástico. Los había también sobrios a más no poder, incluso en las leyendas. En ciertas lápidas, el tiempo y la intemperie habían borrado la pintura negra de las letras y, en algún caso alguien, con más amor que medios, las había repintado por su cuenta, con no muy buen resultado.

Irene, que en ningún momento se había quitado aquellas gafas grandes y negras, estaba acabando de despedirse. Alejandra puso las manos sobre los antebrazos de Marfil.

—Gracias por venir.

La otra quitó importancia a aquello con un gesto y le besó en las mejillas a modo de despedida. Después, cuando Alejandra ya se subía al Jaguar, le llamó la atención, antes de llevarse la mano a la mejilla, el pulgar junto a la oreja y el meñique junto a la boca, para indicar de forma expresiva que le llamaría.

—¿Tienes algo que hacer esta tarde? —preguntó de repente Irene a Alejandra, cuando estaban dejando ya el coche en la plaza de garaje—. ¿No? Sube conmigo un rato a casa, anda. No me apetece estar sola.

Ya arriba, se quitó las grandes gafas y Alejandra advirtió que tenía los ojos rojos. Mientras una iba a la cocina a por bebida, la otra se asomó al ventanal, a esa panorámica espectacular del Parque del Retiro visto desde lo alto, a la luz de última tarde. Luego Irene regresó con una botella de Estrella Damm para su invitada y una botella casi llena de vodka Absolut, recién salida del congelador. Se sirvió un buen vaso.

«Esta mujer...», no pudo evitar pensar Alejandra, mientras escanciaba la cerveza dorada en copa, «tiene que tener botellas en casa, y no latas, como todo el mundo».

Irene había puesto música clásica, una solemne y suave, que no logró identificar. Luego fue a sentarse en una butaca de cuero y se bebió de un trago el vodka, para servirse acto seguido otro. Alejandra, arrellanada de modo informal en el sofá, dio un sorbo a su cerveza.

Se pusieron a hablar y, cuando quisieron darse cuenta, había ya oscurecido, una llevaba cuatro vodkas y la otra iba por su tercera cerveza. La anfitriona echó una ojeada al reloj.

—¿Te apetece que preparemos algo de cenar?

—Para ti, si te apetece. No tengo mucho apetito.

Así que se quedaron en el salón. Irene echó mano una vez más a la botella de vodka y, de repente, se le escapó un suspiro lleno de rencor.

—No es justo que haya tenido una muerte así.

Alejandra no dijo nada y, para ocultar su turbación, buscó un cigarrillo en la cajetilla de Fortuna. Irene se llevó una mano a la frente, como si de repente estuviese muy cansada.

—Le estuvieron torturando, Alejandra. La familia no ha podido conocer los detalles y puede que sea mejor así; pero le estuvieron pegando. Incluso llegaron a arrancarle dos uñas.

—¿Qué estás diciendo? —Alejandra levantó los ojos horrorizada.

—No tuvo una muerte fácil. ¿Pero qué coño esperaban encontrar esos cabrones? Lo mismo creían que guardaba obras de arte, de las que en tiempos restauraba. Y, con lo duro y lo cabezón que era B., debió aguantar bastante tiempo.

Bebió un poco más de vodka.

—Siempre fue un tozudo. Siempre. Aunque, claro, tú no le conociste en sus buenos tiempos. Tenía un genio de mil demonios, aunque sabía ser encantador cuando quería. —Se permitió una sonrisa lejana—. Cuando yo le conocí era tan grande, tan guapo...

—¿Guapo? —a Alejandra se le escapó de pura sorpresa, aunque al instante siguiente hubiera querido morderse la lengua. El señor B. que ella conoció era grueso, algo desaliñado en su persona y descuidado en el vestir, con la camisa siempre manchada de ceniza.

—Guapo, sí, y mucho. —La miró, desafiante como un halcón envejecido, con ojos de pedernal, aunque en seguida se tiñeron de algo que podía ser melancolía—. Tienes que tener en cuenta que ya tenía más de ochenta años y que, desde que murió su mujer, vivía casi encerrado, metido en sus investigaciones y descuidándose. Pero en sus días... Te lo voy a enseñar.

Se puso en pie y pareció tambalearse por un instante, aunque pudo deberse a lo brusco del gesto y no al alcohol. Se dirigió a un cofrecito de cuero y metal, y estuvo rebuscando unos momentos, antes de volverse con una foto entre los dedos.

—Ven que te lo enseñe.

Alejandra se incorporó a su vez, la copa de cerveza aún en la mano. Irene, enarbolando la instantánea, se sentó a la mesa y ella ocupó la silla de al lado.

—Éste era él.

Alejandra cogió la imagen por los bordes. Era antigua, desde luego. Tenía esos colores extraños de las fotografías de los años sesenta y mostraba a una pareja, hombre y mujer, posando sonrientes junto a un coche, con un fondo de árboles. Tras estudiarla unos segundos, Alejandra tuvo que aceptar que el hombre era el señor B., con casi cuarenta años y cuarenta kilos menos. Y tuvo que admitir también que era guapo, al menos a la manera de entonces; un hombre alto, fornido, apuesto, más corpulento de lo que se considera ideal ahora, pero muy de su época. El pelo repeinado, el bigotillo oscuro y bien recortado, con un traje de rayadillo, sonriendo con aplomo a cámara.

A su lado había una chica muy joven, el pelo castaño suelto, con un vestido claro y liviano, que se agarraba a su brazo derecho y sonreía también. Ese rostro risueño le era familiar a Alejandra y, tras bucear unos momentos en la memoria, se dio cuenta con gran asombro de que se trataba de la propia Irene.

—¿Ésta eres tú?

—Sí, soy yo. Entonces tenía diecinueve años. Nos sacamos esa foto en la época en que yo estudiaba restauración con él. ¿Era guapo entonces o no, eh?

—Sí. —Alejandra no sabía si ésa era la palabra exacta; pero, desde luego, aun a través de la instantánea, transmitía algo, puede que seguridad, tal vez confianza, que llamaba la atención, aunque seguro que aquél nunca hubiera sido su tipo de hombre.

Irene, aún sonriendo, recogió la foto de entre sus dedos con cuidado infinito y se quedó contemplándola de nuevo. Y, mientas lo hacía, por fin se rompió. Fue como cuando se derriten los grandes glaciares, cuando el hielo se quiebra y cede, y deja escapar por entre las grietas el agua que les ha estado socavando. Así vio Alejandra como a Irene le empezaban a correr las lágrimas por las mejillas y, cuando agachó la cabeza, por la punta de la nariz. Apartó la fotografía para evitar mojarla y se llevó una mano a la cara.

Alejandra la dejó llorar en paz, sin tratar de consolarla. En vez de eso, se acercó a su bolso, en busca de pañuelos de papel. Irene aceptó uno, se limpió las mejillas, se sonó y luego siguió llorando, esta vez con más fuerza y sin tratar ya de guardar silencio. Le pidió que le acercase un cigarrillo, y de paso la botella de Absolut y el vaso. Alejandra lo hizo sin rechistar; se puso un Marlboro entre los labios, le acercó fuego y se lo pasó ya encendido. Luego sacó otro para sí misma. Irene tenía la cara oculta ahora entre las manos, de forma que Alejandra sólo podía ver esos dorsos afeados por las manchas hepáticas, a través de la humareda del tabaco.

Por fin las apartó para apoyar la cabeza en la palma de la zurda, la que sostenía el cigarrillo. Dio un sorbo de vodka y comenzó a hablar, primero de forma entrecortada y después como un torrente. Y así fue como, entre lágrimas, humareda de tabaco y alcohol, Alejandra conoció la historia del señor B. e Irene Serra —una que nunca hubiera imaginado por su cuenta—, y cómo fueron amantes en una época nada propicia para ese tipo de relaciones.

—Él tenía cuarenta y dos, yo diecinueve. Él estaba casado y yo era una cría. —Volvió a sonarse—. No sé muy bien cómo ocurrió todo, la verdad. Pero yo, en aquel momento, le quise mucho, mucho.

No fue una relación afortunada, ni apacible, ni siquiera duró mucho tiempo, y fue la razón última por la que Irene abandonó España para seguir sus estudios de restauración en Italia. Fue una especie de exilio voluntario de casi treinta años de duración. A su regreso, cosa irónica, había retomado contacto con Amalia, la hija del señor B., de la que en tiempos había sido íntima amiga, y, a través de ésta, con él. Y, aunque aquel fuego lejano se había apagado por completo hacía muchos años, descubrió que hasta las cenizas se habían aventado, y que el señor B. era parte de su propia vida, por lo que entre los dos se había establecido una extraña amistad. Tanto que ahora esa muerte, tan inesperada en el momento como en la forma, había sido un quebranto mucho mayor de lo esperado.

Siguieron hasta bien entrada la noche, bebiendo y hablando de forma deslavazada. Fuera por donde fuese la conversación, al final Irene volvía siempre al señor B., bien al restaurador de manos mágicas de otrora, bien al excéntrico de los últimos años. Todo acabó con que Alejandra tuvo que ayudar a Irene a llegar al aseo, a vomitar, porque se había bebido casi toda la botella. Estuvo arrojando alcohol y una bilis verdosa, ya que otra cosa no debía tener en el estómago. Cuando por fin se le calmó un poco el cuerpo, se la llevó a su cuarto y la acostó. Se durmió en seguida, y Alejandra salió de la habitación, dejando la puerta abierta.

Se acabó la cerveza, se fumó un último cigarrillo y apagó la música y las luces. Luego se fue a dormir a aquel viejo diván turco de la sala de estar. Dejó la puerta abierta, por si le llamaba Irene. «No he bebido tanto», le había dicho entre arcadas, «es que no he comido nada y me ha sentado mal». Con una sonrisa, recordó cómo diez años antes a veces le decía eso mismo a Irene, y cómo ésta le había secado las lágrimas en más de una ocasión y la había acostado en ese mismo diván. Se le ocurrió que es muy cierto aquello de que la vida, aunque dé vueltas en círculos, nunca nos devuelve al mismo lugar. Y con ese pensamiento, se quedó dormida.

21

—La historia de tu amiga era cierta, al menos en lo que respecta a esta parte —rezongó Cienfuegos, al tiempo que paseaba los ojos por las paredes de piedra.

—Nunca la puse en duda —fue la contestación de Marfil, adelantada a él unos pasos.

Hacía frío allí abajo, y humedad, y olía a tierra y a moho. Marfil y el inspector jefe de su grupo, Cienfuegos, habían ido hasta la antigua bodeguilla aledaña a Conde de Peñalver para verificar la existencia del famoso túnel. No les había costado nada encontrar a su propietario, ni que les diese permiso para una inspección ocular.

Había sido decisión de Cienfuegos la de bajar los dos solos, sin recurrir a la Unidad de Subsuelos. Su razonamiento era que aquella galería, en caso de existir, tenía que ser un túnel aislado y no parte de una red subterránea. Además, se trataría de una inspección ocular para comprobar lo que le había contado Alejandra Espinosa a Marfil. Si había un túnel y una cámara subterránea, tenía que existir también aquella virgen de hierro y puede que alguna trampa más, tal vez operativa aún después de siglo y medio. Y ni Cienfuegos ni Marfil tenían ganas de acabar enterrados vivos, o algo peor.

En el sótano habían encontrado una vieja puerta de madera, muy sólida pese a los años, y un cerrojo Fac nuevo, ya que Alejandra y sus amigos habían tenido que romper el viejo candado para realizar su incursión. Más allá de esa puerta comenzaba un túnel de paredes de piedra y, al explorarlo, llegaron hasta la antigua cancela de piedra, con la verja ahora caída a un lado, ahí donde la habían dejado los anteriores visitantes. Pero no pudieron avanzar más que unos metros más allá de ese punto.

A pocos pasos de la cancela, las paredes habían cedido y el túnel se había derrumbado. Todo cuanto pudieron descubrir la luz de las linternas fue una masa de rocas y tierra que bloqueaba por completo el camino. Tras pasear los haces luminosos por todas partes, Marfil, con un resoplido de decepción, se había acercado al pie mismo del derrumbe.

—Bueno. El túnel al menos existe. —Cienfuegos, un hombre alto, de espaldas muy anchas, con barriga de cervecero, había palmeado las viejas piedras del pasadizo, como si quisiera constatar que ahí se mantenían firmes—. Lo que haya más allá...

—Puedes jugarte lo que quieras a que mi amiga no se ha inventado el resto de la historia. —Se inclinó un poco y un olor, parecido al de las tumbas recién abiertas, la recibió como una bofetada.

—No toques nada, que eso no parece muy estable. Mira la pared ahí, fíjate cómo ha cedido. —Le hizo un gesto perentorio con la luz—. Échate un poco atrás, no sea que falle un poco más y te entierre.

Pero él mismo avanzó unos pasos, casi hasta el mismo derrumbe, para enfocar la luz, primero sobre las paredes, y luego la tierra acumulada.

—Habrá que llamar a la policía científica para que examine todo esto, claro. Pero yo diría que el túnel se ha derrumbado hace muy poco —apuntó.

—¿Por qué dices eso?

—Huele a tierra recién removida y mira. —Señaló con la linterna—. Fíjate en las piedras de la pared que se han roto cuando se hundió el túnel.

Marfil fue siguiendo con los ojos la luz. La violencia del derrumbamiento había quebrado algunas de las piedras y las fracturas recién expuestas no estaban todavía empañadas por la humedad y el moho, como ocurría con todas las superficies pétreas de aquel túnel.

—Esto confirmaría por pasiva la historia de tu amiga. Ella estuvo aquí hace menos de un mes y luego el túnel se derrumbó. O lo derrumbaron.

—Eso. Mucha casualidad parece que al túnel este le dé por hundirse precisamente ahora.

—Lo mismo pienso yo. Pero tendremos que esperar a que lo perite la policía científica para estar seguros.

Marfil apuntó ahora con su luz al techo y luego de nuevo a la tierra acumulada.

—¿Habrá sido un desprendimiento muy grande? ¿Será posible despejar el paso?

—Desde aquí es imposible saberlo.

—Si hubiera sido un derrumbe total, puede que se hubiera notado en las casas o en la calle, arriba.

—No tiene por qué. Esto se encuentra a bastante profundidad y el túnel no es tan ancho. Pero estamos dando vueltas para nada al tema. Ya nos sacará de dudas la policía científica y los de Subsuelos, supongo... ¡Que no toques nada! A ver si se nos va a venir todo esto encima.

Así que retrocedieron y, al pasar la cancela rota, Ana Marfil se detuvo un momento al otro lado, junto a la pared, para examinar de nuevo el símbolo cincelado allí: la cruz formada por cuatro flores de lis. Luego salieron al exterior, contentos de cambiar la oscuridad y el olor a moho por el calor y la luz de finales de mayo.

La muerte del señor B., así como los acontecimientos posteriores, no sólo habían trastocado por completo el ánimo de Alejandra, sino también sus planes. Entre lo que pensaba hacer y no hizo durante esos días aciagos estaba, por ejemplo, llegarse hasta el Archivo Nacional de la calle Serrano y buscar los expedientes de Andreu Benavent y su sobrino Agustí Ripoll. Sin embargo, Hipólito Berenguer había hecho la labor por ella, movido por la curiosidad, y la había telefoneado al día siguiente al del entierro del señor B., con noticias frescas al respecto.

Se reunieron esa misma tarde en la calle Hermosilla, en una cafetería tan pequeña y discreta que muchos transeúntes pasaban por delante sin darse cuenta siquiera de su existencia. Si quedaron allí fue por deseo de la propia Alejandra que, aunque había regresado a la casa del barrio de Santa Eugenia, no podía dejar de sentir cierta inquietud cada vez que pisaba la calle.

Hipólito llegó unos minutos tarde, disculpándose, y, tras instalarse en la mesa frente a Alejandra, entró en materia. Tanto Benavent como Ripoll eran personajes reales, documentados, y Santa María de Montesa tenía expedientes de ambos. Agustí Ripoll había tratado de ingresar en la orden, en el año 1680. El informe había sido desfavorable y la petición desestimada, tal y como relataban los papeles encontrados en la cripta subterránea.

—Lo curioso es que no le rechazaron por falta de linaje suficiente.

—¿Ah, no? ¿Entonces, por qué?

Hipólito se inclinó sobre su taza de café humeante con una sonrisa distraída, al tiempo que golpeteaba el filtro del cigarrillo contra la mesa, para comprimir el tabaco.

—Cuando alguien solicitaba el ingreso en la orden, lo normal era que ésta enviase a la zona a dos miembros: un caballero y un freire, que iban indagando y preguntando a los vecinos. Llevaban consigo un cuestionario y, aunque la sangre pesaba, no era el único factor. En función de los resultados obtenidos, se decidía la admisión o no del aspirante. Agustí Ripoll tenía abolengo más que de sobra para ser caballero de Montesa. Pero fue rechazado por «vida desordenada».

Alejandra enarcó una ceja para componer una expresión de sorpresa exagerada; tanto que Hipólito se echó a reír, en la manera abierta que le era habitual.

—No pongas esa cara. Vida desordenada. Sí. En aquellos tiempos, ésa era una cuestión importante. Aunque ya había habido una separación de la orden en dos ramas: los frailes y los caballeros, estos últimos debían mantener un comportamiento decoroso y acorde a un buen cristiano, al menos de puertas afuera. Agustí Ripoll debía ser un vividor de buena familia y el cuestionario le fue desfavorable.

Encendió ahora el cigarrillo, con gesto de buen humor.

—En lo que toca a Andreu Benavent, era caballero de Montesa, sí.

—Parece que se confirma todo lo que se contaba en aquel documento...

—Eso parece. Su familia dio varios caballeros a la orden, aunque me temo que él fue el último. Hay una nota escueta en los archivos, en la que se informa que, en el año 1687, la orden privó al señor Benavent de su hábito.

—¿Eso qué significa?

—Dicho en lenguaje llano, que le expulsaron de Montesa.

Alejandra dio un sorbo a su café con leche.

—¿El expediente no informa de por qué?

—No se da la más mínima explicación; o, al menos, yo no he logrado encontrar nada.

—¿Es eso normal?

—Al contrario. Pocos caballeros han sido expulsados a lo largo de nuestra historia y, aunque siempre se ha obrado con discreción, en los expedientes consta el motivo.

Se produjo un silencio. Alejandra se llevó la mano a la frente, como si estuviera fatigada, para después pasear la mirada por el local. Era una de esas cafeterías antiguas, que había conocido sin duda momentos mejores. Un local que imitaba el estilo inglés, poco más que un pasillo alargado, con una barra y taburete a un lado, media docena de mesas en fila contra la pared contraria, con sofás de cuero, y los servicios al fondo. La cuarta pared, la que daba al exterior, tenía la anchura justa para permitir la existencia de una vidriera estrecha y alta de rombos de colores, que impedía cualquier visión desde el exterior.

Sólo otra mesa estaba ocupada, por dos mujeres de edad que bebían café y charlaban de sus cosas. Un tipo trajeado y taciturno estaba tomándose un cuba libre a solas en un extremo de la barra y, en el otro, el único camarero ojeaba con disimulo el periódico.

Alejandra abrió el bolso para sacar la cajetilla de Fortuna *light* y, sin pensar, cogió el mechero de Hipólito. Encendió el cigarrillo, antes de formular la pregunta que le rondaba la cabeza.

—¿Y si la expulsión tuviese algo que ver con el robo del codicilo?

—¿Quién sabe? —Hipólito se encogió de hombros—. También pudiera ser que su apoyo a la falsa orden de su sobrino Agustí y demás amigotes le granjeasen la enemistad de los demás caballeros, y llevase a su expulsión. El documento de la cripta, según me has dicho, habla de que, en realidad, él fue el instigador de la creación de San Mateu, ¿no?

—Sí, así es.

—En cuanto al codicilo, he indagado también un poquito.

—¿Y?

—No he encontrado nada. Hay un catálogo, el *Inventario de Libros de la Orden del Sacro Convento de Montesa*, pero es una relación del siglo XVIII, en el que se da cuenta de todos los documentos que posee la orden. Es por tanto posterior a la fecha en la que Benavent se apoderó supuestamente del codicilo.

—¿No hay más inventarios?

—No tan completos y, hasta donde yo sé, ninguno menciona ese codicilo. Claro que no los he examinado todos.

—¿Dónde se podría investigar algo al respecto?

Hipólito se quedó con la boca oculta por la mano, mientras el cigarrillo humeaba. Tras pensarlo un momento, volvió a encogerse de hombros.

—Supongo que el mejor sitio es la propia Montesa.

—¿La orden?

—No, el pueblo de Montesa, en Valencia. Ahí está el viejo castillo de la orden.

—¿Pero me darían a mí acceso a la información?

—No veo por qué no. Yo soy caballero de la orden y puedo hablar con quien haga falta. Es más: tengo negocios en Valencia y suelo viajar a esa zona con bastante frecuencia. Podríamos cuadrar fechas y acercarnos juntos a Montesa. O recomendarte a alguien.

—Muchas gracias. —Titubeó, hizo una pausa—. Pero, verás, ha ocurrido algo...

—¿El qué? —preguntó por fin el otro, viendo lo que le costaba arrancar.

—Mira, han asesinado a una de las personas junto a las que estaba investigando todo este asunto. De hecho, fue él quien descifró el codicilo.

Hipólito se la había quedado mirando en silencio, primero con gesto de incomprensión y luego con la cara del que trata de ocultar su desconcierto ante una noticia tan inesperada.

—¿Qué ha sido del codicilo? —se animó a preguntar por fin.

—Ha desaparecido.

—¿Crees que han matado a ese amigo tuyo para apoderarse de él?

—No lo sé —reconoció con un suspiro—. Entraron en su casa del pueblo, le mataron y saquearon la casa, por lo visto. Puede que fuesen simples ladrones y que se llevasen el codicilo porque se nota que es valioso a simple vista. Pero tengo motivos para sospechar que cualquiera que se acerque demasiado a ese documento o a su historia puede verse en peligro.

—¿Acaso han matado a alguien más?

—Pudiera ser, pero no tengo la certeza y tampoco quisiera entrar en detalles, por favor. En todo caso, por si mis sospechas fueran ciertas, no estoy dispuesta a que nadie más se vea en peligro, al menos por mi culpa. Así que te agradezco la oferta, pero me iré a Valencia por mi cuenta.

—Como quieras.

—No me lo tomes a mal, por favor.

—No lo hago. —La observó con el ceño algo fruncido—. ¿Estás tú también en peligro?

—Tal vez —admitió—. Ya te digo que en este asunto ando a oscuras y no sé muy bien a qué atenerme. Pero hay indicios que... en fin —concluyó así, a medias, al tiempo que agitaba la cabeza, como no queriendo ser más explícita.

—Entiendo. —Arrojó la ceniza a un lado, sobre el borde de la mesa, con un golpe de mano brusco—. En todo caso, moveré mis contactos para que te ayuden en lo que sea posible.

—Eso sí te lo agradezco.

Hipólito apuró su taza. Por su rostro, se adivinaba que estaba perplejo ante el giro experimentado por el asunto. Alejandra apagó la colilla en el cenicero.

—¿Era muy amigo tuyo el muerto? —preguntó de sopetón él.

—No demasiado. Le conocía desde hace poco tiempo, precisamente gracias al tema del codicilo. Pero la verdad es que había llegado a apreciarle.

Hipólito se empeñó en acompañarla a coger un taxi; un gesto puede que tan absurdo como instintivo, y al que Alejandra accedió tras una primera negativa. Mientras cruzaba luego la puerta de casa, echó una ojeada al reloj: las nueve y media. Nilo había quedado en llamarla al móvil a las diez de la noche, hora española, así que, en vez de prepararse la cena, corrió a la mesa y puso por escrito cuanto había hablado con Hipólito Berenguer, no fuese que más tarde se le olvidase algo importante.

Al repasar las notas, minutos antes de las diez, registró con el dato de que Andreu Benavent pertenecía a una familia que había dado varias generaciones de caballeros a la Orden de Montesa. Se quedó un instante sentada, mordisqueando el extremo del lápiz, antes de incorporarse de un tirón e ir en busca de sus agendas. En alguna de las antiguas tenía que estar el teléfono de un viejo amigo de su padre: Esteban Sangüesa, un rey de armas; es decir: un experto en genealogía y heráldica. Si alguien de entre todos sus conocidos podía darle alguna información sobre la familia de Benavent, a partir de los escasos datos de que disponía, ése era sin duda Sangüesa.

Hay gente a la que, por alguna razón, casi todo el mundo llama por el nombre y el apellido, y eso era lo que le ocurría a Fernando Balbuena, otro de los miembros del grupo del inspector Cienfuegos. No Balbuena, ni Fernando, sino siempre Fernando Balbuena. Esa misma tarde se había acercado hasta la zona de Atocha, a hacer unas gestiones relacionadas con otro de los asuntos de los que se ocupaba el grupo. Cuando hubo acabado, mientras se dirigía ya al coche, le dio por pensar en aquel asunto tan extraño que acababa de presentárseles y, mientras le daba vueltas en la cabeza, se le ocurrió que, ya que estaba allí, podía dejarse caer por la Cuesta de Moyano. Al hilo de esa idea, se paró en seco y giró, de forma tan brusca que un hombre que caminaba justo detrás a punto estuvo de chocar con él.

Fernando Balbuena, que era más bien flaco, cetrino y de pocas palabras, tenía la virtud extraña de percatarse de esos detalles que, unas veces por demasiado obvios y otras por insólitos, pasaban desapercibidos a casi todo el mundo. Era como los famosos arqueros ciegos que lanzaban flechas guiados por un roce o por simple intuición, y que muchas veces daban en el blanco. Y fue por eso, porque acababa de ocurrírsele una de sus ideas, por lo que cambió de golpe su rumbo.

Se encontró con que la añeja hilera de casetas azuladas que ocupan desde 1927 la cuesta había desaparecido por culpa de las obras. Aunque tampoco tuvo que caminar mucho para dar con ellas, ya que las habían trasladado a la verja del Jardín Botánico, en Recoletos, a sólo unos pasos. Pasaban de las cinco de la tarde y casi parecía verano, de tanta luz y calor que hacía. Los escasos transeúntes buscaban la sombra y no había mucha gente deambulando entre las mesas de libros, pese a que casi todas las casetas estaban abiertas. Mejor para Fernando Balbuena, que pudo ir curioseando de puesto en puesto sin que nadie le estorbase.

Ni siquiera tuvo que preguntar a los libreros, como había sido su primera intención, ya que al primer paseo, ojeando por encima lo expuesto, se encontró con que sobre una de las mesas había un montón de libros similares. Todos encuadernados en guaflex de distintos colores, imitando al cuero en tonos marrón, negro, burdeos, con el título y el nombre del autor grabados en dorado en el lomo. Eran todos libros que tenían ya sus años, como pudo constatar después: en su mayor parte ediciones de los años sesenta y setenta.

Abrió un volumen al azar, *Viaje a la Alcarria*, y allí, en primera página, alguien había estampado un ex libris con tinta azul. Era una impresión cuadrada en la que se leía: «Biblioteca Particular de Ángel Requena Ruiz». Y, a mano, alguien había escrito una fecha dentro de ese cuadrado, con buena caligrafía: «Dieciséis de marzo de 1969». Lo dejó a un lado y abrió otro, *La perla*, luego varios más, *Los cipreses creen en Dios*, *La Regenta*, *La montaña mágica*. Todos aquellos libros estaban sellados con el mismo ex libris y con distintas fechas anotadas, sin duda las de adquisición. Los dedos de Fernando Balbuena aletearon sobre el montón hasta posarse sobre un *Manhattan Transfer* y, con él en la mano, se acercó a la caseta.

Había allí muchos más libros encuadernados de igual manera; formaban pilas junto a una de las puertas, tantos que por aquel lado dificultaban el acceso al interior. Abrió uno. Allí estaba aquel ex libris en tinta azul. El librero, con el cabello ralo y casi completamente cano, y un guardapolvos azul, típico en otro tiempo de los vendedores de la cuesta, sobre camisa y corbata, giró la cabeza en su dirección, mientras cobraba a otro cliente.

—Ésos no, caballero. Aún no les he puesto precio y no están todavía a la venta.

Fernando Balbuena asintió al tiempo que, con una ojeada, trataba de estimar cuántos volúmenes podría haber allí, sumando los de la mesa y los apilados dentro de la caseta. Libros todos de una biblioteca particular, liquidada hacía poco. O relativamente poco, ya que era posible que el librero estuviera dando salida a los volúmenes según se iban vendiendo los expuestos en la mesa, en función de los huecos que fuesen dejando.

Se aproximó al librero y, sin mediar palabra, le tendió el *Manhattan Transfer*. El otro lo abrió para echar un vistazo a la cifra garabateada con lápiz en la esquina superior derecha de la primera página.

—Tres euros, caballero.

Fernando Balbuena pagó con un billete de cinco, recogió el cambio y, el libro en la mano, se volvió de nuevo hacia Atocha, para buscar, esta vez sí, su coche.

22

Nil Saus consiguió volver a España cinco días antes de lo previsto en un principio. Se presentó en Madrid sin avisar previamente a Alejandra, de forma que la primera noticia que tuvo ésta fue una llamada muy breve al móvil desde el mismo aeropuerto. Convinieron en verse esa misma noche y, a sugerencia de él, se citaron a las diez en punto en el bar del hotel Plaza, en la propia Plaza de España. Pero ninguno de los dos llegó a entrar al hotel siquiera, porque se dieron casi de bruces unos metros más arriba, mientras Alejandra cruzaba desde la acera de los impares de Gran Vía, en el último semáforo, y coincidió con Nilo, que bajaba por la de los pares.

Esos días, las noches eran casi veraniegas ya, pese a lo cual Nilo, tal vez en previsión de que refrescase de madrugada, llevaba una chaqueta de sport. Alejandra en cambio no se lo había pensado mucho y llevaba unos vaqueros y una camiseta negra entallada, con los hombros al aire, que le ganó tal mirada de aprecio de Nilo, según se acercaban sonrientes el uno al otro, que no pudo por menos que sentirse halagada.

Él la recibió de brazos abiertos, pero ella le echó los brazos al cuello, aunque evitó encontrar los labios para cruzar, en cambio, besos en las mejillas. Luego se apartó para pegarle un empellón tan fuerte, a dos manos, que los viandantes más próximos se volvieron a mirar.

—¡Imbécil! ¿Por qué no me avisaste de que llegabas hoy? Hubiera ido a buscarte al aeropuerto.

Nilo se la quedó mirando, primero perplejo y luego al borde de la risa.

—Quería darte una sorpresa. Además, tenía unos asuntos pendientes que no podían esperar y he tenido que ir a resolverlos en cuanto he bajado del avión.

—¿Pero cuándo has llegado?

—Esta mañana, a primera hora.

—Serás imbécil. Bien podías haber avisado —acertó a repetir, molesta.

Pero Nilo la cogió riendo por el brazo, la besó en la mejilla y se la llevó San Ignacio de Loyola arriba. Alejandra se dejó conducir sin rechistar hasta San Bernardino, una calle que tiene la peculiaridad de concentrar un buen puñado de restaurantes exóticos en muy pocos metros. Un tailandés, un indonesio, un persa, un hindú... casi puerta con puerta. Pero el que Nilo había elegido se encontraba casi al comienzo; el *A todo México*, un restaurante mejicano «de los de toda la vida», por los años que llevaba abierto.

Alejandra creía recordar que había comido alguna vez allí, hacía años, y lo cierto es que le sonaba el gran comedor situado al fondo del local, espacioso, con paredes pintadas de blanco, adornado con carteles y fotos de México. Se instalaron en una cualquiera de las mesas, a indicación de un camarero de chaleco vistoso, y Nilo pidió dos margaritas sin consultar con Alejandra.

—¿No habías estado aquí nunca?

—Juraría que sí, pero hace mucho.

—Según los que saben, éste es uno de los mejores restaurantes de comida mejicana de Madrid. Eso dicen, que yo no entiendo mucho.

—Seguro que sí. Que a ti te gusta comer bien.

—Que me guste comer es una cosa, y que entienda de vinos o comida es otra.

—Pues ésa es la impresión que das.

—Me dejo guiar por los que de verdad saben, pero eso no es igual que saber uno mismo.

Llegaron las margaritas y, sin esperar a un brindis, Alejandra se llevó la suya a los labios. Sabía fuerte y estaba casi congelada.

—Dios, Nilo —soltó, antes casi de darse cuenta de que lo decía—. Me alegro tanto de que estés aquí.

El aludido sonrió. Sus ojos marrones pasaron de la sorpresa a la calidez, y de ahí a oscurecerse de preocupación.

—Yo también me alegro de haber vuelto. ¿Cómo has estado estos días?

—Mal —reconoció sin tapujos—. Ha sido horrible y he pasado mucho miedo. Aún lo tengo.

—Tenemos que hablar de todo esto largo y tendido. Pero ahora vamos a cenar sin preocuparnos de nada.

—¿Cómo quieres que no me preocupe?

—Al menos puedes intentarlo —y, al darse cuenta de que uno de los camareros aguardaba a un par de pasos, esperando a que se decidieran de una vez a pedir, cambió de golpe de tema—. ¿Qué tal te llevas con el picante?

—No demasiado bien.

—Entonces vamos a pedir platos que no lo tengan.

—Elige tú.

—¿Para compartir?

—Casi mejor. No tengo mucha hambre. —Miró a su copa—. Y otras dos margaritas.

Pese a los deseos de Nilo, no les fue posible apartar del todo cuanto había ocurrido. La conversación se convirtió en una trenza en la que los temas más diversos se entrecruzaban una y otra vez con el asunto del codicilo y las muertes del señor B. y la ocupante del piso de Ventas.

—Pobre B. —se le escapó en un momento dado a Nilo—. No merecía acabar así.

—¿Hace mucho que os conocíais?

—Unos cinco años, más o menos. En cuanto entras en un tema un poco raro, aunque sea por afición, como es mi caso, acabas por conocer otros que se dedican a lo mismo. La verdad es que B. y yo hicimos buenas migas desde el principio. —Se le escapó una sonrisa algo nostálgica—. Y mira que era un personaje a veces difícil, sumergido en su mundo de papeles y libros...

Alejandra alzó una mirada un poco turbia, porque llevaba ya dos margaritas y dos botellas de Coronita. Había bebido con bastante rapidez y se le había subido algo a la cabeza.

—Puede que aún siguiese ahí, en su mundo de papel, si no le hubiera metido yo en todo este asunto del codicilo.

—Eso sí que es una tontería.

Ella se llevó la uña del pulgar a los dientes, confundida.

—Han matado a dos personas y no puedo dejar de preguntarme si, en cierta forma, no habré tenido yo la culpa.

Nilo la miró poco menos que irritado, antes de cambiar de golpe de expresión e inclinarse hacia ella, sobre la mesa.

—Alejandra —le reprendió casi con ternura—, no digas eso. Tú no has matado a nadie ni tienes la culpa de lo que ha ocurrido. Si de verdad hay un asesino que mata a quien se acerca demasiado al codicilo y su historia, es él el único culpable.

—Sé que, racionalmente, pensar eso es una tontería. —Bajó la mirada al plato, donde aún quedaba una buena porción de guacamole, y lo apartó, ya sin hambre—. Pero eso no quita para que no pueda librarme de esa sensación. ¿Me entiendes, verdad?

—Claro.

—No he estado bien estos días, nada bien.

—¿Te da miedo salir a la calle?

—Mucho.

—Es lógico, no tienes por qué avergonzarte.

—También me asusta estar sola en casa. Me da por pensar que es posible que ya hayan matado a cinco personas y, por muchos cerrojos que tenga la puerta, tengo miedo.

Nilo abrió la boca como si fuese a decir algo, pero no lo hizo porque justo entonces un camarero, al advertir que ya habían terminado, se acercó a recoger los platos. En vez de hablar, sacó un cigarrillo y jugueteó con él, esperando a que se fuese.

—Vente conmigo unos días. Así no estarás sola.

—¿Contigo?

—Claro. ¿Por qué no?

Alejandra le observó, desconcertada por lo inesperado de la propuesta. Una nueva idea se le vino a la cabeza.

—Nilo, tú estás más en peligro que yo. Tienes que tener cuidado.

—¿Por qué dices eso?

—El señor B. te conocía a ti mucho más que a mí y, sin duda, tuvieron que sacarle mucha más información. Sabrán dónde vives...

Nilo alzó la mano sonriendo, para impedir que se embalase en esos pensamientos.

—Ya he tomado mis precauciones. Cuando me avisaste de lo que les había ocurrido a B. y a esa chica que vivía en tu piso, y que sospechabas que pudieran haber matado previamente a tres personas más, llamé a un par de amigos de confianza. Fueron a mi piso y sacaron una maleta con algo de ropa y cosas que necesito. No he pisado mi apartamento de Castellana desde que volví a Madrid.

—¿Pero entonces dónde estás? ¿En un hotel?

—No, en el piso de un amigo. Lo tenía vacío y me lo ha prestado para el tiempo que haga falta.

Trajeron los cafés. Nilo se echó azúcar, encendió el cigarrillo que tenía desde hacía unos minutos en la mano y sonrió.

—Vente unos días conmigo, en serio. El piso no es gran cosa, pero...

—Como si eso me preocupase lo más mínimo.

Alejandra se llevó la taza a los labios y, justo entonces, comenzó a sonar el móvil dentro de su bolso. Echó una ojeada perpleja al reloj —eran las once pasadas—, antes de abrir y sacar el teléfono. Era Sangüesa, el Rey de Armas, así que se incorporó, al tiempo que pedía perdón con un gesto a Nilo, que contestó con una sonrisa, y se fue hacia la zona de la entrada, que en ese restaurante es un pasillo largo con una barra donde no se sirve y, por tanto, nunca hay nadie.

—Disculpa que te llame a estas horas —comenzó Sangüesa, con su cortesía habitual—. A lo mejor es demasiado tarde.

—En absoluto. Te agradezco que te tomes tantas molestias.

—Molestia ninguna: investigaciones como éstas son las que me estimulan. He conseguido cierta información interesante sobre Benavent y Cía.

—Estupendo. Pero puede que sea mejor que lo anote. Dame un segundo. —Hizo gesto de volverse a la mesa, donde Nilo sorbía su café, pensando en sus cosas o haciéndose el desentendido.

—No creo que sea necesario. No hay tanto que contar y, en todo caso, te voy a mandar la información al correo electrónico.

—Gracias. —De todas formas, aprovechando ya, cogió un cigarrillo y el mechero, antes de regresar a la zona del pasillo—. Cuéntame, por favor.

—Vamos a ver. Agustí Ripoll era el retoño de una familia bien, de sangre hidalga pero oscura, sin hechos destacables en su historial. Ese linaje en concreto se extinguió hacia mediados del siglo XVIII. Más interesante es el caso de Benavent, por quien, por cierto, me dio la impresión de que sentías más interés.

—Y no te equivocabas.

—El apellido Benavent es muy antiguo y extendido, y ha dado multitud de ramas. Andreu Benavent pertenecía a una asentada en Xàtiva y Canals. Ésa también desapareció en el siglo XVIII, según he podido averiguar.

—¿Tienes algo sobre él?

—No he logrado averiguar la fecha de su muerte, pero sí que no murió de muerte natural. Al parecer le despachó de una estocada un tal Raimon Montcada, en un duelo.

—Vaya.

—Que ese Montcada era otro caballero de Montesa.

—Curioso... —acertó a murmurar Alejandra.

—Más que curioso, habida cuenta de que los caballeros de la orden tenían prohibido batirse.

—Pues éste lo hizo, ¿no?

—Que lo tuvieran prohibido no quiere decir que no lo hiciesen. Pero eso tenía su castigo. Hubo de hecho alguien, no recuerdo el nombre, que no pudo llegar a maestre de la orden por haber matado a alguien en duelo.

—Desde luego. Benavent no salió muy a buenas de la orden.

—Puedes jurar que no. Hiciese lo que hiciese, debió ser algo bastante feo. Su linaje dio varios caballeros a Montesa, entre los siglos XVI y XVII. Andreu Benavent fue el último de su familia en tomar el hábito. En fin, lo que te quería comentar tiene que ver con el escudo de armas de la familia. —Hizo una pausa, al otro lado del móvil—. Verás: este linaje en concreto proviene del siglo XV y su escudo de armas, sin entrar en detalles, era fajado, es decir, partido en dos en diagonal, con un castillo de oro en la parte superior y tres cruces en la inferior. Te lo estoy explicando de forma que lo entiendas, claro.

—Claro.

—El caso es que, a principios del siglo XVI sufrió una variación: se le incluyó un guantelete de hierro empuñando un espejo.

—¿Espejo?

—Sí, un espejo ovalado con mango, el guantelete sujeta el espejo por el mango.

—¿Y eso es extraño?

—Depende. Los escudos heráldicos variaban a lo largo de la historia de las familias; pero lo normal era que tales variaciones, la inclusión de nuevos elementos, significasen hechos concretos y memorables. Y en este caso no he descubierto por qué se pudo incluir ese mueble... se llaman muebles a los elementos que adornan los escudos heráldicos.

Alejandra se lo pensó un instante.

—Oye. ¿Pudo tener que algo que ver el ingreso del primero de los caballeros de esa familia en Montesa?

—Pues no sé. No le veo una relación lógica. —La voz de Sangüesa se hizo ahora pensativa—; pero, por fechas...

Fue entonces cuando ella, sintiendo ahora cómo el corazón le golpeteaba contra las costillas, le hizo otra pregunta, llevada de una idea repentina.

—¿Podrías averiguar si más caballeros de Montesa incorporaron, más o menos por esas fechas, un espejo a su escudo?

Hubo un instante de silencio al otro lado y Alejandra casi pudo sentir la curiosidad de Sangüesa a través del móvil, pero éste, sin preguntar nada, respondió por fin con su suficiencia de costumbre.

—Por supuesto que puedo hacerlo.

—¿Es difícil? No pretendo...

—No —le cortó—. No creo que sea difícil; no para mí, al menos, con los contactos y recursos de los que dispongo, si me permites la inmodestia. Te llamaré en cuanto haya averiguado algo, sea en sentido positivo o negativo.

Alejandra regresó a la mesa, se sentó y dio un sorbo al café para apartarlo con una mueca, porque se había quedado frío en aquel intermedio. Tenía la cabeza aún puesta en su conversación con Sangüesa y era además consciente de que Nilo la observaba con expresión pensativa.

—¿Sigue llamándote cada dos por tres tu ex?

Alejandra se obligó a salir de su ensimismamiento.

—No era él.

—No lo decía por eso.

—Ah. Pues más o menos sí. —Suspiró—. Me llama casi todos los días. Unas veces lo cojo y otras no. Y me hace sentir incómoda, mal.

Durante un instante, fue como si Nilo fuese a contestar algo, pero pareció luego optar por no decir nada y pedir, en cambio, la cuenta por señas al camarero. Ya en el exterior, le propuso tomar una copa en su casa —la nueva casa provisional, recalcó en tono de broma—, pero Alejandra le respondió, con aire ausente, porque seguía con la cabeza puesta en lo que le había contado Sangüesa, que prefería que fuesen a algún garito. Mejor uno tranquilo, puntualizó. Luego, al ver la expresión neutra que adoptaba el rostro de Nilo ante esa contestación, le puso una mano sobre el brazo y se inclinó hacia él con una sonrisa.

—Mira: tengo un día de *ésos* —y recalcó el «ésos» con la expresión de sorna que suele adoptarse en casos así—. Así que lo dicho: prefiero que nos tomemos un par de copas en algún sitio que ni esté muerto ni sea demasiado ruidoso.

Alejandra había llegado hasta allí en taxi y Nilo tenía el coche aparcado unas calles más arriba, en la acera izquierda de San Bernardo, en una zona prohibida a la que el uso había acabado por convertir a la fuerza en estacionamiento habitual. Acortaron por San

Ignacio y, cuando Nilo se detuvo, se sorprendió al ver que le abría un Seat León negro.

—¿Dónde está el Toyota?

—Guardado en el garaje de un amigo. Éste me lo han prestado unos días.

—No me digas que se ha averiado.

—No. Lo he dejado allí por precaución.

Ella asintió cavilosa y fue como si una nube le pasase por el rostro. Nilo lo notó, pero no dijo nada. Se instalaron en los asientos, los dos en silencio, y Nilo, las manos sobre el volante, entornó los párpados.

—¿Qué tal el Star Dance Café?

—No lo conozco.

—Entonces vamos. Te gustará y está cerca.

Y cerca estaba, en efecto, en la calle Marqués de Valdeiglesias, próxima a Cibeles; lo bastante lejos como para que fuese todo un paseo ir y volver, sobre todo de noche, pero a apenas un minuto en automóvil.

Subieron a la planta de arriba, más tranquila y con mesas en las que sentarse. Nilo optó por una cerveza, en tanto que Alejandra se decantaba por Bacardí con cola. A pesar de los esfuerzos de Nilo, ella se evadía de la conversación y, cuando llegaron las consumiciones, dio un sorbo y se quedó cabizbaja.

—¿Qué pasa, Alejandra? —Nilo, botella en mano, la observaba.

—Nada en particular. —Sacudió la cabeza, haciendo agitarse la melena—. No dejo de darle vueltas a algo. ¿Llegaría a descubrir algo de importancia el señor B.?

—No lo sé.

—¿Le matarían por eso? ¿Encontró algo?

—¿Quién sabe? Yo también he estado pensando en lo que me contaste. Hubo tres muertes previas y es muy posible que alguna, si no todas, hayan tenido relación con el tema del codicilo. Quien te dio la información...

—Rubén.

—Eso es. Ignoraba por completo la importancia del codicilo. Así que es de suponer que, quien quiera que esté matando gente, lo hace simplemente porque sus víctimas se acercan demasiado a algo.

—El codicilo.

—O el tesoro de Toledo. Supongo que B., al indagar y hacer preguntas, llamó la atención del asesino, y de paso le puso sobre nuestra pista.

—¿Has ido a la policía?

—No, ni pienso ir. ¿Para qué? Ya les has hablado tú de mí, ¿no? Si necesitan algo, no te preocupes, que ya me buscarán. Esa gente no pierde el tiempo, ni se anda con rodeos —añadió con una sonrisa.

Alejandra le miró, una pizca exasperada, antes de suspirar, poner los codos sobre la mesa, casi como abatida, y encender un cigarrillo.

—Te lo tomas con mucha tranquilidad, Nilo. Ojalá pudiera tener yo tanta entereza.

—No me lo tomo con ninguna tranquilidad, créeme. —Él a su vez se inclinó hacia adelante—. Han matado a alguien a quien yo tenía en mucho aprecio, te han querido matar a ti también y seguro que me matarían a mí si pudiesen. Además de todo eso, a riesgo de que me consideres egoísta y sin entrañas, el codicilo ha desaparecido, así como todas las posibles pistas que B. pudiese haber encontrado para llegar al tesoro de Toledo.

—¿Qué vamos a hacer ahora, Nilo?

—Tener cuidado durante un tiempo. Estar atentos, no descuidarnos y, sobre todo, esperar que la policía haga su trabajo y detenga a los asesinos.

—No me refiero a eso. Hablo del asunto del tesoro.

—Ah. —Él se encogió de hombros, con gesto fatalista—. Nada.

—¿Cómo que nada?

—Eso. Nada. Porque no hay nada que puedas hacer. El hilo se ha cortado y no tenemos por dónde seguir tirando, así que: fin del asunto.

Alejandra aplastó el cigarrillo a medio fumar sobre el cenicero, con furia.

—¿Pero cómo puedes decir eso con tanta tranquilidad?

—Te reitero de que de tranquilidad poca. Mira, para mí es algo habitual y estoy acostumbrado, aunque me joda. Me ha ocurrido muchas veces, aunque no de esta forma: sigues una investigación prometedora y de repente, por una razón u otra, se atasca sin remisión. Cuando has agotado todas las opciones posibles, no te queda otra salida que dejarlo. No hablo de abandonar, sino de aparcar el asunto, en espera de que en el futuro pueda abrirse alguna puerta que te permita seguir indagando.

—Yo no creo que hayamos agotado todas nuestras bazas.

—Pues a mí me parece que sí.

—Ya veremos. —Fue a beber y se dio cuenta de que la copa estaba ya vacía—. Anda, vamos a pedir otra.

—Claro.

Alejandra se daba cuenta de que, entre las margaritas, las cervezas y el ron con cola estaba ya achispada y que empezaba a perder un poco el control; pero eso tampoco le importó lo más mínimo en aquel momento. Sus ojos se fijaron en los de Nilo, que la observaba curioso y también algo perplejo. Se inclinó de nuevo hacia adelante.

—Ahora vas a ser tú el que me considere a mí una egoísta sin entrañas. Pero este asunto representa mucho para mí.

—¿Tanto te importa el libro que quieres escribir?

—¡Paso del libro! —Se echó casi a reír con desdén—. Es el asunto en sí lo que me importa. Soy licenciada en Historia, Nilo, joder. Siempre quise ser arqueóloga, trabajar en lo mío, y nunca pude. Ya lo había olvidado, pero siempre tuve esa ilusión y de repente se me ha presentado todo esto del codicilo, el tesoro real, la Mesa. No puedo, no puedo dejarlo.

Llegó la camarera con otro Bacardí con cola para ella y para él, esta vez un JB con cola. Alejandra agitó la copa, dio un sorbo y se quedó cabizbaja.

—Ponen buena música aquí.

—Sí. Es una de las cosas que me gustan de este sitio.

Ella asintió, con la cabeza aún gacha, para luego levantarla y mirarle directo a los ojos.

—Pensarás que estoy medio loca, claro.

—Alejandra, cielo...

—No me llames cielo —le cortó con tanta brusquedad que el otro se le quedó mirando, de forma que continuó, casi en tromba—. No es que me disguste, Nilo, perdona. La verdad es que me encanta. Pero me pone muy, muy nerviosa. Así que prefiero que no me lo llames.

Él le sonrió, con ojos de repente cálidos.

—Mira: yo tampoco he sido nunca una persona que se conformase con lo obvio y a veces he tenido que pagar un precio bastante alto por ello. A mí me parece bien lo que me cuentas; creo que es de lo más razonable querer cumplir tus sueños, sobre todo si se te presenta la oportunidad.

—¿Sabes? —Se inclinó una vez más hacia adelante, las barreras ya, si no rotas, bastante demolidas—. Esto no lo cambiaría por nada del mundo. Me explico: si hubiese sabido todo lo que iba a ocurrir, lo más seguro es que no me hubiera metido en esto. Te juro que estoy muerta de miedo, Nilo, pensando que hay alguien que nos quiere matar. Pero también estoy haciendo algo que siempre he soñado hacer, con peligros y todo. —Sonrió turbada—. Ya sé que suena pueril. Creo que nunca se lo he contado a nadie porque... bueno, porque me da vergüenza, supongo.

Él le devolvió una vez más la sonrisa y se le quedó mirando de tal forma que la otra apartó la vista. Y de ahí, de alguna forma, la conversación se fue desviando por otros derroteros que nada tenían que ver con el codicilo, como un ramal que se aparta de la carretera y, sin darse cuenta, lleva muy lejos de ella. Estuvieron hablándose de ambos, de lo que habían hecho en la vida, de su infancia, contándose esos incidentes deslavazados que se confía la gente cuando hay intimidad. También tomaron una tercera copa y no hubo una cuarta porque a las dos el local cerraba.

—Es lo único malo de este sitio —suspiró Nilo según salían fuera—. ¿Otra en algún otro lado?

—Oye, mejor que no. Estoy genial, pero me muero de cansancio.

—Es pronto.

—Son las copas. Después de los nervios de estos últimos días, me ha venido de vicio relajarme, de verdad. Pero estoy que me caigo. Y a ti, como te hagan un control, te van a meter directamente en la cárcel.

Así que Nilo la dejó en el portal de su casa. Se entretuvieron dentro del coche y Alejandra se sorprendió al descubrir que en ese par de semanas había echado de menos los besos de Nilo. Cuando ella se apartó, con la mano ya en el tirador de la puerta, él le propuso de nuevo que se mudase unos días a su casa, hasta que se aclarara todo aquel asunto de los asesinatos. Aquello la cogió fuera de juego.

—Estarás más segura, y más tranquila. Y respecto a eso último, yo también.

—No sé —dudaba. A punto estuvo de encenderse otro cigarrillo, pero renunció a sabiendas de que entonces iban a eternizarse allí parados—. ¿Qué iba a hacer todo el día metida en tu casa?

—Podemos escaparnos unos días por ahí.

—¿Un viaje?

—¿Por qué no? Vámonos. Yo me he cogido unos días y tú, de momento, estás en el paro. Buscamos algún lugar, lejos, y nos vamos a donde sea a descansar.

—Deja que lo piense, ¿vale? —concedió ella, aún a trasmano.

Y, por más que insistió él, eso fue cuanto pudo sacarle, antes de que por fin se bajase del coche y entrara, con paso rápido, en el portal.

Aquel viernes tarde, Peña había acudido al rezo del rosario que organizaba María Eugenia Santos, como todas las semanas, en su clínica de la Ronda de Atocha. Se celebraba siempre, excepto que fuese fiesta de guardar, aunque el abogado, en todos los años que llevaba tratando con ella, podía contar con los dedos de una mano las veces que había acudido. Cuando lo había hecho, había sido por simple deferencia hacia la mujer a la que, pese a sus defectos y extravagancias, creía deber la vida; y aun así había sido venciendo no poca resistencia interior.

Los rosarios de los viernes servían a María Eugenia para reunir periódicamente a los miembros de su *congregación*, denominación que para Peña tenía en sí misma un tufo a secta ultracatólica que le echaba para atrás. Ella misma dirigía los rezos del rosario, vestida con un hábito marrón, cordón blanco al cinto y un escapulario. A veces echaba mano de una enorme Biblia de Jerusalén para leer citas, cosa que a alguien como Peña, educado como católico a la vieja usanza, le ponía los pelos de punta. Tanto su parte más visceral como la más lógica entraban en conflicto con esa liturgia estrafalaria de rezos y alocuciones dirigidos por una curandera que decía tener a dos santos como maestros espirituales.

Sin embargo, ese viernes se había dejado caer por Atocha llevado de un motivo bien distinto de una piedad inexistente. Se había presentado a las nueve en punto, ataviado con uno de sus trajes italianos grises, cuando los rezos estaban a punto de comenzar. El portero de la finca se retiraba a las ocho de la tarde, así que tuvo que tocar el telefonillo y, aunque la clínica estaba en la primera planta, prefirió aguardar paciente a que bajase el ascensor, reacio a subir en su estado los tres tramos de escaleras de madera crujiente.

Necesitó dos timbrazos a la puerta —antigua, de madera pintada, con una mirilla de rejilla y un sagrado corazón dorado, a modo de protección y adorno— para que acudiese alguien. La persona que le abrió era Ester, una mujer de alrededor de sesenta años, del círculo íntimo de María Eugenia, que le observó ceñuda y le conminó a entrar impaciente, ya que, pasillo adelante, ya se escuchaba el sonsonete de las avemarías.

La congregación estaba reunida en la sala de costumbre, la más amplia de aquella finca reconvertida en *clínica*. Había dos ventanas, pero los postigos de madera estaban cerrados y la única luz procedía de los cirios emplazados en las cuatro esquinas y delante de una estatua de una virgen situada en la pared del fondo. Ante esta última estaba la propia María Eugenia, rezando en voz alta y como en trance, con su hábito marrón y un rosario entre los dedos gruesos, al lado de una mesa sobre la que descansaban un gran crucifijo de madera y una Biblia de Jerusalén. Había varias filas de sillas de tijera, muchas ocupadas por gente que pasaba el rosario y murmuraba avemarías, así que Peña se había ido hacia el fondo, procurando pasar desapercibido. «La congregación crece», se dijo sorprendido, ya que hacía más de un año que no pasaba por allí y había menos sillas vacías que antes, aparte de que daba la sensación de que habían añadido una o dos filas.

Se sentó al fondo y, tras sacar del bolsillo un viejo rosario de cuentas de colores, herencia de su madre, comenzó a pasarlo maquinalmente entre los dedos, musitando las avemarías y con la cabeza puesta en temas muy distintos. Había rezado tantos rosarios en su lejana infancia, en casa y en colegios de curas, que aquella costumbre olvidada volvía sin esfuerzo cuando la necesitaba, por muchos años que hubiesen transcurrido.

Acabados los rezos, en una sala aneja, se ofrecía a la congregación un aperitivo a base de pastas, zumo y vino dulce, aunque muchos se despedían de inmediato y, antes de una hora, se habían marchado por lo general los últimos. Casi todos los asistentes eran gente de edad avanzada y salud no muy fuerte. Peña se entretuvo saludando a unos y otros, ya que conocía a muchos. Le presentaron también a algunos «miembros» recientes y, como no había podido dejar de advertir la ausencia de aquel tipo siniestro, Juan de Dios, había preguntado por él a una de las asiduas, una viejecita inofensiva que creía a pies juntillas en la santidad de la anfitriona.

No sólo Peña era hábil sonsacando, sino que la mayor parte de los presentes eran bastante incautos, así que no le fue difícil averiguar, sin despertar recelos, que Juan de Dios estaba fuera de Madrid en esos momentos. No era la primera vez que ocurría; había hecho tres o cuatro viajes breves en los últimos tiempos, y nunca solo. Siempre le acompañaba en esas escapadas Pablo Rosas, otro miembro de la congregación; un tipo que decía ser periodista, que oficiaba de astrólogo para María Teresa y que se pasaba el día hablando de temas tales como los ovnis, las caras de Bélmez o los templarios, y al que Peña, si hubiera tenido que aplicar un adjetivo, hubiese elegido el de «reconcentrado».

Si no logró sonsacar más fue porque la propia curandera se le acercó, abriéndose paso por entre sus feligreses, gruesa, abotargada, con esa sonrisa suya de perro de presa. Se la veía encantada de tener allí a Peña, que no se prodigaba, y éste no pudo por menos dar gracias a que la vanidad de aquella mujer triunfase sobre la suspicacia. María Eugenia, luego de saludarle con efusión, le había cogido de un codo para llevársele un poco aparte.

—Álvaro —le había dicho, llamándole por su nombre de pila—. Voy a necesitar tu ayuda de nuevo.

—Tú dirás —repuso el otro sin inmutarse, aunque el corazón le dio un salto—. Lo que necesites. Ya lo sabes.

—Necesito que averigües lo que puedas sobre estas dos personas. —Sacó un papel de algún bolsillo del hábito y lo apartó un tanto para leer, porque tenía presbicia y se negaba a usar gafas—. Nil Saus y Alejandra Espinosa. Ésos son los nombres.

Peña echó mano al bolsillo y sacó una tarjeta, para anotar con mano algo insegura los nombres.

—¿No sabes los segundos apellidos?

—No.

—Entonces va a ser bastante más difícil. En cuanto sepa algo, te llamaré.

Ya abajo, mientras se dirigía a buscar su coche al aparcamiento, caminando a la luz de las farolas, Peña había vuelto a leer aquellos dos nombres. Volvió a pensar en Pablo Rosas, en su afición por temas místicos y esotéricos, y en los viajes que últimamente estaba realizando en compañía de Juan de Dios. Casi sin pensar, sacó luego el móvil para llamar a Aslan, porque tenía la sensación de que merecía la pena tener vigilados a aquel par de personajes que habían empezado a ir de repente de un lado a otro, por cuenta de María Eugenia Santos.

23

Ángel Requena Ruiz, el nombre que figuraba en el ex libris de los volúmenes que Fernando Balbuena encontró a la venta en la Cuesta de Moyano, podía corresponder a un ingeniero de caminos nacido en 1922 en Pamplona, emigrado a Madrid en 1941 y muerto en el hospital de la Princesa de Madrid, en 1993, de cáncer de pulmón. Su viuda, Asunción Hernández, había fallecido a finales del 2004 y la pareja nunca había tenido hijos. Así que la fecha de la muerte de esta última y la aparición en Moyano de todos aquellos libros bien podía cuadrar.

Con esos pocos datos en la mano, Fernando Balbuena volvió a la Cuesta. Era lunes por la mañana, había poco público y no pocas casetas estaban cerradas. Pero no le falló la suerte y la que le interesaba estaba abierta. Seguía habiendo sobre la mesa muchos libros encuadernados en guaflex, todos con el ex libris de Requena. El librero estaba a la puerta de su caseta, las manos en los bolsillos del guardapolvos azul, vigilando con desgana a quienes se acercaban a curiosear entre su género.

Se sobresaltó cuando Fernando Balbuena le mostró su placa —pero ésa era la reacción de mucha gente— y se mostró confuso cuando éste le interrogó sobre los libros en cuestión. Así que el inspector le repitió su pregunta, de otra forma y sin impacientarse.

—Tiene usted un buen montón de libros, todos encuadernados de la misma forma y con el mismo sello. Supongo que proceden de una misma biblioteca. Lo que quiero saber es de dónde los ha sacado.

—Pues los he comprado —farfulló el otro.

—Ya imagino. —Fernando Balbuena era un hombre muy paciente—. No estoy diciendo que los haya robado. Pero me interesa saber cuándo y a quién se los compró.

—Pues no sabría decirle...

—¿Cómo que no sabe? Tendrá usted factura.

—Verá. —El otro se puso colorado como un tomate—. La verdad es que no.

—¿Y cómo es eso?

—Estos negocios se hacen a menudo bajo mano. Ya me entiende. Viene alguien a vender sus libros, se le dan unos euros y no hay recibos ni nada. Nunca pasa nada.

Fernando Balbuena suspiró.

—Vale. Yo no soy de Hacienda, así que eso no me interesa. Pero ahora me va a contar cómo ha obtenido todos esos libros.

—¿Le importa que fume?

—Haga usted lo que le dé la gana, hombre, que estamos en la calle y a la puerta de su negocio. Pero conteste de una vez.

El librero sacó un paquete de ducados de un bolsillo del guardapolvos y se encendió uno, mientras su interlocutor aguardaba impertérrito.

—Este lote lo compré hará unos cuatro meses.

—¿Cuántos libros lo componían?

—Unos dos mil quinientos ejemplares.

—Un buen número.

—No está mal. Pagué mil euros por todo el lote. Verá, se hacen operaciones parecidas todos los días...

—Ya, ya. —Fernando Balbuena, con la palma de la mano, le indicó que eso le tenía sin cuidado—. ¿A quién se lo compró?

—A un hombre joven. Se presentó aquí, en la caseta, interesado en venderme un montón de libros. Me enseñó un par de ellos, le dije cuánto pagábamos por ejemplares y se le puso mala cara. Supongo que esperaba más.

—¿Sabe cómo se llama?

—Juan.

—¿Y el apellido?

—No creo que me lo dijese.

—¿No recuerda al menos cómo era?

—Unos treinta y tantos, bastante alto, delgado, con el pelo castaño y lacio, de esos que parece que lo llevan sucio.

—¿Cómo hicieron la transacción?

—Volvió un par de días después y me dijo que aceptaba. Así que me acerqué un día de diario con la furgoneta. Vino conmigo un amigo que me ayuda en estos casos, a su almacén...

—¿Un almacén?

—Un local grande en un polígono industrial de San Fernando; uno de esos que sirven para todo, desde almacén a oficina.

—¿Lleno de libros?

—Ahí tenían de todo, desde muebles a los libros. Parecía una almoneda.

—¿Tiene la dirección?

—La tenía, sí, pero hace tiempo que la tiré. —Volvió a ponerse un poco nervioso, temiendo haberse metido en un lío y, aunque su interlocutor no despegó los labios, se lanzó a explicarse—. Ya sabe cómo son esos polígonos industriales, todos parecen iguales, y las naves y las calles son idénticas...

—¿Les recibió el mismo hombre con el que cerró el trato?

—Sí.

—¿Había alguien más?

—Una mujer mayor, gorda y, la verdad, bastante desagradable. Quiso regatearme sobre el precio que habíamos convenido y se puso de muy malas pulgas cuando no me moví de mi sitio. Creí que me volvía a Madrid de vacío, pero al final cogió los mil euros que le ofrecía.

—¿Y después?

—Entre Armando y yo cargamos los libros en la furgoneta y nos marchamos. Eso fue todo.

—¿No se dieron el número del móvil, por si surgía algún imprevisto?

—Sí, pero lo anoté en un papel, no en la memoria del aparato.

—Ya. —Fernando Balbuena suspiró hastiado—. Pues anote ahora el mío, y asegúrese de no perderlo. Si ese tal Juan vuelve a contactar con usted para ofrecerle más libros, llámeme sin perder un instante. ¿Entendido?

Fue Marfil quien sugirió a Alejandra que volviese a alquilar su apartamento. Ella, desbordada por todo lo que acababa de ocurrir, ni siquiera había reparado en que tenía ahora el piso vacío; así que, cuando su amiga le planteó el tema, se la quedó mirando durante unos segundos, desconcertada. Habían quedado a comer. Marfil pasó a recogerla con el coche y la llevó a un bar de Moratalaz, uno con un comedor abarrotado y sin pretensiones, pero que daba buena comida. Fue durante los postres cuando le hizo el comentario.

—Ni se me había ocurrido —admitió Alejandra—. La verdad es que me viene muy bien el dinero del alquiler, todos los meses... y no quiero parecer insensible.

—No lo eres. Cada cosa en su sitio, como decía mi madre.

—¿No estará en peligro la persona que me alquile el apartamento? —preguntó, en voz un poco más baja.

—No creo. Si trataban de matarte a ti, no se van a confundir dos veces.

—Tienes razón. Es una tontería pensar eso.

—Pues decídete. Lo que sí es una tontería es tener el piso desocupado y no sacarle rentabilidad.

—No creo que tenga mucho problema en alquilarlo. Mañana mismo voy a llamar al portero...

—Espera, que ahí quería yo llegar. Te voy a proponer algo: poner en alquiler tu apartamento a través de una agencia. —Sacó una tarjeta del bolso—. Ésta.

Alejandra cogió de entre sus dedos la tarjeta y la estudió desconcertada.

—No entiendo.

—Ya hemos trabajado antes con esta agencia. Cuando digo hemos, me refiero a la Unidad. Así estarás más protegida, porque te aseguro que si alguien llama o se presenta, y trata de sonsacarles datos sobre ti, no conseguirá nada. Es más, los de la agencia nos avisarán en el acto e iremos a por él.

—Entonces es una especie de trampa.

—¿Te parece mal?

—No. —La miró con algo parecido al alivio en sus ojos castaños—. Te juro que pensar que hay alguien que quiere matarme me tiene desquiciada.

—Lógico —sonrió la otra—. Cualquier persona normal lo estaría.

—Será lógico, pero me tiene de los nervios. Así que, cualquier cosa que sirva para atrapar al asesino, por mí encantada.

Esa misma tarde, Alejandra se decidió a llamar a Nilo y aceptar su propuesta de irse juntos unos días. Aunque habían hablado por teléfono, no se habían visto en todo el fin de semana, sobre todo porque ella no se sentía demasiado bien. Había sufrido mareos, malestar, y prefirió quedarse en casa, trabajando en las montañas de documentación que había acabado por reunir casi sin darse cuenta. Durante esos dos días, alternó el trabajo con ratos en los que se tumbaba en el sofá, con la televisión puesta, cuando se sentía demasiado mal.

Nilo pasó a recogerla a las dos horas de la llamada en el Seat León y, para entonces, ella ya había hecho la maleta. No bien sonó el telefonillo, bajó en el ascensor, para no hacerle esperar, y se fueron directos al apartamento que le habían prestado a Nilo y que resultó ser aledaño a Doctor Esquerdo, no lejos de la casa propiedad de Alejandra.

El apartamento tenía poco más de sesenta metros; un cuarto piso con salón y un dormitorio. Las paredes pintadas de color salmón y los cuadros de Ikea. Los muebles, de distintos estilos y calidades, no conjuntaban demasiado bien y toda la vivienda transmitía esa atmósfera que suele asociarse a los pisos de alquiler.

Alejandra dejó la maleta en el dormitorio. Echó un vistazo alrededor.

—No es gran cosa.

—Muchas gracias por la parte que me toca —se picó Nilo—. Es lo mejor que he logrado conseguir.

—Lo decía sin mala intención.

Contempló de nuevo el salón. Las láminas, una de mujeres polinesias de Gaugin y otra *Las tentaciones de San Antonio*, de Dalí. La alfombra de diseños persas, el sillón con el cobertor hindú. La librería de formica y los volúmenes. La televisión de gran tamaño, obviamente antigua.

—No puedo creer que nadie viva aquí.

—No vive nadie. Al menos habitualmente.

—Esto tiene toda la pinta de ser el picadero de tu amigo. Fijo.

—Te equivocas, lista. —Nilo desarrugó el ceño para echarse a reír—. Aunque también se ha usado para eso. Moctezuma no tiene inconveniente alguno en prestar las llaves a sus amigos.

—¿Moctezuma? ¿Aquel del que me hablaste? ¿Esta casa es suya?

—Ese mismo. Más de una vez se le ha pasado por la cabeza alquilar este piso; pero al final nunca lo ha hecho, cosa que ahora nos viene de perlas.

Se acercó a la cocina, de puerta batiente con ojo de buey, y sacó dos latas de Mahou de un frigorífico de aspecto antiguo. Alejandra sintió la suya muy fría, señal de que la nevera estaba casi vacía.

—Nilo. ¿A ti te gusta la Mahou?

—Claro. —El aludido la miró sorprendido—. ¿Por qué lo preguntas?

—Se me ha ocurrido de repente. La Mahou es muy de Madrid.

—No sólo de aquí, mujer. Es verdad que yo prefiero Estrella, pero no es tan fácil conseguirla aquí.

—¿Estrella? ¿Cómo que no? Si la hay por todos lados.

—No tanto. En todo caso, soy un poco vago. Si no tengo Estrella a mano, Mahou está bien para mí.

—Yo no cambio la Mahou por ninguna.

—Cuestión de gustos. —Sacó un papel del bolsillo—. He estado echando un ojo a algunas posibilidades.

—¿Posibilidades de qué?

—De viajes. —Blandió la lata de cerveza—. ¿Qué te parece irnos a Senegal, a tumbarnos al sol, como los lagartos? ¿O a Moscú? Yo ya he estado y te juro que merece la pena verla.

Alejandra bebió un sorbo de cerveza, antes de responder nada. Luego le miró con una media sonrisa.

—¿Y qué tal Valencia?

—¿Valencia? —Eso sí tuvo la virtud de desconcertar a Nilo—. No es un destino muy exótico que digamos.

—Pero puede que más interesante. —La sonrisa se hizo más amplia, cargada de malicia—. ¿Hace falta que estemos de pie?

Nilo le señaló la butaca y el sofá, con una sonrisa a su vez, aunque se le veía intrigado. Alejandra se dejó caer en el sofá, en tanto que Nilo iba a sentarse en el borde de la mesa.

—¿Por qué Valencia?

—Estos días he estado ordenando mis notas. No estoy de acuerdo en que hayamos llegado a un callejón sin salida. Estuve indagando sobre Andreu Benavent, el caballero que podría haber hurtado a la Orden de Montesa el codicilo. Su familia dio varios caballeros a la orden y, a comienzos del siglo XVI, añadió a su escudo de armas un guantelete sujetando un espejo.

—¿Y? —Nilo, sentado en la esquina de la mesa, la escuchaba ahora con suma atención.

—Los guanteletes, en heráldica, suelen simbolizar fortaleza y lealtad. —Se quitó de repente los zapatos y cruzó las piernas sobre el sofá—. En lo tocante al espejo, no puedo evitar pensar que uno de los nombres que ha recibido de siempre la Mesa del Rey Salomón ha sido el Espejo de Salomón. Si Montesa acogió de verdad a los templarios, con el codicilo y las tradiciones, la orden podría haberse dedicado buscar la Mesa y no el tesoro en sí, que para ellos debía ser de importancia secundaria.

Nilo se la quedó mirando unos segundos en silencio, para luego hablar despacio, con la lata de cerveza en la zurda.

—Es una teoría ingeniosa, Alejandra. Pero se basa en suposiciones. En un encadenado de suposiciones, más bien.

—Te equivocas. Es una hipótesis de trabajo: un punto de partida desde el que comenzar una investigación y comprobar si la hipótesis en sí es verdadera o falsa.

—Como quieras. Pero ¿adónde nos lleva eso?

—Tras descubrir lo del guantelete y el espejo, el siguiente paso fue tratar de averiguar si otros linajes, que hubiesen dado caballeros a la orden, habían añadido en esa misma época el mismo mueble a su escudo de armas. —Aquí Alejandra no pudo evitar hacer una pausa dramática, en vista de la atención con la que le escuchaba Nilo, aunque ella odiaba esa forma de llamar la atención de los oyentes. Pero era un pequeño momento de gloria, ya que esa misma mañana había recibido una llamada de Sangüesa, el rey de armas, para informarle del resultado de sus investigaciones en tal sentido—. Y sí: en el primer cuarto del siglo XVI, varios caballeros de Montesa añadieron a sus escudos heráldicos un espejo sujeto por un guantelete.

—¿Cómo lo has averiguado?

—Como se averigua casi todo: recurriendo a un experto, un rey de armas en este caso. Él ha sido quien ha hecho el trabajo de campo, por así decirlo, aunque no sabe qué hay detrás de todo esto. El resultado es claro. Los escudos están ahí.

—Y tu teoría es...

—El guantelete es símbolo de fuerza y lealtad, y sujeta al espejo. Mi hipótesis es que algunos caballeros crearon una especie de capítulo secreto dentro de la Orden de Montesa, hacia el año 1500 y por alguna razón que de momento desconocemos. No sé por qué de repente varios miembros de la orden decidieron ocultar el tema de la Mesa a sus cofrades, pero lo cierto es que el codicilo no aparece en ninguno de los inventarios de bienes de la orden. Algo debió ocurrir, eso desde luego, para que tomasen esa decisión.

Hizo una pausa.

—Es más. A Andreu Benavent lo mató otro caballero de Montesa en duelo. Un tal Montcada que, años después, añadiría a su escudo un guantelete con un espejo. Curioso, ¿no?

—He de admitir que sí.

—Y te recuerdo que en los papeles de los cruces negras se hablaba de unos tal porta... Tú mismo me dijiste que en catalán significa portaespejos.

—*Portaespills*. Lo recuerdo. —Movió despacio la cabeza—. Desde luego, tengo que admitir que ahí hay algo.

Nilo apuró su cerveza, cogió la de Alejandra, que estaba también vacía, y se fue sin mediar palabra a la cocina. Volvió con otras dos latas.

—Y ahora quieres que vayamos a Valencia.

—Sí.

—¿Por qué?

—En Valencia está Montesa, el pueblo que dio nombre a la orden, y donde estuvo durante siglos uno de sus castillos principales. Quiero ir para ver el lugar, para poner en orden mis ideas, y para hablar con un experto en el tema de Montesa.

—No basta con saber dónde se encuentra la información, Alejandra. Es necesario llegar a ella y eso, a veces, es muy difícil o imposible.

—El señor B. y tú no sois los únicos con contactos. —Sintió durante un momento una punzada al recordar al señor B.—. Yo también los tengo, y se han movido. —Y no mentía, ya que había telefoneado hacía unas horas a Hipólito Berenguer y éste a su vez se había puesto en comunicación con sus amigos de Valencia—. En Valencia hay gente que conserva la historia y las tradiciones de la orden como si fuera oro en paño, y están dispuestas, gracias a los buenos oficios de mis contactos, a contarme cuanto necesite.

Aunque la conversación de Fernando Balbuena con el librero de Moyano no había dado mucho resultado, las pesquisas de Marfil fueron bastante más fructíferas, para compensar. El Grupo de Información que dirigía Cienfuegos había estado investigando tanto sobre Ángel Requena como sobre Asunción Hernández, su viuda. De lo averiguado se deducía que habían sido gente corriente, con una vida sin sobresaltos, el uno ingeniero de caminos y la otra al parecer dedicada a su casa. No tenían ficha policial ni filiación política conocida, y su vida había sido un remanso, al menos hasta donde la historia del siglo XX español lo había permitido.

No tuvieron hijos, aunque en ninguna parte constaba la razón; si por decisión propia —cosa dudosa— o por algún problema médico. Requena había tenido dos hermanos, el mayor de ellos muerto durante la guerra civil en el bando nacional y el otro, menor que él, fallecido de enfermedad durante la posguerra, así que carecía de herederos directos. En cuanto a Asunción Hernández, tuvo tres hermanos, dos mujeres y un varón, los tres ya muertos aunque, según la información reunida, había un total de siete sobrinos vivos que podrían haber optado a la herencia.

El hermano muerto en la guerra había sido requeté, cosa que no dejó de llamar la atención a Marfil y sus compañeros, puesto que quizá por aquella vía, la de la militancia carlista de su hermano, había llegado a manos de Requena el libro en ulfilano. En cuanto a los herederos, Ana Marfil se dirigió al primero que pudo localizar y, tras una llamada, se presentó en la calle Claudio Coello, para entrevistarse con una de las sobrinas de Asunción Hernández.

La sobrina en cuestión resultó ser una mujer de unos cuarenta años, rubia, delgada, muy cuidada tanto en lo físico como en la apariencia. Aunque, eso sí, se mostró sorprendentemente mal hablada en cuanto Marfil sacó a relucir el tema de la herencia de su tía.

Amalia Hernández, así se llamaba, la había recibido con cierta prevención, tal y como le sucede a mucha gente cuando la policía acude a ellos, tamizada luego de sorpresa al descubrir que su interlocutor era una mujer de treinta y algo, vestida con ropa de marca. Marfil lo notó y, una vez más en su vida, se preguntó qué idea previa tendría esa mujer de los policías.

Amalia Hernández la recibió en persona y la condujo a un salón tan abarrotado de muebles y piezas de porcelana que a Marfil le resultó un poco asfixiante. Una asistenta sudamericana les sirvió té y Marfil no perdió tiempo en entrar en materia.

—¡Por supuesto que había una biblioteca! ¡Y qué biblioteca! —A la anfitriona se le oscureció el rostro, apenas su visitante tocó el tema—. Pertenecía a la familia de mi tío Ángel desde hace generaciones.

—¿Y qué ocurrió?

—Que nos la robaron. ¡Esa hija de puta nos la robó con todo lo demás! —casi gritó, de forma que Marfil a punto estuvo de derramar el té, cogida por sorpresa.

—¿A quién se refiere exactamente?

—A la bruja esa, la que la lió en los últimos años de su vida y le sacó hasta el último céntimo. —Su expresión se volvió casi rapaz por culpa de la rabia—. ¿Ha venido aquí por ella?

—No sé ni a quién se refiere. —Marfil se acomodó en la butaca para cruzar las piernas—. He venido para hablar del tema de la biblioteca. Si esa persona a la que se refiere tiene algo que ver con ella, entonces sí que me interesa.

—Ah. —La otra recuperó la compostura—. Perdóneme esta salida, pero cada vez que me pienso en esa estafadora, me pongo de los nervios.

—Cuénteme la historia. Y empecemos por el principio, por favor. —Sacó su libreta de notas, adornada con el escudo de la Policía Nacional.

—De acuerdo. —Dejó taza y platillo encima de la mesa, y cruzó las manos sobre las rodillas, al tiempo que se inclinaba un poco—. El marido de mi tía Asunción murió en el noventa y tres, creo recordar, y lo cierto es que ella se quedó bastante sola. No tenían hijos y ella nunca había trabajado en nada; era una de esas mujeres de otra época, de las que no tenían gran cosa fuera del matrimonio. Además, tres o cuatro años después, enfermó del estómago. Primero fue a los médicos, pero como no mejoraba, comenzó a probar otros remedios, y así acabó en la consulta de la bruja esa...

—¿Sabe su nombre?

—No creo que lo olvide en la vida. María Eugenia Santos. Tiene una clínica en la Ronda de Atocha. Lo de clínica lo digo por llamarlo de algún modo.

—¿Qué número?

—Eso sí que no lo recuerdo, lo siento.

—No importa. ¿Qué es esa mujer? ¿Médico?

—¿¡Médico!? —bufó, olvidando cualquier intento de contención—. Es una curandera y una estafadora. Al principio, creíamos que mi tía estaba yendo a recibir terapias alternativas y no nos pareció mal. Daño no iba a hacerle. Tomaba hierbas, le trataban con reflexoterapia. Ya sabe, eso de los pies...

—Sé lo que es la reflexoterapia.

—No nos pareció nada raro. Yo misma me he tratado con homeopatía y me ha ido muy bien. Pero, poco a poco, por detalles sueltos, comenzamos a inquietarnos.

—¿Por qué?

—Las terapias y la clínica no son más que una tapadera para esa bruja. Echa también las cartas, hace y deshace hechizos, purifica casas. Y a lo que se dedica, al final, es a liar a la gente y a sacarles el dinero.

—¿Pero cómo?

—Lo que tiene esa mujer montada es una especie de secta. Mi tía empezó a ir a rezar el rosario todos los viernes a su clínica y al final la consultaba para absolutamente todo.

—¿Su tía era una mujer religiosa?

—No en exceso. Era creyente, pero no era una beata. La muerte de su marido primero, y su enfermedad después, la hicieron cambiar. Empezó a esperar de lo sobrenatural lo que los médicos no podían darle. El caso es que empezó a depender cada vez más de esa estafadora y a alejarse de todos. Nunca tuvimos una relación muy estrecha, pero llegó un momento en que era casi imposible saber nada de ella.

—¿A quiénes les era casi imposible?

—A la familia. Mis hermanos, el resto de sus sobrinos.

—Prosiga, por favor.

—Hay poco que contar. En los últimos tres años, apenas supimos nada de nuestra tía. En diciembre del año pasado nos avisaron del hospital, que la habían ingresado...

—¿Qué hospital?

—El Ramón y Cajal. Entró de urgencia, ya muy malita, y antes de veinticuatro horas había muerto. El estómago la acabó matando a pesar de todos los potingues, las estampas de santos y las novenas de la curandera esa. Al final, fuimos sus sobrinos los que nos hicimos cargo del entierro y los trámites.

—¿Eran ustedes sus herederos?

—Claro, no tenía otros.

—Pero la biblioteca había desaparecido, supongo.

—La biblioteca y todo lo demás. —Volvió a asomarle la rabia a los ojos—. Cuando entramos en el piso, no había rastro de los libros, ni de las joyas, ni de nada de valor. Tendría que haber visto cómo estaba la casa: medio desmantelada; se habían llevado un montón de muebles antiguos: sillas, un aparador, una mesa, todo lo que pudiera valer algo. Y para qué vamos a hablar de la cartilla corriente de mi tía.

—¿La vaciaron?

—Totalmente. Dejaron veinticuatro euros y algunos céntimos. En la vida se me va a olvidar esa cifra.

—¿Cuánto dinero se supone que tenía que haber en esa cuenta?

—Calculamos que mi tía Asunción debía tener entre veinte y treinta millones.

—¿De euros? —Marfil levantó la cabeza de su libreta, con una ceja enarcada.

—No. De pesetas. Perdone, pero en cuanto me despisto aún sigo calculando en pesetas.

—Usted y todos.

—Estamos hablando de entre ciento cincuenta mil y doscientos mil euros. Nos informamos en el banco y estuvieron retirando el dinero durante meses en los cajeros, sacando con la tarjeta el máximo, todos los días, y con cheques al portador de pocas cantidades, en distintas sucursales.

—Y usted está convencida de que fue María Eugenia Santos.

—¿Quién si no? Se aprovechó de la enfermedad de mi tía para engatusarla y quedarse con todo.

—¿Está completamente segura?

—Del todo. Los últimos tres años, no vi a mi tía más que en un par de ocasiones, y no vea cómo hablaba de esa arpía: como si del Papa o de una santa se tratase.

—¿No han hecho algo al respecto ustedes, que son los herederos? Algo desde un punto de vista legal, me refiero.

—Consultamos con varios abogados, pero todos nos dijeron lo mismo: que nos iba a ser muy difícil recuperar todo eso.

—Por lo menos no perdieron la casa.

—No. Eso no. O no se atrevió o no consiguió ponerla a su nombre. Esa parte de la herencia no nos la pudo quitar.

Marfil, sin decir nada, apartó la taza de té, en la que quedaba un fondo de líquido, ya frío. La otra se dio cuenta.

—¿Más té?

—No, gracias. ¿No tendría alguno de los sobrinos un listado, catálogo o algo así de los libros de la biblioteca de sus tíos?

—¿Por qué le interesa tanto esa biblioteca?

—Soy policía. No me ocupo de faltas administrativas, ni de litigios entre particulares. Lo mío son los delitos. Y la ley de Patrimonio Nacional especifica que cualquier cambio tocante a un bien artístico español, con más de un siglo de antigüedad, tiene que ser notificado a las autoridades. Y lo de bien artístico incluye también a los libros.

—¿Eso quiere decir que María Eugenia Santos ha podido cometer un delito?

—Es posible.

—¿Podría ir a la cárcel por ello? —Los rasgos se le afilaron de nuevo, más que nunca.

—Depende de la gravedad de los hechos. En el mejor de los casos, si es cierto que en esa biblioteca había libros de varios siglos de antigüedad, va a tener que dar muchas explicaciones sobre qué ha hecho con ellos.

—La biblioteca de mi tío Ángel se remontaba a varias generaciones de su familia. Nunca me han interesado mucho los libros, pero sé que algunos eran incluso del siglo XV. Tengo por alguna parte un listado, sí. —Se levantó de un tirón—. Espéreme un momento, por favor, que voy a buscarlo.

—¿Le importa que fume mientras espero?

—Ningún inconveniente. Ahí tiene un cenicero.

Tardó varios minutos en regresar. Marfil apuraba casi el cigarrillo y estaba pensando en apagarlo. Se había puesto en pie y deambulaba por la sala, admirando los cuadros y los adornos, cuando el taconeo rápido de su anfitriona, resonando sobre las zonas del pasillo sin alfombrar, le advirtió de su regreso. Entró casi en tromba, agitando triunfal un taco de folios escritos.

Marfil lo recogió de sus manos para ojearlo con interés. Eran fotocopias de documentos mecanografiados, en los que se enumeraba el nombre del libro, autor, editorial, fecha de publicación y, en algunos casos, a la derecha del todo, había una anotación adicional, ésta ya a mano. A punto estuvo de silbar porque, según ese listado, la biblioteca contenía varios incunables y libros de todos los siglos, desde el XV hasta el XX, incluido un Quijote del siglo XVII.

—Como verá, había mucha morralla, pero también libros muy valiosos; según nos comentaron luego expertos, algunos debían valer una pequeña fortuna.

—Ya veo. —Marfil, los ojos aún puestos en la lista, se permitió una sonrisa que la otra no entendió. Su anfitriona, como tantos otros, consideraba «morralla» a los libros sin valor material, sin importarle que, en realidad, lo valioso de veras en un libro es el contenido, no el continente—. ¿Le importaría dejármela durante veinticuatro horas? La fotocopio y mañana mismo hago que se la envíen.

—Quédesela. No es más que una copia del catálogo que mi tío hizo en el noventa, poco antes de enfermar. Mi hermano Marcos y uno de mis primos son muy aficionados a la lectura, y se pasaban horas y horas leyendo libros en su biblioteca. Luego, cuando el tío Ángel murió, todo cambió.

—Se lo agradezco. —Marfil dobló con cuidado los folios, para guardarlos en el bolso, junto con la libreta—. No le robo más su tiempo.

—¿Me tendrá al tanto?

—Si surge alguna novedad, sí. Además, pudiera ser que, llegado el caso, necesite su declaración sobre este asunto.

—Si es para meter en la cárcel a esa estafadora, me dará la mayor alegría en años.

24

Los caballeros de Montesa tuvieron varias razones para elegir el pueblo del mismo nombre como sede y levantar en lo alto del cerro su gran fortaleza, con piedras calizas extraídas de la misma ladera. La colina ofrece buen emplazamiento y defensa fácil, y la villa era, en las postrimerías del siglo XIV, la frontera de la guerra de Reconquista. Pero el principal motivo fue que, desde ese punto, la orden podía controlar el gran valle en el que se asienta el pueblo, así como la vía Augusta que lo cruzaba, de forma que cualquiera que quisiese entrar en el reino de Valencia desde Albacete tenía que pasar antes por el nido de los caballeros.

—La vía Augusta es una de esas antiquísimas que tiene España —le había comentado Alejandra a Nilo—. Antes de eso la llamaban vía Heraclea e iba de Cádiz a Roma. Nunca dejó de usarse. De hecho, esta carretera está construida sobre el trazado de la vía Augusta.

Nilo había recuperado su Toyota para ese viaje, aunque fue ella la que lo llevó durante todo el camino. A Alejandra siempre le había gustado conducir y disfrutaba con la sensación de potencia que le transmitía el 4 × 4 a través del volante. Habían entrado en Valencia por el puerto de Almansa y ya desde lejos habían tenido ocasión de ver las ruinas de la vieja fortaleza, con el pueblo de Montesa encaramado a la ladera.

—¿De Cádiz a Roma pasando por Albacete? —Nilo se había acariciado perplejo el mentón, al tiempo que bajaba un poco la música, para seguir mejor la conversación—. ¿No es dar mucha vuelta?

—No. —Ella sonrió—. Anda, enciéndeme un cigarrillo. Es dar vuelta ahora, que todo se arregla derribando montañas o abriendo túneles. Pero los medios en la antigüedad eran mucho más limitados y recorrer todo el camino pegados a la costa podía ser un asunto harto difícil. El acceso desde Murcia hacia el norte era complicado, por ejemplo. Cartagena era un puerto excelente, pero difícil de comunicar por tierra con otros puntos del litoral.

—Entiendo.

—La vía salía desde Cádiz, pasaba por Córdoba y Jaén, entraba en la meseta y entonces sí que bajaba de nuevo hacia la costa por el puerto que acabamos de pasar.

Habían entrado en la provincia de Valencia a última hora de la tarde y no se detuvieron en Montesa, sino que siguieron unos kilómetros más hasta Xàtiva, otro lugar cargado de historia, situado en el mismo valle y con un castillo imponente que lo domina todo. Nilo había reservado en la hostelería Mont Sant, un establecimiento con patio que le resultó de lo más agradable a Alejandra.

Esa noche no hicieron casi nada: poco más que cenar y dar luego un paseo por el pueblo, buscando el casco antiguo y las fachadas de las antiguas casas nobles, de jambas adornadas con blasones. Alejandra nunca había prestado demasiada atención a esos detalles, pero ahora se detenía cada dos por tres ante los escudos de piedra picados por el tiempo.

—Lo mío es la historia antigua, no la medieval —le reiteró por enésima vez a Nilo.

—Historia es historia.

—Hay quien no opina igual. Dicen que historia de verdad es la antigua y que a partir de ahí ya es periodismo. —Sonrió al ver la expresión de Nilo—. Es un chiste de la profesión.

—No debe hacerles mucha gracia a los periodistas.

—Más bien ninguna, ni tampoco a los colegas de otras especialidades. Una vez vi a un profesor mío soltarlo sin querer durante la presentación de unas jornadas. Casi le obligaron a pedir disculpas públicas.

—La España de lo políticamente correcto... —sonrió ahora Nilo.

Sin embargo, pese a las bromas, recorrieron el núcleo del pueblo con mil ojos, atentos a los escudos de piedra, sin descubrir empero ningún guantelete sujetando espejo.

A la mañana siguiente, a Nilo se le pegaron las sábanas, o puede que Alejandra se despertase pronto por culpa del cambio de cama, así que se levantó al cabo de un rato, harta de estar acostada y con los ojos abiertos. Sacó sus libretas y sus notas y, por último, no queriendo fumar en ayunas, por más que le apetecía, hizo un poco de tai-chi, aprovechando que la habitación era lo bastante amplia.

Así fue como la vio Nilo cuando abrió los ojos al rato. El pelo alborotado, vestida con la camiseta y el pantalón de pintor que usaba a modo de pijama, girando y ejecutando esos movimiento pausados que todo el mundo reconoce como de tai-chi, aunque sólo sea a fuerza de haberlos visto en televisión, los parques y las playas.

Debía llevar ya rato observándola desde la cama antes de que ella, absorta en la ejecución de las forma, se diese cuenta. Se interrumpió sonriente.

—¿Ya despierto?

—A medias. Eso es tai-chi, ¿no?

Ella asintió y fue a sentarse al borde de la cama. Cogió un cigarrillo del paquete que estaba sobre la mesilla, vencida, y lo encendió, sintiendo ese sabor fuerte y acre que suele tener el tabaco de primera mañana.

—Tai-chi y un poco de chi-kung. Procuro hacer algo todas las mañanas. Me mantiene elástica y me relaja. Sobre todo lo último. Soy una persona nerviosa, aunque mucha gente no se dé cuenta.

—Nunca te hubiera imaginado practicando tai-chi.

—¿Por qué no?

—No lo sé. Supongo que uno se hace una imagen de la gente y eso no pegaba en la que tengo de ti.

—Lo practico desde hace años. Me gusta, aunque nunca he encontrado tiempo para volver a clase y avanzar.

—¿Cómo te dio por ahí?

—Fue de rebote. —Estaba sentada justo en al final y ahora se inclinó hacia adelante para apoyar los codos sobre los muslos, con el cigarrillo entre los dedos, contemplando a Nilo de refilón—. Yo hice judo durante muchos años...

—No me digas.

—Desde pequeña. Llegué a cinturón negro segundo dan. Luego entré en la facultad y eso supuso un gran cambio de vida. El judo fue una de tantas cosas que tuve que sacrificar, sobre todo porque no tenía tiempo de entrenar con regularidad. Lo echaba de menos y, hará unos cinco años, una amiga me convenció para que la acompañase a clases de tai-chi. Ella lo dejó al poco tiempo y yo, en cambio, seguí durante un par de años. El tai-chi tiene la ventaja de que es fácil de practicar por tu cuenta, a tu aire.

Echó una ojeada al reloj y se dio cuenta de que eran casi las diez. Le pegó un manotazo en la pierna, a través de la sábana.

—Arriba, gandul. ¿Has visto qué hora es ya?

Nilo se desperezó con sonrisa distraída. Se sentó en la cama, desnudo, el pelo revuelto y los ojos aún un poco adormilados. Alejandra no pudo ahorrarse una mirada de aprecio, porque Nilo era de esos que, con una planta normal, sin grandes musculaturas ni artificios, transmitía una impresión masculina; algo que ella había valorado siempre sobremanera en los hombres.

—¿Qué tal una ducha juntos? —sugirió él.

—Es una proposición tentadora —sonrió ella—. Pero luego pasa lo que pasa y al final llegaremos tarde.

—¿No hemos quedado a las doce?

—Exacto. Y son ya las diez. Tenemos que ir a Montesa y, mientras nos duchamos, preparamos, desayunamos, pagamos la cuenta...

—Pero si de aquí a Montesa hay cinco minutos en coche.

—Ya será algo más y no me gustaría llegar tarde. Eso sí que sería entrar con mal pie a la persona con la que vamos a hablar.

—Por cierto: ¿con quién hemos quedado exactamente?

—Con un amigo de Hipólito Berenguer. Va a venir expresamente desde Valencia para hablar con nosotros y lo último que quiero es hacerle esperar.

—¿Qué es? ¿Un experto en el tema? ¿Un caballero de Montesa?

—No tengo ni idea. Lo único que sé es que se llama Batiste.

—Batiste... —Nilo torció el gesto.

—¿Ocurre algo?

—Nada. —Sacudió sonriendo la cabeza—. Batiste se llamaba mi padre, eso es todo.

Alejandra volvió la cabeza para mirarle, el cigarrillo aún humeando en la mano. Por esas palabras, cabía colegir que su padre estaba muerto y, de repente, cayó en la cuenta de cuán poco sabía de él. O, mejor, cuán poco sabían el uno del otro. A punto estuvo de preguntarle, pero él se levantó por fin de un tirón, fue al cuarto de baño y la oportunidad se perdió.

Mientras Nilo se duchaba y aseaba, Alejandra se entretuvo en revisar la documentación que había llevado consigo. Libros, fotocopias y folios impresos con información bajada de la Red, desparramados ahora sobre la mesa de la habitación, muchos de ellos cubiertos de notas garabateadas con tinta azul en los márgenes.

La pregunta clave era ahora para ella: ¿qué había ocurrido a principios del siglo XVI para que un grupo de caballeros intachables, leales al parecer a Montesa, hubiesen formado lo que según todos los indicios era un capítulo secreto dentro de la orden, escamoteando la existencia del codicilo y puede que algo más a sus cofrades? Eso era lo que preocupaba ahora a Alejandra, que no dejaba de buscar posibles soluciones, con Nilo jugando el papel de abogado del diablo, ya que se mostraba, si no incrédulo, sí reservado en cuanto al rumbo que estaba tomando esa investigación.

Alejandra tomó el bolígrafo y comenzó a escribir.

A finales del siglo XV accedió al cargo de maestre de Montesa don Felipe de Aragón y Navarra, lo que supuso un terremoto dentro de la orden. En esa época, el papel de las órdenes militares había cambiado drásticamente. Los Reyes Católicos estaban en trance de liquidar los últimos reductos musulmanes en la Península y ya no tenían interés en la pervivencia de unas instituciones que no sólo eran demasiado poderosas, sino que además, dada la extracción de los caballeros, estaban ligadas a la gran nobleza, enfrentada siempre al poder real. Buena muestra del asalto de la Corona a la órdenes militares fue el hecho de que, cuando Montesa nombró maestre a don Felipe Díaz de Cañamás, Fernando el Católico logró invalidar su designación e imponer a su propio sobrino, don Felipe de Aragón.

¿Habría sido ésa la fractura y provocado la creación del capítulo secreto? Eso era lo que se preguntaba Alejandra en un folio amarillo, en el que trataba de resumir sus ideas.

El astuto Fernando logró que las tres órdenes castellanas cediesen a sus pretensiones, y que el cargo de maestre recayese en el rey con carácter hereditario, lo que supuso el fin de su independencia. Montesa fue la última gran orden en ceder y aún tuvo tiempo de tomar parte activa en la conquista del reino de Nápoles para la Corona de Aragón.

Tras la muerte de Felipe de Aragón en la guerra de Granada, accedió a la dignidad de maestre don Pedro Luis Garcerán de Borja, con sólo diecisiete años. Ese nombramiento garantizaba el apoyo a la orden de su familia, los Borja valencianos, así como la de la rama italiana de la misma, los Borgia y, por tanto, del papa Alejandro VI, el papa Borgia. Mayor garantía no podía haber contra las ambiciones de Fernando el Católico.

La Corona hubo de esperar al reinado de Felipe II para absorber a la Orden de Montesa, cuando aquel mismo Garcerán de Borja, ya anciano, renunció al cargo de maestre a favor del rey, a cambio de tierras y títulos. A partir de ese momento, la orden iría perdiendo su carácter militar y el castillo quedó habitado sólo por los frailes de Montesa.

Garcerán de Borja fue sin duda un personaje notable, tanto por derecho propio como por el periodo de cambios históricos que le tocó vivir. Maestre enérgico, se destacó por su arrojo en la toma de Orán, fue juzgado por la Inquisición por sodomía y, en general, los cronistas coincidían en mostrarle como hombre tan talentoso y valiente como falto de escrúpulos.

Alejandra mordisqueó un momento el bolígrafo y anotó una pregunta sobre si el capítulo secreto no habría protegido el codicilo de la codicia de Garcerán. O quizá lo único que trataban era de prepararse para tiempos que temían de decadencia; para la hora en la que el rey asumiese el mando de la orden y ésta perdiese cualquier independencia.

Se levantó y comenzó a pasear por la habitación con los folios en la mano, porque el estar en movimiento le ayudaba a poner en orden sus ideas. Hizo amago de sentarse en el sillón, pero se percató de que Nilo había dejado toda su ropa encima, amontonada de cualquier forma. Con una sonrisa entre molesta y condescendiente, recogió la camisa para depositarla sobre el respaldo, luego hizo lo propio con el pantalón y, por último, con la chaqueta de sport, que había dejado mal colocada bajo las demás prendas. Al desplazar esta última, algo se deslizó del bolsillo y ella lo atrapó por instinto, antes de que cayese. Un objeto de gran peso con el que se quedó un momento en la mano, sin reconocerlo, más que nada porque no esperaba encontrarse con algo así.

Una pistola, dentro de una pistolera. Una arma de color negro, tamaño mediano, pesada y compacta. La sostuvo unos instantes mientras la observaba perpleja, antes de dejarla con cuidado sobre el asiento del sillón y cubrirla con la chaqueta. Sin saber muy bien qué pensar, se sentó en la silla los codos sobre sus papeles. Sacó un cigarrillo del paquete, aunque no lo encendió, y se entretuvo jugueteando con él. Apenas Nilo salió de la ducha, le espetó a bocajarro.

—Oye, Nilo.

—¿Sí? —Se detuvo, con la toalla al cinto, porque por su expresión comprendió que algo ocurría.

—¿Cómo es que tienes una pistola?

Él la miró un segundo desconcertado, antes de pasar la mirada al sillón. Vio su ropa colocada sobre el respaldo y se hizo cargo de lo ocurrido.

—No me digas que se me ha caído la pistola del bolsillo.

—Pues eso mismo ha sido.

—Siento que te hayas asustado.

—No me he asustado. —Alejandra se amoscó un tanto—. Pero me gustaría que me dijeses qué haces tú con una pistola.

—Es mía.

—Sólo faltaría que la hubieses robado.

Esa contestación no sólo no molestó a Nilo, sino que le hizo sonreír. Con la toalla alrededor de la cintura, se acercó a la mesa y abrió la cajetilla de tabaco de Alejandra.

—Un cigarrillo sí que te voy a robar. Tengo licencia de armas. A veces tengo que transportar documentos antiguos y muy valiosos, y la Fundación Mercader consiguió que me dieran una licencia. Una de las razones por las que me contrataron es porque tengo la curiosidad y la cultura suficiente como para investigar sobre documentos antiguos. La otra es porque estuve en el ejército y sé manejar armas.

—No sabía que tu trabajo era tan peligroso.

—Y no lo es. Pero hay muchos sitios que no son peligrosos y tienen un guardia de seguridad por precaución. Mi caso es algo parecido, sólo que encima se ahorran al guardia.

Alejandra rebuscó entre los papeles hasta dar con el mechero. Encendió primero el cigarrillo de Nilo y luego el suyo, aunque no tenía demasiadas ganas de fumar.

—¿Y llevas la pistola siempre encima?

—No. Pero, teniendo en cuenta todo lo que ha ocurrido, consideré más prudente traerla.

Alejandra meneó la cabeza y no dijo nada. Nilo malinterpretó el gesto.

—¿Te dan grima las armas?

—¿Grima? —Levantó los ojos—. No, en absoluto. Mi padre cazaba; aún lo hace. Me crié entre escopetas.

—¿Entonces por qué te parece mal que lleve la pistola?

—No me parece mal. Me ha cogido por sorpresa. Eso es todo. —Suspiró—. Nilo, no me hagas mucho caso. Todo esto me tiene bastante descolocada.

—Toma. Y a mí.

Ella sonrió entre afectuosa y distante. Acto seguido, puede que para ocultarlo, miró con gesto torcido al cigarrillo.

—Me está sabiendo horrible.

—Pues apágalo y dúchate. ¿No eras tú la que estaba agobiada hace un rato, pensando que íbamos a llegar tarde a Montesa?

Acabaron llegando al pueblo de Montesa antes del mediodía, por lo que Alejandra tuvo que soportar unas cuantas puyas de Nilo al respecto. Batiste les había citado en un bar del pueblo, el *Musical*, que lograron encontrar sin dificultad alguna. Fueron a sentarse a una mesa algo apartada, cosa nada difícil porque el local era amplio y a esas horas estaba casi vacío. No había ninguna otra mesa ocupada y sólo en una esquina de la barra dos guardias municipales tomaban café y charlaban con la dueña.

Las paredes estaban revestidas hasta media altura con azulejos blancos con toques de azul, y pintadas de beige desde ahí hasta el techo. Nilo fue a buscar un par de cervezas y Alejandra se entretuvo observando los pequeños detalles de las paredes. Los retratos de toreros, la foto de una peña local de ciclismo, la trompeta colgada en la pared del fondo, junto a la ventana.

Entró un hombre que debía ser Batiste puesto que, tras pararse un momento en la puerta, se dirigió sin dudar hacia su mesa. Un hombre de entre cuarenta y cincuenta años, fuerte, muy moreno por el sol, vestido con unos vaqueros gastados y una camisa de cuadros, de manga corta. Llevaba en la mano un ejemplar de *Las Provincias*, como habían convenido.

Se presentó, fue a la barra a por un café con leche y, al volver, les invitó sin rodeos a preguntarle cuanto quisiesen saber sobre el tema de la orden. Alejandra no tenía en realidad preguntas concretas y sí la idea de que, ahondando en la historia de la Orden de Santa María de Montesa, podría encontrar nuevas pistas. Batiste estaba más que encantado de explayarse sobre un tema que le apasionaba, aunque no dejó de hacer una salvedad.

—Es una pena que no hayáis venido en fin de semana. Hubierais podido hablar con Josep Cerdá, que es el cronista del pueblo y seguramente quien más conoce de todos estos temas.

—¿Vive aquí, en Montesa?

—Sí. Pero trabaja fuera y no volverá hasta la noche. De todas formas, en todo lo que pueda yo serviros, estoy a vuestra disposición.

Así que la charla fue fluida porque, a medida que iban surgiendo detalles, la curiosidad de Alejandra encontraba nuevos caminos que explorar. En un momento dado, Batiste había echado un vistazo al reloj.

—¿Os apetece visitar el castillo?

—Por supuesto —respondió Alejandra, en tanto que Nilo asentía con la cabeza.

—Entonces es mejor que nos acerquemos al ayuntamiento y pidamos la llave, para poder ver el interior. Tú eres historiadora, ¿no?

—Sí.

—Entonces no creo que tengamos problemas.

—Pensé, por lo que me había dicho Hipólito, que tú también eras historiador.

—¿Yo? No. Me apasiona la historia de la orden, pero no tengo ningún título. Tengo una empresa, no me va mal y por eso puedo tomarme una mañana libre si quiero. Aunque últimamente —se miró los antebrazos morenos— más parezco un *llaurador*, un labrador, que un industrial. Me he comprado un par de anegadas de naranjos, más que nada para entretenerme, y me paso los fines de semana cavando y trabajándolas.

Subieron por una de las cuestas hacia la plaza de la Vila, y ahí se había mostrado por primera vez un poco receloso, cuando Alejandra sacó a colación el posible origen templario de la Orden de Montesa.

—Espero —dijo con sonrisa socarrona— que el libro que escribas no sea uno de esos que mezcle atlantes, platillos volantes y templarios.

—No hombre, no. —Nilo se había echado a reír—. Ella es historiadora y yo trabajo para la fundación Carlos Mercader, que es una institución seria. Sólo nos faltaría mezclarnos en algo así.

—Lo sé. Era una broma. Hipólito Berenguer no hubiera avalado a gente que no fuese de fiar.

Obtener la llave fue mucho más complicado de lo que parecía a simple vista. El consistorio estaba en obras y un cartel avisaba de que se había trasladado de forma provisional, así que tuvieron que bajar de nuevo por las calles en cuesta y, preguntando a un par de personas, llegar al nuevo emplazamiento. Todo eso al calor de la una de la tarde, en un día que parecía ya de verano.

Una vez allí descubrieron que era imposible conseguir la llave, ya que los funcionarios del ayuntamiento no la tenían siquiera en su poder. Una contrata estaba a punto de emprender trabajos de consolidación en las ruinas y habían retirado las llaves para evitar que alguien entrase en las zonas de obras y se produjesen accidentes.

—Maldita sea. —Batiste salió meneando la cabeza, con claro disgusto—. De haber venido sólo una semana antes...

—No importa, hombre —descartó el tema Nilo—. Vamos a ver lo que podamos.

Volvieron a subir de nuevo. El pueblo está pegado a la misma ladera y las calles ascienden, cada vez más empinadas, hasta que desembocan casi de repente en una zona despejada, cerca ya de la cima. Hacía mucho calor allí arriba y no se veía una alma. Fueron caminando por la senda que lleva al castillo y Alejandra, llevada por la curiosidad, se detuvo ante el cartel que muestra los planos de la fortaleza.

Las ruinas del castillo se alzan sobre una tremenda base rocosa que quizá sirvió en tiempos para extraer los propios sillares de caliza de las murallas. Hoy en día hay un paseo de ronda que circunda la base, en el lugar que otrora ocupaban los muros e instalaciones exteriores, con bancos de madera a la sombra de pinos y algarrobos, y grandes focos que iluminan las ruinas al caer la noche.

—¿Sigue todo tal y como quedó tras el terremoto? —preguntó Alejandra.

—En su mayor parte, sí. —Señaló al puente de piedra que llevaba hasta la puerta de la fortaleza y el puente levadizo, situados en lo alto de la masa rocosa—. Eso lo arreglaron hace no tanto, porque el terremoto lo derrumbó en parte.

—¿Cómo es que nunca lo reconstruyeron?

—Cuando se produjo el terremoto, los clérigos de la orden estaban celebrando misa. La iglesia se les derrumbó encima. Sobrevivieron muy pocos y se optó por trasladarlos a Valencia. La iglesia del Temple, de hecho, se construyó para acogerles. Esto quedó abandonado.

—Supongo que en el siglo XVIII ya no tenía demasiado sentido mantener un castillo para prevenir una posible invasión desde Castilla —especuló Nilo.

—Ninguno. Por eso lo abandonarían tras el terremoto. Demasiado costoso de reconstruir y para nada. Aparte de que los caballeros ya no se ocupaban de asuntos militares.

—No acabo de entender eso de los asuntos militares. —Alejandra torció el gesto—. No se ocupaban de ellos pero, por otro lado, leo que la Orden de Montesa se decantó por el bando de los Borbones en la guerra de Sucesión y luchó junto a Felipe V en la batalla de Almansa. Y que, más tarde, un regimiento de órdenes militares estuvo en la batalla de Bailén.

—Estamos mezclando dos cosas distintas. El rango de caballero se convirtió en algo honorífico, sin sentido militar. Sin embargo, existió un regimiento de órdenes militares que era costeado por el dinero que producían las distintas encomiendas. La Orden de Montesa, pese a ser valenciana, tomó partido por los Borbones, es cierto, y en ese bando luchó. Un siglo después, el regimiento de órdenes formó la vanguardia del ejército español en la batalla de Bailén, junto con los Tercios de Tejas. Pero los caballeros, como tales, no participaron en ninguna acción militar a partir del siglo XVI.

—¿Qué fue de ese regimiento? —se interesó Nilo.

—Nada. Todavía existe, aunque ahora es una unidad regular del ejército. Vamos a subir y, por lo menos, podremos echar un vistazo a través de las rejas. Pero antes fijaos en ese trozo cortado. —Les señaló un hueco abierto al pie, entre la base del puente y la masa rocosa.

—Lo veo. ¿Qué es? —Alejandra disparó un par de fotos.

—El recordatorio de un suceso curioso. En los años cuarenta, Franco mandó tropas a Montesa. Acordonaron la zona y cortaron esa sección para subir y acceder al castillo. Recordad que entonces el puente estaba parcialmente derrumbado.

—¿Las tropas de Franco? ¿Y qué buscaban?

—Nadie lo sabe. Estuvieron excavando bajo la supervisión de dos arqueólogos y, cuando acabaron, se marcharon sin dar cuentas a nadie.

—Pero en algún lugar habrá información al respecto.

—Debiera, pero no. Los dos arqueólogos murieron hace ya tiempo y, por alguna razón, los archivos sobre este asunto han desaparecido. No queda ni una brizna de documentación.

Hubo un silencio. Nilo sacó su paquete de tabaco y ofreció primero a Alejandra y luego a Batiste. Ambos rechazaron.

—Curioso —dijo por último.

Ascendieron por el puente bajo el sol y la brisa ardiente, hasta lo más alto y allí, tal como había dicho Batiste, al menos pudieron echar un vistazo a través de los barrotes. Alejandra tomó varias fotos y luego retrocedió unos pasos para contemplar el valle que se abría a sus pies. Cuando volvió el rostro al norte, pudo columbrar a lo lejos el gran castillo de Xàtiva. Nilo y Batiste estaban discutiendo sobre el escudo grabado en el dintel de la fortaleza. Habían cambiado del castellano al catalán pero, por lo que pudo entender, el segundo le estaba explicando al primero que las barras verticales eran las del escudo del tercer maestre de la orden.

Fotografió todo el valle, por ambos lados. Nilo se aproximó a ella, mientras Batiste volvía a espiar a través de los barrotes, pese a que debía de haber estado allí dentro muchas veces.

—¿Nos vamos ya? —le preguntó sonriente, el pelo algo alborotado por el aire cálido—. Aquí no tenemos ya mucho que ver.

Y, como ella asintió, los ojos aún puestos en el valle, se agachó y desmochó la colilla del cigarrillo contra la piedra, antes de guardársela para tirarlo luego en alguna papelera.

* * *

María Eugenia Santos tenía un largo historial de problemas legales relacionados con su actividad. A lo largo de casi treinta años había acumulado infinidad de demandas y juicios, de los que había salido siempre indemne. Es difícil probar estafa cuando el perjudicado ha recurrido por propia voluntad a servicios tan intangibles como la videncia o el levantamiento de supuestos maleficios contra su persona, allegados o propiedades. Otro tanto ocurre con terapias tales como la sanación mediante las estampas de santos o los rezos.

—Un mal bicho. —Marfil se había permitido una sonrisa dura al recordar el expediente de la curandera, cosa que no había pasado inadvertida a Cienfuegos, su jefe de grupo.

—¿Te hace gracia?

—Ninguna. Pero nunca deja de sorprenderme la cantidad de primos que hay en este mundo.

Cienfuegos le mostró las manos abiertas y se echó un poco hacia atrás en su sillón.

—Los que son como María Eugenia Santos se aprovechan de la necesidad o la desesperación de la gente. He estado revisando el historial de esa *señora*. Su principal actividad parece ser la de sacar dinero a personas que se estaban muriendo de enfermedades incurables, o a sus parientes.

Se detuvo, hizo un gesto muy significativo y se llevó la copa a los labios. Era ya última hora de la noche y estaban tomando una copa en el lugar de costumbre. El tema había salido de forma casi espontánea, en un extremo de la barra, cuando ya no quedaba casi público, en un momento en el que se habían reunido Cienfuegos, Fernando Balbuena y Marfil.

—Aun así, no me cabe en la cabeza. —Esta última encendió un cigarrillo e hizo tintinear los hielos en su copa. A ella, al contrario que a sus compañeros, le gustaba tomar los combinados en vaso de tubo, y no en copa de balón—. Se ve a la legua que esa tía es una charlatana.

—Lo verás tú. —Cienfuegos se encogió de hombros mientras Fernando Balbuena escuchaba mucho más de lo que hablaba, según su costumbre—. Pero tendrías que ponerte en la piel de uno al que se le está muriendo un hijo de cáncer, por ejemplo, y ver si te parece entonces tan de tontos gastarte lo que haga falta, con la esperanza de salvarle de una muerte segura.

—Tienes razón. —Echó una gran bocanada de humo hacia el techo y se apartó un mechón de cabello castaño de la frente, con gesto de cansancio—. Vaya mujer más repulsiva.

—Pero lista. Hasta ahora, se ha escapado siempre.

—No tan lista —rebatió Marfil, ahora con esa sonrisa irónica tan suya—. Si de verdad anda detrás de ese tesoro visigodo, exista o no, se ha delatado por un asunto de mil euros; por vender al peso todos esos libros viejos.

—No es tan sorprendente —intervino de repente Fernando Balbuena.

—¿Cómo que no? Ese tesoro, si existe, debe tener un valor incalculable. Y ella se ha puesto en evidencia por unos cuantos euros porque, de no ser por esa venta de poca monta, no habríamos llegado hasta ella. No creo que necesite ese dinero, a juzgar por su tren de vida.

—Claro que no. —Fernando Balbuena agitó la cabeza, casi solemne—. Pero es una codiciosa, y la codicia es el segundo de los defectos que más rápido pasa factura.

—¿Cuál es el primero? —Cienfuegos, que iba a llevarse la copa de balón a los labios, le miró curioso.

—La vanidad. Es la que más rápido te mete en problemas.

—Cierto. —Marfil sonrió, al tiempo que Cienfuegos bebía con expresión pensativa.

—Uno puede escapar de muchas cosas, pero rara vez de uno mismo —sentenció por último Fernando Balbuena, al tiempo que, con un gesto, indicaba a la camarera que le pusiese otra copa de Bacardí con cola.

—¿Qué pasa con todo este asunto entonces? —quiso saber Marfil.

—No hay nada nuevo.

—Me preocupa todo esto. Esa bruja anda detrás de un tesoro que lleva oculto siglos, sea real o imaginario. Y ya hay varios muertos encima de la mesa. Si ella tiene algo que ver con esas muertes, no se va a detener ante nada. ¿Y qué pasa si encima esa tía loca da con una pista concreta?

—¿Pero de verdad crees que ese tesoro puede existir? —Ahora fue Cienfuegos quien alzó la copa vacía, para reclamar otra.

—¿Quién sabe? —Marfil se apartó de nuevo el mechón de la frente—. Pero, si existe, no podemos permitir que se apodere de él.

Cienfuegos aguardó a que le sirviesen de nuevo, antes de hablar.

—Es un problema, sí. Esa tía tiene montada toda una red y conoce a mucha gente, alguna de ella importante, por lo que hemos podido averiguar en estos últimos días. No podemos ponerles vigilancia a todos y menos durante tiempo indefinido.

—Lo sé.

—Se lo tiene bien montado. Es propietaria de esa *clínica* en la Ronda de Atocha, un chalet impresionante en Torrelodones y una casa en Tarifa, a pie de playa. Y ninguna de esas propiedades está a su nombre, sino al de alguno de sus hijos.

—¿Y qué vamos a hacer? —insistió Marfil.

—De momento esperar a que haya movimientos. Hemos pinchado sus teléfonos, y tarde o temprano acabaremos por encontrar algo. Estoy de acuerdo contigo en que es peligrosa. Anda en toda clase de negocios turbios y seguro que algo tiene que ver con todas esas muertes. Si fue ella la que mató a Folgado para robarle el codicilo y los demás documentos, no tardará en ponerse en marcha. Entonces habrá mucho movimiento, y nosotros lo sabremos.

—¿Movimiento por qué? No te sigo.

Cienfuegos sonrió entonces, algo socarrón.

—Es fácil. El tesoro de Toledo estaba formado por coronas, cetros, cruces, vasos... y la famosa Mesa, claro —resopló—. Todo eso no es algo que uno pueda llevarse en un saco al hombro.

—Cierto —convino Marfil.

—Si descubren o creen descubrir su escondite, necesitarán como poco una furgoneta. Y eso sí que es algo que vamos a detectar.

—Hay algo más —terció Fernando Balbuena, hablando como

si se lo hubiese pensado mucho antes de abrir la boca, según su costumbre—. Esa mujer se ha apropiado de muchos bienes ajenos; no sólo del dinero o las joyas de la abuela.

—¿Adónde quieres ir a parar? —Cienfuegos le miró desconcertado.

—En esa biblioteca había libros muy valiosos. Los del montón los colocó al peso en la Cuesta de Moyano. ¿Pero adónde han ido a parar los demás?

—Estarán guardados en el almacén del que te habló el librero de Moyano o en su casa de Torrelodones —aventuró Marfil.

—Puede. Pero esa mujer ha hecho desaparecer cuadros y objetos de arte. No hay más que revisar las denuncias para comprobarlo.

—Ya te sigo. —Cienfuegos se llevó la copa a los labios, ahora pensativo—. Tiene que tener a alguien que dé salida a todo el material que consigue; alguien que se lo endose a compradores o intermediarios. Y ese alguien tiene que ser profesional y discreto, o ya habríamos tenido noticias antes de esta María Eugenia.

—¿Y adónde nos lleva eso? —insistió Marfil.

—A replantear el tema desde otra óptica. Vamos a coger las denuncias contra María Eugenia Santos y ver en qué casos se produjeron desapariciones de obras de arte. Vamos a tirar del hilo, a ver qué sale. Y a esperar acontecimientos.

25

Algo menos a ciegas respecto al asunto del tesoro de Toledo andaban Peña y Aslan, gracias a las informaciones recabadas por el primero entre la congregación de María Eugenia. Peña era consciente de que «volver al redil» podía acarrearle el problema paradójico de que, si todo se estropeaba, la policía acabase por relacionarle con los tejemanejes de la curandera y los asesinatos. Pero él siempre podía escudarse en que cuanto había hecho eran favores inocentes, y prefería saber por dónde se andaba que permanecer a ciegas.

Estaba cada vez más convencido de que María Eugenia tenía alguna pista sólida sobre el tesoro, y de que había confiado la búsqueda de aquella Mesa a Juan de Dios y Pablo Rosas, su perro de presa el uno y el de más conocimientos de entre toda la congregación el otro. Cuando volvió a encontrarse con Aslan, había sido conciso a la hora de describir a aquellos dos.

—Ese Juan de Dios siempre me ha parecido un tipo de cuidado: peligroso y bastante mal de la cabeza. —Se llevó un dedo a la sien—. He conocido a unos cuantos como él cuando ejercía como abogado. Sé que estuvo en el ejército y que luego trabajó algún tiempo como guardia jurado. Le gustan las armas.

—¿Y qué hace un hombre así entre tanto santurrón?

—Tiene una historia curiosa. Juan de Dios es la oveja negra de una familia adinerada de Zaragoza. Eso he oído contar al menos.

Siempre fue bastante raro y no estaba en buenas relaciones con su familia. Pero, hace unos años, comenzó además a oír voces dentro de su cabeza y sus hermanos quisieron internarle.

—*La Bruja* también las oye, ¿no?

—Eso dice ella, pero no es lo mismo. —Peña le mostró una de sus sonrisas apagadas—. Lo de Juan de Dios es bastante más serio. Le diagnosticaron esquizofrenia. Su familia, como te he dicho, tiene tierras y mucho dinero, y quiso librarse de él encerrándole. Y ahí fue donde apareció en escena María Eugenia. Convenció a Juan de Dios de que no sólo no estaba loco, sino de que lo suyo era un don de Dios. Así se convirtió en su acólito. Es un incondicional de María Eugenia y mataría por ella... a saber si no lo ha hecho ya.

—Los locos son siempre locos, amigo —reflexionó Aslan—. Nunca sabes cuándo se van a volver contra ti. ¿Qué hay del otro?

—Rosas es de una pasta bien distinta. Creo que le faltan también un tornillo o dos. —Volvió a tocarse la sien con el dedo—, pero su locura no tiene nada que ver con la de Juan de Dios. Es muy culto, creo que tiene un par de carreras y es increíble la cantidad de materias que domina. Eso no lo puede negar nadie. Pero es otro sinvergüenza sin escrúpulos y anda metido en materias de lo más raras, al menos desde mi óptica.

—¿Materias?

—Asuntos, temas. Ovnis, el Grial, la Atlántida, cosas así. Cualquier cosa que tenga que ver con lo oculto o lo rechazado por la ciencia parece despertar el interés de Rosas. Sabe mucho y tiene mucha cultura, como te he dicho, pero sólo tienes que oírle hablar un rato para darte cuenta de que su cabeza funciona de manera un poco rara. Por cierto, desde hace años es el astrólogo de María Eugenia.

—Creía que la astrología no se llevaba bien con el cristianismo —apuntó Aslan.

—María Eugenia no se lleva mal con nada que le pueda reportar dinero fácil ni ascendiente sobre los incautos. —Volvió a sonreír con fatiga—. Tendrías que ver el dinero que le saca a la gente con eso de la astrología, y todo con un programa bajado de Internet.

—El mundo está lleno de idiotas. ¿Por qué estás tan seguro de que *la Bruja* ha encargado a esos dos el asunto?

—Porque ahora andan siempre juntos. Han hecho dos viajes hace poco y nadie sabe adónde. Y porque Rosas anda todo el día con libros sobre la Edad Media bajo el brazo y, además, se le escapan de vez en cuando alusiones a la Mesa del Rey Salomón; cosa que, por cierto, pone de muy mal humor a María Eugenia.

—Es un bocazas.

—Rosas siempre está hablando de temas extraños, así que esas menciones pasan desapercibidas, a no ser que uno esté avisado.

—Si lo que dices es cierto, deben estar acercándose al tesoro.

—Te voy a ser sincero. Creo que Rosas está manejando documentación robada a aquel pobre hombre que mataron en ese pueblo de Toledo. A partir de ahí, ha debido seguir por su cuenta las investigaciones y debe estar avanzando con rapidez. Y sí, creo que están cerca. Pero hay un problema; uno que me atañe directamente a mí.

—Te escucho.

—María Eugenia sigue empeñada en localizar a esa mujer que estuvo en los Oscos. Está como obsesionada con ella.

—Eso es malo.

—Mucho. Me pidió de nuevo que la localizase, y eso me pone en peligro. —Se encendió un cigarrillo, malhumorado.

Unos días antes, María Eugenia le había abordado al acabar el rosario en su centro, para pedirle que averiguase algo. Ya previamente Peña le había comentado que, en lo que a penales, deudas y demás se refería, tanto Alejandra Espinosa como Nil Saus estaban limpios, al menos las personas con esos nombres que había podido localizar. Pero ahora María Eugenia había sabido que la primera había puesto en alquiler su apartamento de Ventas y lo que pretendía era que Peña averiguase su paradero.

Hizo la gestión desde una cabina pública y, luego, se pasó en persona por el centro, para informar a María Eugenia de que el piso estaba en manos de una agencia, que era la que administraba todo, incluidos contratos y pagos, y que no suministraban información alguna sobre sus clientes.

—Fue un alivio —admitió delante de Aslan.

—¿Por qué?

—María Eugenia tiene una extraña obsesión con esa mujer. No

quiero ser responsable de que maten a nadie por culpa de que esos *maestros ascendidos* de las narices se lo aconsejan a María Eugenia.

—Está poniendo en peligro todo por nada. Esa mujer está loca.

—Lo está.

Aslan se acarició el bigote, pensando.

—Vamos a hacer una cosa. Voy a ir a hablar directamente con ella y le pondré las cartas sobre la mesa, como decís aquí.

—Pero eso me deja a mí en evidencia —farfulló Peña.

—Al contrario. Ella ya me mezcló en todo esto cuando me pidió que vigilásemos la casa de la calle Jorge Juan. Debido a ello, ha muerto uno de mis hombres y no puede saber hasta qué punto he estado yo averiguando por mi cuenta.

—Visto así...

—No mencionaré tu nombre. *La Bruja* me necesitará para dar salida a ese tesoro, si es que existe. Si estoy metido en el asunto, no lo estropeará todo con sus locuras estúpidas y su sed de sangre absurda. Y de paso no seguirá poniéndote en peligro a ti. No he olvidado nuestro pacto, amigo.

—Puede que tengas razón. —Dio una calada, tosió y luego sonrió—. Tal vez merezca la pena intentarlo. Creo que, con tal de poner sus manos sobre esa Mesa, se avendrá a repartir.

Hizo una pausa.

—Creo —repitió—. Ya sabes lo codiciosa que es.

Alejandra había acordado con Nilo tomarse unos días de descanso total, sin preocupaciones de ninguna clase, una vez concluida la visita al pueblo de Montesa. Fue Nilo quien sugirió dirigirse al norte hasta Begur, un pueblo de Gerona, con la promesa de sol, playa, descanso y copas. Así que, apenas despedirse de Batiste y aún sin comer, subieron al Toyota de Nilo y, primero por la N-340 y luego por la A-7, enfilaron en dirección Cataluña.

—No conozco Begur —tuvo que admitir Alejandra, con las manos sobre el volante y los ojos puestos en la autopista, porque volvía a conducir ella—. La verdad es que nunca he estado en la Costa Brava.

—Muy mal hecho, pero en seguida vamos a remediarlo.

—Lo pones como si fuera la isla de Jauja —sonrió—. Anda, busca en mi bolso y dame un pitillo.

—Fúmate uno de los míos. —Sacó del bolsillo de la camisa un paquete de Marlboro y se colocó dos cigarrillos entre los labios, para encenderlos con el Zippo de la hoz y el martillo. Tendió uno a Alejandra, que lo recogió con dos dedos de la mano derecha.

—Dicen que quieren prohibir fumar mientras se conduce —dijo él, socarrón.

—Me lo creo. —Alejandra lanzó una bocanada de humo—. Razón de más para disfrutar mientras se pueda. Cualquier día hasta esto nos quitan.

Nilo se la quedó mirando. Usaba aquel día una camiseta roja, con los hombros al aire, y la melena color chocolate se le alborotaba con el viento, que entraba por las ventanillas medio bajadas. Conducía con gesto absorto, la mirada siempre puesta en la carretera. Por alguna razón, se había colocado ese día dos pulseras en la mano derecha y él las oía tintinear a veces cada vez que giraba el volante o cambiaba de marcha.

—Te gusta conducir —dijo él—. ¿Verdad?

—Mucho. —Ella, al sonreír, perdió la expresión absorta y pareció de repente casi una niña—. Mucho.

—Y pisar el acelerador.

Ahora, Alejandra se permitió una mueca displicente.

—Me gusta sentir la potencia de un buen coche. —Paseó los dedos por la curva del volante—. Por eso me encantan los 4x4. Pero nunca he podido permitirme uno. No es que no haya tenido dinero, pero siempre encuentro algún gasto por delante. ¿Ponemos algún CD? Me gusta conducir con música.

—Ya busco yo. —Nilo abrió la guantera—. ¿Qué te apetece?

—El Cigala.

Alejandra había descubierto en aquel viaje que compartía con Nilo el gusto por el flamenco y que el coche estaba más que surtido de CD, cosa que no había dejado de aprovechar. Rodaron varios kilómetros en silencio, oyendo a Diego el Cigala. Nilo apagó su cigarrillo en el cenicero y, en ese preciso momento, sonó el móvil de Alejandra.

—Ahora sí que vas a tener que buscar en mi bolso. Dame el móvil —le dijo a Nilo, al tiempo que bajaba el volumen de la música.

Él dio en seguida con el teléfono y se lo tendió. Ella echó un vistazo a la pantalla, con un mohín, medio temiendo que fuese Antonio. Pero se trataba de Marfil. Contestó.

«Sí, todo muy bien», la oyó decir Nilo. «Sí. Sí. Oye, ya te llamo yo después, que vamos camino de la Costa Brava y soy yo la que conduce.»

Dejó el móvil sobre el salpicadero.

—Fumando y hablando por móvil mientras conduces —comentó él—. Menuda multa.

Alejandra contestó con otra sonrisa y volvió a subir la música, la cabeza puesta en otra cosa. Esa llamada le había hecho caer en la cuenta de que hacía ya tiempo que no recibía ninguna de Antonio. ¿Cuánto tiempo? ¿Dos semanas? Por un lado se sintió aliviada, porque quizá se hubiera dado por vencido; por el otro un poco preocupada. ¿Le habría ocurrió algo? Se entristeció además un poco al darse cuenta de cómo había desaparecido Antonio de su vida, sin dejar ni rastro, hasta el punto de que dejaba de telefonearla y ella no se daba ni cuenta. Nilo, al notar que se amustiaba, bajó un poquito la música.

—¿Todo bien?

—Claro.

—Te va a gustar Begur. Está situado de cara al mar.

—Seguro que sí.

—Es precioso, con un castillo en ruinas en la colina.

—¿Qué tal las playas?

—Muy bien. Hay muchas. Podemos coger el coche y buscarnos alguna cala. Y, si te gusta, hay una playa nudista.

—Sólo he estado en una, una vez. —Sonrió, recordando otra época—. No me disgustó.

—Podemos acercarnos un día.

—No hagamos planes, Nilo. Ya veremos sobre la marcha.

—De acuerdo. Vamos a vaguear unos días, sin preocuparnos de nada. Podemos quedarnos todo el tiempo que queramos, hasta el quince de julio.

—¿Cómo has conseguido la casa?

—Ya te lo dije. Es de un amigo. Pasa temporadas allí y, a partir del quince, se muda con toda la familia. Creo que le haría más ilusión ir solo.

—¿Y te la ha dejado así, por las buenas? ¡Qué suerte!

—¿Suerte por qué?

—Porque sí. Cuando necesitas un coche, un amigo tuyo te presta su Seat León. Cuando necesitas una casa para pasar unos días en la playa, otro amigo tuyo te presta la suya en la Costa Brava.

—¿Y para qué están los amigos? —Nilo se echó a reír—. Cuando necesitas algo, se lo pides y, a cambio, cuando ellos necesitan algo, te lo piden a ti y tú haces cuanto puedes por conseguírselo.

—No es mala filosofía. Lástima que no funcione conmigo. Yo soy la típica tonta a la que todo el mundo pide cosas, pero a la que le da bastante vergüenza pedir.

—Mal hecho. De todas formas, tampoco te puedes quejar: estás viviendo ahora mismo de prestado en el piso de una amiga.

—Eso es distinto. Elena se ha ido por un año a Centroamérica. Yo necesitaba algún sitio donde meterme unos meses y a ella le venía bien tener el piso ocupado por alguien de confianza. Pero no creo que fuese capaz de coger el teléfono y llamar a un amigo para pedirle por las buenas que me dejase unos días su casa de la playa, para irme a tomar el sol.

—¿Por qué no?

—Te lo acabo de decir: vergüenza. Una cosa es pedir un favor cuando lo necesitas de verdad y otra algo así.

—Lo vemos de formas distintas. —Volvió a sonreír—. Como suele decirse, para eso están los amigos. Y levanta un poco el pie del acelerador, que la multa la vas a pagar tú.

Alejandra, risueña, le pegó un puñetazo en el hombro, redujo un poco y se concentró en conducir.

* * *

Begur fue un remanso, tal y como le había prometido Nilo. Y no precisamente por la paz que se respiraba. No sólo estaban a comienzos del verano, con las playas concurridas y los garitos abiertos, sino que a finales de junio eran las fiestas del pueblo. Pero para Alejandra fue un bálsamo sumergirse en ese mundo, lejos de todo.

Incluso la rutina que llevaban le resultó encantadora, por lo distinta y extraña. Nilo y ella hacían vidas casi aparte. Sólo coincidían durante ciertas horas del día y eso contribuyó a estrechar afectos entre ellos. Nilo solía dormir hasta bien entrada la mañana; luego bajaba a la playa hasta las cuatro y, por lo común, comía un bocadillo o picaba en algún bar, ya que, a la hora en que se aburría de tomar el sol, los restaurantes estaban cerrando.

Alejandra en cambio madrugaba bastante, más de lo normal en ella. Casi todos los días iba a pasear por la playa con las primeras luces, cuando la arena estaba desierta. Desayunaba después en cualquier cafetería y regresaba a trabajar con la información reunida. Volvía a la playa a media mañana, esta vez a tomar el sol, y se retiraba a tiempo de cruzarse con un Nilo recién salido de la cama. Se preparaba algo de comer, echaba una cabezada a la hora de más calor y volvía a sumergirse en sus notas y libros, y a navegar por Internet, ya que había conexión en la casa.

Coincidían al atardecer y cenaban juntos en casa o en alguno de los restaurantes del pueblo. Nilo solía quedarse en pie hasta bien entrada la madrugada, leyendo o viendo películas. Esa vida mitad compartida tenía encandilada a Alejandra por lo novedosa, y porque reunía las ventajas de estar sola y acompañada. A ella le era mucho más fácil trabajar cuando estaba en soledad, o al menos sin que hubiera nadie dando vueltas por la casa. No había dejado de trabajar ni un día en el tema del tesoro de Toledo, pese a los esfuerzos de Nilo, que trataba por todos los medios de que desconectase.

—Ese tesoro, si es que existe, lleva mil trescientos años oculto. Bien puede esperar unas semanas, o incluso unos meses.

—O no.

—¿Cómo que no?

Esa conversación tuvo lugar un día en el que Nilo, en contra de su costumbre, se había despertado muy temprano y decidido acompañar a Alejandra en su paseo matutino. Eran poco más de las ocho de la mañana cuando salieron, la playa estaba vacía y ellos se habían descalzado para caminar justo por donde rompía el agua, sintiendo la arena mojada bajo las plantas de los pies, mientras la espuma se arremolinaba y retrocedía alrededor de los tobillos.

—Alguien ha asesinado ya a varias personas, entre ellas al pobre señor B. Le robaron el codicilo y sus notas. Puede que estén acercándose al tesoro, si es que no se han apoderado ya de él.

—El codicilo, por sí solo, no es una pista suficiente.

—Por eso te digo lo de las notas. Recuerda también que le torturaron. Le debieron sacar a la fuerza cuanto había averiguado...

—Tal vez le torturaron para saber qué sabía y no para sacarle información. —Nilo se metió las manos en los bolsillos, pensativo—. El asesinato por error de la mujer que vivía en tu piso de Ventas podría indicar que andan bastante a ciegas.

—No me recuerdes eso, por favor. —Sintió un escalofrío.

Caminaron en silencio unos pasos, entre el rumor del agua. Luego volvió a hablar Alejandra.

—Nilo. Tengo una teoría. ¿Quieres oírla?

—No seas tonta, claro que quiero.

—Dame un cigarrillo, anda.

—No sé cómo puedes fumar a estas horas. —Buscó el paquete de tabaco—. Debes de tener un estómago de hierro.

—No. Pero puede más el vicio. Por eso, cuando salgo a pasear, dejo el tabaco en casa. Dame fuego.

Un golpe de aire agitó la camisa holgada de Nilo y el vestido verde y liviano de Alejandra. El viento aún era fresco, aunque se notaba que el día iba a ser caluroso.

—Vamos a partir de la base de que la Orden de Montesa no se creó para acoger a los templarios, sino para impedir que sus propiedades pasaran a los caballeros hospitalarios de San Juan y se hiciesen demasiado poderosos. Sin embargo, en la práctica, es muy posible que la gran mayoría de templarios de la Corona de Aragón encontrasen refugio en Montesa, y que se llevasen con ellos la tradición sobre el tesoro y la Mesa. A partir de ese momento, la orden siempre estuvo en punta de lanza del avance cristiano hacia el sur.

»Por otra parte, si el codicilo decía la verdad, los visigodos de Walia escondieron el tesoro real en algún punto del reino del conde de Teodomiro, que abarcaba el sur de Valencia, la provincia de Murcia, algo de la de Albacete y el norte de Almería. Si los montesinos buscaban ese tesoro...

—Eso es ya una suposición.

—Si me interrumpes apenas empezar, estamos listos.

—Perdona.

—El caso es que, por alguna razón, a comienzos del siglo XVI, algunos caballeros se organizaron en capítulo secreto dentro de la orden. —Se interrumpió un momento—. Sé que esto también es una suposición. Pero, si estoy en lo cierto, se reconocían entre ellos añadiendo un espejo a su escudo de armas. Y aquí surge una pregunta. —Hizo un ademán muy expresivo, de forma que el cigarrillo dejó una banderola de humo que la brisa dispersó al instante—. ¿Contra qué se organizaron esos caballeros?

»No fue contra nada externo, desde luego. Sería absurdo que parte de la orden se juramentase contra una amenaza exterior, dejando en la ignorancia a sus conmilitones. Así que hay que suponer que la amenaza era interna. ¿Me sigues?

—Hasta ahora sí.

—Sólo caben dos hipótesis respecto a frente a qué se organizaron. O bien contra los últimos maestres, a los que consideraban ajenos a la orden, o bien contra la posibilidad cierta de que el rey asumiese el mando, y por tanto entrase en posesión de todos los secretos de Montesa. No sé si estás al tanto de las circunstancias en que se encontraban las órdenes militares a finales del XV y principios del XVI.

—Claro que lo estoy —sonrió Nilo, sin ofenderse—. Yo también he estado leyendo un poco sobre Montesa, aunque no con la misma dedicación que tú. De hecho, encuentro un fallo en tu razonamiento. El nombramiento de Felipe de Aragón es bastante anterior a la aparición de esos espejos en algunos escudos nobiliarios valencianos.

—He dicho que pudieron organizarse contra Felipe de Aragón o contra Pedro Luis Garcerán de Borja, que es posterior. En todo caso, cabe suponer que el capítulo secreto empezara a gestarse u organizarse algunos años antes de que apareciesen manifestaciones externas, como esos añadidos a los blasones.

—De acuerdo. Sigue.

—Si aceptamos que algunos caballeros se organizaron contra algo que no sabemos con certeza, ahora tendríamos que preguntarnos por qué. ¿Qué estaban protegiendo?

—¿El codicilo?

—Dudoso. A esas alturas, ya nadie sería capaz de leer sus páginas.

—Tienes razón. ¿La tradición sobre el tesoro entonces?

—Es una posibilidad que no se puede descartar. Pero a mí se me ocurre otra.

—¿Cuál?

—Que los caballeros de Montesa, o algunos al menos, hubiesen encontrado el tesoro de Toledo, incluida la Mesa del Rey Salomón. Que el capítulo secreto estuviese ocultándolo de su propio maestre, o protegiéndolo para evitar que cayese en poder del rey.

Nilo se detuvo, los vaqueros remangados y los pies en el agua. Se pasó la mano por el cabello, en un gesto que por algún motivo gustó a Alejandra, mientras la miraba con ojos llenos de duda. Luego, pese a la recriminación que le había hecho antes, sacó un cigarrillo para sí mismo y lo encendió.

—Alejandra. Eso es acumular suposición sobre suposición.

—Lo sé. Todo esto no es más que una hipótesis de trabajo. Mira: desde su creación, la orden estuvo moviéndose hacia el sur. Lo mismo hacían las órdenes militares de la Corona de Castilla. —Había alzado una mano, para impedir que Nilo la interrumpiese—. Pero el avance de Montesa se detuvo en la frontera de la Corona de Aragón; es decir, en el límite entre el reino de Valencia y el de Murcia, ambos parte del antiguo reino de Teodomiro.

—Valencia, no del todo.

—La parte sur. No seas pejiguero. ¿Qué suceso de importancia tuvo lugar a finales del siglo XV en España?

—La Conquista de Granada.

—Eso es. La conquista de Granada y Málaga, éste último escindido del primero, y que tenía bajo su dominio casi todo lo que ahora es la provincia de Almería. Lo único que faltaba por reconquistar de todo el reino de Teodomiro. Y, cosa curiosa, la Orden de Montesa tuvo parte muy activa en la reconquista de Almería.

Nilo se puso sus gafas de sol. Alejandra se inclinó para apagar la colilla en el agua, antes de envolverla en un pañuelo de papel y guardarla en el bolsillo.

—Entonces, tu teoría es... —le animó Nilo.

—Que algunos caballeros de Montesa lograron llegar hasta el tesoro real de Toledo durante la Conquista de Granada. Y que, desconfiando de las altas jerarquías de su propia orden, decidieron mantenerlo oculto y crear un capítulo secreto para protegerlo. Proteger el tesoro y, sobre todo, la Mesa que tanto habían ansiado alcanzar los templarios españoles.

Nilo meneó la cabeza. Miró a un lado y otro, buscando una forma de deshacerse de la colilla humeante que tenía en la mano. Alejandra se la quitó de entre los dedos para apagarla como había hecho con la suya y la guardó dentro del mismo pañuelo de papel.

—He estudiado mucha documentación y barajado muchos datos, Nilo, aunque te cuente esto ahora así, de prisa y corriendo.

—Lo sé. Tienes una montaña de notas —sonrió—. ¿Tan poco te fías de tu memoria que lo anotas todo?

—La memoria en sí no es problema. Si se te olvida una fecha o un nombre, lo vuelves a buscar y listo. Lo que no me fío es de la calidad de esa memoria. Si lo dejamos todo en la cabeza, acabamos por reinterpretar las cosas y al final les damos explicaciones y soluciones muy distintas. Si lo asientas por escrito, queda inamovible y no hay posibilidad de error.

—Es cierto. En fin, ya hablaremos más largo y tendido de esto. ¿Te apetece que vayamos ahora a desayunar?

—Mucho. Se me ha abierto el apetito.

Aquel intermedio se rompió como cristal el último día de junio, jueves treinta, cuando Alejandra recibió una llamada de Sangüesa, el rey de armas. El sonido del teléfono móvil la sorprendió trabajando en sus notas, con la cabeza ya medio puesta en qué se podía preparar para comer.

—Te llamo porque he hecho un descubrimiento curioso, que supongo te puede interesar —le dijo casi sin preámbulos Sangüesa.

—Cuenta.

—Me llamaron mucho la atención esos guanteletes y espejos, incluidos a comienzos del XVI en escudos heráldicos, y he estado indagando un poco por mi cuenta. Espero que no te moleste.

—En absoluto.

—No he logrado descubrir el motivo por más que lo he buscado, pero sí me he topado con un hecho de lo más curioso. En el siglo XVIII ocurrió de nuevo lo mismo: varios personajes de la época incluyeron guanteletes con espejos en sus escudos de armas.

—¿Caballeros de Montesa? —Alejandra se incorporó, el móvil pegado a la oreja.

—Algunos sí, pero no todos.

—¿Tienes la lista de esos apellidos? ¿Puedes mandármela por correo electrónico?

—Claro. Apenas cuelgue te la envío. Pero, la verdad, me gustaría llegar a saber algún día qué significa todo esto.

—Descuida —mintió—, que si llego a saberlo, serás de los primeros en enterarte.

Diez minutos después, el avisador de correo recibido sonó, indicando que acababa de recibir un mensaje. Era de Sangüesa y, en documento adjunto, había doce nombres, todos de varón. Les echó un vistazo rápido, luego otro. Los ojos se le quedaron clavados en un apellido en concreto y el corazón le dio un salto. Se quedó unos instantes sentada, aturdida, sintiendo un latido en las sienes. Volvió a mirar el nombre en cuestión: Marc Saus.

Aún sentada, cogió el móvil y buscó en la agenda hasta dar con el número de Sangüesa.

—Sí, ya me ha llegado, muchas gracias —se obligó a parecer casual—. Quería consultarte una duda. He visto un apellido en la lista: Saus.

—Sí. ¿Qué ocurre con él?

—¿No es catalán ese apellido? ¿O tiene ramas valencianas?

—No sé si las tendrá, es posible. Desde luego, ese Marc Saus de la lista era catalán. Tengo aquí datos sobre los doce de la lista, pero he preferido esperar. Cuando haya completado la información sobre todos ellos, te la enviaré, si es que la quieres.

—Claro, muchas gracias.

—De nada. Ya sabes que estos temas son mi pasión.

—¿No eran todos los caballeros de Montesa valencianos?

—No. De entrada recuerda que te he dicho que no todos los que aparecen en esa lista pertenecían a la orden. Y, aunque la gran mayoría de los caballeros eran valencianos, había también catalanes, mallorquines, aragoneses, e incluso algunos castellanos.

Alejandra se puso en pie. Encendió un cigarrillo y comenzó a pasear por el salón. Había una parte de su teoría que no había compartido con Nilo. La suposición de que el primitivo capítulo secreto había entrado en decadencia con el tiempo, lo que había permitido a Benavent apoderarse del codicilo, ya en el siglo XVII.

Alejandra sospechaba que ese robo, y la entrega del codicilo a la falsa Orden de San Mateu, había provocado a su vez una reacción. Que quizá los frailes de la orden, o al menos algunos, estaban también en el secreto del tesoro de Toledo y, viendo a éste peligrar, habían recurrido a algunos caballeros de confianza. La muerte en duelo de Andreu Benavent así parecía indicarlo.

Con los nuevos datos, Alejandra sentía reafirmar la teoría que no había llegado a exponer a Nilo. Que la casi extinción de la rama religiosa de la orden en el terremoto de 1748 había dejado el asunto en manos de los caballeros. Ellos a su vez debían haber creado una organización, contando al parecer con amigos externos a la orden, que no podía ser otra que esos misteriosos *portaespills* que de forma tan encarnizada se habían enfrentado a la Sociedad de la Cruz Negra en la primera mitad del siglo XIX. El dato ofrecido por Sangüesa, sobre que una serie de personajes habían añadido un espejo a su escudo nobiliario, precisamente en el siglo XVIII, era la pieza que parecía corroborarlo todo.

Nilo siempre se había sonreído ante las teorías de Alejandra. Nil Saus. Dio una calada, nerviosa, incapaz de pensar con claridad. ¿Tendría Nilo algo que ver con las muertes ocurridas? ¿Podía ser casualidad que su apellido fue uno de los que aparecían en la lista del siglo XVIII, sin duda los primeros de la organización de *els portaespills*?

¿Podía haber sobrevivido esa sociedad, o alguna derivada de ella, hasta comienzos del XIX? La lógica decía que no, pero...

Los ojos de Alejandra se posaron en otro de los nombres de la lista. Huguet Mercader. Mercader, el mismo apellido que daba nombre a la fundación para la que trabajaba Nilo.

Cada vez más abrumada, recordó que a la inquilina de su apartamento la habían matado con una pistola que, a juzgar por la munición, era rusa. Se le vino a la cabeza también un suceso famoso hacía pocos años, cuando un asesino en serie, el Asesino de la Baraja, estuvo matando a gente al azar con una pistola fabricada en el este de Europa. Durante mucho tiempo, se sospechó que pudiera ser alguien procedente del Este. Más tarde, cuando él mismo se entregó, resultó ser español y se descubrió que había estado en el ejército, destinado en Bosnia en misión de paz. Allí había adquirido el arma, en el mercado negro, y se la había llevado de vuelta a casa.

Bosnia. También Nilo había estado en Bosnia, con las tropas españolas.

Sintió que le faltaba el aire, pero contuvo lo que parecía un amago de ataque de ansiedad inspirando hondo varias veces. Aplastó el cigarrillo a medio consumir en el cenicero y se pasó los dedos por el cabello largo y rizado, ese que Nilo decía que le gustaba tanto.

Echó una mirada al reloj. Las dos de la tarde. Nilo aún estaría un par de horas en la playa y luego se iría a comer a algún bar. Sacó una copia impresa del mensaje de Sangüesa, antes de reunir a toda prisa sus papeles, y después la ropa.

Un cuarto de hora más tarde salía por la puerta, maleta en mano, con la única idea en la cabeza de abandonar lo antes posible Begur.

26

El día 4 de julio, Cienfuegos, el jefe del grupo, convocó a su despacho a Ana Marfil y Fernando Balbuena, que eran los que más de cerca seguían el caso del tesoro de Toledo. Les lanzó una mirada especulativa y espetó a bocajarro a la primera, no bien se hubieron sentado:

—Tenemos novedades en el asunto de tu amiga Alejandra Espinosa.

—¿Buenas? —Marfil cruzó las piernas, apartó un mechón de cabello castaño que amenazaba obstaculizar la visión de su ojo izquierdo y, con la confianza que da el trato cotidiano, abrió el bolso y sacó el paquete de tabaco.

—No sabría decirte. —El macizo Cienfuegos apoyó los grandes antebrazos sobre el tablero del escritorio.

—Cuenta. —Marfil encendió el cigarrillo, alerta ahora por el tono del inspector jefe.

—Alguien telefoneó a la agencia Sánchez Pacheco, interesándose y mucho por la dueña del piso de Ventas.

—Eso es bueno, ¿no? —Dejó escapar el humo blanco por entre los labios entreabiertos. Sánchez Pacheco era la agencia de alquiler a la que habían confiado el apartamento de Alejandra.

—Depende. El problema es que la persona en cuestión trabaja para la empresa.

Marfil torció el gesto y se quedó mirando al inspector jefe por entre el humo de tabaco. Fernando Balbuena no cambió de expresión. «La empresa.» El nombre que entre ellos daban a la propia policía.

—¿Qué me estás diciendo?

—Una subinspectora llamó a la agencia, se identificó como tal y se empeñó en que le suministrasen los datos de la dueña del piso en cuestión.

—¿Insistió mucho?

—Hasta el punto de que se presentó luego en la agencia y montó un pollo de los buenos porque no le suministraba los datos. Llegó a amenazarles y tuvo que recibirla el propio Sánchez, que se hizo el fuerte y la despachó con viento fresco. Le dijo que no diera tantas voces y que volviese con una orden judicial, si quería acceder a los datos confidenciales de sus clientes.

—¿Quién es esa subinspectora?

—Una que se llama, y esto os va a gustar mucho, Lorena Ortega Santos.

—¿Santos? No me digas que tiene que ver con la curandera.

—Tú veras. —Cienfuegos sonreía como un ogro, sin humor—. Es sobrina de María Eugenia.

Hubo un silencio. Marfil descruzó y volvió a cruzar las piernas. Dio una calada rápida.

—Ahora sí que me has preocupado.

—¿Por qué?

—Por Alejandra. Esa gorda loca va a por ella y tiene más recursos de los que creíamos en un principio. ¿Cómo no voy a preocuparme?

—No nos pongamos nerviosos. —Cienfuegos se echó atrás, contra el respaldo del sillón—. No sabemos qué relación exacta les une, fuera del parentesco. Son tía y sobrina, y puede que la primera le pidiese un favor a la segunda.

—Puede.

—También hay que sopesar la posibilidad contraria —intervino por vez primera Fernando Balbuena—. María Eugenia tiene muchos contactos y mucha gente que la tapa. Es algo que te cuentan todos los asiduos a su clínica de Atocha y ella misma presume de ello.

El inspector jefe Cienfuegos asintió, de mal humor. Varios miembros del grupo, incluido el propio Fernando Balbuena, frecuentaban ahora el centro de la Ronda de Atocha, con diversas excusas sobre salud, y no les había costado nada sonsacar cuanto quisieron a la caterva de crédulos que acudían a los rosarios.

—¿Qué avances hemos hecho en el centro?

—Hay varios Juanes en la congregación de María Eugenia. Pero uno en especial, un tal Juan de Dios, corresponde con la descripción que me dio el librero de Moyano. Además, todos están de acuerdo en que es casi la mano derecha de María Eugenia.

—Ese Juan de Dios tendrá apellidos.

—Como casi todo el mundo. Pero todavía no los he podido conseguir, ni siquiera el primero. En estos casos, la mayor parte de la gente sólo conoce el nombre de pila y yo tengo que ir sonsacando poco a poco, para no despertar sospechas.

—¿Qué hay de las escuchas? —terció Marfil.

—Más provechosas de lo que podíamos creer. Tenemos unas cuantas conversaciones de María Eugenia con un tal Aslan.

—¿Aslan?

—Sí. Por el nombre y el acento, debe venir de la ex Unión Soviética. Y, por las conversaciones que hemos grabado, pertenece a una banda que se dedica al tráfico de obras de arte. Son ellos los que parece que dan salida a lo que la buena señora se agencia con sus malas artes.

—De eso quería hablarte. —Fernando Balbuena se inclinó ahora un poco hacia adelante—. Hay una mujer muy mayor, miembro de la congregación, de familia adinerada según dicen y sola, que está a dos pasos de la tumba. María Eugenia ha estado cuidándola los últimos años y el viernes pasado organizó una vigilia a la virgen por ella. No creo que le quede mucho.

—Y es posible que María Eugenia se apodere de cuanto haya de valor en su casa —Marfil acabó el pensamiento.

—Eso es.

—Merece la pena trabajar en esa dirección —admitió Cienfuegos.

—Otra cosa —apuntó Marfil—. A la inquilina de Alejandra Espinosa la mataron con una Makarova, a juzgar por la munición.

—Y estos tipos parece que vienen del Este. Sí, no se me ha pasado por alto.

—La Makarova es una arma demasiado obvia —objetó Fernando Balbuena—. ¿Usarían unos profesionales como ellos, que parece que ni fichados les tenemos, una pistola así para cometer un asesinato?

—Eso también es digno de consideración. —Cienfuegos suspiró hastiado, antes de dirigirse a Marfil—. Por cierto. ¿Qué es de tu amiga?

—¿Alejandra? Se ha ido unos días de vacaciones a Levante, lejos de todo esto.

—Hace bien. Si puede, que siga allí. Es lo mejor.

Alejandra no estaba disfrutando de las vacaciones que suponía Marfil y, de hecho, aunque seguía junto al Mediterráneo, ya ni siquiera se encontraba en Levante, sino en el Sur.

Tras abandonar a toda prisa la casa que compartía con Nilo en Begur, había buscado la forma más rápida de salir del pueblo, habida cuenta de que habían llegado en el 4x4 de Nilo y ella no contaba con vehículo propio. Así que se fue en autocar a Gerona y, una vez allí, se subió a otro en dirección a Barcelona. Estaba ya en la estación de autobuses, esperando el momento de embarcar, cuando Nilo la llamó por primera vez al móvil. No contestó y, en el trayecto a Barcelona, recibió dos llamadas más.

Durante el viaje, tuvo tiempo de pensar, sopesar los hechos y sentirse mucho menos segura de todo que dos horas antes, cuando hizo la maleta y salió poco menos que huyendo. Se preguntaba si no habría perdido los papeles por culpa de unas cuantas coincidencias. Luego, con una nueva reflexión, se decía que mucha coincidencia era que los apellidos Saus y Mercader apareciesen juntos en esa lista. Cuando el autocar iba entrando ya en Barcelona, Alejandra estaba hecha un lío y justo entonces llegó la cuarta llamada de Nilo. Esta vez cortó la comunicación, de forma que supiese que recibía las llamadas y que no quería contestar.

Para más seguridad, le puso un mensaje. «Estoy bien. He tenido que irme. Por favor, no me llames.» Él no la telefoneó más, ni envió un mensaje de respuesta.

En los días siguientes, habría de seguir igual de confusa respecto a Nil Saus. En un momento dado tenía la impresión de haber hecho una montaña de un grano de arena y se sentía arder de vergüenza. Al instante siguiente repasaba todo lo ocurrido y volvía a la certeza de que todo aquello no podía ser coincidencia. Luego pensaba en la relación que unía a Nilo con el señor B., y en todo lo que había llegado a conocer acerca de él, y le parecía increíble que pudiese tener algo que ver con la muerte del viejo restaurador. Pero a los pocos minutos volvían las dudas.

Por eso nunca llegó a contarle nada a Marfil, aunque ella misma no lo entendía bien. Pesaba el deseo de no meter a Nilo en problemas con la policía antes que cualquier otra consideración, lo que no dejaba de ser paradójico.

Una vez en Barcelona, en vez de dirigirse a Madrid, sacó un billete de tren para Almería, lo que le supuso un viaje largo y tedioso durante el que pudo organizar algo sus ideas, sobre todo las tocantes al tesoro real.

La Orden de Montesa había tomado parte muy activa en la conquista de los reinos de Granada y Málaga para los Reyes Católicos. Rindió gran número de plazas fuertes y el denuedo mostrado en la guerra les hizo sufrir un gran descalabro ante Baza, lugar en el que se enfrentaron en desventaja contra enemigos muy superiores. La orden perdió allí gran número de hombres, incluido su maestre Felipe de Aragón, sobrino del Rey Católico, muerto de un arcabuzazo mientras cubría la retirada de los suyos.

Alejandra tenía la sospecha, insinuada a Nilo, de que Montesa había aprovechado esa guerra para llegar por fin al sur del antiguo reino de Teodomiro, en busca de la Mesa. Fue por esa suposición por lo que adquirió billete a Almería, en la creencia de que, si tenía razón, todo podía seguir allí oculto.

Era improbable que, dada la situación de guerra y los problemas internos de la orden, los caballeros hubiesen podido sacar con discreción el tesoro. Hacerlo les obligaba a recurrir a una gran escolta, cosa que hubiese hecho difícil de mantener el secreto, o a correr el riesgo de que un contragolpe musulmán les arrebatase lo que habían buscado durante siglos. La hipótesis por tanto era que habían dejado el tesoro en el mismo lugar, custodiándolo y pasándose la tradición entre unos pocos elegidos.

A la hora de buscar alojamiento en Almería, Alejandra recordó el consejo que le diese Nilo en el coche, cuando iban camino de Begur, sobre que había que recurrir a los amigos sin rebozo cuando uno necesitaba algo. Por eso, la noche que tuvo que pasar en Barcelona, en espera de abordar el tren, había comprobado que tenía en la memoria del móvil el número de Anselmo, la única persona a la que conocía en Almería.

—¿Se puede saber en qué andas metida, niña? —había preguntado a bocajarro Anselmo, mientras tomaban cervezas a la hora del aperitivo.

Alejandra le había sonreído con dulzura, más porque le llamase niña, que por la pregunta en sí.

—Si te lo contase, no me creerías o dirías que estoy loca.

—¿Loca? No creo. Bastantes veces he tenido que aguantar que me llamasen loco a mí.

—Es que estás un poco loco, reconócelo.

—Muchas gracias —respondió él de buen humor—. Eres muy amable.

Alejandra seguía sonriendo. Se sentía especialmente bien, sentada en una terraza, sintiendo el calor que ya era veraniego, los ojos cubiertos por las gafas de sol, relajada después de los últimos avatares sufridos, tomando una cerveza con alguien que era casi como un tío para ella, viendo cómo los hombres al pasar detenían los ojos por un instante en ella.

—No te enfades conmigo, Anselmo —apuntó, amable—. Sabes que te quiero mucho, pero un poco loco sí que estás. Loco para bien, supongo.

Y, llevada de un arrebato, le acarició el brazo. El otro no pudo por menos que sonreír a su vez, pillado por sorpresa.

Anselmo, tras algo más de un año instalado en Almería, parecía de verdad un faquir de película. Aunque Alejandra no sabía su edad exacta, debía estar mucho más cerca de los sesenta que de los cincuenta. Alto y muy flaco, se había dejado una barba larga y poblada que el sol de la costa había vuelto de un blanco inmaculado, al igual que le había oscurecido la piel hasta el color del cuero muy viejo. Sus mismas ropas eran las de un excéntrico: pantalones ligeros granates, sandalias, una camisa muy holgada de rayas multicolores que le daban un aspecto oriental, una pulsera de cuero en la muñeca izquierda, de la que estaba ausente el reloj.

Alejandra conocía a Anselmo de toda la vida; era un primo segundo de su madre, el raro de la familia. Pintor de escasa fama que lograba exponer muy de tarde en tarde, ajedrecista de suficiente nivel como para participar en torneos oficiales, se ganaba la vida como ATS en las UVI móviles del SUMA112. O se la había ganado hasta hacía algo más de un año.

Desde que Alejandra tenía uso de razón, Anselmo la había hecho regalos peculiares, cada vez que visitaba la casa de su prima. Había sido también uno de los que la habían animado cuando decidió estudiar Historia. Sin embargo, como suele ocurrir con las familias en Madrid, el paso de los años había hecho que casi sólo se viesen en bodas y entierros de parientes.

Alejandra había oído contar a su madre que Anselmo había quedado muy afectado por todo lo que tuvo que presenciar durante el 11-M en Madrid. A él, como al resto de personal de emergencias, le tocó vivir de primera mano toda aquella matanza. A las pocas semanas, había pedido una excedencia y se había mudado a Almería, con la intención de montar un centro de yoga.

La había recibido con los brazos abiertos y la trató como siempre lo había hecho: como a una sobrina favorita y consentida. Tenía un piso en el barrio de Oliveros, con espacio más que de sobra, y no consintió sino en instalar a Alejandra en el mejor cuarto, uno desde el que se veía el mar. Ella nunca había estado antes en Almería y quedó prendada de aquella ciudad llena de luz. Además, la casa de Anselmo era un remanso tranquilo y exótico, de penumbras cálidas gracias a las cortinas de colores, llena de colgaduras y budas de bronce, con los cuadros que él mismo pintaba cubriendo las paredes y el aroma del incienso flotando por todos los rincones.

En aquel refugio, Alejandra pudo recobrar la serenidad y reflexionar sobre los dos asuntos que en esos momentos le llenaban la cabeza: El tesoro de Toledo y Nil Saus. Máxime cuando Anselmo no le permitía hacer nada en la casa, ni siquiera acercarse a la cocina. Cocinaba él mismo platos vegetarianos, tan sabrosos que Alejandra le había animado a montar un restaurante.

Otra vez se lo había repetido mientras estaban sentados en la terraza del Delfín Verde, un lugar con cierta fama por haber hospedado, ya muchas décadas atrás, a John Lennon. Fue mientras pedían otra cerveza, porque Anselmo, aunque vegetariano, no era abstemio, como él se ocupaba en recalcar de continuo. Pero él había descartado el asunto con una sonrisa patriarcal, al tiempo que insistía en su tema.

—Bueno. ¿Me lo vas a contar o no?

—De acuerdo. —Alejandra volvió a sonreír. Se sentía de veras bien—. Pero luego no me pongas caras raras.

—Sorpréndeme.

—Estoy buscando un tesoro.

Anselmo, con ese rostro patriarcal que le daba la piel oscura y la barba nívea, se la quedó mirando con la botella de cerveza y el vaso en las manos, quizá preguntándose si la otra no estaría tomándole el pelo.

—¿Estás hablando en serio?

—Y tan en serio.

—Pues sí, has logrado sorprenderme, he de admitirlo. Pero no te llamaré loca.

—Sé que suena muy raro.

—También en eso he de darte la razón. —Dio un sorbo y se pasó el dedo por el bigote, para eliminar la espuma. Sentado ahí al sol, flaco y renegrido, con las barbas blancas, las ropas coloridas, las sandalias, y cerveza en mano, parecía más que nunca un híbrido entre hippy tardío y santón hindú—. ¿Qué clase de tesoro?

—No puedo decírtelo. —Ahora un poco apurada, Alejandra se inclinó y le puso la mano sobre el antebrazo—. Perdóname, Anselmo, pero de verdad que no puedo decírtelo.

—¿Por qué? ¿No tendrás miedo de que te lo robe, verdad? —Se echó a reír.

—¡Qué tonto eres! —Le apretó el antebrazo, antes de soltarle—. No. Pero es un tema que no me pertenece a mí sola y no puedo hablar de ello. Por favor, no me lo tomes a mal.

—Al contrario —sonrió tolerante—. Si es así, haces bien. Supongo que tiene que ser valioso.

—Muy valioso. Si es que existe de verdad.

—¿No tienes la certeza?

—No. Puede no haber existido nunca o haber cambiado de emplazamiento hace siglos. En todo caso, para mí lo valioso no es lo material en sí. Yo soy historiadora, Anselmo; tú en concreto sabes cuánto tuve que luchar para poder estudiar Historia.

Él asintió, con una ligera sonrisa. Ella se quitó las gafas de sol y le miró con ojos brillantes.

—Esto del tesoro es algo con lo que me topé hace unos meses por casualidad y fue como una bendición para mí. Yo pasaba por un momento muy malo y hacía ya tiempo que había renunciado a poder hacer nada que tuviera que ver con lo mío. He recorrido media España tratando de encontrar pistas y he tenido más de un disgusto por su culpa.

—¿Pero qué pasa si este tesoro no existe? Toda tu investigación se queda en nada.

—Te equivocas. Aunque así fuera, tendría valor histórico. Lo tendría aunque no hubiese existido jamás, porque lo falso influye a veces tanto en la historia como lo real. Y hay algo más, algo de lo que me he ido dando cuenta durante estos meses.

—¿De qué?

—De lo apasionante que es la investigación como proceso, la búsqueda en sí. Atar cabos, seguir pistas, bucear en los archivos, hablar con gente que sabe, establecer hipótesis, corroborar datos. Yo siempre quise hacer esto, Anselmo.

—Lo sé. —Su interlocutor sonrió ahora con esa sonrisa de tío benevolente que tan bien recordaba Alejandra—. Entiendo entonces que es un asunto grande. Eso sí podrás decírmelo.

—Muy grande. Tan grande que no sé si, aunque llegue hasta el tesoro, podrá ver algún día la luz.

—¿Qué sacas tú en claro entonces? Una investigación que a lo mejor no se puede nunca publicar...

—Satisfacción personal, Anselmo. —Volvió a sonreír, con la boca y con los ojos—. Me gusta el reconocimiento público y, si algo quería yo en este mundo, era ser arqueóloga. Pero todo eso no es lo único, ni lo más importante. Si me demuestro a mí misma que puedo hacerlo, que valgo en lo mío, ésa será la mayor recompensa que pueda obtener.

—Has madurado, Alejandra.

—No me llames vieja, o te arreo.

—No. —Se echó a reír—. Viejo soy yo ya casi, a ti aún te queda todavía mucho para eso.

27

Las suposiciones de Fernando Balbuena no sólo eran acertadas, sino que dieron muchos más frutos de lo esperado. Una anciana, miembro de la congregación de María Eugenia Santos, agonizaba sin remedio en el hospital y la curandera estaba obrando según lo que debía ser su método ocasional. Estaban vaciándole las cuentas de ahorro mediante transferencias y extracciones con tarjeta de cantidades lo bastante pequeñas como para no exigir identificación. María Eugenia en persona había salido de la casa de la moribunda, acompañada de un par de personas, con cajas e incluso algún mueble.

Seguir a la furgoneta que habían usado para transportar todo eso les había llevado, por fin, al almacén de San Fernando de Henares.

—Qué gente tan cutre —suspiró Marfil cuando Cienfuegos la llamó para darle la noticia—. Bueno, ya les tenemos ¿no?

—Espera, que aquí viene lo bueno. —Cienfuegos se permitió una sonrisa de ogro—. La pobre mujer esa que se está muriendo tiene, o tenía, un buen patrimonio. Entre sus propiedades, está un cuadro atribuido a Murillo.

—¿Cómo que atribuido?

—Hay muchos cuadros que se atribuyen a Murillo, pero que no están reconocidos como tal; algunos puede que sean suyos, otros de algún pintor de su escuela.

—Ya lo sé. ¿Es valioso éste?

—Unos cuantos millones. En todo caso, venderlo o sacarlo del país sin autorización es delito. Máxime cuando se han apropiado de él de esa forma.

—¿Crees que van a sacarlo del país?

—No lo creo. Lo sé. Tenemos grabadas conversaciones de María Eugenia con ese tal Aslan, en las que tratan la salida del cuadro al extranjero. Y, por lo que se puede entender, ya han hecho operaciones similares otras veces.

—¿Entonces no la vamos a detener ahora?

—Podríamos hacerlo, por apropiación ilegal; pero el comisario no se conforma con eso. Si esperamos a que hagan la entrega, podemos detenerlos a todos y acusarles de unos cuantos delitos más. Y echar mano de paso a ese Aslan y su banda.

—Bueno, entiendo.

—Por cierto: María Eugenia no guarda el cuadro en el almacén de San Fernando. Se lo ha llevado a su propia casa, al chalet de Torrelodones. Imagino que ahí guarda lo que considera más valioso y deja para el almacén las menudencias, como los muebles o los libros menos valiosos.

—¿Cuándo le va a entregar el cuadro a Aslan?

—Aún no hay fecha. Por lo visto, éste a su vez está en tratos con el comprador, o el intermediario, del extranjero.

—¿No le hemos pinchado el teléfono?

—Sí, pero no hemos sacado nada en claro. Debe ser de los que usan varias tarjetas de móvil, según con quién hablen.

—Eso suena feo.

—Suena a banda del Este de Europa —admitió con llaneza Cienfuegos—. A problemas.

—¿No tenemos ninguna pista sobre cuándo se hará la entrega?

—No. Pero parece que el asunto está bastante adelantado.

Marfil suspiró, cruzó las piernas y encendió un cigarrillo. Cienfuegos se la quedó mirando.

—¿Preocupada por tu amiga?

—Un poco. —Se mordisqueó el pulgar.

—Lo mejor es que siga de vacaciones unos cuantos días más. Ya te digo que no creo que tarden mucho en cerrar el trato con su contacto en el extranjero. Tienes que comprender que el comisario quiere cogerlos a todos y por el mayor número de delitos posibles.

—Lo entiendo perfectamente. No tienes por qué darme explicaciones. Pero entiende tú que esté preocupada por la seguridad de Alejandra. Ponte tú en mi lugar.

—Claro. —Se pasó las manos por el rostro—. Por cierto: de momento vamos a dejar de lado el asunto del tesoro. El expolio de una biblioteca con libros antiguos, varios asesinatos y ahora tráfico de obras de arte; nos vamos a limitar a eso. En cuanto les hayamos detenido, vamos a pedir la exhumación de Rafael Morata y Elías Poveda, y nuevas autopsias. A ver si podemos relacionar a María Eugenia y sus amigos con esas muertes.

—La verdad es que la bruja esta no parece tomar muchas precauciones.

—A veces sí, a veces no. De todas formas, es mejor ir con cuidado. ¿Tu amiga sigue en la costa?

—Sí.

—Aconséjale que prolongue un poco más sus vacaciones.

—Lo haré, aunque no me dio la sensación de que pensase volver de inmediato.

—Hay otro asunto. —Cienfuegos frunció el ceño—. Alguien ha estado interesándose por los papeles de Elías Poveda.

—¿? —Marfil le miró confundida.

—Avisamos a su familia, y a la de Rubén Martín, para que nos tuvieran al tanto si alguien se presentaba interesándose por sus archivos privados. Un tipo que dice ser profesor de historia llamó a la familia de Poveda; se puso un poco pesado, y preguntó expresamente por material visigodo.

—¿Sabemos quién es?

—Dejó su nombre. —Echó un vistazo a un papel—. Carlos Salinas, dice que es profesor en la...

—¡Bah! —Marfil compuso una sonrisa despectiva—. Ese tío es una rata. Le conozco desde la facultad. Estaba en la misma conversación que Alejandra, Rubén y yo. Anda también desde entonces detrás del libro, aunque creo que con menos éxito, cosa que le tiene que tener muerto de rabia.

—Mejor para él. La gente que tiene éxito a la hora de seguir la pista a ese libro suele acabar mal. ¿Entonces le descartamos en principio como sospechoso?

—Yo creo que sí.

Cuando los Reyes Católicos decidieron concluir la Reconquista y liquidar los últimos reductos musulmanes en la Península, el reino de Granada se había escindido en dos, ya que sus territorios costeros habían caído en poder de El Zagal, tío del rey de Granada, Boabdil el Chico. Aquél era el reino de Málaga, que comprendía grosso modo las actuales provincias de Málaga y Almería, y que cayó poco antes que el de Granada.

Alejandra había comenzado a investigar en Almería partiendo de dos premisas. La primera era que la Orden de Montesa podía haberse apoderado del tesoro de Toledo aprovechando esa guerra. La segunda que lo debía haber dejado en su escondite original, y que eso podía ser lo que explicase la existencia de aquel capítulo secreto que usaba espejos en sus escudos de armas.

La búsqueda de datos resultó mucho más fácil de lo que había supuesto. Temía tener que pasar un calvario, tratando de acceder a archivos locales y asociaciones históricas de la provincia, no siempre receptivos a extraños, y emplear gran cantidad de tiempo en expurgar la documentación. No contaba con el hecho de que en muchas provincias españolas aún se editan multitud de trabajos sobre temas locales. Ediciones a cargo de la Diputación, ayuntamientos, cajas de ahorros, fundaciones, fáciles de obtener.

Un paseo por las principales librerías de Almería le hizo caer en la cuenta de lo valioso que podía serle todo ese material. Regresó a casa cargada de libros que, por sus títulos, podían serle de alguna utilidad y el resto del día lo dedicó a leer y tomar notas. Pasaba las páginas y leía en diagonal, y a veces subrayaba partes sobre las que volver en segunda lectura. Sin embargo, a última hora de la tarde encontró una referencia más directa de lo que nunca hubiera podido soñar.

Fue mientras ojeaba una monografía sobre las propiedades eclesiásticas en la provincia de Almería, durante los siglos XVII y XVIII. De golpe, sus ojos toparon con la palabras «Orden de Santa María de Montesa y San Jorge de Alfama». Se detuvo a leer con mayor detenimiento. El párrafo decía así:

> «... dejando de lado casos curiosos, que son casi anécdotas, como la capilla de San Jorge en la Sierra de Almagro, propiedad de la orden militar de Santa María de Montesa y San Jorge de Alfama, sin duda un resabio de la época de la Reconquista...»

Lo releyó un par de veces. Luego, con el corazón latiéndole con fuerza, desplegó el mapa de Almería que había comprado en una de las librerías visitadas y fue buscando con el dedo. Sierra de Almagro, en el norte de la provincia. No parecía haber muchas poblaciones en esa zona. Vio un pantano. Más allá del mismo descubrió un punto marcado como «Ermita de Santa Bárbara», pero no pudo encontrar ninguna capilla de San Jorge.

Se puso en pie y dio un par de paseos por el salón, tratando de poner en orden sus pensamientos. Las cortinas de colores estaban echadas para proteger la sala del sol y el calor. La luz que entraba, filtrada por las telas, lo teñía todo de penumbras cálidas y anaranjadas. Encendió un cigarrillo y, sin ningún motivo en concreto, volvió a leer el párrafo en cuestión. Sentía lo rápido que iba el pulso en sus venas. «Así que esto es lo que se siente cuando se hace un descubrimiento», no pudo evitar pensar.

Movida por un impulso repentino, telefoneó a Hipólito Berenguer. El contestador saltó a la sexta llamada, por lo que se limitó a dejar un mensaje. Sólo unos minutos más tarde, cuando había vuelto a sentarse a la mesa, a garabatear notas y decidir que rumbo tomar ahora, Hipólito le devolvió la llamada.

—¿Propiedades de la orden? —Se lo pensó unos momentos—.

Montesa tenía trece encomiendas en el reino de Valencia; pero ahora mismo no podría enumerarlas de memoria.

—No. A mí lo que me interesan son las propiedades que tenía fuera de Valencia. ¿Había alguna?

—Estaban las tierras de la antigua Orden de San Jorge de Alfama, en Cataluña, y parece ser que en tiempos también tuvo posesiones en el reino de Mallorca.

—¿Nada más? ¿Nunca tuvo nada en el reino de Aragón o la Corona de Castilla?

—Grandes propiedades no, eso seguro. Pero Montesa era una orden religiosa al fin y al cabo, así que siempre había donaciones. Pequeñas propiedades ha tenido que tener.

—¿Y qué ocurrió con todos esos bienes?

—Las órdenes militares perdieron todas sus tierras en las desamortizaciones del siglo XIX. El estado se apropió de ellas y las vendió o subastó.

—Ah, ya. —Alejandra se colocó un cigarrillo en los labios y, al ir a coger el mechero, se dio cuenta de que tenía otro humeando en el cenicero. Estuvo a punto de echarse a reír, porque eso era algo que no le sucedía desde que era estudiante, cuando pasaba noches y noches en vela, preparando exámenes.

Dio las gracias a Hipólito, colgó y volvió a sumergirse en sus esquemas y notas. Luego echó un vistazo al reloj y bajó a buscar un cibercafé, desde el que conectarse y buscar referencias en Internet a esa capilla.

Tuvo la suerte de encontrar un cibercafé de los de antes; es decir: un establecimiento donde de veras se podía tomar un café y navegar por Internet. No pudo descubrir ninguna referencia a una capilla de San Jorge en Almería y, tras dos tazas y dos cigarrillos, luego de haber probado todas las opciones de búsquedas y haber entrado en bases de datos a las que tenía acceso, desistió.

Se fue a caminar un rato por el Paseo Marítimo. El sol aún lucía con fuerza, aunque la luz ya se había suavizado con la caída de la tarde. Se puso las gafas de sol. La capilla no constaba en los listados de construcciones religiosas de la provincia y eso sí que resultaba sorprendente. A no ser que hubiera desaparecido con el paso del tiempo, cosa que tampoco era de descartar. Aquello no era un obstáculo insalvable, pero puede que le obligase a una investigación ardua y larga, en busca de la ubicación exacta a través del estudio de documentos históricos. Suponiendo que le permitiesen el acceso a los archivos.

Mientras deambulaba por el paseo, trató de apartar el tema de su cabeza aunque fuese por un rato, pero no pudo. Se había prometido relajarse unos días, tomárselo con calma; pero era incapaz. No dejaba de tener la idea de que aquello era una carrera contrarreloj, que alguien más estaba acercándose al paradero del tesoro real visigodo. Era una intuición, muy profunda en los huesos, puesto que no tenía ninguna prueba en tal sentido. De hecho, tal suposición entraba en conflicto con la idea de que alguien hubiese estado matando para proteger el secreto. Pero sopesar esa segunda hipótesis le llevaba a pensar en Nilo y eso era algo que Alejandra no quería; así que apartó con esfuerzo todos esos pensamientos de su cabeza.

Regresó a la casa del barrio de Oliveros, un poco más tranquila gracias a haber quemado energías caminando y resuelta a probar fortuna con los contactos que pudiera tener Anselmo, antes de embarcarse en una investigación en los archivos provinciales y eclesiásticos.

Apenas éste volvió a casa, concluidas las clases vespertinas de yoga, le planteó el tema a bocajarro. Él se quedó pensando unos segundos, tan inmóvil que parecía un santón en trance de iluminación, antes de asentir.

—Conozco a alguien que puede ayudarte.

—¿Sí?

—Alfonso Macías. No te garantizo nada, pero Alfonso ha sido funcionario aquí durante muchos años; es una eminencia en ciertos temas y un coleccionista compulsivo. Era amigo de la familia, de mis padres.

—¿Cómo puedo contactar con él?

Anselmo fue a mirar el reloj y sonrió al darse cuenta de que no llevaba.

—Me quité el reloj al coger la excedencia de emergencias y venirme a Almería. Y ya ves, un año después aún conservo el hábito de mirar la hora. ¿Qué hora es?

—Casi las diez.

—Voy a llamarle ahora mismo, porque es de los que se acuestan muy pronto.

Alfonso Macías era hombre ya de edad, algo fondón, con el pelo blanco y una presencia de esas que, por alguna razón, impactan a sus interlocutores. No tenía nada que ver con esos personajes pagados de su supuesta importancia, ni con los resentidos que creen sufrir un ostracismo injusto, y que tanto se dan en los círculos culturales locales. A Alejandra le recordó mucho al señor B. y no porque se parecieran en nada físicamente, sino porque ambos eran hombres de erudición vasta y brusca, que se manifestaba con frecuencia a explosiones.

Era de esos hombres amantes de los datos y de la historia, sin ninguna aspiración académica o de reconocimiento. Parecía conocer la historia de Almería al dedillo, desde los grandes hechos a detalles ocurridos sólo años atrás, y se citó con Alejandra a las ocho de la tarde, en la unión de la avenida de Almería y la ronda Belén, cuando ya iba remitiendo el calor. No quiso que fueran a tomarse nada a ningún café o terraza, y sí en cambio ir paseando mientras hablaban.

—Me gusta caminar —explicó—. Ya voy teniendo mis años y me hace bien andar. Además, así visito de nuevo Almería.

—Según Anselmo, usted se la conoce como si fuese la palma de su mano.

—Exageraciones. Nadie puede conocer bien toda una ciudad. Lo que vemos todos los días, de tanto tenerlo ante los ojos se nos escapa. Usted es de Madrid, ¿no? ¿No le ha ocurrido alguna vez ir paseando por su barrio, detenerse y descubrir que el ultramarinos de siempre ha desaparecido? ¿Que han puesto en su lugar un banco y no sabe cuándo ocurrió?

—Más de una vez. Tiene usted razón —Alejandra asintió, divertida por el entusiasmo con el que aquel hombre disertaba sobre el tema.

Subieron caminando por la avenida de Almería. Alfonso había sido funcionario de la Diputación Provincial durante muchos años y había reunido una cantidad ingente de información sobre Almería, ciudad y provincia, gracias a haber tenido acceso durante décadas a archivos de todo tipo. Amaba el saber por el saber y parecía asumir que a los demás les ocurría lo mismo, ya que ni preguntó a Alejandra por qué le interesaba la capilla de San Jorge. Eso último fue un alivio para ella, ya que, pese a tener una excusa preparada, aborrecía mentir a gente que le ayudaba sin pedir nada a cambio.

—No he logrado encontrar esa capilla en ningún listado —se vio en la necesidad de precisar.

—Es muy posible. —Salvador hizo un ademán, como dando a entender que era algo natural—. La capilla está en una finca privada y, que yo sepa, nunca ha sido lugar de culto ni de romerías. ¿Qué es lo que quiere saber exactamente sobre ella?

—Todo.

—No hay mucho que contar. Ahí están enterrados dos caballeros de Montesa, Félix y Ricard Balaguer, dos hermanos gemelos, muertos durante la guerra de Granada.

—¿Construyó la orden la capilla?

—Así parece. Está dedicada a San Jorge, uno de los santos patronos de la orden. Pudiera ser que se edificase sobre las ruinas de una capilla o ermita más antigua, abandonada pero no destruida durante la época musulmana. Tampoco se sabe con certeza por qué Montesa honró de esa forma a los dos hermanos; quizá por la rareza de que eran gemelos y murieron el mismo día.

—Tal vez realizaron algún hecho de armas notable.

—Puede. Pero tampoco hay constancia de ello.

—Entiendo entonces que la capilla es de finales del siglo XV o principios del XVI.

—La original sí. Pero el gran terremoto de 1518 la dejó parcialmente en ruinas. —La miró—. ¿Sabe a qué me estoy refiriendo?

—No. Lo siento.

—Hubo gran actividad sísmica en Almería durante todo el siglo XVI. El nueve de noviembre de 1518 se produjo un gran terremoto que afectó sobre todo a esa parte de la provincia. Fue tan fuerte que la población de Vera, que no está lejos de esa capilla, quedó totalmente destruida y tuvo que ser edificada en un nuevo emplazamiento. —Sacudió la cabeza cana—. Pero esos datos están al alcance de todo. Anselmo me dijo que usted era historiadora, ¿no?

Alejandra sonrió divertida, porque en ese momento le había recordado más que nunca al señor B.

—Lo soy. Especialista en historia antigua. No sé mucho sobre la historia de Almería y reconozco que lo mío es más el trabajo de campo, como el de otros es la documentación. ¿No le parece que cada cual ha de seguir su naturaleza y que todos somos igual de necesarios?

—Claro, claro. —Se detuvo un momento, se metió las manos en los bolsillos—. Parece ser que se reconstruyó la capilla, pero el terremoto de 1804 volvió a dañarla. Esta vez no se vino del todo abajo, pero no la repararon tampoco y quedó en ruinas.

—¿Seguía siendo para entonces propiedad de Montesa?

—Sí. Todos aquellos terrenos fueron de la orden hasta la desamortización de 1855. ¿Le suena?

—La Desamortización de Madoz, sí. —Alejandra estaba echando cuentas de cabeza. 1855, pasada la segunda guerra carlista—. ¿Se sabe qué ocurrió a partir de entonces?

—Casi inmediatamente un tal Fernando Mohedano compró parte de las tierras, incluida la capilla... ¿Le ocurre algo?

Alejandra se había quedado parada entre la gente que iba y venía por la acera de la avenida. Un tal Javier Mohedano y su partida habían colgado a Augusto Ramos y sus compañeros durante el misterioso viaje que llevó a estos últimos al sur de España. ¿Podía ser casualidad?

—Nada. —Carraspeó—. Siga, por favor.

—Fernando Mohedano compró parte de las tierras, como le he dicho. Es la finca conocida como Los Algarrobos y aún existe, más o menos con los límites de entonces. En 1903 se reconstruyó la capilla. Para hacerlo demolieron por completo los restos que quedaban de la del XVI, algo que ahora sería considerado una barbaridad.

—¿Se puede visitar?

—Creo que no. No está abierta al público. Como le dije antes, nunca ha sido centro de culto ni de romerías. Y debe ser una capilla de lo más sencilla, sin ningún interés artístico. Una capilla rural, con algún toque mudéjar, si acaso.

—Tal vez se pueda conseguir algún tipo de permiso.

—No lo sé. —Agitó la cabeza—. Al ser propiedad privada, depende de la buena voluntad del dueño. Por alguna razón, no está declarada de interés histórico-artístico, así que los propietarios no tienen ninguna obligación en absoluto. Como si la quieren demoler mañana.

—¿A quién pertenece actualmente esa finca?

—Lo ignoro. Pero me será fácil averiguarlo, si tiene interés.

—Se lo agradecería. Lo que sí quisiera también es conocer el emplazamiento exacto. —Se detuvo y sacó del bolso el mapa provincial de carreteras de Almería—. ¿Sería tan amable?

—Qué previsora.

—Ocurre que no soy de aquí y, cuando se va a conducir por carreteras secundarias, es mejor llevar mapas.

—Claro. Traiga. —Le arrebató el plano a medio desplegar de las manos. Lo abrió por completo, para extenderlo sobre el capó de un coche aparcado—. Lo mejor es que coja por la autopista de Murcia y luego la salida a Vera o, mejor, a Cuevas de Almanzora.

—Espere. Tome. —Alejandra le tendió un bolígrafo—. Pinte, por favor.

—Gracias, así es más fácil. —Inclinándose, comenzó a trazar la ruta con tinta azul—. Si se sabe cómo llegar, no tiene pérdida.

28

En lugar de hacer caso a Alfonso Macías, Alejandra prefirió dirigirse hacia las estribaciones de la Sierra de Almagro siguiendo un camino indirecto y mucho más largo que la llevó primero al Cabo de Gata y luego a la costa levantina de Almería. Salió bastante pronto, en un Opel Corsa de alquiler, y si evitó la carretera nacional, fue porque quería tomarse un poco de tiempo para ella misma. Conducir siempre le había serenado y, en ese caso, circular por carreteras provinciales con poco tráfico le sirvió para poner un poco de orden en sus ideas.

La hora del mediodía le sorprendió así al borde del mar, en algún punto entre Carboneros y Mojácar. Se había detenido unos minutos para acercarse casi hasta el borde del agua. No se veía un alma y el calor era asfixiante, sólo mitigado por un viento que corría a ráfagas, haciendo aletear contra el cuerpo la camiseta y los pantalones holgados. No se escuchaba sino el canto de los insectos, el sonido del aire, el rumor de las olas.

Se quedó unos minutos allí, contemplando el ir y venir del oleaje contra las rocas. El mar centelleaba, lleno de reflejos del sol, y, si alzaba la vista, podía ver a lo lejos un par de veleros. Aún más lejos, un gran petrolero navegaba rumbo al sur, para doblar el Cabo de Gata. Luego de echar un vistazo al reloj, sacó el móvil para telefonear a Marfil.

—¡Vaya; la veraneante! —La voz de Marfil mostraba sorpresa y contento por esa llamada—. ¿Cómo te va la vida?

—Muy bien. —Se echó a reír—. Negra de tanto tomar el sol. ¿Y a ti cómo te va todo?

—Blanca de tanto trabajar. ¿Sigues por Levante?

—No. ¡Qué va! Ahora estoy en el Sur. Mira: escucha el mar. —Tendió el brazo para adelantar el móvil y que Marfil pudiese oír el batir del oleaje—. ¿Lo oyes?

—Lo que oigo es que ahí hace un viento tremendo.

—Siempre. Estoy en Almería y aquí hace mucho aire.

—¿Has bajado unos días con tu amigo?

—¿Nilo? —titubeó por un instante—. No. Se ha quedado en Gerona.

Marfil, que había detectado es momento de duda, lo malinterpretó.

—¿Seguro que todo va bien, Alejandra?

—Sí, a la perfección.

—¿Te lo estás pasando bien?

—Sí. —Cambió de mano el móvil, para sacar con la derecha un cigarrillo del bolso—. ¿Sabes? Estaba pensando hace un rato que no soy una persona para estar sola. Pocas veces en mi vida lo he estado. Pero la verdad es que nunca me había dado cuenta de lo bien que me sienta pasar un periodo de soledad, conmigo misma.

—Que no sea para siempre, Alejandra.

—No, no. —Se echó a reír—. Una temporada.

—¿Vas a seguir de vacaciones mucho tiempo?

—No lo sé. Unos cuantos días más, eso seguro.

—Aprovecha todo lo que puedas.

Al colgar, Marfil tenía ya la tranquilidad que había estado buscando. Gracias a las escuchas telefónicas, sabían que María Eugenia Santos en persona había acordado con Aslan que un par de enviados de éste irían a la casa de aquélla en Torrelodones, a recoger el supuesto Murillo para sacarlo del país por carretera, vía Francia hasta Bélgica. El comisario había decidido que aquél era el momento óptimo para proceder a las detenciones, pese a que no pudieran atrapar en ese momento a Aslan.

Parecía haber, a juzgar por las escuchas, un segundo asunto en marcha; un negocio de naturaleza sin determinar que involucraba tanto a Aslan como a dos personajes de la órbita de María Eugenia: el propio Juan de Dios y un tal Pablo. Eso lo habían sabido por las conversaciones, aunque en ningún momento se había mencionado de qué podía tratarse y el comisario había decidido no esperar. El cuadro no iba a salir del país.

El asunto de la entrega se había demorado un poco respecto a lo previsto, ya que, tras los sucesos del 7 de julio en Londres, María Eugenia y Aslan habían decidido dejar pasar unos días por prudencia. Pero ya se había acordado que los hombres de este último iban a recoger el lienzo en dos días, a contar desde la fecha, y Alejandra iba a seguir al menos una semana más en la costa, a juzgar por lo que había dicho. Para cuando regresase a Madrid, todo aquel asunto estaría ya solucionado. O eso esperaba Marfil.

Alejandra, tras desconectar, se había quedado aún un rato cerca de las rocas y el mar. No había sido capaz de contarle nada a Marfil sobre Nilo. Cada vez que habían hablado esos días, había tenido el tema en la punta de la lengua, pero siempre se había contenido por razones que sólo se explicaba a medias. Se subió las gafas de sol sobre la frente, contempló unos instantes el mar que se agitaba, lleno de destellos dorados y, llevada por un impulso repentino, cogió de nuevo el móvil, para llamar esta vez a Nilo.

—Hola... —¿Qué había en esa voz? ¿Sorpresa, agrado?—. ¿Cómo estás?

—Muy bien, Nilo. —A su pesar, oír su voz le provocó un cosquilleo en espalda y antebrazos—. ¿Cómo estás tú?

—No me puedo quejar. Alejandra, ¿por qué...?

—No, Nilo. Espera —se anticipó ella—. Si tratas de sacar el tema de por qué me fui de Begur tan de repente, cuelgo. De verdad. Sobre eso, sólo te diré que estoy convencida de que no fuiste sincero conmigo. Lo que no sé es hasta qué punto no lo has sido.

—Como quieras.

—¿Ni siquiera piensas decir que no sabes de qué te estoy hablando? —preguntó, picada al encontrar tan poca resistencia.

—Me acabas de decir que no saque el tema. La verdad, me alegro de oírte y no quiero que cuelgues.

—Ay, Nilo. —Esa respuesta la cogió por sorpresa. A punto estuvo de echarse a reír, o a llorar.

—¿Entonces estás bien, Alejandra? ¿Seguro?

—Claro que sí.

—Menudo viento hace ahí. ¿Por dónde paras ahora?

—¿Sigues en Begur? —contestó a la pregunta con otra pregunta, al recordar que la casa estaba libre hasta mediados de mes.

—No. No tenía mucho sentido seguir allí si tú no estabas. Pero como veo que no me quieres decir dónde estás, yo tampoco te daré pistas sobre mi paradero.

—Vale. —Se echó a reír, un poco a su pesar.

Conversaron unos minutos más sobre naderías y, al colgar, Alejandra fue más consciente que nunca de la soledad del paraje en el que se hallaba; del viento que arrastraba tierra y azotaba los matorrales, del sol ardiente que lo inundaba todo de luz. No se arrepentía de haber telefoneado a Nilo, pese a que ahora se hallaba más confusa que nunca.

Había sido del todo sincera con él: estaba segura de que algo le ocultaba. Pero, por otra parte, no quería creer que alguien como Nilo fuese capaz de asesinar o consentir el asesinato del señor B, a quien en repetidas ocasiones había definido como «amigo». Eso era lo que la había contenido siempre, cada vez que estuvo a punto de contárselo a Marfil. La duda, o el simple deseo, de que Nilo no tuviese nada que ver con las muertes.

Apartó como pudo esos pensamientos de su cabeza. Se volvió al coche para conducir hacia el norte y desviarse en Mojácar al interior, decidida a no demorarse más y visitar la capilla de San Jorge, en la finca de los Algarrobos.

Pese a las indicaciones que Alfonso le había trazado sobre el propio mapa, a punto estuvo de perderse. La finca estaba en una zona agreste y poco poblada, de cerros pelados, rocas desnudas y matorrales polvorientos, en la que era difícil creer que se cultivase nada. Tardó algo en encontrar el camino que suponía el correcto. Tuvo que circular a muy poca velocidad, dando botes entre baches y una gran polvareda. A partir de cierto punto, el camino estaba cerrado por una cadena de eslabones gruesos, tendida entre dos mojones de piedra. A la izquierda, un cartel de hierro con churretes de óxido y algo ladeado rezaba en letras rojas descoloridas sobre fondo blanco: «Propiedad privada. Prohibido el paso».

Se detuvo y esperó dentro del coche hasta que se disipó un poco el polvo. Sólo entonces bajó para tantear la cadena, haciendo resonar los eslabones; estaba bien asegurada con candados. Se quedó un minuto allí, los brazos en jarras, el motor aún en marcha, la cadena de hierro hamacándose lentamente, mientras decidía qué hacer. Espantó de un manotazo a una mosca negra, apagó el motor y sorteó la cadena para seguir a pie, con la esperanza de poder ver algo.

Anduvo algo más de cien metros, hasta comprobar que el camino seguía serpenteando entre cerros cubiertos de matorrales. No había forma de saber si continuaba sólo un puñado de metros o cinco kilómetros más; así que se detuvo, con un suspiro de decepción. Hacía mucho calor, los insectos chirriaban entre las vegetación reseca. El cielo era de un azul polvoriento y no se veía ni una nube, ni una ave. Todo era silencio. Antes de volverse, se acuclilló a examinar la tierra del camino. Había rodadas de coches, bastante recientes por lo nítidas. Alejandra, pese a no ser una experta, constató que pertenecían a dos automóviles distintos, uno de ellos un 4x4 a juzgar por las ruedas. Las examinó unos instantes con las gafas de sol en la mano, antes de regresar al coche.

Alejandra volvió a Almería de nuevo por la costa; tomó un bocado en un chiringuito y aprovechó para acercarse a una de las playas de Mojácar, darse un baño y tomar un poco el sol. Al llegar a Almería, el Corsa estaba tan lleno de polvo que decidió llevarlo a lavar antes de devolverlo, para evitarse problemas con la agencia de alquiler. Ella misma tenía la sensación de estar cubierta de polvo y arena y, tras entregar el coche, volvió derecha al piso de Anselmo.

No había nadie en casa. Era las seis y media de la tarde y Anselmo daba clases hasta la diez de la noche, para aquellos alumnos que salían de trabajar a las ocho de la tarde. Alejandra se fue a su habitación, dejó la mochila, se desnudó y, cuando se dirigía hacia la ducha, reparó en que había una nota sobre la mesa del comedor. Envuelta en una bata ligera, de colores cálidos e inspiración oriental, prestada por el propio Anselmo, la tomó entre sus dedos. Estaba dirigida a ella, manuscrita por Anselmo, y decía:

> «Ha llamado Alfonso este mediodía. La finca de los Algarrobos es propiedad privada. La dueña es la Fundación Carlos Mercader, desde 1987.»

Alejandra se quedó unos momentos con la nota en la mano. La volvió a leer, luego la guardó en el bolsillo de la bata y se fue a la ducha. Bajo el chorro de agua tibia, mientras se enjabonaba de forma mecánica, su cabeza era un lío de ideas, sentimientos, datos. Fundación Carlos Mercader, la misma para la que trabajaba Nilo. Por un lado sentía un gran desasosiego y volvían las dudas sobre el papel que el propio Nilo pudiera haber jugado, si no en las muertes previas, sí en la del señor B., así como su relación con todo el tema del tesoro real de Toledo. Por otra parte, había una extraña satisfacción, con regusto amargo, ante aquella prueba aparente de que su intuición no le había fallado y de que, con pocos datos, había dado con la solución correcta. Y de nuevo la incertidumbre: ¿debía llamar a Marfil y contárselo todo?

Cada vez estaba más segura de que, de alguna forma, aquellos misteriosos *portaespills*, fundados quizá en el siglo XVIII, aún existían, aunque sonase a locura. Al contrario que con los cruces negras, el tiempo no había acabado con ellos y lo descubierto en Almería arrojaba nueva luz sobre el viaje al Sur de Augusto Ramos.

¿Habría encontrado el viejo aventurero carlista alguna pista que conducía a Almería, luego de muchos años de búsqueda? Sin duda, los Mohedano —Fernando y Javier. ¿Hermanos? ¿Padre e hijo?— eran *portaespills* o agentes de los mismos, y se habían ocupado de Ramos y los suyos cuando trataron de llegar hasta el tesoro. ¿Seguían los *portaespills* activos? ¿Eran ellos los responsables de la muerte de cuantos se habían acercado demasiado al codicilo?

Anselmo regresó a las diez y media, y se la encontró sentada en el salón, con folios y libretas desperdigados por toda la mesa, absorta en la lectura.

—¿Por qué no te compras un portátil?

—He viajado poco estos últimos años. —Esbozó una sonrisa fatigada—. Pero tienes razón. Voy a tener que comprarme uno.

—Te sería más cómodo que tenerlo todo en papel. —La observó con atención—. No tienes muy buena cara.

—He estado en la Sierra de Almagro y luego toda la tarde trabajando. Estoy un poco embotada, eso es todo. —Quiso componer el rostro y consiguió el efecto contrario.

—Pues venga. Vámonos a cenar fuera.

—No sé...

—Yo sí. Vamos. Voy a darme una ducha. Arréglate si quieres, aunque así estás muy bien. Nos vamos a cenar a un sitio que conozco.

—Hecho. —Alejandra se incorporó, ahora sonriendo, y comenzó a reunir sus papeles.

Hacia las once de la noche ya estaban sentados en el comedor de La Encina, una sala pequeña en la que Alejandra se sintió a gusto, puede que por esas mismas dimensiones reducidas, ya que si algo necesitaba en esos momentos era tranquilidad. Al principio comió con desgana pero en seguida la conversación de Anselmo la fue sosegando, ya que la compañía de aquel personaje con aspecto de santón hindú de película tenía la virtud de hacerla sentir bien.

—Tú dirás lo que quieras, Alejandra. Pero te noto alicaída —le dijo, mientras atacaban ya el segundo plato.

—No ha sido un día especialmente bueno —admitió.

—¿Y eso?

Alejandra tomó un bocado de lubina antes de contestar, preguntándose cuánto podía contar a Anselmo.

—Estaba buscando una capilla privada y, gracias a tu amigo Alfonso, he conseguido saber dónde se encuentra, pero no he podido llegar hasta ella.

—¿Por qué?

—Está en una finca privada y sólo se puede entrar por un camino de tierra, cerrado con una cadena. Estuve esta misma mañana allí.

—¿No había guardas ni nadie con quien pudieras hablar, para que te dejasen pasar?

—No.

—Intenta llegar por otro lado o por ese mismo camino, andando. A lo mejor esa cadena está ahí para impedir que se metan en la finca los domingueros.

—Puede ser. Voy a poner en orden mis notas de nuevo, revisar algunas cosas y pasado mañana volveré. Trataré de alquilar un 4x4, porque esos caminos se las traen.

—Llévate el mío.

—¿Tienes un 4x4? —Se quedó con el tenedor en el aire, sorprendida.

—Tengo un Land Rover, uno viejo que compré de segunda mano. Es de los que usan en labores agrícolas y, cuando los venden, salen muy baratos. Por eso lo compré.

—No quiero dejarte sin coche todo un día.

—No lo voy a necesitar. Lo utilizo muy de vez en cuando. Organizo de vez en cuando un cursillo de yoga intensivo, de retiro de fin de semana, en un cortijo de la parte de Enix, y entonces sí que me es de utilidad, para ir y venir, y llevar alumnos. Lo compré sobre todo para eso. —La miró con detenimiento—. ¿Seguro que todo va bien?

—Claro.

—Sigo diciendo que no tienes muy buena cara.

—Estoy un poco cansada, tanto anímica como físicamente. A veces me pregunto si lo que estoy haciendo es normal, si merece la pena. Llevo meses yendo de un lado para otro, persiguiendo un asunto que, tengo que reconocerlo, es de lo más extraño.

—A ver. —Anselmo se pasó la mano por la gran barba blanca—. Haciendo esto ¿te sientes a gusto contigo misma, contenta?

—Mucho. Estoy haciendo lo que siempre soñé hacer. —Aquí se permitió una sonrisa que Anselmo no llegó a descifrar—. En ese sentido, no me cambiaría por nada del mundo.

—Entonces no te pares. Yo dejé de hacer cosas que deseaba y ahora lo lamento. Ahora me doy cuenta de que hace años que tenía que haberme liado la manta a la cabeza y venirme a hacer lo que ahora hago. Las dudas son algo normal cuando se toman grandes decisiones o se emprenden caminos difíciles. Y siempre existe el riesgo a equivocarse en la elección, claro. Pero eso no es más que el riesgo que nos toca asumir en las encrucijadas de la vida.

—¿Te alegras de haberlo dejado todo y haberte vuelto a Almería?

—Sí. —La observó con detenimiento—. ¿Qué te contaron exactamente del porqué de mi regreso a Almería?

—No mucho. —Le miró a su vez, llena de curiosidad—. Me dijeron que lo del 11-M te había afectado mucho, y que habías pedido una excedencia para recuperarte.

—Era de esperar. —Sonrió—. No te diría eso tu padre, ¿verdad?

—No. Nunca salió el tema, las veces que he hablado con él. Ya sabes que mis padres se han mudado a Ávila y hablamos bastante menos.

Anselmo se quedó unos momentos con los ojos puestos en el plato, una sonrisa aún flotando entre la barba blanca, cuchillo y tenedor en mano.

—Lo que vi el 11-M no tiene nada que ver con mi decisión de abandonar el SUMMA112, nada, aunque sí fue la causa última.

Alejandra le miró, no dijo nada y él, pasados unos segundos, prosiguió, ahora con el ceño algo fruncido.

—Yo estuve aquel día en la estación de Atocha y es verdad que, en todos los años que pasé en emergencias, jamás vi cosa parecida. Lo que salió por la tele fue sólo una fracción de lo que nos encontramos al entrar en la estación.

—Ya imagino.

—Yo no llegué inmediatamente, Alejandra. Aquel día entraba de guardia a las nueve; las bombas explotaron pasadas las ocho y las UVI móviles no volvieron a base, como es lógico, y no pudimos hacer el relevo. En cuanto empezaron a llegar noticias de Atocha, del Pozo, sobre lo graves que habían sido los atentados, todo el personal disponible se subió en ambulancias y fue hacia allá. No te puedes hacer idea de lo que nos encontramos. Todo estaba cubierto de trozos de carne que, después de casi veinte años en emergencias, yo no sabía decir ni a qué parte del cuerpo humano pertenecían. —Hizo una pausa, la miró azarado—. A lo mejor no es una conversación adecuada para la mesa.

—No seas tonto. Continúa.

—Algunas cosas de las que se dijeron son verdad, otras no tanto y otras nunca se han contado. Es cierto que, cuando estábamos atendiendo a los heridos, comenzaron a sonar los móviles de los muertos, por todos lados. Fue algo espeluznante. Pero también han tejido una maraña de mitos falsos sobre lo que ocurrió aquel día. —Sonrió ahora—. No me mires con esa cara, que no hablo de grandes cosas, sino de detalles, que al fin y al cabo son los que importan.

»Aquél fue como cualquier otro día, pero a lo grande. Eso no fue el funcionamiento idílico que después han vendido. Allí pasó de todo. Hubo mucho personal que, en cuanto supo lo que ocurría, se presentó en la base o acudió directamente a ayudar. Hubo también quien se escaqueó. Hubo gente que funcionó a tope y también alguno que nos dejó el coche de policía justo en un sitio que nos impedía meter las ambulancias. Aquello fue un caos, de verdad; una matanza, Alejandra. Pero yo no me quemé por lo que presencié aquel día.

Se quedó callado unos momentos. Alejandra, en vez de decir nada, escanció algo más de vino en las copas. Anselmo se lo agradeció con una sonrisa patriarcal y prosiguió.

—Mira. Te lo voy a contar. No mucho tiempo después, cuando el país seguía en estado de shock por lo ocurrido, con todos los medios de comunicación aún volcados casi en exclusiva en el tema, una sala de la Gran Vía hizo una función especial para homenajear a todos los servicios que habíamos participado en las tareas del 11-M. Invitaron a los que quisiesen asistir, y yo fui.

»Se suponía que era un homenaje a toda la gente que se dejó la piel allí aquel día, aunque fuese su trabajo, y así lo anunciaron a bombo y platillo en la tele, la prensa y la radio. Pero lo cierto es que a nosotros nos habían reservado unas cuantas filas, al fondo, en la parte de atrás. A los que se nos ocurrió ir, nos sentaron allí para que no estorbásemos. El resto del teatro estaba lleno de famosos y famosillos, chupando cámara a costa de tanto muerto y tanto sufrimiento. Para eso habían montado todo aquel tinglado. Y mientras nosotros allí al fondo, los policías, los bomberos, los del SAMUR, los del SUMMA, mirándonos unos a otros como gilipollas, con cara de circunstancias. Pocas veces en mi vida he sentido tanta vergüenza ajena como aquel día, al ver todo aquel circo inmundo.

—¿En qué sala fue?

—¿Qué más da? Nunca he creído que fuese justo señalar a uno por los vicios que todos comparten. Lo que allí ocurrió sucede con frecuencia, con la connivencia de muchos.

—No te pongas en plan gurú. —Sonrió—. Anda, sigue contando.

—No hay nada más que contar. El 11-M, Alejandra, hubo quienes, al explotar las primeras bombas, salieron huyendo y quienes acudieron a ayudar a los heridos. Era gente corriente, que estaba esperando el tren, y muchos quedaron muertos o heridos a su vez cuando explotó la segunda tanda de bombas. Y nadie se acordó nunca de ellos, excepto para usarlos como plataforma desde la que lucirse.

»Viendo a todos aquellos famosetes en el teatro aquel, chupando cámara a nuestra costa, decidí de repente que me apeaba del mundo. Que ahora sí. Que colgaba la bata y me volvía a Almería a hacer lo que llevaba deseando muchos años y nunca me había atrevido. Si me sale mal, si me arruino o no me gusta tanto como había creído, por lo menos lo habré intentado. Así que me bajé del mundo. Y que les den por culo a todos.

—Eso. —Alejandra levantó la copa riendo, quizá para ocultar que aquello le había llegado adentro.

—Así que, si esto es importante para ti, importante de verdad, no lo dejes por nada del mundo. —Entrechocó su copa con la de ella.

—No pensaba hacerlo —respondió con los ojos brillantes—. Pero muchas gracias. Estaba esta noche un poco baja y ya me siento mucho mejor.

29

Alejandra hizo el segundo intento de llegar a la capilla de San Jorge dos días después. Salió esta vez con el Land Rover de Anselmo por la N-344 hacia el nordeste, para tomar luego la salida a Cuevas de Almanzora y la A-332, y desde allí alcanzar las pedanías orientales del término municipal. El Land Rover era tal como lo había descrito su dueño, un modelo antiguo y baqueteado; grande, pesado y sólido como un tanque, pintado de color arena, no muy cómodo pero sí útil a la hora de circular por caminos de cabras.

El último tramo del viaje lo hizo con las ventanillas cerradas, aunque el Land Rover no tenía aire acondicionado; pero Alejandra prefería el calor sofocante a ser invadida por el polvo del camino. Cerca ya de los mojones y la cadena, encontró un lugar donde desviarse. Metió el Land Rover por una cuesta y lo hizo avanzar con cuidado, hasta estacionarlo tras unas rocas, oculto a la vista desde el camino. Dejó las ventanillas un poco abiertas, lo justo para evitar que el calor convirtiese el interior en un horno; se encasquetó una gorra, se echó la mochila al hombro y fue caminando hasta la cadena.

Tras mucho sopesar todos los factores, no se le había ocurrido más solución que rebasar a pie aquel punto y esta vez recorrer todo el camino hasta ver adónde conducía. Aunque era un plan más bien pobre, se consolaba pensando que eso era mejor que ningún plan en absoluto. Tampoco le hacía especial gracia realizar esa exploración en solitario, pero no tenía a nadie a quien recurrir, fuera de Anselmo, y ése estaba descartado de antemano.

Pasó de largo el letrero de «PROHIBIDO EL PASO», con los mojones y la cadena, y siguió camino adelante por entre las lomas cubiertas de matojos y piedras requemadas. El calor era asfixiante y el polvo suspendido en la atmósfera le resecaba la boca. Los colores eran duros, desvaídos por el sol, y no se oía más sonido que el canto de alguna chicharra, oculta entre la vegetación polvorienta.

El camino acababa por internarse a través de lo que era casi una garganta entre dos cerros. Alejandra prosiguió con bastante aprensión pero, a no muchos pasos, una de las paredes rocosas comenzaba a suavizar su pendiente y a abrirse a la derecha, de forma que por fin pudo tener un poco de visión panorámica.

La garganta llevaba hasta una especie de vallejo largo, estrecho y curvo como una hoz, encajonado entre lomas resecas. Justo delante había un cerro largo, con forma casi de canoa invertida. En uno de sus extremos se alzaba una edificación no muy grande, cuadrada, de paredes blancas y tejado de tejas rojas, coronado por una cruz, que se recortaba contra el cielo azul polvoriento.

El camino cruzaba el vallejo en dirección a ese cerro y subía por la ladera, al parecer hasta las puertas mismas de la ermita. Al pie de esa loma, se distinguía una segunda construcción: una cortijada formada por una casita de una planta y un patio con tapia enjalbegada. Alejandra sacó unos prismáticos pequeños para observar con mayor detalle. Las persianas, tras los barrotes de las ventanas, estaban echadas, y no se alcanzaba a ver movimiento alguno; así que, tras un rato y con no pocas dudas, se decidió a proseguir.

Mientras atravesaba los cerca de trescientos metros que la separaban de la casa, volvía los ojos a un lado y otro, sin encontrar nunca otra cosa que rocas, matorrales, polvo y moscas que zumbaban. Si los visigodos habían edificado una iglesia en el lugar donde ahora se levantaba la capilla, debían haberlo hecho lejos de sus casas. Era difícil imaginar que aquella hoz de terreno baldío hubiese podido sustentar alguna vez una aldea. Aunque no era tampoco descabellado imaginar que aquel lugar hubiese sido fértil mil años antes. Que un terremoto, de los muchos sufridos por Almería, hubiese podido secar los pozos o arroyos del lugar, y convertirlo en el yermo ardiente que era ahora.

Lejos y a la derecha, ya en la curva de la hoz, pudo columbrar un puñado de árboles. Al enfocar sobre ellos los prismáticos, tuvo la impresión de que se trataba de algarrobos, lo que le provocó un escalofrío en la columna. La finca se llamaba así, *Los Algarrobos*. Pero Alejandra no dejaba de recordar que, según la documentación que le envió en su día el encargado de la casona Liñares, a Augusto Ramos le habían colgado precisamente de un algarrobo.

Cuanto más se acercaba a la casa, más fuerte se hacía la impresión de que estaba cerrada a cal y canto, aunque la blancura de las paredes y el aspecto general daban a entender que estaba habitada, o lo había estado hasta hacía muy poco. Tanteó la cancela del patio: no tenía ningún tipo de candado y, tras una ojeada al interior, corrió el pasador para entrar.

Las persianas de las ventanas que daban al interior de ese patio también estaban echadas. Se llegó a la sombra del porche, llamó con los nudillos a la puerta. Nada.

Había un taburete. Se sentó en el porche, abrió la mochila, sacó una botellita de agua y, tras beber un sorbo, encendió un cigarrillo. Allí sentada, con el cigarrillo entre los dedos, volvió a pensar en el algarrobal que se distinguía al fondo del valle. Recordó cómo, al pie de las murallas de la fortaleza de Montesa, crecían también algarrobos. ¿Era una coincidencia o alguien había plantado en tiempos pasados aquellos árboles en la finca, con alguna intención simbólica?

Esas cábalas carecían de sentido, así que las apartó de su cabeza. Al poner los ojos en el suelo, reparó en una hilera de marcas circulares en el porche, junto a la pared de la casa. Se inclinó para acariciar una con la punta del dedo. Allí había habido tiestos y no hacía mucho. La casa debía estar habitada hasta hacía pocos días, a juzgar por la nitidez de los círculos. Sus habitantes se habían marchado por alguna razón y, antes de irse, habían puesto a recaudo las plantas, para evitar que se secasen.

Incorporándose, se echó la mochila al hombro y salió del patio, cerrando la cancela a sus espaldas. Mientras subía la cuesta, tenía la sensación de que el aire ardiente le quemaba la piel y le robaba el aliento. Había tanta luz que hacía daño a los ojos y, tras buscar por los bolsillos de la mochila, se puso las gafas de sol.

Al llegar a lo alto jadeaba, más por el calor que por el esfuerzo físico. Sudaba y se sentía incómoda. Se detuvo a unos metros de la capilla, para hacerse una idea del conjunto. Reparó en que parte de la cima era más o menos plana, tal vez porque en tiempo la habían nivelado de forma artificial, aunque no pudo distinguir huellas de posibles trabajos en tal sentido.

Aquella capilla en honor de San Jorge no podía resultar más sencilla: cuadrada, de unos seis metros de lado, con muros blancos y tejado de tejas curvas y rojas. La entrada era adintelada, con una puerta de madera sólida y rústica. Como detalle llamativo, sobre ese dintel había una cruz de piedra roja y brazos iguales, que destacaba como sangre contra el blanco de la pared.

Alejandra sacó tres o cuatro fotos antes de acercarse más. Tanteó el tirador de la puerta. Cerrada. Suspiró, aunque no había esperado otra cosa. Al circundar la construcción, constató que no había más entradas que ésa, y que la luz llegaba al interior por unos ventanucos altos, cubiertos con cristales de colores, a la manera de vitrales. Ni siquiera alcanzaba a llegar a los ventanucos, ya que estaban demasiado altos, aparte de que dudaba que pudiese ver algo a través de esos cristales.

Regresó al portal, llena de frustración. Volvió a tantear la puerta y reculó luego unos pasos. No había forma de entrar en esa capilla sin forzar la cerradura. Se mordisqueó el labio inferior, con los ojos puestos en la cruz roja de brazos iguales. Una cosa era colarse en una finca privada ignorando avisos y sorteando barreras, y otra muy distinta era allanar una capilla rompiendo la puerta. Además, ni siquiera llevaba utensilios en la mochila que pudieran servirle para tal propósito. Retrocedió varios metros más y sacó varias fotos de la capilla, justo desde el punto en el que el camino iniciaba el descenso. Estaba así ocupada, los ojos puestos en la pantalla de cristal líquido, cuando oyó el sonido de un motor.

Se asomó cámara en mano. Un Volvo azul oscuro salía dando botes de la garganta rocosa, entre una nube de polvo, y era obvio que se dirigía hacia la capilla, a no ser que pensase detenerse abajo, en la cortijada. Con el corazón ahora en un puño, Alejandra volvió la mirada a derecha e izquierda, antes de correr a ocultarse tras una masa rocosa, situada a no más de tres metros del camino.

Aguardó agazapada tras la roca, sin atreverse siquiera a espantar a una gran mosca que le rondaba zumbando. El sonido del motor fue haciéndose cada vez más alto, hasta mezclarse con el chirrido de la tierra suelta y las piedrecillas. Cuando rebasó el punto donde ella se hallaba, Alejandra se asomó aprovechando la cobertura de un matorral seco. Se trataba de un Volvo, sí, un S80, con la carrocería cubierta de polvo, que fue a detenerse a las puertas de la capilla.

Bajaron dos hombres, haciendo caso de la polvareda. Una bocanada de aire ardiente despejó el aire y, por entre las ramas secas, Alejandra observó cómo se acercaban a la puerta de madera, la tanteaban como había hecho ella, cambiaban unas palabras. Uno de los hombres debía rondar los cincuenta años y era fondón, de barba poblada. El otro era más joven; alto, atezado, usaba bigote y perilla, y algo en sus facciones sugería, incluso a esa distancia, un origen extranjero.

Los dos hombres dieron una vuelta a la capilla, luego regresaron a la puerta. La probaron otra vez, cambiaron de nuevo impresiones. Alejandra llegó a la conclusión de que debían ser tan intrusos como ella misma. El más joven abrió el maletero del Volvo para sacar una herramienta que Alejandra no acertó a distinguir, debido a la distancia y a que el cuerpo del hombre le estorbaba la visión. Al cabo de unos segundos escuchó un traqueteo, como el de un taladro, seguido de un rechinar de metal y por último un estruendo, como el de algo pesado al caer. El hombre alto regresó al coche, guardó la herramienta y cerró el maletero de golpe.

La puerta estaba ahora abierta y los dos hombres invadieron la capilla. Alejandra escuchó ruidos que no acertó a identificar y, al cabo de un tiempo, salieron los dos hombres. Cosa curiosa, cada uno sacó un móvil y, tras comprobar que tenían allí cobertura, estuvieron hablando unos minutos. Luego, regresaron dentro.

Y luego nada. Los minutos fueron pasando sin que Alejandra, escondida detrás de la roca y el matorral, advirtiese movimiento u oyese ruido alguno en el interior de la capilla. Hacía mucho calor, el sol quemaba y el viento ardiente le hacía sentir incómoda. Se incorporó con toda clase de precauciones y se acercó un poco más a la construcción, al resguardo de un segundo afloramiento pétreo.

Ahora tenía mejor ángulo de visión, pero no conseguía ver a nadie allí dentro. La capilla no era grande y el interior parecía estar vacío. ¿Dónde se habían metido aquellos dos?

Dudó, volvió a dudar y, al cabo, la curiosidad pudo más que la prudencia. Diciéndose a sí misma que estaba cometiendo una locura, se aproximó con suma cautela, lista a esconderse o salir corriendo al menor atisbo de movimiento.

Llegó hasta el Volvo. No se atrevió a tocarlo, por miedo a que saltase alguna alarma. A cubierto tras el automóvil, pudo ver que, en efecto, no había nadie dentro de la capilla. Dejando le lado cualquier prudencia, se acercó al portal adintelado. Sí: el interior estaba vacío. Paseó los dedos por la puerta de la madera de la puerta. Allí donde estuviese la cerradura, no quedaba más que un hueco destrozado.

Se mordisqueó el labio inferior, antes de decidirse a cruzar la puerta. El interior de la capilla era muy sobrio, de paredes blanqueadas y casi sin adornos, fuera de alguna moldura. El sol entraba por los ventanucos acristalados, sumiéndolo todo en una penumbra coloreada. En la pared del fondo había un altar y, tras éste, sobre una peana, una estatua en madera policroma que representaba a un santo con una lanza. Debía tratarse de San Jorge y era sin duda más antiguo que esa capilla, tal vez rescatada de las ruinas de la anterior, la derruida por el terremoto.

Pero todo eso captó muy de pasada su atención, que estaba puesta de lleno en el suelo de la capilla. El piso era de baldosas blancas y negras y, como ocurre con muchas iglesias antiguas, había una sepultura a ras de suelo. La lápida era de bronce, mucho más ancha de lo normal, y mostraba a dos caballeros yacentes cincelados, el uno al lado del otro, ataviados con hábitos de Montesa, los ojos cerrados y las manos cruzadas sobre el pecho, empuñando sus espadas. Aquéllos debían ser los hermanos Balaguer, enterrados juntos hacía más de quinientos años.

El borde de la lápida mostraba una inscripción, pero Alejandra no se detuvo a leerla, ya que alguien había desplazado esa gran plancha de bronce para descubrir la sepultura. Tras constatar que no se oía ningún ruido ahí abajo, se acercó casi de puntillas al hueco abierto. Descubrió perpleja que la lápida no ocultaba tumba alguna, y sí la entrada a una cripta, a juzgar por el tramo descendente de escaleras que arrancaba en el mismo borde. Se asomó. Sí: había una cripta allí abajo. ¿Reposarían, pese a lo que decía la tradición, los huesos de varios caballeros en el subsuelo de la capilla?

Tras repetirse por enésima vez que estaba cometiendo una locura, se arriesgó a asomarse más, antes de contornear el perímetro de la abertura, para tratar de ver detalles. Descartó bajar, pese a que allí dentro no se veía a nadie. La cripta inferior era hexagonal y no muy grande, de paredes adornadas con trozos de cerámica pintados que componían mosaicos muy del gusto modernista. Alejandra contempló desconcertada esos muros, parada al borde de la abertura. Aquella decoración debía ser un añadido de la última reconstrucción, en 1903. Los falsos mosaicos mostraban caballeros con armadura, ángeles con espadas y muertes con relojes de arena y guadañas. Contra una de las seis paredes había un gran sarcófago de piedra, obviamente muy antiguo, que debía contener los restos de los hermanos Balaguer.

Pero de nuevo su atención se vio atrapada por algo que nada tenía que ver con el arte o la historia. Porque, en otra de las paredes, una sección se había desplazado para revelar una abertura. Cambió ligeramente de posición y se inclinó a observar, cada vez más intrigada, pero lo suficientemente prudente como para no bajar. Aquello era una puerta secreta de bordes irregulares, disimulados por las junturas de las cerámicas del mosaico. En algún lugar de la cripta debía haber un mecanismo de apertura, pero Alejandra fue incapaz de ver nada desde donde se hallaba.

Se inclinó un poco más. No cabía duda de que los dos hombres que habían invadido la capilla sabían qué buscaban y cómo encontrarlo. Debían haber alzado la lápida a tiro fijo, para después bajar, abrir la puerta falsa e internarse en lo que hubiese más allá.

Seguirles estaba fuera de discusión, así que retrocedió, alejándose del borde. Si aquellos dos sujetos buscaban el tesoro de Toledo —otra cosa no podía ser— y disponían de datos suficientes como para descubrir aquel subterráneo, no era descabellado suponer que algo podían tener que ver con las muertes que habían rodeado al codicilo. Desde luego, Alejandra no se iba a meter allí abajo, en túneles, sabiendo que dos posibles asesinos rondaban por las tinieblas.

Se le ocurrió que la mejor solución era salir de la capilla, alejarse lo más rápido posible y, ahora sí, telefonear a Marfil. En el peor de los casos, la policía detendría a dos saqueadores de iglesias con las manos en la masa. En el mejor...

El sonido de motores le devolvió a la realidad. Se acercó a toda prisa a la entrada y, desde allí, oculta tras una jamba, descubrió que dos automóviles más se acercaban a la capilla. Con los sentidos puestos en el interior de la cripta, no los había oído llegar y ya no tenía tiempo de salir. Tampoco había lugar alguno donde ocultarse dentro de aquella capilla. Tras un segundo de pánico y no viendo otra solución, se acomodó la mochila al hombro y bajó a toda prisa los peldaños que llevaban a la cripta y la puerta secreta.

30

El inspector jefe Cienfuegos se hacía a veces la imagen mental de todo aquel asunto como un rompecabezas de muchas fichas, de las que él sólo tenía unas pocas y distribuidas de manera harto irregular.

Una esquina del rompecabezas estaba ocupada por María Eugenia Santos y ésa era la que más fichas tenía a la vista, ya que la curandera era poco prudente y usaba con la mayor liberalidad sus teléfonos, tanto los fijos de su casa y la clínica como el móvil.

La segunda esquina estaba mucho menos llena. Ésa era la de aquel misterioso Aslan y las pocas piezas de las que disponía eran gracias a llamadas hechas o recibidas por María Eugenia al móvil. Aslan era mucho más precavido que la curandera y sólo utilizaba ese número de móvil, con tarjeta de prepago, para sus conversaciones con María Eugenia. Por tanto, sólo contaban con algunas conversaciones sobre la entrega del cuadro de Murillo, real o supuesto, y algún nombre que había salido a relucir en determinadas ocasiones, como el de un tal Shamil.

La tercera esquina estaba casi más vacía aún y ni siquiera podía imaginar qué figura podía ocupar aquella zona. Todo cuanto tenían eran un par de conversaciones de María Eugenia con dos de sus acólitos, el tal Juan de Dios, del que seguían sin saber los apellidos, y un tal Pablo Rosas, un tipo metido en negocios esotéricos, no siempre limpios, que ya había tenido más de un problema judicial.

De esas conversaciones, lo único que habían sacado en claro era que los dos estaban en el sur de España, realizando alguna gestión para María Eugenia que nunca se había mencionado de forma explícita. No tenía nada que ver con el cuadro, aunque sí con obras de arte, ya que el propio Aslan había salido también hacia el sur para encontrarse con ellos, dejando en manos de Shamil, que parecía ser su mano derecha, la recogida del supuesto Murillo.

En cuanto a la cuarta esquina, estaba compuesta por todas aquellas muertes producidas en los meses anteriores y presentaban muchas incógnitas, sobre todo porque su relación con todo lo que estaba ocurriendo en esos momentos era más bien escasa.

El cuadro final era lo bastante incompleto como para hacer sentir incómodo a Cienfuegos, aunque al menos tenía elementos de juicio suficientes como para actuar. María Eugenia iba a entregar a Shamil el lienzo el trece de julio y éste en persona se ocuparía de llevarlo hasta Holanda, para ponerlo en manos de algún marchante o intermediario. Por comentarios sueltos, se deducía que no era la primera vez que realizaban tratos así y que María Eugenia prefería recurrir a compradores extranjeros, a los que era mucho más difícil seguir la pista y, por tanto, relacionar con ella.

Aquello último era lo que había provocado la decisión del comisario de actuar y detenerles a todos en el momento de la entrega. De haber sido el destinatario un español, hubiese esperado un poco para seguir tirando del hilo y llegar hasta el comprador; pero, con cruces de fronteras por medio, se organizó un operativo para el día 13.

La operación en sí provocó no pocas dudas, ya que a la premura se unían las condiciones especiales en las que se iba a desenvolver, porque la entrega estaba acordada en el chalet que la curandera tenía en Torrelodones. Era una casa enorme, de dos plantas, con más de mil metros de terreno, verjas, puertas blindadas y alarmas.

Aunque eso abría buenas posibilidades por un lado, ya que era más que probable que la curandera guardase en esa casa no sólo el lienzo, sino también otros objetos de arte de origen dudoso, lo que serviría para incriminarla en más delitos, como escenario planteaba problemas de logística. Asaltar aquel chalet no era como irrumpir en un piso. Dentro habría no sólo varios delincuentes del Este, tal vez armados y peligrosos, sino que puede que también los posibles autores de las muertes ocurridas en meses anteriores. A todo eso había que sumar que, según la información que manejaban, siempre había pululando por esa casa miembros de la congregación de María Eugenia; viejecillas inofensivas en su mayor parte, pero que podían estorbar y mucho a la hora de asaltar la casa, sobre todo si había disparos.

Las posibilidades de que la operación no saliese del todo bien, y de que los delincuentes se hiciesen fuertes en el chalet, tomando rehenes o atrapando en el tiroteo a terceros, eran tan altas que al final se descartó detenerlos a todos en el momento de la entrega. Prevaleció la idea de que era mejor detener a Shamil y sus acompañantes en el propio Torrelodones, pero una vez que hubiesen abandonado la casa y antes de que pudieran incorporarse a la N-VI. Una vez neutralizados, irrumpirían en el chalet.

Aslan era ya seguro que no estaría en Madrid en esos momentos, sino en algún punto sin concretar de Andalucía, adonde iba a reunirse con Juan de Dios y Pablo Rosas. En ningún momento se había mencionado lugar concreto. Pero tal vez eso se había ajustado en conversaciones entre los propios interesados, a través de otros móviles. En todo caso, hubo que abandonar la idea de detenerles simultáneamente.

Todo resultaba muy vago, pero la mención a Andalucía había bastado para inquietar a Marfil, por más de un motivo.

—¿Preocupada por tu amiga? —Cienfuegos se la había llevado aparte, en un receso durante una de las reuniones en las que se preparaba la operación. No podía dejar de entenderla, ni de simpatizar con ella, por más que no pudiese hacer nada al respecto.

—Pues sí. Preocupada por ella y por el asunto del tesoro.

Cienfuegos resopló, al tiempo que cruzaba los brazos.

—El comisario no quiere ni oír hablar de ese tema. Es como mentarle a la Bicha. Esto es una operación contra estafadores y traficantes de arte, muy posiblemente implicados en varios homicidios.

—Creo que es una postura un poco extrema.

—Entre nosotros, yo opino igual. Pero es él quien manda.

—Mira: Juan de Dios y Rosas están buscando el tesoro y la Mesa, existan o no. Pondría la mano en el fuego... y, por lo que han dado a entender, creen haber descubierto su paradero, o estar muy cerca de hacerlo.

—Eso es especular. No han mencionado nada en concreto. Bien podrían estar en Andalucía por un asunto bien distinto, y tú lo sabes.

—Pero ¿y si yo tuviese razón? ¿Y si matasen a alguien más, pensando que es un estorbo?

—Mañana, a estas horas, María Eugenia Santos y parte de la banda de Shamil estarán detenidos y a los demás les pondremos en busca y captura. No creo que tarden en caer o, todo lo más, saldrán pitando del país. Tu amiga Alejandra estará a salvo y los que queden sin detener tendrán suficientes preocupaciones como para pensar en buscar tesoros.

Marfil se acercó a uno de los ceniceros y encendió un cigarrillo con toda confianza, porque allí nadie hacía caso a las prohibiciones de fumar.

—Salvador —se dirigió a Cienfuegos por su nombre de pila—. ¿No te pica la curiosidad toda esa historia del tesoro? ¿Saber qué hay de verdad y de mentira, y en qué anda metida toda esta gente?

—Claro que me pica, y mucho. Pero es un camino cerrado. El comisario considera eso de la Mesa como dinamita, veneno, y que si metemos las narices en ese asunto, tanto si es verdad como mentira, lo único que puede pasar es que salgamos perdiendo.

—Insisto. Me parece una postura muy extrema.

—Y yo te repito que puede que tengas razón, pero que tenemos las manos atadas.

* * *

Shamil fue puntual y se presentó en el chalet de María Eugenia Santos, en Torrelodones, algo después de la una del mediodía, en un Megane rojo. El coche aparcó muy cerca de la casa y dos hombres de aspecto extranjero —sobre todo uno, que lucía una barba enorme— se acercaron sin vacilar hasta las puertas, a tocar el timbre. Les franquearon el paso de inmediato y, desde ese momento, los encargados de la vigilancia ya no pudieron ver más, ya que los muros eran altos, con rejas y setos tupidos y bien cuidados, que impedían ver nada de lo que ocurría en el interior.

Cienfuegos recibió el aviso de que había un tercer hombre en otro coche, llegado antes que los primeros, que se había quedado vigilando, sin abandonar el volante.

—Era de esperar —rezongó—. Parece que hacen las cosas a conciencia. Habrá que andar con cuidado y no meter la pata, o todo esto puede acabar en una ensalada de tiros.

Los dos hombres —cabía suponer que uno era Shamil— no se entretuvieron en la casa más que unos minutos, lo que parecía corroborar la idea de que no eran otra cosa que emisarios enviados por Aslan a recoger el lienzo, y que no tenían nada que tratar con María Eugenia. Cuando las puertas pintadas de verde del chalet se abrieron para dejarles salir, uno de ellos, el más bajo, llevaba un gran tubo de cartón bajo el brazo.

—Lo tienen —anunció el comisario, que dirigía la operación desde su despacho—. Vamos allá.

Los dos hombres montaron en el Megane. El tercer hombre arrancó su Golf GTI negro y salió por delante de ellos, haciendo de coche lanzadera.

Dicen que los golpes de mala suerte y los desastres suelen llegar precedidos de señales, de estados de ánimo oscuro que uno no acierta a explicarse. Pero Shamil no sintió nada de todo eso.

Habían salido de la casa de *la Bruja* con el cuadro, se encontraban a unos minutos en coche de Madrid y él tenía la cabeza puesta en lo que estaría haciendo Aslan, y no en el asunto del lienzo en sí. Aslan se había marchado a Almería con el resto de los hombres, a la caza de aquel tesoro que tantos recelos despertaba en Shamil. Pablo Rosas, el astrólogo de *la Bruja*, afirmaba haber descubierto sin lugar a dudas el sitio donde había estado escondido durante los últimos mil doscientos años y eso les había puesto a todos en movimiento. De hecho, la propia *Bruja*, con todo lo codiciosa que era, apenas había prestado atención a la entrega del cuadro, sin duda porque estaba pensando en ese otro asunto, mucho más importante.

Shamil se preguntó si ese viaje al sur tendría éxito y les haría a todos más ricos de lo que jamás habían soñado, tal como creía Aslan. O si no sería todo aquello más que una sarta de fábulas y sus compañeros volverían de Andalucía con las manos vacías.

En esos pensamientos estaba absorto cuando, cerca de la incorporación a la N-VI, el Laguna de color granate que circulaba delante de ellos se detuvo con demasiada brusquedad en un STOP, lo que obligó a Umar, el conductor, a frenar de golpe. Shamil se vio lanzado adelante y quedó sujeto por el cinturón de seguridad. Antes de que pudiese siquiera maldecir, había ya un montón de hombres armados con pistolas que les apuntaban por las ventanillas y el parabrisas, desde ambos lados.

Shamil se quedó helado. Luego, con los ojos verdes clavados en las bocas negras de todas aquellas armas, levantó las manos y conminó con voz suave a Umar, en su idioma natal.

—Ni se te ocurra hacer una tontería, por lo que más quieras.

Los hombres armados de exterior, policías sin duda alguna, les estaban haciendo gestos perentorios acompañados de gritos. Umar, con infinito cuidado, desbloqueó el seguro. Los policías abrieron las puertas y les sacaron de un tirón, sin mayores miramientos. Shamil sintió cómo le cacheaban y quitaban la pistola que llevaba en un bolsillo. Le arrojaron al suelo entre tres o cuatro y no pudo por menos que gruñir cuando le pusieron las esposas.

Tumbado bocabajo en el suelo, las manos esposadas a la espalda, aún podía ver con el rabillo del ojo que seguían encañonándole, como si no las tuvieran todas consigo. Se asombró del gran número de policías que habían movilizado para detenerles a ellos dos. Tal vez se debiese a que a los llegados de la antigua Unión Soviética se les tenía por muy peligrosos, por ser los que menos apreciaban la propia vida y menos dudaban a la hora de empezar a disparar.

Al menos, se consoló para sus adentros, es bueno ser el primero de la clase en algo.

Cerca de las dos de la tarde, las beatas de la congregación comenzaron a disponer con sumo cuidado la mesa, ya que María Eugenia Santos atribuía la mayor importancia a la comida. Ella en persona se ocupaba de asignar los puestos, exigía puntualidad absoluta y bendecía la mesa antes de que se sirviese el primer plato. Estaban ya colocando cubiertos y servilletas sobre el mantel blanco, cuando resonó un golpe tremendo contra la puerta de entrada. Mientras se miraban unas a otras, entre estupefactas y atemorizadas, se escuchó un segundo golpazo y luego un tercero aún más fuerte, que hicieron retemblar muros y tabiques.

Al cuarto golpe, la puerta reventó y una riada de hombres armados irrumpió en tromba a través del marco destrozado. Llevaban chalecos reflectantes con la palabra «policía» en la espalda, esgrimían sus pistolas y conminaban a gritos a que no se moviese nadie.

Se produjo una confusión tremenda mientras los policías se desparramaban por toda la casa, sin dejar de gritar a los ocupantes. Las viejas beatas chillaban aterrorizadas y por todas partes se escuchaban carreras, golpes y portazos. Aquella casa tan grande era un laberinto, con dos escaleras y un montón de pasillos, estos últimos abarrotados de estatuas de santos y cirios.

Una puerta se abrió de golpe y María Eugenia Santos salió de su capilla particular, ataviada con el hábito marrón y el cordón blanco. Debía haberse encerrado allí para rezar antes de la comida y ahora, al salir y ver su casa llena de gente armada, se encaró con los invasores, los ojos llameantes, exigiendo a voces saber qué significaba todo aquello. Los policías le gritaban que no se moviese, pero ella se revolvía hecha una furia, sin hacer caso de las armas. Entre aquel revuelo, la curandera acertó a poner los ojos en Fernando Balbuena, al que reconoció como alguien que había estado frecuentado en los últimos tiempos y se arrojó contra él rugiendo.

La propia Marfil le salió al paso y la paró de un golpe. Acudieron en un abrir de ojos más compañeros y, en medio de un gran tumulto, entre gritos, chillidos y el estruendo de las mesillas cargadas de santos y velas que se volcaban, y los jarrones que se hacían añicos, consiguieron reducirla entre cuatro o cinco. La esposaron y la sujetaron contra el suelo. Y allí se quedó bramando como las fieras, intentando atacar con mordiscos y patadas.

No hubo disparos ni verdadera resistencia al asalto, fuera de la que ofreció la propia curandera. El marido de ésta, un sujeto avejentado, seco y flaco como un pájaro, se enfrentó a gritos con los policías que habían invadido su chalet, pero sufrió un ataque al corazón y hubo que llamar a toda prisa a una UVI móvil. Una de las hijas de María Eugenia, también presente en aquel momento en la casa, sufrió a su vez una crisis de ansiedad al ver a su padre caído con un infarto, con los propios agentes tratando de reanimarla, y a su madre esposada en el suelo, berreando, con la boca llena de espuma y pataleando a ciegas. Además de todo eso, tres de las ancianas allí presentes sufrieron desvanecimientos por culpa de la impresión, y hubo que atenderlas en el sitio.

—No ha sido una operación muy limpia, no —rezongó Cienfuegos, al tiempo que se enjugaba el sudor del rostro con un pañuelo de papel—. Hay más bajas que en una guerra, y eso que no se ha disparado un solo tiro.

Reparó de súbito en lo pálido que estaba Fernando Balbuena.

—¿Te pasa algo? No te habrá lesionado la loca esa, ¿no?

—No llegó ni a tocarme.

—Pues no tienes muy buena cara.

—Es la impresión. Aún no me he repuesto. Siempre he sentido pánico a las gordas furiosas. Me dan un miedo atroz.

—¡Venga ya! —Se echó a reír.

—Hablo en serio. Es un miedo instintivo, como las fobias, y no lo puedo controlar. Además, no puedes hablar porque no ha sido a ti a quien se le ha echado encima esa mala bestia, como un elefante furioso, a sacarte los ojos con las uñas. Aún no me he recuperado del susto. Casi prefiero a un tío con pistola.

—Fernando, eres más raro que un perro verde.

31

Alejandra entró a toda prisa en la cripta, con una sola idea en la cabeza: que un grupo de desconocidos, ajenos a esa capilla y tal vez peligrosos, acababa de llegar y le cerraban cualquier salida posible. Se demoró un instante ante la puerta secreta de los mosaicos modernistas. Desde allí arrancaba un tramo descendente de escaleras; no se veía ni oía nada abajo y, como las voces procedentes de arriba indicaban que los recién llegados acababan de entrar en la capilla, bajó sin dudar los primeros escalones. La escalera era larga, como pudo en seguida comprobar, de peldaños anchos y antiguos, y descendía en espiral. Sacó la linterna de la mochila, aunque no llegó a encenderla, ya que una claridad difusa de fuente indeterminada permitía moverse en penumbras.

Llegó al final de la escalera con el corazón en un puño, temiendo toparse de bruces con los dos hombres que habían entrado antes que ella. Pero no había nadie allí abajo. Los peldaños desembocaban en un rellano casi en tinieblas, excavado en roca viva y rectangular, con cada una de las paredes horadadas por un arco. Se apreciaba a simple vista que aquellos arcos eran muy antiguos, realizados en un estilo que Alejandra encontró conocido aunque, entre la angustia y la premura, no fue capaz de ponerle un nombre concreto.

Uno de los arcos era la desembocadura de la escalera por la que acababa de bajar. De los otros tres arrancaban pasajes y Alejandra, tras un momento de duda, optó por el de la derecha, aunque sólo fuese porque parecía contar de una pizca de claridad, lo que le permitiría moverse con la linterna apagada. El arco de la izquierda era una boca en tinieblas y desde el último, situado justo frente a la escalera, llegaban voces y a veces asomaba el reflejo de una linterna, lo que indicaba que los dos hombres habían entrado en ese en concreto. Unos ecos a su espalda, escaleras arriba, le hicieron comprender que los recién llegados estaban bajando también, así que se escabulló a toda prisa por el arco de la derecha.

Más allá había un túnel excavado en la roca viva que iba a desembocar en otra cámara cuadrada, a través de otro arco idéntico al primero. Alejandra no se detuvo ahí, temiendo que pudiesen seguirla y alcanzarla. Había de nuevo una boca de pasaje en cada una de las paredes, todas formadas por el mismo tipo de arco y con falsas columnas talladas en la piedra. Eligió una al azar y siguió. Más allá había más galerías, salas y escaleras, todas abiertas en la roca. Cuando quiso darse cuenta, se había extraviado en aquel dédalo subterráneo.

Se detuvo, consciente de haberse metido en un nuevo apuro, como si no estuviese en bastantes ya. Aguzó el oído, pero no logró oír nada. Se recolocó la mochila sobre los hombros y aflojó un poco los dedos sobre la linterna, al darse cuenta de que la estaba empuñando casi como si fuera una cachiporra. Se apartó el cabello de los ojos para pasear la mirada por la estancia en la que estaba.

Todo aquello era un verdadero laberinto pétreo situado en las entrañas del cerro, en parte natural y en parte obra del hombre. En esos momentos se encontraba en una cámara de forma irregular; una cueva en la que se abrían tres de aquellos arcos sujetos por falsas columnas. Uno de éstos mostraba una gran grieta que hendía una de las columnas y, de hecho, parte del túnel situado más allá se había derrumbado, sin duda a consecuencia de algún terremoto. Ahora que podía observar los arcos con algo más de sosiego, se percató de que eran de estilo bizantino. No hubiera sabido decir si era auténtico o imitación, aunque por lo antiguo que parecía se hubiese decantado por lo primero.

Alzó, buscando el origen de aquella claridad difusa que mantenía el laberinto en penumbras. Tras observar con detenimiento, llegó a la conclusión de que la luz procedía de troneras estrechas, muchas de ellas casi ocultas entre tallas de estilo también bizantino. Los constructores del subterráneo debían haber abierto lumbreras que llegaban hasta el exterior del cerro y que, desde fuera, debían pasar por hendiduras naturales de la roca, si no desapercibidas por completo. Así habían suministrado en tiempos aire y luz a todo aquel lugar.

Examinó con mayor detenimiento los detalles arquitectónicos, mientras se preguntaba quiénes podrían haber construido todo aquello. Al pasar la mano por la falsa columna rota, sintió el tacto de lo antiguo. Esa obra subterránea sobrepasaba las posibilidades de un grupo pequeño de visigodos, como el que había buscado refugio en el sur del reino de Teodomiro con el tesoro. Además, ¿por qué habrían de imitar ellos el estilo artístico de Bizancio, que fue uno de los peores enemigos del estado godo? Esas salas y pasillos tenían que ser, por fuerza, obra de los propios bizantinos, que habían ocupado esa costa durante ochenta años, hasta que el rey Leovigildo logró desalojarles de sus últimas plazas fuertes.

Tras sopesar las opciones posibles, decidió que lo más sensato era volver sobre sus pasos y, si los recién llegados habían entrado también en la red de túneles, tratar de salir de la cripta y la capilla. Una vez fuera, llamaría a Marfil. Ese pensamiento le hizo buscar su móvil y comprobar la cobertura. Nada, ni una sola raya.

Quiso retroceder por donde había venido, pero en cuanto pasó un par de arcos comenzó a sospechar que salir no iba a ser tan fácil como entrar. Aquel subterráneo era un laberinto tridimensional y por todas partes se abrían arcadas iguales. Cada vez más incómoda ante el cariz que iba tomando la situación, aún tuvo tiempo de preguntarse si esa repetición de motivos arquitectónicos idénticos no supondría algo más que una elección estética; si no sería un artificio destinado a confundir a posibles invasores.

Le alertó un sonido de pasos que le llegaron reverberando desde la profundidad de los túneles. Podían ser ecos muy lejanos, transmitidos de túnel en túnel, y no la señal de que alguien se aproximaba. Pero no quiso arriesgarse y, sin pensárselo dos veces, se deslizó por el arco más cercano. Los ecos se desvanecieron.

Alejandra miró a su alrededor. Se encontraba ahora en una cámara casi cuadrada, con dos accesos. Seguían los arcos bizantinos iguales y en las paredes algunos tramos cubiertos de relieves, como fragmentos de una obra mayor que hubiese quedado inacabada. Pero lo que atrajo su atención de inmediato fue que una de las paredes había sido alisada con esmero, para cubrirla por entero de frescos.

Fascinada, olvidó durante unos momentos la situación en la que se hallaba para examinar aquella pared en la penumbra de las lumbreras ocultas. Frescos bizantinos, pinturas de colores vivos representando a figuras majestuosas de ricas vestimentas que empuñaban espadas, cetros, cruces, con halos dorados de santidad alrededor de las cabezas, tal y como aún se ven hoy en día en los iconos ortodoxos.

A punto estuvo de acariciar aquellas pinturas del muro, pero se contuvo. Resultaba obvio que eran muy antiguas. Los bizantinos habían construido todo aquello con algún propósito ignorado, aprovechando un sistema natural de cavernas, agrandando aquí, nivelando allá, tallando escaleras, colocando algún muro e incluso columnas. Algo más de un siglo después de la expulsión de los bizantinos, los visigodos de Walia debieron aprovechar a su vez el laberinto abandonado para ocultar su tesoro, antes de emigrar en masa a Asturias. Así que el relato del codicilo no había sido del todo exacto, quizá porque la tradición oral que asentaba por escrito se había ya deformado un tanto.

Mientras examinaba los frescos, llegó a sus oídos lo que parecía un gran estruendo lejano, muy distorsionado por las reverberaciones. Le siguieron ecos de gritos que rebotaron una y otra vez a lo largo de las galerías. Se inmovilizó con el corazón palpitante, aunque todo aquello había sonado muy lejos. Aun así se quedó un rato quieta, tratando de escuchar algo, mientras las motas de polvo danzaban en la penumbra. Pero no consiguió captar ni un sonido más.

Una de las dos arcadas era más grande de lo normal y daba no a un pasillo, sino a una estancia a oscuras. Tras acercarse al vano, se arriesgó a encender la linterna. El haz de luz le mostró una caverna grande, de paredes trabajadas con tosquedad y desprovistas de adorno alguno. Penetró unos pasos y, al sentir que algo crujía bajo sus zapatillas, casi como arena en el piso, paseó el haz de luz por el suelo, antes de agacharse. Trigo. Había restos de trigo en el suelo de esa sala. Hizo rodar unos granos entre los dedos. La estancia debió ser en tiempos un granero. La atmósfera del lugar era limpia y seca y, como en el caso de la cripta subterránea de Madrid, el sistema de ventilación debía impedir la aparición de humedad excesiva, ayudado en este caso por el clima seco de Almería.

Aún en cuclillas, hizo saltar en la palma de la mano esos granos de trigo, que tal vez tenían casi mil quinientos años de edad. El misterio del laberinto no era entonces tal y, sin duda, los bizantinos habían excavado todo aquello para utilizarlo como depósito de provisiones y tal vez también de armas.

Abandonó el granero y siguió caminando en la dirección que suponía le habría de llevar hasta la salida. El polvo flotaba en la penumbra y, por más cuidado que ponía, a veces sus pasos o un roce levantaban ecos que ella, atemorizada, imaginaba resonando a lo largo de los túneles hasta llegar hasta a oídos de los hombres que precisamente trataba de evitar.

Llegó a un punto donde no parecía tener más opciones que retroceder sobre sus pasos o bajar unas escaleras. Algo había hecho mal, sin duda, en su intento de abandonar el subterráneo. Se detuvo unos instantes. Sentía unas ganas terribles de fumar, pero se contuvo. Examinó el lugar donde se hallaba. Se trataba de una cámara pequeña, con frescos en las paredes y un techo en falsa cúpula. No había nada que permitiera asegurarlo, pero Alejandra tuvo la impresión de que aquella estancia fue en tiempos un lugar de culto; una capilla. Aunque cualquier elemento sacro había desaparecido hacía siglos, puede que retirado por los propios bizantinos cuando tuvieron que evacuar aquella costa.

Se decidió por último a descender las escaleras, con la esperanza de encontrar alguna ruta de escape. Aquel tramo estaba en casi completa oscuridad y hacía frío. Reprimió un estremecimiento, mientras lamentaba lo liviano de su camiseta. ¿Pero cómo imaginar que una inspección ocular por el campo de Almería, al calor del verano, iba a terminar bajo tierra?

Las escaleras remataban en una especie de pequeño rellano, de apenas dos metros de anchura, que se abría por el lado contrario a través de un arco doble con una columna en medio. Y, más allá de ese punto, había un pasadizo muy ancho y largo, mucho más que cualquiera de las salas que hubiera cruzado hasta ese momento. Debía tratarse de una falla que recorría el interior del cerro y, en su momento, la habían tallado e instalado algunas columnas para convertirla en una especie de galería central a la que desembocaban no menos de una docena de arcadas.

Los techos eran altos y la luz tan escasa que Alejandra prefirió aguardar unos minutos, para acostumbrar los ojos a la casi oscuridad. También había allí relieves y alguna porción de pared mostraba frescos, al tiempo que grandes tramos eran de roca viva, intacta al cincel. Al parecer, los constructores se habían tomado la labor de crear el laberinto como un proceso de muchos años, y la tarea había quedado inconclusa. Incluso el suelo era en unas partes de roca viva, en tanto que en otras estaba cubierta por baldosas blancas y negras.

Le llamó la atención un bulto caído en la oscuridad, cerca de una columna. Tras un momento de duda, se acercó con cautela. Sintió cómo le hormigueaban los antebrazos al constatar, apenas se hubo aproximado unos pasos, que se trataba de un hombre caído en el suelo, al parecer muerto. Cuando estuvo ya casi encima, pudo advertir que un dardo salía de su costado izquierdo y un segundo del muslo derecho, en distinto ángulo, como si le hubiesen disparado con desde varios lados.

«Ballestas» fue lo que se le ocurrió de inmediato a Alejandra, por lo corto de los dardos. El cadáver yacía a unos pasos de un gran pozo cuadrado, de unos dos metros de lado, situado en el centro de la galería. Procurando evitar el gran charco de sangre en el que reposaba el cuerpo, comprobó que las plumas eran sintéticas, de factura moderna. Se incorporó mordisqueándose el labio. ¿Rondarían hombres armados con ballestas por aquellas salas?

El suelo, cubierto por el polvo de siglos, aparecía en alrededor de la boca del pozo revuelto por muchas pisadas, lo que hizo que Alejandra se preguntase, cada vez más desconcertada, qué podría haber ocurrido allí. Se le ocurrió también, llena de disgusto contra sí misma, que debiera haber reparado antes en el polvo y las huellas, porque quizá las suyas propias le hubiesen servido para retroceder y salir del laberinto.

Se acercó al pozo. Estaba situado en una de las zonas embaldosadas y en un punto en que la galería se estrechaba, de forma que allí no debía medir más de seis metros de pared a pared. Se asomó con cautela, sin conseguir ver otra cosa que negrura. Tentada estuvo de encender la linterna y enfocar a las profundidades cuando, en la penumbra escasa, se percató de que los bordes del pozo estaban limpios, libres del polvo que lo cubría todo.

Se quedó mirando unos instantes, perpleja. Luego sintió cómo el sudor le cubría la frente y tuvo frío.

Aquello no era ningún pozo de agua, sino una trampa. Varias de las losas blancas y negras escondían en realidad la boca, que cedía cuando algún incauto pisaba sobre ella, arrojándole a las profundidades. Por eso el pozo estaba situado en un cuello de botella de la galería, para asegurarse de que los intrusos pisaban casi por fuerza encima. ¿Había sido aquél el estruendo que oyera? ¿Y los gritos? ¿Cuántos de los invasores podían haber caído al pozo? No todos, desde luego, a juzgar por las pisadas que recorrían los bordes.

Al escudriñar con más detenimiento, descubrió un dardo caído y, más allá, otro, en todo iguales a los que habían herido al muerto. Recogió uno y lo examinó, reparando en que la punta se había dañado. Levantó los ojos para observar lo que le rodeaba. Esos dardos habían ido a chocar contra las paredes y, tras rebotar, habían ido a caer cerca del pozo. Regresó al borde del agujero, aún con una flecha en la mano.

Todo aquello era un engaño de lo más retorcido, una trampa

dentro una trampa. A juzgar por las huellas, los invasores, fueran quienes fuesen, habían llegado por la galería y al menos uno había caído al pozo. Sin lugar a dudas, los compañeros del infortunado se habían acercado al borde, para ver qué había ocurrido y tratar de auxiliarle. Y entonces era cuando había entrado en acción la segunda trampa.

Gracias a un sistema de retardo, accionado tal vez por contrapesos, se habían disparado varios dardos contra la zona del pozo, en una especie de fuego cruzado que había alcanzado a los hombres asomados al borde. Volvió a inspeccionar con la mirada cuanto tenía alrededor, pero no pudo descubrir dónde podían ocultarse los lanzadores de dardos. Sopesó el que tenía en la mano. Tal vez el sistema tuviese siglos, pero alguien había cebado los lanzadores con proyectiles modernos: dardos de ballestas de los que se adquieren en las tiendas de deportes.

Se asomó al pozo de nuevo, preguntándose cuántos podían haber caído. A punto estaba de enfocar la linterna, reacia en parte porque temía lo que pudiera encontrar, cuando la contuvo un ruido. Se inmovilizó con la linterna en una mano y el dardo en la otra. Le llegó un segundo eco, procedente al parecer de las mismas escaleras por las que había llegado a la galería, aunque en aquel ambiente subterráneo, lleno de resonancias, era bastante difícil determinar el origen exacto de los sonidos.

Se alejó del borde de la trampa para dirigirse con el mayor sigilo hacia otra de las arcadas, en la pared contraria. Más atenta al arco doble, del que parecían proceder los ruidos, que a dónde pisaba, su pie fue a tropezar con otro de los dardos caídos y lo envió rebotando sobre las baldosas, con ecos metálicos. Se escucharon pisadas en las escaleras, esta vez como si alguien las bajase a toda prisa, olvidada ya cualquier precaución. Alejandra echó a correr a su vez hacia la arcada.

Llegó a la misma al tiempo que una figura salía en tromba por el arco doble. No pudo distinguir mucho en esa casi oscuridad, fuera de que levantaba la diestra al verla. Hubo un fogonazo, y un estampido que reverberó a lo largo de la galería como un cañonazo.

Alejandra no pudo contener un grito al comprender que le estaban disparando y se lanzó a través del arco para echar a correr a ciegas por el túnel que se abría más allá.

Dejó caer el dardo, torció por otro túnel, se libró luego de la mochila para poder correr con menos estorbo. Volvió a girar, con la única idea en la cabeza de evitar que pudiesen dispararle. Sus pasos y los de su perseguidor entremezclaban ecos bajo las bóvedas. En algún momento, oyó un golpe y una maldición, y supuso que el otro había tropezado con su mochila y dado con los huesos en el suelo.

Subió una escalera, desembocó en otra cámara con falsa cúpula, salió por el arco que tenía más a mano y, en el siguiente giro, volvió a bajar un nuevo tramo de peldaños. Y siempre oyendo a su espalda los pasos a la carrera e incluso a veces el resuello pesado de su perseguidor. Al final de las escaleras se encontró con una cámara amplia, con las paredes adornadas con falsas columnas y, en algún tramo, frescos.

Entró tan en tromba, sin aliento y tan apurada que tardó un momento en darse cuenta de que, al otro lado de la estancia, parapetado a medias tras las columnas de otro arco de salida, había un hombre que empuñaba a dos manos una pistola. Con un vuelco del corazón, se dio cuenta de que era Nilo. Pero, antes de que pudiese asimilar el descubrimiento, y tal vez sentir miedo, él le hizo un gesto perentorio con el arma, conminándole a apartarse del pie de las escaleras.

Alejandra, desbordada por los acontecimientos, corrió hacia la derecha y se acurrucó en la esquina. Al cabo de escasos segundos, su perseguidor bajó a toda prisa las escaleras. No tuvo la más mínima oportunidad; tal vez ni siquiera llegó a ver a Nilo, oculto en la penumbra tras la arcada de enfrente. Cuando ya sus pies abandonaban el último escalón e irrumpía en la estancia, Nilo disparó una, dos, cinco veces. Los estampidos en serie retumbaron como truenos en aquel espacio cerrado, hasta el punto de que Alejandra tapó los oídos. El hombre que había tratado de matarla cayó de espaldas contra la escalera. El arma se le escapó de la diestra y bajó rebotando los peldaños, con sonidos metálicos.

El último eco de disparos tardó en extinguirse largo tiempo, o puede que se mantuviese atronando en sus oídos largo rato después de que se hubiese apagado de verdad. Mientas aún flotaban los estampidos en el aire, Nilo abandonó la protección de la arcada, la pistola sujeta siempre a dos manos, para acercarse al pie de las escaleras. Mostró un instante la palma de la mano izquierda a Alejandra, tanto para pedirle que se quedase un instante ahí como para tratar de tranquilizarla, aunque ella había quedado tan superada por todo lo que acababa de ocurrir que no había tenido tiempo de sentir miedo ante su presencia. Todo lo más, asombro.

Nilo echó una ojeada rápida a las escaleras.

—¿Cuántos te perseguían? —le preguntó a Alejandra, con un susurro de voz que a ésta le sonó áspero.

—Yo sólo vi a uno —murmuró, al tiempo que se incorporaba despacio, con la linterna aún en la mano. Seguía algo ensordecida por el estruendo de balas.

—¿Le conoces?

Alejandra se acercó a observar al muerto. Un hombre bastante joven, alto y más bien delgado, de rasgos morenos, con bigote y perilla negros. Algo en sus rasgos sugería un origen extranjero. Meneó despacio la cabeza.

—Nunca le había visto hasta hoy. Entró en la capilla con otro hombre, hace un rato. Fue él quien forzó la cerradura con una máquina.

Nilo asintió, al tiempo que guardaba el arma en una pistolera que llevaba bajo la camisa holgada. Luego recogió la pistola del muerto y, tras examinarla un instante, se la metió atrás, en los riñones. Advirtió la forma en que le miraba Alejandra, y que empuñaba la linterna casi como si fuese una cachiporra, como lista a defenderse de él.

—Alejandra. Tranquila.

—Estoy tranquila

—No lo estás. Ni yo tampoco.

Se produjo un silencio tenso entre ambos. Alejandra miró a Nilo a los ojos, en la penumbra, cada vez más confundida.

—¿Qué haces aquí? —le preguntó.

—Entré a buscarte.

—¡¿A buscarme?! —Eso sí que la dejó boquiabierta.

—No tenemos mucho tiempo, así que te lo voy a contar muy rápido. Luego habrá tiempo de explicaciones más detalladas. —Hizo una pausa, suspiró, la miró casi de reojo, se pasó la mano por el mentón—. Como supongo dedujiste en Begur, pertenezco a un grupo de personas que se dedica a proteger el tesoro de Toledo. Viste mi apellido en la lista de las familias que incorporaron el espejo a su blasón en el siglo XVIII, sacaste tus conclusiones, te asustaste y huiste...

—¿Cómo sabes tú que conseguí esa lista? —le interrumpió asombrada.

—Porque te fuiste con tantas prisas que te dejaste la impresora encendida y lo que habías impreso se quedó en memoria. Cuando no quieras que alguien sepa para qué has usado una impresora, apágala.

—No sabía ni que las impresoras tuvieran memoria. Vamos, que ni se me había ocurrido nunca pensarlo.

—Llevamos días vigilando la capilla, esperando que esta gente apareciese. —Esbozó una mueca fatalista—. Y, justo cuando por fin llegaron, tuviste que venir tú también. Vi cómo te quedabas atrapada entre la llegada de unos y de otros. Y no iba a dejarte aquí abajo, con un grupo de saqueadores que, según todos los indicios, son también unos asesinos.

—Eres un *portaespill.*

Nilo sonrió ahora, de una forma tan afectuosa que casi la desarmó y a punto estuvo de hacerle enrojecer.

—Alejandra, *els portaespills*, como tales, ya no existen. Estoy en el secreto, sí, y un puñado de personas más. Pero te juro que ni mis amigos ni yo tenemos nada que ver con el asesinato de B., ni con el de nadie, si es eso lo que temes. Confía en mí.

Ella le miró, al tiempo que se mordisqueaba el labio.

—Estoy muy confundida, Nilo —admitió—. No sé qué pensar.

—Anda, ven. —La cogió por el codo y, pese a cierta resistencia inicial, Alejandra se dejó al fin abrazar. Él no la besó, sino que la mantuvo estrechada, al tiempo que le acariciaba el pelo—. Alejandra. Lo he pasado muy mal hace un rato, temiendo lo que te pudiese haber ocurrido aquí abajo.

La mantuvo así unos momentos y, como la notase aún un poco tensa, le cogió el rostro entre las manos.

—Confía en mí —repitió—. ¿Sí?

Ella le miró a los ojos, en aquella claridad escasa del subterráneo.

—De acuerdo, Nilo —suspiró—. Voy a confiar en ti. ¿Dónde están tus «amigos»?

—Fuera. Pero sólo hay uno y se ha quedado vigilando. No entrará.

—¿Uno? —le observó con incredulidad.

—Sí, uno. No te vayas a pensar que formamos una sociedad secreta como las de las novelas. Somos tan sólo un puñado de personas que están en el secreto y trabajan para mantenerlo. Y algunos son muy viejos y otros no son precisamente lo que uno llamaría hombres de acción.

Retrocedió hasta la arcada en la que se había parapetado, para recoger una mochila pequeña.

—Se me cayó la mía cuando huía de ese hombre —recordó entonces Alejandra.

—Sí quieres, podemos ir ahora a buscarla.

—Nilo. ¿Cómo sabías que íbamos a pasar por esta sala en concreto?

—No tenía la certeza, pero había grandes probabilidades. Mira: todo esto es un sistema subterráneo muy antiguo, construido por los bizantinos, aunque supongo que de eso ya te has dado cuenta. Puede parecer un laberinto si no se conoce, pero en realidad hay tres puntos a los que confluyen la mayor parte de los caminos posibles. Tal vez lo construyeron así por motivos defensivos: unos hipotéticos invasores andarían desconcertados, en tanto que los defensores podrían moverse y llegar a todos lados con rapidez. Te estaba buscando, siguiendo tus huellas, cuando oí el disparo y las carreras, así que me aposté en uno de los puntos de cruce, esta cámara, con la esperanza de que pasaseis por aquí. Y, por suerte, así ha sido.

—¿Dices que has estado siguiendo mis huellas? ¿Las que he ido dejando en el polvo del suelo?

—Sí, claro.

—Qué tonta soy. —Solo entonces cayó Alejandra en la cuenta de cómo había descubierto el muerto su presencia en el laberinto. Sin duda él también había estado rastreándola y por eso había llegado a la gran galería por el mismo camino que ella—. Entonces, te conoces todo esto al dedillo.

—Nunca antes había estado aquí dentro. Pero me sé de memoria el plano desde hace años, aunque no contaba con entrar jamás. Esto está lleno de trampas, Alejandra. Has tenido mucha suerte de no caer en alguna.

—Ya me he dado cuenta. —Se estremeció—. He visto la del pozo y las flechas. Al menos uno o dos de ellos...

—¿El pozo? ¿Las flechas? —Se giró más que alarmado—. ¿En una galería muy larga y grande?

—Ahí mismo, sí.

—No contábamos con que llegasen tan lejos. Al menos no con tanta rapidez. Puede que se haya debido al azar pero... —Se acarició el mentón—. No. Esta gente sabe lo que hace. Tengo que ir a ver qué ocurre. Aunque sería mejor que antes te sacase de aquí.

—Nilo, no seas idiota. Siempre estás igual.

El aludido la contempló unos momentos, indeciso.

—De acuerdo. —Se echó la mochila al hombro y abrió la marcha por la arcada tras la que había estado oculto—. Anda, sígueme.

—¿Cómo sabíais que vendrían todos estos hombres? —le preguntó Alejandra en voz baja, mientras se adentraban en un tramo de túnel casi a oscuras.

—Por más de un indicio. Aunque no somos muchos, estamos situados en lugares estratégicos y tenemos muchos contactos. Tú, por ejemplo, llegaste hasta mí investigando a la Sociedad de la Cruz Negra... así es como supimos que, una vez más, alguien estaba tirando de un hilo que podía llevarle hasta el tesoro de Toledo y la Mesa.

—Ya me di cuenta de eso hace tiempo. —Le miró con algo del enojo acumulado en esos últimos días—. No has jugado muy limpio conmigo, Nilo.

—Hice lo que debía —respondió él, con un punto de cansancio en la voz—. Tú también has estado ocultando datos a mucha gente, y dando explicaciones falsas, aunque no fuese plato de tu gusto. Lo mismo me ha ocurrido a mí contigo. Pero no vamos a discutir eso ahora.

—No. Prosigue.

—Un hombre llamado Pablo Rosas ha estado investigando en archivos públicos y privados acerca de la capilla, y esa fue sólo la última de varias señales de alarma, así que decidimos tomar medidas, por si acaso...

—¿Medidas?

—Nada dramático. En la finca vive un guarda con su familia... has pasado por la cortijada. Está empleado por la fundación y no sabe nada: se ocupa de mantener limpia la capilla, así como de desanimar a los domingueros y los vándalos que pudiesen querer entrar. Mandamos a toda la familia a unas vacaciones pagadas en la Manga del Mar Menor, porque no es lo mismo una pandilla de excursionistas que unos tipos que, por lo que parece, han ido matando a cuantos se interponían en su camino. Luego, Moctezuma y yo...

—El famoso —rezongó Alejandra con sonrisa cansada—. ¿Así que también está él en esto?

—Sí. Moctezuma y yo somos muy amigos desde hace un montón de años. No hay muchos entre nosotros que puedan manejarse en una situación de riesgo, como te he dicho antes. —Se encogió de hombros—. El caso es que, desde que alejamos al guarda y su familia, los dos hemos estado apostados en las inmediaciones, esperando la llegada de nuestros ladrones de tesoros.

—¿Y qué pensabais hacer entonces?

—Depende. Habíamos decidido esperar. Confiar en que las trampas del subterráneo se ocupasen de todos ellos.

—Me parece horrible.

—Que se jodan. Ellos no tienen ningún escrúpulo en matar y también fue horrible lo que le hicieron al pobre B.

Alejandra le miró de reojo y optó por no contestar nada. Él continuó.

—No contábamos con que fuesen tantos. Y, desde luego, lo que no esperaba ni en sueños es que fueses tú a aparecer justo en ese momento, ni que entrases en el subterráneo.

—Yo ni sabía de la existencia de nada de esto. Vine a echar una ojeada a la capilla y ya me iba cuando...

—Ya, ya. No necesitas convencerme. Lo vi todo. —Se detuvo un instante—. Por aquí.

Nilo torció a través de una cámara, antes de enfilar un nuevo pasillo. Alejandra no pudo contenerse y le retuvo un momento por el brazo, para preguntarle en voz baja:

—¿De verdad que bajaste hasta aquí para buscarme?

—Claro que sí. —Sonrió él, cogido por sorpresa—. Ya hemos llegado.

Se detuvo al final del pasillo y, pegándose a una de las falsas columnas, sacó de nuevo la pistola y quitó el seguro con extremo cuidado. Se asomó luego, echó la mirada en todas direcciones y por último, arma en mano, salió a la gran galería y se encaminó al pozo, seguido por Alejandra.

El cadáver seguía allí, con una flecha en el pecho y otra en el muslo. Nilo se llegó al borde mismo de la trampa, antes de pasear la mirada por las baldosas contiguas. Se agachó a examinar las pisadas impresas en el polvo.

—Quedan dos, a juzgar por estas huellas; así que sólo uno ha debido caer al pozo —musitó—. Y los dardos han acabado con este otro. Luego está el que acabo de matar...

—¿Cuántos eran?

—Seis, contando a los dos que entraron primero.

—Pero entonces quedan tres, no dos —le corrigió Alejandra, asombrándose ella misma de la frialdad con que estaba haciendo recuento.

—Dejaron uno fuera, vigilando.

—¿Qué ha pasado con él...? —Arrepentida, alzó una mano—. No. Mira, me lo estoy imaginando y, la verdad, casi mejor prefiero no saberlo.

Pero Nilo ahora le prestaba escasa atención, porque observaba preocupado la dirección que seguían las huellas de los dos supervivientes.

—Han bajado aquí a tiro fijo —decía entre dientes—. Estos tipos saben más de lo que creíamos. ¡Maldita sea! —Se volvió hacia Alejandra—. Van directos a la cámara donde se guarda el tesoro.

—¿Cómo es posible eso? No creo que sea algo que pueda uno encontrar en un archivo.

—Siempre tuve miedo de los papeles que pudiera haber reunido B. antes de que lo matasen. Manejaba toneladas de documentación privada y tal vez hubiese datos sobre el subterráneo en algún documento: información sin valor, a no ser que se supiese lo que era. Tengo que bajar, así que lo mejor es que me esperes aquí, porque urge y no tengo tiempo de sacarte.

—No. Lo mejor es que vaya contigo.

—Ni lo sueñes.

—Ni sueñes tú que me quede sola aquí. —Se estremeció—. Ellos saben que estoy en el subterráneo. Corro tanto riesgo yendo contigo como quedándome aquí sola. Y yo no sé salir, ni dónde están las trampas.

Nilo titubeó unos segundos, pasando los ojos del fondo de la galería a Alejandra, y de ella al pozo. Se pasó los dedos de la mano izquierda por el pelo, castaño y alborotado.

—Tengo poca elección y no hay tiempo. Van a llegar a la cámara. Venga, vamos.

Alejandra entendió que eso era que sí, por lo que le siguió hacia el fondo de la galería, que era hacia donde se encaminaban las huellas en el polvo.

—Ahora silencio —advirtió él.

La galería remataba al fondo en un arco bizantino exactamente igual que todos los demás, con falsas columnas cinceladas en la roca. Más allá, se abría un pasillo mucho más angosto que iba a dar a una cámara pequeña y casi circular, con dos arcadas más. Nilo entró con cautela en la de la derecha. Avanzó con infinito cuidado por el túnel en penumbras y, por el gesto de su boca, cuando se volvió una vez a mirarla, Alejandra comprendió que aquél era el acceso a la cámara del tesoro.

El pasillo desembocaba en una sala muy pequeña, una antecámara abierta a una estancia más grande a través de uno de aquellos arcos dobles con columna en medio. Nilo se detuvo allí, observando. No se escuchaba ni un ruido y, pasados unos segundos, Alejandra se arriesgó a avanzar y echar a su vez una ojeada.

La nueva sala era grande e irregular, llena de sombras, ya que al estar a mayor profundidad recibía muy poca luz. El techo formaba una falsa bóveda y una parte de las paredes estaban niveladas, siendo lo demás roca viva. Habían tallado tres arcos ciegos en los muros nivelados, bien fuese por motivos decorativos o porque los constructores tenían planeado abrir nuevas galerías que nunca llegaron a realizarse.

Todo eso lo advirtió Alejandra con una simple ojeada, aunque sus ojos se quedaron fijos en dos detalles muy concretos. El primero era que uno de los arcos ciegos estaba abierto, ya que alguien había desplazado la piedra situada entre las dos columnas para revelar un acceso oculto. El segundo era que había un hombre sentado a la izquierda de esa boca recién abierta, con las manos sobre el vientre y la cabeza caída sobre el pecho, como durmiendo una siesta. Aún en la escasa penumbra de esa sala, Alejandra advirtió la gran mancha oscura en camisa y pantalones, y comprendió que debía ser sangre y que aquel hombre tenía que estar muerto.

Se quedaron allí más de un minuto, inmóviles. A través de la puerta abierta salía un resplandor amarillento que debía ser de una linterna, aunque se mantenía fijo. No se oía ni un ruido ni se advertían movimientos. Mientras observaban, Alejandra tuvo tiempo de admirarse de la sencillez con la que habían ocultado la entrada. Un arco falso que lo era por partida doble, ya que en realidad daba paso a otra cámara y que sin duda pasaba inadvertido a cualquiera que no estuviese en el secreto.

Sin embargo, el paso estaba ahora abierto, así que Nilo tenía razón y los invasores sabían dónde buscar. Al menos sabían a medias, reflexionó, volviendo a poner los ojos en el muerto sentado contra la pared. Aún entre las sombras, pudo distinguir que se trataba del hombre de la barba que había entrado en primer lugar con el otro, el de bigote y perilla que yacía ahora muerto en las escaleras.

Nilo, tras un par de minutos de espera, meneó la cabeza.

—Ése es Pablo Rosas —dijo muy por lo bajo—. Le vi cuando investigaba en un archivo de Almería.

—¿Y el otro? —preguntó Alejandra en igual tono de voz.

—Tiene que estar dentro. Quédate aquí.

Se acercó con suma precaución a la puerta falsa. Seguía sin escucharse un solo ruido y el resplandor de la linterna no variaba, como si estuviese fija en un punto. Alejandra se preguntó si el último hombre no habría caído en otra trampa. Nilo fue a pegarse a una de las falsas columnas de la arcada, el arma sujeta a dos manos, para arriesgar un vistazo al interior, cuando alguien le habló desde el otro lado de la sala.

—Quédate quieto. —Era una voz muy calmada—. Ni se te ocurra moverte. Te estoy apuntando.

Nilo se inmovilizó. Alejandra, pegada a la columna del arco doble, se quedó quieta entre las sombras, sin poder ver de dónde salía esa voz.

—Pon el seguro a la pistola. Ahora déjala en el suelo y apártala con el pie. Eso es. Y tú sal de ahí: ven a donde pueda verte bien o reviento a tu amigo.

Aquello último iba por Alejandra, así que abandonó su escondite con mucho cuidado, los ojos puestos en la esquina de la que procedía la voz. Su propietario había estado oculto en un repliegue de la pared de la cámara, uno tapado en parte por una falsa columna. Ahora avanzó un par de pasos. Tenía una pistola entre las manos.

—Tú debes ser Alejandra Espinosa, claro. —La miró con detenimiento, sin dejar de apuntar a Nilo—. Los *maestros ascendidos* de María Eugenia tenían razón y eras un peligro.

Alejandra le observó entre desconcertada y temerosa. No creía haber visto en su vida a aquel sujeto de pelo lacio, voz calma y ojos ardientes que les encañonaba. Ni le conocía ni sabía a qué se refería con esas palabras.

—También las voces tenían razón. Me dijeron que vendríais, que dejase la linterna encendida dentro y os esperase aquí. —Observó cómo le miraban—. No tenéis idea de qué estoy hablando, claro. Pero vosotros no sois elegidos.

Con un gesto de pistola conminó a Alejandra a acercarse más. Luego salvó la distancia que aún le separaba de ella con dos zancadas y la agarró con la mano izquierda por el cuello de la camisa, por detrás, y la apuntó con la pistola. Alejandra se encogió al sentir el contacto del cañón del arma contra su mandíbula.

—Os he estado esperando porque os necesito. Esto está lleno de trampas, como la que ha matado al pobre Pablo.

Alejandra volvió los ojos al hombre que yacía recostado contra la pared, con las manos sobre el vientre. Alejandra vio que había un relieve hundido en el muro, próximo al arco falso, como si lo hubiesen empujado hacia dentro, y supuso que así se accionaba la apertura de la puerta secreta. Debía haber allí una trampa semejante a la de la virgen de hierro de la cripta de la Cruz Negra. Si se accionaba el mecanismo de frente, en vez de apartarse, se recibía en el estómago una hoja de acero que brotaba del muro.

El hombre del pelo lacio y la voz tranquila se encaró con Nilo.

—Supongo que vosotros sabéis dónde está cada trampa.

—Te equivocas.

—Pues entonces ándate con cuidado, no te ocurra lo mismo que a éste, porque tú vas a ir delante. —La serenidad con la que hablaba le resultaba a Alejandra casi más escalofriante que el roce del arma contra su mejilla—. Pasa. Nosotros te seguimos.

Al otro lado de la puerta falsa se abría una sala cuadrada con techo en falsa bóveda y suelo de losas blancas y negras. Al resplandor de la linterna de tubo depositada en el suelo pudieron ver que, en la pared contraria a la de la entrada, se encontraba un ángel de piedra, de tamaño algo mayor que una figura humana, sentado sobre un cubo de roca, con las alas plegadas y sujetando entre las manos un gran óvalo sin inscripción alguna. La pared de la izquierda estaba adornada con fresco y mostraba un arco de medio punto, cerrado por una puerta de madera con herrajes, en tanto que la pared de la derecha era de roca viva, nivelada a golpes de cincel.

—Ábrela —dijo simplemente el hombre de la pistola.

Nilo tanteó el pasador.

—Está cerrada y tiene sellos puestos.

—Rómpelo todo. Ahí tienes escoplo y martillos. —Le señaló con la cabeza una bolsa de herramientas, depositada cerca de la linterna—. Saca lo que necesites y sin tonterías.

Nilo abrió con cuidado exagerado la cremallera y sacó las herramientas indicadas.

—¿Dónde está Aslan? —preguntó de repente el hombre de la pistola.

—No sé quién es Aslan.

—El que salió a buscar a tu amiga Alejandra. —Dio un toque con el cañón del arma en la mejilla de la aludida.

—Ni idea. Se habrá perdido en los túneles.

—No me vaciles, que he oído los disparos. Seguro que le has matado —especuló, con esa falta de emoción en la voz que parecía ser característica suya—. Bueno, abre la puerta de una vez.

Sin rechistar, Nilo se aplicó con el escoplo y el martillo. Cayeron los sellos y luego el cerrojo roto, repiqueteando sobre las losas blancas y negras.

—Ya está.

—Abre.

Nilo tanteó la puerta, empujó.

—Está trabada. El óxido de las bisagras, supongo.

—Pareces un hombre fuerte. Empuja.

Así lo hizo Nilo, primero a dos manos y lanzándose luego con todo su peso contra la puerta. Al tercer embate, las bisagras cedieron y la puerta cayó hacia el interior con gran estruendo y polvareda. Nilo se frotó el hombro y, a una indicación de la pistola del otro, retrocedió para recoger la linterna del suelo y pasar delante.

Más de una vez, Alejandra había imaginado que llegaba hasta el secular escondite del tesoro de Toledo y la Mesa del Rey Salomón, aunque nunca hubiera supuesto que lo haría con una pistola apuntándole a la cabeza. Había fantaseado sobre cómo encontraría el tesoro y a veces lo había imaginado desparramado, con el oro rebosando de cofres antiguos, como el botín de un pirata; otras guardado en cajas de piedra y alguna vez expuesto a la vista, como los tesoros egipcios de las tumbas reales.

Pero cuanto encontraron más allá de la vieja puerta, ahora caída, fue una estancia de paredes de piedra desnuda, rezumante de humedad y vacía. Vacía por completo. Tras unos instantes de desconcierto, Nilo alzó el foco de la linterna para alumbrar por todos lados, sin encontrar otra cosa que muros de roca churreteados de agua. Hacía frío allí dentro y olía a antigüedad, a cerrado y a moho.

—¿Qué significa esto? —preguntó al cabo el hombre del pelo lacio, con la misma voz tranquila de siempre.

—No lo sé. El tesoro tenía que estar aquí. —Nilo no dejaba de pasear la mirada y la luz de acá para allá, tan perplejo como Alejandra y su captor—. Tenía que estar. Pero no está.

—Tiene que haber otra sala, seguro. —El otro no dejaba de apuntar a Alejandra, a la que tenía bien sujeta por la camiseta—. Busca la entrada.

—Te estoy diciendo que era aquí. Pero no hay nada.

Nilo dejó la linterna en el suelo para acercarse a una de las esquinas y recoger algo que relucía de forma tenue. Se incorporó para mostrárselo. La luz de la linterna arrancó al objeto nuevos destellos apagados y Alejandra pudo constatar que se trataba de una moneda de oro.

—El tesoro estuvo aquí, sin duda. Pero, en algún momento, se lo llevaron.

—No está entonces —dijo con voz átona el hombre de la pistola—. Se lo han llevado.

—Así parece.

—Las voces no me dijeron nada de eso. —El hombre hizo una pausa, paseó los ojos por la cámara desnuda—. Entonces, la Mesa del Templo no está.

Apartó la pistola de la cabeza de Alejandra para alargar el brazo armado y ella —puede que por intuición, o tal vez por la tensión súbita del puño que la agarraba por el cuello de la camiseta— comprendió que iba a disparar contra Nilo.

El pánico debió desatar los reflejos dormidos de años de práctica de judo y defensa personal. Estrelló el codo derecho contra el rostro de su captor y, mientras éste se tambaleaba, se echó atrás, le agarró por la muñeca y el codo del brazo armado e introdujo el hombro. No fue una llave muy limpia, hasta el punto de que quizá Alejandra no hubiera podido ni darle un nombre, pero logró voltearle.

El otro se estrelló bocabajo contra el suelo húmedo. Aún tenía agarrada la pistola y, ahora rugiendo, perdida cualquier calma, se retorció mientras se pasaba el arma de mano, quizá porque Alejandra le había lesionado el brazo al hacerle la llave.

Pero Nilo tampoco se había quedado quieto. Había dejado caer la linterna y sacado de la parte de atrás del pantalón la pistola que llevaba al cinto, oculta por la camisa, la misma que le quitara al hombre muerto en las escaleras. Soltó el seguro con rapidez, pero con la sangre fría necesaria como para no estorbarse con las prisas. El otro aún estaba girándose en el suelo cuando Nilo, avanzando, le metió tres tiros en línea por la espalda. El primero le dio en los riñones, el segundo entre los omóplatos y el tercero le acertó en la nuca.

Alejandra se tapó los oídos con las manos y apartó la cabeza. Cuando se apagaron los últimos ecos de los estampidos, volvió los ojos al muerto por un instante y, al reparar en la cabeza destrozada, los apartó de nuevo con rapidez. Nilo puso el seguro al arma, con gesto adusto, la contempló y fue a decir algo, pero no tuvo tiempo de pronunciar palabra. Les distrajo un ruido áspero de roca resbalando sobre roca. Se miraron perplejos por un instante, antes de comprender de dónde procedía.

—¡La puerta falsa! —Fue Alejandra la que primero cayó en la cuenta de lo que significaba aquel ruido.

Nilo, tras meterse la pistola en los riñones y sacar del bolsillo una linterna pequeña, salió a escape hacia fuera, seguido de Alejandra. Pero, cuando llegaron, la compuerta de piedra se había ya cerrado casi por completo. Nilo aún logró, con la linterna entre los dientes, agarrar el borde y tirar con todas sus fuerzas. Fue como tratar de parar un glaciar con las manos desnudas y, al cabo de pocos segundos, tuvo que soltar para que no le aplastase los dedos.

Alejandra, empuñando su propia linterna, buscó en vano por la pared algún mecanismo que abriese desde dentro. Nilo aún probó a hacer deslizar la compuerta, en vano.

—Esto no ha resbalado —jadeó—. Ha destrozado las cuñas.

—¿Qué cuñas?

A modo de respuesta, Nilo dio una patada a un resto de astillado de madera, que debía haber saltado ante el empuje de la losa.

—Habían calzado con cuñas de madera la puerta falsa, lo mismo que hice yo en el subterráneo de Madrid. ¿No te fijaste al pasar?

—Tenía una pistola en la cabeza, Nilo —bufó ella—. No estaba para muchos detalles. ¿Entonces estamos atrapados?

—Creo que sí.

—¿No hay ninguna forma de abrir desde dentro?

—No que yo conozca. Ni siquiera sabía que podía ocurrir esto.

—¿Y tu amigo Moctezuma?

—Está fuera y ahí se quedará, vigilando. Es lo que acordamos antes de que yo entrase.

—Pero si pasan las horas y no sale nadie, ¿no entrará a buscarte?

—Puede que sí o puede que no. —Sonrió sin gran alegría—. En todo caso, se tomará su tiempo y no sé cuánto aire tendremos aquí, entre las dos cámaras.

—Tengo unas ganas de fumar tremendas —suspiró Alejandra—, pero será mejor que no lo haga.

—No, mejor. —Nilo golpeó con los nudillos el muro, como buscando hueco—. ¿Cómo se habrá cerrado la puerta?

—Mediante un sistema de contrapesos —supuso Alejandra. Paseó la palma de la mano por la gran losa de piedra—. Puede que haya un sistema de retardo, como un reloj de arena. Si alguien abre la compuerta en la forma equivocada, el sistema se pone en marcha y, pasado cierto tiempo, los contrapesos cierran la puerta y atrapan a los incautos.

—La trampa del pozo y los dardos son del siglo XIX, eso puedo decírtelo de buena tinta. Pero esto tiene que ser mucho más antiguo, ya que no conocíamos su existencia. ¿Podrían los bizantinos montar un dispositivo tan complejo?

—Tan complejo y mucho más. Los bizantinos construyeron toda clase de inventos, incluso máquinas de vapor. Fue su idiosincrasia la que les impidió sacar partido de todos esos ingenios.

Se quedó inmóvil un momento, las manos sobre la losa, antes de echarse a reír.

—¿Pero qué hacemos discutiendo sobre Bizancio y sus inventos, cuando estamos aquí atrapados, bajo tierra y en riesgo de morir de asfixia?

Nilo asintió con sonrisa melancólica. Regresó linterna en mano a la cámara del tesoro y Alejandra le vio deambular como si buscase algo por las esquinas. A veces se agachaba a recoger una moneda y la estudiaba para luego dejarla caer con un tintineo. Otras daba un golpe en el muro, como si tuviese la esperanza de descubrir aún otra puerta secreta. Alejandra le cogió del brazo.

—¿Qué pasa, Nilo?

—Que no hay tesoro. Eso pasa. —Se le escapó una sonrisa sin alegría—. Tantos siglos guardando algo que no existía...

—No lo entiendo. —Ella le miró a los ojos—. ¿Cómo es posible que hayáis estado protegiendo el tesoro durante quinientos años y, en todo ese tiempo, a nadie se le haya ocurrido abrir la puerta y echar un vistazo?

En lugar de responder de inmediato, Nilo se agachó a recoger otra moneda. La hizo saltar en la palma de la mano.

—Dime, Alejandra. A tu juicio, ¿por qué alguien se uniría a una sociedad secreta, o como quieras llamarla, dedicada a guardar el tesoro de Toledo? ¿Por qué un número razonable de gente lo ha hecho a lo largo de esos cinco siglos que acabas de mencionar?

—No lo sé.

—No es por participar de esa riqueza. ¿Qué valor material tiene el oro si se mantiene oculto? —Se encogió de hombros—. El tesoro tiene un valor que no es pecuniario, ni histórico. No sólo la Mesa del Rey Salomón es un objeto místico: el tesoro de Toledo, en su conjunto, tuvo siempre la consideración de sagrado. Era el tesoro de los reyes y, según la tradición, era algo así como el *Corazón del Reino*.

—Tú lo has dicho todo: tradición, leyenda.

—Mejor que leyenda un valor intangible. Algo que existe pero no se puede tocar con los dedos ni pesar en una balanza. Existe porque la gente cree que existe y le atribuye ese valor. Y los intangibles son lo más valioso que tiene el ser humano.

—Entonces, ¿por qué mantenerlo oculto?

—Porque si recuerdas, según la tradición, el tesoro sólo ejerce su influencia, su poder, si se mantiene oculto. Recuerda que si se sacaba a la luz provocaba grandes males, tanto al profanador como al reino.

—La leyenda de don Rodrigo.

—No sólo Rodrigo. Alarico se apoderó de la Mesa en el saqueo de Roma y murió antes de un año. La leyenda dice que don Rodrigo osó romper los sellos de sus antecesores e invadir la cámara del tesoro, en Toledo, lo que provocó no sólo su muerte sino también el fin del reino de los visigodos.

—Pero Nilo, todo eso son viejas historias. Los caballeros de Montesa descubrieron el tesoro y eso no causó ninguna desgracia.

—¿Tú crees? Al poco de apoderarse del tesoro, el maestre Luis de Aragón murió en Baza, en uno de los mayores descalabros sufridos por la orden y, como consecuencia de ello, Pedro Luis de Garcerán se convirtió en el nuevo maestre, lo que marcó el comienzo de la decadencia de Montesa. Y, en cuanto al reino... los Reyes Católicos no pudieron dar un hijo varón al reino, que llevó a que el trono fuese ocupado por reyes extranjeros, con las consecuencias de todos conocidas.

Hubo un momento de silencio.

—Dices «el reino» casi como el que menciona algo sagrado, Nilo. —Le miró curiosa—. No sabía que eras monárquico.

—Qué cosas tienes... —Sonrió casi a regañadientes ante esa salida—. No soy monárquico. Lo llamamos así por tradición: el reino; pero puedes llamarlo España, la Península, el país... como prefieras.

Cambiaron miradas y Alejandra no se animó a responder nada. Nilo volvió a ponerse serio.

—Puede que te parezcan historias viejas. Lo entiendo y puede que sean nada más que eso. Pero nosotros nos sentíamos los guardianes de algo antiguo y sagrado. Algo que era inmensamente valioso y que debía permanecer oculto a los ojos de la gente.

Suspiró.

—Y ahora resulta que no existe. —Se pasó los dedos por el cabello—. Acabo de matar a tres hombres por algo que no existe.

—Eso sí que no, Nilo. Has matado a tres hombres que querían matarnos a su vez.

—Ya lo sé. Pero, aun así...

Le dio la espalda. Alejandra, llevada de un impulso repentino, comenzó a aporrearle en los hombros con los puños cerrados.

—¡Serás idiota! ¡Pero si acabas de salvarme la vida! ¡No pienses en esas cosas!

Él se volvió, sorprendido. Se echó a reír y fue como si un huracán aventase la melancolía de sus ojos. La abrazó y la revolvió el pelo, sin dejar de reír. Ella le quitó la moneda de entre los dedos para estudiarla a la luz de la linterna.

—Honorio. El emperador que reinaba cuando Alarico saqueó Roma. —Se mordisqueó el labio—. Nilo, esto es muy raro.

—¿El qué?

—¿Por qué dejaron estas monedas aquí?

—Se les caería al llevarse el tesoro.

—Entonces tuvo que ser un traslado precipitado.

—Eso parece.

Alejandra pasó por encima de la puerta derribada para volver de nuevo a la antecámara y, tras buscar unos momentos a la luz de la linterna, recogió uno de los sellos que Nilo había saltado a golpes de escoplo al forzar la entrada.

—¿Cómo encaja eso con el hecho de que la puerta estuviese sellada? —Le mostró la pieza de hierro, adornada con una cruz florlisada, las barras verticales de Aragón y las horizontales del tercer maestre de Montesa—. ¿Cómo es posible que se lleven el tesoro con tanta prisa que se les caen monedas de oro y no se detengan a recogerlas y, sin embargo, tengan tiempo para cerrar la puerta con los sellos tradicionales de la orden?

—Tienes razón. —Nilo tomó de entre sus manos el sello, ahora intrigado.

—Aquí hay cosas que no encajan. —Señaló al ángel de piedra—. Mira la estatua.

Paseó la luz de la linterna por aquel rostro sereno, antes de bajarla al óvalo que sujetaba entre las manos y luego llevarla por los pliegues de piedra del manto.

—Si los caballeros se llevaron el tesoro, no tiene ningún sentido que colocasen esto aquí. Ésta es una estatua renacentista, de finales del siglo XV o principios del XVI, justo la época en que los caballeros debieron encontrar este subterráneo y llegar al tesoro. En esa época no había muchos escultores en España. Imagineros y tallistas de madera todos los que quisieras, pero muy pocos escultores. Esta estatua es una imitación de las italianas de esa misma época. Puede que el escultor mismo fuese italiano. Debió costar una fortuna y ¿por qué iban a gastarse todo ese dinero y colocarla en un sitio en el que ya no había nada?

Nilo asintió cada vez más pensativo, al resplandor de las linternas. Alejandra acarició con la punta de los dedos el óvalo de piedra.

—Supongo que esto figura que es un espejo.

—Sí. De esta estatua sí que me habían hablado, y mucho. Eso es un espejo.

—Espejo como símbolo de la Mesa. —Volvió a acariciar la piedra—. Pero también podría ser algo más. Espejo. Imagen. Reflejo...

Se apartó el cabello rizado del rostro, antes de acercarse a la pared contraria a la de la puerta de la cámara del tesoro. Nilo, al caer en la cuenta de lo que quería decir, se unió a ella. Sin palabras y entrambos, comenzaron a escudriñar aquel muro nivelado *grosso modo* a golpe de cincel, como si la obra hubiese quedado inconclusa.

Alejandra dio un respingo.

—Nilo...

Las yemas de sus dedos, buscando como las de los ciegos, habían topado con una línea de unión, recta e invisible de puro delgada. Fueron siguiéndola al tacto y, en pocos segundos, tuvieron la certeza de que delimitaba un gran rectángulo. Había allí un bloque de piedra, trabajado de tal forma que encajaba en la pared y con tanta perfección que pasaba inadvertido a todo aquel que no lo estuviese buscando.

—Esto es una puerta, Nilo. La otra cámara no es más que un señuelo para despistar.

—Sí... —Pasó de nuevo los dedos por la pared, por la línea de unión. La expresión de su rostro lo decía todo.

—Los bizantinos construyeron el laberinto y los visigodos la cámara del tesoro. —Alejandra apoyó la mejilla contra la roca fría—. Los caballeros, a su vez, debieron ocultar el tesoro tras este muro, en previsión de lo peor.

—Y lo guardaron tan en secreto que el conocimiento de que lo habían hecho se perdió con el tiempo. —Nilo se echó a reír aliviado—. Eso explica la cámara vacía y las monedas, abandonadas ex profeso para engañar. El tesoro existe y está a salvo detrás del muro.

—Sí, Nilo...

Alejandra, sonriendo, cerró los ojos, la mejilla aún pegada a la pared. Conjuró para sus adentros la imagen de una estancia en la oscuridad, excavada en roca viva y sellada con aquel bloque de piedra. Una cámara repleta de coronas y cruces de oro y pedrería, con la Mesa del Rey Salomón presidiéndolo todo, con sus patas innumerables y sus círculos concéntricos de gemas. Abrió por último los ojos, para mirar a Nilo.

—De todo lo que me has contado, cabe suponer que este bloque no es una puerta, sino que está sellando la verdadera cámara del tesoro. No debe haber forma de abrirlo, a no ser que se demuela el bloque.

—Seguramente.

—Mejor así.

Sonrió al ver la expresión de Nilo. Se apartó luego del muro para regresar junto al ángel de piedra.

—Supongamos que quienes colocaron aquí esta estatua lo hacían por un motivo concreto. —Enfocó la linterna sobre aquel rostro pétreo tan renacentista, vuelto a medias hacia un cielo inexistente—. Que quisieran dejar una pista de forma que, si el paradero de tesoro se olvidaba, aquel que supiese lo bastante de su historia pudiese llegar a interpretarla. Así el secreto nunca estaría perdido del todo, ni para siempre.

—Eso encaja con la forma de pensar de los antiguos —admitió Nilo—. Puede que tengas razón, porque ésa siempre ha sido la paradoja del tesoro. Hay que mantenerlo oculto a toda costa y, al mismo tiempo, evitar que su existencia caiga en el olvido.

—También encaja con la mentalidad antigua dejar pistas que tenían doble o triple interpretación, todas válidas. —Se acarició el labio inferior con el índice.

—¿A qué te refieres?

—¿Y si el espejo indicase también la existencia de otra salida, aparte de esa compuerta de piedra?

Cruzaron miradas a la luz de las linternas y, sin cambiar más palabras, comenzaron a revisar la propia pared de la estatua, ya que era la situada frente al arco de entrada.

—Vas a tener razón —dijo Nilo—. Aquí hay algo.

Le mostró con la luz una porción del tamaño de una mano, situada justo junto al ángel, en el punto en que la espalda del mismo se despegaba del muro. Cuando pasó por allí las yemas de los dedos, Alejandra notó con claridad la juntura.

—¿Cómo ha podido pasar esto inadvertido?

—Aquí no ha entrado casi nadie a lo largo de los siglos, y siempre a la luz de antorchas o de candiles. Y tampoco creo que estuviesen buscando. Aparta que voy a empujar, a ver qué pasa.

—¡Espera! —Alejandra retuvo por el brazo a Nilo, inquieta—. No aprietes aún. Recuerda que en la otra puerta había una trampa.

Revisaron la pared, o al menos la zona inmediata, sin encontrar nada. Miraron y remiraron hasta que Nilo perdió la paciencia.

—No parece que haya nada. Además, no hay otra forma de apretar esto que situarse justo aquí. Retírate un poco de todas formas.

Alejandra reculó, recelosa. Nilo puso su mano en la zona y apretó con fuerza. Se escuchó un crujido y, tras un instante, el sonido de que algo se ponía en marcha en el interior del muro.

—Aparta, Nilo. Por favor —le instó Alejandra, cada vez más nerviosa.

Él se echó atrás. El ruido seguía: era como un sonido de agua o arena corriendo y, al cabo de unos instantes, la estatua comenzó a desplazarse hacia adelante, con una lentitud desesperante y un rumor sordo que Alejandra atribuyó a rodillos de piedra girando bajo la peana, para revelar una entrada no muy alta, hasta ese instante cerrada por el cubo y la parte baja de la espalda del ángel. Nilo asomó su linterna.

—Aquí hay unas escaleras y un túnel. —Respiró aliviado.

Alejandra se había colocado en ángulo para estudiar la estatua y la abertura. Los ruidos tras la pared habían cesado.

—Seguro que es otro sistema de engranajes. Al apretar, se libera tierra o arena de un depósito; cae en un recipiente y cuando el peso...

—No hay tiempo ahora. —Nilo se volvió hacia ella—. Vámonos, no sea que ocurra lo mismo que con la otra entrada. Si se cierra al cabo de cierto tiempo y seguimos aquí, perderemos nuestra única oportunidad de salir.

—Es verdad. —Se sobresaltó.

—Vamos. —Nilo, sonriendo, la cogió de la muñeca para tirar de ella y llevársela por el túnel.

32

Tanto en el chalet de Torrelodones como en la nave de San Fernando de Henares, la policía encontró muebles, enseres y objetos de arte de la más diversa procedencia, incluido un lienzo de Pedro Atanasio Bocanegra, del siglo XVII. También aparecieron numerosos libros procedentes de la biblioteca de Ángel Requena. Todo junto resultaba más que suficiente para incriminar a María Eugenia Santos por media docena de delitos.

Al registrar la habitación de Juan de Dios Gómez —pues ése era su apellido y no parecía tener más domicilio que un cuarto en el tercer piso del chalet de la curandera—, se encontraron tres pistolas de distintas marcas y calibres, una de ellas la Makarov usada para matar al señor B. Había también una pequeña colección de armas blancas y ésta incluía un cuchillo de combate que Juan de Dios no había limpiado también como debía suponer, porque los análisis probaron que era el usado para degollar a Rubén Martín.

Se dio orden de busca y captura contra Juan de Dios, así contra aquel misterioso Aslan, sobre quien la policía bien poco pudo sacar a Shamil y sus dos compañeros. La búsqueda dio resultado al poco tiempo, aunque no el que se esperaba. El 14 de julio, sólo un día después de la operación en el chalet de Torrelodones, apareció un Volvo calcinado en el término de Níjar, Almería. El calor reinante esos días y la distancia a cualquier medio de extinción posible hizo que el coche ardiera hasta el chasis. Lo habían rociado con gasolina y prendido fuego, y en el interior se encontraron cuatro cadáveres carbonizados, tres de ellos muertos por bala y el cuarto por herida de arma blanca en el vientre, puede que causada por una catana o algún tipo de espada.

Ese último cuerpo fue identificado como perteneciente a Pablo Rosas, el astrólogo de María Eugenia Santos, contra el que en principio no había cargos, aunque se le buscaba para interrogarle. Otro de los cuerpos pertenecía a Juan de Dios Gómez y los otros dos bien pudieran ser Aslan y alguno de sus compinches, aunque nunca se los pudo identificar. La policía, a falta de una hipótesis mejor, supuso que habían ido al Sur a cerrar algún tipo de trato con una de las bandas extranjeras que pululaban por la zona, y que el negocio había salido mal. Se atribuyeron las muertes a un ajuste de cuentas y, en teoría, no se investigó más.

Con las pruebas recogidas en su momento por la Guardia Civil en la casa del señor B. en Alcabón, se pudo probar mediante análisis genético de restos hallados en una taza de la cocina —intacta al incendio— que María Eugenia Santos había estado en esa vivienda el mismo día del asesinato. Solicitadas la exhumación y autopsias de Rafael Morata y su antiguo profesor, Elías Poveda, se comprobó que el segundo había muerto asfixiado, de forma violenta.

En cuanto al primero, la autopsia no reveló nada nuevo. Había ingerido gran cantidad de alcohol, estupefacientes y tranquilizantes. Cabía sospechar que esos últimos se los habían suministrado en la bebida, para provocar el accidente, pero en último término no se pudo probar nada al respecto.

Lo importante en lo que a Alejandra respectaba era, como le comentó a ésta Marfil por teléfono, que el autor de aquella serie de asesinatos había sido identificado y estaba muerto. Y que la instigadora de los mismos estaba detenida con pruebas más que suficientes como para impedir su salida bajo fianza.

—Asunto resuelto, ¿no? —fue el comentario de Nilo cuando Alejandra le repitió la conversación que acababa de tener.

—No lo sé. Me parece que Marfil se ha quedado con la mosca detrás de la oreja.

—¿Por qué dices eso?

—Lo primero porque la conozco y se lo he notado en la forma de hablar. Lo segundo, porque es lógico. Marfil no es tonta: sabe que estoy en Almería contigo, y resulta que es aquí donde han aparecido esos cuatro muertos.

—No creo que piense que has sido tú.

—Por supuesto que no. Ella me conoce. Pero se preguntará si hay alguna relación entre una cosa y otra. Marfil es de las que dicen que las casualidades existen, pero luego no cree en ellas. Ya estaba un poco mosqueada cuando, justo después de nuestra excursión a la cripta de la Cruz Negra, al bajar, se encontró con que el túnel se había derrumbado. Y ahí sólo fuimos el señor B., tú y yo.

—Ya. Habrá que andar con cuidado una buena temporada.

Alejandra le miró curiosa.

—No lo habíamos hablado hasta ahora. ¿Tuviste tú algo que ver con ese derrumbe?

—Por supuesto. Aunque no fui yo el que se ocupó de ello.

Alejandra se desperezó sobre la toalla, acalorada y, volviéndose a medias, alargó la mano hacia el paquete de tabaco. Se miró el brazo, sorprendida de lo negra que estaba ya a esas alturas del verano. Habían ido a pasar la mañana a la playa nudista de Vera y Alejandra no acababa de acostumbrarse a la sensación que da la ausencia total de ropa al aire libre, aunque no puede decirse que le molestase, sino más bien todo lo contrario.

Se sentó para encender el cigarrillo, haciendo hueco con la mano, al tiempo que se preguntaba cómo podían estar hablando con tanta frialdad de ciertos temas. A sólo unos pasos, el agua batía contra la orilla con rumor sordo y, mar adentro, las olas centelleaban al reflejo del sol. Corría una brisa a ráfagas que llevaba hasta ellos aromas a salino y a algas.

—¿Seguro que ha sido buena idea quemar el coche con esos cuatro dentro?

—Era necesario. De lo contrario estarían buscándoles y sería mucho peor. Recuerda que uno de ellos había matado por lo menos a cuatro personas. Así ya los han encontrado y, como te acaba de decir tu amiga, lo han considerado un ajuste de cuentas.

—Una cosa es lo que digan a la prensa y otra lo que piensen de verdad. —Sintió un escalofrío, pese al calor de media mañana—. No me siento del todo tranquila.

Nilo la miró. Se limpió unos cuantos granos del rostro, antes de coger un cigarrillo del paquete de Alejandra.

—No estoy acostumbrada a cosas así, Nilo —apostilló ella, abiertamente.

—Ni yo. —Con cierto malhumor, le quitó el cigarrillo de entre los labios para encender el suyo—. ¿Te crees que hago esto todos los días? ¿Qué hubiera pasado si me llega a parar la Guardia Civil con una furgoneta llena de muertos? ¿Qué les cuento? ¿Que esos tíos querían robar un tesoro del siglo VIII y, además, matarnos?

Lanzó una bocanada de humo y guardó silencio unos instantes, antes de cambiar de tema.

—Bueno, Alejandra. ¿Qué piensas hacer?

Ella entendió de sobra a qué se refería. Recogió las piernas y las abarcó con los brazos, para poner la mejilla muy cerca de las rodillas.

—No voy a hacer nada. No diré nada. Vuestro secreto está a salvo y tú lo sabes de sobra.

—Me alegra oírlo. ¿Puedo preguntarte por qué has tomado esa decisión?

—Una parte de mí se rebela ante la idea de que algo tan importante se mantenga oculto, sólo porque un grupo de señores, por una tradición que no es más que superstición, están empeñados en que no salga a la luz. —Alzó una mano para suavizar esas palabras—. Entiéndeme, Nilo: estoy hablando con crudeza, exagerando. Algo así va en contra de cuanto creo y cuanto me han enseñado.

—Ya. Prosigue.

—Por otra parte, tengo que reconocer que no deja de tocarme una fibra el hecho de que ese mismo grupo de personas haya guardado el tesoro durante quinientos años, contra viento y marea.

—Ahora sonrió casi a modo de disculpa—. Es una más de mis incongruencias, lo admito.

Él asintió a su vez, con una sonrisa pensativa, el cigarrillo entre los dedos, antes de animarla a proseguir con un gesto. Pero ella tenía poco más que decir.

—Eso es todo. Una cosa por otra. Por otra parte... supongo que no sería muy saludable tratar de hacer público el secreto.

Nilo no respondió nada a eso y Alejandra, tras unos segundos de espera, concluyó.

—Eso es todo. Puedo añadir que, al fin y al cabo, te debo la vida. Y que tú también eres, para mí, una razón más para que guarde silencio, claro. Respetaré por tanto, por varias razones, el secreto, aunque, como te acabo de decir, una parte de mí se rebela contra ello.

—¿No es una razón en contra el dinero y el prestigio que te reportaría difundirlo?

—Suponiendo que viviese para disfrutar de ellos. —Sonrió—. Me gusta el dinero y el prestigio, como a todo el mundo; pero créeme si te digo que son secundarios. Me he demostrado a mí misma lo que valgo. Que valgo más que gente que, por tener mejores contactos que yo, consiguió trabajos que a mí me negaron. Eso es lo que de verdad me importa.

Nilo se quedó unos segundos observándola, como si estuviera ponderando lo que iba a decir, antes de hablar de nuevo.

—Deja que te cuente ahora algo, Alejandra. Hay una tradición ligada al ángel de piedra del subterráneo; por eso yo había oído hablar de él. Se trata de una leyenda sobre la función que cumplía esa estatua en siglos pasados.

—Te escucho. —Se enderezó, intrigada.

—Los caballeros del Capítulo Secreto, como tú les llamas, conducían a los aspirantes a ingresar en él hasta el subterráneo y les mostraban el emplazamiento del tesoro. Les conminaban por su honor y bajo amenaza de muerte a guardar y proteger el secreto. Luego les dejaban solos, para que hiciesen examen de conciencia. El espejo que sujeta el ángel simbolizaba una prueba: los iniciados debían enfrentarse a sí mismos, sin artificios, máscaras o ayuda alguna. Podían traicionar el secreto recién revelado y ganar riqueza y honores, o podían guardarlo con fidelidad. La elección era suya.

Hizo una pausa, la miró pensativo.

—Te envidio, Alejandra.

—¿A mí? ¿Por qué? —Se apartó un rizo del rostro, desconcertada.

—Has pasado la prueba del espejo sin ni siquiera conocerla, e incluso sin compartir siquiera nuestras ideas sobre el tesoro.

—No digas tonterías —rechazó algo turbada.

—Es la verdad.

—No quiero seguir con esto. —Agitó la cabeza, cada vez más apurada—. Vamos a dejarlo, por favor.

—De acuerdo. —Lanzó una bocanada de humo, los ojos aún puestos en ella—. ¿Qué tienes pensado hacer con tu vida, Alejandra?

—Pues mira, de eso quería hablarte. —Suspiró—. Se está aquí de vicio, en la playa, contigo, pero ya va siendo hora de que vuelva al mundo real. Tengo que ponerme a buscar trabajo, ya que al final todo este asunto del codicilo nunca verá la luz.

—Y de eso quería yo también hablarte. ¿Qué te parecería trabajar para la Fundación Mercader?

—¿Yo? ¿De qué? —Levantó la cabeza, sorprendida.

—De lo tuyo, de historiadora. Puede que haya de vez en cuando que realizar algún trabajo arqueológico. La Fundación es algo más que una tapadera y financia bastantes proyectos.

—No estarás intentando comprarme, ¿verdad? —Le miró amoscada.

—No seas tonta. Has demostrado que eres buena. ¿O no has llegado al tesoro por tu cuenta, casi sin ayuda? El trabajo está bien pagado, sin exagerar, pero tengo que advertirte que no siempre resulta interesante... pero supongo que eso es algo que pasa con todos los trabajos.

—Ya puestos, ¿a qué te dedicas tú de verdad en la Fundación?

—A exactamente lo que te dije. Aunque, de paso, me ocupo de

buscar documentación sobre *els portaespills*, y ya sé que resulta paradójico.

—¿Nada más?

—Y, si encuentro alguna pista sobre lo que tú ya sabes, me ocupo de borrarla, claro. Pero nada más.

—Hablando de eso, Marfil me ha dicho que no han encontrado ni el codicilo ni los papeles del señor B.; y la curandera esa no ha dicho ni palabra al respecto. Eso, supongo que supone un riesgo para la seguridad del tesoro...

Nilo, los ojos puestos en el mar, sonrió de forma distraída.

—No te voy a engañar más sobre ciertas cuestiones, Alejandra. Creo que tienes derecho. Somos pocos pero tenemos contactos, influencia, amigos, y nos vamos a ocupar de que esa mujer deje de ser un riesgo, como tú le llamas.

—Vale. No quiero saber más.

Introdujo la colilla humeante en la arena, para apagarla, y luego la guardó en el celofán del propio paquete. Hecho eso volvió a estirarse sobre la toalla y cerró los ojos, a disfrutar de esa sensación insólita del sol y el viento sobre la piel desnuda.

—¿Qué me dices entonces de lo que te acabo de proponer? —insistió Nilo al cabo de unos segundos.

—Que ya veremos.

—Eso es un sí.

—Que no me agobies. —Sonrió a su pesar, con los ojos cerrados—. Ya veremos.

Agradecimientos

En primer lugar, tengo una nueva deuda de gratitud con mi buen amigo Hipólito Sanchiz. Aunque ésta no sea una novela histórica, he tenido que manejar no pocos datos sobre historia y a veces arqueología, y en tales terrenos Hipólito ha resultado inestimable.

Documentarse sobre la organización, funcionamiento y métodos de la policía española no es tarea fácil, y no habría podido desarrollar esa parte de la novela si no hubiese contando con la ayuda y los consejos de Emiliano Burdiel.

A tal respecto, también he de hacer constar mi gratitud hacia José Luis Sierra, que con sus comentarios me ayudó a resolver algunos puntos dudosos en las mismas cuestiones.

Javier Fernández me echó una mano en lo que toca a organización y procedimientos de los servicios de emergencias sanitarios. También me suministró esos pequeños datos y detalles concretos que sólo la práctica puede aportar.

Por último, reseñar que es tan importante saber a quién recurrir en busca de información como contar con la ayuda de quienes pueden introducirnos a tales expertos. Por eso no puedo dejar de mencionar a José Ramón Sandoval, que fue la llave que me permitió el acceso a ciertas puertas.